D1849818

BASTEI
LÜBBE

FILM- und FERNSEH-BÜCHER aus dem
BASTEI-LÜBBE-Taschenbuchprogramm:

13 001 Feuerkind
13 006 Ghostbusters
13 007 Tag des Falken
13 008 Shining
13 013 Joey
13 021 Der Tod kommt zweimal
13 026 Gandhi
13 035 Cujo
13 038 Mad Max 3
13 039 Zurück in die Zukunft
13 040 Explorers
13 042 Cocoon
13 043 Trucks
13 054 Christine
13 055 Spione wie wir
13 059 Das Geheimnis des verborgenen Tempels
13 060 Karate Kid
13 084 TOP GUN
13 086 Staatsanwälte küßt man nicht
13 087 Ferris macht blau
13 088 Katzenauge
13 090 Der Fahnder
13 091 Die Haie der Großstadt
13 092 Die Farbe des Geldes
13 095 Cocktail
13 098 Unternehmen Heartbreak Ridge
13 114 Die Jahreszeiten (Stand by me) Herbst & Winter
13 116 Hollywood-Monster
13 117 Das Geheimnis meines Erfolges
13 118 Lethal Weapon – Zwei stahlharte Profis
13 119 Beverly Hills Cop – II
13 120 Lost Boys
13 139 Die Katze
13 140 PREDATOR
13 141 Der weiße Hai – Die Rache
13 143 Angel Heart
13 144 Robocop
13 167 Suspekt
13 187 Siesta
13 188 Red Heat
13 189 Presidio
13 190 Terminus
13 191 Jürgen Rolands Großstadt-Revier
13 192 Der Blob
13 195 Die Braut des Prinzen
19 100 Yakuza
28 124 Es war einmal in Amerika
28 146 Der Werwolf von Tarker Mills

HEYWOOD GOULD

COCKTAIL

Der Roman zum neuen Film

Ins Deutsche übertragen von
Michael Kubiak

BASTEI
LÜBBE

BASTEI-LÜBBE-TASCHENBUCH
Allgemeine Reihe
Band 13 095

Erste Auflage: Juni 1987
Zweite Auflage: Januar 1989

© Copyright 1984 by Heywood Gould
All rights reserved
Deutsche Lizenzausgabe 1987/1989
Bastei-Verlag Gustav H. Lübbe GmbH & Co., Bergisch Gladbach
Originaltitel: Cocktail
Titelfoto: Warner Bros. Pictures
Umschlaggestaltung: Quadro Grafik, Bensberg
Satz: VID Verlags- und Industriedrucke GmbH & Co. KG,
Villingen-Schwenningen
Druck und Verarbeitung:
Brodard & Taupin, La Flèche, Frankreich
Printed in France
ISBN 3-404-13095-2

Der Preis dieses Bandes versteht sich einschließlich der gesetzlichen Mehrwertsteuer.

Für Patricia

Zerstoßen und durchs Sieb gepreßt

»WAVEY DUNES!«

Ein zweiter Blick änderte nichts. Auch nicht ein Zähnefletschen. Halluzinationen kneifen den Schwanz ein wie großmäulige Schlägertypen, gegen die man sich zur Wehr setzt. Der Realität war es schnuppe. Sie baumelte auf einem verwitterten Metallschild an einer Haltestange auf dem Dock hin und her.

»WAVEY PLUMES!«

Ich stand auf dem Oberdeck der *Flame*, einem umgebauten Müllkahn, der in der Great South Bay zwischen einigen Vororten auf Long Island und Wavey Dunes, einem Erholungsort auf Fire Island, hin und her tuckert. Es war noch früh an einem Samstagmorgen. Meine Schiffsgefährten waren kriegsgeschädigte Genußmenschen, die die ganze Nacht aufgeblieben waren, um in der Penn Station den Sechs-Uhr-fünfzehn-Zug zu erwischen, der sie zur Acht-Uhr-zehn-Fähre in Bellport brachte, einem Dorf, das diesen Namen nicht verdiente. Berühmt war es für Babylon State, ein viktorianisches Irrenhaus, und für seinen mörderischen Anteil von rotnackigen Proleten, die in den kümmerlichen Kneipen am Bahnhof darauf warteten, sich auf die ahnungslosen Sonnenanbeter zu stürzen.

Ich hatte einen Kater, für einen Samstagmorgen ein durchaus angemessener Zustand. »Kater« hieß in diesem Fall, daß man seit ein paar Stunden keinen Drink mehr gehabt hatte. Es ist nichts Tödliches, kein Grund zur Sorge. Keine Übelkeit, keine Kopfschmerzen oder Schuldgefühle, nichts Infantiles. Mittlerweile habe ich einen permanenten Blackout. Ich versuche nicht mehr, mich daran zu erinnern, was ich getan habe, ich bin nämlich zu beschäftigt, mir darüber klar zu werden, was ich tue.

Zum Beispiel verwendete ich meine ganze Energie darauf, eindeutig festzustellen, ob ich laute Selbstgespräche führte oder nicht. Manchmal, wenn man einen Kater hat, sind ein Gedanke und seine Artikulation ein simultaner Vorgang. Ich beschloß, dem Klang meiner eigenen Stimme zu lauschen, vergaß es aber.

»WAVEY DUNES. INZUCHTPARADIES!«

Hatte ich das ausgesprochen oder nur gedacht? Oder hatte es jemand anders gesagt?

Ich könnte jemanden fragen. Das Girl, das alleine saß und sich den Sonnenreflektor wie eine Stradivari unters Kinn geklemmt hatte. Ich konnte hinüberwanken und mich ihrer Barmherzigkeit anvertrauen. Verzeihen Sie, Miß, Sie sehen aus wie eine psychiatrische Sozialarbeiterin; Sie werden mich bestimmt verstehen. Ich will mich nicht an Sie heranmachen, das schwöre ich beim Grab meines Vaters. Ich werde Sie auch nicht auf Ihr Zimmer begleiten, selbst wenn Sie mich auf Knien anflehen. Ich möchte nur eines wissen:

»FÜHRE ICH VERDAMMT NOCH MAL SELBSTGESPRÄCHE ODER NICHT?«

Zwecklos. Sie hatte dicke Möpse, und man kann einem Girl mit dicken Möpsen niemals glaubhaft klarmachen, daß man sie nicht anmachen will, selbst wenn sie schon fünfundachtzig ist.

Wie wäre es dann mit dem schnuckeligen kleinen Pärchen, das in der *Times* las? Ihr Gesichtsausdruck meldete: »Wir warten darauf, daß Sie uns belästigen und daß wir uns unwohl fühlen können.« Warum sollte ich sie enttäuschen? Geh rüber, Flanagan. Trage deinen Fall vor. Wißt ihr, Leute, an Tagen wie diesem ist Klarheit des Geistes genauso wie die Penetration in einem erotischen Traum immer in Reichweite, aber nicht zu vollziehen. Vor allem, weil ich auf dem Weg hierher einen Joint geraucht habe. Es ist schon schwierig, Coughlin ohne besonderen Anlaß gegenüberzutreten, schlimm ist es, wenn man mit dem Hut in der Hand zu ihm kommt! Ich wollte ihn nämlich um einen Job bitten, und niemand hat etwas für einen Bettler mit Eigensinn übrig. Coughlin selbst meinte, ich würde vor Hohn triefen. »Das ist bei dir wie Mundgeruch«, sagte er. Was eine Aufforderung sein sollte, ihn mit dem Gestank zu verschonen. Also versuchte ich, meinen alten Zorn zu verdrängen und mich mit dem Joint in die Stimmung zu versetzen, in der man eine Gelegenheit beim Schopf packen will. Und was geschah?

»ICH HATTE EINE VERDAMMTE BEWUSSTSEINSSPALTUNG!«

Immer mit der Ruhe. Offensichtlich war es für die beiden die zweite Ehe. Sie zerbrachen sich ernsthaft den Kopf über ihre Gewichtsprobleme und über das Raketenprogramm und über ihre Prioritäten und darüber, daß der Kater kastriert werden müßte.

Aber Moment mal, möglicherweise kam hier die Lösung. Zwei Matrosen, postpubertäre Lümmel wie einem Norman-Rockwell-Gemälde entsprungen, tauchten aus dem Steuerhaus auf und streichelten ihre Baseballschläger. Sie warfen grimmige Blicke um sich und ließen die dicken Enden der Schläger klatschend in ihre schwieligen Hände fallen. Plötzlich war das Oberdeck wie leergefegt. Ich war ein Volksfeind.

»OPFERE DEIN SCHLÜSSELBEIN DEM HERRN, KLAR?«

O ja, ich denke doch, daß ich groß genug bin, um Eindruck zu schinden. Will sagen, was würden Sie tun, wenn Sie einen achtunddreißigjährigen Verrückten in einer Armeejacke und mit fettigen, grauen Haaren, die ihm über den Kragen hängen, sehen würden, die Augen so rot wie der Morgenhimmel? Wenn Sie einen schwankenden Säufer mit einer Einkaufstüte von D'Agostino sähen, in der eine geladene Neun-Millimeter-Automatik stecken könnte, wie beurteilen Sie dann Ihre Lage? Typen, die so aussehen wie ich, sind in Ferienorten Amok gelaufen, von Budweiser-Bier und exzessiver Masturbation zu Aktionen unbeschreiblicher Bestialität getrieben. In diesem Moment war es nur meine mörderische Erscheinung, die mich vor einer Tracht Prügel bewahrte. Wenn sie in meiner Einkaufstüte nachschauten, dann Adios, Amigo. Ein paar Klamotten zum Wechseln, eine Dreihundert-Dollar-Flasche vom edelsten Cognac und die *Gesammelten Gedichte von W. H. Auden.* Wenn die erst einmal begriffen hätten, daß ich ein Ästhet bin, wäre ich niemals lebend von dem Schiff heruntergekommen.

»IN EINER WOCHE GEHÖRT DIE STADT MIR!«

Gestatten Sie, daß ich mich vorstelle. Ich heiße Brian

Flanagan. Badeort-Barkeeper Extraodinaire. Ich ziehe von Seebad zu Seebad, handle mit Anekdoten, verkaufe den grauen Mäusen einige Farbtupfer, beschere den Wortlosen so etwas wie Witz und Charme. Freundschaftlicher Ratgeber, strenger Erzieher – einfühlsame Deflorationen sind meine Feierabend-Spezialität – ein Mann mit vielen schillernden Seiten, von denen nur wenige im Laufe der Jahre blind geworden sind. In den frühen Morgenstunden, wenn meine barmherzige Arbeit getan ist, schleiche ich mich auf mein Bettlerlager . . .

»O SCHEISSE, JETZT KOMMEN MIR AUCH NOCH DIE TRÄNEN . . .«

Ich schloß die Augen und umklammerte die Reling. In der Dunkelheit kreischten die Möwen, und die Maschinen brummten. Die Wellen schlugen plätschernd gegen den Rumpf der Fähre.

»KEINE ATHEISTEN IN DIE AUSNÜCHTERUNGSZELLE!«

Die Fähre stieg gegen die Landungsbrücke. Meine Stimmung ging gleichzeitig mit dem rostigen Anker baden. Proust hatte seine Madeleine, Kane seinen Rosebud. Und ich . . .

Ich beugte mich über das Geländer, doch das einzige, was mir einfiel, war:

»WAVEY DUNES!«

Vorbereitung

Ich habe mit meiner Story kaum angefangen, und schon komme ich vom Kurs ab. Bleiben wir auf der *Flame*, während sie in den sicheren Hafen einläuft, während die Taue an Land geworfen werden und sich spannen und die Matrosen mit der Gangway bereitstehen. Verschlafene Eingeborene mit Handkarren warten darauf, Bier, Brandy, Vaseline, Valium, *pâté de campagne* und andere für einen erfüllten Sommer notwendige Ingredienzien zu übernehmen. Halbwüchsige Drogenfreaks halten Ausschau nach Freunden, die Nachschub anliefern. Hausfrauen, die Arme vor der Brust verschränkt, die Augen zu Schlitzen zusammengekniffen, den rotznäsigen Nachwuchs im

Schlepptau, erwarten Ehemänner, die das Schiff am Abend vorher verpaßt haben. Ihre Nüstern stellen sich auf wie bei Zollhunden, begierig, den flüchtigen Hauch eines fremden Parfüms wahrzunehmen. Trennen wir uns von diesem fröhlichen Stilleben, und verleihen wir dieser Abschweifung einen Sinn.

Ich bin ein Poet, und ich habe es schon immer gewußt. Ich brauchte nur Zeit und Gelegenheit, das zu beweisen. Nun, jetzt habe ich alle Zeit der Welt. Ich sitze in einem kleinen Zimmer in einem großen Haus und habe nichts als Zeit. Keinen Job zum Kündigen, keinen Gläubiger zum Vertrösten, keine Frauen zum Vernachlässigen. Mein einziges Hindernis auf dem Weg zur Unsterblichkeit ist dieses leere Blatt Papier. Nun, da mein Leben praktisch beendet ist, habe ich eine Geschichte zu erzählen. Von wegen Lost Generations, mach Platz, Gerty Stein. Ich spreche von Künstlern, die nie etwas schufen, von Gaunern, die beim Schmierestehen vergessen wurden, großen Geistern, die von gewissen Substanzen kontrolliert wurden. Ich rede vom Abgrund am Ende der Jugend. Von dem Moment, in dem die Nummer, die am Abend vorher noch so gut angekommen ist, auf einmal abgeschmackt wirkt; wenn alles am Boden zerstört und Phoenix nur noch eine Stadt in Arizona ist. Ich rede über das, was geschieht, wenn man nicht mehr so kann, wie man vor kurzem noch konnte.

Was tut man, wenn einem die Möglichkeiten ausgehen? Wie wäre es mit einem kleinen geschmackvollen Selbstmord? Vielleicht in einem Zimmer eines heruntergekommenen Stadthotels? Ich kannte einen Typen, der einen Wagen mietete, in der zweiten Reihe vor dem Chrysler Building parkte und dort mit laufendem Motor und geschlossenen Fenstern stand und darauf wartete, daß ein Cop ihm das Leben rettete; er hätte wissen müssen, daß man niemals einen Cop findet, wenn man ihn nötig braucht. Ein anderer Typ bestellte sich eine Pizza, ein Menü beim Chinesen und ein paar Kleinigkeiten im nächsten Delikatessenladen, und als die Botenjungen bei ihm klingelten, machte er die Tür auf, schob sich den Lauf eines .45ers in den Mund und revanchierte sich mit einer Portion Hirnfrikassee. Ich gehöre der psychedelischen Generation an. Wir mußten keinen Krieg und keine Depression durchmachen, deshalb schufen wir uns unseren eigenen Holocaust mit Halluzinogenen. Daher kannte ich eine Menge Springer, Typen, die aus Fenstern sprangen, von Dächern, unter U-Bahn-Wagen. Ich kannte eine junge Frau, die zog das Hochzeitskleid ihrer Mutter an und sprang durch das Oberlicht der Wohnung ihres Ex-Mannes. Sie blieb am Leben. Ein anderer Typ hungerte sich in einem Apartment in Fort Lee, New Jersey, zu Tode. Einer schluckte in Woodstock LSD, marschierte in den Wald und wurde drei Tage später steifgefroren wie ein Eis am Stiel unter einem Baum gefunden. Keine Stichwunden oder sonstige Verstümmelungen – zumindest keine, die er sich selbst beigebracht hatte. Eine ganze Reihe Überdosen und ein paar Autounfälle. Ein Kopf im Backofen, wobei das Girl das Gas aufdrehte und tödliche Verbrennungen erlitt, anstatt wie beabsichtigt, gemütlich zu ersticken. Ein Selbstmord mit einer Gallianoflasche, die ein Typ sich dreimal auf den Schädel schlug, worauf er eine Treppe hinunterfiel und verblutete. Bestenfalls bekommt man für so etwas eine winzige Meldung zwischen den Börsennachrichten und den Todesanzeigen. Wenn man jedoch auf eine Schlagzeile scharf ist, dann muß man noch jemand anderen auf die lange Reise mitnehmen.

Kein Problem.

Opfer gibt es satt, wenn die Jugend zu Ende geht. Man kann immer jemand anderem die Schuld zuschieben. Einer Ex-Frau, einem Chef, einem Nachbarn, einem Politiker, wem man will. Man stellt sie alle an die Wand und sucht sich einen passenden aus. Man kann sich einreden, man handle auf höheren Befehl oder man wolle die Welt vom Satan befreien. Oder man ist Realist: Wenn ich schon abtreten muß, dann braucht die Schlampe auch nicht am Leben zu bleiben, um von meinen Freunden gebumst zu werden. Oder man spielt den Rächer: Mein Leben ist zu Ende, und der Karl lacht sich ins Fäustchen? Niemals, der muß auch dran glauben.

Aber für mich ist diese alte Walpurgisnacht-Nummer nicht das richtige. Ich bin kein gewalttätiger Typ. Für mich stehen auf der Speisekarte nur zwei mögliche Gerichte, entweder »Füge dich dem Unausweichlichen«, oder »Intrigiere, schlängele dich durch, knickse und bleib am Leben«. Sich in sein Schicksal ergeben ist genauso, als blicke man in eine Gasse, die geradewegs in die Bowery, also in die Gosse führt. Die Bowery war für mich noch in weiter Ferne. Aber ich habe mein ganzes Leben lang getrickst und mich durchgeschlängelt, alles ohne den geringsten Erfolg. Doch auch mein Schicksal konnte sich ändern. Und bis dahin gab es immer noch Coughlin.

Ich weiß, ich bewege mich im Kreis und komme immer wieder auf Coughlin zurück. Aber da war ich nun mal, auf Fire Island, und im Begriff, mich vor diesem Kerl zu erniedrigen, was ich in den ganzen zwanzig Jahren, die ich ihn schon kannte, niemals getan hatte. Und für was? Für einen lausigen Job hinter der Bartheke.

Barkeeper bin ich seit zwanzig Jahren. Eigentlich war das nicht mein Lebensziel gewesen. Die Arbeit in einer Bar ist keine Berufung, die man schon in seiner Jugend verspürt. Es verging kein Tag in diesem Job, an dem ich nicht gehofft hatte, daß es mein letzter ist.

Der Barjob ist nur vorübergehend, beruhigte ich mich. Ich wollte durch ihn nur die Rechnungen finanzieren, während ich mich in meiner wahren Berufung versuchte. Ich mußte nur herausfinden, wo diese Berufung lag.

Die Schriftstellerei schien eine gute Wahl zu sein. Ich hatte stets viel gelesen; ich kam ganz gut mit Sprache zurecht, wie jeder bezeugen konnte, der mir zugehört hatte; hinter der Theke hatte ich genug gesehen und gehört, um damit dicke Folianten zu füllen; Flanellhemden und Cordsakkos standen mir ausnehmend gut. Die Schriftstellerei war wohl das billigste Gewerbe. Man brauchte keine Farbe und kein Klavier, kein Theater und keine Filmkamera, lediglich einen Bleistift und ein paar leere Blätter Papier. Ein großer Zeitaufwand war auch nicht erforderlich; ein oder zwei Stunden pro Tag. Keiner der in der *Paris Review* interviewten Schriftsteller redete von mehr als vier Stunden Arbeit täglich, und daß sie dabei noch übertrieben, wußte ich genau.

Ich begann mit einem Roman, der auf einem Kindheitserlebnis basierte. Dabei hatte der Dorftrottel, ein fetter, schwammiger Junge namens Donohue, versucht, eine Nonne zu vergewaltigen, und war in eine Kirche gelaufen, wo ein junger Benediktinermönch darauf bestand, ihm Schutz zu gewähren, und von wo er unter körperlichem Einsatz von zwei Priesterseminaristen weggebracht werden mußte. Es war ein perfektes Thema, teils faulkneresk, dabei auch Dreiser verpflichtet, welches mir die Möglichkeit eröffnete, einige Statements zu brennenden Fragen abzugeben, als da wären Katholizismus und Kirche, Sexualität im Teenageralter, Bigotterie in gewissen engstirnigen Gesellschaftskreisen Brooklyns während einer anderen Epoche. Und so weiter.

Ich würde die Geschichte sicherlich noch immer im seligen Schneckentempo ausarbeiten, wenn Coughlin nicht gewesen wäre.

Ich machte die Bar bei Fatso's, einer Stammkneipe für Leute aus dem Showbusiness auf der Upper East Side. Der Laden war erste Sahne. Die Schicht dauerte von acht bis drei. Es gab einen Lehrling, der alles vorbereitete und aufräumte, und die Gläser wurden in der Küche gespült. Jeden Abend konnte ich mich mit jedem Typ im Laden anlegen, und die, mit denen ich nicht fertig wurde, konnte ich immer noch gerichtlich zur Kasse bitten. Ich brauchte nur Cocktails zu mixen und zu plaudern, und schon war ich ein Star. Ich zitierte Shakespeare und Robert Service für die Drehbuchschreiber, von denen die meisten zwischen beiden nicht unterscheiden konnten, lachte über die Witze der Agenten und lauschte andächtig den Vorträgen der Schauspieler über den Sinn des Lebens. Ich kam sogar an die Angehörigen des abweisendsten Vereins der Christenheit heran – Mätressen. Ende der Sechziger konsumierte ich so viel Fusel und Dope, daß ich jeden Morgen mindestens eine Stunde brauchte, um mich an das Wort für Kaffee zu erinnern. Ich war dreiundzwanzig und Weltmeister. Und Coughlin ertrug es nicht. Er arbeitete in einer Bar für Singles namens Cointreau's auf der Second Avenue. Der Laden lief ganz gut, aber die Prominenten hatten sich verdrückt und die Theke den Pendlern aus den Außenbezirken überlassen. Das war keine Werbung. Unterdessen machte ich, sein erster begabter Protcgé, mir im heißesten Schuppen der Stadt einen Namen. Ich wurde sogar in den Klatschspalten erwähnt. »Brian Flanagan, der Barchef bei Fatso's, empfiehlt den Red Eye als idealen Sommerdrink. Ein paar Spritzer Tomatensaft in ein Glas Bier, und . . .« Er war grün vor Neid, der Bastard, aber das wußte ich damals noch nicht. Ich brauchte immer mindestens ein halbes Jahr, um Coughlin zu durchschauen.

Ich arbeitete einige Wochen lang an meinem Roman und fand endlich den Mut, ihm das erste Kapitel zu zeigen. Nach einigen Tagen antwortete er mit einem Kommentar, den auch der blutigste Anfänger sofort durchschaut hätte.

»Du hast alle Möglichkeiten«, sagte er. »Du stehst mitten in einer großen literarischen Arena. Hinter der Bar siehst du alles. Du hast Erfahrung, Durchblick und die Fähigkeit, das Wesentliche zu erkennen. Aber dir fehlt das, was deine Generation als unerheblich abgetan hat. Dir fehlt Technik.«

Technik, diese mechanische Vorrichtung, die völlig unabhängig von Begabung existiert. Man braucht sie nur einzuschalten, und schon erledigt sie für einen die Arbeit. Mit Feuereifer machte ich mich auf die Suche nach diesem Fabelwesen. Ich besuchte einen Kursus für kreatives Schreiben. Technik für begabte Anfänger, eine Lehrveranstaltung pro Woche, vierhundertfünfzig Dollar. Der Lehrer war ein Journalist, dessen Name gelegentlich unter irgendeiner kriecherischen Lobhudelei zu lesen war, was ausreichte, um ihn für diesen Haufen von publizitätsgeilen Amateuren zum Superstar zu machen. In der ersten Stunde zerfetzte er jeden Schriftsteller von Ovid bis Updike, außer Borges und sich selbst. Dann bekamen wir unsere erste Hausaufgabe.

»Schreiben Sie Ihren eigenen Nachruf«, sagte er. »Verstehen Sie mich nicht miß. Ich möchte nicht, daß Sie alle tot sind. Jedenfalls noch nicht.«

Wir lachten. Ein Typ, der uns beleidigte, konnte so übel nicht sein.

Ich rannte nach Hause und riß die Staubhülle von meiner alten Underwood. Es gab unzählige passende Möglichkeiten für einen Barkeeper zu sterben. Ich konnte von Gangstern niedergemäht werden, während ich versuchte, die Tasse mit meinem Trinkgeld zu retten, eine eifersüchtige Kellnerin konnte mich erstechen oder ein Kellnerlehrling mich erschießen. Am Ende wählte ich die wahrscheinlichste Todesart – ich ließ mich mit einer Zigarette im Bett in Flammen aufgehen. »Brian Flanagan, einunddreißig, prominenter Barkeeper und Erzähler, kam gestern abend bei einem Brand in seinem

Apartment ums Leben«, begann der Nachruf. Mir gefiel diese feine Ironie. »Spezialisten der Feuerwehr vermuten, daß er einschlief, während er eine Zigarette rauchte. Eine Ausgabe der *Bekenntnisse eines britischen Opiumrauchers* von Thomas De Quincey wurde neben seiner Leiche gefunden. Ein Verbrechen wird ausgeschlossen, wenngleich die Möglichkeit eines Selbstmordes nicht ganz von der Hand zu weisen ist.«

Nach drei Stunden, vier Flaschen Bier und einer Packung Zigaretten hatte ich endlich zwölf lächerliche Absätze. Und es wurde Zeit, zur Arbeit zu gehen.

Und wen sehe ich, als ich die Bar betrete? Coughlin, wen sonst. Es war Samstag, und da er für sich das Vorrecht des größten Barkeepers der westlichen Hemisphäre in Anspruch nahm, arbeitete er niemals an Samstagen. »Wer sein Taschengeld fürs Wochenende nicht spätestens am Dienstag zusammen hat, ist im falschen Beruf«, pflegte er zu sagen. Coughlin sülzte eine Literaturstudentin von der Skidmore an. Sie war der Typ mit langen Haaren und kleinen Augen, die wie Kaninchen rammeln, bis einem die Anekdoten ausgehen und sie sich dem nächsten Studienobjekt von der Straße zuwenden. Der Kopf der Studentin ging wie ein Kreisel, sobald ein Prominenter auftauchte; jedes lässige »Hallo« bedeutete eine weitere nächtliche Turnübung. Dieser Literaturtante stand eine anstrengende mündliche Prüfung bevor. »Wenn man weiß, wie viele Risse in der Decke sind, dann ist man mit der richtigen Frau zusammen«, pflegte er zu sagen. Coughlin hatte Millionen solcher Sprüche auf der Pfanne.

Ich schiebe ihm meine zwölf Absätze rüber, während mir Visionen von einer Erwähnung in der Literaturgeschichte durch den Hinterkopf gehen. Er gibt sie mir mit einem abfälligen Grinsen zurück.

»Nicht so glatt wie von einem Journalisten. Nicht so gespreizt wie von einem Akademiker, nicht so oberflächlich wie von einem schwulen Trendsetter. Drei Versuche noch, Kleiner, und du kannst es mal mit etwas Richtigem probieren.«

Bei Miß Literaturstudentin geht bei den Worten dieses Kritikers die Post ab, daher fährt Coughlin fort. »Du verkaufst keine Sprache, Flanagan, du verkaufst Leben. Du bist ein irischer Lausejunge aus Brooklyn. In dir stecken unverdaute

Erfahrungen. Katholizismus, die Familie, die Straße, Schlägereien und Priester und feuchte Hände. Du hast die Chance, den Gordischen Knoten in dir zu durchschlagen. Tu's, raus mit der Familienromantik, erzähl die Wahrheit.«

»Aber der Lehrer will eine Zeitungsmeldung«, widerspreche ich lahm.

»Er weiß nicht, was er will. Du mußt es ihm klarmachen.«

Ich schenkte mir also die Feierabenddrinks und rannte nach Hause. Meine Underwood muß geglaubt haben, sie wäre an jemand anderen verkauft worden. So intensiv hatte ich sie seit Jahren nicht mehr benutzt.

»Flanagan gehörte zur Rasse *Barkeeperus Brooklynus Gaelicus«*, fing ich an. »Keine besonderen Merkmale. Eine umfangreiche Familie, die dem Schmelztiegel New York einen Polizisten, einen Priester, eine alte Jungfer und einige unheilbare Alkoholiker hinzugefügt hat. Pop hat einen Schmerbauch und Bierbäckchen. Er ist Arbeiter oder Angestellter im öffentlichen Dienst, Patriot bis auf die Knochen. Mom ist eine fröhliche irische Mutter wie aus dem Kino, die jedes Problem mit einem Seufzer und einer gekochten Kartoffel angeht. Sie hat dicke Beine mit dunklen Flecken, die Ärmste. Auf ihrer Nase sitzt eine behaarte Warze, loses Fleisch wallt um ihre Arme, und unter dem verwaschenen Kleid kann man die Konturen eines Stahlkorsetts erkennen. Mom schüttelt den Kopf, wenn sie die Perlen ihres Rosenkranzes durch die Finger gleiten läßt. Was kann ein Leben anderes tun, als zu Ende gehen? Wunderlichkeiten, Whiskey und die Heilige Muttergottes, so stellt sich das Volk von Brooklyn das Leben vor.«

Hier stoppte ich und zögerte, weiterzumachen. Ich hatte seit Jahren nicht mehr an meinen alten Herrn gedacht, und ich wollte es auch jetzt nicht. Aber die Erinnerung holt einen ein, sobald sie geweckt ist.

Thomas Vincent Flanagan war kein typischer Ire. Schmächtig und hohläugig, hatte er die krummen Finger eines Tagelöhners, die Arbeiten verrichten mußten, die sein Körper nicht durchstehen konnte. Es war für meinen Bruder, meine kleine Schwester und für mich während der patriotischen Fünfziger und der Kennedy-Sechziger ein Schandfleck. Er war der Typ von gewalttätigem Antikleriker, wie ihn nur eine fanatisch kirchentreue Gesellschaft hervorbringen konnte. Er besuchte niemals die heilige Messe, nicht einmal zu Weihnachten oder Ostern. Er schickte uns drei auf öffentliche Schulen und setzte unsere stolze Mutter den Krokodilstränen der Nachbarn aus, die glaubten, er könnte sich die Schulgebühren für die Konfessionsschule nicht leisten. An einem Gründonnerstag überquerte er, völlig nüchtern, die Straße und verfluchte einen Geistlichen – warum, erfuhren wir niemals – und machte uns so zu den Parias der Nachbarschaft. Es folgte eine Kette von Erniedrigungen, die mich noch heute erzittern lassen. Agnes wurde mitten in der Chorstunde nach Hause geschickt. Ich wurde von Jackie Mulrain, mittlerweile berittener Cop, die Stufen der U-Bahn hinuntergestoßen, und mein Bruder Paul stand mit einem Baseballschläger bewaffnet vor dem Haus der Mulrains, bis ein Streifenwagen kam und ihn mitnahm.

Mein alter Herr war ein echter Revolutionär. Sein älterer Bruder Brian kam während des Osteraufstandes 1916 in dem belagerten Postamt in Dublin ums Leben. Sieben Jahre später wurde Pop von einer schwarzbraunen Patrouille aufgegriffen und im Keller eines Polizeireviers bewußtlos geprügelt. Er kam nach Brooklyn, wo er für Patrick Devine, einen entfernten Cousin, als Möbelpacker arbeitete. Dort blieb er fünfzig Jahre, schleppte den Leuten die Sofas hinterher und wurde immer krummer und verbitterter, während die Jahre verstrichen und die Vereinigung Irlands nur noch ein Thema für Thekengespräche war.

Brooklyn war in den fünfziger Jahren kein Pflaster für Aufruhr und Protest, schon gar nicht mit irischem Akzent. Ein Stück die Coney Island Avenue hinunter, wo die alten Juden ihren Märtyrern huldigten – Trotzki, Guernica, Sacco und Vanzetti, dann gab's die Julius und Ethel Show –, waren Revolutionäre besser angesehen. Doch am Prospect Park, dieser Wildnis aus Sternenbannern und Kruzifixen, war der Rebell ein Ausgestoßener. Es waren Frauen, die ihn den Antichristen schimpften, und Männer, deren frömmelnde Bigotterie er kaum ertragen konnte, zwischen denen Thomas Flanagan sein gesamtes Leben zubrachte.

Jedes Jahr am 29. April erhob sich, unterstützt von einer Fünftel-Flasche Fleischmanns', der rebellische Geist in dem

Alten. Er ließ meinen Bruder und mich niederknien, und seine eisenharten Finger umklammerten unseren Nacken und drückten uns das Blut ins Gehirn. Dann mußten wir den alten Fenian-Eid schwören:

»Ich schwöre im Angesicht Gottes, des Allmächtigen, daß ich meine ganze Kraft einsetzen werde, um Irland zu einer unabhängigen Demokratischen Republik zu machen; ich will den Gesetzen Gottes gehorchen und den Befehlen meiner vorgesetzten Offiziere; und ich werde das Geheimnis dieser verschworenen Gemeinschaft bis über den Tod hinaus bewahren. So wahr mir Gott helfe. Amen.«

Danach mußten wir ihn alleine lassen. Wir beobachteten den alten Mann durch die blinden Scheiben der Tür, wie er auf und ab maschierte, tiefe Schlucke us der Flasche nahm und vor sich hin murmelte, bis er auf dem abgewetzten Teppich umsank und die *fleurs de lis* verfluchte, das Symbol des französischen Adels.

Jahre später erzählte er uns vom 29. April. Es war der Jahrestag der bedingungslosen Kapitulation von Pearse, dem Rebellenführer, der in die Knie gezwungen wurde, als der Aufstand sich nicht wie geplant im ganzen Land ausbreitete und die Briten unter den Rebellen aufräumten. »An diesem Tag kehrte die Hoffnung in die Büchse der Pandora zurück«, sagte der alte Mann, als er zu krank war, um den Schmerz mit Brandy zu betäuben. Mittlerweile hatten wir das Geheimfach hinter der Glastür des Mahagonibücherschranks entdeckt: versteckt unter einer Kollektion von Buchauszügen des Reader's Digest, die meine Mutter zusammengetragen hatte, und den Stapeln von *Life*-Magazinen, fanden wir *Das Kapital* und Lenins *Imperialismus*, die Bühnenstücke von Sean O'Casey, Bücher über europäische Geschichte, Biographien von Parnell und Wolf Tone, Werke über die Französische und die Russische Revolution – die Bücher, die Thomas Flanagan aus Irland mitgebracht hatte. Wir lasen sie wie besessen, ohne etwas zu verstehen, und von diesem Zeitpunkt an waren wir genauso isoliert, wie er es schon immer gewesen war. Die Bücher hatten ihn nicht klug genug werden lassen, um das Leben, das ihm bestimmt zu sein schien, zu ändern, sondern nur so klug, sich ihm zu ergeben. Sie machten ihn zum Einzelgänger, und bei uns war es genauso. Es ist schlimm, über den Klassenkampf Bescheid zu wissen. Man steht dem Geiz ziemlich ambivalent gegenüber, was für einen Barkeeper oder einen Bankier eine schwere Bürde ist, letzteren Beruf ergriff übrigens mein Bruder Paul. Es ist schlimm, wenn man weiß, daß man zu den Opfern gehört. Man hat keinen Spaß mehr an den kleinen Schwindeleien. Es nimmt dem Leben im Untergrund jeden Spaß. Der alte Mann arbeitete bis einen Monat vor seinem Tod. Seine Hinterlassenschaft für uns war ein Bewußtsein, das uns nicht weiterhelfen konnte.

Und dann war da noch Mom. Niemand hätte je geglaubt, daß eine Frau wie Mom am Buckingham Place einen Block von der Blessed Sacrament Church entfernt jemals existieren konnte. Im Budlin von James Joyce vielleicht oder in O'Neills Connecticut, vielleicht sogar in Kafkas Prag, aber niemals im tiefsten Brooklyn.

Mom kam aus Dublin. Sie hatte ursprünglich etwas viel Besseres werden wollen, wie sie uns häufig erzählte, als sie in die Staaten kam, um einige Wochen bei ihren Verwandten zu verbringen, ehe sie nach Philadelphia weiterreiste, um eine Stelle als Erzieherin in einer reichen irisch-amerikanischen Familie zu übernehmen. Das Hochzeitsfoto im Elternschlafzimmer erzählte die ganze Geschichte. Da stand ein ansehnlicher Bursche, eine Hand in Napoleon-Pose ins Hemd geschoben, dichte, schwarze Haare, dunkelblaue Augen, einen fröhlichen Ausdruck im Gesicht. Ein hübscher Kerl. Ich sollte ihm angeblich sehr ähnlich sehen. Seinen Arm hatte er um ein blasses, dünnes, hübsches Mädchen gelegt, fast ebenso groß wie er, das vor seiner Umarmung zurückzuweichen, sich ihr zugleich aber auch hinzugeben schien. Sie starrte völlig verwirrt in die Kamera, als wüßte sie nicht, wie ihr geschah. Es war eine sehr kurze Romanze gewesen. Kaum eine Woche in Amerika, und schon war sie verheiratet. Vierzig Jahre später war sie noch immer nicht bis nach Philadelphia gekommen. Abgesehen von ein paar Ausflügen in die Adirondacks war sie immer in diesem Stadtteil geblieben, in der Gegend um den Prospect Park, auf dessen See sie jeden Samstagnachmittag mit dem Paddelboot unterwegs waren, ganz gleich, wie heftig der Freitagabendstreit verlaufen war. Doch es war ihr gelungen, sich das Fremdartige zu erhalten, das sie von jenseits des Ozeans mitgebracht hatte: ihre Liebe zur Oper, obwohl sie nie eine gesehen hatte, nur die Rundfunkübertragungen aus der Met gehört hatte; ihre schöne Stimme, obgleich sie niemals Gesangsstunden genommen hatte, und sie mußte sich heimlich davonschleichen, um im Kirchenchor mitzusingen, denn das sah ihr Mann nicht gerne; und ihr Piano, das Hochkantmodell, das der alte Mann auf einer Auktion ersteigert hatte. Sie war dünn geblieben, ihr Gesicht, obgleich von tiefen Falten zerfurcht, war immer noch jugendlich und hübsch, ihr Gesichtsausdruck immer noch verwirrt, jetzt allerdings von einem Hauch Bitterkeit, als wüßte sie endlich, was sie alles verloren hatte.

Nicht gerade das typische irische Ehepaar für Brooklyn. Sie stritten sich ständig und redeten manchmal wochenlang nicht miteinander. Die Abendmahlzeiten wurden in kaltem Schweigen eingenommen, und das Besteckklappern war die einzige Antwort auf die ängstlichen Gedanken der Kinder. Der alte Mann, unfähig, die Spannung zu ertragen, bat um das Salz, erwähnte eine Zeitungsmeldung, doch Mutter schwieg beharrlich, bis er wütend auf den Tisch schlug, aufsprang, sich seine Jacke überwarf und die Küchentür hinter sich zuschlug, daß der Holzstaub hochwirbelte.

Nach dem Tod des alten Mannes zog Mutter sich in den Salon zurück, wo sie sich zwischen Büchern und Schnapsflekken vergrub. Ich war seit Jahren nicht mehr in dem Haus, zog ich es doch vor, Mutter auf neutralem Gebiet im Hause meines Bruders in Peekskill zu begegnen, wo ich gelegentlich das Weihnachtsfest verbrachte. An all das hatte ich nicht mehr gedacht, bis ich diese verdammte Schreibübung begonnen hatte. Und nun konnte ich nicht aufhören. Erinnerungsfetzen tauchten auf wie Luftblasen in einem Wassertank. Alle meine Sinne wurden angesprochen. Ich schmeckte wieder die milchigweißen Weizenmehlklumpen, die wir jeden Morgen zum Frühstück vorgesetzt bekamen, ich roch wieder den Staub in der Leichenhalle der Graham Brothers, wo sie den alten Herrn aufgebahrt hatten. Es roch dort wie in einem Saloon am Morgen. Waren diese miesen Bilder etwa der Stoff, aus dem die große Literatur besteht? Würde ich es wohl auf die Titelseite der

Times Book Review schaffen? Würde ich in Talk-Shows weise Sprüche von mir geben, und würde man mein Bild in meiner alten Schule aufhängen? Wahrscheinlich nicht. Denn ich konnte nichts von alledem zu Papier bringen.

»Genug!« Ich stülpte die Schutzhülle meiner Schreibmaschine über meine Vergangenheit und nahm eine Handvoll schale Valiumtabletten. Der Nachruf mußte am nächsten Abend fertig sein, aber wenn ich noch länger über mein früheres Leben, meine Jugend oder auch nur über meine Erlebnisse vom vorhergehenden Abend nachdachte, dann würde ein anderer meinen Nachruf schreiben müssen, weil ich dann schon unter einem Autobus läge. Ich war nicht der Typ für solche Rückschauen.

Außer Telefonnummern zu notieren und ungedeckte Schecks zu unterzeichnen, habe ich bis heute keine ernsthaften Schreibversuche mehr unternommen. Es war nicht der letzte boshafte Schabernack, den Coughlin mir spielte. Solange ich noch irgendeine Ambition hatte, war er es, der sie mir austrieb und für sich ausnutzte. Mein Flirt mit dem Starruhm ist ein hervorragendes Beispiel.

Das war zu einer Zeit, als ich diesen Kerl zwei Jahre lang aus den Augen verloren hatte.

Anfang der Siebziger. Soho. Die Kunstszene. Unbarmherziger Chic. Ich arbeite in einem Laden, der so hip ist, daß er noch nicht einmal einen Namen hat. Ein umgebauter Altenclub in der Spring Street mit schwarz gestrichenen Fenstern. Früher hockten hier alte Italiener und tauschten Papiertüten mit geklauten Juwelen und Falschgeld mit den Kunden in Straßenkreuzern am Bordstein aus, bis sie auf den Trichter kamen, daß sie mehr Geld scheffeln konnten, wenn sie den Raum vermieteten. Die Eigentümer stehen auf »intellektuellem Interieur«. Sie lassen die Fenster schwarz, holen sich die Marmortheke eines aufgegebenen Süßigkeitenladens einen Block weiter, streichen die Wände grellgelb, installieren Halogenspots sowie violette Strobelights an beiden Enden der Bar, bauen eine klaustrophophobiefördernde Küche in den Keller, stellen eine Musikbox voller Bob Dylan und Chuck Berry an eine Wand, öffnen die Pforten und treten beiseite, um nicht totgetrampelt zu werden.

Das ist Soho. 1972. Jeder Kulturwichser der westlichen Hemisphäre hat sich in den immer noch billigen Lofts, diesen leeren Fabrikhallen, breitgemacht. Täglich wird eine neue Galerie eröffnet. Avantgardistische Theatertruppen mit Namen wie »Mülltonne« und »Die explodierende Sellerie« kämpfen um staatliche Subventionen. Der Laden wird in New York zu einem der ersten Restaurants, das jeden Tag eine andere Quiche anbietet; allein das sollte ihm eine Erwähnung in jeder Kulturgeschichte der siebziger Jahre garantieren. Bei uns hängen die Stars herum. Jeden Abend steht dieser Typ an der Bar, der für ein Stück lackiertes Treibholz fünfzig Riesen und mehr kassiert; ein anderer nimmt mit dem Tonband das Gekeuche seiner Alten beim Akt auf, verpackt das Band in einer Stahlkassette und verscheuert dieses Objekt für dickes Geld. Zu uns kommt der Typ, der ein fünfstündiges Theaterstück über die Liebesaffäre zwischen Helen Keller und John Milton geschrieben hat. Und wir haben auch die »Performance«-Typen, die sich zu elektronischer Musik splitternackt auf einer leeren Bühne wälzen, während Projektoren Bilder vom Kindergeburtstag der Schwester des Theaterchefs auf alle vier Wände werfen. Reicht das? Zu uns kommen die wichtigsten Kunstganoven der Kulturszene. Und die rund tausend Geier, die ihre Dollars damit verdienen, indem sie darüber schreiben. An drei oder vier Abenden kann man bei uns sogar Andy Warhol erleben; an den anderen Tagen schickt er einen Vertreter, der genauso aussieht wie er, ehrlich.

Der Laden ist heiß. Keine Trinkgelder von den Spesen- und Stipendien-Rittern. Solche Leute vergessen bei ihrer Verschwendung gerne das Fußvolk. Desgleichen die Touristen, die eine Bar für ein Café halten und Tomatensaft, Capuccino und vier Glas Wasser bestellen und einem dann einen Vierteldollar zukommen lassen. Diese miesen Scheißer. Geh mir weg mit Europäern. Unnötig zu erwähnen, daß der Laden, kaum daß er in der Presse erwähnt wurde, auch Hollywood anlockte. Daher schockt es mich auch gar nicht, daß eines Abends, als ich zur Arbeit komme, auf der Straße einige Wohnwagen stehen und jede Menge Scheinwerfer aufgebaut sind, die die Nachbarschaft erleuchten wie ein Konzentrationslager der Nazis.

Sie drehen einen Film. Es hat nichts mit mir zu tun, aber ich nehme es sehr persönlich. Nicht nur, daß jeder von denen da draußen mehr Geld verdient als ich, sondern ich werde auch den Verdienst von mindestens zwei Schichten einbüßen, während diese Typen sich über jeden Pups bei dreifachem Stundenlohn in die Haare geraten. Niemand von denen kennt mich, aber es ist klar, daß sie sich alle gegen mich verschworen haben. Ich habe einen leichten Kater, bin etwas stoned und beschließe, mich zu rächen.

Drinnen haben sie den Laden völlig auseinandergenommen. Typen hängen Scheinwerfer auf und schnorren Drinks. Überall diskutieren irgendwelche Leute. Ein aalglatter Junge mit fettigen Haaren und dicken Muskeln unter seiner Wildlederjacke schiebt sich zwischen mich und die Bar.

»Da können se nich hin, Chef«, sagte er und betrachtete mein Schlüsselbein.

Ich hatte bereits an die zweihundert Saloonschlachten hinter mir, daher war ich im Vorteil.

Ich versuche, mich an ihm vorbeizudrängen, und wie erwartet drückt er mir mit dem Finger gegen die Brust und schiebt mich zurück, was in den Filmen immer einer Saalschlacht vorangeht. Ich wende mich ab, als wolle ich zurückweichen, und dann, WHAMM!, setze ich dem Hollywoodtyp einen Hammer auf die Nase. Er stolpert zurück, seine Augen verdrehen sich. »Laß deine Griffel von mir«, schreie ich. Augenblicklich erscheint die rettende Hundertschaft. Die mich festhält. Die dazwischengeht. Die ihn festhält. Die nach der Polizei ruft, nach dem Produzenten.

»Heh, gibt's Probleme?« Ein gelackter Typ mit gestutztem Bart und gestärkten Locken mit einer Linse um den Hals drängt sich durch. Ich will mich auf ihn stürzen, und die Hundertschaft stößt mich gegen die Wand. »Mich schlagen Sie nicht«, erklärte der Bursche. »Ich bin der Boß. Was gibt's für Klagen?«

»Sie rauben mir meinen Lebensunterhalt«, klage ich. Ich klebe mit der Nase an der Wand, aber aus den Augenwinkeln sehe ich, daß Vaselino blutet, als hätte man ihn durch den Fleischwolf gedreht.

»Alle scheffeln Geld und sind high und bekommen was zum Vernaschen«, sagte ich. »Und ich bin eine Woche arbeitslos, weil ihr hier die große Schau abzieht. Stimmt's?«

»Stimmt«, antwortet er. »Absolut.« Er wendet sich an einen Knaben, der die beste Imitation eines Cockerspaniels bringt, die ich je gesehen habe. »Hol Howard her.«

Die Hundertschaft, die mich festhält, läßt mich los und rennt davon. Howard ist ein feister kleiner Schwuler mit einem Klemmbrett und einem panischen Ausdruck in den Augen. »Warum suchen wir nach einem Schauspieler für die Rolle des Barkeepers, Howard?«

»Weiß ich nicht, Eli.«

»Frag Miß Dana, ob sie einen Moment Zeit hat, Howard.«

Howard verschwindet, und der Typ wendet sich wieder mit zu. »Ich bin Eli Randall. Ich führe bei diesem Film die Regie.«

»Ich bin Brian Flanagan.«

»Okay, Brian, ich sorge dafür, daß Sie Ihren Wochenverdienst bekommen . . . Selma!«

Eine weibliche Version Howards mit Klemmbrett und Panik in den Augen erscheint.

»Gib Flanagan eine Kopie von der Kotz-Szene«, weist er sie an. »Miß Danas Lieblingsszene, Brian. Damit wird sie für den Oscar vorgeschlagen. Wie stehen Sie zu Filmstars, Brian?«

»Ich fange immer ganz unten bei den Füßen an und arbeite mich langsam hoch.«

Eli scheint Magenschmerzen zu haben. »Immer langsam, Brian. Ich will nur nicht, daß Sie in Ohnmacht fallen, wenn Miß Dana erscheint. Sie haßt es, angehimmelt zu werden. Ich will auch nicht, daß Sie den großen Aufreißer spielen, okay? Miß Dana ist ein Profi. Sie ist nicht deshalb in diesem Business, um aufs Kreuz gelegt zu werden.«

»Okay, keine hängende Zunge, und keine eindeutigen Angebote, schon verstanden.«

Marcy Dana, Yale-Schauspielkurs, blond und konzentriert mit Hornbrille und nichts unter ihrem Bademantel, taucht auf. Sie hat alles, was man braucht, um oben zu sein. Sie ist auch das Symbol der neuen Generation von Schauspielerinnen, die das Frauenbild in den siebziger Jahren verändern sollten. Sie ist außerdem sehr klein.

»Ich wußte nicht, daß sie so winzig ist«, sagte ich zu Eli.

»Das ist das Gewerbe der kleinen Menschen. Hier ist jeder winzig. Ihr Partner ist noch kleiner als sie. Dadurch sparen wir bei den Kostümen ganz schön.«

Sie stellen mich also hinter die Bar, und ich spiele die Szene mit Marcy probeweise durch.

»Eine solche Situation haben Sie sicherlich schon millionenmal erlebt, Brian«, erklärt Eli. »Das Girl ist besoffen. Sie läßt sich total hängen. Es ist schon geschlossen. Sie haben Mitleid. Sie bringen sie nach draußen, und sie kotzt sie von oben bis unten voll.«

»Was passiert dann?«

»Sie bekommen einen Scheck und eine Mitgliedskarte der Schauspielergewerkschaft, Brian; das ist alles.«

Marcy Dana ist sehr hilfsbereit. Sie ist so intensiv bei der Sache, daß ihr Bademantel aufklafft. Die Szene scheint eine geschlagene Stunde zu dauern, als sie mir ihre Lebensgeschichte erzählt, und ich mache ein paar aufmunternde Bemerkungen. Dann soll ich hinter der Theke hervorkommen und sie nach draußen bringen. Totenstille herrscht, wie es sich bei der Geburt eines Stars gehört. Ich geleite sie hinaus. Mein Text lautet: »Kommen Sie, ich lade Sie zum Frühstück ein.« Wir versuchen es dreimal, und jedesmal fängt Miß Dana nach meinem Satz an zu würgen und spuckt mir aufs Hemd. Nach dem dritten Mal stinke ich wie die Herrentoilette in der Grand Central Station, und Marcy Dana strahlt begeistert.

»Das tut richtig gut, Eli«, sagte sie.

»Sie haben einen neuen Job, Brian«, meint Eli, dann wendet er sich um und stolziert davon, gefolgt von Howard, Selma und seinem Leibwächter, der sich ein nasses Handtuch ins Gesicht geklatscht hatte und mit mir abrechnen wollte und nun feststellen mußte, daß ich die jüngste Entdeckung seines Chefs bin.

»Super, Eli«, lobt Howard.

Ich bin mit Marcy Dana allein, und sie sieht mich erwartungsvoll an. Soll ich in Ohnmacht fallen? Mir die Hose runterziehen? Ist es soweit?

»Sie sind eine wunderbare Schauspielerin, Miß Dana.«

»Marcy reicht völlig. Sie haben so etwas Gewisses, Brian.

Dadurch, daß Sie ein echter Barkeeper sind, habe ich in dieser Szene etwas ganz Spezielles gefunden. Ich bin sehr froh.«

»Sie sind phantastisch«, schwärme ich weiter. »Daß Leute auf Kommando weinen können, wußte ich schon, aber Sie können sich sogar dreimal hintereinander übergeben! Wie schaffen Sie das?«

»Ich habe bei dem Wort Frühstück eine Assoziation«, antwortet sie ernsthaft. »Wenn Sie es aussprechen, dann stelle ich mir vor, wie Sie mir Ihren Schwanz in den Rachen rammen und er zu spucken anfängt, und schon kommt's mir hoch«.

Diesmal bringe ich mich durch einen Sprung aus der Schußlinie. Marcy kichert und rennt die Straße hinunter, hüpft über die Kabel zu ihrem Wohnwagen, winkt mir zum Abschied kurz zu, während sie sich den Mund abwischt.

Ich habe den Fuß in der Tür. Achtundzwanzig Jahre alt und auf dem Weg nach oben. Ich habe die Rolle, und es sieht so aus, als würde ich in Kürze den weiblichen Star flachlegen. Ich nenne fünf verschiedenen Häschen meine Adresse nebst Telefonnummer, mache mit dem Kostümknaben Shakehands, vertrage mich mit dem Burschen, der die Prügelei verhindert hat, und bekomme für zwei Tage frei.

Was tue ich? Gehe ich nach Hause und lerne meine Rolle auswendig? Schlafe ich mich aus, verzichte ich auf Brandy und Zigaretten, um bei meinem großen Auftritt möglichst fit auszusehen? Natürlich nicht.

Ich renne in jeden Schuppen, in dem ich jemanden treffe, dem ich meine Erfolgsstory erzählen kann. Dabei komme ich kaum einen halben Block weit, ehe ich völlig fertig bin. Soho ist eine der Gegenden, die nur aus Bars und Saloons zu bestehen scheinen. Hier ist jeder irgendwie im Barbusiness tätig. Als ich es endlich bis zur Upper East Side geschafft habe, hat auch meine Story an Substanz gewonnen. Ich habe Hollywood »erobert«, indem ich einen Streit vom Zaun gebrochen habe. Irgendwie hatte ich schon all die Jahre gewußt, daß mich nur eine spektakuläre Aktion voranbringen und hinter meiner Bartheke hervorholen würde. Ich habe meine Chance erkannt und sie instinktiv ergriffen. Nachdem ich meine Geschichte mindestens ein dutzendmal erzählt habe, werden mir auch noch andere Dinge klar. Daß der Regisseur mich entdeckt hat, beweist nur sein scharfes Auge für Begabung und seine Flexibilität. Marcy Dana hat mein Schicksal beeinflußt, indem sie auf jemand Unbekannten voller Enthusiasmus reagiert hat; sie erwies sich als prima Kumpel und als »New Yorker Leinwandstar«, der seine Herkunft, seine »Wurzeln«, nicht vergessen hat. Außerdem hat sie mir unmißverständlich klar gemacht, daß ich von ihr noch viel mehr würde bekommen können, wenn ich mich als netter Bursche erwies.

Ich lande im Catacombs, einem finsteren Kellersaloon auf der East Eighty-third, wo die Kerzen in Plastikschädeln stecken und die Kellnerinnen Mönchskapuzen und Hotpants tragen. In meinem Glas rotiert ein Cordon bleu, und ich sage: »Es ist furchtbar, wenn sich eine Bande von Halsabschneidern gegen einen verschwört und man keine Ahnung davon hat.«

Jemand sagt: »Eine eingehende Betrachtung der Geschichte bestätigt, daß Waffenstillstandsvereinbarungen stets vorübergehend sind und damit enden, daß eine oder mehrere beteiligte Parteien von anderen beherrscht werden.«

Ich erstarre. Coughlin steht am andere Ende der Bar. Er hat alles mitgehört. Es ist fast zwei Jahre her, seit er die Stadt verlassen hat, die sich Manhattan nennt, und einen Haufen Spekulationen zurückließ. War es wegen einer Frau? Hat er ein Ding gedreht? Ein besserer Job? Eine neue Karriere?

»Es freut mich, daß es meinem Starschüler so gut geht«, sagte Coughlin. »Spendierst du mir 'nen Drink, Kleiner?«

Das beantwortet die Frage. Eines von Coughlins Gesetzen lautet: »Wenn du arm bist, dann bezahl deine Drinks. Wenn du reich bist, laß dich von den Idioten einladen. Dann brauchst du keine Freunde.«

Coughlin kommt zu mir. Er trägt ein blaues Seidenhemd, so daß seine Sonnenbräune sogar bei der herrschenden Dunkelheit zur Geltung kommt. »Ich glaube, es gibt wirklich eine höhere Macht, als ich es bin. Kaum zwei Stunden in der Stadt, und wer läuft mir über den Weg? Mein absolut liebster Verlierer.«

»Wo warst du die ganze Zeit?«

»Auf Ibiza. Ich hab' dort zwei Jahre lang einen Schuppen geführt, aber dann blieben die Touristen weg, und die Eingeborenen stürmten herein, deshalb bin ich abgehauen. Ich bin übrigens wie immer in Begleitung, wenn deine erste Gage als Oscar-Aspirant das verträgt.«

Diesmal hat er gleich zwei. Die eine ist ein schmollmündiger Rotschopf um die neunzehn, hager, Riesentitten, der Typ, der seit seinem zwölften Lebensjahr auf sich allein gestellt war. Die andere ist eine deutsche Tante mit kurzen blonden Haaren und von undefinierbarem Alter in einer Lederjacke. Mager, keine Titten, ihr Atem stinkt nach Gauloise. Zusammen bilden die Girls ein Team, die Schöne und der Schläger, Mädels wie die trifft man in allen Badeorten an, wo sie auf der Suche nach Typen wie Coughlin sind, um von ihnen ausgehalten und vorgeführt zu werden. Am Ende der Straße erwartet sie eine gescheiterte Ehe, eine Verhaftung wegen Drogenbesitzes oder ein gewaltsamer Tod, doch bis dahin wäre Coughlin längst abgesprungen.

Coughlin ist konsequenter Rumtrinker. Er mag ihn in Daiquiris, Bacardi-Cocktails, Zombies, Mai Tais, Cuba libres, Grogs und Toddies. Im Augenblick trinkt er einen Lemon Hart on the Rocks mit einem Spritzer Anisette. Die Blondine trinkt Johnny Walker Black, die Rothaarige geht mit Martinis unter und schiebt einige Quaaludes nach, während Coughlin mit seiner Lektion beginnt.

»Es ist das nackte Schicksal, daß ich dir in dieser deiner Stunde der Not eine leitende Hand reichen kann, Brian, mein Freund«, sagt Coughlin.

»Ich glaube, ich bin ohne dich ganz gut zurechtgekommen.«

»Was ist denn seit meinem Verschwinden passiert? Du stehst noch immer hinter der Theke, oder nicht? Du siehst noch immer ganz gut aus. Bist immer noch unter den Blinden der einäugige König. Immer noch pleite.«

»Und immer noch jung«, füge ich hinzu. Die Anspielung auf das Alter ist der einzige Schlag, den ich landen kann. Er krümmt sich innerlich und kommt mir wie ein Vater.

»Jung genug, um einen Rat anzunehmen, hoffe ich doch. Du hast hier eine einmalige Chance, aber du bist im Begriff, sie zu vermasseln.«

»Und du wirst mir gleich erklären, wie ich das am besten vermeide.«

»Ich erkläre dir nur den richtigen Blickwinkel. Du gehst das alles völlig falsch an.«

»Wie das?«

»Du bist zu siegessicher. Du glaubst, du hast es geschafft. Aber wenn du dich nun irrst? Wenn die ganze Angelegenheit wie folgt aussieht: Der Regisseur ist kein Fellini, der sich die begabten Amateure von der Straße holt; er will lediglich eine Szene sabotieren, die er haßt, indem er einen totalen Versager aufstellt, der so viel Mist baut, daß die Szene am Ende geschnitten werden muß.«

»Aber nicht, wenn Marcy Dana darauf besteht, sie im Film zu behalten.«

»Aha, Marcy Dana, auf die bist du also scharf.« Coughlin kommt richtig in Fahrt. »Ich hasse es, dir mitteilen zu müssen, daß du von Frauen so gut wie nichts verstehst. Was ist, wenn die Dana im Grunde nicht viel davon hält, vor dreißig Millionen Filmfans zu kotzen? Vielleicht hat ihr Agent ihr klargemacht, daß dies ihrem Image nicht gut bekommen würde. Oder ein paar Freunde haben ihr abgeraten? Mit dir als Partner kann sie diese Szene schneiden, oder selbst das Gesicht zu verlieren. Sie kann immer sagen« – und damit imitierte er eine Kleinmädchenstimme – »wir haben es mit einem Neuen versucht, aber er brachte es nicht so überzeugend. Schade, er war nett und hat sich so sehr angestrengt.«

»Und wenn ich ihr nun an die Wäsche gehe . . .«

»Bitte, bitte . . .« Er bedeckte die Ohren der Rothaarigen. »In unserem Kreis befindet sich eine Minderjährige. La Dana kann sich mit dir in ihrem Wohnwagen oder auf dem Rücksitz ihrer Limousine oder sogar in ihrer Suite im Plaza vergnügen. Na und?« Du und D. H. Lawrence und all dieser neofaschistiche Unsinn, ein Mann könne eine Frau mit der Kraft seiner Lenden beherrschen. Hast du schon mal etwas von der Schwarzen Witwe gehört? Heute im Bett und morgen schon auf der Straße? So etwas ist unter den Frauen sehr verbreitet, und mit solchen Typen hast du kaum Erfahrung.«

Er hat's geschafft. Ich falle in mich zusammen. Die ein, zwei Sekunden, die ich zu benommen bin, um zu reagieren, sind der Beweis, den er braucht. »Treffer«, sagte er. »So ist das, wenn man die Nase in den Wind steckt, weht er einem nicht selten ins Gesicht.«

»Und was soll ich jetzt tun, damit sich die ganze Sache für mich auszahlt?« frage ich.

»Ganz einfach. Werde Schauspieler.«

»Dazu ist keine Zeit. Die Szene wird schon in zwei Tagen gedreht. Ich kann doch nicht in eine Schauspielschule gehen . . .«

»Davon rede ich doch nicht. Ich meine Recherche. Technik . . .«

Es war der gleiche verfluchte Trick, den er auch schon vor ein paar Jahren gebracht hatte. Ich hätte es auf Anhieb erkennen müssen. Statt dessen tue ich so, als hätte ich das Wort noch nie gehört. Ich stürze mich darauf, Technik, natürlich, Technik .

»Ich hab' nur fünf kurze Zeilen . . .«

»Mehr als genug, mein lieber Flanagan, um vor der Kamera zu glänzen. Wenn du selbst einen Charakter schaffst. Nicht nur einen Stichwortgeber, der den Star in Bewegung hält. Du mußt in dir suchen, dich mit deiner Vergangenheit auseinandersetzen, um dich mit jemand identifizieren zu können. Denk dir einen Ort, an dem die Szene passiert sein könnte. Eine Person, die mit Leuten wie Marcy Dana zu tun hat. Vielleicht deinen Vater oder einen Priester oder einen anderen Barkeeper, den du mal gekannt hast. Du mußt den Charakter erforschen und dich selbst auch. Glaub mir, es gibt Schauspieler mit noch kleineren Rollen, die genau so vorgehen.«

Ein paar Stunden später setzt Coughlin mich in ein Taxi. Wir haben mein ganzes Geld und seins zum großen Teil darauf verwandt, ihm bei seinem Vortrag über die Schauspielkunst zu lauschen. Anekdoten von berühmten Schauspielern geistern mir durch den Kopf. Kleine Tips, die er von den vielen Berühmtheiten aufgeschnappt hat, die er kennt. Ich bin wie betäubt. Ich komme mir vor, als gehörte ich zu dieser grandiosen Bruderschaft der Thespisjünger. Coughlin hat mir neues Selbstvertrauen gegeben. Am nächsten Morgen nehme ich eine eiskalte Dusche, trinke den ganzen Tag nur schwarzen Kaffee, verzichte auf Zigaretten, um meine Stimme zu schonen, gehe schwimmen und nehme ein Dampfbad. Dabei denke ich nach. »Such dir ein Bild, ein Image«, hat Coughlin mir geraten.

»Etwas, mit dem du arbeiten kannst. Filtere alles durch seine Persönlichkeit, und deine Instinkte reagieren richtig. Es sollte jemand sein, den du gut kennst, jemand, an den du häufig denkst . . .«

Ich denke und denke, und plötzlich fällt es mir ein. Wer ist die charismatischste Persönlichkeit, die ich kenne? Wer könnte sogar einer Klapperschlange an die Wäsche gehen? Wer ist schon länger als Barkeeper tätig, hat mehr Geschichten gehört, sich mit mehr Gimpeln abgegeben, mehr Fusel konsumiert, mehr Köpfe eingeschlagen, wer ist mehr herumgekommen, und wer hat wahrscheinlich mehr Frauen gehabt als jeder andere, den ich kenne? Coughlin, wer sonst?

Irgendwie ist es spaßig. Dieser Kerl ist für mich seit Jahren fast so etwas wie ein böser Geist, und nun benutze ich ihn für meine Zwecke. Ich erhebe ihn zu meinem Vorbild. Hinter der Theke ist er riesig, und bei gutem Publikum kann er sogar elektrisierend wirken. Das werde ich auf die Leinwand bringen. Fünfundvierzig Sekunden Zelluloid, zwei Nahaufnahmen, und ich habe es geschafft. Ich werde reich und berühmt, indem ich Doug Coughlin imitiere, und zwar besser, als er selbst es je gewesen ist. Jahre habe ich darauf gewartet, aber nun habe ich es endlich geschafft, nun bin ich derjenige, der als letzter lacht.

Manhattan special

»Vorbereitung ist alles«, sagte Coughlin. »Schlüpf in die Charaktere hinein. Mach dir den Übergang bewußt, stell dir vor, wie deine Haut schlaff in sich zusammensinkt, sobald du mit Seele und Körper in die Hülle eines anderen Menschen übergehst.«

Technik, Technik. Laß in deinem Bewußtsein einen Film ablaufen, konzentriere dich, sagte ich mir.

Ich saß in einem abgedunkelten Raum und ließ den Film zurücklaufen bis zu dem Zeitpunkt, als ich ihn kennenlernte. Es war 1964.

Ein achtzehnjähriger Brian Flanagan steigt in Brooklyn aus der U-Bahn. Der Junge ist frech und unerfahren, nicht so einmalig, wie er selbst glaubt. Er betrachtet sich als Weltmann. Mit dreißig wird er Millionär sein – sagen wir achtundzwanzig, wenn der augenblickliche Boom anhält. Er hat sich bereits der Armee entzogen – dem Seelenklempner hat er etwas von einem Drogenproblem vorgefaselt –, und nun liegen die Hunderte von Wegen hinauf zur Spitze vor ihm. Bis dahin, um etwas Taschengeld zu verdienen, ist er nach Manhattan gekommen, um sich einen Job als Barkeeper zu suchen. Vor zwei Jahren hat er während des Sommers in einem Straßencafé am Strand von Jersey gearbeitet. Er hat seine Unschuld verloren, Marijuana geraucht und gelernt, einen kurzen Bloody Mary zu mixen. Im darauffolgenden Jahr arbeitete er im Sommer als Kellner in einem Yachtclub in Larchmond. Das Essen war tiefgefroren. Herstellt wurde es in einer Fabrik in Poughkeepsie, und hineingeschmuggelt wurde es mit einem Wäschereilieferwagen. Der Junge brachte die Bestellungen durcheinander und kam mit den Tellern nicht zurecht. Mindestens einmal pro Abend verkleckerte er Vichysauce, meistens auf die Lady mit den dicksten Titten, egal welchen Alters. Der Koch war ein Grieche, der durch die Küche tobte und die Kellner mit einem Fleischbeil bedrohte. Einmal schüttete der Junge ihm eine Flasche Tabasco ins Heineken-Bier. Der Koch nahm einen kräftigen Schluck, legte sich flach und brüllte um Hilfe. Ein Küchenjunge wurde mit akutem Lachkrampf ins nächste Krankenhaus transportiert. Am Ende verpetzte jemand den Jungen – so einen gab es immer und überall –, und er wurde gefeuert. Der Koch und seine beiden Brüder erwarteten mit Dachlatten bewaffnet den Jungen auf dem Parkplatz am Bahnhof. Ein Cop aus Larchmont brachte den Jungen nach White Plains und meinte, daß er eigentlich hätte zulassen sollen, daß der Junge die Abreibung bekam, die er verdient hatte.

Der Junge arbeitete nie mehr als Kellner, aber er dachte sich, daß ein weiterer Versuch, sich als Barkeeper zu etablieren, ihm nicht schaden könne. Immerhin war die Revolution im Anmarsch. Bald gäbe es keine Arbeit mehr. Ein paar Tage vorher hatte der Junge im Washington Square Park seinen ersten LSD-Trip eingeschmissen. Alle waren hinuntergerannt zur Staten-Island-Fähre, die damals einen Nickel kostete. Sie nannten es das »Jo-Jo-Spiel«. Man fuhr auf der Fähre hin und her. Niemand machte einem Schwierigkeiten. An jenem Abend, wie jeden Abend, malträtierten ein paar schwarze Kids ihre Congatrommeln. Ein Mädchen von der Musik- und Kunst-High-School namens Melanie – sie hatte lange schwarze Haare und trug einen schwarzen Rock mit schwarzen Netzstrümpfen, durch deren Maschen die weißesten Schenkel der Christenheit schimmerten – hielt die Hand des Jungen. Sie standen an der Reling, als die Sonne aufging. In diesem Augenblick hatte der Junge eine Vision. Liebe, Musik und LSD würden die Welt retten. Indem der Junge Melanies kratzigen Wollpullover über ihren Kopf schob, entdeckte er nackte Brüste. Kein Büstenhalter, keine BH-Strippen! Das war eine wahrhaft revolutionäre Geste! Der Junge war von all der Schönheit wie gebannt. Das Boot, die Brüste, das Dröhnen der Trommeln in der Nacht. Die Neue Ordnung konnte ihm gestohlen bleiben.

Durch die vereinenden Kräfte der Persönlichkeit existierten all diese Liebe und Lyrik neben einer gnadenlos einnehmenden Natur. Der Junge war Messias und Millionär zugleich. Er hatte in seinem ersten Sommer als Barkeeper das Klauen gelernt und stolperte nun in Lord Bountifuls, die bekannteste Bar für Singles auf der Upper East Side. Er wollte einen Job. Er wollte den Schuppen leerklauen und sich eine Wohnung mit einem Zeitschloß an der Tür suchen, um den Strom verführerischer, sich die Lippen leckender, miniberockter, büstenhalterloser Mädels zu kontrollieren, die seine Phantasie bevölkerten.

Der Typ hinter der Bar hatte sich vier Eier und einen Sechserpack Rheingold-Bier zurechtgelegt, auf der anderen Seite eine Karaffe mit Tomatensaft, dazu Salz, Pfeffer, Tabasco, Meerrettich und Worcestersauce wie Satelliten um die Karaffe arrangiert, und in der Mitte eine Schachtel Marlboros und ein goldenes Feuerzeug. Später sollte Brian erleben, daß der Typ sich immer auf der Bar sein persönliches Sonnensystem zurechtlegte, wenn er sich niederließ, um zu trinken. Nun füllte der Typ einen von der Kälte beschlagenen Bierseidel zur Hälfte mit Rheingold, zur anderen Hälfte mit Tomatensaft, würzte das Ganze, ließ ein Eigelb hineinfallen und kippte sich alles durch die Kehle, ohne die Zutaten zu vermischen, und zwar machte er das so fix, daß der Adamsapfel kaum einmal zuckte. Dann zündete er sich eine Zigarette an und begann von vorne.

Für den Jungen war es genauso, als tränke jemand Gulliwasser. Nur mit Mühe konnte er ein Würgen unterdrücken.

»Ist der Chef da?«

In den folgenden Jahren sollte der Junge lernen, seine Runde Freitagabend zu machen, wenn der Eigentümer leicht angesäuselt war und von phantastischen Einnahmen träumte, anstatt am Sonntag, am Morgen nach einem turbulenten Abend, wenn jeder mit einem furchtbaren Kater kämpft und ein weiteres sinnloses Wochenende beklagt. Er würde so viele Dinge lernen und sich ständig darüber wundern, wie wenig ihm sein erworbenes Wissen nutzte.

Der Typ hinter der Bar hatte pechschwarze Haare, hellblaue Augen und jene Art von Grinsen, das einem in Brooklyn ausgetrieben wird. Er sah aus wie der mißratene Bruder von Superman. Sein Gesicht zeigte jene gedämpfte Röte, die auf alle möglichen Exzesse hinwies. »Trinkerteint«, nannte es der schwarzhaarige Ire. »Nur Leute wie ich sollten trinken, und konsequenterweise sollten Leute, die so aussehen wie ich, sich von jeglichem Brandy möglichst fernhalten.« Es war eines aus der endlosen Liste von Paradoxien, die der Typ seine »Lebensregeln« nannte. Später sollte der Junge sie überarbeiten und sie als seine eigenen ausgeben.

Der Typ rauchte und lächelte. »Was ist los, war das Essen schlecht? War die Kellnerin unhöflich?«

Dafür, daß der Laden geschlossen war, kam das einer Beleidigung gefährlich nahe. In Brooklyn hätte das eine Tracht Prügel bedeutet.

»Reden Sie keine Scheiße«, schnaubte der Junge, »sagen Sie mir nur, wo der Chef ist.«

Der Typ ließ ein weiteres Eigelb in seinen Drink plumpsen und hielt dem Jungen den Seidel vor die Nase. »Das Ei ist es, warum man diesen Drink ›Red Eye‹ nennt.« Das Eigelb versank langsam im Tomatensaft. »Ein paar Idioten machen diesen Drink ohne Ei und erzählen, der Name käme von den roten Augen, die fast alle haben, die diesen Drink bestellen. Die

Wahrheit ist immer simpel und liegt klar auf der Hand. Sieht das nicht aus wie ein großes rotes Auge?«

Der Junge schob den Seidel beiseite. Etwas von der Mixtur schwappte dem Typ auf die Hose. »Sagen Sie mir lieber, wo der verdammte Chef ist, sonst . . .«

»Ich kann mir schon denken, was sonst passiert. Ich hab' Ihnen das doch nur erzählt, weil Sie Barkeeper sind und sich bestimmt für neue Cockteilrezepte interessieren. Sie sind doch Barmann, oder?«

»Ja.«

»Und Sie suchen einen Job?«

»Ja.«

»Ich heiße Doug Coughlin. Ich bin hier fürs Personal zuständig. Wer sind Sie?«

»Brian Flanagan.«

»Okay, Brian, dann überlegen Sie sich mal ein paar gute Läden, in denen Sie schon gearbeitet haben, und merken Sie sie sich fürs nächste Einstellungsgespräch.« Coughlin bewarf einen ziemlich fertig aussehenden Jungen, der die Registrierkasse als Kopfkissen benutzte, mit einer Eierschale. »Geh nach Hause, Lacey. Flanagan übernimmt die Vormittagsschicht. Dann mal los, Flanagan, geben Sie Gas.«

Der Junge kam sich schrecklich vor. »Heh, tut mir leid, daß ich Sie so dämlich angequatscht habe . . .«

Coughlin winkte ab. »Ist schon gut, ich werd' mich irgendwann revanchieren. Lacey, zeig Flanagan, wo der Knüppel liegt. Das ist alles, was er wissen muß.«

Lacey, der selbst nicht viel älter als zwanzig sein konnte, sah aus, als hätte man ihn auf einem Müllwagen kielgeholt. Zehn Jahre später sollte Brian zitternd in einem Gerichtssaal sitzen und miterleben, wie Lacey fünfzehn Jahre bis lebenslänglich für ein Kokaingeschäft aufgebrummt bekam, an dem er sich hatte beteiligen sollen, aus dem er aber im letzten Moment ausgestiegen war, da er sich an eine von Coughlins Lebensregeln erinnerte: Junge Typen, die einen schlimmen Kater haben, sind reinster Selbstmord und ziehen alles mit sich runter, was sich an sie hängt. Im Augenblick war Lacey ein strahlender Held mit Triefaugen und Nikotinfingern. Er hieß den Jungen hinter der

Theke willkommen. »Du willst also auch in die Barszene auf der schönen East Side einsteigen.«

Der Junge beschloß, sich Lacey anzuvertrauen. »Weißt du, ich hab' noch nie in einem solchen Laden gearbeitet.«

»Tatsächlich?« fragte Lacey und schien nicht im geringsten überrascht zu sein.

Coughlin sah auf die Uhr und kippte sein Rotauge. »Okay. Die Notaufnahme ist geöffnet.« Er sprang mit einem Satz lässig über die Theke. »Sie versorgen den Service, Flanagan. Und jetzt beeindrucken Sie mich mal. Bringen Sie Sonne in meinen grauen Alltag.«

Der Junge hatte in seinem ganzen Leben noch keinen Drink gemixt; am Strand wurden nur Bier und Klare verlangt. Und jetzt mußte er ran. Die glänzenden Utensilien lagen auf der Serviette wie ein Operationsbesteck; genausogut hätte er damit einen Blinddarm entfernen können, so wenig wußte er etwas damit anzufangen. Die Kellnerinnen trommelten mit ihren lackierten Fingernägeln auf der Theke und warfen ihm böse Blicke zu. Mit weißem Pfannkuchen-Make-up und Maskara sahen sie aus, als verbrächten sie ihre freien Tage im Sarg. Sie standen in einer kleinen Gruppe zusammen und diskutierten heftig, bis eine von ihnen sich an Coughlin wandte.

»Warum lernst du diese neuen Typen immer nur sonntags an?«

Coughlin kam hinter der Theke zu dem Jungen herangeschlendert. »Wissen Sie, Flanagan, ich hab' da eine Theorie entwickelt, daß die Ohren irgendwie mit den Genitalien verbunden sind, denn ich höre niemals jemanden, den ich nicht bumse.«

»Du hast ihn sehr wohl gehört«, beharrte die Kellnerin.

Coughlin lächelte und entfernte sich wieder. »Nur deshalb, weil ich ihn bumse«, antwortete er über die Schulter. »Die Bar ist geöffnet«, rief er. Dann, als würden sie durch Zauberei herbeigerufen, füllte das Lokal sich mit lärmenden Vormittagsgästen, die sich aufführten, als wären sie meilenweit durch die Wüste gekrochen, um zur Bar zu gelangen. Die Kellnerinnen kreischten ihre Bestellungen nahezu unisono, wodurch sie noch schwerer zu verstehen waren. Der Junge war in Schweiß gebadet, ehe er auch nur einen Drink gemixt hatte. Bullshorts,

Sombreros, Velvet Hammers, von diesen Drinks hatte er noch nie etwas gehört, geschweige denn sie gemixt. Golden Dreams, Golden Cadillacs, Harvey Wallbangers – es war die Epoche der raffinierten Cocktails. Die Barkultur erreichte zunehmend auch Leute, die nur wenig Erfahrung mit Alkohol hatten und sich in einer Eisdiele sicherlich sehr viel wohler gefühlt hätten. Die Schnapshersteller reagierten darauf mit Rezepten für diese empfindlichen Zungen und empfahlen Liköre, Fruchsäfte und Sahne als Grundzutaten.

»Einen Negroni und einen echten Margarita.«

»Einen Cuba libre.«

Cuba libre. Negroni. Margarita. Der Junge suchte vergebens nach Hinweisen auf die Zutaten.

»Einen Tom Collins und einen Apricot sour.«

Hinter einer Bartheke, vor der sich schreiende Singles drängten, kam der Junge sich vor wie in der Hölle. Am anderen Ende, wo Coughlin arbeitete, herrschte himmlische Ruhe. Die Theke war sauber und trocken, die Aschenbecher waren geleert, die Gläser blitzten, Coughlin arbeitete wie ein Uhrwerk, mixte Drinks, unterhielt sich mit den Gästen und schien es überhaupt nicht eilig zu haben. Er konnte sich sogar gelegentlich selbst einen hinter die Binde gießen. Und da war der Junge, nur ein paar Meter entfernt, aber in einem ganz anderen Land, wo es aussah, als hätte sich dort ein Hurrikan ausgetobt. Benutzte Gläser standen herum. Pfützen glänzten auf der Theke; ein Sumpf aus Zigarettenkippen, Cocktailfrüchten und feuchten Servietten schwappte ihm um die Füße. Die Kellnerinnen hatten kein Erbarmen. »Heh, Kleiner, bei mir sitzen vier Leute trocken am Tisch. Ich kann nicht nur mit drei Drinks bei ihnen aufkreuzen.«

»Wodka Gibson. Gin Gimlet mit einem Spritzer Cointreau, ein Rusty Nail . . .«

Trank denn in diesem Laden niemand ein ordinäres Bier?

Das auch. Dreißig Sorten. Und es stand alles in dem Eisschrank hinter Weißweinflaschen, die immer herausgenommen werden mußten, um an das Bier heranzukommen. Die Eisschranktür öffnete sich zur falschen Seite, darum mußte er praktisch um sie herumgehen, sich hinknien und nach der gewünschten Sorte tasten, indem er sich auf die Braille-

Methode verließ. Er stieß sich die Knie, klemmte sich die Finger und rammte mit dem Schädel einige Male die Schublade der Registrierkasse, die intelligenterweise genau über dem Eisschrank stand. Einmal erhob er sich, als Coughlin die Kasse bediente. Die Schublade schoß heraus und nagelte ihm genau vor die Stirn. Einen Moment lang mußte er auf dem Fußboden sitzenbleiben, damit sein Kopf wieder klar wurde. Und als er wieder hochkam, hatte seine Khakihose einen nassen Hintern.

Coughlin warf dem Jungen ein abgegriffenes Exemplar von *Mr. Boston's Rezept-Buch* zu wie einen Football. »Schlagen Sie nur die Zutaten nach. Um die Mengen brauchen Sie sich nicht zu kümmern.«

Der Junge klammerte sich an die Bar und stieß einen Karton mit Streichholzbriefchen und ein Glas voller Rührlöffel um, als er sich auf die Füße kämpfte. »Hören Sie, es tut mir leid . . .«

Coughlin wußte, was jetzt kommen würde. »Sie können nicht mitten in der Schicht die Brocken hinschmeißen. Mir machte es nichts aus, wenn Sie den Gästen in die Drinks pinkeln, ich lasse Sie nicht weg.«

»Ja, aber ich hab' doch keine Ahnung. Die Drinks sind furchtbar.«

»Na und? Ich trinke sie nicht.«

Der Junge entfernte sich und blätterte verzweifelt in dem Buch.

»Zwei Wodka Stinger. Ein Bloody Bull . . .«

»Ich gehe hier nicht weg, wenn ich nicht sofort meinen Cuba libre bekomme«, kreischte die Kellnerin.

Cuba libre. Cuba libre. Lose Seiten flatterten wie Möwen bei Sturm über die Bar. Cuba libre, Cuba libre . . .

Und endlich fand er das Gesuchte.

»Du dämliche Fotze«, fluchte er. Er warf ihr den Mr. Boston's ins Gesicht. »Warum sagst du nicht, daß es Rum mit Cola ist?«

Gegen halb fünf ließ der Betrieb etwas nach. Coughlin spazierte locker durch die Müllhalde. »Mach 'ne Pause, Weltmeister.«

Der Junge saß in der Küche alleine an einem Tisch. Jemand knallte ihm einen Cheeseburger vor die Nase. Er sah nach, ob in seinem Heineken Tabasco war. Der Cheeseburger schmeckte etwas seltsam. Nach seiner Vorstellung wahrscheinlich Zyankali. Er rannte auf die Toilette und übergab sich in ein Pissoir.

Die nächsten drei Stunden kamen ihm vor wie Lebenslänglich in Sibirien. Coughlin hatte es sich gemütlich gemacht und unterhielt sich mit den Stammgästen. Das Ende der Bar, wo der Junge arbeitete, sah aus wie nach einer Choleraepidemie. Die Kellnerinnen knurrten ihre Bestellungen und gingen wieder. Der chinesische Tellerwäscher beobachtete ihn neugierig aus der Küche. Um acht Uhr, als die Nachtschicht erschien, war er ein gebrochener Mann. Ohne ein Wort zu Coughlin machte er sich aus dem Staub.

Als er die Straße hinuntereilte, hörte er hinter sich das eilige Klappern hoher Absätze.

»Heh, Barkeeper!« Es war Miß Cuba libre in einem weißen Minirock und dazu passenden weißen Stiefeln. Ihre Nasenlöcher waren von der letzten kosmetischen Operation noch gerötet. Ihre Möpse reckten sich vor, als bäten sie darum, angefaßt zu werden. Unter ihrem Auge war eine kleine Schwellung, wo Mr. Boston's getroffen hatte.

»Er bestellt dir, du sollst zurückkommen und dein Geld abholen«, sagte sie mit einer weinerlichen Kinderstimme, die der Junge später als typisches Merkmal Manhattans kennenlernen sollte.

»Danke.«

»Paß ja auf, daß er dir auch dein Trinkgeld gibt«, fuhr sie fort. »Er muß alles mit der Besatzung teilen, und er hatte in seiner Tasse mindestens zweihundert Dollar. Am Sonntag läuft das Geschäft ganz gut.«

»Ich will sein Geld nicht«, sagte der Junge.

»Warum nicht, es gehört dir. Hier . . .« Sie stopfte ihm einen Fünfer und zwei Einer in die Hand. »Der Service-Keeper bekommt von den Kellnerinnen zehn Prozent.«

Der Junge versuchte, das Geld zurückzugeben. »Ich verdien' das nicht.«

Sie stieß seine Hand mit dem Geld zurück. »Heh, du Pfeife, passiert das jeden Tag, daß ein Girl dir Geld schenkt?«

Er steckte die Scheine ein. »Tut mir leid, daß ich Fotze gesagt habe.«

»Das ist schon okay, ich bin 'ne Fotze.« Und nach diesen

Worten rannte sie quer über die Straße zu einem feuerwehrroten Impala hinüber, wo ein Frankie-Avalon-Typ hinterm Lenkrad saß und wütend herüberschaute. Sie sah sich noch nicht einmal nach dem Jungen um, als der Wagen davonrauschte.

Coughlin haute ihn tatsächlich übers Ohr, aber der Junge schämte sich zu sehr, um zu protestieren. »Achtundfünfzig Bucks, nicht übel für einen Knaben, der nicht einmal aus dem Eisschrank rausgekommen ist. Komm nächsten Mittwoch wieder, du arbeitest mit mir.«

Der Junge war verblüfft. »Sie bieten mir einen Job an?«

»Den besten Bar-Job der Welt, Kleiner.«

»Aber ich hab' doch nur Mist gebaut.«

»Der Laden steht noch, oder? Wir haben über die Bar neunhundert Dollar gemacht. Keine Schlägereien, keine Herzattacken, keine aufgeschlitzten Pulsadern auf der Damentoilette. Das ist das reinste Kreuzfahrtschiff, mein Junge. Kein dummer Matrose wie du kann seine Fahrt stoppen.«

»Sicher, aber ich weiß nicht, wie man diese Drinks macht . . .«

»Die Internationale Barkeeperschule befindet sich im dritten Stock eines abbruchreifen Hauses in Chelsea – das nur, um dir begreiflich zu machen, wie wichtig die Mixologie in diesem Geschäft ist.« Er winkte dem Barkeeper der Nachtschicht, der gerade damit beschäftigt war, die Schweinerei wegzuwischen, die der Junge produziert hatte. »Heh, Doyle, bring meinem Partner mal 'nen Drink. Ein Bier, ja?«

»Rheingold.«

»Flanagan ist noch billig zu haben«, sagte Coughlin. »Und jetzt will ich dir mal die Geheimnisse dieses Gewerbes verraten.«

Der Junge wollte davon nichts hören. »Die Kellnerinnen hassen mich.«

»Haß nennst du das? Sei erst mal sechs Monate hier. Warte ab, bis du jede von ihnen flachgelegt hast, bis du jede Lüge erzählt hast, nur um ihnen an die Wäsche gehen zu dürfen. Dann erlebst du, was Haß ist.« Er klopfte mit den Fingerknöcheln auf die Theke. »Gib dem Jungen mal 'nen richtigen Schuß, Doyle. Einen kleinen Cognac, Flanagan, das richtige

Zeug für eine Wiederbelebung. Das bekommen die Jungfrauen, wenn sie in Ohnmacht fallen.« Coughlin schnippte mit den Fingern. »Und nun, wie ich schon sagte, das Geheimnis dieses Gewerbes sind Mädels. Man muß die heißen Girls in seinem Laden halten, das bringt Geld. Dann kommen nämlich alle Idioten angerannt, eine Hand zwischen den Beinen, die andere in der Tasche. Nun, die Mädels mögen dich, das sehe ich ganz deutlich. Du hast sie mit Spülwasser bespritzt, hast ihnen vergiftete Highballs gemixt und sie angebellt wie ein Seelöwe, sobald sie eine Bestellung bei dir losgeworden sind, aber sie haben weitergemacht. Sie haben laut gesprochen, haben Rauchringe geblasen und sogar mit den Gästen geflirtet. Alles nur, um deine Aufmerksamkeit zu erregen. Komm deshalb nächsten Mittwoch wieder her. Du arbeitest mit mir. Wir werden eine Menge Geld machen.«

Zwei Jahre arbeiteten sie zusammen, und sie scheffelten sehr viel Geld. Coughlin behauptete von sich, der erste Barkeeper zu sein, der eintausend Dollar in einer Woche verdient hatte. Diese Geschichte erzählte er immer wieder. Der Junge kannte sie bald auswendig.

»Zwei welterschütternde Ereignisse kennzeichnen die Thanksgiving-Woche des Jahres 1963«, begann Coughlin stets. »Das eine war die Ermordung John F. Kennedys in Dallas, Texas. Das andere, weniger bekannt und anscheinend als unbedeutend abgetan, fand in einem Saloon auf der Upper East Side von Manhattan statt, wo, zum ersten Mal in der Geschichte, ein bescheidener Barkeeper namens Douglas Vincent Thomas Coughlin einen runden Tausender an Dollars einstrich, einen goldenen Riesen, Lohn plus Trinkgelder, für vier Abende Arbeit als Barkeeper. Es ist noch nicht eindeutig geklärt, welches dieser beiden Ereignisse letztendlich für den Zusammenbruch der Zivilisation, wie wir sie bisher kannten, verantwortlich zu machen ist.«

Sie verdienten zwischen acht- und elfhundert Dollar pro Woche, fast alles in bar. Die Dinge liefen bestens. Der Junge bezog ein Apartment in der Horatio Street unweit des Hudson River, entwickelte einen ausgeprägten Geschmack für edlen Cognac, Modern Jazz und Filme der dreißiger Jahre. Sogar seine Haut klärte sich und wurde wieder glatt. Er fuhr fort,

Psychedelika zu schlucken und auf den großen Durchbruch zu warten.

Bis dahin mimte er den Barkeeper. Er hielt sich an Coughlin, der ihn als »meinen kleinen Bruder« vorzustellen pflegte. Trotz allem gab es eine gewisse äußerliche Ähnlichkeit, obgleich der Junge etwas straffer erschien und dem Schulhofalter deutlich näher stand.

Er hatte noch nie jemanden wie Coughlin kennengelernt. Es war schwer zu glauben, daß jemand mit so einem Gesicht und Namen so denken und leben konnte wie Coughlin es tat. Er war ein Boho; er hatte seine Vergangenheit abgelegt wie ein Vogel sein Federkleid in der Mauser. In seiner Stimme oder seinem Benehmen gab es nicht die geringste Spur irgendwelcher Vorfahren. Er sprach niemals über seine Familie; er hatte in seinem Apartment noch nicht einmal belastete Fotos. Er war aus den Fuchslöchern des Zweiten Weltkriegs als total neuer Mensch wiederaufgetaucht. Als Mensch mit einem Plan.

Man erfuhr niemals sein Alter. Er sah keinen Tag älter als dreißig aus, doch das mußte er sein, denn er gab zu, beim »großen Krieg« dabeigewesen zu sein. Er gehörte zu den Burschen, die jeden Abend saufen können und kein Gramm zunehmen. Dicke Muskelstränge um seine Schultern verrieten seine Kraft. Seine Knöchel waren in unzähligen Prügeleien plattgeschlagen. Der Junge war früher auch keinem Streit ausgewichen – Prügeleien auf dem Schulhof, Knüppel- und Messerschlachten im Prospect Park –, aber er hatte noch nie einen brutaleren Kämpfer gesehen als Coughlin.

»Die beste Waffe in einer Bar ist ein Hocker«, sagte Coughlin immer. Sobald der Ärger begann, schnappte Coughlin sich sofort einen Hocker und zerschlug ihn auf dem Schädel des Randalierers. Der Junge hatte erlebt, wie er das Gesicht eines Mannes zerschlug. Als seine Freundin daraufhin protestierte, verpaßte er ihr ein paar Ohrfeigen und zerfetzte ihre Bluse, als er sie anschließend kopfüber aus der Bar warf. Der Junge hatte sich selbst immer als recht harten Burschen betrachtet, aber Coughlins plötzliche Ausbrüche an Gewalttätigkeit nötigten ihm große Bewunderung ab.

»Ich pflege die alte Fünfer-Regel«, erklärte Coughlin. »Wenn jemand Ärger macht, dann zähle ich bis fünf – leise natürlich. Wenn er bis fünf nicht aufgehört hat, dann ist er geliefert.«

Es war der alte irische Kampfgeist. Der Junge versuchte, ihn zu imitieren, aber er konnte willentlich keinem Menschen weh tun.

Man erfuhr von Coughlin nichts. Nichts über seine Vergangenheit und nichts über seine Hoffnung für die Zukunft. Oder über seine Ziele, falls er überhaupt welche hatte. »Die Vergangenheit ist ein Kreuzworträtsel, und die Zukunft ist ein Korridor in einem Abbruchhaus, in dem sämtliche Lampen ausgefallen sind«, pflegte er immer zu sagen, um dann auf die unausweichliche Frage zu warten. »Und was ist die Gegenwart?«

»Die Gegenwart ist ein Hochseil voller Glasscherben. Hören wir auf damit und trinken wir noch einen, okay?«

Er hatte Tausende von solchen Sprüchen auf Lager; sein Geist war vollgestopft mit Epigrammen und Zitaten; er hatte das Gedächtnis eines Schauspielers. Für einen Jungen, der nichts auf Lager hatte als den Katechismus und »The Star Spangled Banner«, überaus eindrucksvoll.

Früher fanden sich die Barkeeper nach Schichtende gewöhnlich im Lord Bountiful's ein. Coughlin hielt den Laden offen. »Das bedeutet weitere fünfzig Dollar in der Tasse«, knurrte er als Erklärung.

Nach Feierabend saßen sie dann an einem runden Tich im hinteren Teil der Bar, und nur die Notbeleuchtung brannte. Coughlin sorgte dafür, daß der Brandy nicht aufhörte zu fließen. Und die Unterhaltung. Auch mit Gewalt kam man nicht zu Wort.

»Und wieder einmal trifft sich der Club der Parasiten«, sagte er. Und wenn irgendein bedauernswerter junger Typ, meistens ein Neuer in der Runde, aufmüpfig wurde, hob Coughlin eine warnende Hand. *»No pronunciamientos por favor.«* Und wenn der Morgen graute und einige müde Köpfe bereits schlafend auf dem Tisch lagen, blickte er sich in dem sowohl physischen als auch spirituellen Durcheinander um, das er geschaffen hatte. »Wir sind die personifizierte glorreiche Ablenkung«, sagte er dann. »Wir sind die Feierabendheiligen der Welt. Wir produzieren nicht, wir dienen nicht, wir verdienen nichts. Geht hinaus auf die Straße und seht euch die Welt an, die wir hinterließen. Geht jetzt . . .« Er entließ uns mit einer gnädigen Geste. Für ihn war die Nacht noch jung. In seinem Bett wartete ein Girl auf ihn. Ehe er nach Hause ging, traf er stets für den Nachmittag eine Verabredung, »Matinee« nannte er das. Coughlin zuzusehen ließ den Jungen zunehmend zynischer über Frauen denken. »Für jeden Mann gibt es eine Kellnerin«, sagte er. Er kam mit allen zurecht. Sie stellten sich gerade an, um an ihn heranzukommen. Sie tricksten sich sogar gegenseitig aus. Freundschaften zerbrachen, Ehen gingen den Bach hinunter. Coughlin verteilte Wohnungsschlüssel wie Werbegeschenke. Er liebte es, wenn irgendeine enttäuschte Frau bei ihm hereinplatzte und ihn *in flagrante delicto* erwischte. Sogar ein paar Selbstmorde gingen auf sein Konto. Der Junge hatte gesehen, wie Typen aus fahrenden Autos heraussprangen, um ihm an die Gurgel zu gehen – immer zu ihrem Nachteil. Einmal hatte er ein Verhältnis mit der Frau eines Gangsters. Sie verliebte sich in ihn und tauchte bald regelmäßig in der Bar auf. Sie hockte dort, wo er arbeitete, in einem Nerzmantel und mit Schmuck, der auf ihrer kupferfarbenen Haut funkelte. Köpfe wurden geschüttelt, und ein bedrücktes Flüstern wurde laut. Diesmal war Coughlin zu weit gegangen. Er ließ sie fallen, und sie revanchierte sich. Eines Abends kamen kurz vor Torresschluß zwei fette Typen herein, die Billardqueues in ihren Jackenärmeln versteckt hatten. »Geh nach Hause«, befahl Coughlin dem Jungen. Sie brachen Coughlin den Arm und das Schlüsselbein. Der Junge besuchte ihn im Krankenhaus. Er konnte mit seinen geschwollenen Lippen kaum sprechen. »Das ist immer noch besser, als wenn einem so eine dämliche Schnepfe am Hals hängt«, sagte er.

Der Junge versuchte, über Coughlin Erkundigungen einzuziehen, und fragte heimlich ein paar seiner alten Freunde aus. Aber er kam nur bis 1948, als er mit einigen Kriegsveteranen in Greenwich Village aufgetaucht war und in Bohemia sein Glück machen wollte. Trotz ihrer Soldatenrente mußten sie noch ein paar Dollars nebenbei machen, um überleben zu können. Spätere Generationen wurden von allen möglichen Organisationen unterstützt, aber diese Depressions-Babys mußten es aus eigener Kraft schaffen. Jeder Job war nur vorübergehend, lediglich ein kurzer Aufenthalt, bis das Buch endlich veröffentlich war oder die Bilder sich verkauften oder endlich die große Rolle unter Dach und Fach war. Die Trinker unter ihnen hatten sich in den Bars auf der West Side herumgetrieben, doch als die Nachbarschaft sich veränderte und immer mehr Künstler und solche, die sich dafür hielten, auftauchten, waren neue Lokalitäten entstanden, in die sie überwechselten. Eine unbekannte Bar ist ein beängstigender Ort, vor allem dann, wenn sie von schweigenden, hartäugigen Hafenarbeitern bevölkert wird, die gelegentlich wilde Gewaltorgien feiern. Die Neuankömmlinge brauchten etwas Sanftes und mehr der verbalen Kommunikation Verhaftetes; eine Illusion der Abgebrühtheit und Zähigkeit ohne ihre angsteinflößende Realität. Und das bekamen sie. Und wenig später folgten ihnen auch die Barkeeper.

Damals hatte jeder Barmann einen Roman in der Schublade, etwas über den Krieg oder die alte Nachbarschaft, in dem es von Stilbrüchen und orthographischen Fehlern wimmelte. Die später Hinzustoßenden waren vorwiegend Schauspieler, die meistens an der American Academy studierten; die Leute aus dem Actors Studio zogen seltsamerweise Jobs als Hausverwalter vor. In den Fünfzigern, als die ersten Künstlerbars auf der Lower East Side die Tore öffneten, gab es Abstrakte Expressionisten, die auf ihre erste One-man-Show warteten. Und noch später, Mitte der sechziger Jahre, waren es Unternehmer, »Trickser«, nannte Coughlin sie, die alle möglichst schnell möglichst reich werden wollten.

Coughlin begann als Schriftsteller. Es existierte eine Geschichte aus seiner Feder über die Besatzungsmächte in Japan. Zwei GIs streiten sich wegen eines Barmädchens in der Ginaz. Sie taucht in der Masse schweigender japanischer Gaffer unter. Die Soldaten blicken auf und starren in die narbigen Gesichter und seelenlosen Augen der Neugierigen, die langsam auf sie zurücken. Gerettet werden sie von den Sirenen der MP. Die Geschichte war in *Objectives* erschienen, einem der Hunderte von Magazinen in dieser Zeit, das von einem von Coughlins Stammkunden verlegt wurde, der sich in der Zeit der Fernseh-Live-Sendungen einen Namen als Produzent gemacht hatte. Die Veröffentlichung machte Coughlin zum

Star. Die Tatsache, daß er danach nichts mehr schrieb, ließ ihn zur Legende aufsteigen. Er verließ sich auf die fadenscheinigste aller Reputationen, der des »verkannten Genies«, des begnadeten Talents, das sein wahres Können niemals richtig hatte unter Beweis stellen können. Coughlin erfand die Rolle des »geheimnisvoll gescheiterten Künstlers«, in der so viele Schaumschläger sich manchmal jahrelang hatten breitmachen können. Anderen Schriftstellern gehen die Ideen aus, oder sie erleben einen »Block«, oder sie saufen sich ihr Talent aus dem Leib, oder sie »verkaufen« sich an Hollywood. Coughlin hingegen hatte die Welt davon überzeugen können, daß er aus einer Haltung des existentiellen Protestes heraus zu schreiben aufgehört hatte. Und er tat das, ohne ein Wort darüber zu verlieren. Wenn er gefragt wurde, woran er gerade schrieb, dann antwortete er:

»Ich schreibe nicht mehr.«

Und wenn dann die unausweichliche Frage ›Warum?‹ fiel, entgegnete er: »Ich weiß es nicht.«

Die Erklärung war mager, aber es steckten Bände darin. Sie machte etablierte Schriftsteller betroffen und bewirkte, daß sie sich ihrer Schaffensfreude schämten. Sie brachte jüngere Leute dazu, sich von den Idolen abzuwenden, die Ehrgeiz und Erfolg repräsentierten. Wie vulgär es doch war, Erfolg zu haben, danach zu streben. Wie tiefsinnig, Zen-haft, relevant, revolutionär, hip und cool es doch war, sich dieser korrupten Welt aus freiem Willen zu versagen. Diese Pose wirkte am besten bei den begeisterungsfähigen jungen College-Girls, die ihn ständig umschwirrten. Coughlin war ein Experte darin, den tiefen Schmerz hinter seinen flotten Sprüchen durchschimmern zu lassen. Er brachte Herzen zum Schmelzen. Ja, der Junge lernte von Coughlin eine ganze Menge.

Sie entzweiten sich wegen einer Frau. Sie war eine Kunststudentin aus Chicago, groß und mager, mit einem Wust schwarzer Locken und Augen, die bei jedem Scherz tellergroß wurden. Sie kam eines Abends mit einem Typ in die Bar und schrieb dem Jungen auf einer Serviette eine Nachricht. »Ich will dich zeichnen« plus ihrer Telefonnummer. Sie wohnte in einem Studio zu einer Zeit, als hungernde Künstler sie sich noch leisten konnten; fünfhundert Quadratmeter dunkler, leerer

Raum mit nichts als einer Matratze und einem Bunsenbrenner darin. Am Morgen hörten sie durch die Fahrstuhltür das Geschnatter der puertoricanischen Mädchen, wenn sie zur Kleiderfabrik im darüberliegenden Stockwerk hinauffuhren. Sie rauchte Unmengen von Gauloises und flüsterte gerne, sogar wenn sie alleine waren. Sie wanderte nackt durch ihre riesige Behausung, und ihre Füße wurden kohlrabenschwarz. Von hinten sah sie aus wie ein magerer Schuljunge. Doch selbst fünfzehn Jahre später konnte der Junge immer noch die Augen schließen und sich an das Kitzeln und den wohligen Schauer erinnern, den er spürte, wenn sie ihn berührte, die plötzliche Schwäche, als würde sie jede Energie aus ihm heraussaugen.

Sie war für ihn die erste Frau, die die Initiative ergriffen hatte. Sie stieß ihn zurück auf den Rücken und grub ihre langen, knochigen Finger in seine Schultern. Ihre Fingernägel huschten über seine Augen, schlossen sie. Sie schob ihm eine zusammengerollte Decke unter den Kopf. Ihre drahtigen Haare kitzelten seine Oberschenkel. Er öffnete die Augen bei dem seltsamen Geräusch seines eigenen Stöhnens. Sie richtete sich in der Dunkelheit über ihm auf, stützte sich auf seine Brust, blickte ihn eindringlich an.

Der Junge war nicht mehr unberührt, aber bis zu diesem Moment war Liebe für ihn nur ein leeres Wort gewesen. Nun wußte er, was sich dahinter verbarg. Aufgewühlt erzählte er seinem Mentor von seinem Erlebnis und ließ kein Detail aus.

»Die Kleine scheint mir vom anderen Ufer zu sein«, sagte Coughlin. »Sieh sie dir das nächste Mal bei Licht genau an.«

Coughlin ließ inzwischen nichts anbrennen. Am nächsten Abend rief das Mädchen in der Bar an.

»Ich scheine ja bei euch die ganze große Nummer zu sein«, meinte sie. »Es freut mich, daß es dir gefallen hat.«

Der Junge war zu verblüfft, um darauf zu antworten.

Sie klang überhaupt nicht verletzt, nur etwas amüsiert, als wäre ihr dies alles schon einmal passiert. »Zu schade. Das Beste behalte ich mir immer für das zweite Mal vor. Wenn du wissen willst, was dir entgeht, dann frag deinen Freund.«

Coughlin stand am anderen Ende der Bar und klopfte grinsend seine Sprüche. Fünfzehn Jahre später konnte der Junge sich noch immer an dieses Gefühl hilfloser Wut über diesen Verrat erinnern, das seine Knie zittern ließ. Der Laden war gerammelt voll, die Musikbox dröhnte. Es war der falsche Ort und die falsche Zeit für eine Auseinandersetzung.

Der Junge fing Coughlin an der Registrierkasse ab. »Du hast mein Mädel angerufen«, sagte er.

»Ich bin auch mit ihr ins Bett gegangen«, sagte Coughlin . »Nach deinen Schilderungen konnte ich nicht warten, bis sich von selbst eine Gelegenheit ergab. Bis du mit ihr Schluß machst und ich mich an sie heranmachen kann, weißt du, und . . .«

»Warum hast du ihr erzählt, daß ich mit dir gesprochen habe?«

»Ich glaube, das ergab sich einfach. Wenn du wieder mal ein Geheimnis hast, dann erzähl es nicht herum. Auf diese Weise wird niemand etwas erfahren.«

»Ich habe dir auch gesagt, daß ich sie liebe . . .« Die Stimme des Jungen krächzte. Coughlin grinste.

»Wie kann man nur eine Akkord-Bläserin lieben, die sich niemals die Füße wäscht?«

»Ich dachte, du wärst mein Freund.« Fünfzehn Jahre später errötete der Junge immer noch, wenn er sich an die Tränen erinnerte, die ihm in die Augen traten; an den plötzlichen Schmerz in seiner Kehle.

»Deine Freunde sind gerade eine U-Bahn-Haltestelle weiter, Jungchen«, sagte Coughlin. »In Brooklyn, wo du sie zurückgelassen hast, als du in die große Stadt kamst, um dein Glück zu machen. Abgesehen davon habe ich dir sogar einen Gefallen getan. Jedes Girl, das du einem anderen wegschnappst, wird eines Tages auch dir selbst weggeschnappt. Ich war nur schon so zeitig bei ihr, daß sie keine Gelegenheit mehr bekam, dir endgültig den Kopf zu verdrehen. Und für so etwas hat man schließlich auch seine Freunde.«

»Du dreckige Sau«, sagte der Junge.

Coughlin machte einen Schritt rückwärts und brachte sich aus der Schlagdistanz. Dabei griff seine Hand automatisch nach der Gallianoflasche auf dem obersten Regalbrett. »Wir dulden hier keinen Streit«, sagte er so unpersönlich, als spräche er mit einem aufsässigen Kunden. »Das gilt auch für das Hilfspersonal.«

Der Junge zögerte. Er war völlig erschlagen. Er konnte kein

Wort mehr sagen, geschweige denn eine Hand heben. Er leerte die Trinkgeldtasse auf die Theke und zählte sich seinen Anteil ab, während er die Hänseleien der Stammkunden ignorierte. Dann öffnete er die Registrierkasse und nahm die fünfzehn Dollar, die er gestohlen, aber nicht zurückgelegt hatte, und weitere zehn Dollar, was insgesamt seiner Bezahlung für die halbe Schicht entsprach.

Coughlin sah ihm zu, wobei er noch immer die Gallianoflasche umklammerte. »Das ist heute für dich ein ganz großer Abend, Brian«, meinte er.

Ohne ein weiteres Wort verließ der Junge seinen Platz hinter der Theke und ging über die Straße und in die Tickles Tavern, wo man ihn mit offenen Armen empfing. Im Handumdrehen war er ein Star. Er entdeckte in sich ein enormes Gedächtnis und die Fähigkeit, Frauen anzuziehen und Männer zu beeindrucken. Während er älter wurde und schon fast den Punkt ohne Wiederkehr erreicht hatte, wurde er auch mit der Gallianoflasche ganz gut. Der Junge lernte Filmstars, Sporthelden, Politiker kennen. Er schuf sich sein »Gefolge«. Schon bald zählte er die Frauen nicht mehr, mit denen er zusammen war, und die prominenten Freunde, die er für sich gewann. In den folgenden zehn Jahren machte er niemals weniger Geld als in seinem ersten Jahr im Lord Bountiful's. Er verdiente aber auch nicht mehr. Er hing fest wie jemand im öffentlichen Dienst, seine Existenz maß nach Gewinnzuwächsen – fünf Dollar mehr, drei Drinks weniger, anderthalb Zigarettenpäckchen statt nur eines, drei Girls statt zwei, die an der Bar auf ihn warteten. Coughlin hatte einmal gesagt: »Wenn ich jemals einen Saloon eröffne, dann nenne ich ihn Il Purgatorio. Jeder bekommt nur zwei Drinks, dann muß er gehen. Nur die Barkeeper werden bleiben.« Der Junge zitierte diesen Spruch sehr häufig und machte aus Il Purgatorio nur Il Limbo, um Urheberschaft beanspruchen zu können.

Einen Moment! Musik aus! Dieser miese Coughlin hatte mich schon wieder zum Narren gehalten. Ich wirbelte herum wie ein verwundeter Löwe und schleuderte meine letzte heile Kaffeetasse gegen die Wand. »Du miese dreckige Sau«, brüllte ich. »Das war doch alles Quatsch, was du mir von der Schauspielerei erzählt hast. Ich hab' drei Zeilen Text in einem dämlichen Film, und du hast mich dazu gebracht, daß ich mich fühle wie ein verdammter Hamlet. Und ich bin dir tatsächlich auf den Leim gegangen, du dummes Schwein.« Und schon wieder führte ich Selbstgespräche. »Wenn man erst mal über den ersten Satz hinaus ist, dann hat man ein Problem«, pflegte Coughlin stets zu sagen.

Zur Hölle mit Coughlin. »Zur Hölle mit dir, Coughlin, du Drecksack.« Aber ich redete immer noch mit mir selbst. »Führ keine Selbstgespräche, Arschloch, und werde endlich erwachsen. Du bist doch herumgekommen. Du weißt genau, daß dies nicht deine große Chance ist. Du hast keine große Chance mehr. Wann hörst du endlich auf, dich von diesem Bastard tyrannisieren zu lassen? Und hör endlich auf, SELBSTGESPRÄCHE ZU FÜHREN!«

Ich brach meine Recherchen ab, hörte auf, meine Rolle zu entwickeln und trank anderthalb Tage lang. Als ich am Drehort eintraf, nahm Howard mich beiseite. »Wir haben Ihre Szene etwas bearbeitet, Brian«, sagte er mit leichtem Spott in den Augen. Meiner war ein Arsch weniger, in den er hineinkriechen mußte. »Hier ist der neue Text.«

Ich hatte nun nur noch eine Zeile. »Was wünschen Sie?« Miß Dana hatte eine knappe Antwort. »Weißwein, bitte«, wonach sie sich wieder ihrem Ex-Geliebten zuwandte, der ihr in die Bar gefolgt war.

»Kotzt sie ihm auch auf die Figur?« fragte ich.

»Seien Sie nicht so bitter, Brian, davon bekommen Sie Falten.«

Sie schenkten mir eine Nahaufnahme, als ich mich über die Theke beugte und fragte: »Was wünschen Sie?« Es brachte mich fast um, so simpel war es. Ich hatte überhaupt nichts zu tun, brauchte nur auf mein Zeichen zu warten und den Text herunterzuleiern. Ich hätte auch kotzen können. Allein bei dem Gedanken an Coughlin. Was für ein Aufstand. Dieser ganze

Quatsch von Stanislawski, dieser ganze Mystizismus war zu nichts anderem da, als die Leute von diesem Gewerbe abzuschrecken. Es war, wie alles andere, der reinste Beschiß.

Am Tag, als der Film in den Kinos anlief, stand ich schon um zehn Uhr vor der Kinokasse. *Freudlose Stunden* hatten sie den Streifen genannt. Ich verbrachte zwei freudlose Stunden in Erwartung meiner Nahaufnahme. Als der Nachspann lief, begriff ich, daß ich nicht im Film war.

Am gleichen Abend machte ich mich auf die Suche nach Coughlin, alle Gags, alle Tricks, alle Ratschläge noch frisch in meinem Gedächtnis. Ich wollte endlich tun, was ich schon längst im Lord Bountiful's hätte tun sollen, als er mir das Girl abspenstig gemacht hatte. Ich wollte es ihm endlich heimzahlen.

Aber Coughlin hatte sich wieder einmal fortgezaubert. Die einen sagten, er säße wegen irgendeiner Marihuana-Sache im Knast, andere wähnten ihn mit Zirrhose im Krankenhaus. Ich machte die Runde, bis ich eine seiner früheren Freundinnen traf. Mittlerweile war meine Wut verflogen; ich machte mir nur noch große Sorgen.

»Dieser Sack im Krankenhaus?« kreischte sie halbbesoffen. »Der überlebt uns alle. Weißt du, wo er sich jetzt rumtreibt? Auf irgendeiner Insel vor Portugal, wo jeder mindestens Graf ist. Gloria Swanson hat ihm dort eine Bar eingerichtet. Die verdammte Gloria Swanson!«

Wir verbrachten die ganze Nacht und einen Teil des folgenden Tages damit, über Coughlin zu lachen. Wir hatten eine herrliche Zeit.

Jus d'amour

Wie kehrte Doug Coughlin wieder in mein Leben zurück? Wie kam es, daß ich am Ufer von Fire Island angetrieben wurde wie der Abschiedsbrief eines Selbstmörders in einer Flasche? Es begann mit der einzigen anständigen Investition, die ich je in meinem Leben gemacht habe.

Wenn man über Hirn, Schönheit oder überdimensionale Genitalien verfügt, dann bekommt man in New York immer eine warme Mahlzeit. Aber ich hatte etwas Besseres als all das – ein Apartment, das ich untervermieten konnte. Es befand sich in der Horatio Street im West Village, im vierten Stock – mitsamt Besenschrank und Bad. Ich hatte es 1966 für neunundsiebzig Dollar monatlich gemietet und konnte es weitervermieten. Ein richtiges Zuhause, aber ich war seit Jahren nicht mehr dort gewesen. Zur Zeit wohnte dort ein Religionsstudent für neunhundert pro Monat plus Nebenkosten, ein zierlicher kleiner Kerl, der in den Sado-&-Maso-Bars bei den Docks Missionsarbeit leistete. Bezahlt wurde die Miete von einer Stiftung, und er bedachte mich in seinen Gebeten. Der ideale Mieter. Eines Tages würden sie ihn mit durchschnittener Kehle in der Badewanne auffinden. Danach könnte ich elfhundert verlangen.

Dieser kleine Nebenverdienst gestattete es mir, den Winter in den Tropen zu verbringen. Ich bekam einen Job in Schooner Sam's, einer kleinen Bar am Strand von Gordola, einer Art Stiefschwester der British Virgin Islands, Schooner Sam war in Wirklichkeit Marty Greshner, ein Kellner aus den Fleischtöpfen der Upper East Side, der mit sogenannten Penny Stocks ein Vermögen gemacht hatte. Der Laden war eine Landrattenversion vom Leben auf hoher See. Schiffstische und -stühle, eine Windrose auf der Speisekarte, Sextanten, Bullaugen, fliegende Fische als Wandschrank, Nebelhörner auf der Musikbox sowie eine Reihe verrückter maritimer Cocktails wie Navy Grogs, Sea Shantys, Crow's Nests, die allesamt mit Rum anfingen und mit einer Zimtstange endeten. Die Kellner trugen gestreifte Hemden und Glockenhosen. Man brauchte Verdauungstabletten, wenn man dort aß, angesichts der herzhaften Küstenspezialitäten wie Captain Queeg Quiche, Barnade Bill Burger und Moby Chicken. Marty war stolz auf seinen Laden, sein »Unternehmen«, wie er es nannte. Er bewirtete Massen fetter, blinzelnder Südstaatenbewohner in Freizeitanzügen. »Das ist ein ideales Kettenetablissement«, sagte er immer, nachdem sie ihre ersten Bilge Pumps und Bosun Burger intus hatten. »Ob in einem Seebad oder in einer Hauptgeschäftsstraße, das Ding läuft.«

Alle pflichteten ihm darin bei. Schooner Sam's war eine Idee, die in der Luft gelegen hatte.

Wie alle Barbesitzer wollte Marty nicht eingestehen, welches die Hauptattraktion seines »Unternehmens« war. Es war Brandy, ganz einfach. Der Laden war die reinste Servicestation für Alkoholiker, lag er doch auf halbem Wege zwischen dem Einkaufszentrum in der Stadt und den Hotels draußen am Strand. Er zog die Touristen an, die es kaum erwarten konnten, sich gepflegt vollaufen zu lassen. Und er beherbergte das ganze Jahr über die Stadtflüchtlinge, die Marihuanaschmuggler, die Korbflechter, die Typen aus der Kunstgewerbeszene, die einen gemeinsamen Treffpunkt brauchten. Sie tranken niemals die Grappling Hooks oder aßen die Flotsam Salads; sie hockten einfach still und gesittet herum, brav wie kleine Musterschüler, und ihre Gesichter leuchteten wie die Sonne kurz vor dem Untergehen, und sie tranken bis zur Polizeistunde mit lauen »Ahois« oder einem herzlichen »Yo ho ho«. Sie wären auch gekommen, wenn der Laden Murphy's Bar geheißen hätte, und Marty hätte an den Zimtstangen Unmengen einsparen können. Aber dann wäre das ganze kein »Unternehmen« mehr gewesen.

Abgesehen von dem gestreiften Hemd und dem roten Halstuch gefiel mir der Job. Ich war froh, meinen Intrigen einen Winterschlaf gönnen zu können. Für einen Jungen aus Brooklyn, der früher einmal Weihnachtsbäume in eisigen Straßen verkauft hatte, war es wie ein persönlicher Sieg über das Schicksal, sich mitten im Dezember einen Sonnenbrand holen zu können.

Ein paar Wochen vor dem Weihnachtsansturm bemerkte ich etwas, das allein auf einen Tisch auf der Terrasse zutrieb. Sie trug eine Einkaufstüte und war mit einem kanariengelben Overall bekleidet, der zu ihrer Sonnenbräune einen hübschen Kontrast bot. Sie saß da, starrte hinaus in die Brandung und trank Wodka Tonics, bis die Sonne unterging. Der Kellner bediente sie. Sie schaute nicht ein einziges Mal zur Bar, daher wußte ich, daß sie mich bemerkt hatte. Beim nächsten Mal trug sie eine Art weiße Toga und goldene Sandalen. Keine Einkaufstüte. Sie saß an einem der Gußeisentische in der Bar. Starrer Blick, Wodka Tonics, kein Seitenblick. Sie arbeitete sich auf die Theke zu. Wenn das nach Aufschneiderei klingt, das ist es nicht. Es konnte Hunderte von Gründen geben, warum diese Frau sich von mir angezogen fühlte, und keiner davon mußte für uns schmeichelhaft sein.

Bei ihrem vierten Besuch schaffte sie es bis an die Theke. Diesmal trug sie einen Strohhut und ein Spitzenjäckchen über einem feuerwehrroten Badeanzug. Um den Hals hatte sie ein dünnes Goldkettchen, kein Trauring, kein weißer Streifen am Ringfinger, wo er vielleicht gesessen haben könnte, ehe sie ihn abgezogen hatte. Ein goldenes Dunhill-Feuerzeug und eine Schachtel Players. Sie sah pariserisch aus. Eine Mätresse auf Urlaub. *Très chic.* Sie hätte lieber ihren Mund nicht aufmachen sollen.

»Einen Wodka Tonic, bitte, mit einem Spritzer Limonensaft.«

Es war Long-Island-Jüdisch, arrogant und unverfroren, jene Art von Stimme, die jammern oder keifen, aber niemals im normalen Konversationston reden konnte.

»Darf ich Ihnen einen *jus d'amour* empfehlen?« fragte ich.

»Einen was?«

»Tropische Drinks sind in der Stadt der reinste Nepp, aber hier werden sie am liebsten getrunken. Die Zutaten sind frisch . . .«

Sie unterbrach mich mit einem Fingerschnippen. »Heh, hab' ich auf meiner Stirn BUMS MICH stehen?«

»Nicht mehr als andere Frauen.«

»Dann geben Sie mir einen Wodka Tonic und ziehen Sie Ihre Nummer woanders ab.«

»Okay.«

Nach einer Weile stand ihr leeres Glas am Thekenrand.

»Sind Sie sauer auf mich?« fragte sie.

»Warum sollte ich?«

Sie zupfte sich einen imaginären Tabakkrümel von der Zungenspitze. »*Jus d'amour*, ja?«

»Saft der Liebe.«

»Was ist drin?«

»Tequila, Kool-aid und eine geriebene Quaalude.«

Sie legte ihre Fingerspitzen auf meine Hand. »Dann einen Doppelten.«

Nach drei Drinks wußte ich Bescheid. Sie hieß Bonnie

Lieberman. Sie wohnte im Hilton, es war ihr erster Urlaub seit drei Jahren. Ihr Boß hatte ihr empfohlen, sie solle ein paar Wochen ausspannen, sonst würde sie zusammenbrechen. Sie war ganz wild darauf, mir zu verraten, was sie machte.

»Was treiben Sie so?« Sie sehen, ich bin gar nicht so übel.

»Ich bin Chef-Einkäuferin für die Ladenkette Associated Furniture Stores.«

»Was bedeutet . . .«

»Daß ich viermal im Jahr nach Europa fliege und Möbel für alle Filialen einkaufe.«

»Und wie viele sind es?«

»Wir sind ein Großhandelsunternehmen, eine Gesellschaft. Insgesamt haben wir zweihundertvierzehn Läden, einige Ketten, einige als Einzelgeschäfte. Unser oberster Chef kauft sie nach und nach zusammen.«

»Und Sie versorgen sie mit schwedischen Kaffeehaustischen.«

Sie betrachtete mich nachdenklich. »Ich bin oft in Skandinavien. Was ist wirklich in diesem *jus d'amour* . . .?«

Rum, ein paar Fruchtsäfte, ein Stück Melone und ein Papierschirm.«

»Sie machen sicher den besten.«

»Für die Gegend südlich der Vierzehnten Straße trifft das uneingeschränkt zu.«

Fruchtsäfte steigern den Zuckeranteil im Rum und sorgen dafür, daß der Alkohol mit einer Machete bewaffnet zwischen den Palmwedeln lauert. Die reine Menge der nichtalkoholischen Zutaten macht es schwierig, sich an diesen Mischungen zu besaufen, weshalb Alkoholiker sie meiden. Aber ich kenne ein paar Abkürzungen. Anstelle des üblichen Jamaicarums nahm ich zwei Unzen Lemon Hart 151 mit einer Prise Zucker, um die Schärfe zu mildern. Hinzu kamen ein Schluck Mangosaft, ein Eßlöffel Ananasguavenextrakt, um den sogar die Kakerlaken einen großen Bogen machen, die obligatorischen Melonenkugeln und eine Orangenscheibe. Ein bißchen Granadine für die Farbe, ein Spritzer Sekt obenauf, und man hatte das chemische Äquivalent zur Trockenfäule.

Sie war eine gute Trinkerin. Die beiden Cocktails nach den Wodka Tonics ließen lediglich ihre Augen etwas stärker glänzen und ihre Stimme ab und zu kieksen. Nach dem dritten suchte sie die Toilette auf. Nachdem sie sämtliche Flüssigkeit aus ihrem System hatte herauslaufen lassen, außer dem Alkohol, der sich trotz aller Bemühungen der Nieren, ihn ebenfalls loszuwerden, an seine Rezeptoren klammert, kam sie zurück und war so voll wie eine Strandhaubitze.

»Ich glaube, ich brauche Hilfe«, sagte sie.

Ich bot ihr an, ein Dexedrin mit ihr zu teilen.

»Nein, nein, es muß richtig sexy sein«, meinte sie und tupfte sich die Nase ab.

»Aber nicht bei meinem mageren Einkommen.«

Sie wühlte in ihrer Handtasche herum. »Besorgen Sie es, ich zahle.«

Es gab da einen schwarzen Jungen namens Harley, der mit einer kleinen Apotheke in seiner Schultertasche auf der Straße auf und ab schlenderte. Ich ließ ihn vom Kellnerlehrling hereinholen und stieg in eine geflüsterte Unterhaltung mit ihm ein, begleitet von jenen wachsamen Blicken in die Runde, deren wahrer Hintergrund auch dem gleichgültigsten und ahnungslosesten Beobachter klar ist. Am Ende kam ich, ähnlich wie Harley, zum anderen Ende der Theke geschlendert.

»Ich brauche keine Preisliste«, sagte sie und stopfte mir ein paar Scheine in die Hand. »Ich brauche nur etwas, um mein Heimweh zu stillen.«

Drei knisternd frische Hundert-Dollar-Scheine begannen in meiner fiebrigen Hand zu glühen. »Das ist aber verdammt viel für ein bißchen Heimweh«, stellte ich fest.

»Kommen Sie in meine Hütte, wenn Sie hier fertig sind, und dort erledigen wir dann den Rest.« Sie stupste mich mit der Ungeduld der Betrunkenen. »Na los, gehen Sie . . .«

Es folgte eine weitere komplizierte Verhandlung, in deren Verlauf es mir gelang, eine Achtelunze Kokain für zweihundertfünfzig Dollar zu erstehen und fünfzig plus einen kleinen Bonus von Harley einzusacken, von dem er meinte: »Erste Klasse, Mann, viel besser als das Zeug, das ich gerade der Lady angedreht habe.«

Das Leben eines Barmannes ist voll von solchen kleinen Geschäften. Ich war mit mir recht zufrieden. Kaum befand sich der zugeknotete Plastikbeutel in ihrer Handtasche, da schlurfte sie schon zur Toilette.

»Alles klar?« fragte ich, als sie zurückkam.

»Und wie.« Methodisch verstaute sie Feuerzeug, Zigaretten, Wechselgeld und Adreßbuch. »Guter Stoff.« Dann: »Wann bist du frei?«

»Wir machen um zwei Schluß. Danach muß ich aufräumen.«

»Ich erwarte dich um halb drei.«

»Sagen wir lieber drei.«

»Okay, sieh zu, daß du kommst.«

»Heh«, sagte ich, »habe ich BUMS MICH so deutlich auf meiner Stirn stehen?«

Sie sah mich drohend an. »Daß dir ja kein Teenybopper den Kopf verdreht. Ich hab' jetzt dieses Zeug und will nicht alleine sein.«

»Ich komme.«

»Gut.« Sie versuchte ein verheißungsvolles Lächeln, aber die Verzweiflung schimmerte durch. »Du wirst es nicht bereuen. Kokain macht mich immer so oral.«

Bonnie wohnte in einer der Hütten, die das Hotel an den Strand gebaut hatte, eine strohgedeckte Laube aus Wellblech, die hundertfünfzigtausend kostete.

Schnaps, Dope, Nikotin und Selbsthaß hatten bereits ihre Wunderwirkung entfaltet, als ich dort eintraf. Sie knipste das Licht aus und stürzte sich auf mich. Keine Präliminarien, sie konnte es nicht erwarten, sich der Geißel zu unterwerfen. Ihre Sünde war hektische, einsame Ausschweifung. Die Buße bestand aus ausgiebiger, aufopfernder Fellatio.

Ich lag da, hatte die Hände hinter dem Kopf verschränkt und zählte die Risse an der Decke. Für eine Frau jenseits der Vierzig hatte sie sich gut gehalten. Das Alter erfüllte sie mit Feuereifer, nicht mit Niedergeschlagenheit. Sex bedeutete ihr immer noch mehr als nur eine kurze Zerstreuung, deshalb hielt sie sich in Form. Sie war eine hervorragende Kosmetikerin. Keine blonden Strähnen leuchteten durch ihr braunes Haar, keine Bleichmittel, sondern sie hatte ihre Naturfarbe nur etwas dunkler getönt, hier und da einen Hauch Henna verteilt, und siehe, schon stand Rita Hayworth vor einem. Dieser Look war im hermaphroditischen Untergrund New Yorks sehr beliebt – und unter jüdischen Hausfrauen in den Clubs in Canarsie. Dazu gehörte eine Haut, die sorgfältig gepflegt wurde, und ein Körper, der von strenger Diät und intensiver Gymnastik kündete.

Ihre Schenkel waren glatt und seidig. Keine Unregelmäßigkeit störte ihr Ebenmaß. Keine Studentin hätte sich einen schöneren Hintern wünschen können. Es war ein Körper, der im Alter schlanker wurde und dann völlig ausblutete. Sie würde eine dieser zerbrechlichen alten Damen werden.

Ich hatte genug Zeit zum Nachdenken. Wenn man mit einer Frau zusammen ist, die darauf besteht, einen stundenlang mit der Zunge in Stimmung zu halten, gibt es nicht viel, was man selbst tun kann. Als der Morgen heraufzog, entdeckte ich einige Details ihres Jungferndaseins. Ein Stapel Postkarten auf dem Tisch. »Ich verbringe hier eine herrliche Zeit«, hatte sie jedem geschrieben, den sie kannte. Das dicke Adreßbuch lag gleich daneben. Sie verwendete viel Zeit und Geld dafür, sexy zu erscheinen, und dann mußte sie sich der Bestechung bedienen, um einen Mann zu bekommen. Sie befand sich in diesem hoffnungslosen Alter. Zu zynisch für eine Romanze, es sei denn, es handelte sich um eine verschwitzte Matinee mit einem verheirateten Kollegen aus dem Büro. Zu alt für die Kindereien, die langen Spaziergänge im Park, die leidenschaftlichen Schwüre. Sie war so geil wie ein Halbwüchsiger mit einer Wichsvorlage und einer sturmfreien Bude. Die Batterien ihres Vibrators waren verbraucht, und jetzt hing das Ding schlapp über der Lehne eines Stuhls. Genau wie das Girl, das die Handschellen im Medizinschrank liegenläßt, sandte sie eine Botschaft aus. Und ich empfing sie. Sie war meine Fahrkarte nach oben.

»Gelangweilt?«

»Nein.«

Sie rollte sich vom Bett und holte das Stanniolpäckchen vom Küchentisch. »Ich dachte schon, du wärst eingedöst.«

Sie zerknüllte das Papier und bewarf mich damit. »Wir hätten mehr Stoff mitnehmen sollen.«

Sie sah so müde und niedergeschlagen aus. Ich könnte ihr

etwas von dem Zeug in meiner Tasche geben. Ich könnte sie aufs Bett ziehen und ihr den Rücken massieren. Ich könnte sie in den Arm nehmen und ihr so lange Tylenol 500 einschmeißen, bis sie endlich einschlief, aber deshalb war ich nicht gekommen. Jahre voller Bargeschwätz gingen mir durch den Kopf. »Ein Ständer hat kein Gewissen.« »Behandle Huren wie Damen und Damen wie Huren.« »Zeig vor einer Frau niemals Schwäche, nicht mal vor deiner Mutter.« Frauen wollen nicht verstanden werden, denn dann kommen sie sich vor wie alle anderen Frauen. Sie seufzen nur, um das Schweigen zu überbrücken. Wenn man sie zum Reden animiert, dann hassen sie einen, weil man sie zwingt, eine Vergangenheit zu erfinden. Frauen wollen gebumst, elegant gekleidet und zu Essen ausgeführt werden – der einzige Unterschied zwischen ihnen besteht in der Reihenfolge ihrer Präferenzen. Ich hatte getreulich nach diesem Glaubenssatz gelebt, und er hatte mich vor gescheiterten Ehen und gestörten Beziehungen bewahrt. Wenn ich pleite und alleine war, dann nur wegen anderer Fehlschläge.

Sie zündete sich eine Zigarette an und blickte hinaus aufs Meer. »Mein Gott, es ist schon Tag. Ich fühle mich richtig schuldig, wenn ich so bis zum nächsten Tag durchmache.«

»Gib mir Geld, und ich besorg' dir etwas gegen dein schlechtes Gewissen.«

»Gib mir, gib mir«, imitierte sie mich. Endlich hatte die Erschöpfung auch sie erreicht. Sie war übernächtigt und trübsinnig. Und wieder jemand nur für eine Nacht, sagten ihre Augen. Wieder ein paar vergeudete Stunden. Wenn Frauen aus ihrer Euphorie abstürzen, beschließen sie, daß sie etwas Bedeutsames, Sinnvolleres wünschen. Und umgekehrt. Ihre Hoffnungslosigkeit begann auf mich abzufärben. Aber ich konnte es mir nicht leisten, mitfühlend zu reagieren, denn dann hätte ich meinen Ständer verloren. Und dann brach für sie erst recht die Welt zusammen.

Ich beugte mich vor und vergrub eine Hand in diesem Rita-Hayworth-Haar. Die einzige Rolle, die ich jetzt spielen mußte, war die des großen, dämlichen, selbstsüchtigen Hengstes, der nur eine Sache im Sinn hat.

»Gib mir, gib mir«, sagte ich. Und sie gab.

Pink Lady

Es geht niemals schief. Man hat gleichgültigen Sex mit einer Frau, die man nicht mag, und am Morgen, wenn man seine Socken sucht, ist sie voller Aufmerksamkeit und Zuneigung. Man blickt sehnsüchtig zur Tür, und sie möchte wissen, ob man seine Tomaten auf provençalische Art mit Rührei möchte. Früher war mir das peinlich, und ich suchte nach faulen Entschuldigungen. Heute bleibe ich und sehe zu, was ich mitnehmen kann.

Bonnie war für mich das große Los. Plan A besagte, daß ich sie in die Stadt begleiten sollte, dann weiter nach Europa, wo sie zwei Monate lang unterwegs sein würde. Die Firma zahlte alles, sicherlich auch einen Assistenten, wie sie mir behutsam andeutete.

Ich mußte sie am Haken halten, und das würde nicht einfach sein. Sie war eine professionelle Einkäuferin, die immer das, was sie hatte, mit dem freien Angebot verglich. Bei all dem Fleisch am Stand – den Surfer-Gigolos, den dunkelhäutigen Hengsten, die in der Umgebung der Hotels herumhingen, den Tagesausflüglern auf der Suche nach einem Abenteuer – mußte ich mich sputen. Sie alle hatten ein feines Radar; ich konne das Piepen hören, wenn ich mit ihr über die Straße flanierte. Der Trick bestand darin, sie derart zu beschäftigen, daß sie nur Augen für mich hatte. Gelegentlichen Sex und ausgeprägte Gleichgültigkeit. Sie mußte der aggressive Part sein, das fordernde Element. Und nicht eine Sekunde lang die Zügel schleifen lassen.

Es ist die weit verbreitete Routine der Ausbeuter beiderlei Geschlechts. Man muß sie aus dem Gleichgewicht bringen, sie dürfen sich nicht zu sicher sein. Es ist erstaunlich, wie erfolgreich diese Methode ist, wenn man sie gekonnt ausübt.

Als Bonnie mir vorschlug, in ihr Häuschen zu ziehen, hielt ich eine Rede über das Prinzip Stolz. Sie flehte mich an. Nachts wäre es dort geradezu unheimlich. Die einheimischen Rocker trieben sich am Strand genau vor ihrem Haus herum; und nebenan hausten zwei seltsame Geologen aus Texas, die sich vollaufen ließen und immer an ihr Fenster klopften und wie wahnsinnig kicherten.

»Ich glaube, jeder sollte seinen eigenen Lebensraum haben«, sagte ich und dankte insgeheim der Gegenkultur für diese passende Ausrede. »Jeder braucht gelegentlich ein eigenes Zuhause.«

Dann wollte sie mich jeden Abend sehen und auch an meinen freien Tagen. »In zwei Wochen können wir uns gar nicht satt bekommen«, meinte sie.

Ich blieb hart. »Weißt du, Baby, nach zwei Tagen mit dir komme ich mir vor wie verheiratet. Und das gefällt mir gar nicht.«

»Aber ohne dich langweile ich mich so.«

»Das ist doch besser, als wenn du dich mit mir langweilst, oder?« Ich hatte auf alles eine Antwort; ich hatte alles unter Kontrolle.

»Nun, im Dienst kannst du mich nicht fernhalten. Außerdem bin ich auf deine Freundin neugierig, ich meine die, zu der du hinrennst, wenn du mal wieder dein eigenes Zuhause aufsuchst.«

»Wer immer sie ist, ich hab' sie vor dir kennengelernt«, sagte ich. »Sie ist es, die ich betrüge, nicht du.«

»Noch nicht«, meinte Bonnie in einem Anflug von Weitsichtigkeit.

An unseren gemeinsamen Abenden besorgte ich neuen Stoff von Harley, und sie ging schon früh nach Hause, um die Betten frisch zu beziehen und alles für unsere Nachtübungen vorzubereiten. Sie hatte jene erstaunlichen Erholungsfähigkeiten, wie man sie bei verliebten Frauen antreffen kann. Sie konnte den abstrusesten Techniken frönen und anschließend nach zwei Stunden Schlaf aus dem Bett hüpfen und eine geradezu geschäftsmäßige Miene aufsetzen, als hätte es die Exzesse der vergangenen Nacht niemals gegeben. Bei mir stellte sich das Bewußtsein nur tröpfchenweise ein. Die Mittagssonne weckte mich, und ich blieb mit geschlossenen Augen liegen, stellte mich schlafend, während ich versuchte herauszubekommen, wo ich war. Der vertraute Duft in meiner Nase überzeugte mich, daß ich bei der gleichen Frau war, mit der ich irgendwann in meinem Leben schon mal zusammengewesen war. Während ich mein Kurzzeitgedächtnis nach einem Namen, einem Sinneseindruck, einem frischen Kratzer durchforschte – einem Hinweis darauf, wie der vorangegangene Abend verlaufen war –, sah ich Dampf unter der Badezimmertür hervorwallen. Es wurde heiß geduscht. Einen Moment später erschien ein von innen leuchtender Körper, ein Badetuch wie einen Turban um den Kopf gebunden. (Frauen entwickeln darin ungeahnte Fertigkeiten. Was sie alles binden können: vorne, hinten, oben, unten. Sogar bei der erotischen Fesselung waren sie perfekt. »Feßle mich nicht zu fest«, sagte Bonnie. »Ich würde das nicht wollen, wenn ich nicht soviel Vertrauen zu dir hätte.« Dann war ich an der Reihe. Sie schnürte mich so gekonnt zusammen, daß eine ganze Pfadfinderhorde nötig gewesen wäre, um mich wieder loszubinden.) Während ich mich noch von den gemeinsam genossenen Vergnügungen erholte, wurde die Morgentoilette beendet, Kaffee getrunken, Zigaretten geraucht, wichtige Telefongespräche geführt, Verabredungen getroffen, Notizen gekritzelt. Alles nackt. Im Augenblick war es Zeit für die Karriere. Der amerikanische Traum. Die Männer haben sich verzweifelt abgewandt. Die Frauen sind ganz heiß darauf.

Ja, alles lief wunderbar. Wahrscheinlich würde ich noch heute die Schneehänge von Sankt Moritz hinunterrasen, wenn Doug Coughlin nicht aufgetaucht wäre.

Eines Nachmittags blickte ich vom Spülbecken hoch, und da war er und schob sich mit seinem typischen verschlagenen Grinsen auf einen Barhocker.

»Heh, Barkeeper, wissen Sie, wie man einen Daiquiri macht?«

Er sah aus, als käme er schon seit Jahren regelmäßig herein. Der Aschenbecher stand rechts, die Schachtel Marlboros mit dem goldenen Feuerzeug links, ein Fünfzig-Dollar-Schein genau in der Mitte. Diese fünfzig würde er wegtrinken, ehe er ging. Bei vier Dollar für einen Daiquiri waren das zwölf Drinks plus Wechselgeld. Trinkgeld gab es keins. »Almosen verderben Freundschaften«, pflegte er zu sagen. Demnach blieb er für den

Nachmittag bei mir. Nichts außer vielleicht ein Tornado konnte mich jetzt noch retten.

»Froh, mich zu sehen?« fragte Coughlin.

»Tritt mal ein Stück zurück, ich schlage ein Rad vor Freude.«

Er runzelte die Stirn, als würde er rechnen. »Wie lange ist es eigentlich schon her?«

»Ich lauf' schnell nach Hause und hole mein Tagebuch.«

Ich mixte ihm einen wunderbaren Daiquiri. Zwei Unzen Bacardi, frischgepreßter Limonensaft, in den Shaker und über gestoßenes Eis gegossen. Kein Zucker, das ist nur für Leute, die sich mit Limonade besaufen wollen. Wir hatten ein Rührgerät, aber ich machte alles mit der Hand, wickelte sogar die Eiswürfel in ein Geschirrtuch und schlug dieses gegen die Bartheke, um das Eis zu zertrümmern. »So werden die Splitter etwas gezackt«, erklärte ich.

Coughlin hielt den Drink gegen das Licht. »Flüssiges Kristall.«

»Auch als Farbentferner nicht übel.«

Er nahm einen genußvollen Schluck. »Junge, das ist mein Glückstag. Seit einer Woche wandere ich schon durch die Kolonie und suche ein ruhiges Plätzchen, wo ich die Nachmittage verbringen kann. Stell dir nur mein Erstaunen vor, als ich im Zuge meiner Wanderungen Brian Flanagan auf seinem alten Posten entdecke.«

»Du redest immer noch wie ein Bettler mit Bildung«, stellte ich fest.

Coughlin seufzte. »O mein Sohn, mein aufsässiger Sohn. Sei nett und pinkle nicht ins Lagerfeuer, sonst verrate ich der reizenden Jüdin am Ende der Bar, wie alt du wirklich bist.«

Toll. Kaum zwei Minuten im Laden, und schon hatte er meine Freundin identifiziert. Und sie hatte ihn entdeckt. Ich sah aus dem Blickwinkel, wie Bonnie uns interessiert beobachtete, und die Alarmklingel schlug an. Sie hatte noch nie erlebt, daß ich mit einem Gast mehr als drei Worte gewechselt hatte. Sie war neugierig, sie würde ihn kennenlernen wollen. Coughlin war nicht mehr als eine Bardrohne, aber er konnte stechen. Mit seinem typischen »ich mache nur einen Scherz« würde er mich vernichten. Sie würde den Stil sofort erkennen. Und ich wäre als blasse Imitation entlarvt.

Ich mußte ihn irgendwie hinauskomplimentieren, ehe er mir meinen Eßplatz streitig machte.

»Ich habe über dich nachgedacht, Flanagan«, sagte Coughlin. »Ich glaube, ich hab' dich hergezaubert.«

»Stimmt, ich saß im Aufsichtsrat von United States Steel, als ich mich plötzlich hinter dieser Bartheke wiederfand. Tu mir einen Gefallen, zaubere mich wieder zurück.«

»Und verliere den besten Barkeeper südlich der vierzehnten Straße? Nicht nachdem ich all dieses Ektoplasma strapaziert habe, um herzukommen. Ich hab' vor kurzem noch jemand erzählt, wie ich mir den Himmel vorstelle: Ich sitze in einem kühlen, dunklen Saloon und trinke Cocktails, die von deiner kundigen italienischen Hand gemixt wurden. Komm schon, freu dich, daß ich hier bin. Ich bin's, dein alter Kumpel Doug, der Typ, der dein Leben verändert hat, dein eingefleischter irischer Barkeeper. Wenn ich nicht gewesen wäre, dann säßest du jetzt in der Bronx in einem Streifenwagen und würdest einer Nutte, die mehr Geld verdient als du, zwei Dollar abknöpfen.«

»So, und anstatt die zwei Dollar zu nehmen, muß ich sie jetzt sausen lassen. Kein fröhliches ›Hallo, Coughlin‹. Wenn du einen Drink möchtest, gerne. Gepflegte Konversation auch, aber kein Bussi-Bussi . . .«

Coughlin hatte die Angewohnheit, alles zu ignorieren, was er nicht hören wollte. Er zuckte die Achseln und fuhr mit seinem Programm fort. »Nun, wie lautet das Urteil, wie sehe ich aus?«

»Wie ein Feuerwehrmann aus Brooklyn auf der Suche nach Gesellschaft. Wie ein Typ, der seine Haare färbt und sich mit Sandpapier rasiert. Wie ein Knabe, dessen Körper verrät, wie er seine Nachmittage verbringt.«

»Sei nicht zu streng, Junge. So siehst du in zwanzig Jahren auch aus.«

»Jetzt weiß ich auch, warum ich dauernd versuche, mich umzubringen.«

»Gib's zu. Ich bin zu alt, um so gut auszusehen. Es ist der Fusel, dieses alten Elixier des Todes, der die Augen strahlen und die Haut leuchten läßt, während er deine Eingeweide auffrißt. Gib's zu. Na schön, mach mir noch einen.«

Und so mixte ich ihm einen neuen. Und danach noch einen.

Mittlerweile hatte Coughlin zwölf Unzen leicht verdünnten Alkohols innerhalb einer halben Stunde geschluckt. Die rote Lampe der Bosheit begann in seinen Augen aufzuflackern.

»Jetzt begreife ich auch, warum ich dich all die Jahre nicht gesehen habe. Ich habe mir die Kinoschaukästen angesehen und in den Buchhandlungen gesucht. Niemals wäre es mir eingefallen, daß ich dich« – seine Stimme fuhr mit leichtem Singsang fort – »an altvertrautem Platz antreffen würde . . .«

»Wenigstens arbeite ich. Und wie lautet deine Entschuldigung?«

Coughlin schob mir sein Glas zum Auffüllen entgegen. »Ich bin auf Hochzeitsreise, ob du es glaubst oder nicht.«

»Ich glaub's nicht.«

»Ich habe einen Engel geheiratet«, säuselte er. »Dieses Mädchen wird mir den Herbst meines Lebens versüßen. Ich habe mich völlig geändert, ich bin jetzt Grundbesitzer. Ich habe mich niedergelassen.« Er schnippte eine Postkarte über die Theke. »Das ist mein Laden.«

Es war ein Farbfoto. Eine rote Sonne versank in jeansblauem Wasser und warf ihre letzten Strahlen auf eine Taverne mit braunem Schindeldach auf einem Dock. »Doug Coughlin's Riptide«, verkündete die Bildunterschrift.

»Schön schick, was?«

Ich gab ihm die Karte zurück. »Demnach hast du Geld geheiratet.«

»Nein, das hat sie getan.«

»Wie ich befürchtet habe. Das arme Mädchen wurde aufs Kreuz gelegt.«

Geschickt fingerte Coughlin die Zigarettenpackung aus meiner Hemdtasche und ignorierte seine eigene Schachtel auf der Theke. »Warte ab, bis du sie gesehen hast«, summte er. »Mit diesem Laden kommen wir ganz groß raus. Ich hab' schon zwei Angebote für Filialen.«

»Filialen? Das ist aber eine ganz fremde Sprache für den Anarchistenkönig der Herumtreiber.«

»Brian Flanagan und sein Zeitsprung. Abneigung gegen materiellen Wohlstand ist nicht mehr in, mein Junge. Die gute alte Zeit ist wieder angebrochen. Wir leben wieder in einem geldgierigen Amerika. Außerdem glaubt niemand mehr an freiwillige Armut. Wenn du nichts hast, dann heißt das, daß du es nicht schaffst.«

»Und du willst es schaffen – wo denn?«

»Fire Island.«

Ich spendierte Coughlin einen zusätzlichen Schuß Rum in seinen Daiquiri. Sicherlich wäre es ein lustiger Anblick, wenn er die Bar auf allen vieren verließ. »Und was ist, wenn es am Memorial-Day-Wochenende schneit?«

»Die einsamen Herzen fangen schon gegen Mittag an zu trinken, anstatt erst um halb sieben. Überdies will ich es nicht mit einem Riptide alleine schaffen. Stell dir dreißig davon vor, in jedem Badeort des Landes eins. Es gibt sogar eine Speisekarte. Hummer mit Krabbenfleischfüllung im Teigmantel und mit Kaviar bestreut, Scampi à la Doug und andere exotische Köstlichkeiten. Plus die Phantasiedrinks, der Surfarita, der High Tides . . .«

»Klingt nicht besonders originell.«

»Ist es auch nicht. Der erste im Block verhungert immer. Es sind immer die Typen, die ihm folgen. Bei meinen Reserven kaufe ich den Laden, richte die kleine Riptides ein und lasse den Unternehmer sich ums Geschäft kümmern. Ich verdiene an der Pacht.«

»Coughlin, der Beatnikpool.«

Er hielt mir sein leeres Glas hin. »Schnee von gestern, Freund. Hast du es noch nicht gehört? Wir leben in den achtziger Jahren. Die Armen und die Aufrichtigen, die New Dealers und die Ehrenwerten und die Leute, die in die Wildnis zogen – und sie alle sind gestrandet. Die Räuberbarone sind zurückgkehrt. Sie geben den Reichen die Chance, die Welt zu retten, und du weißt, was das heißt. Ganze Dörfer und Städte werden vom Angesicht der Erde gewischt. Bettler mit schmutzigen Händen, Frauen, die am Straßenrand hocken und ihre toten Babies im Arm halten. Der große Überfluß. Das große Schweigen. Und mittendrin eine Kette aufblühender Riptides in der Karibik, auf Sea Island, Hilton Head, Virginia Beach . . .«

»Coughlin, der Unternehmer.« Ich mixte ihm den fünften Daiquiri.

»Es ist einfach. Was die Welt jetzt braucht, ist ein Mann mit einem Plan. Irgendeinem.« Er beugte sich vor und steckte mir eine weitere Karte in die Hemdtasche. »Schaff dir einen Hundeschlitten an, falls es mal schneien sollte. Wenn du es bis zum Memorial Day schaffen kannst, dann hast du einen Job.«

»Gehöre ich zur Einrichtung?«

»Sicher, zu jedem Laden gehört ein Barkeeper. Er kommt in der Betriebsvorschrift gleich hinter Klosettreinigung.«

»Nun, du mußt dir einen anderen Prototypen suchen. Ich habe für den Sommer andere Pläne.«

Coughlin blinzelte zu Bonnie hinüber. »Du weißt ja, was man von Plänen sagt, die bis ins letzte ausgetüftelt sind?«

»Nicht, wenn ich sie austüftele.«

»Und du weißt, was man von sexueller Eitelkeit bei Männern über Dreißig sagt. Es ist das erste Zeichen von Senilität.«

»Verwechsle Eitelkeit nicht mit Professionalismus.«

»Oh, armer Brian. Du wirst also nicht mehr die Welt der Literatur beherrschen, oder war es der Broadway? Oder Hollywood? Oder wolltest du nicht den ersten Millionen-Dollar-Saloon auf der Upper East Side eröffnen? Du hast all diese Träume aufgegeben und bist nun bereit, die Wahrheit einzugestehen. Du bist nichts anders als ein Maggler, ein Straßenkünstler.«

»Mach's nicht ganz so mies.«

»Schön. Klingt Gigolo besser?«

»Wie das reinste Kompliment.«

»Gut.« Er beugte sich vor und flüsterte vertraulich. »Hier mein Vorschlag. Ich wette mit dir um eine Flasche Louis Treize, daß du es bei dieser Lady nicht mal bis Ostersonntag aushältst.«

Ich war erschüttert. Coughlin war niemals besoffen genug, um sich einen Irrtum zu leisten. Ob richtig oder falsch, soweit war er immer klar, oder er hatte ein Konzept.

»Ist sich der liebe Coughlin wieder mal völlig sicher?«

»Und wie.« Er betrachtete mich durch den Rauch meiner Marlboro. »Du bist ganz wild darauf zu erfahren, warum ich so todsicher bin, nicht wahr?«

»Du bist nicht unfehlbar. Du bist immerhin verheiratet, oder nicht?«

»Das war das Klügste, was ich je in meinem Leben gemacht

habe. Und dies war das Zweitklügste. Willst du erfahren, warum?«

»Ich werde dafür bezahlt, den Besoffenen zuzuhören.«

»Erst eine Frage, ist das eine Wette?«

Er winkte Bonnie zu. Sie winkte zurück.

»Was macht dich so sicher?« wollte ich wissen.

»Nimm die Wette an, und ich erkläre es dir.«

»Na schön, die Wette gilt.«

»Okay, du Arsch, hör gut zu. Schreib tausendmal an die Tafel: ›Ich soll niemals jemand sein, der ich nicht bin.‹«

»Und das wäre?«

»Ein Maggler. Du hältst dich wohl für einen ziemlich guten, oder?«

»Ich bin ganz gut klargekommen.«

»Das bist du nicht . . . Punktum.« Er wies mit einer großartigen Geste auf die Bar. »Sieh es dir an, das ist dein Milieu. Das war es immer, und das wird es immer sein. Hier lebst du auf, hier bist du gut. Komm hinter der Bar hervor, damit die Leute feststellen, daß du auch Beine hast. Und die sind nicht allzu standfest . . .«

»Du hältst Volksreden, bringst aber nichts Handfestes«, sagte ich und frischte seinen Drink auf.

»Vergeude nicht den Schnaps«, sagte er. »Mich legt man leicht flach. Leichter als Miß Lebenshunger dort drüben.« Er fischte sich wieder eine von meinen Marlboros. »Du armseliger Bastard, wußtest du nicht, daß Maggler geboren und nicht gemacht werden? Irgend etwas in ihrer Muttermilch überzeugt sie davon, daß die Welt ihnen etwas schuldig ist, daß sie alles für nichts bekommen müssen. Maggler arbeiten niemals. Arbeiter maggeln nicht, und die beiden kommen niemals zusammen. Maggler können faul, arrogant oder einfach unfähig sein. Arbeiter haben zuviel Stolz oder Gewissen oder nicht genug Genialität. Den Grund kann ich dir nicht nennen, aber ich kenne jetzt schon die Folgen . . .«

Eine Blondine erschien in der Tür. Groß, zweiundzwanzig, und sie wartete, bis die Kunde von ihrem Auftauchen sich verbreitet hatte.

Sie brauchte nicht lange zu warten. Die Haare waren glatt und schulterlang und in einem Stil frisiert, der seit Jahren aus der Mode war, aber wen interessiert das. Sie trug einen großzügig geschnittenen Ferrari-Overall, und auch das war okay; sie hätte sich auch ein Faß umhängen können, und jeder hätte gewußt, wie ihr Körper aussah. Man konnte sogar raten, wo die Grübchen waren. Das arme Mädchen war eine wandelnde Epidemie. Wo sie auch auftauchte, fingen die Männer an zu träumen, und die Frauen verspürten brennenden Haß.

Sie entdeckte uns und winkte.

»Jetzt weiß ich, warum du so selbstzufrieden bist«, sagte ich und zeigte über Coughlins Schulter. »Ist das die Kette, die dich eingefangen hat?«

»Wenn es das schönste Mädchen auf der Insel ist, dann stimmt's«, meinte er, ohne sich umzudrehen.

Die Blondine ließ sich Zeit, sich zwischen den Tischen hindurchzuschlängeln, wobei sie alle halblaut gemurmelten Bemerkungen mit einem Lächeln einsteckte, das eine Wiederholung geradezu verlangte.

»Du bist ein echter Arbeiter«, fuhr Coughlin fort. »Du wischst die Theke, spülst die Gläser, unterhältst dich mit Besoffenen wie mir. Teufel, bei all deinen Fähigkeiten bist du auch noch stolz, du armer dämlicher Bastard.«

Ich steckte ein Papierschirmchen in Coughlins Daiquiri. »Ich bin vielleicht nicht der größte Maggler der Welt, aber wenigstens bin ich nicht dämlich genug anzunehmen, ich könnte jemals mit einer Frau glücklich verheiratet sein, die in einem Laden den längsten Weg nimmt, um zur Theke zu gelangen.«

Coughlin ließ sich nicht aus der Ruhe bringen. »Du bist auf dem falschen Dampfer, mein Junge. Kann ein Kohlkopf aussehen wie ein König? Glaub mir, es gibt nichts, was eine Frau mir antun könnte, was mir nicht schon längst passiert ist.«

»Berühmte letzte Worte«, bemerkte ich dazu.

»Von der Taille an aufwärts bin ich völlig taub. Aber abwärts bin ich mir selbst eine nie versiegende Quelle neuer Überraschungen.«

»Vergiß nicht, was du über sexuelle Eitelkeit gesagt hast.«

»Bei Männern über fünfzig verhält es sich damit genauso wie mit einem schlechten Gedächtnis – es ist entschuldbar.«

Coughlins bessere Hälfte war endlich an der Theke angekommen. Sie schien den Anblick des goldenen Rings an ihrem Finger zu genießen und amüsierte sich offensichtlich über die unausgesprochenen Spekulationen über sie und ihren angegrauten Ehemann. Man konnte in ihr lesen wie in einem Buch. Nach einem kurzen Zwischenspiel auf irgendeiner Universität schlief sie nun in einem Hotelzimmer mit einem Mann im gemeinsamen Bett, der den Kadaver ihres Vaters hatte, aber mit dem Geld etwas großzügiger umging. Aus solchen Verhältnissen entsteht gewöhnlich Liebe.

Coughlin gab ihr einen laut schmatzenden Kuß. Sie taxierte mich mit einem kurzen Seitenblick.

»Ist das der berühmte Brian?« fragte sie.

Ich gab es ihr sofort zurück. »Als wüßten Sie das nicht.«

Coughlin zog sie an sich. »Achtundfünfzig Jahre habe ich gebraucht, um die Liebe meines Lebens zu finden.«

Sie strich sich durch die Haare und griff nach den Streichhölzern. Ich kam ihr mit Coughlins Feuerzeug zuvor. Sie umfaßte mein Handgelenk, als ich ihre Zigarette anzündete.

»Und nun gib uns beiden einen Drink, du armer, dummer liebenswerter Bastard und zukünftiger Erster Barkeeper, und hör auf, mit meiner Frau zu flirten«, sagte Coughlin. »Gib meiner Kleinen einen Martini.«

»Mit Vergnügen«, entgegnete ich. »Und diese Drinks gehen auf Kosten des Hauses.«

Coughlin starrte mich unschuldig an. »Ich dachte, die anderen auch.«

Ein perfekter Manhattan

Während der nächsten Tage wurde der Laden mit Coughlin geöffnet und geschlossen, und ich hielt mit ihm mit – jeden Drink. Sein Fassungsvermögen war eine Herausforderung. Die Gelegenheit, ihn unter den Tisch zu trinken, konnte ich mir einfach nicht entgehen lassen. Zu Martys großer Freude machte ich immer später zu. Lange nachdem die Küchenhilfe nach Hause gegangen und die reinen Touristen abgezogen waren, bevölkerte ein harter Kern von Säufern die Bar. Coughlin wußte Tausende von Anekdoten für die Feierabendstunden. Ich konnte so lange mixen und einschenken, wie er redete. Marty machte in seinem Büro ein Nickerchen und tauchte gelegentlich auf, um die Gäste freundlich anzulächeln. Jeder dritte Drink floß in meine Tasche, aber trotzdem nahm Marty zwischen drei und fünf Uhr morgens zweihundert zusätzliche Dollars ein. Bei Tagesanbruch fehlten einige von unserer Besatzung, einige waren an den Tischen eingeschlafen, andere in ihren Autos, und der Rest kroch auf allen vieren über den Strand in Richtung Ozean. Coughlins niedlicher Teenager hatte sich längst verabschiedet. »Sie muß immer mit der Sonne aufstehen«, erklärte er dazu. »Das ist auf jeden Fall besser; als mit Papi zu schlafen«, bemerkte ich. Brüllendes Gelächter brandete auf; um sechs Uhr morgens erscheint einem vieles sehr viel lustiger.

Bonnie hockte in ihrem Bungalow, schüttelte die Kissen auf, rauchte Kette und schrieb in kokainseliger Hektik ihre Postkarten, während sie darauf wartete, daß ihr versoffener Liebling eintrudelte, was ich auch gegen acht Uhr dreißig tat, indem ich über den Strand schwankte und vorsichtig über die frühmorgendlichen Surfer und Sonnenanbeter stieg. *Amour*, speziell die anstrengende Variante, war undenkbar. Es gibt nichts Wirkungsvolleres als einen Viertelliter Cognac, um einem Mann jeglichen Elan zu nehmen. Ich sank zu einem stinkenden Haufen zusammen wie ein Stück Treibholz, schwer, triefend, total bewegungsunfähig. Gegen Mittag, als ich aufwache, pinkeln ging, eine Zigarette rauchte und eine Dose Bier kippte, wurden da irgendwelche Vorwürfe laut? Nicht ein einziger, noch nicht einmal ein verletzter Blick. Sie schien sich zu amüsieren, wirkte sogar irgendwie stolz. Sie hatte sich ein echtes Exemplar totaler Degeneration an Land gezogen.

»Sie liebt es«, prahlte ich vor Coughlin. »Endlich hat sie einen authentischen Penner im Bett. Für so eine Frau bin ich ein ganz großer Fang.«

»Schon möglich«, erwiderte er, »aber sie spart es sich auf. Du wirst sehen, sie zahlt es dir heim, weil du sie hast warten lassen und weil du sie vor Fremden beleidigt hast . . .«

»Ich will dir mal was sagen«, konterte ich. Damals sagte ich ihm alles mögliche. »Erinnerst du dich noch, als ich pinkeln ging und nicht zurückkam? Sie stand draußen und wartete auf mich. Wir machten einen Strandspaziergang bei Sonnenaufgang. Wir saßen im taufeuchten Sand . . .«

»Taufeucht, könnte von Joyce sein«, unterbrauch Coughlin mich.

»Nicht schlecht ausgedrückt«, meinte ich. »Jedenfalls saßen wir da, und ich küßte ihr die salzigen Tränen von den Wangen.«

»Salzige Tränen? Das ist aber reinste Jaqueline Susann.«

»Und jede dieser Tränen schmeckte wie edler Cognac, denn sie bat mich, mit ihr nach New York zu kommen. Was bedeutet, daß du deine Wette verlierst.«

Coughlin war nicht aus der Ruhe zu bringen. »Paßt haargenau. Sie muß dich erst auf die Matte legen, um sie am Ende unter dir wegzuziehen. Ich habe gewettet, daß ihr es nicht bis zum Ostersonntag schafft.«

Ich mußte lachen. »Ich muß lachen«, sagte ich. »Da hast du gerade eine Zeitbombe geheiratet und prophezeist mir die Trennung.«

»Du verstehst nicht . . .«

»Mai – Dezember, was ist da zu verstehen, Baby? Sobald sie herausfindet, daß gutaussehende junge Typen ebenfalls über schnelle Zungen verfügen, kannst du dich einmachen lassen.«

Coughlin ließ sich nicht provozieren. »Sie ist anders, mir ist es gleich, wie sie aussieht . . . oder was sie tut. Sie kann mir nicht weh tun. Du wirst sie besser kennenlernen, wenn du nach Fire Island kommst.«

»Dieses Vergnügen wird mir leider versagt bleiben«, sagte ich.

»Du kommst.«

Am nächsten Sonntag erschien Bonnie bei Sam's, für die Stadt zurechtgemacht. Sie schob mir einen vielfarbigen Umschlag mit Flugticket und meinem Namen darauf über die Bar. Ich wedelte damit vor Coughlins Nase herum, der gerade Gurkensamen aus seinem Bloody Mary fischte. »Der Marschbefehl . . .«

Ich gewährte Marty eine Kündigungsfrist von vier Stunden, was vier Stunden mehr ist, als man im Bar-Business normalerweise eingeräumt bekommt. Am Montagmorgen schlürfte ich bereits Mai Tais in einer Maschine der Air Jamaica, während Bonnie eifrig in ihrem Terminkalender blätterte. Sie war mindestens ein halbes dutzendmal auf der Toilette gewesen, und nicht, um Drogen zu konsumieren. Beim ersten Gang: »Jesus, ich seh' aus, als hätte ich auf der Sonnenbank gelegen, oder?« sagte sie. »Die Sonne holt das Jüdische aus mir heraus.« Der zweite Gang: »Nach zwei Tagen werde ich grün. Gott, diese Dope macht einen total fertig.« Dritter Gang: »Wenn ich abnehme, dann immer nur an den Titten.« Vierter Gang: »Ich hab gerade festgestellt, es ist ja schon der dritte des Monats, ich bin drüber.«

Danach hörte ich nicht mehr hin. Die Schrift an der Wand war nicht zu übersehen: »Flanagan ist ein Arschloch.« Coughlins Chancen stiegen.

Wir überquerten eine schäumende Kloake namens Jamaica Bay. New York im Zwielicht war kalt und abweisend, es trug sein Wintergrau; die Farbe der Geldverleiher, Steuereintreiber, Stellenvermittler. Eine Stadt der Nein-Sager. Eine Stadt, in der man nichts verkaufen, ja, noch nicht einmal etwas verschenken kann. Wir kamen Hand in Hand aus dem Flugzeug, doch nach einem Seitenblick des Taxifahrers ließen wir uns hastig los. Den Eingeborenen konnten wir etwas vorspielen, und in der Fremde sogar uns selbst. Aber zu Hause gehörten wir nicht mehr zu Generation der Händchenhalter. Das sah jeder.

Bonnie wohnte in einer weißen Monstrosität auf der Second Avenue in Höhe der achtziger. Portier und Fahrstuhlführer überschlugen sich fast vor Diensteifrigkeit, um ihr klarzumachen, daß sie über mein Konkubinat Stillschweigen bewahren würden. Der Hausmeister war ein rundschultriger Puertoricaner mit Schmerbauch, der mich anstarrte, als wäre ich ein Kadaver, den er schon bald im Lastenaufzug aus dem Haus schmuggeln müßte. Als wir endlich in einem Apartment ankamen, war Bonnie nur noch ein Nervenbündel.

»Das läuft so nicht«, murmelte sie. »Wir können ihnen nichts vormachen. Sicherlich glauben diese Domestiken jetzt, daß ich mich schnell flachlegen lasse, und so kommt es, daß immer wieder Frauen erstochen in ihren Badewannen aufgefunden werden.«

Sie entwickelte einen Tagesfahrplan, um die mordlustigen Vergewaltiger unter dem Hauspersonal abzuschrecken. Man sah uns niemals zusammen ankommen oder weggehen. Sie verließ jeden Morgen gegen halb neun das Apartment, wenn ich mich gerade schlafen legte. Wenn ich wegging, benutzte ich die Treppe und ließ mich immer anmelden, wenn ich nach Hause kam. Der Service beachtete unser Spiel, ohne die Miene zu verziehen. Niemand wurde getäuscht. Niemand nahm daran Anstoß.

Einige Lektionen sollte man auswendig lernen. Zum Beispiel: Auf neutralem Territorium sieht jeder besser aus. In ihrem engen Bungalow am Strand von Gordola war Bonnie Balsam für eine abgeschlaffte Libido gewesen; aber in ihrer schicken East-Side-Behausung wurde sie zur lästigen Pflichtübung. Ich wußte, daß ihre Ansicht über mich sich geändert hatte; das mußte sie auch. Sie hatte zuviel Zeit, mich im Schlaf zu betrachten. Der wesentliche Unterschied zwischen den Zwanzigern und den Dreißigern ist der, daß man im Schlaf nicht mehr besonders gut aussieht. Dann kommen die Vierziger, und man kann nur noch hoffen, daß man für sein Alter noch eine passable Fassade hat. Und dann die Fünfziger . . . Aber wir sind immer noch in den Dreißigern. Ein Trinker sieht im Schlaf immer so aus, als wäre er mitten im Rausch total weggetreten. Der offene Mund, das nasse Schnarchen, der hängende Wanst. Außerdem waren wir zu Hause, das heißt, die Straße waren voll von Typen, die so aussahen und klangen wie ich, was mich irgendwie verdächtig machte.

Bonnies Apartment war das reinste Psychogramm. Sie hinterließ ihre Spuren wie ein Pudel mit Durchfall. Das Wohnzimmer war High-Tech, alles in Metall mit scharfen Kanten. Die Sessel waren unbequem, daher mußte man sich auf irgendwelchen wahllos herumliegenden Kissen niederlassen. »Das tut weh«, sagte ich. »Das ist Stil«, meinte sie. Hinter der Frühstücksbar in der Kitchenette befand sich ein Fleischerhauklotz, Gewürzgläser von Bonniers und ein leeres Weinregal. Das Badezimmer war vollgestopft mit sexuellen Gerätschaften. Der Vibrator stand allzeit bereit auf dem Waschbekkenrand, die Massagedusche ringelte sich wie eine wachsame Pythonschlange von der Handtuchstange. Da waren Cremes und Lotionen mit schlüpfrigen Namen; ein Slip ouvert hing an der Dusche; die Luft wurde durch einen Spray »aufgefrischt«, der zum Teil aus vaginalen Essenzen zusammengebraut zu sein schien.

Das Schlafzimmer war das andere Ende der schizophrenen Schaukel. Dort sah es aus, als hätte Bonnie sich seit ihrem sechsten Schuljahr überhaupt nicht weiterentwickelt. Spitzengardinen bauschten sich im Durchzug. Der Schminktisch war mit Teenagerspielzeug übersät; Fotos von Rockstars steckten im Spiegelrahmen. Puppen, Stofftiere und Poster vervollständigten das grauenvolle Dekor. Bonnie schlief in einem Einzelbett mit einer bestickten Tagesdecke. In dieser Arena konnte nicht mehr passieren als heftiges Petting in voller Montur. Ihre aufgeplusterten Kissen waren zu weich für ein Paar wogender, sich aufbäumender Gesäßhälften. Es biß sich alles, sagte sie. Es war »stilfern«. Das Ganze kam einem vor wie ein Schlag in den Magen. Es gab nichts, woran man sich orientieren konnte, kein Stück mit Seele. Wenn es zu Ende geht, dann immer schlimm – wie der Tod. Sogar während unserer ersten Tage, die erotischen Trimphe in Gardola noch frisch im Gedächtnis, schloß ich die Augen und stellte mir die schmalen, straffen Hintern am Strand vor, um mein Interesse wachzuhalten. An Bonnies Phantasien verschwendete ich keinen Gedanken; sie war alt genug, um etwas zu haben, was ihr über die Trockenperioden hinweghalf.

Nach einer Weile wurde ich ein Nebendarsteller in Bonnies wohldurchdachten Maskeraden. Zu Hause spielte sie für die Portiere und Nachbarn die Karrierejungfer. Früh aufstehen. Rouge, hohe Absätze, ein geschäftsmäßiges kaltes Glitzern in den Augen. Nach der Arbeit fand ein schneller Kostümwechsel statt, und schon erschien das unverschämte Flittchen, Bonnies Abendnummer. Dafür war die Kostümierung variabel. Trainingshosen, Tankwarthemden und Overalls, Rollkragenpullis oder gelegentlich Satinshorts mitsamt T-Shirt, unter denen ihre Möpse eine Neigung zum Hängen bekamen. Bonnie verkehrte mit einer Clique von Karriereladies, die genauso aussahen und klangen wie sie. Die Männlichkeit bestand weitgehend aus Homosexuellen, »guten Freunden« von der Arbeitsstelle oder von nebenan, die herumhingen, high wurden und natürlich ihre Freundinnen in jeder Hinsicht verstanden. Die gleichen Geschichten wurden Abend für Abend durchdiskutiert. Niemanden schien das zu stören; vielleicht achtete aber auch keiner darauf; möglicherweise waren sie aber auch zu stoned, um sich daran zu erinnern, daß sie sich die jeweilige Geschichte schon zwei Abende vorher erzählt hatten.

Es gab eine Menge sexueller Anspielungen. Diese ungebundenen Ladies waren entweder allein oder hatten »schwule« Freunde, doch wenn man ihnen zuhörte, mußte man glauben, sie lebten in einem verwirrenden Inferno der Ekstase, in dem jeder Mann genauso hingebungsvoll und erfindungsreich war wie gut entwickelt.

»Gott, wir bumsten die ganze Nacht. Ich konnte drei Tage lang nicht sitzen.«

»Ich mußte mir die blauen Flecken am ganzen Körper wegschminken.«

Um nicht ins Hintertreffen zu geraten, warteten die Männer mit ähnlichen Geschichten auf, die vorwiegend von Zusammentreffen mit bislang heterosexuell eingestellten Männern handelten, die geheime Sehnsüchte hatten.

»Jetzt weiß ich endlich, wie es bei der Ardennenschlacht zugegangen sein muß.«

»Ich sage euch, ich bekam fast einen Herzschlag, als er mir ins Schlafzimmer nachkam.«

Bonnie konnte mit einem lebenden Exemplar aufwarten, und das machte sie für eine Weile zur wahren Heldin in diesem Kreis. Sie erzählte von meinen Fähigkeiten; das las ich aus den Blicken, mit denen einige ihrer Freundinnen meinen Schoß betrachteten und sich dabei die Lippen leckten.

»Mein Gott, er ist belesen«, sagte eine Frau.

»Und er redet sogar«, fügte ihr männlicher Begleiter hinzu.

Ich versuchte, reiner Zierat zu sein und zu schweigen. Nur noch ein paar Monate, bis wir nach Europa aufbrechen, sagte ich mir. Ich hatte schlimmere Leute schon länger und ohne angemessene Belohnung ertragen.

Wir nahmen die lähmende Routine eines alten Ehepaares auf, nur waren die Rollen vertauscht. Bonnie kam gegen sieben von der Arbeit nach Hause und roch bereits nach einigen Gläsern Weißwein. Wir rauchten einen Joint, zogen uns an und gingen aus. Jeden Abend ein anderes Restaurant, wo wir uns über den Tisch hinweg anstarrten, während der Kellnerlehrling das Besteck vorlegte und jemand unsere Weinbestellung aufnahm. Dabei unterhielten wir uns schleppend, als würden wir so etwas schon seit dreißig Jahren tun. Bonnie schob mir das Geld zu, damit ich die Rechnung bezahlte, tat es jedoch so betont unauffällig, daß jeder genau wußte, wer wirklich zahlte.

»So ist es also, wenn man eine männliche Mätresse ist«, sagte ich eines Abends.

Sie wischte die Bemerkung mit einer Handbewegung weg. »Als würdest du das nicht kennen.«

Auf Gardola hätte ich das als Kompliment aufgefaßt; aber in Manhattan war das eine schwerwiegende Beleidigung.

Manchmal gab es Dinnerparties, veranstaltet von den Parvenü-Päderasten, die gerne so taten, als wären sie Adlige. Winzige Portionen, bedeckt mit fetter Sahne, dazu Weißwein, und anschließend ein mächtiges Diabetiker-Dessert aus eisenharter Schokolade mit Klumpen von der neuen schicken Eiscreme aus Finnland.

Es gab Eröffnungen – Clubs, Galerien, Restaurants. Filme wurden vorgeführt. Bonnie hatte eine Freundin von der High-School, eine zischelnde Zwergin namens Rachel, die Filmbesetzungen zusammenstellte. »Niemand zahlt für die Filme«, sagte sie. Jeden Abend gab es irgendeine Party. Am Ende landeten wir in einer Disco und brüllten uns über den Lärm hinweg gegenseitig an. Die längsten Schlangen standen vor den Toiletten, wo jedermann Kokain schnupfte. Wenn man pinkeln wollte, mußte man auf die Straße gehen. Das Leben bestand aus Unmengen von Dope und jeden Abend den gleichen Leuten. Um drei Uhr waren wir wieder zu Hause, früh genug für eine freudlose Balgerei zwischen ihren bestickten Laken. Kokain machte sie nicht mehr oral, nicht mal ein ganzes Pfund davon. Ich sang bereits für mein Abendbrot und wurde dabei kaum beachtet. Die leidenschaftliche Urlauberin aus der Karibik war in Wirklichkeit eine zickige Junggesellin, eine Einzelgängerin, die es sich bestens eingerichtet hatte und sich im Schlaf wie zur Abwehr zusammenrollte und so weit wie möglich von mir abrückte. Sie war die perfekte Partnerin für eine Nacht, die nur ungern neben einem Fremden aufwachte, vor allem nicht in ihrem eigenen Bett. Ich wurde so sensibel wie jede andere unzufriedene Ehefrau; und in der Tradition unterdrückter Ehesklavinnen schmiedete ich meine geheimen Pläne. Wenn wir erst einmal in Europa waren, würde ich sie schon wieder aufmuntern. Bis dahin würde ich mich von ihr möglichst fernhalten, auch wenn ich dazu meinen täglichen Zeitplan ändern müßte.

Halte dich zurück, sagte ich mir. Morgens schaffte ich es, eine halbe Stunde vor dem Weckerklingeln aufzuwachen. Ich hatte meine Kleidung schon im Wohnzimmer bereitgelegt und schlich hinaus und die Hintertreppe hinunter, ehe sie aufstand. Ich gewöhnte mir an, mich in ein Café gegenüber zu setzen und das Gebäude zu beobachten. Sobald sie im Eingang auftauchte, ihre Frühstückszigarette in den Rinnstein schnippte und ungeduldig wartete, daß der Portier ihr ein Taxi besorgte, bezahlte ich die Rechnung. Gegen neun Uhr schlich ich am Portier vorbei und zurück ins Apartment, wo ich mich für drei selige Stunden auf dem gemachten Bett schlafen legte. An den Nachmittagen hing ich in der Wohnung herum und las oder saß vor dem Fernseher. Manchmal verteilte ich bekritzelte Blätter im gesamten Apartment, damit es so aussah, als hätte ich geschrieben. Ich wanderte mit Bonnies Pentax bewaffnet über den FDR Drive und machte Aufnahmen von durchgefrorenen Landstreicherinnen am East River. Ich wanderte die First Avenue hinauf und sah in den Bars nach, wer von meinen Freunden die Tagschicht hatte. Nach Abendmahlzeiten aus Sushi, Pasta primavera, Spinatsalat und den giftigen Kombinationen der *nouvelle cuisine* hatte ich einen rasenden Appetit auf etwas Fettes und Handfestes. Ich holte mir ein Bologna-Sandwich mit viel Mayonnaise und ein halbes Pfund Makkaronisalat aus Smiler's Delikatessenladen im Erdgeschoß. Zwei Flaschen Pepsi, und ich fühlte mich wie im Himmel. Ich aß im Apartment, räumte anschließend sorgfältig auf, damit keine Spur von den teuflischen Kalorienbomben übrigblieb. Aber eines Tages fand Bonnie die Salamipelle auf dem Küchenfußboden.

»Warum ißt du diesen Mist?« fragte sie mit schriller Stimme und schleuderte mir ihren Fund entgegen. »Weißt du denn nicht, daß du davon dick wirst?«

Europa rückte näher. In ein paar Wochen wären wir unterwegs. Außerhalb ihres Apartments und ohne ihren Freundeskreis wäre Bonnie wieder erträglich. Sie brauchte einen Begleiter, um die Europäer mit ihrer Weltgewandtheit zu beeindrucken. Ich brauchte nur ein wenig Glück, um jemand anderen an den Haken zu bekommen und den Sommer gut zu überstehen. »Ich war in Übersee, mußt du wissen . . .«

Timing war alles. Ignoriere die Sticheleien. Sei nicht provozierend und laß dich nicht provozieren. Eine unmögliche Aufgabe. Gerät man erst einmal in Wut, dann ist es genauso, als bemühe man sich, nicht zu furzen; so oder so kommt es irgendwie raus.

Für eine Weile konnte ich alles auf ihre Freundinnen abladen. Während eines Brunchs tätschelte Rachel meinen Bauch. »Tsk, tsk . . . Dieses angenehme Leben hat unserem Adonis ein kleines Bäuchlein beschert.«

Ich flüsterte ihr ins Ohr: »Wann treffen wir uns mal?«

Ihr Gesichtsausdruck veränderte sich kein bißchen. »Morgen nachmittag. Wir essen in meinem Apartment eine Kleinigkeit.«

»Prima«, sagte ich. Und ging nicht hin. Als wir uns wiedersahen, funkelte sie mich wütend an.

Ich lächelte und flüsterte. »Wag es, dich zu beschweren.«

Bald erlaubte ich mir zwischen den Gängen ab und zu einen Martell. Und sowie der alte Junge lockerer wurde, löste sich auch die Zunge. Bonnies schwule Freunde waren ein willkommenes Angriffsziel. Ich genoß es, ihnen zuzuschauen, wie sie kakelten und mirakelten wie aufgescheuchte Hühner. Ich genoß es zu sehen, wie die ganze Blase sich allmählich von mir zurückzog. Es hatte sich herumgesprochen, Brian entzog sich der Kontrolle. Lange würde es nun nicht mehr dauern.

Nicht provozieren. In Deckung bleiben, immer in Deckung bleiben. Eines Morgens erwachte ich und war noch vom Abend vorher betrunken. Über dem Heulen der Sirenen und dem Getöse der Mülltonnen auf der Second Avenue konnte ich das alte Pfeifen in der Luft hören. Das Heulen und Zischen der Winterstürme war verschwunden. Der Frühling blies seinen frischen Atem verheißungsvoll in Bonnies Schlafzimmer. Ich stand auf und folgte ihm, als wäre ich in Trance. Was eine sehr dezente Art ist zu sagen, daß ich in den Sack haute.

Es war die unseligste aller Stunden, nämlich der Zeitraum, nachdem die Feierabendschuppen geschlossen hatten und bevor die richtigen Bars öffneten. Glücklicherweise braucht man nicht allzu lange zu warten. Ich segelte die Third Avenue hinauf und fand ein Blarney Castle.

»Das Goldene Vlies, der Heilige Gral«, verkündete ich bei meinem Eintritt. Der Barkeeper war ein Elch von der anderen Seite – in Brooklyn hätte man so einen »Esel« genannt –, mit einer Statue wie eine Telefonzelle mit riesigen, fleckigen Pranken und den blauesten Augen, die ich je gesehen hatte. Es war der Typ von Bar, wo das Durchschnittsalter der Gäste bei zweiundsiebzig Jahren liegt; wo jeder Hocker schon um acht Uhr morgens besetzt ist; wo man eine Unze Fusel für achtzig Cents bestellen kann und sogar ein Bier gratis bekommt; wo man für zehn Bucks den billigsten Rausch der Stadt bekommen kann.

Nach drei Stunden und fünfzehn Dollar hatte sich ein leichter Nebel über die Lokalität gesenkt. Fette Ladies mit Weihnachtskerzen dort, wo ihre Nasen hätten sein sollen, kramten in ihren Handtaschen herum und suchten Zigaretten, Geld oder Kleenex-Tücher. Schlechtgelaunte Pensionäre in altertümlichen Mänteln kamen hereingeschlurft, um ihre Wohlfahrtsschecks in Zahlung zu geben. Dinah Shaw kicherte im Chor mit den Pointer Sisters (oder war es Natalie Cole?) im Fernsehen. Ein irischer Tenor mit hölzerner Unterwäsche brachte in der Musikbox Katheleen Turner mindestens zum millionstenmal nach Hause. Es gab keinen einzigen gemixten Drink auf der Theke, und ich beschloß, von einem Gefühl der Nostalgie überwältigt, daß ich einen tropischen Cocktail haben wollte.

»Wenn irgend jemand in diesem Laden um einen Daiquiri bitten würde, dann würden Sie ihn wahrscheinlich hinauswerfen«, sagte ich zu dem Barkeeper.

»Ich mache Ihnen einen Daiquiri, wenn Sie einen wollen«, bot er mir müde an.

»Nein, nein . . .« Ich kicherte über das komische Mißverständnis. »Sehen Sie, ich mache das auch.«

Die Augen des Barkeepers verengten sich zu Schlitzen.

»Ich meine, ich bin auch hinter jeder Bar tätig.«

Der Barkeeper sah vieldeutig auf mein leeres Glas. »Ich auch.«

»Ja, ja«, sagte ich. »Zelle fünfzehn, eine Schicht von zweitausendachthundertzweiundsechzig, und jeden Fetzen Corned beef, den man stehlen kann.«

Das Wort »stehlen« ließ die Totenglocke anschlagen. Der Barmann nahm Glas und Trinkgeld in einer fließenden Bewegung von der Theke. »Ich glaube, Sie haben jetzt genug, mein Freund.«

»Ich hoffte, daß Sie das sagen, ehe ich endlich ins Koma falle«, sagte ich.

Der Barkeeper stellte sich vor das Wasserbecken und begann, Gläser zu spülen. In Wirklichkeit war das die Stelle, wo er seinen Gummiknüppel aufgewahrte. Diesen Trick kannte ich.

»Ich weiß, daß ich nicht besonders cool bin«, erklärte ich ihm, »aber ich bin die meiste Zeit so cool, daß ich einen Tag freigenommen habe.«

Der Barkeeper beschäftige sich weiter mit seinen Gläsern.

»Klar, klar, ich gehe ja schon«, sagte ich. Ich machte einen Schwimmzug durch den Nebel und blieb vor einem alten Mann mit einer schmalen Nase und dicken, aufgeplusterten Wangen stehen. »Sie sehen aus wie eine Eule.«

»Huuuuh?« unkte der alte Mann unwirsch.

»Laß ihn in Ruhe, Connolly«, riet der Barkeeper.

»Ich halte ihn nicht auf«, protestierte der Alte.

Ich flüsterte verschwörerisch: »Ich könnte diesen Fettsack voll aufs Kreuz legen, wenn ich wollte.« Aus den Augenwinkeln sah ich, wie der Barkeeper zu mir herüberkam, während er sich die Hände an der Schürze abwischte. »Ich geh' ja schon.« Ich drückte die Tür auf. »In dem Laden gefällt es mir sowieso nicht.«

Ich wanderte hinüber zur Second Avenue, blickte in die Fenster aller Bars mit ungewöhnlichen Namen, bis ich endlich einen Barkeeper entdeckte, den ich kannte.

»Jimmy Flynn!«

Es war einer von diesen Saloons mit einem Dartboard, einer Softballmannschaft und einer Menge wenig lustiger Botschaften an der Wand. Flynn war hinter der Theke aufgetaucht, ehe ich den zweiten Fuß über die Schwelle gesetzt hatte.

»Himmel, siehst du heruntergekommen aus.«

»Gib mir eine Nische, wo ich mich hinlegen kann, ja, Jimmy? Ich belästige niemanden, Ehrenwort.«

Flynn holte ein Fläschchen aus der Tasche. »Willst du einen kleinen Aufmunterer?«

»Nein, nein, nichts von diesem Hippy-Zeug. Ich bin blau, richtig schön irisch blau, Jimmy.«

»Aber nicht hier«, sagte Flynn und schob mich rückwärts durch die Tür. »Nicht in meiner Schicht, wo der Boß doch schon lange meint, ich würde ihm seinen Laden unter dem Hintern wegstehlen.«

»Na schön . . . na schön.« Ich klammerte mich an den Türknauf. »Dann laß mich wenigstens auf die Toilette.«

Flynn trat zurück. »Bist du wirklich okay?«

»Ich bin okay, ich bin okay. Laß mich nur pinkeln, und ich bin schon wieder draußen.«

Ich stieß mit etwas zusammen, das sich wie ein Mädchen anfühlte. Dann wurde ich herumgerissen, und da war ein Typ in einem Tweedsakko, der mir die Hände auf die Schultern legte. »Du bist ein wenig vom Kurs abgekommen, alter Freund«, sagte er und gab mir einen Schubs. »Er ist betrunken, Donald«, beschwichtigte das Mädchen. »Ist schon gut.«

Eine freundliche Stimme. Ich blieb stehen und versuchte, etwas zu erkennen. Sie war jung und hübsch, eine Psychologiestudentin mit lockigen schwarzen Haaren und braunen Augen voll überströmenden Mitgefühls. Der Bursche war groß und glaubte, er kenne sich aus, sonst hätte er mich nämlich nicht angefaßt. Er trug einen dieser Schulringe mit dem achteckigen roten Stein. Fordham Law School oder so etwas.

Ich umarmte das Mädchen. »Ich muß etwas wissen . . .«

Fordham Law plusterte sich auf. »Hör mal, Bozo . . .«

»Schluckst du gleich beim ersten Mal alles runter?« fragte ich.

Das Mädchen hob die Augenbrauen und schien über eine Antwort nachzudenken. Doch ehe sie ein Wort sagen konnte, rutschte Fordham Law von seinem Hocker herunter und ließ mich seinen Ring etwas eingehender inspizieren.

Achtzehn Stunden später wachte ich in einer Pfütze Erbrochenem auf Bonnies Badezimmerfußboden auf. Ihre bestickte

Tagesdecke weichte in der Badewanne ein, ein paar Mettwurststückchen stiegen aus den Falten an die Wasseroberfläche. Auf dem Küchentisch lag ein Zettel. »Brian, bitte ruf mich gegen Mittag an. Wir müssen miteinander reden.«

Reden? O nein, nicht das. Reden hieß Lunch; Weißwein und Salat Niçoise; die ernsten Blicke, die gedämpften Stimmen. O nein, alles andere als reden.

Ich kritzelte unter Bonnies Nachricht: »Es war schön, aber jetzt ist es vorbei«, packte meine schmutzige Wäsche zusammen und verließ den Schauplatz über die Hintertreppe.

Ich nahm den Bus zum John-Tyler-Hotel auf der Twentyseventh Street, der Heimat der Huren, der lebenden und toten Drogensüchtigen, der potentienellen Massenmöder und der auf Bewährung entlassenen Amokläufer. Sie vermieteten mir einen Besenschrank mit Toilette und Farbfernseher für dreihundert im Monat – das günstigste Angebot in der ganzen Stadt.

Ich ließ mich auf das knarrende, schmutzige Bett fallen und starrte die blauen Adern an der Decke an. Mein rechtes Auge war zu, die ganze Seite meines Gesichtes war geschwollen und blau angelaufen, und es fühlte sich an, als hätte ich einige gebrochene Rippen. In diesem Zustand konnte ich mir kaum einen Job suchen. Wenn man einem Barbesitzer erzählte, man wäre in einen Streit geraten, dann dachte er, man wäre ziemlich schnell, wenn es ums Zuschlagen geht; wenn man ihm erzählte, man sei überfallen worden, dann glaubte er, man wäre nicht schnell genug.

Während der nächsten Tage hing ich im Zimmer herum, trank ausschließlich Kaffee und versuchte, mich zu erinnern, wie der Typ mit dem Schulring ausgesehen hatte. Es war schwierig; sogar Bonnie verschwamm schon. Seltsamerweise war das Mädchen recht deutlich da. Wie bei einem Foto im Entwicklerbad wurde ihr Gesicht immer schärfer und klarer. Hübsch, mit seidigen Haaren und dunklen, leidensvollen Augen. Für sie war es Liebe auf den ersten Blick gewesen. Alle Erziehung, das Karrierestreben, die Bücher voll feministischer Propaganda – von dem halben Dutzend katastrophaler Affären, die sie hinter sich hatte, ganz zu schweigen – konnten ihre Bestimmung nicht ändern. Sie war zur Welt gekommen, um wegen eines romantischen Versagers wie ich zu leiden. Warum sollte man ihr dieses Privileg versagen?«

Als mein Auge sich etwas gebessert hatte, begann ich auf der East Side meine Runden zu drehen und nach dem Mädchen Ausschau zu halten. Ich sah in den Bars nach und mied dabei die Leute, die ich kannte. Ich hatte nicht genug Geld, um Drinks zu kaufen und die großzügigen Trinkgelder zurückzulassen, für die ich berühmt war, und ich wollte auch keine Fragen über meinen Zustand beantworten, vor allem nicht von Leuten, die längst wußten, was passiert war und nur neugierig waren auf irgendwelche Ungereimtheiten in meiner Version. Kein einsames Trinken, das konnte ich mir nicht leisten. Zur Entspannung hatte ich noch einen Beutel Marihuana, den ich vor der Bibliothek in der 42. Straße erstanden hatte.

Zwei Wochen brauchte ich, in denen ich zu allen möglichen Zeiten meine Rundgänge unternahm, aber schließlich, an einem stürmischen Sonntagnachmittag im April, entdeckte ich sie. Sie kam aus dem Ding-a-Ling, einem Schuppen, in dem man seine Bestellungen mittels eines Tischtelefons aufgab. Es war Mittagszeit, und der Typ, der hinter ihr herstolperte, voll mit Wurzburger und Eiern Benedikt, sah aus wie Fordham Law.

Sie standen an der Ecke und winkten einem Taxi, als ich herankam. Das Mädchen erkannte mich. Ihre Augen weiteten sich erwartungsvoll.

»Heh, Kumpel«, sagte ich zu Fordham Law. Ich stieß das Mädchen beiseite und trat dem Burschen in die Zone zwischen Schrittbeuge und Magen, den berühmten weichen Unterbauch.

Das Mädchen kreischte einen Namen. »Donald!« hoffte ich. Alles lief verlangsamt ab und hatte einen roten Rand. Als Fordham Law in die Knie ging, riß ich seinen Kopf an den Haaren hoch und setzte ihm einen Hammer seitlich ins Gesicht. Seine Augen verschwanden in seinem Kopf, und ich ließ ihn einfach fallen. Aus den Augenwinkeln bemerkte ich die entsetzten Gesichter am Fenster der Bar. Das Mädchen hatte die meisten ihrer Finger in den Mund gestopft und zitterte heftig.

»Ich tue dir einen Gefallen«, sagte ich. »Mit einem einzigen Schlag entferne ich zwei Idioten aus deinem Leben.« Und in dem ich der Mißhandlung auch noch Unhöflichkeit folgen ließ, nahm ich ihr Taxi.

Am nächsten Morgen investierte ich das meiste meines noch verbliebenen Bargeldes in eine Flasche Louis XIII und machte mich auf den Weg nach Wavey Dunes.

Und wieder ein toter Soldat

Mein Fähren-Fiasko gehörte inzwischen der Vergangenheit an, und ich schlenderte über die Hauptstraße von Wavey Dunes und hielt Ausschau nach Doug Coughlin's Riptide. Die Saisonvorbereitungen waren in vollem Gange. Junge Zimmerleute, langhaarig, tätowiert, die Hämmer an den Gürteln baumelnd, saßen herum und ließen Bierflaschen zischen. Der Geruch von frischer Farbe verpestete die Morgenluft. Stämmige Maurer vom Festland pflasterten die Seitenstraßen neu. Schilder der Geschäfte, die im vergangenen Sommer eingegangen waren, wurden abgehängt und durch Schilder von Geschäften ersetzt, die in diesem Sommer pleite machen würden. Ein nie versiegender Strom von Baracken-Kapitalisten spülte in jeder Saison an den Strand von Wavey Dunes, um ihre Spinatpasteten und Strandmode zu verkaufen in der Hoffnung, das anzubieten, was genau im jeweiligen Trend lag. Sie zahlten den einheimischen Großgrundbesitzern exorbitante Mieten für armselige Ladenhütten; sie heuerten örtliche Installateure und Elektriker an, um die Schäden des Winters reparieren zu lassen; sie arbeiteten mit Sandpapier und Farbe für sonnige Wochenenden und einen wirtschaftlichen Aufschwung. Bis zum Labor Day hätten sie alle Bankrott gemacht, diese gerissenen Profiteure. Sie hatten sich jahrelang krummgelegt und gespart, um ihr Geld in ein Unternehmen zu stecken, das noch nicht einmal ein verregnetes Wochenende überstehen konnte. Gibt es etwas Trübseligeres als einen Geschäftsmann in einem Badeort an einem regnerischen Wochenende?

Es war noch zu früh für die Saison – und den Tag –, um das Sommervolk anzutreffen. Nicht daß es da irgendwelche

Überraschungen gab. Die Stadt war von den ›Bleichgesichtern‹, wie sie abfällig genannt wurden, übernommen worden. Bei Häusern für fünfzehntausend für die Saison, die vom 4. Juli bis zum Labor Day dauerte, blieben die Eigentümer lieber in der Stadt und hatten im Winter ihren Spaß auf den Skipisten. Das typische ›Bleichgesicht‹ gab mehr, als er oder sie sich leisten konnte, für ein Wochenendzimmer in einem malariaverseuchten Bungalow aus, dessen Wände so dünn waren, daß ein Furz wie ein Tornado klang. Nächtliche Zufallsnummern waren so gut wie ausgeschlossen, es sei denn, man hatte etwas für eine private Show übrig, was wiederum zu Wettbewerben führte, welche das ganze Haus in eine Sinfonie aus Seufzern, Stöhnlauen, Schreien, gezischten Kommandos und quietschenden Bettfedern verwandelte, während die zum Zölibat verdammten Schläfer den meisten Lärm verursachten, um ihre beschämende Einsamkeit zu kaschieren. Es kam zu unausweichlichen Streitigkeiten über Lebensmittel, Nebenkosten, Gäste, Parties. Schilder wurden aufgestellt und wieder abmontiert, Hausordnungen entwickelt, Beschimpfungen ausgetauscht. Bis zum August trug der Kühlschrank ein Vorhängeschloß, war das Inventar markiert und das Telefon abgeklemmt. Unsere mutigen Sommergäste ertrugen vier Stunden Stau auf dem Expressway oder sechs Stunden in einem überfüllten Long-Island-Eisenbahnwagen mit vernagelten Fenstern und einer defekten Klimaanlage. Überall sahen sie die ins Auge fallenden Beweise ihrer eigenen Unzulänglichkeit. Zwei verregnete Wochenenden bewiesen ihnen, daß ihre Kindheitsängste vor einer ihnen feindlich gesonnenen Welt durchaus zutreffend waren. Ein Spaziergang über den Nacktbadestrand jagte sie voller Verzweiflung zurück vor ihren heimischen Spiegel. Sie konsumierten jede bekannte Droge, nahmen Kredite auf, um die Psychotherapie fortsetzen zu können, und wunderten sich dann, warum alles so hoffnungslos war. Mindestens einmal pro Saison versank ein Mädel aus irgendeinem Schreibbüro in barbituratgeschwängerter Katatonie, eingeklemmt in der Damentoilette, während die Angestellten des Etablissements versuchten, die Tür aufzubrechen, und dabei die Verletzung nur verschlimmerten, die das arme Opfer sich geholt hatte, als es beim Sturz mit dem Kopf gegen das

Toilettenbecken geschlagen war. Tausende von sexuellen Ereignissen fanden statt, doch keine einzige halbwegs haltbare Verbindung entstand daraus. Der Konsum von Marihuana, Kokain, Heroin und diverser Pharmazeutika nahm direkt proportional zum Preis zu. Kopfläuse lösten die stechende Hitze als das Hauptleiden der Stadt ab. Ein Teenager, der verhuschte Künstlertyp, schluckte ein ganzes Glas Aspirin, und die Küstenwache brachte die Kleine zum Festland, um ihr den Magen auspumpen zu lassen.

O du herrliche Wildnis!

Ich brauchte einen richtigen Auftritt. Etwas Witziges, Weltmännisches, das einem Hahnrei, einem Bankrotteur, einem Gescheiterten entsprach. Ich konnte nicht einfach mit dümmlichem Gesichtsausdruck hineinmarschieren und hilflos die Schultern heben. Ich konnte auch nicht wie ein Verrückter hineinstürmen. Ich mußte den guten Verlierer mimen. Etwas wie »Von allen Fuseltränken der Welt muß ich ausgerechnet in deiner landen.« Oder: »Wen muß ich flachlegen, damit ich hier einen Drink bekomme?« Oder vielleicht sollte ich auch nur eine Hand mit der Flasche Louis XIII durch die Tür schieben. Oder ich rutschte auf den Knien hinein. Egal, wie ich es anfing, ich würde für die nächsten drei Monate mit Coughlins spöttischem Grinsen leben. Ich war wieder auf das Startfeld zurückgekehrt. Ich arbeitete wieder für ihn. Vielleicht war es ein ganz neuer Anfang.

Ein kleines blaues Schild wies den Weg zu Dough Coughlin's Riptide. Es stand am anderen Ende der Stadt oberhalb eines privaten Docks, ein vor sich hin moderndes, mit braunen Schindeln gedecktes Gebäude mitsamt weißem Mansardendach, das aussah, als wäre es in einer früheren Inkarnation mal ein Lagerhaus gewesen. Es gab einen Zugang, der bis zum Dock führte, was darauf schließen ließ, daß wir auch von den Ausflugsbootbesatzungen heimgesucht würden. Die heiße Schicht wäre demnach der Sonntagnachmittag. Innen befand sich eine runde Bar mit zwei Stationen. Also zwei Barkeeper. Ich haßte es, wenn ich in einer Strandbar mit Partner arbeiten mußte; sobald ich ihn endlich richtig fit gemacht hatte, war die

Saison schon vorüber. Auf der anderen Seite des Raumes befand sich eine imposante Reihe Flipperautomaten und Videospiele, ein Kegelautomat und ein Dartboard mit einer Wettkampfkarte vom vergangenen Jahr. Demnach wurde die Bar unter der Woche von Einheimischen besucht. Die Cops und Zimmerleute und Oldtimer mitsamt ihren Biergläsern würden den Touristen Furcht einflößen und sie an die Tische treiben, wo die Kellnerinnen reich werden würden. Mir blieb dafür die Bande von Rotnacken und Proleten, die den ganzen Abend soffen und sich stritten und dann beschlossen, daß ich sie derart beleidigt hätte, daß sie auf ein Trinkgeld verzichten könnten.

Eine Puppe im Overall mit langen blonden Haaren balancierte auf einer Standleiter und strich den Rahmen des Barfensters grün. Ein hübscher Hintern, dachte ich. Vielleicht war die Zeit in diesem Laden doch nicht so schlimm.

»Ist Mr. Coughlin hier irgendwo?« fragte ich.

Die Puppe drehte sich um, und ich wußte, daß etwas nicht ganz stimmte. Es war ein Junge, ein sehr hübscher Junge von etwa achtzehn Jahren mit einem erschrockenen Gesichtausdruck. Er strich sich die Haare mit einer liebevoll streichelnden Bewegung nach hinten.

»Mr. Coughlin?«

»Das ist doch sein Laden, oder?«

Der Junge blickte besorgt zur Bar. »Gene . . . Könntest du mal kurz herkommen?«

Die Glastür knallte. Ein rotgesichtiger Mann in Latzhose und T-Shirt erschien und wischte sich seine farbfleckigen Hände mit einem Lappen ab. »Was ist los, Glenn?«

»Dieser Gentleman sucht Mr. Coughlin.«

»Oh . . .« Der Mann war groß und solide gebaut, ein respektabler Bierbauch wölbte sich über seinem Gürtel. Seine Augen zeigten jenen unsicheren, betrübten Ausdruck eines Geschäftsmannes, der suchend in U-Bahn-Toiletten herumirrt.

»Sind Sie ein Freund von Mr. Coughlin?« fragte er.

»Ja. Ich heiße Brian Flanagan. Ich bin kein Cop und kein Gangster. Bestellen Sie ihm nur, daß Brian da ist.«

Der Mann stopfte sich den Farblappen in die Gesäßtasche. »Würdest du uns für einen Moment entschuldigen, Glenn?«

Der Junge nickte eifrig. »Klar doch. Ich helfe Kelly im Keller.«

»Danke, Glenn«, sagte er und sah dem Jungen nach. Er holte eine Packung Camels hervor. Die Männerzigarette. Während er sie anzündete, fragte ich mich, warum die Schwulen im mittleren Alter immer so feuchte gummiartige Lippen haben.

»Ich weiß nicht, wie ich es schonend ausdrücken soll«, sagte er. »Mr. Coughlin ist tot.«

Zwischen mir und dem Obdachlosenheim befinden sich noch acht Dollar und eine Flasche Louis XIII, dachte ich.

»Sie haben eine gekonnte Art, es schonend auszudrücken«, sagte ich anerkennend. Vielleicht kann ich den Cognac im nächsten Schnapsladen verscherbeln. Oder er kaufte ihn mir ab.

Der Mann machte einen tiefen Atemzug. »Wie war nochmals Ihr Name? Brian Flanagan?«

»Gutes Gedächtnis«, lobte ich ihn.

»Ich bin Gene Winslow, Brian.« Gott sei Dank hielt er nichts davon, mir die Hand zu schütteln. »Ich kannte Mr. Coughlin nicht sehr gut, aber nach seinen Freunden zu urteilen, muß er etwas ganz Besonderes gewesen sein.« Er schüttelte den Kopf. »Mr. Coughlin hat sich selbst getötet, Brian.«

Das wird mich lehren, mich auf das Geschwätz eines Besoffenen zu verlassen, dachte ich.

»Er ging hinunter zum Strand und steckte sich einen Revolverlauf in den Mund«, berichtete Winslow und schien Spaß an seinem Bericht zu bekommen. »Anfangs habe ich mir Vorwürfe gemacht. Er hatte Probleme mit dem Laden, müssen Sie wissen. Einige von seinen Geldgebern hatten sich zurückgezogen, und ich hatte deren Anteile übernommen. Es war eine rein geschäftliche Transaktion, aber ihn schien es hart getroffen zu haben . . .«

»Er hatte große Pläne für das Riptide«, meinte ich.

»Ja, das hat er mir erzählt. Wir hatten ein paar nette Gespräche. Mr. Coughlin war ein charmanter Mann . . .«

O ja, und einen dummen alten Schwulen wie dich konnte er um den kleinen Finger wickeln . . .

»Aber es muß wohl mehr als nur der Laden gewesen sein. Sonst hätte er doch nicht auch noch seine Frau getötet . . .«

Das wurde immer spaßiger. »Er hat seine Frau umgebracht?«

»Hatte beide Trommeln auf sie leergeschossen, während sie unter der Dusche stand«, sagte Gene. »Dann hat er nachgeladen und noch mal geschossen.«

»Beide Trommeln?«

»Beide, mitten rein.« Gene hatte das Gemüt eines Fleischerhundes. Er erzählte die Story mit deutlichem Genuß. »Die Badewanne hat er dabei in tausend Stücke zerlegt. Fragen Sie mich nicht, wie *sie* ausgesehen hat. Die Wanne mußten wir erneuern. Wir brauchten eine Woche, um das Blut von den Wänden herunterzubekommen. Gestern fand ich noch ein Stück vom Schädel auf dem Deck etwa zwanzig Fuß vom Haus entfernt. Sie soll eine wahre Schönheit gewesen sein. Das arme Mädchen . . .«

Armes Mädchen, von wegen. Dir gefällt es doch, daß wieder mal eine kleine Schnalle die Welt verlassen hat. Man sieht's dir an.

Meine Gedanken mußten sich in meinem Gesicht widerspiegeln, weil Gene zurückwich, als rechnete er damit, geschlagen zu werden, und er wechselte den Tonfall. »Er muß durchgedreht sein. Ihre Kleider hat er im Ofen des Restaurants verbrannt. Alles, sogar den Schmuck. Vielleicht wollte er auch sie verbrennen, aber der Körper war zerfetzt, daher nehme ich an, daß er zum Meer hinunterging und . . .«

Ich mußte etwas sagen, sonst hätte ich laut losgelacht. »Er hat das Meer geliebt.«

Gene schüttelte den Kopf. Ich nickte. Dann schüttelte ich den Kopf, und er nickte. »Ich nehme an, daß es eine Totenwache gab«, sagte ich.

Gene hob die Schultern. »Es gab keine Angehörigen. Das County ließ ihn verbrennen und schickte die Asche zum Arlington-Memorial-Friedhof.

Ich klopfte auf die Tüte. »Ich hab' ihm eine Flasche vom besten Cognac mitgebracht. Jeder Ire muß eine Totenwache haben, auch wenn es nur ein Barkeeper am Strand ist.«

Ich ließ Gene stehen, der mir nachstarrte, und ging hinunter zum Meer, vorbei an den verwitterten Sommerhäuschen, die von den Wirbelstürmen gebeutelt, vom Regen ausgelaugt und von ihren Eigentümern vernachlässigt worden waren und dennoch jedes Jahr im Wert stiegen. Der arme alte siegessichere

Coughlin. Er hatte seinen eigenen Untergang vorausgesagt, als er meinen prophezeite. Wenn es zu Ende geht, dann immer schlimm. Nach solchen Worten konnte man sich richten.

Am Strand war es windig. Ein paar Unentwegte hatten sich unter Decken verkrochen. Ein älteres Ehepaar spazierte über den Strand und suchte Muscheln.

Ich holte die Flasche Louis XIII hervor und prostete damit dem wolkenlosen Himmel zu. Ich erinnerte mich an Coughlin nach einem hektischen Freitagabend, die Taschen prall voll mit seinem Nebengewinn. Er arrangierte die leeren Flaschen auf der Theke und sang dazu: »Und wieder ein toter Soldat, und noch ein toter Soldat . . .«

»Auf den nächsten toten Soldaten«, rief ich meinen Trinkspruch.

On the rocks

Es ist nicht der Fusel, es ist die Tüte. Egal, was für eine Flasche man in eine braune Papiertüte steckt, zwei Schlucke, und ich fange an zu singen, aber fragen Sie mich nicht, warum. Das Trinken in freier Natur hat damit etwas zu tun. Desgleichen das Trinken am hellichten Tag. Und auch die ehrsamen Bürger, die einen großen Bogen um einen machen und darauf bedacht sind, nicht bemerkt zu werden. Normalerweise bin ich nach einem Viertelliter noch völlig klar. Es hat sicherlich auch sehr viel mit Verwirrung zu tun, jenem hinterlistigen Bewußtseinszustand. Ich hockte am Strand und versuchte mir darüber klar zu werden, wer der größere Verlierer war. Coughlin oder ich. Das strengte meinen Kopf derart an, daß ich beinahe zu schielen begann.

Nun, da war einmal Coughlin, ein Knabe, der die Schicksale verwechselt zu haben schien. Nach dreißig Jahren als Karriereproletarier stand er an der Schwelle zu einem Dasein als Eigentümer; er war tatsächlich im Begriff, Geschäftsinhaber zu werden mitsamt den wunderbaren Privilegien, die mit dem Besitztum einhergehen. Nach vierzig Jahren als verdorbener Prolet sah es so aus, als sollten seine Sünden ungestraft bleiben, weil er bei einem prachtvollen Girl, dreißig Jahre jünger als er, endlich die wahre Liebe gefunden hatte. Und er bekäme auch noch jemanden, den er herumkommandieren könnte – mich. Aber es war alles eine Verschwörung. Einen Zyniker kann man nicht verletzen, doch die Gläubigen sterben jeden Tag wie die Fliegen. Daher pack den Burschen voll. Gib ihm Liebe, gib ihm Hoffnung, gib ihm eine Zukunft, und dann nimm ihm alles wieder weg; mach ihn fertig.

Klingt ganz nach einem Gewinner im großen Preis der Verlierer, nicht wahr? Aber beachten Sie Flanagan, einen achtunddreißigjährigen Mann mit einem Kopf voller unwahrscheinlicher Phantasien, der sich selbst in einer grandiosen Geste in den Bankrott stürzt, und wofür? Für einen obermiesen Job bei einem Typen, den er haßt. Die Pläne dieses Kandidaten sind so fadenscheinig geworden, daß er sich schon mit Aussicht auf einige Monate der Sicherheit zufriedengibt. Eine kleine Zuflucht, ein Schutz vor dem Sturm. Und bekommt er es? Nein! Im letzten Moment erlaubt die Vorsehung sich einen bösen Trick und zieht den Tod, das ultimate Kaninchen, aus dem Hut. Also liegt er schon wieder auf der Nase und hat gerade noch genug Geld, um in die Stadt zurückzukehren, wo er in Hauseingängen schlafen muß, bis er jemanden findet, der ihn wieder aufrichtet.

»Ist das eine private Totenwache?«

Gene Winslow stand mit zwei Dosen Budweiser hinter mir.

»Sie haben sich angeschlichen«, beschwerte ich mich.

»Sie können meine Schuhe im Sand nicht hören.« Er öffnete eine Dose und bot sie mir an. »Da, spülen Sie mal Ihren Gaumen.«

Budweiser und Camels. Piratenmoral und ein Grinsen, das von Herzen kommt. Schwulengequatsche und ein flehender Blick. Gene ließ sich neben mir in den Sand fallen. »Was dagegen, wenn ich mich dazusetze?«

»Ganz bestimmt werde ich nicht die Nummer *A Star Is Born* spielen, wenn es das ist, was Sie beunruhigt.«

»Was steckt wohl in der Tüte?« fragte er schelmisch.

»Eine Gabe Gottes.«

Er wischte die Flasche vorsichtig ab und nahm einen kleinen Schluck. »Jesus Christus, was ist das? Konzentrierte Hitze?«

Ich entriß ihm die Tüte. »Eher schon flüssiges Gold. Das trinken die reichen Leute, wenn sie schlau sind.«

Er griff nach der Flasche. »Lassen Sie mich noch mal probieren. Ich bin durchaus für den Aufstieg.« Er sagte es mit unbeabsichtigter Schalkhaftigkeit. Diese Typen lassen wirklich keine Anzüglichkeit aus. Er nahm einen weiteren Schluck. »Das ist also Qualität aus dem obersten Regal.«

»Regalus ex machina«, sagte ich. »Es kommt in einem kleinen Weidenkörbchen direkt aus dem Himmel.«

Gene lachte und gab mir die Flasche zurück. »Ich glaube, das wäre bei mir verschwendet. Sie sind Brian Flanagan, der Barkeeper, nicht wahr?«

»Nein, ich bin Brian Flanagan, der Ägyptologe.«

»Weil Mr. Coughlin von einem Brian gesprochen hat, der herkommen und bei ihm arbeiten wolle. Er meinte, alles wäre in Ordnung, wenn Sie erst mal hier wären.«

»Dann muß er aber ziemlich am Ende gewesen sein.«

»Nun, ich hab' etwas vergessen. Einer meiner Jungs hat mich dran erinnert. Er hat Ihnen etwas hinterlassen.«

»Hoffentlich ein Sack voll druckfrischer Hunderter.«

»Einen Koffer.«

»Dann einen Koffer voll druckfrischer Hunderter.«

»Schon möglich. Wir haben ihn natürlich nicht geöffnet. Wir fanden ihn einen Tag später im Schuppen.«

»Woher wissen Sie, daß er für mich ist?«

»Ein Briefumschlag war daran befestigt mit Ihrem Namen und ihrem Beruf darauf. Brian Flanagan, Barkeeper. Wollen Sie ihn sich ansehen?«

»Lieber wäre mir, Sie werfen ihn weg.«

»Wenn Sie ihn nicht wollen, muß ich ihn der Polizei übergeben. Das Gesetz verlangt es so.«

Ich nahm den nächsten Schluck. Wenn der Cognac nicht mehr brennt, dann kommen ein paar verrückte Stunden auf einen zu.

»Und halten Sie sich auch an die Gesetze, wenn Sie halbwüchsige Jungen vernaschen?« fragte ich beiläufig.

Gene blinzelte, hielt die Luft an und suchte krampfhaft nach einer Antwort. Er suchte immer noch, als ich bereits schwankend aufgestanden war.

»Kommen Sie, holen wir mein Erbe.«

Besaufen Sie sich niemals am Strand, wenn Sie nicht auch die Nacht dort verbringen wollen. Ich stapfte hinter Gene her, versuchte, im Sand Halt zu finden, und sah dabei sehr viel angeschlagener aus, als ich es in Wirklichkeit war. Als wir endlich wieder im Riptide eintrafen, standen meine Waden in hellen Flammen. Gene hatte während des Rückwegs keinen Ton gesagt. Er spielte den Beleidigten. Seine »Boys« hatten einen alten Seemannskoffer herausgeschleift.

»In so einem Ding kam Judy Garland zur Welt«, sagte ein schlanker Brünetter und stützte dabei die Hände auf die Hüften.

Die Notiz war auf einer altertümlichen Reiseschreibmaschine getippt worden. »Ich mache dich zu meinem literarischen Nachlaßverwalter, Flanagan. Das meiste davon ist Scheiße, aber vielleicht findest du etwas, was veröffentlicht werden kann. Gib es als deine Arbeit aus, wenn du willst . . .« Und am Ende stand in Blockbuchstaben: »PS: Es gab keinen anderen Mann, falls Ihr Schlaumeier das meint.«

»Ich würde mir das gerne alleine anschauen«, sagte ich.

Alle wurden mitfühlend angesichts dieser Demonstration männlicher Trauer. Sogar Winslow verzieh mir. Er half mir, den Koffer in die Bar zu schleppen. Ich saß in einer dunklen Ecke unter der Leuchtreklame eines Space-Invaders-Spiels und ließ das rostige Schloß aufschnappen.

Der Koffer war voller Manuskripte. Die Arbeit eines Lebens. Ganz unten waren sie schon vergilbt, aber sauber und ordentlich, jedes in einem Schnellhefter mit dem Titel in säuberlicher Schrift darauf. *»Die Eroberer* von Douglas Coughlin.« Sein Kriegsroman? *»Waverly Place.«* Das mußte sein Dorfroman sein. In all den chaotischen Jahren hatte er insgeheim um Anerkennung gekämpft, hatte Tausende von Stunden an seiner Reiseschreibmaschine verbracht. Hatte all das zu Papier gebracht und versucht, allem einen Sinn zu geben.

Weiter oben im Stapel wurde es etwas schlampiger. Zuerst verschwanden die Schnellhefter, dann die Titelseiten. Lose Blätter flogen herum. Das Schriftbild wurde unsauberer. Mehr handschriftliche Korrekturen, mehr Randbemerkungen, mehr

Kaffeeflecken. Niemand hatte so etwas je vermutet. Er hatte alles vor Frauen und Freunden versteckt gehalten. Die ganzen Jahre hatte er die Schreibmaschine blitzschnell zugeklappt, wenn es an der Tür klingelte; er mußte eine ganze Menge von Verstecken gehabt haben. All die Jahre hatte er sein Geheimnis bewahren können.

Plötzlich stand Winslow hinter mir.

»Sie sind ein ganz lautloser Schnüffler, nicht wahr«, sagte ich.

Winslow lächelte. Er hatte sich für die verständnisvolle Masche entschieden. »Seltsam festzsutellen, daß jemand an einen gedacht hat, kurz bevor er in den Tod ging. Man hält sich selbst niemals für so wichtig für jemanden. Sie werden niemals erfahren, was er wirklich über Sie dachte.«

Ich klappte den Koffer zu. »Ich weiß, was Coughlin von mir dachte. Ich weiß auch, was er über Sie gedacht hätte, weil Sie so vertraulich von jemandem reden, den Sie kaum kannten.«

Aber Winslow ließ sich nicht provozieren. »Er sagte, Sie seien der beste Barkeeper, den er je gesehen hatte.«

»Aus seinem Mund ist das wie ein Schlag ins Gesicht.«

»Für mich klang es wie ein Kompliment.«

»Was beweist, daß Sie keine Ahnung haben«, stellte ich fest. »Doug Coughlin, möge er in Frieden ruhen, hatte für Barkeeper nur Verachtung übrig. Er war ein richtiger Beatnik. Er war stolz darauf, miese Cocktails zu mixen. Jeder Drink, für den man mehr als zwei Bewegungen machen mußte – sogar der heilige Martini –, war etwas für Schaumschläger. Schnaps war Gift, und man beförderte es am besten und schnellsten mit einem kurzen Abwinkeln des Handgelenks in den Blutkreislauf« – ich demonstrierte mit dem Cognac, was ich meinte, »Faulheit und Arroganz waren das wahre Kapital des Barkeepers.«

»Er meinte, Sie wären der letzte belesene arbeitende Mensch Amerikas.«

»Eine weitere Beleidigung. Jeder Bursche in diesem Land, der ein Buch gelesen hat, macht fünfzigtausend plus Spesen. Nur ich nicht. Verstehen Sie mich nicht falsch, es tut mir leid, daß dieser Arsch tot ist. Immerhin hatte ich mir einen Job versprochen. Drei Felder vorrücken und wieder aus dem Spiel, so geht es Ihrem Literaturfreund. Ich meine, man könnte auch einem Schimpansen beibringen, was er hinter einer Bar zu tun hat, aber solche Jobs wachsen nicht auf Bäumen.«

»Ich gebe Ihnen einen Job«, sagte Winslow.

»Aber dieser Arsch war ein sprücheklopfender Bastard. Man mußte ihn kennen . . .«

»Haben Sie nicht verstanden?« Gene machte wieder ein beleidigtes Gesicht. Es ist bei solchen Typen wie mit dem Pawlowschen Hund. Man brauchte nur eine Glocke anzuschlagen, und schon liegen sie einem zu Füßen. Kaum läßt man sie wieder aufstehen, dann schneiden sie einem die Kehle durch.

»Ich passe nicht in eine Schwulenbar«, entgegnete ich.

Gene zuckte unmerklich zusammen. »Ich hasse dieses Wort. Wenn Sie damit das Personal meinen, dann stimmt es allerdings.«

»Und den Eigentümer.«

Er zuckte wieder zusammen. »Ich dachte nicht, daß es so offensichtlich ist.«

»*So* offensichtlich auch wieder nicht.«

»Ich weiß auch nicht, ob mir das gefällt. Ich meine, ich hasse das Stigma des Schwulen, aber ich möchte mich auch nicht mehr verstecken.«

»Keine Lebensbeichte, bitte.«

»Schauen Sie, ich möchte nicht diese weibische Sensibilität in diesem Laden. Deshalb brauche ich einen ›normalen‹ Barkeeper. Wir bieten auch Essen an . . .«

»Forelle in Dill, Quiche des Tages, Kalbsfrikassee Oskar, Ente mit Kirschen und Pecanpastete mit Karo-Syrup. Am Sonntag Brunch, Avocado mit Hummersalat gefüllt, Avocado mit Krabbensalat . . .«

»Also, wollen Sie den Job?«

»Avocado mit Thunfischsalat. Avocado mit Geflügelsalat. Avocado vanaigrette . . .«

»Ich zahle Ihnen fünfundsiebzig Dollar pro Schicht, was das Doppelte von dem ist, was Sie woanders bekommen.«

»Suchen Sie nicht weiter«, sagte ich. »Sie haben sich soeben einen Schimpansen gekauft.«

Das Übliche

Alle Bars sehen gleich aus. Sei es der ›Thron-Saal‹ im Largesse Hotel oder Kelly's Black Hole auf dem Proletenboulevard, nach dem ersten Schluck bröckelt die Fassade, und derselbe alte Saloon kommt zum Vorschein. Es gibt die unheilige Dreieinigkeit: die Bar, die Flaschen, der Barkeeper. Das Eis ist nicht kälter, der Schnaps ist nicht weicher, das Bier wird zu schnell schal, und die Polizeistunde kommt zu früh. Das Schild »Alle Angestellten müssen vor Schichtbeginn die Hände waschen« läßt einen frösteln. Müssen die denn daran erinnert werden? Immer riecht es, als hätte gerade jemand auf den Fußboden gekotzt. Und die Toiletten sind nur noch zum Koksen da – oder zum Bumsen. Wenn man zu besoffen ist, dann glaubt man, sie haben auch Zentauren unter den Gästen, denn im Türspalt jeder Kabine sieht man vier Beine.

Dekoration ist eine Idee, um den Barbesitzern die Illusion zu vermitteln, daß sie Ladies und Gentlemen von erlesenem Geschmack sind und nicht Fusel verteilende, die Steuer betrügende, illegale Fremdarbeiter ausbeutende paranoide Profiteure, die sie in Wirklichkeit sind. Wie soll man einen Aschenbecher mit durchweichten Zigarettenkippen tarnen? Man kann den Glanz auf dem Smoking des Captains nicht wegwischen oder die Kaffeeflecken aus Tischtüchern herausbekommen. Kristallüster werden auf den zweiten Blick zu einem alten Hut, aber Pfützen schimmern immer auf der Theke. Und überhaupt, wann hat man schon mal jemand sagen gehört: »Bleiben wir hier, mir gefallen die Gläser im Regal so gut.«

Alle Saloons riechen gleich, vor allem in den frühen Morgenstunden, wenn Tabakrauch und schaler Whiskey und die Parfüms vom Abend vorher noch in der Luft hängen und die Bar von verschüttetem Bier, modernden Zitronenscheiben und totem Ungeziefer trieft. Immer ist da ein dienstbarer Geist, der den Boden mit Ammoniak ablaugt, um den Gestank zu überdecken. Einmal im Monat erscheint der Kammerjäger, um den Schuppen auszuräuchern. Die Schädlinge, die die Besuche des Kammerjäges bereits in ihre biologischen Systeme aufgenommen haben, bringen sich solange nebenan in einer der

Mülltonnen in Sicherheit. Für die nächste Woche leiden die Angestellten unter Atembeschwerden und Hautausschlägen und Menstruationsstörungen. Dann verfliegt das Pestizid, und die Pest hält wieder ihren Einzug. Saloons riechen am besten um elf Uhr vormittags kurz vor dem Mittagsansturm, wenn die Früchte noch frisch sind, der Kaffee in der auf Hochglanz polierten Maschine brodelt und die »Servicepersonen« auf einen Hundert-Dollar-Tag hoffen. Und dann steigen die Düfte des ersten Martinis aus dem Mixglas auf. Die ersten Eier Florentine kommen aus der Küche, in ranziger Butter schwimmend und in einer rotz-grauen Bechamelsoße ertrinkend. Der erste Gast findet ein Haar in der Vichysauce. Und der Saloon beginnt zu stinken.

Alle Gäste haben den gleichen verstohlenen Blick. Einen Saloon zu besuchen ist genauso wie der Gang ins Kino am Nachmittag – es gibt immer etwas, was man statt dessen tun sollte. Während des Tages sollte man an seinem Arbeitsplatz sein: nach Mitternacht sollte man einfach woanders sein – in einem sibirischen Arbeitslager zum Beispiel oder als Patient bei einer Gehirnoperation – auf keinen Fall in einem Saloon. Und das wissen sie. Die meisten Menschen mögen den Geschmack von Whiskey gar nicht, egal, wie gut sie es kaschieren. Die meisten Leute fühlen sich in einer Bar unbehaglich. Sie sind entweder zu betrunken oder noch nicht betrunken genug. Sie gehen nur selten mit ihrer ersten Wahl nach Hause, und wenn sie es zufällig tun, dann ist es am Morgen niemals dieselbe Person. Zeigen Sie mir einen Schuppen, wo die Gäste sich wirklich zu Hause fühlen und wo sie gerne trinken und den sie als die gleichen Persönlichkeiten verlassen, als die sie hereingekommen sind, und ich zeige Ihnen eine Spelunke, wo der Barkeeper zwölf Dollar pro Abend bekommt und alle von der Wohlfahrt leben. Das können Sie nicht gewinnen, oder?

Damit kommen wir zum Beachhead, zum Brückenkopf, meinem »Arbeitsplatz«, wie die Soziologen es nennen würden. Winslow war ganz geil auf seine Idee. Der Laden war einzigartig. Es war Zweiter Weltkrieg, mit den Augen eines schwulen Innenarchitekten betrachtet, eine schwüle Vision vom wahren Mannestum beim Militär. »Der Krieg ist furchtbar, vor allem, wenn man nicht in seiner eigenen Seidenbettwäsche schlafen kann.« Die Wände waren bunkerbraun gestrichen und mit Bildern von Filmstars beklebt: John Wayne in *Iwo Ima*, John Garfield in *Pride of the Marines*, Monty Clift in *The Young Lions*, Aldo Ray in *Battle Cry*, plus eine Reihe von Aufnahmen von Kriegsberichtererstattern wie Ernie Pyle, Quentin Reynolds und Walter Cronkite, sowie Landkarten von allen wichtigen Schlachten des Krieges, in Europa und im Pazifik, plus Fotos von B-29-Bombern und P-38-Panzern. Die Toiletten waren in Kriegsschiffgrau gestrichen. Auf einer Tür stand »GI Joe«, auf der anderen »Rosie die Niete«.

Reicht's? Die Speisekarte hatte zwei Abteilungen, Kantine, worunter alle billigeren Gerichte fielen wie Sandwiches, Rühreier, Makkaroni und Käse, also die Leibgerichte der einfachen Soldaten, und Offiziersmesse, wo man die besseren Menüs finden konnte – Ente, Hummer, Seezunge. Die Musikbox spielte Hits der Vierziger von den Andrew Sisters und den Dorsey Brothes; die Kellner trugen Kampfhosen und Tarnhemden, und der Barkeeper der Abendschicht (raten Sie mal, wer das war) bekam ein Offiziershemd vom Medizinischen Corps verpaßt. Da er auf der Toilette die Rangabzeichen entfernte, mußte er schließlich ein graues Gefängnishemd mit der Aufschrift »Kriegsdienstverweigerer« tragen.

Winslow wanderte in seiner eigenen Uniform herum. Er schien Lieutenant beim Marinecorps gewesen zu sein, »die glücklichsten vier Jahre meines Lebens«, und zwar als Beschaffungsoffizier in Camp Pendleton, Kalifornien. Er stand mit der Reservierungsliste und einem Offizierstöckchen an der Tür und salutierte vor den hereinkommenden Gästen. Und das waren die Drogensüchtigen und Friedensanhänger und reichen Radikalen, die im wesentlichen die Sommerbesatzung der Insel ausmachten. Nicht ein 1A war dabei. Es waren dieselben Leute, die ihre Einrufungsbescheide verbrannt, beim Erklingen des »Star Spangled Banner« gebuht, in Washington demonstriert und für Eldridge Cleaver gestimmt hatten. Und wissen Sie was: Sie liebten den Laden.

Sagte ich lieben? Sie konnten nicht genug davon bekommen. Von dem Tag an, als Winslow die Tore zu seiner großen Einweihungsparty öffnete, war der Laden gerammelt voll. Der alte Coughlin mit seinem Charme und seinem Know-how hätte es nicht annähernd so gut geschafft; für ihn war es besser, sein Gehirn am Strand verteilt zu haben, als mitzuerleben, wie Gene Winslow, dieser Amateur und verdorbene Perversling, einen solchen Triumph feierte. Coughlin hatte einmal gesagt: »Erfolg ist reiner Zufall, aber es dauert Jahre, einen Mißerfolg zu planen.« Es hätte ihn umgebracht, miterleben zu müssen, wie recht er hatte.

Gene Winslow war der Gesellschaftslöwe des Sommers, der Wirt mit dem absoluten Laden für Wavey Dunes. Schon bei Sonnenaufgang war er auf den Beinen, backte seine speziellen harten Biskuits, schob eine Hammelkeule oder einen Schweinebraten in den Ofen und suchte am Dock die größten Hummer und die frischesten Fische aus. Er bereitete sein eigenes Salatdressing, backte Pasteten und beaufsichtigte die weitere Vorbereitung der Speisen. Jeder Koch hatte eine fotokopierte Liste mit den Angaben, wie lange welches Gericht gekocht werden mußte, was ›blutig‹ ›medium‹ und ›durch‹ wirklich bedeuteten.

»Er ist Mildred Pierce«, sagte Elliot Fuchs, der fetteste, älteste und scharfzüngigste Kellner zu mir. »Es ist so, als wäre John Crawford gestorben und als Gene Winslow wiederauferstanden.«

Elliot war mein Wochenendkellner, der einzige Profi bei der Besatzung, und den brauchten wir, wenn die Yachten am Samstagmorgen einliefen. Das Beachhead war die Stammkneipe der Vorstadtadmiräle. Sie kamen vom Festland, um von schwulen Kellnern militärisch gegrüßt und in die Offiziersmesse geleitet zu werden. Sie liebten diesen Pseudo-Militarismus, liebten es, wenn ein Typ mit einem Tablett mit Drinks zu ihrem Motorboot hinauskam und bellte: »Erbitte Erlaubnis, an Bord kommen zu dürfen, Sir!« Die Ladies kreischten vor Lachen, aber irgend jemand sagte immer »Erlaubnis erteilt«; die Kellner hatten strikte Order, nicht an Bord zu gehen, bevor diese Antwort gegeben wurde.

Gegen Mittag waren alle Anlegeplätze belegt, und draußen auf der South Bay bildete sich ein Verkehrsstau, als die nachfolgenden Yachten Anker warfen und die Seeleute in ihren Beibooten eintrafen. Die Neuankömmlinge wurden am Dock begrüßt und würdevoll zu ihren Tischen geleitet. Gene nahm die ganze Sache sehr ernst, und seine Gäste ebenso. An Wochenenden bekam man vor halb sieben auf dem Deck keinen Tisch. Bei strahlender Sonne und günstigen Winden standen sie in drei Reihen vor der Bar, diese kampferprobten Männer der See mit ihren kleinen Nußschalen. Diese Leute liebten Winslow dafür, daß er ihren Phantasien entgegenkam. Man konnte sie beobachten, wie sie zaghaft vor Kellnern salutierten, Befehle gaben und Gehorsam von ihrer Mannschaft verlangten und vor allem dabei, wie sie ihr Geld ausgaben. Man muß Leute dazu bringen, einem ihr Geld freudig zu überlassen. Winslow hatte diese Gabe. Sie wußten, daß alles nur eine Schau war, sie wußten, daß er schwul war, aber sie kamen Tag für Tag und lächelten scheu und suchten ihre paar Kröten aus den Taschen zusammen. Und sie ließen nicht zu, daß jemand etwas Schlechtes über ihn sagte. Der Laden war kaum zwei Wochen offen, da erschien jemand mit einer Commander-Uniform für Gene. Immerhin war der Seeheld der Fernsehserie ein Commander Winslow gewesen und kein Lieutenant. Gene zog die Uniform glücklich an und gab zu Ehren seiner Beförderung eine Lokalrunde. Ich mußte die Drinks zubereiten, Elliot servierte sie, schlängelte sich zwischen den Tischen hindurch, schwenkte dabei die Hüften und sang: ›I am the servant of the Queen's Navee‹, dann wandte er sich um und wies in dramatischer Geste auf Gene: »Long live the Queen!« Alle lachten. Ich sah in dem Messingbecher nach, wo ich meine Trinkgelder deponierte. Leer. Diese gute Kameradschaft schloß die Matrosen nicht mit ein.

»Wir müssen anfangen zu stehlen«, erklärte ich Elliot.

»Es wird bald besser, Kleiner«, sagte er.

Elliot war einer von jenen dunkelhäutigen hebräischen Homos, kahlköpfig und dick mit dunklen Augen und flatternden Wimpern, um die alle Ladies ihn beneideten. »Woher hast du diese Wimpern, Elliot?« »Meine Lippen sind versiegelt, Mädels. Das sind sie sowieso die meiste Zeit. Außerdem, wenn ich es euch verrate, dann wollt ihr als nächstes wissen, wer meine Oberschenkel geschaffen hat.«

Elliot sah aus wie ein rundliches Muttersöhnchen Anfang Zwanzig. Aber er war um die Vierzig und arbeitete schon seit zwanzig Jahren im Gastgewerbe. Er war einer von den Homos, die auf die weiche Tour abfuhren. Nichts kümmerte ihn, niemand machte ihm Schwierigkeiten, und er würde seine Show für niemanden ändern. Während die übrige Besatzung auf streng militärisch machte mit Hackenschlagen und Salutieren und sich nur hängenließ und in kindisches Gezänk ausbrach, wenn niemand hinsah, blieb Elliot bei seinem exaltierten Auftreten mit weibischen Gesten und aufgeregtem Getue, als serviere er *vitello tonnato* in einem Bistro in der Christopher Street.

»Okay, Kinder, hier sind eure Menüs. Der Seemann mit dem größten Dinghy kann es sich aussuchen, einen freien Drink oder mich.«

Sprüche, Sprüche. Schwulsein ist ein weiteres Gewerbe mit eingebauter Schlagfertigkeit. Alles wird zu einer sexuellen Anspielung, das unschuldigste Wort bekommt einen Doppelsinn, Elliot war mit seinem nautischen Jargon der absolute Star.

»Du hast den stärksten Mast im ganzen Hafen, Süßer . . .«

»Warum steckst du ihn dir nicht ins Heck und probierst aus, ob sich damit dein Schiff steuern läßt.«

»Ahoi, Seemann, der letzte Mann am Mast muß die Seife aufheben.«

Und so weiter. Die Gäste fraßen ihm aus der Hand. Sie standen Schlange, um an einem von Elliots Tischen zu sitzen, und kreischten über seine Kommentare, auch wenn sie sie schon des öfteren gehört hatten.

»Was ist der Unterschied zwischen dem Bermuda-Dreieck und einer jüdisch-amerikanischen Prinzessin? Das Bermuda-Dreieck schluckt alles.«

Sie liebten ihn, aber sie waren ein knickriger Haufen. Zehn Prozent war alles, was sie zurückließen.

»Man kann mit euch geizigen Ärschen keinen Spaß haben!« brüllte Elliot ihnen nach. »Wenn es hier nicht bald besser wird, dann gehe ich wieder auf den Strich!« Bei Schichtende war er erschöpft. Er hockte dann an der Bar und starrte in seinen Wodka Stinger. »Jungchen, wir müssen mit dem Klauen anfangen.«

Mich haßten sie von Anfang an. Ich paßte nicht in ihre Phantasien. Ich war nicht schwul, und wenn ich es war, dann bewies ich nicht den Anstand, es auch zu zeigen. Ich machte nicht mit bei ihrem Marinespiel. Es war wieder mein altes Haß-Problem, aber diesmal war es mir gleichgültig. Um es nautisch auszudrücken, ich war auf Grund gelaufen. Abgesoffen und gestrandet.

»Dies ist absolut der letzte Sommer, in dem ich hinter einer Bar stehe«, erzählte ich Elliot eines Abends, nachdem wir einige Martells gelenzt hatten.

»Die berühmten letzten Worte«, bemerkte er. »Was willst du statt dessen tun, Versicherungen verkaufen, Tankstellen überfallen . . .?«

»Ich werde tun, was ich schon längst hätte tun sollen. Wogegen ich mich jahrelang gewehrt habe, aber ich habe keine Wahl. Ich werde eine reiche Frau heiraten.«

»Himmel, ist das eine originelle Idee!«

»Ich muß sie finden, mit ihr ins Bett gehen und sie bis zum einundzwanzigsten Juni des nächsten Jahres heiraten. Das ist mein letzter Termin.«

»Vielleicht solltest du sie heiraten, *ehe* du mit ihr ins Bett gehst, Jungchen. Um ganz sicherzugehen. Und wenn du es wirklich ganz eilig hast, dann kenne ich eine reiche Frau, die von unstillbarer Liebe zu dir erfüllt ist. Gina Winslow.«

»Ich mag keine Männer. Die haben zu viele Haare an den falschen Stellen.«

»Auch noch wählerisch? Nun, Gina würde sich für eine Nacht mit dir sicherlich gerne jedes einzelne Haar aus dem Arsch zupfen. Du könntest es sehr viel schlechter treffen. Gina ist ganz schön betucht. Sie hat ihren Laden verkauft und sich mit ihrer Frau geeinigt. Und nun dieser Schuppen . . . Ich glaub', die Schnalle hat etwas von König Midas an sich.«

»So tief bin ich noch nicht gesunken.«

»Nun ENTSCHULDIGE! Dann endest du also bei irgendeiner alten Krähe mit Haut wie Antikleder. Aber du bist immer noch HETERO, ist es das?«

»Ich bekäme ihn auf Gene nicht hoch.«

Elliot setzte sich in Positur. »Dann denk an mich. Der Phallus springt auf, sobald ich in deine Phantasie watschele. Und denk an das viele schöne Geld. Denk an irgendein Girl oder an eine Nonne mit dicken Titten oder an deine MUTTER. Oder tu es einfach für uns arme Brüder im Hinterzimmer. Gina ist unausstehlich, seit du an Bord bist. Er gibt uns die Schuld. Er meint, wenn alle Homos so wären wie er, dann lägt ihr euch längst in den Armen. Er hat jetzt so seltsame Ansichten über Lebensstil. Es wird allmählich lästig.« Elliot überlegte. »Andererseits, scheiß auf ihn, soll er leiden. Mami wird was Reiches für dich finden. Eine Tante, die ihre dritten Zähne ins Zahnputzglas plumpsen läßt und dich mit den Felgen zu Tode nuckelt.«

Elliot haßte Winslow mit jener Heftigkeit, die Schwule für mittelalte Damen und füreinander reserviert haben. Seine Beschimpfungen hatten manchmal sogar etwas Zärtliches an sich. Aber er hörte niemals damit auf, und als ich ihn einmal fragte, was er gegen unseren Boß hätte, antwortete er: »Das mit Le Bella Donna und mir liegt schon weit zurück, Jungchen. Seitdem ist viel Blut unter der Brücke durchgeflossen.«

Unterdessen spielte Winslow den netten Jungen. Er war schon fast zu gut, um echt zu sein, wie ein Nazi-Kriegsverbrecher, der seine Spuren verwischt. Die meisten Saloonbesitzer sind unzufriedene Sieger. Je besser das Geschäft läuft, desto mehr glauben sie tun zu müssen; je mehr Geld sie verdienen, desto überzeugter sind, daß das Personal sie bestiehlt.

Aber Winslow war ein richtiger Schatz. Er wanderte umher mit dem Ausdruck eines Jungen vom Land, der den ersten Preis gewonnen hatte und noch nicht einmal weiß, daß er sich an der Lotterie beteiligt hat. Er staunte, lächelte und war, was am schlimmsten war, widerwärtig dankbar. Nach Feierabend saß er an der Theke und zählte das Geld mit einem Ausdruck, als erlebte er ein Wunder, wobei er die Scheine mit seligem Lächeln durch seine Finger gleiten ließ.

»Gene ist eine von den Tanten, die wollen, daß alle sie mögen«, erklärte Elliot eines Abends laut genug, so daß Winslow es hörte. Es war Feierabend, und ich schrubbte die Bar. Elliot hatte am Nachmittag eine schwarze Schönheit eingeworfen und versuchte nun, sich mit Grand Marnier zu beruhigen. Winslow summte in einer Ecke ein Lied, während er die Banderolen um die Scheine wickelte und sie für den Nachttresor zusammenpackte. Er blickte mit einem verständnisvollen Lächeln auf. Trotz allem war es Elliot, der gesprochen hatte.

»Hast du einen schlechten Abend, Elliot?«

»Wie sollte er mit dir anders sein?« Schweiß perlte auf Elliots Stirn. Die mickrigen Trinkgelder brachten ihn in Wut, und er war streitsüchtig. »Es ist die absolute Spitze an schlechtem Geschmack, wenn der Unternehmer in Anwesenheit seiner Knechte die Einnahmen zählt.«

Ich schob mich an der Bar näher zu ihm. »Hör auf«, flüsterte ich. »Wenn du so weitermachst, dann kannst du deine Titten woanders zeigen.«

Elliot tätschelte mich mit einer feuchten Hand. »Brian ist süß, Gene. Er hat Angst, du wirfst mich raus.«

»Das tue ich niemals«, sagte Winslow. »Ich werde euch beide niemals hinauswerfen.«

»Heh, wunderbar, nicht wahr, Brian? Gene ist eine von den Prinzessinnen, die glauben, daß alle sie mochten, ehe sie sich endlich herausgewagt hat, stimmt doch, oder, Gene? All seine Freunde in der Geschäftswelt. All die Paare in Mount Crisco . . .«

»Kisco«, korrigierte Winslow lachend.

»Was hast du in Mount Kisco gemacht?« fragte ich mit erwachendem Interesse.

Gene kam an die Bar. »Nehmen wir noch einen Schlummertrank.« Er trank den Bar-Gin on the rocks, das Zeichen für einen echten Alkoholiker. »Gib meinem alten Freund Elliot auch einen.«

»Klar, klar«, sagte Elliot und sabberte auf die Bar, »gib mir noch einen, Brian. Wenn Gene Glück hat, dann bekomme ich einen Herzinfarkt, ehe ich allen erzählen kann, was für ein Arsch er ist.«

»Was hast du in Mount Kisco getrieben?« wiederholte ich meine Frage.

». . . Gene meint, sie hätten alle angefangen, ihn zu hassen, als er sein Coming-out hatte, und nun möchte er beweisen, daß er immer noch einer von den Jungs ist, weißt du, nur zog er gerne Netzstrümpfe und Pumps an und ritt am liebsten auf der Faust, stimmt's, Gene?«

Gene begann, richtig würdevoll auszusehen. Wie eine Gräfin, die von einem stinkenden Gemeinen belästigt wird. Er beschloß, Elliot zu ignorieren, und sich an mich zu halten.

»Ich war in der Verkaufsberatung tätig. Hatte meine eigene Firma. Wir veranstalteten Seminare und Kurse, entwickelten für kleine Firmen Verkaufsstrategien, produzierten Verkaufsmittel . . .«

Elliot kicherte und blies mit seinem eigenen Speichel Bläschen. »Hast auch eine ganze Menge Verkaufsgeräte abgelutscht, nicht wahr, Gene?«

Gene schürzte die Lippen. »Du näherst dich allmählich der roten Linie, Elliot«, sagte er.

»Leugne es nicht, Jungchen. Du warst die Rasende von der Madison Avenue. Du warst ein wandelnder Skandal. Wenn du nicht aus deiner Ecke rausgekommen wärst, dann hätten sie dich zum Mond geschossen. Ich hab' alles über dich gehört. Ich kenne auch eine Menge Leute in der Madison Avenue, mußt du wissen.«

Gene wandte sich zu Elliot um, seine Augen funkelten. »Auf der Straße vielleicht, aber nicht in den Gebäuden, Liebling. Vielleicht ein paar Postjungen und die Büroboten, denen man die Pickel ausdrücken kann.«

»Laß mal, ich kenne eine Menge Leute«, sagte Elliot.

»Du kennst niemanden, und niemand kennt dich, JUNGCHEN.« Gene spuckte das Wort regelrecht aus. »Du hättest doch auch niemanden an Land gezogen, wenn du dir einen Tausend-Dollar-Schein auf die Stirn geklebt hättest. Du bist unsere jüdische Hausmutter. Hühnersuppe für den Geflügelsalat und jede Menge gute Ratschläge, aber du schläfst alleine. Sogar hier draußen, bei dem ganzen jungen Fleisch, bist du der sentimentale Liebling im Saal. Du läßt dich jeden Abend gemeinsam mit Brian vollaufen und hoffst auf ein Wunder, und das ist doch aussichtslos . . .«

Elliot fletschte die Zähne. »Du mußt es ja wissen, Boß. Soll ich dir mal einen Hammer verpassen?«

»Du hast dich sogar an die Einheimischen herangemacht. Wünschst dir sehnsüchtig, daß einer von den strammen Zimmerleuten besoffen genug ist, seinen Overall fallenzulassen . . .«

Elliot versuchte, so etwas wie verletzten Stolz zu mimen, bekam den Kopf aber nicht mehr hoch genug. »Das ist der reinste Overkill, Winslow. Verdammter Overkill.«

»Du bist verliebt, Elliot«, meinte Gene abfällig. »Das kleine rosige Zipfelchen von unserem dicken kleinen Elliot ist völlig durcheinander. Die kleine Elliot schwärmt wie ein Schuljunge, und dabei ist er erst vierzig Jahre alt.«

»Achtunddreißig«, murmelte Elliot, und er rutschte vom Hocker, faltete sich zusammen wie ein Ballon, dem die Luft ausgeht, damit er so sanft wie möglich auf den Fußboden aufschlug. Dieser Mann war offensichtlich schon öfter weggetreten. Seine Technik war nachahmenswert.

Gene schlug mit seinem leeren Glas auf die Bar. Ich füllte es randvoll mit Gin.

»Du machst ja richtig auf Dr. Jekyll und Mister Hyde, wenn du säufst«, stellte ich fest.

Genes Hand zitterte, als er sich eine Zigarette anzündete. »Ich verabscheue Elliot dafür, daß er denkt, ich wäre so wie er. Das bin ich verdammt noch mal nicht. Ich bin schwul, na und? Ich bin ein verdammter Homo, gut, ich sag's offen heraus. Wenn Isherwood das kann, dann kann ich das längst.« Er funkelte mich an. »Ich schäme mich für nichts, was ich getan habe.« Und dann beruhigte er sich. »Morgen bin ich wieder lieb zu ihm. Er wird mir vergeben. Wir sind alte Freunde.« Ein weiterer Schluck, und seine Aggressivität meldete sich wieder. »Verdammt noch mal, ich bin kein Warmer wie er. Ich war dreiundzwanzig Jahre lang verheiratet. Ich habe drei wunderbare Töchter. Du mußt die Mädchen mal kennenlernen.«

»Ich wette, du möchtest mich auch als Schwiegersohn, nur würdest du uns auf der Hochzeitsreise begleiten.«

Gene kletterte von seinem Hocker und ballte die Faust. »Sei vorsichtig . . .«

»Warum? Stehe ich dicht vor der roten Linie?«

»Du arbeitest für mich, vergiß das nicht.«

»Klar, darauf läuft es immer hinaus. Schwul oder nicht schwul, ein Freak oder ein Familienvater, du bist der Eigentümer.« Wie bitter das alles ist, sagte meine innere Stimme. Der Typ verdient das alles gar nicht. »Das alleine ist wichtig, alles andere ist Fassade.«

Genes Gesicht schien in sich zusammenzufallen. »Gib mir noch einen Drink.« Ich füllte sein Glas wieder. Schon bald, falls er kein hohles Bein hatte, würde er Elliot auf dem Fußboden

Gesellschaft leisten. »Sieh mal«, fuhr er fort, »ich möchte nur freundlich sein . . .«

»Du willst, daß ich vor dir Männchen mache und dich mit Gin versorge und deiner Lebensgeschichte lausche, die genausogut aus Lügen bestehen könnte. Das ist es, was du willst. Denn du bist hier der Besitzer, und ich muß tun, was du mir befiehlst. Sonst wäre ich nicht hier.«

»Nun, du brauchst dich nicht mehr von mir beleidigen zu lassen«, sagte Gene und wies mit zitterndem Finger auf mich. »Ab jetzt bist du entlassen. Du bist nicht mehr mein Angestellter.«

Ich war hinter der Bar hervorgeschossen und stand draußen auf der Straße, ehe Gene sein Glas geleert hatte. Es nutzte nichts. Er kam hinter mir hergestolpert.

»Heh, Brian, heh . . .«

Ich ging ein Stück langsam, ließ zu, daß er mich einholte.

»So habe ich das nicht gemeint.«

»Ich weiß.«

»Ich werde dich niemals feuern.«

»Ich weiß.«

»Du gehst nicht von mir weg?« Gene schwankte wie ein Besoffener in der U-Bahn, der nach einem Haltegriff tastet. Die frische Luft begann bei ihm zu wirken.

»Du weißt verdammt genau, daß ich nicht aufhören kann«, sagte ich. »Du weißt auch, daß ich alles tun würde, sogar Scheiße schaufeln, wenn ich könnte, aber um Scheiße zu schaufeln, muß ich in der Gewerkschaft sein.«

»Ich weiß.« Er zog an seiner Zigarette. »Ich kann ein furchtbarer Arsch sein, manchmal jedenfalls, Ich leugne es nicht. Komm rein und nimm einen Drink . . . Ich versuche gar nicht, besonders nett zu sein.«

Er begann zusammenzusinken. Schon wieder ein Typ, der wußte, wie man sich verabschiedete. Wenn er unten landete, während ich noch in der Nähe war, mußte ich ihn auch noch ins Haus bringen.

Er hob eine Hand. »Sieh mal . . .« Er beendete den Satz nicht, stand nur da, schwankend und knieweich, und hatte diesen flehenden Blick in den Augen. Ich konnte ihm einen Arm um die Schultern legen, um ihn zu stützten. Ich konnte ihm sagen, daß alles in Ordnung wäre, daß ich ihn verstünde und daß ich nicht böse sei und auch nicht aufhören würde, sondern daß ich die Bar bis zum Labor Day führen und nicht allzuviel stehlen würde. Er streckte eine Hand aus. Er wankte auf mich zu. Er wollte einen Klaps auf den Rücken oder einen Kuß auf die Stirn, um zu wissen, daß alles wieder okay wäre und daß ich ihm verziehen hätte. Ich konnte das. Ich hatte schon früher Schwule gestreichelt. Sie umarmt, sie geküßt und sie gekitzelt. Aber ich hatte noch nie in meinem Leben einen Eigentümer angefaßt.

»Leg dich lieber schlafen«, riet ich ihm und setzte mich in Richtung Strand in Bewegung.

Ich brauchte mich nicht umzudrehen, um herauszukriegen, wohin er ging. Die Tür des Beachhead ging knarrend auf und wurde zugeschlagen. Ich hörte ihn in der Dunkelheit über Stühle stolpern. »Elliot, verdammt noch mal, wo bist du.« Und Elliots Stöhnen. »Steh auf und nimm noch einen letzten Drink.« Und weitere Möbel fielen um, als Elliot versuchte aufzustehen.

Ich marschierte entschlossen hinunter zum Strand. Ein nettes Mitternachtsbad in der Brandung bot sich an. »Mad dogs and Irishmen go out in the surf«, sang ich. Dann schlang der Bürgersteig sich um meine Füße. Ich versuchte, am Wegesrand einen Baum zu umarmen, und riß im Fallen zwei Äste herunter. Zuviel Sauerstoff. Sobald man aus einem Saloon herauskommt, gibt es einfach zuviel Sauerstoff.

Kamikazes

Selbst als Toter machte Coughlin noch Schwierigkeiten. Er konnte nicht einfach unauffällig mit Leberzirrhose oder bei einem Autounfall oder einem Raubüberfall abtreten. Er mußte Hunderte von Fragezeichen hinterlassen. Er hatte es so eingerichtet, daß niemand seinen Tod erklären konnte, so daß jeder, der den Grund wissen wollte, sich bis ans Ende seiner Tage den Kopf zerbrechen mußte.

Ich war nicht geschockt oder von Trauer betäubt. Nur neugierig, hoffnungslos neugierig. Nichts konnte Doug Coughlin in den Selbstmord treiben, weder Geldprobleme noch Frauen. Ich ließ mir alle Möglichkeiten durch den Kopf gehen und fand schließlich die einzige plausible Erklärung – Mord! Meine Spekulationen waren ziemlich gewagt, aber nachvollziehbar. Vielleicht hatte jemand aus Coughlins finsterer Vergangenheit ihn nach langer Verfolgung in Wavey Dunes aufgestöbert und blutige Rache genommen. Coughlins junge Frau war plötzlich am Schauplatz des Geschehens aufgetaucht und mußte ebenfalls beseitigt werden. Nein, das ging nicht. Es erklärte nicht den Abstand zwischen den beiden Leichen, die der Ehefrau in der Dusche und die des Mannes am Strand. Es erklärte auch nicht die verbrannte Kleidung und die an mich gerichtete schriftliche Botschaft. Die Theorie vom geheimnisvollen Fremden war somit gestorben.

Nun, wenn es der Butler nicht gewesen war, *cherchez la femme*. Die Frau, die keinem Flirt abgeneigt gewesen war, mußte dahintergesteckt haben. Aber wie? Sie konnte ihn nicht am Strand erschossen haben, dann ins Haus gegangen sein, um sich selbst in Fetzen zu schießen. Aber jemand anderer hätte es tun können, ein betrogener Liebhaber zum Beispiel. Ein jüngerer Typ, der langsam durchgedreht war bei dem Bemühen zu begreifen, warum sie ihn wegen dieses angeschlagenen Haufens von irischem Ehegespons abgewiesen hatte. Es mußte einer aus dem Ort gewesen sein, einer dieser muskulösen Zimmermannstypen, die den einundzwanzigsten Geburtstag erreichen, ohne jemals von einer Frau einen Korb bekommen zu haben. Ich hörte mich um und erfuhr, daß Mrs. Coughlin ebenfalls aus dem Ort stammte. Sie gehörte zu den Toomeys, der Familie, die Wavey Dunes gegründet hatte. Damit war alles klar. Diese Einheimischen kamen mit allem durch, sogar mit Mord.

In den Jahren, die ich in Badeorten gearbeitet hatte, hatte ich gleichzeitig eine krankhafte Abneigung gegen Einheimische entwickelt. Die Toomeys waren archetypisch, und der alte Toomey, der Großvater der dahingeschiedenen Mrs. Coughlin, war der absolut archetypische Einheimische. Er mußte mehrfacher Millionär sein, aber er stand hinter der Theke von

Toomey's Tavern, einer Baracke von Bar, die seiner Familie gehörte. Acht Stunden am Tag schenkte er aus und holte alle zwei Stunden die Vierteldollarmünzen aus dem Billardtisch. Toomey war der Chef der Familie. Man kannte ihn nur als Mr. Toomey, während seine Brüder und Neffen, die kaum gezählt werden konnten, alle mit ihren Vornamen gerufen wurden. Es gab keine Aufzeichnungen über die Toomeys, noch nicht einmal eine Art mündlicher Überlieferung, aber da sie die ersten waren, die sich vor einem Jahrhundert in Wavey Dunes niedergelassen hatten, war es nicht schwierig, eine Familiengeschichte zu rekonstruieren. Der Gründer-Toomey war wahrscheinlich ein Desperado, der vom Festland geflohen war, um einer Strafe für Wildern oder Sodomie oder ein anderes rustikales Verbrechen zu entgehen. Warum sonst war er in dieses sumpfige Pestloch namens Wavey Dunes geraten? Niemals konnte er vorausgesehen haben, daß diese Matschgrube, in der er sich verkroch, sich schon bald zu einer unschätzbaren Immobilie mausern würde, die all seine Nachfahren unendlich reich machen würde. Früher einmal gehörte den Toomeys ganz Wavey Dunes. Man kann davon ausgehen, daß sie ihre Finger im Schmuggel, in Piraterie, im Schnapshandel mit drin hatten und sich durch besondere Verschlagenheit auszeichneten; daß sie sich nur mit Grunzlauten und Handzeichen verständigten, daß sie bis zur Bewußtlosigkeit tranken und ihre Nachkommen mißhandelten; daß sie jedes Schiff plünderten, das an ihrem Strand auflief, die Seeleute ermordeten und die Kabinenjungen mißbrauchten. Wie groß muß ihre Verwunderung gewesen sein, als in den zwanziger Jahren ein Boot voll mit ausgelassenen Backfischen, die Cocktailgläser schwenkten, in der Bucht Anker warf und die Insel in ein Ferienparadies verwandelte.

Diesen ersten Schock hatten sie nie überwunden. Man konnte es in den Gesichtern der jüngsten Einheimischen erkennen, wenn sie am Dock herumhingen und zusahen, wie das Sommervolk in hellen Scharen aus den Fähren quoll. Was ist hier so besonders? fragten die Augen. Warum brecht ihr euch fast das Genick, nur um hierher zu kommen? Doch die Toomeys paßten sich an, und nun warfen ihnen die Leute Millionen in den Schoß und buhlten um ihre Gunst.

Den Toomeys gehörte immer noch ein ganz schöner Happen von Wavey Dunes. Toomeys schielender Bruder Phil betrieb den städtischen Supermarkt, verlangte Preise wie in Alaska und ließ die Leute unter seinem kalten Blick verstummen, wenn sie sich beschwerten. Einige junge Toomeys, die unausweichlichen Inzuchtprodukte, hingen an den Kassen herum, während ein anderer Toomey, ein Fleischberg mit einem zusätzlichen Chromosom, der aussah, als briete er sich ganze Kaninchen zur Kaffeepause, mit seltsamer Begeisterung kaltes Fleisch aufschnitt. Floyd und George Toomey zapften Sprit und kümmerten sich um die Neubauten. Man konnte im Dorf nach eigenem Gusto bauen, vorausgesetzt, ein Toomey bekam den Auftrag. Die Toomeys hatten ein männliches Familienmitglied auf eine juristische Fakultät geschickt, und dieser bearbeitete sämtliche geschäftlichen Angelegenheiten im Dorf. Tante Mary Toomey, ausgezehrt und mit Lippen, die wie zusammengenäht aussahen, leitete das Schnellrestaurant der Stadt wie den Club 21 in New York, indem sie die einen ignorierte und andere bevorzugte. Seine Position in Wavey Dunes konnte man an der Menge Eiersalat ablesen, die man mit seinem Eiersalat-Sandwich bekam. Ein guter Löffel voll bedeutete, daß man geduldet wurde, ein zweiter Löffel beförderte einen in den inneren Kreis; die meisten bekamen das Verpißdich-Sandwich, ein paar Eierschalen in einem Klacks Mayonnaise.

Die Toomeys waren satt, aber zuallererst waren sie Einheimische. Einheimische sind Leute, die in Behausungen leben, in denen man sich eigentlich nur für kurze Zeit aufhalten kann. Die Einheimischen dieser Welt sind sich so ähnlich, daß sie wahrscheinlich Angehörige der zehn vertriebenen Stämme Israels sind. Einheimische meiden um jeden Preis die Sonne. Egal wie heiß es ist, die Männer tragen immer Mützen und langärmelige Arbeitshemden und mit Staub bedeckte Schuhe, und das auch, wenn sie die Zeit totschlagen. Die Frauen gehen tagsüber nur selten aus. Manchmal sieht man sie in der Sonne wie alte Eulen blinzeln, wenn sie zum Supermarkt laufen, um eine Stange Salems und ein Sechserpack Sprite zu kaufen, und kleine teiggesichtige Einheimische hinter sich herschleifen. Den männlichen Angehörigen dieser Spezies kann man sehr leicht identifizieren. Es ist der Typ, der so aussieht, als trüge er eine Werkzeugkiste in seiner Hose mit herum; der Kerl hat ein Dutzend Schraubenzieher an der Hüfte, einen Satz Schlüssel in der einen Tasche, dreitausend Dollar Wechselgeld und einen Kirchenschlüssel in der anderen. Einheimische gehen niemals an den Strand. Sie segeln nicht und spielen nicht Tennis. Sie alle besitzen Powerboote, die niemals die Docks zu verlassen scheinen. Abgesehen von den alten Einheimischen, die gelegentlich vom Pier aus die Angel auswerfen, fischen sie nicht. Ich habe noch nie einen Einheimischen barfuß herumlaufen gesehen. Vielleicht haben sie Schwimmhäute zwischen den Zehen. Vielleicht sind sie Kundschafter aus einer fremden Galaxis. Vielleicht treffen sie sich in den eisigen Winternächten am Strand, bringen ihre aufgegabelten Bekanntschaften in irgendeiner geheimnisvollen Druidenordnung unter und senden Signale zu der fernen Galaxis, wo Milliarden von Einheimischen in Big-Yank-Overalls auf ihren Kettensägen durch den endlosen Weltraum reiten und auf das Zeichen warten, endlich diese weiche, verderbte Rasse von Sommergästen vom Antlitz der Erde zu tilgen.

Die Toomeys vermieteten die baufälligen Häuser der Stadt an jeden, der den geforderten Preis zu zahlen bereit war. Neben dem Supermarkt befand sich Fink's Drugs. Fink war ein gebückt gehender, bitterer Mann, der drei Apotheken in der Winterwelt besaß, jedoch hinter der Gemischtwarentheke den Sommer verbrachte und heimlich den weiblichen Teenagern in ihren Bikinis hinterherstarrte. Er beschäftigte drogenbenebelte Pharmaziestudenten, so daß die Leute auf ihre Rezepte Tuinal bekamen, wenn sie eigentlich Tetracylin haben wollten. Er wußte, wer welche ansteckende Krankheit hatte, und konnte an der Anzahl verkaufter Kondome bestimmen, wer in der Stadt die heißesten Nummern waren. Gelegentlich kam seine sonnengeschwärzte Frau vom Strand, um ihn vor den Kunden herunterzumachen. Er hatte eine übergewichtige Tochter, die nur um ein Quaalude davon entfernt war, sich vom gesamten Lebensrettungscorps flachlegen zu lassen.

Ein Stück weiter gelangte man zu Gregg-Chris Realty, einer Maklerfirma, die von zwei kurzhalsigen Lesbierinnen betrieben wurde, die aussahen wie ein zusammengehöriges Paar von

Spielzeugbulldoggen. Daneben war die Boutique (raffiniert, was?). Der Laden wurde von zwei kürzlich geschiedenen Ladies geleitet, die sich zusammengetan hatten, um den Laden zu kaufen, und die ihre Unterhaltszahlungen darauf verwendeten, ihn offen zu halten. Dann war da Shepard's Crook, ein Gesundheitsladen, in dem weibliche Teenager mit baumelnden Großmutterbrüsten mit Johannisbrot belegte Eishockeypucks verkauften. (Seit 1964 haben sie Mädchen mit langen Haaren, Großmutterkleidern und baumelnden Brüsten geklont, um damit die Gesundheitsläden zu bevölkern. Warum?) Das Deft Palate war die Wavey-Filiale eines berühmten Feinschmeckerunternehmens, in dem ungenießbare Kreationen zu Telefonnummernpreisen verkauft wurden und das sieben Tage in der Woche bis auf den letzten Platz besetzt war.

Ein Stück weiter auf das Beachheads zu stieß man auf den Video-Palast, wo jeden Abend dreizehnjährige Mädchen in hautengen Jeans herumhingen, deren Hymen in der Dunkelheit wie Glühwürmchen leuchteten. Es gab den oligatorischen Pizza-Laden, groß wie eine Telefonzelle, welcher einen Ofen und neun heruntergekommene Kalabrier beherbergte, die sich aus religiösen Gründen nicht rasierten oder bis zum Labor-Day-Wochenende die Hemden nicht wechselten.

Ein Unternehmen hatten die Toomeys unter Kontrolle behalten – die örtliche Polizei. Dort konnte man Söhne unterbringen, die ein wenig zurückgeblieben waren. Die mit Schindeln gedeckte Station verfügte über eine Gefängniszelle, ein Hinterzimmer und ein Büro mit Computern, Funkgeräten, Schrotgewehren, schlicht mit allem, um eine Invasion abzuwehren. Besetzt wurde sie von einem Trupp schlaffer Toomeys, ein paar Angeheiratete eingeschlossen. Sie trugen schicke Uniformen und mußten zwei Wochen in einem Ausbildungscamp der Polizei zubringen, wo sie lernten, die Ordnung mit einer Dose Budweiser in der einen Hand und einem Keksriegel in der anderen aufrechtzuerhalten. Sie verbrachten den Sommer in einem dichten Nebel aus Blähungen, während in Häuser eingebrochen wurde, Drogen den Besitzer wechselten, Frauen Prügel bekamen und alle möglichen Schwindeleien vor ihren Nasen abliefen. Am Labor Day ließen sie sich vollaufen und prügelten irgendeinen Langhaarigen krankenhausreif, dann begaben sie sich wieder zu ihren Winterjobs und hatten dabei das Gefühl, etwas geleistet zu haben.

Dies waren die Cops, die zum Tatort gerufen worden waren. Sie hatten das Gelände abgesperrt, die Leichen bewacht und Neugierige für die drei Stunden ferngehalten, die die richtige Polizei des Suffolk County brachte, um die Bucht zu überqueren. Alles mögliche hätte in diesem Zeitraum passieren können. Wichtige Beweisstücke hätten zerstört werden können, die Leichen hätten präpariert werden können, um ein Kapitalverbrechen zu tarnen. Als ich durch die Straßen von Wavey Dunes strich, entwickelte sich die Idee zu einem Wahn. Jeder Toomey in der Stadt sah in meinen Augen schuldig aus. Hinter diesen ausdruckslosen Mienen der Einheimischen lauerte ein blutiges Geheimnis. Ich konnte es herauslocken, ich konnte genügend Informationen aus den Leuten herausholen, um die Polizei dazu zu bewegen, die Untersuchung wieder aufzunehmen. Coughlin schien mir aus dem Grab zuzuflüstern: »Du wirst ein großer Detektiv. Du kennst die Leute, weißt, wie du mit ihnen umgehen mußt. Was dir fehlt, ist Technik.«

Technik, Methode. Ich mußte mich an die Einheimischen heranmachen, ihr Vertrauen gewinnen und sie dann zu einem Geständnis bringen. Damit fing ich am besten bei Toomey's an. Ich mußte vorsichtig sein. Beim geringsten Verdacht würden sie mich ebenfalls umlegen. Ein Schlag auf den Schädel und ein Grab am Strand. Niemand würde es je erfahren.

Toomey's war ein finsterer kleiner Schuppen am Frachtdock, wo die Einheimischen sich versammelten, um Bier und Klare zu trinken, Pool zu spielen und über das Sommervolk zu reden. Abgestandene Luft wehte durch die ramponierte Gittertür. Drinnen schlurften die Einheimischen durch das ungewisse Dämmerlicht. Es war der Typ Bar, wo das Bier schon nach dem ersten Schluck pißwarm wurde. Wo ein Fremder stundenlang an der Bar stehen konnte und ignoriert wurde. Tagelang umkreiste ich das Etablissement wie ein Typ, der sich seinen Moskitostich kratzt, dann, um Coughlins Geraune zum Verstummen zu bringen, stürzte ich hinein. Ich stützte meine stämmigen Unterarme auf die Theke, zeigte meine von Narben entstellten und Hornhaut überzogenen Knöchel und trank ein Fünftel Mount Gay Rum ohne spürbare Wirkung. Danach gehörte ich zu den Jungs. Ich saß da und trank, und sie beobachteten mich aus den Augenwinkeln. Ich hatte mir Respekt verschafft. Jegliches Mißtrauen verschwindet, wenn man das Landvolk unter den Tisch trinken kann; dann glauben sie alles, was man ihnen erzählt.

Nun hing ich drin, und Elliot auch. Winslow hatte recht, er hatte sich verliebt. Sein Sommerschwarm war ein junger Zimmermann namens Jeff, einer von jenen Schönlingen, der einen Overall auf nackter Haut und einen knappen Tangaslip trug, wenn mich nicht alles täuschte. Er war ein echter Arbeitsklassenadonis mit einem Wust schmitzigblonder Lokken, einem sandfarbenen Bart und blasiert blickenden kleinen blauen Augen. Er war ein Starrer. Seine Nummer bestand darin, Leute anzustarren, während sie redeten, und zwar nahezu ausdruckslos, abgesehen von einem kaum wahrnehmbaren abfälligen Grinsen in den Augen. Das wirkte wie ein Zauberspruch und bestätigte den meisten Frauen das geheimste Gefühl, daß sie nichts anderes waren als dumme Plaudertaschen, für die es nichts anderes zu tun gab, als zwischen Jeffs Beine hinabzutauchen. Die Männer wurden ebenso eingeschüchtert, glaubten sie doch, daß Jeff sie bei der Lüge ertappt hatte, die sie gerade erzählten.

Gerüchte besagten, daß Jeff die heißen Hausfrauen gegen Bezahlung beglückte, während ihre Eheknechte in der Stadt dem Geld nachjagten. Ich überlegte, ob ich ihn nicht bitten konnte, mir all die zu überlassen, die er nicht schaffen konnte, aber mit so einem Typen kann man ja keine Geschäfte machen.

Gerüchte besagten auch, daß Jeff mit der verblichenen Mrs. Coughlin verlobt gewesen war, als sie noch die High-School besuchten. Seine Herkunft war etwas obskur. Er war kein echter Toomey, aber seine Familie war schon seit Generationen auf Wavey Dunes ansässig. Ein echter Hinterwäldler. Mein Hauptverdächtiger. Und Elliot war völlig hin. Er führte sich auf wie ein verliebter Schuljunge und kannte mittlerweile Jeffs Tagesablauf auswendig, der daraus bestand, daß er bis drei Uhr am Strand irgendwelche Bungalowdächer mit Holzschindeln versah und dann den Nachmittag bei Toomey's mit Pool und

Starren verbrachte. Elliot wagte sich in die Eiseskälte bei Toomey's und schaffte es jeden Nachmittag, Jeff über den Weg zu laufen und seine ›Wie-schön-dich-zu-sehen‹-Nummer zu bringen. Die Einheimischen amüsierten sich darüber. Sie zogen ihn auf und ließen ihn sein ganzes Repertoire vorführen. Und er spielte sämtliche Schwulenrollen, brachte den Klatsch, die Scherze, erzählte von den Filmstars, die er gekannt hatte, als er noch als Friseur tätig gewesen war, und mit wem sie ins Bett gingen. Er ließ berühmte Namen eimerweise fallen. Wußten sie denn nicht, daß Soundso eine Tunte war. Und Soundso war schwul und hatte lediglich geheiratet, um ein Alibi zu haben. Ob sie denn wüßten, was eine Alibiehe ist . . . Nun, das kann ich auch erklären.

Die Zimmerleute konnten von dem Klatsch nicht genug bekommen. Nach einer Stunde war Elliots Hemd schweißdurchtränkt. Jeff saß nur da und starrte ihn an. Sie ließen ihn sich die Seele aus dem Leib arbeiten, damit er ein paar Lacher bekam und die Erlaubnis, ihnen ein paar Drinks auszugeben.

Widerlich.

Unterdessen funktionierte mein Plan bestens. Der alte Toomey, der Ortspatriarch persönlich, hatte Gefallen an mir gefunden. Nicht genug, um mir einen auszugeben, das niemals. Aber immerhin genug, um sich mit mir die Zeit zu vertreiben.

»Seltsam, daß ein Typ wie Sie in diesem Schwulenpalast arbeitet«, sagte er eines Nachmittags.

Da war mein Einstieg. »Ich wollte eigentlich für Doug Coughlin arbeiten.«

»Doug Coughlin . . .«, überlegte Toomey. Er runzelte die Stirn, als bemühte er sich, Doug Coughlin wieder ins Gedächtnis zu bekommen.

»Kannten Sie ihn?«

»Klar. Er war mit meiner Enkelin verheiratet, müssen Sie wissen. Wir schenkten ihnen den Laden da drüben zur Hochzeit. Hielten natürlich eine Beteiligung daran . . .«

»Natürlich.« Toomey würde im Ort sein Ansehen verlieren, wenn herauskam, daß er irgend etwas verschenkt hatte.

»Doug hatte eine Menge guter Ideen. Mit dem konnte man Geld machen.«

»Weiß jemand, warum er es getan hat?«

Toomey zuckte die Achseln. Er war nicht neugierig. »Der Laden war plötzlich so was wie der sprichwörtliche Weiße Elefant. Deshalb hat Ihr Boß Winslow ihn ja auch so billig bekommen. Er mußte zwei Saisons im voraus bezahlen. Wir dachten nicht, daß er einen Sommer lang durchhält, geschweige denn für seinen zweiten Sommer zurückkehrt.« Mr. Toomey starrte hinaus auf die große South Bay. »Man weiß nie, wo hier draußen bald etwas los sein wird. Die Leute sind heutzutage richtig verrückt. Meinen Sie, daß der Laden bald zumacht?«

»Nicht in diesem Sommer. Die Leute mögen Gene . . .«

»Ja, ich weiß. Er ist schwul, nicht wahr?«

Ich nickte und fühlte mich plötzlich wie ein Verräter.

»Er sieht nicht wie einer aus.«

»Er war lange verheiratet. Hat sogar Kinder.« Jetzt kam ich mir erst recht beschissen vor.

Mr. Toomey schüttelte wieder den Kopf über die Perversität der auswärtigen Welt. »Ich behalte dieses Unternehmen nur ungern einen zweiten Sommer lang«, sagte er. »Ich mag die Schwulen nicht, die in hellen Scharen herkommen.«

Ich hörte die Drohung in Mr. Toomeys Stimme und bekam Angst um Winslow. »Sie haben eine Menge Geld.«

»Nicht diese Schwulen. Die Reichen halten sich alle auf der anderen Seite der Insel auf.« Toomey nickte in Elliots Richtung, der für Jeff und seine Jungs eine hektische Vorstellung gab. »Zu euch kommen Leute wie dieser fette kleine Jude da drüben. Nicht mehr lange, und sie vertreiben die Familien und die alleinstehenden Frauen. Dann bleiben auch die unverheirateten Männer weg . . . Wir hatten dieses Problem schon mal vor dreißig Jahren. Als die Stadt gerade ihren großen Aufschwung hatte. Wir mußten sie alle von der Insel jagen. Heute wäre das viel schwieriger.«

»Mit den Schwulen lassen sich heute gute Geschäfte machen«, sagte ich. »Sie haben gutes Geld und niemanden außer sich selbst, für den sie es ausgeben können. In der Stadt werden Saloons reich, indem sie sie mit allem versorgen.«

Toomey schluckte das. »Dieser Winslow wird hier draußen reich, nicht wahr? Und deshalb arbeitet jeder für ihn. Wieviel mehr bezahlt er denn, als Sie in einer normalen Bar als Keeper verdienen können?

»Er ist großzügig«, sagte ich. Aber er bekommt auch etwas für sein Geld. Ich schmeiße den Laden für ihn . . .«

Ich hielt mitten im Satz inne. Mr. Toomey hatte sich abgewandt und sah hinaus auf die Great South Bay. Er hatte sich sein Bild von mir gemacht. Ich war nur eine Hure, die für Schwule arbeitete. Vielleicht war ich sogar selbst schwul. Erledigt. Verdammter gieriger Kerl; er vermietete an Leute, die pleite machten. Ein wahrer Schatz. Es reichte ihm nicht, reich zu sein. Die ganze Welt mußte auch noch arm sein. Aber ich würde ihn wieder verlieren, wenn ich nicht gegen die Tunten wetterte.

»Ich glaube nicht, daß es mir dort gefallen wird«, sagte ich. »Doug hatte mir einen anständigen Job versprochen plus möglicherweise eine verantwortliche Position, wenn die Geschäfte gut liefen und man vergrößern wollte. Statt dessen muß ich jetzt für diese warmen Brüder malochen. Wenn ich das Geld nicht dringend brauchte, wäre ich schon morgen durch die Tür, das können Sie mir glauben.«

Toomey war gegen leere Phrasen immun. »Wie sind dort die Trinkgelder?«

»Mittelprächtig! Jedenfalls nicht genug, um mir das gefallen zu lassen, was die Kerle mit mir machen.«

»Werden Sie herumgehetzt?«

»Die ganze Zeit. Zweideutige Bemerkungen, begrabschen, es ist widerlich.«

»Warum wehren Sie sich nicht?«

»Weil ich dann meinen Job verliere. Aber ich warte, bis ich etwas anderes finde. Dann schnappe ich mir diesen Scheiß-Winslow und werfe ihn in die Bucht.«

»Was machen die überhaupt?« fragte Toomey. »Blasen die sich wirklich gegenseitig einen?«

Toomey wollte ein bißchen Nervenkitzel. Konnte er haben. Ich entwarf ihm ein Schauergemälde von den Vorgängen im Beachhead, wenn geschlossen war. Dabei war genau das Gegenteil der Fall. Die meisten Kellner lasen Zeitung, telefonierten mit Freunden oder erzählten von Vorsprechterminen beim Theater. Winslow trieb sich bei dem jungen Volk herum, voller Sehnsucht, aber schüchtern; der arme Elliot war den ganzen Sommer noch nicht zum Schuß gekommen.

»Gehen die sich gegenseitig an den Hintern?« fragte Toomey. »Ich hab' sie mal unten am Strand im Wäldchen beobachtet, wie sie sich gegenseitig einen runtergeholt haben. Das ist schon mindestens dreißig Jahre her, aber ich werd's niemals vergessen.«

Toomey wollte mehr, also gab ich ihm mehr. Er scheuerte an der Bar entlang, während ich redete. Der alte Bastard hatte gleich einen Abgang, und ich bekam noch nicht mal einen Drink spendiert. Coughlin hatte es schon wieder geschafft. Selbst im Tod hatte er noch eine Möglichkeit, mich zu erniedrigen. Ich brauchte eine Stunde und jede Geschichte von dekadenten Schwulen, die ich kannte, um mich aus Toomeys Klauen zu befreien. Elliot watschelte auf der Straße hinter mir her.

»Du bist einmalig, Jungchen, sie lieben dich. Wie machst du das? Verrat's mir, ich zahle alles.«

»Erst einmal bin ich kein fetter jüdischer Homo.«

»Bitter, bitter, aber du kannst mich nicht verletzen. Ich komme auch ganz gut an.«

»Du hast keine Ahnung, Elliot. Du bist wie der Blinde und der Elefant, nur bist du derjenige, der halb im Hintern steckt . . .«

Elliot wich in gespieltem Entsetzen vor mir zurück. »Oh, diese wütenden spanischen Feueraugen! Was stopfst du dir in die Nase, und ich möchte auch etwas davon haben, sofort.«

»Betrachte dich im Toilettenspiegel. Sieh dich lange an. Dann komm zurück und erkläre mir, daß diese Typen deine Freunde sind. Sag mir, daß sie deine Lügen über all die Filmstars in deinem Leben glauben. Sag mir, daß du einer von ihnen bist.«

Elliot geriet jetzt in seine Torschlußpanik-Stimmung; der verliebten alten Jungfer letzte Chance, das Glück zu finden. Der Bogen ließ sich weit spannen: Emily Dickinson, Bette Davis und Elliot. »Jeff und ich sind Freunde, Brian. Ich erwarte nicht, daß du das verstehst.«

»Nennst du ihn auch einen Freund, wenn er und seine Freunde mit dir auf den Pier gehen und dich zwingen, jedem einen zu blasen? Ist er dein Freund, wenn er dich windelweich prügelt und am nächsten Tag auf der Straße an dir vorbeistolziert, als hätte er dich nie im Leben gesehen?«

Elliots Augen leuchteten. »Dein Wort in Gottes Ohr, Jungchen.«

»Mach dir keine Sorgen. Eines Abends, wenn keine Bräute in Sicht sind, dann mußt *du* ins Faß und den Arsch hinhalten.«

»Nur dieses eine Mal brauche ich. Danach werden die Ladies sich gegenseitig beglücken müssen.«

»Es ist verblüffend«, wunderte ich mich. »Du bist doch so viel herumgekommen, aber du glaubst wirklich, was du sagst. Ist es das, was zum Schwulsein gehört?«

»Ich bin genug herumgekommen, um schwul zu sein und mir deshalb nicht mehr den Kopf zu zerbrechen«, erwiderte Elliot. »Und ich brauche von dir keinen Rat für mein Liebesleben. Wenn du mich jetzt entschuldigst, ich muß eine weitere Nacht unter dem Mast vorbereiten.«

Elliot entfernte sich, wandte sich dann um, sah mich besorgt an und kam wieder zurückgetrottet. »Tu mir nur einen Gefallen, BITTE. Erzähle niemandem in der Bar von Jeff und mir. Egal, was geschieht. Egal, was sie sagen.«

»Werde ich nicht.«

»Nicht einmal Gene?«

»Nicht einmal Gene.«

Elliot ergriff feucht meine Hand. »Wir sind doch noch Freunde, nicht wahr? Auch wenn ich eine schlappe alte Tunte bin.«

»Auch wenn du eine schlappe alte Tunte bist.«

Elliot hob die Augenbraue. »Ein so perfektes Echo brauchst du auch wieder nicht zu sein.«

Der Juni war den Geschäftsleuten von Wavey Dunes gegenüber sehr großzügig. Die Sonne schien jeden Tag auf ihre kleinen Unternehmen, und jeden Abend kühlte es hinreichend ab, um in irgendeiner Disco in Schweiß zu geraten.

Jedes Haus war vermietet, jedes Hotelzimmer besetzt. Die Wochenendgäste strömten von den Fähren. Die Tagesausflügler wanderten mit ihren Rucksäcken umher. Niemand schien zu wissen, daß eine Depression im Gange war, daß Millionen, sie eingeschlossen, arbeitslos waren. Sie wühlten in ihren Taschen herum – das war die anstrengendste Übung für sie –, bis sie etwas Sand und eine Rückfahrkarte fanden. Das war für sie das Zeichen, nach Hause zurückzukehren. Wenn man nicht das Geld für einen Champagner-Cocktail zusammenbekam, dann erhielt man auf Wavey Dunes noch nicht einmal ein Glas Wasser.

Die Geschäfte liefen gut; die Ladeninhaber wurden arrogant. Leute, die ihr Erstgeborenes für ein sonniges Wochenende geopfert hätten, nahmen das schöne Wetter kaum noch zur Kenntnis. Sehr schnell entwickelten sie eine tiefe Abneigung gegen dieses schlampige Volk, das durch ihre Läden strömte, dieses vulgäre, gierige Gesocks, das sie reich machte.

Alles in einem Seebad funktionierte nach dem Schmetterlingsprinzip, indem es aufsteigt und fällt und aufsteigt und fällt, und das mit unglaublichem Tempo. Ehe man sich's versieht, bricht das vierte Juli-Wochenende an. Die Saison ist in Hochform. Du arbeitest im heißesten Laden auf der Insel. Du bist ein Star.

Der Ruhm des Beachhead war über die Gret South Bay gedrungen. Leute kamen mit dem Flugzeug von Manhattan. Gene hing mit seinem Reservierungsbuch am Telefon. Public-Relations-Leute wollten ihre Klienten vor der Bar fotografieren lassen. Eine Rockgruppe wollte das Cover ihres neuen Albums mit den Filmfotos ausstaffieren. Die Trendsetter studierten die Klatschspalten und suchten nach dem richtigen Zeitpunkt für ihre Invasion. Jeden Augenblick rechneten wir damit, daß die Tür aufging für Muffy und Buffy und Bianca und Afrique; für Liza und Raquel und Diana und all die Friseure, mit denen sie herumhingen. In der Stadt braucht ein Saloon mindestens zwei Jahre, um den richtigen Weg zu finden. Hier reichten zwei Wochen. Muffy und Buffy *et al.* hatten kaum ihren ersten von vielen Ausflügen auf die Damentoilette gemacht, als Sheldon und Denise, Tony und Lucy und John und Mary in ihren Designer-Overalls und Sternzeichenketten auftauchten, begierig, sich an Muffy und Buffy heranzumachen. Doch Muffy und Buffy, die Berühmtheiten und die Vornamenclique ergriffen augenblicklich die Flucht, entsetzt über soviel körperliche Nähe. Das war auch gut so. Die Muffys und Buffys, die Stars und die Friseuse sind alle chronisch pleite. Sie werden von Businessmanagern, Konkursverwaltern oder früher in sie vernarrten Eltern bedrängt, die ihnen ein wöchentliches Taschengeld zukommen lassen, das sie augenblicklich für Drogen ausgeben, so daß nur noch wenig Bargeld übrigbleibt, das sich in den Saloons ausgeben ließe. Sie bekommen viele Drinks auf das Haus und unterschreiben am liebsten. Mit Service haben sie nicht viel im Sinn, und sie machen auf Pop-Art, während sie sich die Nasen an ihren Seidenärmeln putzen und Perrier mit einem Salatblatt bestellen. »Würden Sie für mich bitte fünfzehn Kirschen auf Eis zerdrücken, Barkeeper. Ich bin ganz wild auf Red Dye No. 2.« Freundlichkeiten sind außer Frage. Freunde des Besitzers – die sie auf Anhieb sind – brauchen keine Trinkgelder zu geben. Oder etwas doch?

Unterdessen haben Shelly und Denise ihre Gehaltsschecks für das Wochenende eingelöst. Ihre Taschen platzen fast. Sie meinen, solange sie mit den Geldscheinen wedeln, ahnt niemand, daß sie im Zivilleben Sozialarbeiterinnen aus Rego Park sind. Sie wissen nicht, daß die Gier, ihr Geld möglichst schnell auszugeben, ihnen den Stempel ihrer Mittelmäßigkeit aufdrückt. Die wahren Reichen gehen durchs Leben, ohne die Hände in die Taschen zu stecken. Immer ist ein Geschäftsmann oder ein Rechtsanwalt oder ein Broker oder ein Risikokapitalist in der Nähe, um einen Scheck anzunehmen; irgendein armer Teufel, der seine letzten fünfzig Scheine in der Hoffnung ausgibt, daß sie eine Million in ihn investieren. Was sie niemals tun. Oh, sie können schon extravagant sein, aber sie werfen in einer Weise mit Geld um sich, durch die die sozialen Kleinkrauter keinen Deut reicher werden. Währenddessen halten die Unterhändler die Wahrheiten aus den Klatschkolumnen heraus. Laß die Welt wissen, daß die Trendies geizig sind, und man hat an der Bar nur noch Vorstadtversager sitzen, die Perrier mit einem Salatblatt bestellen. Und wenn die arbeitende Bevölkerung jemals aufhören sollte, über ihre Verhältnisse zu leben, bricht das ganze Kartenhaus zusammen.

Ende Juni fanden sich die ersten Einheimischen ein. Eines Abends blickte ich auf, und da waren sie. Sie saßen grinsend an der Bar. Ich hatte so ein unangenehmes, leeres Gefühl in der Magengrube. Sie sahen sich den Laden an und brachten sich für eine Prügelei in Stimmung. Ich habe solche Typen einfach schon zu oft gesehen. Es fängt mit unverschämten Blicken in Richtung der anderen Gäste an, dann werden die Kellner angepöbelt. Ehe man es richtig begreift, bekommt jemand einen Kinnhaken verpaßt, und es geht los. Nach fünfzehn Minuten sieht es in der Bar aus wie in Berlin 1945, und jemand – gewöhnlich der Barkeeper – hat fürchterliche Schmerzen.

Jeff, der Zimmermann, war der Anführer. Die anderen Anstreicher, Maurer und Hilfsarbeiter bekamen ihre Einsatzbefehle von ihm. Sein Eintreten verbreitete Unruhe. Sommerhausfrauen erhoben sich halb von ihren Plätzen und winkten, ihre Ehemänner drehten sich um, um Jeff zu begutachten, dann wandten sie sich zufrieden wieder ab. Das war er nicht. Diese armen Kerle, die glaubten, ihre Frauen könnten sie nur mit jemand betrügen, der so aussah wie sie.

Elliot wurde hysterisch, wenn Jeff auftauchte. Er kämpfte sich dann quer durch den Raum, stieß andere Kellner beiseite, und auf halbem Weg kam er wieder zu sich und bemühte sich, die alte Würde wiederzufinden. Wenn er dann die Bar erreichte, stampfte er vorwärts wie John Wayne.

»Hallo, Freunde. Einen Tisch?«

Die Antwort war immer nein. Jeff sah ihn kaum an.

»Nun, die erste Runde geht auf mich. Gib ihnen mal was zu trinken, Brian.«

»Ich hab' dich schon beim ersten Mal verstanden.« Es war ermüdend. Elliot wußte, daß ich ihn die Drinks niemals bezahlen ließ.

»Vier Kamikazes«, sagte Jeff dann.

Und ich, der Hohepriester des Saloon-Rituals, sah dann seine drei Freunde an. »Und was wünschen die anderen drei Herren?«

Was immer einen Lacher bringt.

Und ich wandte mich dann ab und knurrte Elliot mit zusammengebissenen Zähnen an: »Wenn die meinen, das ist hier 'ne Disco, dann müssen sie bezahlen.«

Und er reagierte dann mit betonter Sorglosigkeit. »Ach, schreib es mir an . . .«

Der Kamikaze gehört zu einer Klasse von Disco-Cocktails, der von barbiturierten Teenagern erfunden wurde. Es ist eine sinnlose, ärgerliche Mischung aus gleichen Teilen Wodka, Limonensaft und Triple sec (in einigen Gegenden kommt auch noch Tequila hinzu). Das Ganze wird im Shaker gemischt, in ein Glas geseit und in einem Zug gekippt. Sein Zweck ist augenblickliche Trunkenheit. Ein Drei-Unzen-Schuß irgendeines neunzigprozentigen Fusels vollbringt dieses Werk viel schneller, doch dann hätten diese kleinen Sadisten nicht das Vergnügen, dem Barkeeper dabei zusehen zu können, wie er abmißt und mixt und einschenkt und abmißt und mixt und so weiter. Für den Kamikaze gibt es keinen eindeutigen Standard. Er hat keine besonderen Attribute, die einen guten Kamikaze von einem schlechten unterscheiden wie einen trockenen Martini oder einen sauren Gimlet. Ich habe diesen Drink schon mit Rum und Apfelsaft gemacht und niemals irgendwelche Klagen gehört. Er existiert nur, um diesen pickligen Affen ein Markenzeichen zu verpassen.

»Dein Herzblatt ist nicht gerade gut gelaunt«, meinte ich zu Elliot, nachdem Jeff und seine Jungen zum drittenmal hintereinander hereinkamen.

»Was nun?« fragte Elliot mit einem Ausdruck gespielter Erschöpfung.

»Sie wollen den Laden zu Klump hauen.«

»Oh, die Paranoia, die berühmte drogen-induzierte, hirngeschädigte Paranoia . . .«

»Sie haben irgend etwas vor«, sagte ich. »Ich sehe es in ihren kleinen Schweineaugen. Und das einzige, was diese Nullen jemals planen können, ist eine Schlägerei.«

»Das alles haben wir doch schon mal durchgehechelt«, säuselte er. »Mach dir 'nen Drink, rauch einen Joint, nimm dir einen Tag frei, vergewaltige einen Teenager, aber um Himmels willen, entspann dich. Ich hab' sie eingeladen. Es sind meine Freunde.«

Wir standen vor der Herrentoilette. Ich drückte Elliots Schultern. Er hatte einen Körper wie ein knöcherner Kapaun.

»Ich stehe seit zwanzig Jahren hinter der Bar.«

»Laß deine Finger von mir.« Elliot versuchte sich aus meinem Griff zu winden, aber er schaffte es nicht. Bulldoggen und Alkoholiker lassen nie mehr los, was sie einmal festhalten.

»Wenn ich es nicht besser wüßte, würde ich meinen, du bist eifersüchtig. Vielleicht sollte ich dich besser kennenlernen.«

»Die alte Schwulennummer«, sagte ich und rammte ihn gegen die Wand.

»Goootttt, du leidest ja schon unter Homophobie. Arbeite lieber in einem Oben-ohne-Schuppen. Aber fall nicht uns auf den Wecker. Diese Boys sind harmlos.« Er krempelte die Ärmel hoch. Drei rote Flecken prangten dort, wo ich ihn angefaßt hatte. »Gewöhnlich kann ich mich an meine Narben auf ewige Zeiten erinnern, und ich räche mich immer«, sagte er. »Denk beim nächsten Mal daran.« Er drängte sich an mir vorbei und wandte sich für einen letzten Schuß vor den Bug noch einmal um. »Du hast einen Nervenzusammenbruch oder eine Midlife-Crisis oder etwas Ähnliches. Such dir ein Arschloch, wie du es bist, falls es so etwas überhaupt gibt.«

Elliot segelte eilfertig die Bar hinunter zu Jeff und seinen Freunden. Drei weitere triefäugige Galgenstricke waren zu ihnen gestoßen. Im Barspiegel befand sich ein gezackter Riß. Ich konnte mich nicht erinnern, ihn beim Hereinkommen schon gesehen zu haben. Dünne Blutrinnsale an der Wand. War das möglich? Sollte ich ein zweites Mal hinsehen? Lieber nicht. Wenn ich es noch einmal sehen würde, dann müßte ich schnellstens in die nächste Ausnüchterungszelle. Lieber sollte ich durchhalten, bis ich endlich nach Hause gehen konnte.

Zuhause – Erbsenpflückerheim nannte ich es. Ausschließlich für Wanderarbeiter, was ich auch war. Es war ein von Mehltau befallener Vier-Zimmer-Bungalow, den ich mir mit drei anderen Kellnern und deren Stereoanlage teilte. Er stand an der Bucht über einem Ökosystem, wohin die altersschwachen Kugelfische kamen, um zu sterben. Es war ein Schmeißfliegenparadies. Der Seetang stank Tag und Nacht. Man mußte auf Zehenspitzen umhergehen aus Angst, durch eine Bodendiele zu brechen. Der Kühlschrank stank wie ein Münzklo an der U. S. 1. Der Backofen war nur dazu gut, den Kopf hineinzustecken. Ich hatte ein Zimmer so groß wie ein Armengrab mit einem Messingbettgestell und einer Matratze aus irgendeinem wabbeligen Gelee. In dem Bau wimmelte es von Zecken. Wenn man sie mit Kerosin ausräucherte oder sie mit der Zigarettenglut briet, wußte man nie, welcher von den kleinen Rackern des Rocky-Mountain-Fleckfieber bei sich trug, dessen rötliche Schwellungen durchaus das letzte sein konnten, was man in seinem Leben sah. Einen Wecker brauchten wir nicht. Um vier Uhr nachmittags, dem Zeitpunkt, zu dem jeder aufstand, starteten die grünen Fliegen ihren täglichen Bombenangriff und stießen in perfekter Formation aus der Sonne auf uns herab.

Das war mein Zuhause. Dort hatte ich meine Bücher deponiert sowie mein Kleingeld und die Drogen versteckt. Jeden Tag änderte ich das Versteck, um meine Habseligkeiten vor meinen räuberischen Mitbewohnern zu schützen. Eines frühen Morgens jedoch, am Rande einer Gemütskrankheit, beschloß ich, daß dies das gleiche Haus war, in dem ich zwanzig Sommer lang gelebt hatte. Die Orte waren unterschiedlich, aber die Bleibe war immer die gleiche. Jemand, wahrscheinlich Coughlin, war mir all die Jahre mit diesem Bungalow auf einem Sattelschlepper gefolgt, hatte ihn in jedem Seeort, in dem ich arbeitete, hinter der Bar abgeladen und hatte sich in ein sicheres Versteck zurückgezogen, um von dort aus zu beobachten, wie ich reagierte.

Ich ging also nach Hause und versuchte nachzudenken. Ich hatte Blut und zerbrochenes Glas halluziniert. Ich war am Ende meiner Schaukelseite angelangt. Ich fühlte mich wie ein Soldat, der einmal zuviel nach vorne ins Gefecht geschickt worden war. Jetzt war ich fällig. Ich trank mehr als sonst, schnupfte, rauchte und schluckte alles, was mir in die Quere kam, dabei lebte ich von Käsebrötchen und tagealtem Kaffee. Seit Wochen hatte ich keine Nacht mehr geschlafen, in Anbetracht des Fusels und des Ungeziefers und der herumspringenden Kellner. Ich war mit keiner Frau mehr zusammen gewesen, da naive junge Kellnerinnen, die natürliche Beute des Barkeepers, aus dem Beachhead strikt verbannt waren. Wenn man mit einer Frau zusammen war, schlief man immer, und wenn auch nur deshalb, um sich die Konversation zu ersparen.

Coughlin war dauernd in meinen Gedanken. Ich hatte den Koffer mit seinen gesammelten Werken in mein Zimmer geschleift. Jede Nacht, wenn ich darauf wartete, daß endlich der Vorhang der totalen Erschöpfung fiel, nahm ich mir eine weitere Schicht Manuskripte vor und ging in eine Zeit zurück, in der ich ihn gekannt hatte. Dabei rechnete ich jeden Moment damit, eine Kurzgeschichte oder ein Romanfragment zu finden, in dem ich, wie ich annahm, auf einen Hinweis stoßen würde, wie er wirklich von mir gedacht hatte. Mit anderen Worten, in der realen Welt klappte nichts mehr. Ich reagierte total überdreht. Paranoid. Meine Instinkte waren erloschen. Vielleicht waren diese Burschen wirklich harmlos.

Ein Schwall hysterischen Gelächters, gefolgt von einem Chor Zischlaute und erstickten Kicherns drang aus dem Zimmer nebenan. Die Jungen hatten sich einen mitgebracht und versuchten, ihn still zu halten. Nun, und wenn meine Instinkte so scharf waren wie eh und je? Wenn diese einheimischen Kerle nun wirklich vorhatten, das Beachhead auseinanderzunehmen? Waren das die Typen, die mir helfen würden, wenn der Ärger anfing? Ich habe Tunten dabei beobachtet, wie sie sich wegen eines Lippenstifts gegenseitig an die Gurgel sprangen. Diejenigen, die zwölf Stunden am Tag trainierten, mußten stark sein, und sicher steckte auch genügend Niedertracht in ihnen. Aber würden sie Leben und Eigentum verteidigen? So zäh sie auch erschienen, würden sie das Ganze aus einem vagen Macho-Stolz heraus riskieren?«

Mehr Gelächter. Klar, einer der Vorzüge des Schwulseins war, daß man kreischen und zum nächsten Ausgang verschwinden konnte, egal wie groß man war, und niemand nahm daran Anstoß. Währenddessen mußte irgendein tuberkulöser Schwächling die Stellung halten und kämpfen, um seine Männlichkeit zu bewahren, oder man stieß ihn aus dem Kreis seiner Geschlechtsgenossen aus.

Der betäubende Duft von Marihuana sickerte durch die Wand. Meine Augen wurden trübe. Ich lebte in einer riesigen Membrane und wurde allein durch Osmone stoned. Ich hörte Stoßen und Keuchen im angrenzenden Zimmer. Sie veranstalteten eine Orgie oder brachten jemanden um, man kam an ihnen nicht vorbei. Aber würden sie sich gegen einen Haufen betrunkener Zimmerleute wehren? Niemals.

Ich hämmerte gegen die Wand und brüllte: »Schnauze!!!«

Stille, dann wieder ein Kichern. »Niemals« war die Antwort. Es würde alles an mir hängen. An dem weitgereisten, superhippen Barkeeper. Der Knabe ist herumgekommen. Der abgebrühteste Bursche der gesamten Barszene. Wenn diese Radaubrüder loslegen würden, flöge ich innerhalb einer Sekunde über die Bar, um einzuschreiten. Und wenn der Rauch sich verzog und alles sich die Hand schüttelte und mit den Drinks anstieß, würden sie mit dem Staubsauger meine Eier vom Fußboden entfernen.

»Arschlöcher!«

Ich sprang aus dem Bett und trat so heftig gegen meine Tür, daß sie splitterte. Sie saßen im nächsten Zimmer auf dem Bett, Gene Winslow und Kelly und Raul, der Kellnerlehrling, und ein neuer Junge mit einer violetten Strähne im Haar, Raul und Kelly waren hektisch damit beschäftigt, dem Jungen die Unterhose herunterzuziehen, während Gene, der einen riesigen Joint zwischen den Fingern hielt, mit milder Gleichgültigkeit zusah. Er wandte sich langsam um und lächelte. Natürlich hatte er sich mit Absicht erwischen lassen. Natürlich hatte er alle in sein Szenario eingebaut. Natürlich war dies gegen mich gerichtet. NATÜRLICH!

»Glaubst du, ich würde deinen Laden verteidigen, Arschloch?« brüllte ich ihn an. »Du bist verrückt. Ich habe es satt, mich für dreißig Dollar pro Nacht mit irgendwelchen Scheißköpfen zu duellieren. Ich habe keine Lust mehr, mein Leben in die eigenen Hände zu nehmen . . .«

Ich rannte zurück in mein Zimmer und schlug die Tür zu, wobei sich eine Wolke Putz und Ungeziefer von der Wand löste. Nach einer Minute ertönte ein leises Klopfen.

»Brian.« Es war Winslow. »Brian, es tut mit leid. Komm raus und laß uns darüber reden.«

Aber ich kauerte mich in der Dunkelheit zusammen. Eine neue Angst hatte soeben die Fähre verlassen. Wenn das Ganze nun ein Komplott war, um an mich heranzukommen? Ich hatte zu viele Fragen gestellt; meine Technik war nicht so gut gewesen. Sie wissen, daß ich hinter ihnen her bin. Nun, sie inszenieren diese Schlägerei, und wenn ich dann über die Theke hechte, um zu schlichten, bringen sie mich um. In einer Bar ist das einfach – eine abgebrochene Flasche in die Schlagader, ein Hocker über den Schädel. Die Streithähne verziehen sich. Niemand weiß, wer den tödlichen Schlag geführt hat. Und der einzige Mensch, der diese Ortsansässigen mit dem Mord an Doug Coughlin und seiner Frau in Verbindung hätte bringen können, ist aus dem Weg, umgekommen bei dem Versuch, ein paar Tunten zu verteidigen. Und niemand wird jemals wissen, was passiert ist.

»Brian, komm doch . . . bitte.« Es klopfte wieder.

Klar, klar, dachte ich. Ich habe einen Zusammenbruch. Ich trinke zuviel. Ich bin fertig. Coughlins Tod hat mich in einer Weise getroffen, die ich nicht begreife. Sicher . . .

»Brian, bitte komm und rede mit mir.«

Ich lag dort mit zusammengebissenen Zähnen, bis Winslow endlich wegging.

Für den 4. Juli waren große Pläne gemacht worden. Winslow wollte die Bar für den Abend schließen und eine große Party veranstalten. »Nur auf Einladung«, stand auf dem Schild im Fenster. »Hollywood-Kantine 1984. Schicki-Micki-Anzüge und Boogie Woogie. Holt die alten Uniformen raus. Holt Mammis alte Fetzen aus dem Schrank. Eine Show mit Marlene Dietrich, Gypsy Rose Lee, Dinah Shore . . .« Diese drei sollten von Greg Samuelson dargestellt werden, einer kanadischen Kostüm-Tunte, die am Nachmittag des Vierten mit drei Schrankkoffern und zwei tätowierten Lederkerlen auftauchte und sich bei Gene lauthals über ihre »Unterbringung« beschwerte.

»Ich mag auf der Bühne eine Tunte sein, aber im Geschäft bin ich knallhart«, sagte er, »wenn du also vorhaben solltest, mich für meinen Auftritt nicht zu bezahlen, vergiß es. Mich wollte man schon des öfteren fertigmachen, deshalb habe ich diese beiden mitgebracht.«

Er wies über die Schulter auf die beiden Tätowierten, die sich bemühten, unbewegt und bedrohlich auszusehen. Ein paar Kellner erschauerten. Von all dem konnte nichts mehr wahr sein. Ich steckte mitten in einem B-Film. Die Kamera surrte. Alle kannten ihren Text, jeder war im Bild, nur ich nicht.

Gene strahlte und war ganz der Impresario, der es mit einem temperamentvollen Künstler zu tun hat. Er nahm Greg an einen Tisch mit, um sich ungestört mit ihm unter vier Augen zu unterhalten, und ließ mich bei den anderen zurück.

»Mach diesen Jungs was zu trinken, Brian.«

Sie stiefelten krummbeinig zur Bar, ihre Nieten klimperten.

»Zwei Kamikazes.«

Kellner eilten geschäftig umher und schmückten den Raum mit weißen und blauen und roten Girlanden. Alle waren ja sooo aufgeregt. Ein hagerer Puertorikaner in Calvin-Klein-Jeans und einem Netzhemd, mit angeklebten Wimpern und Mascara im Gesicht erschien mit einer Tonne Lautsprecheranlage, ein weiterer Künstler mit ganz eigener Masche. »Ich hab' zweihundertsiebenundvierzig Swing-Titel auf Band, Liebling, also sag mir ja nicht, was ich spielen soll«, meinte er zu Gene. »Leih mir drei deiner kleinen weißen Sklaven, die mir beim Aufbau helfen, und dann geh ganz weit weg.«

Gene lächelte hoffnungsvoll. »Alles, was du brauchst, Hector. Ich weiß, was ich bekomme, wenn ich das Beste will.

»Du bekommst das, wofür du bezahlst«, sagte der Discjokkey. »Und erwarte ja nicht, daß ich dir die Füße küsse und mich darüber auslasse, wie wundervoll dein Laden ist.« Er hatte sich ein Lederband um das linke Handgelenk geschlungen, und aus seiner Gesäßtasche schaute der Zipfel eines roten Taschentuchs. Das war ein Geheimzeichen, daß er Sadist oder Masochist war, Herr oder Sklave, ich vergesse immer, was genau.

»Mach Hector etwas zu trinken, Brian.«

»Du bist noch nicht weit genug, ich kann dich immer noch sehen«, sagte Hector. Gene lächelte und ging zum Patio. Er wandte sich um, wollte etwas sagen, aber Hector drohte mit strengem Finger. »Ich kann noch immer dein Eau de Cologne riechen.« Dann kam er mit klimpernden Wimpern zur Bar.

»Mixen Sie mir einen Kamikaze, junger Mann«, bestellte er.

Das frühe Abendschiff brachte den Drogenhändler, ein mickriges Jüngelchen mit roten Augen und unreiner Haut, um die Schultern eine Jacke, die mindestens drei Nummern zu groß war. Er war einer von Kellys »Zimmergefährten« aus der Stadt. Fünf von ihnen wohnten in einem Neun-Raum-Apartment auf der Upper West Side. In diesem Gebäude hätte ich gerne die Konzession für die Verteilung von Penicillin gehabt.

»Nun, es wird allmählich auch Zeit«, sagte Kelly und begrüßte ihn an der Tür. »Ich dachte schon, du schaffst es nicht.«

Gene lugte heraus und lächelte. Kelly verzog sich zu einer

eiligen Verhandlung in eine Ecke. »Okay, okay«, jammerte der Junge. »Aber ich verschenke nichts.«

Sie verschwanden mit Gene im Büro. Hector, der Drogen besser erschnüffeln konnte als ein Zollhund, folgte ihnen. Fünfzehn Minuten später erschienen sie genauso zuckend wie der Dealer. Gene, der schon zu alt war für Aspirin, geschweige für aufgemotztes Kokain, wollte etwas zur Beruhigung. Auf seiner Stirn stand eine Vene vor. »Das ist das beste Kokain, das ich je hatte, Brian, ich schwör's.«

Der Dealer, der sich im Büro noch ein paar weitere Tics zugelegt hatte, kam zur Bar. Er sah aus, als hätte er eine Menge verschenkt, als wäre ihm das jedoch völlig gleichgültig.

»Gib Chris einen Drink, Brian.«

Die Hand des Jungen zitterte. Vielleicht waren es Drogen. Vielleicht war er auch nur minderjährig. »Ich bekomme einen Kamikaze«, sagte er.

»Mach gleich zwei«, bat Gene.

Ich servierte ihnen die Drinks. Dann verließ ich meinen Platz hinter der Theke. Ich kehrte zu meiner Hütte zurück und packte meinen Reisesack. Ich schluckte ein Päckchen Vitamintabletten, die ich bei Fink's erstanden hatte. Als ich zurückkam, stand Gene an der Registrierkasse. Er hatte dieses verzweifelt freundliche Aussehen, das Leute zeigen, die sich an Stimulantien überfressen haben und hoffen, noch den nächsten Morgen zu erleben. Er stand derart unter Spannung, daß ich sein Herz schlagen fühlte.

»Darf ich dir einen Drink geben, Brian?« erkundigte er sich.

Klar, warum nicht. Ich war so vollgepumpt mit Mamis kleinen Helfern, daß ich einen Viertelliter schlucken konnte, ohne auch nur zu gähnen.

»Dann einen Kamikaze«, antwortete ich.

Um sieben Uhr waren alle rasiert, geduscht und duftend und bereit für den Ansturm. Die Snacks standen auf der Bar – kleine Käsehäppchen in der Form von B-29ern und Sherman-Panzern. Hector hatte Glenn-Miller-Titel für die erste Besatzung programmiert. Nach seinem vierten Kamikaze wurde er deutlich ruhiger und unterhielt sich intensiv mit Raul über die Chancen beim Theater und wie man an eine Mitgliedskarte der Schauspielergewerkschaft herankam, und dann kannte er auch noch Micheal Bennett, er sei ein Freund . . . Die ersten Gäste in ihren altmodischen Anzügen und USO-Hostessuniformen kamen mit unsicherem Lächeln herein. Es war still, das Eis war frisch, die Aschenbecher leer. Die untergehende Sonne tauchte alles in ihr warmes natürliches Neonlicht.

Um elf war der Krieg im Gange. Der Laden war voll. Cab Calloway schrie aus den Lautsprechern: »Heighdie, Heighdie, Heighdie Ho . . .« Die Mitteltische waren beiseite geschoben worden, und eine Band besoffener Idioten versuchte sich am Jitterbug. Der Qualm war dick, der Lärm mörderisch.

»THIS IS THE STORY OF/MINNIE THE MOOCHER.«

Leute standen an der Bar und schrien sich gegenseitig ins Gesicht. Es war noch nicht mal Mitternacht, und überall im Saal gab es abgestürzte Flieger. Wer war in die Fleischsalatschüssel gefallen? Wer wankte zum Strand hinunter, um sich zu übergeben? Wer suchte aufgeregt in der Handtasche nach dem Glasröhrchen, das ihr Freund ihr gegeben hatte? Wer sabberte seine ganze Lederweste voll? Wer hatte so lange in der Schlange vor der Toilette gewartet, daß er nicht mehr wußte, wo er war und warum er hergekommen war? Wen hatte man unter einer Topfpalme tot liegengelassen?

»HAVE YOU EVER MET/THE REEFER MAN.«

Draußen war es schwarz, Niemandsland. Leute stolperten herein, mit glühenden Gesichtern und voller Hektik. Sie drängten sich durch und schrien, kämpften um eine Platz an der Bar, versuchten, einen Tisch zu organisieren, tanzten mit einem Partner, beobachteten zwei andere Personen mit lüsternen Blicken, suchten den Knaben mit dem Stoff, ließen die Person, mit der sie hereingekommen waren, sitzen, rissen auf, wurden aufgerissen und durchlebten eine vollständige und tragische Liebesaffäre in der Zeit, die es dauerte, einen Drink zu nehmen.

»IT'S CALLED THE/HIPSTERS'S DICTIONARY.«

Ich hatte den ganzen Abend noch keine ehrlichen Drinks gemixt. Nur Phantasiezeug – Brandy Alexanders, Harvey Wallbangers, Margaritas, Tom Collinses – Calypsococktails wie Mai Tais und Ramos Fizzes, Piña Coladas und Banana Daiquiris und Sombreros und die Disco-Favoriten, die Drinks nicht mitgezählt, die Shelley in seinem Keller erfunden hatte, als er endlich fertig war, oder den Paralytiker, den Audreys Boß beim letzten Betriebsausflug zusammengemixt hatte . . . Mal sehen, Gin war drin. Cherry Heering, Creme de cacao und, oh, verdammt, die anderen drei habe ich vergessen . . . Nicht zu vergessen die hübschen kleinen Heimat-Cocktails, die Gene kreiert hatte . . . der GI Joe, der Bombardier, Rosy die Niete. Eine Zuckerschicht lag wie Rauhreif auf der Bar. Meine Finger klebten zusammen, der betäubende Duft hüllte mich ein. Ich fühlte, wie meine Backenzähne zu faulen begannen, und ich kippte einen Cognac nach dem anderen, um die Bakterien zu killen. Die Politik der brennenden Zähne. Ich klaute wie verrückt. Einer für den Boß, einer für mich. Ich konnte nicht alles in meinen Trinkgeldbecher tun – selbst ein Blindgänger wie Gene wäre mißtrauisch geworden –, daher versteckte ich es. Fünfzig Scheine im Abfalleimer, zwei Zwanziger unter der Matte, ein Zwanziger in den Socken, zweihundert Dollar lagen in der Kasse. Diese Vitaminpillen waren das reinste Pharmazid. Ich hatte das Gefühl, als würde jemand an der perforierten Linie meines Gehirns reißen. Plötzlich begriff ich, wie Untreue und Kindesmißhandlung zustande kamen. Da war es also. Was die Hausfrauen durchdrehen ließ. Mit einer ausreichenden Ladung von diesen Pillen konnte ich die Welt vernichten. Blut im Keller, rauchende Ruinen nach dem Treffen der Schulpflegschaft. Eine Atombombe auf den Laden in der Garage.

»Heh, Brian, fünf Kamikazes hier unten.«

Fünf Kamikazes. Ich brauchte gar nicht hinzusehen. Jeff und seine Jungs plus eins. Sie hatten einen Spezialisten mitgebracht, einen von jenen Typen, die zu Hause hockten und Bier trinken und Gorilla-Biskuits verdrücken, wochenlang, und darauf warten, daß jemand kommt und sagt, wir mischen heute abend eine Schwulenbar auf. Dann, wie ein Feuerwehrmann, rutscht er an der Stange hinunter, hinein in seinen geparkten TransAm mit Nummernschildern aus Jersey. Diese Burschen zeichnen sich durch enormen Umfang des Oberkörpers und durch totale Schmerzunempfindlichkeit aus. Sie machen nichts lieber, als Fremde zu mißhandeln.

Fünf Kamikazes. Langsam wandte ich mich um. Mein Magen fiel mir glatt aus der Hose, als ich ihn sah. Es war das Inzuchtmonster von Toomey's, angetan mit einem Footballjersey. Stürmer an der Bellport High-School. Zu dämlich, um die Formationen auswendig zu lernen, daher schlug er auf alles drauf, seine Teamgefährten, Schiedsrichter, Cheerleaders eingeschlossen, bis er an den Mann mit dem Ball herankam. Er lächelte. Jeff lächelte. Fünf lächelnde Zeitbomben. Sie mochten mich jetzt, aber nach ein paar Kamikazes würde sich alles ändern. Sie würden jemanden beschimpfen, einen Kellner schubsen, versuchen, jemandem die Freundin auszuspannen, Geld von der Bar stehlen – ihre Möglichkeiten waren so zahllos, wie meine begrenzt waren. Ich konnte nur meinen Körper in die Waagschale werfen und das Beste hoffen. Es war eine Situation, in der ich nicht gewinnen konnte. Oh, ich war schon in eine Menge Barschlachten verwickelt gewesen, in mehr als sie. Mit dem Hocker war ich Experte. Eine Gallianoflasche konnte ich bedienen wie ein Samurai sein Schwert. Aber sie waren zu fünft. Vier konnte man mit einem Dosenöffner und der Drohung, ihnen die Gesichter zu zerschneiden, auf Distanz halten, aber der Fleischberg wäre mein Waterloo. Ein Typ, der nie ein Girl im Bett und keine weiteren Pläne für die Zukunft hatte. Mit so einem Kerl konnte man nicht verhandeln. Die Spielregeln waren simpel: Laß ihn gewinnen, dann bricht er dir die Rippen, aber du atmest noch; wehr dich, und er gibt sich mit nichts zufrieden, das harmloser ist als der Tod. Solche Burschen brauchen nicht zu wissen, wie sie kämpfen sollen. Alles, was sie tun, ist richtig. Sie treten einem vors Knie, und man pinkelt eine Woche lang Blut.

Ich mixte sechs Kamikazes, einen für mich selbst. »Die Runde geht auf das Haus, Freunde«, rief ich und hob mein Glas. »Ich wünsche einen fröhlichen Vierten.«

Der Fleischberg starrte mich an, geriet bereits in Wut. Vielleicht war er antiamerikanisch. Vielleicht hatte er auf den armen Doug Coughlin abgedrückt. Jesus, was für ein Gedanke!

»Oh, Gott, es ist Jeff, mein Abend ist gelaufen!«

Elliot stand am Service-Ende. Seine Augen strahlten, die Hände hatte er verschränkt wie eine Diva, die gleich zu ihrer Schicksalsarie ansetzt. »Ich will ihnen einen ausgeben.«

Ich knirschte mir rund zwei Zentimeter Schmelz von den Zähnen. »Verdammt noch mal, verschwinde von hier.«

Elliot hörte es nicht. Er war viel zu eifrig damit beschäftigt, zu winken und zu rufen: »Jeff, Jeff . . .«

Jeff grinste bösartig und sagte etwas zu seinen Truppen, das explosive Wut hervorrief, Drohungen in Richtung Kastration und Enthauptung wahrscheinlich. Der Riese lachte nicht, er stützte sich nur auf die Bar und starrte Elliot an, als wäre er eine Olive, die irgendwie seiner Gabel entgangen war.

»Elliot, warte einen Moment . . .« Er rutschte mir aus dem Griff. Ich hatte das Gefühl, als hätte er Vaseline auf seinem Unterarm. Wie sahen seine weiteren Pläne für den Abend aus?

»Jeff, möchtet ihr einen Tisch?«

»Brian, hast du so etwas schon mal gesehen?«

Gene, strahlend wie eine Juni-Braut, die die Tür aus dem Schrank gerissen und den Inhalt den Winden übergeben hatte, stand da und schüttelte den Kopf in gespielter Verärgerung.

»Gib mir 'nen Drink . . . Irgendwas, irgendwas . . . Du mußt eine Ansage machen, Brian. Wir müssen Platz schaffen, damit Greg auftreten kann. Er wartet dort hinten und zerreißt sich vor Lampenfieber fast den Strumpfhalter . . . Oh, sieh doch, die Zimmerleute.« Er winkte tatsächlich. »Mix ihnen einen Drink.«

»Den haben sie längst bekommen«, entgegnete ich. Gene ergriff meinen Arm. »Habe ich dir eigentlich schon mal gesagt, was für einen tollen Job du hier machst?« Der Ärmel klebte an meinem Arm, wo er mich angefaßt hatte. Naß, verschwitzt, aufdringlich . . . »Erinnere mich daran, daß ich dir einen Bonus gebe, wenn dieser Wahnsinn vorüber ist.«

Ich liebe es, wie sie sagen »Erinnere mich daran«. Nun, keine Sorge, ich hab' mir meinen Bonus schon genommen. Ich brauche nicht mit dem Hut in der Hand zu kommen . . . Ich sah von Gene zu den Einheimischen und wieder zurück. Coughlins Worte drangen aus dem Grab. »Du bist ein Arbeiter, kein Maggler.« Ich war nichts besseres als ein Bergmann, der in eine Grube hinabfährt, von der er weiß, daß sie nicht sicher ist, oder ein Typ, der in einer Asbestfabrik arbeitet. Ich war eine Flasche. Nein, das war ich nicht. Ich war ein Arbeiter, und das war schlimmer, denn ein Idiot weiß nicht, was ihn erwischt, doch ein Arbeiter sieht es auf sich zukommen.

»Ich mache mal eine kurze Pause, Gene«, sagte ich. »Zwei Minuten. Ich muß auf die Toilette.«

»Bleib ruhig eine halbe Stunde lang weg. Du hast es dir verdient.« Gene ging hinter die Theke. »Abgesehen davon, ich wollte schon immer mal Barkeeper sein.«

Nun, die Chance hast du jetzt, du dummer Sack. Ich holte mir mein Trinkgeld und meine Beute und war schon weg. Ich nahm die Abkürzung durch die Küche, wo die Kellner den Koch anschrien. Durch die Hintertür und vorbei an vor sich hin gärenden Abfallsäcken. Hinunter zum Strand und zum Haus.

Viel war nicht zu packen; eine Handvoll zerknüllter Geldscheine nimmt nicht viel Platz weg. Coughlins Koffer stand schweigend in einer Ecke. All diese gewichtigen Worte. Ich konnte sie nicht mitnehmen. Ich mußte mit leichtem Gepäck reisen.

Zurücklassen konnte ich es auch nicht. Das Lebenswerk eines Mannes. Mein Erbe. Ich zerrte den Koffer hinaus auf die Veranda.

Crash! Das leise Klirren von brechendem Glas drang vom Beachhead herüber Es ging los, so wie ich es vorausgesagt hatte. (Endlich tust du mal etwas Kluges, Flanagan.) Sie würden den Laden in Schutt und Asche legen. Alle würden glauben, es ginge gegen die Schwulen, von wegen Erstes Gebot und so, dabei suchten sie in Wirklichkeit mich. Oder etwa nicht? Je weiter ich mich von dem Etablissement entfernte, desto normaler wurde ich wieder.

»Verdammter Coughlin.« Der Koffer war zu schwer, um durch den Sand geschleift zu werden, daher mußte ich ihn mir auf die Schulter packen.

Boom! Irgendeine Explosion, als wäre ein Kellner durch eines der Fenster geflogen. Ein paar Frauen kreischten vor Angst. Der Fleischberg hatte sich an die Arbeit gemacht. Plötzliche Stille, wie am Ende eines Massakers. Ich stapfte durch den kalten, taufeuchten Sand zum Dock, wo zwei Jungen in einen Muschelsammler kletterten, und bot ihnen fünfzig Bucks an, wenn sie mich über die Bucht nach Bellport brachten.

»Fünfundsiebzig«, sagte der ältere Junge sofort.

Eine Frau rannte schreiend die verwaiste Hauptstraße von Wavey Dunes hinunter. »Polizei, Polizei . . .«

»Okay, fünfundsiebzig.«

Wir tauchten in die Dunkelheit ein. Der Motor überdeckte

den Lärm vom Land. Ich konnte kaum Menschen vor dem Beachhead erkennen. Jemand rannte. Winkte. Mehr Leute rannten. Viel konnte ich nicht sehen, aber ich wußte daß jemand schwer verletzt war. Irgendein guter Samariter, der versucht hatte, Frieden zu stiften, und dem der Fleischberg wohl das Gesicht umgestülpt hatte. Wahrscheinlich war Gene es, der gute alte Gene. Drei zu eins kam er immer mit einem Lächeln hinter der Bar hervor, in das man hineinschlagen wollte, und nun lag er wahrscheinlich auf zerbrochenem Glas, blutete an mehreren Stellen, nahm es hin wie ein Mann, obwohl es schwierig werden würde, den Stoiker zu mimen, wenn die Wirkung des Alkohols erst mal nachließ. Wenigstens konnte er noch atmen. Mich hätten sie in der Luft zerfetzt. Aber ich war ihnen entkommen, war dem Schicksal entgangen. Ich hatte die Schrift an der Wand gesehen, den Eimer über der Tür. Diesmal, dieses eine Mal, war es mir gelungen, zu überleben. Es war ein kleiner Triumph.

Wie kam es dann, daß ich mir vorkam wie ein Stück Scheiße?

Zwei schnelle Drinks

Die Jungen auf dem Muschelsammler brachten mich über die Great South Bay, ohne ein Wort zu sagen. Das Wasser zeigte helle und dunkle Flecke. Das hellere Grün waren die etwas seichteren Stellen, die sich mit einem fast vollkommenen Schwarz abwechselten, wo wir eine tiefe Rinne überquerten. Die Bucht war übersät von flachen Muschelsammlern und Krabbenfängern, die aussahen wie Miniflugzeugträger. Trawler brummten vorbei. Von Wind und Wetter gegerbte Seeleute schnippten Zigarettenkippen in die Tanghaufen, die an seichten Stellen aus dem Wasser auftauchten. Niemand winkte. Es war bitterkalt und windig, und dann wurde es heiß, als die Sonne aufging und der Szenerie einen festlichen Glanz verlieh. Die muskulösen Muschelfischer brachten ihre Fangrechen aus. Sie zogen sie hin und her und sammelten die giftigen kleinen Weichtiere auf. Hin und her, bis die Körbe gefüllt waren, dann nichts wie heimwärts mit der Beute. Heim zu einer heißen Brühe nach einem harten Arbeitstag. Zwei schnelle Drinks in einer der windschiefen Tavernen zwischen dem Dock und dem Bahnhof. Die älteren, verheirateten Männer blieben noch für einige Drinks länger als die jungen, ledigen. Zurück in ein Haus, das erst halb bezahlt ist, vielleicht gehört es einem auch, aber man kann es nicht abstoßen, wegen der Nachbarschaft oder wegen der Preise, denn wer will schon freiwillig in diesem Teil der Stadt leben. Eine Muschel-Verarbeitungsgsellschaft, die einer alten Long-Island-Familie gehörte, deren Abkömmlinge in der Generalversammlung saßen, besaß das Exklusivrecht für den Muschelfang in der Great South Bay. Die Muschelsammler waren nichts anderes als Pächter auf dem Meer. Ihr Leben war trostlos.

Die Kids hatten diesen typischen rundgesichtigen, gleichgültigen Toomey-Ausdruck. Sie starrten mich ohne Interesse an. Ich wandte mich ab. Niemand konnte mich zu diesem berühmten Einheimischen-Spiel zwingen, bei dem ich versuchte, ein Gespräch anzufangen, und dafür nur Schweigen erntete. Ein paar schlimme Momente hatte ich, als das Wasser so tief zu sein schien, daß man gut einen Körper hätte versenken können. Die Jungen waren kräftig. Ein paar Hiebe mit dem Muschelrechen würden ausreichen. Dann den Bauch aufgeschlitzt und etwas Ballast hineingepackt, den Anker ans Bein und hinaus in die finstere See, wo das Geheimnis der Toomeys bis zum Jüngsten Tag sicher aufgehoben wäre.

Aber diese Vorahnung machte mir kaum noch angst. Ich war von der verwunschenen Insel geflohen und auf dem Weg in die reale Welt, wo es für einen Mord gewichtigere Gründe geben mußte.

»Das ist Mr. Coughlins Koffer«, sagte der ältere Junge. »Ich erinnere mich noch daran, als er einzog. An dem Ding waren massenhaft Schlösser.«

»Er hat ihn mir hinterlassen«, sagte ich.

»Er war mit meiner Cousine Kathy verheiratet.«

»Er war ein prima Kerl«, meinte der Jüngere schnell, als wolle er einen unausgesprochenen Eindruck korrigieren. »Alle waren völlig fertig über das, was geschehen ist. Kathy schwanger und alles . . .«

Sie setzten mich am Dock von Bellport ab und verschwanden lautlos in der Morgendämmerung. Ich saß auf Coughlins Koffer, als die Sonne herauskam, und sortierte mein Geld. Zählen brauchte ich es nicht, es würde sowieso nicht reichen. Sieben-, achthundert, vielleicht sogar tausend; länger als einen Monat würde ich damit in der Stadt nicht durchhalten, selbst wenn ich nur von Weißbrot, Kartoffeln und klarem Wasser lebte. Bisher hatte der Sommer mir mehr Minus gebracht als üblich: ich hatte keinen Nickel, den ich als Arbeitslohn vorweisen konnte, und obwohl ich einer Tracht Prügel entgangen war, gab es zwanzig Schwule, denen ich nie mehr würde ins Auge sehen können.

Coughlins Koffer hinter mir herschleifend, machte ich mich in Richtung Bahnhof auf den Weg. Ein Stück weiter bildete sich gerade ein Umzug, Leute in Uniformen, Jungen schlugen die Baßtrommeln und bliesen schrille Töne auf ihren Trompeten. Ein alter Mann, der seinen Hund Gassi führte, bedachte mich mit einem bösartigen Blick. Kannte er mich? War er ein Freund von Gene? War die Nachricht von der Schlacht im Beachhead bereits bis hierher gelangt?

Vor dem Bahnhof waren einige Kerle in abgetragenen Anzügen und mit amerikanischen Soldatenmützen auf dem Kopf mit einer Flagge beschäftigt. Einer von ihnen flüsterte den anderen etwas zu, als ich vorüberging. Waren auch sie Leute aus dem Beachhead, die es auf mich abgesehen hatten? Würde ich denn auf Long Island nun für den Rest meines Lebens wie ein Paria mein Dasein fristen müssen?

»Heh, Buddy, heh du«, rief mir jemand nach.

Ich wandte mich um. »Meinen Sie mich?«

»Klar, dich. Du hältst dich wohl für besonders lustig, oder?«

»Wovon reden Sie?«

Drei stämmige Burschen trennten sich von der Gruppe und kamen auf mich zu. Sie sahen ziemlich aufgebracht aus. Vielleicht hatte Jeff, der Zimmermann, sie alarmiert. Schnappt euch den Barkeeper, er ist abgehauen. Vielleicht waren es aber auch Duschkumpane aus Genes alter Truppe. Das beste wäre auf jeden Fall, zum Bahnhof zu kommen, aber ich konnte Coughlins Koffer nicht zurücklassen.

Sie waren jetzt nahe genug heran, um mir richtige angst zu

machen. Sie waren nicht betrunken und nicht verrückt. Nur wütend.

»Sieh zu, daß du deinen Arsch von der Straße bekommst, Kumpel.«

»Genau das hatte ich gerade vor, guter Mann«, erwiderte ich.

Ein anderer Kerl kam heran und fletschte die Zähne. »Ich sollte dir dein verdammtes Hemd von der Figur reißen.«

Ich ließ Coughlins Koffer fallen. Am besten hatte ich beide Hände zum Beten frei. »Ich kenne Sie nicht mal, Mann. Was habe ich Ihnen getan?«

Der Bursche kam mit geballten Fäusten auf mich zu. Ich riß die Hände zum Schutz hoch, und plötzlich küßte ich das Pflaster. Jemand hatte mich von hinten erwischt. Zum Glück nur mit der Faust und nicht mit der Fahnenstange. Ich versuchte mich wegzurollen.

»Scheißkerl!«

»Mach den Bastard alle, Ronnie!«

Ich bekam einen Tritt in die Rippen. Ein Stiefel erwischte mich im Nacken.

»Heh, Freunde . . .«

Ich kam auf die Knie und spürte die Treffer auf Rücken und Schultern. Jemand stellte sich auf meinen Fußknöchel, als ich zu fliehen versuchte. Ich bedeckte mit den Händen die Augen.

»Schon gut, das reicht.« Eine befehlsgewohnte Stimme. Eine Hand drehte mich unsanft um. »Stehen Sie auf.«

Blut schwamm in meinen Augen. Sie hatten den Schnitt wieder aufgerissen, den ich mir von Fordham Law eingehandelt hatte. Jesus, ich hab' einen richtigen Klotz Narbengewebe über dem Auge, dachte ich. Wie ein Kirmesboxer.

»Steh auf, Arschloch.«

Jemand packte mein Handgelenk und zerrte daran. Ich war nicht schnell genug hochgekommen. »Der Bürgersteig ist doch kein Trampolin, ihr Bastarde!« schimpfte ich.

Ich stand einem mittelalten Typ mit einer Reihe von Kriegsauszeichnungen an der Jacke gegenüber.

»Ich hätte zulassen sollen, daß sie dich umbringen, verdammter Verräter.« Seit wann ist ein Fußmarsch von der Fähre zum Bahnhof ein Verbrechen?

Sie stießen mich die Straße hinunter. Ich war kaum drei

Schritt weitergegangen, als ein Kerl aus einem Pick-up sprang und mir einen Schwinger verpaßte. Er traf mein Ohr mit seinem Siegelring. Etwas Warmes floß meinen Hals hinunter.

Ich war mitten in einer Horrorshow. Coughlins Koffer war blutverschmiert. Blut war auch auf meiner Hose und meinen Schuhen. Überall.

Die Jungen in der Marschkapelle wichen angewidert vor mir zurück. Eine Nonne zog die Majoretten aus meinem Weg. »Ist schon gut, Schwester«, sagte ich. »Im Augenblick bin ich nicht in der Stimmung für junges Gemüse.«

Ich zuckte zusammen, als ein Junge mit Tuba mich von der anderen Seite ansprach.

»Friede, Mann«, sagte er.

»Sag nicht mir das. Sag das deinen Freunden.«

Ein hagerer, sommersprossiger Junge hinter einer Baßtrommel. »Sie haben ganz schöne Nerven, Mann. Soll ich Ihnen mit dem Koffer helfen?«

»Heh, Mann, Mr. Landsay wird dir was anderes erzählen«, warnte der Junge mit der Tuba.

Der zweite Junge wich zurück.

Ich blieb vor einem Ladenschaufenster stehen. Die rechte Seite meines Gesichts war blutverschmiert. Mein Hemd, meine Hose trieften. MEIN GELD! Ich zog das blutige Bündel aus der Tasche. Zu spät. Die Scheine klebten zusammen. Blut trocknet auf Geld schneller ein als auf allen anderen Materialien.

Ich schaffte es bis zum Bahnhof. Der Typ am Fahrkartenschalter tat so, als sähe er blutige Wracks wie mich jeden Tag. Ich suchte die Toilette auf, um mich zu säubern. Als ich das bluttriefende Hemd auszog, sah ich es: die verdammte Aufschrift »Kriegsdienstverweigerer«. Ich versuchte zu lächeln, aber meine Lippen waren steif und geschwollen. Ich konnte Doug Coughlin mit einem Drink in der Hand ganz in der Nähe stehen sehen und sagen hören: »Mit einem Kriegsdienstverweigererhemd in eine Parade zum 4. Juli zu geraten, und das noch in einer Faschistenhochburg, kann auch nur dir passieren, Brian Flanagan, dem Märtyrer wider Willen.«

Der Kreis hatte sich geschlossen, und Gene Winslows kleiner Scherz hatte mich doch noch aufs Kreuz gelegt. Diese Kerle hatten mich für eine Friedenstaube gehalten, die ihnen die

Parade stören wollte. Ich hatte mich aus Gewissensgründen geweigert, mir in Vietnam die Eier abschießen zu lassen, als ich den Psychiatern erzählt hatte: Ich bin homosexuell. Wenn ihr mich zu den harten Burschen in die Baracken steckt, drehe ich durch. Ich hatte aus Gewissensgründen davon abgesehen, das Beachhead gegen fremde Eindringlinge zu verteidigen. Diese Typen waren unwissentlich zu Vollstreckern meiner Absolution geworden. Ich war dafür bestraft worden, daß ich mich dem Agent Orange und Gene Winslow in seiner Stunde der Not verweigert hatte. Die moralische Symmetrie dieser Welt war wiederhergestellt. Und ich konnte endlich wieder jeder Tunte gerade in die Augen blicken.

Schnelle Drinks

An diesem Urlaubsmorgen war der Zug so gut wie leer, aber der Schaffner forderte mich trotzdem auf, die Füße von der Sitzbank zu nehmen. Ich sah aus dem Fenster auf die Gartenapartments, die Pick-ups, die Plastikswimmingpools, den fröhlichen Krempel stillen Vorortglücks. Und ich spielte mit meinen Blessuren. Für mindestens eine Woche würde ich nicht die Augenbraue heben können. Ironie wäre nur eine schmerzhafte Übung. Jetzt begriff ich endlich, was das Wort *Weltschmerz* wirklich bedeutete.

In der Penn Station ging ich sofort auf die Herrentoilette, um mein Geld zu waschen – es war nicht sehr empfehlenswert, mit zusammenklebenden Geldscheinen im John Tyler aufzukreuzen. Ich stand am Waschbecken und ließ warmes Wasser über das Bündel laufen, das ich immer dann schnell in der Tasche stopfte, wenn jemand anderer hereinkam. Ein Bahnpolizist war so mißtrauisch, daß er sich beinahe auf den Schuh pinkelte, aber ich wusch mein Gesicht und kühlte die blauen Flecken, bis er endlich hinausging. Als ich die Scheine endlich voneinander gelöst hatte, verschwand ich in einer Kabine, klebte das Geld an die Tür und die Seitenwände und begann zu knurren und zog die Spülung, sobald ein neues Paar Schuhe hereinkam. Dann, als das Geld endlich trocken war, sammelte ich mein Vermögen wieder ein. Die Dollars waren fleckig und zerknittert, aber sie klebten wenigstens nicht mehr.

Sie gaben mir im John Tyler wieder mein altes Zimmer, nur war diesmal der Fernseher verschwunden. Ich rief unten bei der Rezeption an, und der Typ kam persönlich herauf. Er schnalzte mit der Zunge, schüttelte den Kopf und hätte sicherlich noch hundert andere Varianten von Ratlosigkeit gemimt, wenn ich ihm nicht gleich zwanzig Dollar in die Hand gedrückt hätte. Daraufhin brachte mir der Portier ein Gerät, eine alte, flackernde Schwarzweißkiste. Das mußte reichen. Ich hatte es mir gemütlich gemacht, um mir einen alten Spielfilm anzusehen, als es an der Tür klopfte. Ein schlanker, schwarzer Junge, eine Baseballmütze mit nach hinten gedrehtem Schirm auf dem Kopf und toten Augen, fragte nach Bernie. Ein anderer Bruder versuchte ein paar Türen weiter sein Glück. Ich knallte ihm die Tür vor der Nase zu und rief bei der Rezeption an.

»Verkaufen sie auch Konzessionen für Raub und Diebstahl?«

Nein, erklärte der Angestellte. Der letzte Mieter hieß Bernie. Diese Jungen verkauften ihm immer Gras.

Ich legte auf und öffnete die Tür. »Bernie ist gerade abgereist«, rief ich den Jungen zu, die sich durch den Korridor entfernten. »Aber ich heiße auch Bernie.«

So hatte ich einen kleinen pflanzlichen Schmerzbetäuber zu meinem Spielfilmvergnügen. Etwa eine Stunde später klopfte es erneut an der Tür. Diesmal war es ein Mädchen.

»Ich wollte zu Bernie.«

Sie hatte immer noch ihren Babyspeck und den von ein paar anderen Leuten dazu. In ihrem struppigen Haar waren grüne und violette Strähnen, und auf ihre schlaffe Jungenbrust war eine Schlange tätowiert. Rote Hotpants hielten ihren porösen Oberschenkel in tödlicher Umklammerung. »Bernie ist tot«, sagte ich. »Willst du nicht reinkommen und auf ihn warten?«

Nun hatte ich auch einen eigenen Film zu dem im Fernsehen. Nach zwei Stunden fiel der Vorhang, und ich war wieder alleine. Ah, die ordnende Macht der Gosse. Ich vergaß meinen *Weltschmerz* und schlief wie ein Baby.

Am Morgen hockte ich auf meinem ungemachten Bett und

litt unter akuter Marihuana-Melancholie. Ein kleiner Spiegel hing über der Schubladenkommode; in solchen Flohbuden hängen sie immer besonders kleine Exemplare auf, damit man nichts hat, womit man sich die Pulsadern aufschneiden kann.

Während der drei Schritte vom Bett zur Toilette stellte ich fest, wie schlimm ich zugerichtet war. Ich knarrte wie eine rostige Tür. Die Kakerlaken in der Porzellanschüssel ließen sich Zeit, sich aus dem Staub zu machen. Ich hielt den Kopf unter den Wasserhahn, bis das Wasser kalt genug war, daß man es trinken konnte, und das war mein Frühstück.

Unten, im Parterre, musterte der Tagesempfangschef mich über den Rand seiner Hornbrille. Er war ein Pakistani, einer von jenen imperialistischen Einwanderern, der drei Jobs hatte, das Abendgymnasium besuchte und von einem eigenen Zeitungsstand träumte. Kein einziger Zweifel verdüsterte seine Vision von einem guten Leben. Er stand mir genauso abschätzig gegenüber wie die Pilgerväter den Indianern. Für ihn war ich der Wilde mit meinem Feuerwasser und primitiven Riutalen. Ich war der grobe Klotz, den man schnellstens loswerden mußte. Ich starrte ihn mit meinem gesunden Auge kalt an. »Mein Zimmer kann jetzt gemacht werden.«

Wieder einmal war mein Gesicht zu zerschlagen für die Tränken auf der Upper East Side, wo die Barkeeper zwei Scheine pro Nacht verdienten und nebenbei alle Filmstars bumsten. Dann konnte ich auch mal nachsehen, was der Staat mir zu bieten hatte. Es war heiß, die Luft, der Staub und der Lärm ließen die Temperatur noch weiter steigen. Ich ließ drei überfüllte Busse vorbeifahren, ehe ich einem Taxi winkte. Sinnlose Sparsamkeit brachte keinen Gewinn.

Im Staatlichen Arbeitsamt war die Abteilung Gastgewerbe mit Fremden überfüllt – Thais und Koreaner, Griechen und Kolumbianer, Libanesen. Hatten Amerikaner kein Interesse mehr an ehrlicher Arbeit?

Der Typ am Tisch für Barkeeper hatte lange blonde Haare und einen Blechring im linken Ohrläppchen. Und so was nannte sich öffentlicher Dienst.

»Ich hab' Sie hier noch nie gesehen«, meinte er, während er meinen Antrag überflog.

»Das ist das erste Mal, daß ich arbeitslos bin, seit ich . . .«

»Aus der Armee entlassen wurde?« Er betrachtete mich mit diesem vielsagenden Blick, den die Leute immer bekommen, wenn sie glauben, sie hätten etwas Besonderes entdeckt. Er hielt mich für einen gestrandeten Vietnam-Veteranen.

»Sie sind ein Veteran, nicht wahr?«

»Warum wollen Sie das wissen?«

»Weil Veteranen bevorzugt behandelt werden, wußten Sie das nicht?«

»Veteranen werden angespuckt«, sagte ich mit mühsam gebremster Wut. »So sieht das mit Veteranen aus.«

Das gefiel ihm. Ich hatte es gewußt. »Wo wurden Sie zusammengeschlagen?«

»Gestern bei der Parade auf Long Island. Ein paar neunmalkluge Kids machten Witze über die Fahne, deshalb hab' ich ihnen ein paar Worte gesagt. Dann kamen die Cops dazu.«

»Auf der anderen Seite, stimmt's?«

»Ich hab' einen Sergeant auf die Bretter geschickt, deshalb dürfen Sie denen keinen Vorwurf machen.«

»Außer daß Sie die Fahne verteidigt haben.«

Ich zuckte mit den Achseln.

Der Typ biß die Zähne aufeinander, daß die Kaumuskeln zuckten. War das etwa eine Tätowierung des Marine Corps, die unter seinem Ärmel hervorlugte? Er kritzelte etwas auf die Rückseite eines Vordrucks. »Ich denke, mit dem Gesicht können Sie immer noch als Traiteur arbeiten. Der Job ist im Ripley American. Sie müssen um halb sieben dort sein. Weißes Hemd, dunkle Krawatte, dunkle Hose, fragen Sie nach Mr. Albano, und um Himmels willen, seien Sie stolz, Mann. Als Sie für unser Land kämpften, haben Sie nichts Falsches getan.«

Ich war stolz. Stolz marschierte ich an den zusammengekauerten Einwanderern vorbei, die von der Freiheit träumten. Es gab immer noch ein paar Dinge, über die nur waschechte Amerikaner Bescheid wußten, immer noch das ein oder andere über die Stars und Stripes, was man nicht in der Abendschule lernte.

Dummen-Lohn

Es gab mal eine Zeit, da war der Times Square ein friedlicher, von Gaslaternen erleuchteter Boulevard, wo Paare zu Abend speisten, Kutschen umherfuhren und Champagnerkorken knallten. Damals hatte das Ripley seine beste Zeit. Henry Irving stieg immer im Ripley ab, desgleichen Sarah Bernhardt und Eleonora Duse während ihrer triumphalen Amerika-Tournee mit der Kameliendame auf Italienisch, bei der Farmer aus Iowa in Tränen der Rührung ausbrachen. Es heißt, daß John Barrymore in der Hochzeitssuite mit erstaunlicher Regelmäßigkeit Sechzehnjährige schändete. Nun üben die Sechzehnjährigen Rache, indem sie Krankheiten verbreiten, Handtaschen stehlen und Kehlen aufschlitzen. Heute steht das Ripley verwirrt an der Forty-third Street, verrußter Granit zwischen dem Stahl und Glas der Fifth Avenue, wie ein altmodischer Gentleman in seinem abgetragenen Bratenrock. Das Ripley ist übernommen worden. Wie der angehängte Namensteil andeutet, gehört es jetzt zu einer Kette. Es ist zu einem Pauschalreisen-Paradies geworden. Hier steigen Vertreter und junge Angestellte ab, die sich zu zweit ein Einzelzimmer teilen, während ihre Chefs in geräumigen Suiten im Regency umherstolzieren. Hier treffen sich die Vereinigung bayerischer Konzentrationslager-Wachmannschaften, die japanischen Klons und Lehrerinnen aus Ashtabula, von denen die eine oder andere verführt oder um ihre Lebensersparnisse gebracht wird. Das Hotel hatte einen Ruf als Kongreßort, da es das für solche Anlässe Notwendige bieten konnte: Bankettsäle, Konferenzräume und Preisnachlässe für die Horden von Feuerwehrleuten, die bereitwillig Leben, Verstümmelung, Durchfall und/oder Entehrung riskierten, um für zwei Tage von zu Hause wegzukommen.

In der Lobby hing ein Spruchband: DIE FREIZEITINDUSTRIE AMERIKAS HEISST SIE HERZLICH WILLKOMMEN. Meine Party fand im Versailles-Saal im Zwischengeschoß statt. Der Raum war so groß wie eine Schulturnhalle mit Spiegeln an den Wänden und goldenen Leuchtern an der Decke. Ein fetter, dunkelhäutiger Knabe in einem ausgebeulten braunen Anzug mit einem Hemdzipfel aus der Hose und aus dem Sakko hängend, den er nicht mehr zuknöpfen konnte, stand mit einem Klemmbrett mitten im Raum und murmelte vor sich hin. Ein Namensschild an seinem Jackett trug die Aufschrift: GERALD ALBANO, BEWIRTUNG.

Ich nannte ihm meinen Namen, und er sah auf dem Klemmbrett nach. Er trug eine goldene Krawattennadel mit der amerikanischen Flagge in der Mitte. Ich hatte seit Jahren niemanden mehr gesehen, der eine Krawattennadel trug. Er hatte das gehetzte Aussehen eines netten Kerls, der alles alleine schaffen und sich um jeden einzelnen kümmern will, es aber nicht schafft.

»Ja, ja, Flanagan, von der Stellenvermittlung.« Er sah mich an, wandte sich dann schnell ab, um meine Verfassung nicht zur Kenntnis nehmen zu müssen. »Okay, gehen Sie runter in den Keller in den Vorratsraum. Dort haben sie Ihren Namen auf der Liste. Sie füllen ein Formular aus und erhalten Ihr Jackett und den Essensgutschein. Sie bekommen siebenunddreißigfünfzig für zwei Stunden Arbeit. Schenken Sie nicht zu reichlich ein. Und denken Sie daran: Wenn man Ihnen keinen Essensgutschein gibt, dann fragen Sie danach. Er steht Ihnen zu. Sie können den Gutschein gegen anderthalb Dollar einlösen, aber das sollten Sie nicht tun. Das Essen hier ist nämlich ganz gut.«

Na prima! Ich war schon halb aus der Tür, und diese Pfeife rannte hinter mir her und erzählte mir etwas vom Essen.

»Wir haben das beste Personalessen der Stadt. Ich esse es auch täglich.«

Du siehst eher aus, als würdest du jeden Tag gleich zwölf Mahlzeiten hintereinander verdrücken, du Fettsack, fluchte ich. Natürlich stumm.

Ich zwängte mich in den Personalaufzug neben einen Kellnerlehrling, der schlafend über einem Wagen voll schmutzigen Geschirrs hing. Im Keller rannten die Leute aufgeregt durcheinander, zwängten sich in ihre Uniformen hinein oder aus ihnen heraus. Kellner, Pagen, Stubenmädchen, Türsteher, jeder mit einem Namensschild, damit jeder Gast wußte, über wen er sich zu beschweren hatte. Wildes Gedränge und Geschrei herrschte, während sie sich beeilten, den Fahrstuhl zu erreichen. Ein babylonisches Sprachgewirr, und keiner war größer als einssiebzig.

Eine Gruppe aufgeregter Orientalen blockierte meinen Weg. Sie zwitscherten und sprangen vor einer Tür herum, die aufging, als ich sie passierte, und den Blick auf Playboy-Bunny-Typen in unterschiedlichen Stadien der Entkleidung freigab. »Showtime.« Ein dunkles, strammes Mädchen in hochhackigen Pumps und Netzstrümpfen, das die hüpfenden Brüste kaum mit dem Arm bedecken konnte, kam zur Tür. Die Orientalen stoben kichernd auseinander, und zurück blieben ich und das Mädchen. Wir starrten uns gegenseitig an.

»Starr nur weiter, und ich ruiniere dir auch noch die andere Gesichtshälfte«, sagte sie.

»Sie sind nicht vollständig angezogen«, sagte ich und wies auf ihre rechte Brust. »Da fehlt das Namensschild.«

Sie knallte die Tür zu. Ich setzte meinen Weg zum Vorratsraum am Ende des Korridors fort. Dort versteckten sie also die Weißen. Ungefähr fünfzig Typen hatten sich dort versammelt, und ich war von allen der Jüngste, mindestens um fünfzehn Jahre. Bei all den weißen Hemden, grauen Gesichtern und langsamen, zögernden Bewegungen schien der Saal voller Gespenster zu sein. Einige der Zombies waren richtig schrill in frisch gestärkten Hemden und gebügelten Hosen mit roten Rasierflecken, die ihren gelben Gesichtern einen Farbtupfer verliehen. Einige waren Pensionäre, die sich ein paar Dollar zusätzlich verdienen wollten. Sie bewegten sich mit der verzweifelten Unterwürfigkeit der Alten und Verbrauchten. Einige hatten dieses ausgezehrte, gehetzte Aussehen. Sie schienen all ihre Energie darauf zu konzentrieren, ihre Hände vom Zittern abzuhalten, bis sie zwei Glas intus hatten und der Whiskey ihnen helfen würde und sie sich um den Bardienst kümmern konnten. Ein Mann vom Sicherheitsdienst, ein mißtrauischer Ex-Cop-Typ, verteilte kastanienbraune Bar-Westen. »Small, medium oder large?« fragte er jeden, der zu ihm kam, und dann gab er dem Betreffenden, was auf dem Stapel oben lag. Man mußte fünf Dollar Sicherheit hinterlegen. Ein paar Knaben hatten das Geld nicht, und er ließ sie beiseite treten, damit alle Zeugen ihrer Armut wurden. Man mußte ein W-2-Formular ausfüllen und die Sozialversicherungskarte vorzeigen, damit sie sich überzeugen konnten, daß man ihnen keine falsche Nummer angab. Und all das für siebenunddreißig fünfzig. Der Typ hatte ein Stapel Essensmarken vor sich auf dem Tisch liegen, aber er gab sie nur aus, wenn man ihn danach fragte. Ein Punkt für Albano.

»Suchen Sie sich einen Partner, und holen Sie sich im Getränkeraum Ihren Barwagen«, rief der Sicherheitstyp alle zwei Minuten. »Lassen Sie Aktenkoffer und Sporttaschen hier. Gepäck darf im Saal nicht abgestellt werden.«

»Heh, Jimmy.« Ein kahlköpfiger alter Krauter mit rosigem Gesicht und boshaften, wässerig blauen Augen zupfte mich am Ärmel. »Willste mit mir zusammenarbeiten?«

»Schreibt eure Namen auf die Schilder«, rief der Sicherheitsbursche. »Wer hier ohne Namensschild angetroffen wird, kommt sofort in den Computer und wird in keinem der Hotels der Ripley-Kette mehr beschäftigt. Sollte jemand einen falschen Namen eintragen, dann droht ihm eine Anzeige wegen Irreführung.«

»Wem will der eigentlich angst machen?« fragte ich.

Der Krauter packte meinen Arm, ein Polizeigriff, wie er im Buche steht. »Viele von den Typen fallen darauf herein. Ist auch egal.« Er zog mich in eine stille Ecke. »Du scheinst ein schlaues Bürschchen zu sein. Arbeite mit mir, und wir machen 'ne Menge Geld.«

Wunder über Wunder. In diesem Saal voller Flundern hatten die beide Haie sich gesucht und gefunden.

»Was bist du denn, der Hauscop?« fragte ich. »Wenn das eine Falle sein soll . . .«

»Woran liegt's?« An meinen Plattfüßen?« fragte der alte Knabe. »Ich bin seit elf Jahren aus dem Job, kein Witz. Ich mach' das hier nur, damit ich von meiner Pension kein Hundefutter fressen muß. Ich hab' ganz gerne ein bißchen Kleingeld in der Tasche, damit der Wind mich nicht wegbläst, klar? Du willst dich doch sicher bei der Arbeit nicht kaputtmachen, oder? Ein Typ, der auf den ersten Blick einen Cop erkennen kann, ist genau das Rohmaterial, nach dem ich suche . . «

Das sah nicht gut aus. Mehr noch, das sah so übel aus, daß

ich unbedingt auch etwas davon abbekommen mußte. »Wenn es da irgendeinen Haken gibt, bin ich draußen«, warnte ich.

»Kein Haken, alles völlig glatt.« Er legte mir seine schwere Polizistenhand auf die Schulter. »Komm her. Du bist Ire?«

»Nicht unbedingt.«

»Okay, okay, ich nenne dich Jimmy. Ich nenne jeden Jimmy, also werd nicht gleich wütend. Ich heiße Whitey.«

»Das ist lustig. Ich nenne jeden Whitey«, sagte ich.

»Okay, okay, du läßt dir nichts gefallen, schon verstanden. Wir sind jetzt Partner. Wir werden viel Geld verdienen. Hand drauf.«

Wir gaben uns die Hand, und Whitey bugsierte mich durch den Korridor zum Getränkeraum. Ein Schwall seines feuchten Atems weckte in mir Erinnerungen an Jahrmärkte und Hochzeiten.

»Diese Jobs mache ich zwei- oder dreimal die Woche. Ein bißchen hier, ein bißchen da, und du hast am Ende des Abends um die sechs Zehner zusammen, manchmal auch etwas mehr. Ich hab' bisher immer mit einem anderen Typen gearbeitet, Freddie Guy, kennst du ihn? Nee. Ist eigentlich unwahrscheinlich. Er ist so jung wie du, kommt von der Feuerwehr, ist zu drei Vierteln arbeitsunfähig, deshalb war er wild auf einen Job beim Sicherheitsdienst des Hotels. Fünfundzwanzig Riesen plus Vergünstigungen. Wenn man das zu seiner Pension hinzuzählt, dann braucht er nicht mehr herumzulaufen und für ein bißchen Kleingeld wie verrückt zu arbeiten. Er hat drei Kinder. Hast du Kinder?«

»Vier und eines unterwegs.«

»Demnach brauchst du einiges zusätzlich in den Taschen. Ich wußte schon, als ich dich zum erstenmal sah, daß du der richtige bist. Ich habe sechs Kinder, alle verheiratet und selbständig. Ich gebe ihnen nichts und erwarte nichts von ihnen. Was treibst du denn sonst. Arbeitest du im Hafen oder auf dem Bau?«

»Bau. Woher weißt du?«

Er pfiff und kniff mir in den Arm. »Du bist nicht gerade gebaut wie ein Bankkassierer. Woher hst du das Veilchen? Laß mal, brauchst dir keine Geschichte auszudenken. Okay, da wären wir . . .«

Vor dem Getränkeraum stand eine lange Reihe Barwagen, kleine Schränkchen auf Rädern. Whitey stieß mich an und wies auf den Sicherheitsmann hinter der Schwingtür, der Kartons mit Getränken austeilte, mit denen die Wagen ausgestattet wurden. »Hast du 'nen Zehner, Jimmy? Wir müssen meinem alten Freund Bob Bristol mal die gefüllte Hand schütteln.«

Der Sicherheitsmann war ein kleiner, müder Ire, ein Page wie im Film – ich konnte mich noch an eine Zeit erinnern, als alle Hotelangestellten aussahen wie er. Er betrachtete mich von oben bis unten, starrte in meine Taschen und in meine Augen – diese Oldtimer glauben immer, sie könnten in den Augen irgend etwas erkennen.

»Bob Bristol. Das ist mein Partner, gebt euch die Hand.«

Ich reichte ihm versteckt den Zehner, und er wandte sich abrupt um wie ein Soldat und wanderte nach hinten durch den langgestreckten, schmalen Raum, der zu beiden Seiten von Regalen mit Getränken darin gesäumt wurde, wobei er Flaschen herausholte und sie in den Karton stellte. Dann kam er unter dem Gewicht des Kartons schwankend zurück und stellte ihn auf die Theke.

»Schnapp ihn dir, Jimmy«, drängte Whitey flüsternd.

»Ihr müßt den Empfang bestätigen«, verkündete Bob und holte einen Fragenbogen hervor. »Ihr habt zwei Flaschen Rye, zwei V.O., zwei Wodka, zwei Gin, zwei Gallonen Weiß- und eine Gallone Rotwein, eine Amaretto, eine Hennessy, eine Tequila, okay? Wenn ihr euren Kram zurückbringt, müßt ihr die Inventurliste auf der Rückseite ausfüllen. Wie viele Flaschen leer, wie viele noch übrig sind, wie weit gefüllt, ein Viertel, zur Hälfte, drei Viertel. Schüttet die Flaschen nicht zusammen, das ist in diesem Staat gesetzlich verboten. Trinkt nicht während der Arbeit. Wer beim Trinken erwischt wird, der kommt in den Computer und kann sich die Ripley-Kette von draußen betrachten.«

»Komm schon, lad ein«, sagte Whitey und stieß mich zur Theke.

Der Karton platzte an den Klebenähten auf und wog viel mehr, als einundzwanzig Flaschen Schnaps normalerweise wiegen konnten. Der gute Bob hatte uns vier oder fünf

Flaschen von jedem Stoff zusätzlich eingepackt, sowie vier leere Flaschen. Ich hievte alles hoch.

»Für deinen Coup brauchst du einen Gewichtheber«, meinte ich zu Whitey, als wir unseren überladenen Barwagen zum Personalaufzug schoben.

»Keine Sorge«, beruhigte er mich. »Das Ding drehen wir zwei- oder dreimal die Woche, und wir werden nie erwischt.«

»Wie zum Teufel kommen die damit durch? In diesen Hotelketten wird doch dauernd Inventur gemacht. Sie haben Überwachungssysteme, Sicherheitsleute . . .«

»Klar, und dauernd werden Fehlbestände gemeldet«, meinte Whitey mit einem Augenzwinkern. »Aber was das Gute ist: Sie schreiben das den Typen oben zu, den Barkeepern im Old Glory Steak House auf dem Dach und in dem Schuppen neben dem Foyer mit all den halbnackten Bräuten . . .«

»Wo ist das?«

»Du mußt durch die Vorhalle. Die Kellnerinnen sind allesamt Profis. Das Tenderloin, so heißt der Laden. Wie du siehst, ein echter Puff. Sie halten im Hotel einige Zimmer frei, so daß die Mädels ihre Geschäfte abwickeln können. Die Drinks sind viel zu teuer. Hinter der Bar stehen zwei Vollidioten. Der Laden ist schmutzig. Alle zwei Monate schicken sie einen Spion rein, und der schnappt jeden, der sich irgendwie verdächtig macht, deshalb geben sie diesen Typen die Schuld an allem. Niemals kämen die auf die Idee, daß die alten Penner und Säufer bei den Banketten ein solches Ding abziehen könnten.«

»Das Problem ließe sich durch separate Getränkeräume für Bankette und die Restaurants lösen.«

»Wenn die wirklich wüßten, wer sie beklaut, dann könnte das zutreffen. Aber die denken doch, die wüßten alles, diese verdammten Buchhalter.«

Whitey hielt inne, um Luft zu holen. »Die werden das System so oder so niemals ändern, denn dann müßten sie einen weiteren Wachmann für fünf Dollar die Stunde einstellen, und zudem müßten sie, wie Freddie Cline sagt, irgend etwas in ihren Computern ändern, wodurch sie eine Menge Dollars verlieren. Aber davon habe ich keine Ahnung . . .«

»Du weißt nur, wie du sie dort packst, wo es weh tut.«

Er zwinkerte wissend. »Ganz gleich, wie wasserdicht sie alles machen, eine Stelle, wo man hineinkommt, gibt es immer.«

Wir schoben unsere Bar in den Personalaufzug. Zwei andere Typen manövrierten eine andere Bar neben unsere. »Du hast noch niemals hinter einer Bar gestanden?« fragte Whitey. Diesmal hatte sein Zwinkern etwas Verschwörerisches.

»Ein wenig.«

»Weißt du, wie man sparsam einschenkt? Man serviert ihnen den Drink mit besonders viel Eis. So sieht er richtig gut aus. Und sie bemerken, daß du keinen Whiskey verschwendest und stellen dich wieder ein.«

Die beiden anderen Burschen beschäftigten sich eifrig mit ihren Flaschen. Als wir den Fahrstuhl verließen, gab Whitey mir einen Stoß. »Hast du gesehen? Die haben die Ohren gespitzt. Sie erzählen das jetzt den anderen Affen. Schenkt so knapp wie möglich ein. Das ist für uns eine gute Versicherung.«

Unsere Bar war so schwer, daß die Räder im Teppich einsanken und eine Spur hinterließen. Albano stand mit seinem Klemmbrett an der Tür zum Versailles und überprüfte jeden. Er schien nichts zu bemerken.

»Fahr nur an ihm vorbei«, flüsterte Whitey. »Er ist ganz in Ordnung, er hat uns noch nie überprüft.«

Albano betrachtete uns wohlwollend, als wir den Barwagen in den Ballsaal schoben.

»Bringen Sie ihm das Geschäft ein wenig bei, Whitey?« erkundigte er sich.

Whitey lächelte mich väterlich an. »Ich geb' dem Jungen ein paar Tips, Mr. Albano.« Der alte Bastard kam nicht aus dem Takt.

»Prima«, lobte Albona. »Der Neue und der Profi. Prima.« Er klopfte mir auf den Rücken. »Machen Sie Umsatz, Brian.«

»Deshalb bin ich ja hier«, sagte ich und versuchte, meine Stimme so entspannt wie möglich klingen zu lassen, während ich die Bar über die Türschwelle wuchtete.

»Stellt den Wagen hinten an die Wand, Leute, und zwar so dicht zusammen wie möglich. Laßt nur soviel Platz, damit ihr euch bewegen könnt. Eine Körperlänge von Bar zu Bar bitte.

Wir wollen uns in dem Erfrischungsbereich so gleichmäßig wie möglich verteilen.«

Er war einer von den Chefs, die aber auch alles ihren Untergebenen erklären. (Als würde das irgend jemand interessieren.) Er versuchte, jedem ein Gefühl der Geborgenheit zu vermitteln, jeden fair zu behandeln. (Als erwarte irgend jemand besondere Vorteile, oder als bemerkte er es, wenn es wirklich geschah.) Daher brach er sich fast den Hals bei dem Bemühen, nett zu sein, und sie stahlen wie die Raben. Hunderte von linken Geschäften liefen. Ein Typ wie ich kam von der Straße herein, und nach fünfzehn Minuten mischte er bereits voll mit.

Ein weiteres Spruchband, AMERIKAS FREIZEITINDUSTRIE FÜR DAS LEBEN IN FREIER NATUR, hing von der Decke herab und sah aus, als könne ein Furz im Schlafsack es herunterblasen. In der Mitte des Raumes hatten sie einen Laufsteg aufgebaut und auf der anderen Seite eine Tribüne.

Die Hausmeister stellten am anderen Ende des Laufstegs gerade eine Waldszene auf: ein Zelt, ein Lagerfeuer aus Plastikscheiten und blinkenden blauen Glühbirnen, ein Grasteppich und ein Baum mit Plastiklaub und einen Gummibaumstumpf, der besser nach Malaya als in die Catskills gepaßt hätte. Ein Geck in Safarianzug und Tirolerhut stand auf der Bühne und klopfte auf sein Mikrofon. »Test, Test. Eins, zwei drei. Die schnelle braune Kuh. Jetzt ist der richtige Zeitpunkt um das gesamte Woodsman-Programm in Freizeitmode zu ordern . . .« Die Einkäufer trudelten allmählich ein und wurden zur Tribüne umgeleitet.

»Sie haben den Laufsteg mit voller Absicht zwischen Tribüne und Fusel gebaut«, erklärte Whitey. »Das tun sie, damit niemand etwas zu trinken bekommt, bevor die Show vorbei ist. Wir haben also noch Zeit . . .« Er sah sich die lange Reihe der anderen Barkeeper an. Fünfundzwanzig Barwagen, fünfzig Barkeeper, die ihre Bars vorbereiteten. »Hast du eine ruhige Hand, Jimmy?« Er reichte mir die leeren Flaschen. »Schütte den Dewar's und den Jack Daniel's dort hinein, dann kipp die Hausmarken in die Dewar's-Flasche, klar? Wenn sie also Dewar's bestellen, dann bekommen sie die billige Pisse und merken den Unterschied doch nicht.« Ich tat wie geheißen, während Whitey verschwand und eine Sekunde später mit einer Plastikmülltonne voller Eis wieder zurückkam. »Geh in den Service-Raum hinter den Kulissen und hol Soda, drei Ginger, drei Club, ein Tonic, deine Cocktailkirschen, Zitronen, Orangenscheiben, Sektquirle und vier Packungen Plastikbecher. Bring auch einen leeren Pappbehälter mit, in dem die Kirschen geliefert werden, für den Fall, daß einer von diesen Schnorrern doch fünfzig Cents locker macht, was sie aber niemals tun. Nur für den Fall daß, tun wir selbst ein paar Münzen in den Behälter. Ein alter Barkeeper-Trick. Da fällt mir ein, hast du noch ein paar Dollars?«

»Ich glaub' schon.« Ich suchte in meinen Taschen.

»Such Lopez, den Portier. Ein alter Knabe mit einer Zigarre. Drück ihm die Hand mit den Scheinen, okay? Er paßt auf unsere Beute auf.«

Der Saal füllte sich schnell. Ich ging zurück in den Service-Raum. Männliche Models, Macho-Typen mit Make-up und Lidschatten, schlüpften in Lederhemden, Jagdjacken und Parkas, während die Frauen in Arbeitsstiefeln und Knieschützern die Reißverschlüsse ihrer Khakishorts hochzogen.

»Die Girls in die erste Gruppe«, kreischte der schwule Waldläufer mit einem Klemmbrett, »und rollt die Aufschläge an den Shorts etwas hoch, zeigt ein wenig Bein. Wir müssen sehen, daß wir dieses ganze Zeug verkaufen.«

Eine boshafte kleine Blondine mit einem dünnen zinnoberroten Lippenstiftstrich öffnete ihre Shorts und entblößte ihren spitz vorragenden, gekräuselten, ingwerfarbenen Busch.

»Und wie ist das?« fragte sie mit einer gereizten Kanarienvogelstimme, die perfekt zu der restlichen Verpackung paßte.

»Ich sprach von verkaufen, Liebling, nicht von verschenken«, sagte der Waldläufer.

Hinter den Models standen lange Fahrständer mit Outdoor-Kleidung. Gereizte Models bespuckten sich gegenseitig mit Stecknadeln. Im Ballsaal konnte ich hören, wie die Country & Western Band die Instrumente stimmte. Lopez stand neben einem dreistöckigen Metallwagen voller Sodawasserflaschen.

»Ich arbeite für Whitey«, sagte ich und reichte ihm meine Hand mit dem Geld.

Lopez wies auf einen Pappkarton, der mit Sodaflaschen

gefüllt war. Hinter dem Karton stand ein riesiger Koffer, der mit alten Dampfschiffemblemen beklebt war. »Das ist dein Gepäck«, sagte er. »Dort steht es bereit.« Dann wandte er sich ab, als hätte er mich niemals in seinem Leben gesehen.

Albano schlenderte an der langen Reihe Barwagen auf und ab und inspizierte ein letztes Mal seine Truppen, als ich zurückkam. »Schenken Sie nicht zuviel aus, Gentlemen, bitte. Wenn einem von Ihnen der Stoff ausgeht, können wir den Betreffenden in Zukunft nicht mehr beschäftigen.«

Der Bandleader, bekleidet mit einer bestickten Cowboyjacke und einem Sombrero aus Stroh, schlug mit seinem Fiedelbogen gegen das Mikrofon. »Hallo, Leute«, sagte er und zählte den Takt an. Die Band stieg in »She'll Be Comin' Around the Mountain« ein.

»Sie kommt über den Berg«, sagte der Conferencier, »und ihr folgen eine ganze Menge Leute in der neuen Sportbekleidungskollektion, die von Paul Kolodny exklusiv für Sears entworfen wurde . . .«

Und so fing die Show an. Die Band spielte, der Ansager laberte, und die rund fünfzehnhundert Einkäufer auf der Tribüne schrieben fieberhaft.

Aber niemand arbeitete härter als Whitey. Er schüttete die edlen Marken in die leeren Flaschen, die Billigmarken in die leeren edlen Flaschen und stellte die vor der Rückwand auf, wo man sie ohne Schwierigkeiten erreichen konnte. Dabei rasselte er unaufhörlich weitere Instruktionen für mich herunter.

»Du steckst den Daumen in den Flaschenhals – so, siehst du? –, damit nicht zuviel herausläuft. Du arbeitest langsam, damit die Leute zu den anderen Barkeepern gehen und es so aussieht, als würdest du wirklich nur ganz knapp ausschenken.« Für ihn schien das eine Frage von Leben und Tod zu sein. Jeder Penny zählte. Er war einer von den Typen, die auf mit Geld vollgestopften Matratzen schliefen und die Löcher in den Fenstern ihrer Übergangswohnung mit Hundert-Dollar-Scheinen flickten.

Er schob mir ein Paket Pappbecher herüber. »Tu Eis rein, so daß es geschmolzen ist, wenn der Ansturm anfängt. Die Leute meinen dann, sie bekämen eine größere Portion.«

Ein Kellnerlehrling erschien mit Metallbehältern, in denen

das Knabberzeug transportiert wurde. Whitey ignorierte den Plastikschöpflöffel, sondern tauchte seine Hände bis zu den Ellbogen ein, um sie voll zerbröselter Kartoffelchips wieder auftauchen zu lassen, die er in Holzschüsseln auf der Bar stopfte. Am anderen Ende des Raumes stellte Albano gerade einen Tisch mit kalten Horsd'œuvres und Tellern mit Käsehappen, Fleischbällchen und anderen Büfettattraktionen auf. Dabei ging er ungeduldig auf und ab und gab den sich pomadig bewegenden Kellnerlehrlingen geduldig seine Anweisungen.

»Geh hin und sieh zu, daß er auch den Barkeepern einen großen Teller bringt«, sagte Whitey. »Er ist ein anständiger Kerl.«

Plötzlich brach die Band mitten im Stück ab. Der Ansager verließ ohne Vorankündigung die Bühne. Ein paar Leute von der Hausmeisterei bauten den Laufsteg ab und gingen dann in Deckung, als die Einkäufer quer durch den Saal stürmten, das Zelt umwarfen und den künstlichen Baum niedertrampelten. Whitey knurrte unwirsch, während er noch mehr Eis in die Plastikbecher stopfte. »Sieh sie dir an. Freie Drinks. Wenn wir Pferdepisse ausschenken würden, dann würden sie sich genauso um ein Glas prügeln. Laß dir ruhig Zeit. Sollen die Arbeitsgeilen und die Neuen ins Schwitzen kommen. Wir werden nicht nach ausgegebenen Drinks bezahlt.«

Während der nächsten vierzig Minuten hatte ich kaum Zeit, einmal hochzuschauen, was sehr ungünstig war, da ich versuchte, die kleine Blondine im Auge zu behalten. Durch den Wald zugreifender Hände sah ich sie herauskommen und sich mit den Freizeit-Managern am anderen Ende des Saales unterhalten. Albano schenkte für diese ausgewählte Gruppe Champagner aus. Dann verschwand sie in einer neuen Welle von durstigen Einkäufern, die nach Rye und Ginger und gespritztem Weißwein schrien. Whiskey ist schon schlimm genug, aber in einem Pappbecher entwickelt er eine nahezu tödliche Wirkung. Zusammen mit den Kartoffelchips und den Cocktailwürstchen ist dies die schlimmste Form der chemischen Kriegsführung. Nach wenigen Minuten hatten wir sämtliche Standardopfer zu beklagen. Die Lautschwätzer, die Schwerenöter, die Diskutierer, die Kriecher, die Umkipper und die Durchhänger. Das Verhältnis von Flaschen zu Stühlen gewinnt an Bedeutung. Wo Alkohol konsumiert wird und man nirgendwo sonst sitzen kann als auf dem Fußboden, kommt es zu unangenehmen und manchmal auch tödlichen Verletzungen. Noch mehr sinnlose Versprechungen werden gemacht, mehr Indiskretionen in Umlauf gesetzt. Die Frauen waren alle klein und haargefärbt und ganz was Besonderes. Die Männer hatten Zwanzig-Dollar-Haarschnitte und dicke Trauringe. Sie laberten und stierten sich gegenseitig an, als stünde das Ende der Welt unmittelbar bevor. Sie waren nichts anderes als fünfzehnhundert Amateursäufer, die das Glück hatten, drei Drinks im Jahr zu bekommen, nur hatten sie jetzt innerhalb einer halben Stunde schon einiges mehr intus, und das tat ihnen nun furchtbar leid. Daß die Party vorüber ist, kann man daran erkennen, daß die Schlangen vor den Toiletten länger sind als an der Bar; daß es an den Ausgängen zu Stauungen kommt; und daran, daß nur noch die ganz Hartgesottenen zurückblieben, die Typen, die selbstgebrannten Fusel vom Scheißhausboden auflecken würden, wenn er nur kostenlos ist.

Whitey arbeitete fieberhaft. Der Teppich unter ihm hatte sich in einen Schwamm verwandelt. Seine Schuhe verursachten bei jeder Bewegung platschende Geräusche. »Steck deinen verdammten Daumen in die Flasche«, flüsterte er beschwörend.

»Es ist viel einfacher, wenn man aufgießt, Whitey. Erst kommt das Soda, dann einen kleinen Schuß obendrauf, ohne zu mischen . . .« Ich machte es ihm vor. »Dann kriegt er beim ersten Schluck eine volle Ladung und glaubt, er hätte einen Dreifachen im Glas.«

Whitey hatte plötzlich diesen Archimedes-Ausdruck in den Augen. »Ein Aufguß«, wiederholte er bewundernd. »Wie bist du denn darauf gekommen?«

»Ein alter Barkeeper-Trick.«

»Herr Wirt!« Eine Delegation Models, mit dem gesunden Glanz von Jugend, Drogen und unsäglicher Dekadenz, stand an der Bar. Angeführt wurden sie von dem Homo mit dem Klemmbrett.

»Wir machen einen Zug von Bar zu Bar«, erklärte der Homo.

»Mir gefällt es hier«, sagte ein männliches Model mit Rougestreifen auf der Stirn, wobei er mich ansah und sich die Lippen leckte. Ich glaube, ich hatte immer noch etwas von jener

Beachhead-Aura an mir. »Eine Flasche Dom Perignon '29 für meine Freunde«, bestellte er mit Grandezza.

»Wir haben keinen Champagner, Jimmy«, meinte Whitey. »Wenn Sie nichts dagegen haben, wir wollten gerade Schluß machen –«

»Moment, Mr. White«, sagte ich. »Ihr habt wirklich Glück, Leute. Eine Flasche ist noch übrig . . .«

Albano kam zu unserer Rettung.

»Die Party ist zu Ende, Leute.«

»Ich mixe nur noch schnell ein paar Champagnercocktails für meine mitleidenden Lohnsklaven, Mr. Albano«, sagte ich.

Er zog sich taktvoll zurück.

Ich schüttete einen Schuß Weißwein in einen Becher, füllte mit Ginger Ale auf und spritzte etwas Whisky obenauf, damit das Ganze Farbe bekam.

»Dom Perignon '29«, sagte ich und reichte das Glas meinem neuen Freund.

Er nahm, einen vorsichtigen Schluck, und sein Gesicht hellte sich auf. »Mein Gott, das schmeckt wie Champagner. Herr Wirt, Champagner für alle.«

»Das macht fünf Dollar pro Glas, Gentlemen«, sagte ich.

»Fünf Dollar, das ist Erpressung.«

»Vielleicht hat er es nötig.«

Albano räusperte sich und begab sich außer Hörweite. Er ließ uns ein paar Dollars nebenbei machen. Er war wirklich ein anständiger Kerl.

Ich reichte Whitey unsere leere Blechtasse. »Mein Geschäftspartner kommt jetzt bei Ihnen sammeln . . .«

Sie lachten. Es gefiel ihnen, ausgeraubt zu werden. Sie stopften die Scheine in die Tasse, während ich acht Ersatz-Champagnercocktails mixte. »Und einer geht auf das Haus, Gentlemen«, verkündete ich, schnappte mir zwei Becher und machte mich auf die Suche nach der Blondine.

Ich fing sie am Ausgang ab. Sie war klein und perfekt gebaut. Eine wahre Drachenlady.

»Champagner, Madame«, sagte ich und bot ihr einen Becher an.

»Woher kommt das?« Sie hatte einen herablassenden Ton in

der Stimme. Sie nahm einen Schluck und rümpfte die Nase. »Als was sind Sie denn verkleidet?«

»Als Barkeeper.«

Sie schüttelte den Kopf. »Ich hab's diese Woche nicht so mit den wahren Mitmenschen . . .«

Das war kein Scherz, sondern ein Korb. Sie verschwand durch die Tür und aus meinem Leben, ohne sich den Schaden anzusehen, den sie angerichtet hatte.

Whitey huschte vorbei und umklammerte etwa ein Dutzend Flaschen. »Vierzig Bucks«, sagte er. »Vierzig Bucks haben sie uns für die Drinks gegeben.« Er sah mich voller Bewunderung an. »Du bist ein verdammtes Phänomen, weißt du das?«

»Wo sind denn die zwanzig Bucks dieses Phänomens?«

»Wir teilen später. Geh du erst mal unser Gepäck holen.«

Ich schob die Sodakästen beiseite, und da stand es.

»Okay, ich packe ihn voll. Hol du die restlichen vollen Flaschen. Auch das Soda, das wir nicht gebraucht haben. Wir bekommen zwei Dollar pro Flasche. Und nimm die Tischdecke von der Bar.« Ich rannte zurück und schnappte mir sechs weitere Flaschen Schnaps plus ein paar Flaschen Ginger Ale. Whitey hatte die meisten Flaschen bereits verstaut. »Gib mir dein Jackett«, forderte er mich auf.

»Was ist mit den fünf Dollars?«

»Die sind für Lynch, den Haus-Cop. Außerdem bekommen wir für jedes Jackett einen Dollar, dadurch verringert sich unser Verlust. Geh jetzt zurück, und kreuz die leeren Flaschen auf dem Formular an. Dann bringst du die Bar zum Getränkeraum und kommst wieder hierher.«

Albano erwischte mich, als ich den Barwagen aus dem Ballsaal hinausschob. Er aß ein Käsehäppchen, das er mit einer Serviette umwickelt hatte. Fett glänzte auf seinen Lippen. »Es ist noch jede Menge Häppchen übrig. Bedienen Sie sich ruhig.«

»Nein, danke.«

Er folgte mir durch die Tür. Nun wußte ich auch, warum nette Kerle oft unbeliebt waren – sie waren Nervensägen. »Sie waren ganz schön schnell, ich hab' Sie beobachtet. Haben Sie einen Gewerkschaftsausweis? Wahrscheinlich nicht. Nun, den können wir Ihnen besorgen. Warum gehen Sie mit mir nicht noch auf einen Drink ins Tenderloin, nachdem Sie hier aufgeräumt haben?«

Unten im Parterre stellte ich mich in die lange Schlange Barkeeper vor dem Getränkeraum. Der gute alte Bob entdeckte mich und winkte mich nach vorne. Einige von den alten Hasen murrten, als ich mich an ihnen vorbeischob. »Bleib auf deinem Platz!« »Mit wem bist du denn verwandt?« Miese zehn Dollar Bestechungsgeld konnten sie alle in wahre Aristokraten verwandeln, aber soviel würden die alten Hasen niemals ausgeben.

Oben hatte Whitey alles eingepackt.

»Versuch mal, ob du das tragen kannst«, sagte er.

Das Ding wog eine Tonne.

»Es muß natürlich aussehen«, sagte Whitey und trat zurück, um meine Darstellung zu begutachten. »Du mußt das Ding an den Haus-Cops vorbeibringen, und die stehen nicht auf unserer Liste.«

»Du meinst, ich soll das einfach durch das Foyer schleppen?«

»Das ist die einzige Stelle, wo sie keine Überprüfung machen. Am Personaleingang durchsuchen sie einem die Taschen, aber nicht da, wo die Gäste hereinkommen. Du gehst hin, suchst kurz die Toilette auf und gehst dann hinaus, als wärest du ein Gast. Du mußt völlig natürlich aussehen und nicht so, als hättest du den ganzen Schnaps im Koffer. Ich erwarte dich an der Ecke Fifty-Third, genau vor der Old Sod Bar and Grill.« Whitey hievte den Koffer mit beiden Händen hoch. »Das Ding ist doch leicht, ein Baby käme damit zurecht. Du mußt nur aufpassen, daß der Griff nicht abreißt, darum mußt du ihn so halten« – er zeigte es mir, wobei sein Gesicht vor Anstrengung rot anlief – »und dann lehn ihn zur Erleichterung ein wenig gegen dein Bein.« Er stellte ihn keuchend ab und geleitete mich zur Treppe. »Über diese Treppe kommst du ins Zwischengeschoß und zu den Gästeaufzügen. Warte, bis du eine leere Kabine erwischst, denn den Leuten könnte es komisch vorkommen, jemand mit einem so großen Koffer auf dem Flur zu sehen, klar?«

»Wieviel Geld machen wir denn mit dieser Ladung?«

»Mehr als wir machen würden, wenn wir es nicht täten.« Whitey klopfte sich gegen die Stirn, als sei das das Intelligenteste, was je gesagt worden war. »Das habe ich bei der Polizei gelernt, Jimmy.«

Ich schleifte den Koffer vier Treppen hinauf ins Zwischengeschoß. Das Ding war gefährlich unhandlich. Der Koffer durfte nirgendwo gegenschlagen, sonst wäre eine der Flaschen zerbrochen, und ein durchdringender Geruch hätte sich ausgebreitet und die Chancen erhöht, daß ich erwischt wurde. Jeder halbwegs vernünftige Hausdetektiv wäre angesichts eines Burschen in Bluejeans mit einem blauen Auge, der einen riesigen, leise klirrenden Koffer durch das Foyer einer schäbigen Flohbude wie dieser schleppte, mißtrauisch geworden. Ich konnte fast den harten Griff des Gesetzes an meinem Arm spüren und das triumphierende Grinsen des Privatbullen sehen. Heh, da haben wir was richtig Hübsches geschnappt. Mit der Beute erwischt. Ins Büro gezerrt. Dann der Chef von der Sicherheit, der knollennasige versoffene Typ von Ex-Cop, dessen Belohnung für zwanzig Jahre Verkehrswacht und Buchmacherschutz darin bestand, daß er nun Hoteldiebe dingfest machen durfte. Albano würde die letzte Eierrolle mit dem Ausdruck eines beleidigten Dackels vertilgen. Keine Polizei, dafür war Albano zu nett. Nur ein Polaroidfoto, dann mein Name und die Sozialversicherungsnummer ans Arbeitsamt gemeldet und an die Ripley-Kette. Natürlich kein Lohnscheck. Nur ein drohender Blick von den Hauptplattfüßen. Nein danke, ich glaube, ich krieche lieber. Der passende Höhepunkt nach einem Sommer voller Erniedrigungen, und es war noch nicht einmal Labor Day.

Das Foyer war nahezu leer. Typisch. Ich mußte praktisch ohne Deckung an den Portieren, den Pagen, den Sicherheitsleuten und den Managementtypen vorbei. Jedes Klirren erschien mir wie ein Donnergrollen. Ich kam mir vor, als schleppte ich fünfhundert gläserne Maracas. Meine Beine zitterten, meine Sehnen sirrten wie Gitarrensaiten. Als ich mich der Tür näherte, setzte ich das gehetzte Gesicht eines Reisenden auf, der es eilig hatte. Ich komme zu spät zum Flugzeug, also halten Sie mich nicht auf. Ein Page kam hinter einer Topfpflanze hervor. Ein junger Typ, noch ganz neu in diesem Job. Die alten Hasen sehen jemanden einen schweren

Koffer durch die Lobby wuchten und machen sich rar. Diese Pfeife war ganz heiß auf den Job.

»Heh, Flanagan!«

Das war es, die Hand auf der Schulter, die Aufforderung zum Stehenbleiben. Was haben Sie im letzten Sommer getrieben? Mir hat man die Seele aus dem Leib geprügelt und Dreck ins Gesicht geworfen. Ich war ganz unten angelangt.

»Warum so eilig?«

Es war Albano. Der Griff war freundlich, das Lächeln echt. »Sie sehen aus, als hätten Sie das gesamte Hotel im Koffer.«

»Ich hatte Streit mit meiner Alten«, sagte ich. »Ich bin einfach weggegangen.«

»Das tut mir leid zu hören.«

»Es lag schon lange in der Luft.«

»Nun, dann ist es vielleicht sogar noch ganz gut. Manchmal muß man die Dinge offen beim Namen nennen und sich bewußt machen. Man muß ›Klar Schiff‹ machen.«

O Wunder, Therapiegeschwätz in einer solchen Situation. Ich versuchte, mich so elegant wie möglich aus dem Staub zu machen, aber das fällt schwer, wenn man hundert Pfund mit sich herumschleppt und sich nicht das geringste an Anstrengung anmerken lassen darf. »Nun, danke für den Job. Wenn Sie mal wieder jemanden brauchen . . .«

»Tue ich. Dort drin.« Er zeigte in Richtung Tenderloin. »Kommen Sie, ich lade Sie auf einen Drink ein.«

»Können wir das nicht ein andermal machen? Sie halten im John Tyler für mich ein Zimmer frei . . .«

»Kommen Sie, einen Drink. Sie sollen sich den Laden mal ansehen . . .«

Allmählich geriet ich in Panik. Solche Typen meinen es besonders gut mit einem, wenn man es gar nicht gebrauchen kann. »Ich möchte lieber endlich die Beine hochlegen . . .«

»Ich lasse anrufen, daß das Zimmer freibleibt. Und wenn das nicht geht, dann bringe ich Sie hier für ein paar Nächte unter.« Albano ergriff meine Schultern und blickte mir direkt in die Augen, nicht um mich zu überprüfen, sondern um mir seine Aufrichtigkeit zu beweisen. »Sehen Sie, Freund, ich möchte irgendwie an Sie herankommen. Ich habe mit Ihnen einiges vor. Lassen Sie mich nur machen. Es ist für uns beide von Vorteil.«

Meine Schultern gaben mir den entscheidenden Tip: sie sackten herab. Ich setzte den Koffer ab und ergab mich in mein Schicksal. Albano winkte dem Pagen mit der Gepäckkarre. »Domingo, stell den Koffer meines Freundes hinter den Schalter.«

»O nein.« Ich bückte mich nach dem Griff, aber Domingo war zu schnell für mich. Er war ziemlich klein, aber mit einer mächtigen Kraftanstrengung schaffte er es, den Koffer vom Boden hochzubekommen.

»Sei vorsichtig, da drin ist meine Stereoanlage«, sagte ich lahm. Gemeinsam gelang es uns, den Koffer über das Empfangspult zu hieven. »Ich habe auch meine Schallplatten eingepackt«, erklärte ich Albano. »Sogar meine Langlauf-Trophäen. Bei dieser Schlange laase ich nichts zurück . . .« Ich redete zu schnell. Jeder außer einem anständigen Kerl hätte mich sofort durchschaut.

Albano mußte sich etwas recken, um mir den Arm um die Schultern zu legen. »Kommen Sie, Ihre Talente werden im Bankettsaal nur sinnlos vergeudet. Ich wollte nur, daß Sie sich diesen Laden mal ansehen. Ich bin richtig stolz darauf.«

Nur ein Typ, dessen Lebensaufgabe darin bestand, Speisen- und Getränkemanager zu sein, nur ein Typ, der mit Ausgaben von *Liquor Weekly* und *Hotel Management* auf die Toilette ging, konnte auf eine Plastik-Travestie wie das Tenderloin stolz sein. Es war einer dieser »Themen-Räume«, wie man sie in Stadthotels überall im Lande antreffen kann. Bordell à la Fin de siècle war ein ganz populäres Thema. Es war Verderbtheit nach dem Zeitsprung, und um es richtig in Gang zu bringen, brauchte man nur ein wenig imitierten Plüsch, einige Strapse und eine Menge roter Glühbirnen.

Man konnte sehen, wie der Laden vor fünfzig Jahren ausgesehen hatte. Eine dicke Eichenbar mit einem Messinggeländer für die Füße und einem »Chicago«, einem breiten Balken auf der Gästeseite, auf den man die Ellbogen stützen oder den Kopf legen konnte, wenn man es nötig hatte. Da waren Spiegel in einfachen Holzrahmen, wo ein Mann sich dabei zusehen konnte, wie er sich vollaufen ließ, Hocker aus Holz mit hohen

Lehnen, so daß er am Ende nicht herunterfiel. Die alten Marmorfliesen erinnerten an die solide Handwerkskunst, die die Leute früher für selbstverständlich gehalten hatten. Solide Holztische waren an den Wänden verankert. Da waren Nischen mit roten Lederpolstern, wo die Whiskeysäufer alter Zeiten es sich gemütlich machen konnten. Dort pellten sie die hartgekochten Eier und bliesen den Schaum von einem Halbliterbierkrug und erzählten wilde Geschichten von Frauen, denn Ladies hatten in solchen Saloons nichts zu suchen.

Jetzt gab es imitierte Tiffanylampen, Wandgemälde von mehr oder minder bekleideten Schönheiten der Halbwelt, Barkeeper mit roten Hosenträgern. Und natürlich *les* Girls.

Ich zählte sechs, als wir uns an die Bar setzten. Sie waren die wahre Attraktion. Das Management gab Unsummen für die Innenausstattung aus, nur um eine Entschuldigung dafür zu haben, daß Mädchen in Häschenkostüm, hochhackigen Pumps und Netzstrümpfen angeheuert wurden. Es waren große Mädels, keine Ballerinas; große Brüste, die aus den hoch sitzenden Büstenhaltern herauszuquellen schienen, große Schenkel und Gesäße, die sich aus den Spangen und dem Gold herauswölbten. Sie hatten den gleichgültigen Ausdruck von gescheiterten Tänzerinnen, Sängerinnen und Geliebten, die an einem Punkt angelangt waren, wo sie noch nicht einmal einen Job als Servierinnen bekommen konnten, es sei denn, sie zeigten ihre Titten. Dennoch war es ganz nett anzusehen, wenn sie es taten. Sie wirkten immer noch trotzig, denn sie waren davon überzeugt, daß sie mit solchen Titten vom Leben Besseres zu erwarten hätten.

»Haben Sie was für Getränke übrig?« fragte Albano. »Wir servieren hier etwas namens Porto Flip . . .«

Ich wußte, was es war. Eiweiß, billiger Portwein und Bar-Zucker – man brauchte ein Schnapsglas Insulin, um den Hammer aufzufangen.

»Wir haben den Drink aus dem Rezeptbuch des alten Delmonico's. Heh, Dominick«, rief er und wandte sich dann mit unerwarteter Heftigkeit zu mir um. »Sehen Sie, wie ich diesen Mistkerl herrufen muß? Sehen Sie das?«

Ich war geschockt, dann machte mir dieser plötzliche Tonartwechsel Angst. Dieser Typ war ein Schizo. Was hatte er vor mit mir? Er war nervös, sein Knie stieß gegen die Bar. »Oh, Jesus«, sagte er und griff nach meinem Handgelenk, »da kommt sie.«

»Guten Abend, Mr. Albano.«

Es war das Mädchen, das ich im Umkleideraum im Paterre gesehen hatte. Ihr dickes schwarzes Haar hing wie ein Glockenseil bis zum Gesäß herunter. Breite Schultern, kräftiger Körperbau – und die Art von spöttischem Blick, der Männer dazu brachte, die Beine übereinanderzuschlagen oder etwas besonders Dummes zu sagen, wenn sie sie musterten.

»Wieder Geld verdienen, Sonya?« fragte Albano mit nervösem Lachen.

Sonya starrte und lächelte, wartete darauf, daß ich die Beine übereinanderschlug oder etwas sagte. Ich schlug die Beine übereinander.

Sie kam nahe genug heran, so daß ich ihr Parfüm riechen konnte. »Seine besonderen Freunde nimmt Mr. Albano immer nach oben ins Old Glory mit. Ich schätze, so wichtig sind Sie nicht.«

Albano errötete und stotterte und hob eine Hand wie ein Schuljunge, der darum bittet, die Klasse verlassen zu dürfen. Ich haute ihn heraus.

»Dafür geht er mit seiner Familie ins McDonald's, damit bin ich aus dem Schneider.«

»Sonya, das ist Brian«, sagte Albano. »Sonya ist unsere Erste Serviererin.«

»Die glückliche Sonya.« Ich streckte eine Hand aus und zog an ihren Haaren. »Bekomme ich auch den Zimmerservice?«

Ihre Augen wurden trübe wie die eines Mannes, bevor er zuschlägt. Ich wünschte, ich hätte noch ein zweites Paar Beine zum Übereinanderschlagen; statt dessen war ich total hinüber und sagte etwas Dummes.

»Wenn Sie mich entschuldigen, ich glaube, ich werde gewünscht«, sagte sie. Sie strich an Albanos Knie entlang, als sie sich umwandte. »Nett von Ihnen, herzukommen und uns arme schwer arbeitende Mädchen zu besuchen, Mr. Albano.« Ihr Haar hüpfte auf ihrer Gesäßfalte auf und ab, als sie davonstolzierte.

Albanos Gesicht glänzte, als hätte er sich mit den Käseschnittchen die Stirn abgewischt. Er holte tief Luft und schlug mit der Faust auf die Bar. »Himmel, ist die Braut heiß. Sie braucht nur mit dem Finger zu schnippen, und ich lasse meine Frau, die Zwillingsmädchen, mein Geschäft . . .«

»Im Moment schnippt sie mit mehr als nur ihrem Finger . . .«

Albano blickte ihr verzweifelt nach. »Sie zerstört jede Familie.« Und dann mit unerwarteter Vehemenz: »Shit! Bekommen Sie immer, was Sie wollen? Ich meine, immer? Ich meine, ich habe hier einen wundervollen Laden. Die Leute drehen wegen dieses *art nouveau*-Zeugs fast durch. Die Wandgemälde, die Spotscheinwerfer, alles. Ich brauche nur zwei Barkeeper, die mich nicht bis auf die Unterhose ausziehen. Sehen Sie sich das Geschäft an. Seien Sie ganz ehrlich, würde es Ihnen Spaß machen, hier zu arbeiten?«

»Klar.«

»Sie fangen mit zweiunddreißig fünfzig pro Schicht an. Inklusive Trinkgeld und Wechselgeld können Sie leicht mit dreihundert und ein paar Kaputten rausgehen. Hinzu kommen die Vorteile durch die Gewerkschaft und die freien Mahlzeiten, und schon stehen Sie ganz oben . . .«

Die Porto Flips kamen, zwei Kelche mit magentarotem Schaum und Zimtstangen als Dekoration. In diesen protzigen Löchern ward alles garniert. Wenn die Gäste sich nicht ab und zu bewegten, bekämen sie Zitronenscheiben an die Revers gehängt.

Albano schluckte seinen Flip, als wäre es ein Malzgetränk; er hatte sogar einen magentaroten Schnurrbart über der Oberlippe. Dominick, der zweifellos aufs Stehlen verfallene Barkeeper, riß ihm das leere Glas aus der Hand. »Noch einen, Mr. Albano?«

Albano blickte trotzig hoch. »Ja, geben Sie uns noch zwei.«

»Sie werden beide trinken müssen, Mr. Albano«, sagte ich.

»Mein Name ist Gerry. Sagen Sie Gerry zu mir.«

Sein feuchter Griff wurde fester, als er über die Bar hinweg Dominick beobachtete. »Eines Tages werde ich diesem Scheißer noch die Zähne einschlagen.«

Ich zog meine Hand zurück. Albano atmete zischend durch die Zähne. »Der Bastard glaubt, er kann mich austricksen.«

Dominick erschien mit den bestellten Flips. »Würden Sie bitte die Rechnung abzeichnen, Mr. Albano? Bei Gelegenheit.«

Er sah mich an, als wollte er sagen, du bist also der Penner, der mich hier ablösen soll.

»Dominick ist unglaublich schnell, wenn es darum geht, daß ich meine Barrechnungen abzeichnen soll«, sagte Albano halblaut.

»Es sind Ihre Vorschriften, Mr. Albano.«

Ich sah ihn an, als wollte ich sagen, ich weiß genau, welches Spiel du hier treibst.

Albano drückte wütend auf den Stift, als er unterschrieb. »Ich wünschte, Dominick wäre bei den Gästen ebenso schnell.«

»Hat es irgendwelche Klagen wegen meiner Arbeit gegeben, Mr. Albano?« fragte Dominick und fischte Albano die Rechnung aus der Hand.

Albanos Knie zitterten unter der Theke. »Sie können jetzt gehen, Dominick.«

Dominick rührte sich nicht. »Wenn es irgendwelche Klagen gegeben hat, möchte ich Gelegenheit bekommen, mich zu verteidigen.«

Albano starrte in seinen Porto Flip, bis Dominick sich zum anderen Ende der Bar verzog. »Eines Tages haue ich diesem Arsch ein paar in die Schnauze. Ich schnappe ihn, wenn er die Hand noch in der Kasse hat.« Albano leerte sein Glas. »Wollen Sie Ihren Drink nicht doch noch?«

»Nehmen Sie ihn nur.«

»Hören Sie . . .« Er stürzte sich auf meinen Drink und rammte sich dabei fast die Zimtstange ins Auge. »Sie brauchen etwas anderes, das sehe ich genau. Bill Senkowicz drüben im Arbeitsamt hat ein gutes Auge für Leute wie Sie. Und ich auch. Wissen Sie auch warum? Weil ich genau bin wie Sie.«

»Soll ich diesen Dominick ablösen?« fragte ich.

»Damit würden Sie mir einen Gefallen tun. Ihm auch, denn spätestens in einer Woche schlage ich ihm sonst eine Flasche über den Schädel.« Er legte seine Hand auf meinen Arm. »Bevor Sie ablehnen, weil Sie nur leichte Arbeit suchen und keine Lust haben, einen festen Job anzunehmen, und weil Sie keine Verantwortung übernehmen wollen und auch sonst kaum Ahnung vom Job eines Barkeepers haben . . .«

»Nichts davon wollte ich vorbringen . . .«

»Lassen Sie mich mal. Irgendwie will ich an Sie rankommen, okay? Also, zuerst einmal treiben Sie von Job zu Job, stimmt's?«

»Ja.«

»Sie haben nie jemanden um Hilfe gebeten, weil Sie wußten, daß Sie sie sowieso nicht bekommen.«

»Das sehen Sie richtig.«

»Sie machen sich Sorgen wegen Ihrer Zukunft. Sie brüten über Ihre Vergangenheit und die Gegenwart, das Hier und Jetzt, wie man so schön sagt, geht einfach vorbei. Sie stellen fest, daß Sie immer älter werden, Ihre Probleme jedoch noch immer nicht gelöst sind.«

»Ein Volltreffer nach dem anderen.«

»Okay, dann hören Sie mir nur noch einen kurzen Moment länger zu. Ich bin kein Psychologe, der versucht, Ihnen klarzumachen, daß Sie ein Opfer der Umstände sind oder so etwas. Wir haben da eine Gruppe von Typen, die auch dort waren und alles verstehen. Wir tun etwas, wir stellen uns dem Hier und Jetzt . . .«

Er leerte mein Glas und winkte Dominick heran. Dies schien sich zu einer Sechs-Drinks-Freundschaft zu entwickeln.

»Einen Augenblick, Mr. Albano.«

»Gerry, sagte ich doch . . . Gerry. Ehe Sie endgültig ablehnen . . . unsere Veteranen-Organisation ist sehr viel einflußreicher geworden. Wir haben sogar ein paar von unseren Jungs in den Kongreß geschickt. Ich bin aktiv, weil ich daran glaube, wirklich. Ich hab' in den vergangenen Jahren so viele Leute kennengelernt. Wahrscheinlich sogar ein paar Typen darunter, mit denen Sie gedient haben, von denen Sie aber seit Jahren nichts mehr gehört haben . . .«

»Das bezweifle ich«, meinte ich.

»Nun, dann versuchen Sie es doch mal. Nennen Sie mir Ihre Einheit und wo Sie stationiert waren.«

»Nirgendwo, und jetzt sagen Sie mir nicht, das sei ein Soldatenausdruck für irgendein gottverlassenes Loch in Kambodscha oder sonstwo, denn ich meine wirklich nirgendwo. Ich war niemals in der Armee. Ich hab' Ihnen weisgemacht, ich wäre ein Homo. Es war früh genug in diesem Krieg, so daß sie diese Ausrede noch nicht kannten, deshalb glaubten sie mir und und schickten mich sofort nach Hause. Untauglich.«

Albano war wie vom Donner gerührt. »Sie meinen, Sie haben gelogen?«

»Nein. Der Typ hat mich überhaupt nicht gefragt. Er war genauso wie Sie, er dachte, er würde einen Vietnam-Durchhänger auf den ersten Blick erkennen. Daher ließ ich ihn in dem Glauben, denn ich brauchte den Job. Die Wahrheit ist, ich bin ein ganz gewöhnlicher Durchhänger. Ich brauchte keinen Krieg dazu; das Leben an der Heimatfront war schlimm genug. Es gibt eine ganze Reihe von zivilen Pechvögeln, nur haben wir leider keinen Verein für unsere Interessen . . .«

Albano lief rot an und sprang vom Hocker. Ich brachte mich außer Reichweite.

»Und ehe Sie jetzt losschlagen, beantworten Sie mir nur eine Frage: Ist es fair, einen Typen dazu zu bringen, den Vietnam-Veteranen zu spielen, nur um einen Kellnerjob für siebenunddreißig fünfzig zu bekommen?«

Der arme Albano. »Ich will diesen Typen doch nur eine kleine Chance geben«, meinte er trübsinnig.

»Dann stellen Sie sie nicht ein. Sie nehmen einen kriegsgeschädigten Veteranen und lassen ihn zehn Stunden am Tag mit Strumpfbändern um die Ellbogen herumstehen und über lahme Witze lachen und für Elektrolux-Vertreter herumspringen, und das für drei Scheine die Woche plus kleine Vergünstigungen, was bedeutet, daß jemand anderer die Krankenhausrechnung bezahlt, wenn er am Ende doch ausflippt. Sie tun ihm genaugenommen damit überhaupt keinen Gefallen, glauben Sie mir. Wenn Sie diesen Dominick so fürchterlich hassen, dann ist das Schlimmste, das Sie ihm antun können, daß Sie ihn an seinem Platz lassen. Auf diese Weise wird er sowieso in allernächster Zeit durchdrehen. Abgesehen davon werden Sie ihn niemals beim Stehlen erwischen. Sie sind zu dämlich.«

Albano packte meinen Arm und bespritzte mich mit Porto Flip. »Wie meinen Sie das? Was meinen Sie, ich sei zu dämlich?«

»Sie sollten keinen Porto Flip trinken. Sie sollten auch keinen Rumkuchen essen, noch nicht einmal ein Stück Weinbrandschokolade, Mr. Albano, Sie sollten noch nicht einmal dem Getränkeraum zu nahe kommen, denn Sie sind eine Zeitbombe, Mr. Albano. Sie schwanken zwischen nett sein und Mord mit der Axt. Sie glauben, je netter Sie sind, desto geringer ist die Gefahr, durchzudrehen und die Dominicks dieser Welt auszulöschen. Falsch, Mr. Albano. Haben Sie schon mal etwas von Newtons Drittem Gesetz gehört, Mr. Albano?«

»Es ist schon alles arrangiert«, zischte Albano. »Nächste Woche sitzen Spione an der Bar.«

»Er wird sie als erster bemerken. Spione dürfen im Dienst nicht mehr als zwei Whiskeys trinken, wodurch sie auffallen, wenn sie nach vier Stunden noch immer in denselben Scotch sour starren. Spione müssen alles aufschreiben, was sie sehen. Spione sind reine Geldverschwendung, Mr. Albano.«

»Bei der nächsten Inventur schnappe ich ihn«, sagte Albano. »Sein Verbrauch-/Einnahmen-Verhältnis wird den Beweis liefern, daß er stiehlt.«

Ich dachte an all die Flaschen, die aus dem Getränkeraum herausgeschmuggelt worden waren. »Ein guter Dieb schenkt nie zuviel aus. Ein guter Dieb kennt sich in Bar-Arithmetik besser aus als der Eigentümer. Sie werden ihn niemals erwischen. Auf Wiedersehen, Mr. Albano, und danke für nichts.«

Albano folgte mir hinaus ins Foyer. »Schauen Sie, ich muß diesen Kerl erwischen. Es macht mich verrückt. Es ist genauso, als würde er stehlen und mich auslachen, sobald ich ihm den Rücken zuwende.«

Ich war versucht zu sagen: »Das ganze Hotel lacht Ihnen ins Gesicht, und Sie merken es noch nicht einmal.« Ich wollte es sagen. Statt dessen schlüpfte ich aus meiner Haut und beobachtete mich dabei, wie ich den armen Dominick den Löwen zum Fraß vorwarf.

»Wo waren Sie während des Krieges stationiert, Mr. Albano?«

»Ich war bei den Marine-Sanitätern. Wir wanderten von Flugzeugträger zu Flugzeugträger. Ich landete am Ende auf den Philippinen . . .«

»Schließen Sie plötzlich seine Kasse, Mr. Albano. Gehen Sie an einem lebhaften Abend gegen halb zwölf an die Kasse.

Lassen Sie die Zwischensumme ausdrucken, dann zählen Sie das Geld im Kasten nach, ob es eine Differenz gibt.«

Albano schüttelte den Kopf. »Die Gewerkschaft akzeptiert das nicht als Beweis für einen Diebstahl. Er kann sich immer herausreden, er hätte sich vertan.«

»Okay, dann sammeln Sie die Schecks, und vergleichen Sie sie mit dem Kassenstreifen. Überprüfen Sie, wie oft er die Taste für die Zwischensumme betätigt hat. Das tut er, um einen möglichen Spion zu täuschen; der Betrag ist der gleiche, aber er erscheint nicht als eingenommenes Bargeld. Beim nächsten Mal drückt er auf die Summentaste. Dieselbe Zahl. Es sieht aus, als hätte er zwei Transaktionen vorgenommen, aber er hat nur eine verzeichnet. Eine für den Boß, eine für ihn selbst.«

Albano faßte mich unter den Arm. »Kommen Sie für eine Sekunde in mein Büro.«

»Nee« – ich riß mich los – »ich kann es Ihnen auch hier unten im Foyer erklären. Ihr Typen in großen Hotelketten mit teuer bezahlten Beratern und Managern. Ihr wollt aus euren Lohnsklaven so viel Produktivität wie möglich herausholen, und so macht ihr aus Barkeepern auch noch Buchhalter. Ihr gebt Ihnen Registrierkassen, wo sie auf eine Taste STEUER drücken müssen, dann folgt die Art des Getränks und manchmal auch noch eine Inventarnummer. Ihr wollt, daß sie eure Arbeit tun. Deshalb drehen sie den Spieß um, und am Ende macht ihr deren Arbeit.«

Albano blies sich in die gewölbten Hände, um seinen Atem zu testen. »Haben Sie wirklich nicht noch zwei Minuten Zeit . . .«

»Hören Sie nur zu.« Ich stieß ihm mit meinem Zeigefinger vor die Brust. »Ihr Sklave will seinen Diebstahl tarnen, deshalb drückt er die Steuer auf der Getränkeart-Taste. So sieht es aus, als verkaufe er mehr Alkohol, sein Verhältnis Verbrauch/Kosten verändert sich zu seinem Vorteil, während die Steuer weniger wird. Die gleichen Zahlen, unterschiedliches Tempo. Er spielt mit Geld, schiebt die Papierstapel hin und her wie der Präsident von Ripley-American, nur macht er damit allenfalls fünfzig Bucks mehr. Auf lange Sicht ist das Vogelfutter. Dominick verschafft sich so nicht einen Bruchteil dessen, was Ihre Angestellten dem Staat stehlen.«

Albano interessierte sich nicht für Politik. »Nichts davon hat bei einer Gerichtsverhandlung Gewicht, die Gewerkschaften sind zu stark. Man braucht Zeugen, eidesstattliche Versicherungen . . .«

»Personen, die etwas gesehen haben? Sie haben sechs Stück davon. Sechs heiße Mütter . . .«

»Die Serviererinnen?« Nun spielte Albano den Beleidigten. »Er macht doch mit den Serviererinnen keine Geschäfte.«

»Der Wichser macht mit jedem Geschäfte.«

»Sie haben ja keine Ahnung . . .«

»Und wie, Carl. Vollmatrose Albano, ich bin seit siebzehn Jahren Barkeeper, und in dieser Zeit war ich auch ein paar Tage hellwach. Ich packe Dominick, wie ich will, ich brauche nicht einmal hier zu sein. Sagen Sie mir, ob er zwei Drinks auf einmal mixt, ob er Gäste mit einer Zigarette im Mund bedient, ob er während seiner Pause ißt oder nur einen Spaziergang um den Block macht, und ich beschreibe ihnen alles, was er sonst noch tut. Ich kann Ihnen sogar verraten, was er an seinen dienstfreien Tagen treibt. Gehen Sie mal Freitagabend in Ihren Laden, da ist jedes zweite Girl eine Nutte und zahlt ihm fünfzig Dollar für den Platz.«

»Unmöglich«, sagte Albano triumphierend. »Unsere Sicherheitsleute haben strikte Anweisungen, was das Belästigen und Ansprechen von Gästen betrifft . . .«

»Ihre Sicherheitsleute sind sehr strikt in ihren Forderungen, wieviel sie von den Zuhältern abbekommen. Sie sollten froh sein, daß Sie wenigstens etwas verfügbares, geschäftstüchtiges Fleisch in Ihrer Kneipe haben. Ich meine, diese Typen kommen doch nicht wegen der Inneneinrichtung oder wegen der Küche her. Scheiße, Dominick tut Ihnen einen Gefallen. Und die Mädchen ebenfalls. Sie können von Glück sagen, daß niemand den Teppich mitgehen läßt, wenn man die Methode betrachtet, mit der dieses Unternehmen geführt wird.«

»Meine Mädchen sind ehrlich«, beharrte Albano. »Und überdies haben wir ein Überprüfungssystem, das betrugssicher ist.«

»Nur eine Sache ist betrugssicher. Ehrlichkeit.« Ich legte Albano einen Arm auf die Schulter. »Irgendwie mache ich das wirklich nicht gerne mit Ihnen, aber es macht mir auch wieder

Spaß. Haben Sie schon mal was von dem guten alten Kreditkarten-Schwindel gehört? Nein, wahrscheinlich nicht. Nehmen wir an, Ihre Mädchen haben es mit einer Kreditkarten-Transaktion zu tun. Statt von der Karte nur einen Abdruck zu machen, produzieren sie gleich drei oder vier oder noch mehr. Wenn nun der nächste Kunde bar bezahlt – passen Sie gut auf, denn nun wird es ein wenig kompliziert –, dann schreiben Sie den Verzehr dieses Gastes auf die Kreditkarte des ersten Gastes und stecken das Bargeld für sich selbst ein. Können Sie mir folgen? Einen Monat später bekommt der erste Gast zwei Rechnungen. Er war so zugeschüttet, daß er sich an nicht mehr viel erinnern kann. In neun von zehn Fällen überprüfen solche Typen ihre Rechnungen nicht, erst recht nicht, wenn sie auf Spesen unterwegs waren. Netter Trick, was? Okay, wie steht es denn nun, wenn Ihre Mädchen mit dem Koch eine Abmachung getroffen haben. Sie lassen sich Formulare drucken, so etwas passiert jeden Tag. Nun nehmen sie auf ihrem Block eine Bestellung auf und tragen dafür eine billigere Bestellung auf dem Hausblock ein. Der Kunde bekommt die falsche Rechnung. Wenn er in bar bezahlt, dann teilen sie sich die Differenz. Während all das im Gange ist, schaut der Barkeeper beim Schnapsladen auf seinem Weg zur Arbeit rein. Er kauft eine Flasche billigen Wodka, die gleiche Marke, die Sie haben. Von nun an fließt jeder Screwdriver und Gimlet und Martini und Wallbanger und Kamikaze, den er mixt, direkt in seine Tasche. Warum? Weil die Flasche, die er gekauft hat, nicht auf der Inventurliste steht. Er verwandelt Ihren Laden in seine eigene Kneipe.«

»Meine Mädchen sind keine Diebinnen«, sagte Albano ohne große Überzeugung.

»Nein, es sind allesamt brave Bauerntöchter, nicht wahr? Sie haben sich nicht in der Stadt herumgetrieben und versucht, ins Showbusiness zu kommen oder einen reichen alten Knacker zu finden, oder? Sie sind nicht die abgebrühtesten Weiber, nicht wahr? Sie lieben es, von diesen Spießern aus Delaware gekniffen und herumkommandiert zu werden. Sie lieben es, für Hungerlöhne zu arbeiten und später einen goldenen Stern und einen Klaps auf den Hintern von Mr. Albano, dem verdammten Speisen- und Getränke-Manager, zu bekommen.

Und es ist gut, daß ich hier nicht arbeite, denn in einem Jahr würde das ganze Hotel mir gehören. Deshalb lassen Sie mich von hier verschwinden, ehe ich es mir anders überlege. Und sagen Sie niemals mehr, daß wir Friedensapostel und Parasiten nicht zu würdigen wissen, was ihr Jungs getan habt . . .«

Albano folgte mir zur Rezeption. »Hören Sie, ich kann verstehen, warum Sie so bitter sind. Jeder, der die sechziger Jahre hinter sich hat, ist ein wenig durcheinander . . .«

Ich versuchte, ihm bei meinem Gepäck zuvorzukommen, verlor das Wettrennen jedoch. »Kommen Sie, ich helfe Ihnen«, sagte er und versuchte, den Koffer hochzuheben. »Herrgott im Himmel, was haben Sie da drin?«

Ich riß ihm den Koffer aus der Hand. »Ich hab' die Küchenmaschine auch noch mitgenommen. Wenn diese Schlampe ihrem neuen Beschäler einen Bananen-Daiquiri machen will, dann soll sie sich selbst einen Mixer kaufen.«

Ich brauchte verdammt lange, um durch die Drehtür zu kommen. Albano stand im Foyer und sah mir sehnsüchtig nach. Shane, komm zurück, Shane. Der Portier wippte auf den Fußballen vor und zurück wie der Cop an der Ecke. »Kann ich Ihnen ein Taxi rufen, Sir?« Ich schüttelte den Kopf und ging den Block hinunter, blieb dann abrupt stehen. Ich hatte dieses kalte Gefühl von Unvollständigkeit, wie man es manchmal bekommt, wenn man seine Brieftasche in der Wohnung des Mädchens zurückgelassen hat, mit dem man gerade Schluß gemacht hat.

Das Old Sod war eine billige Fuselschenke auf der Third Avenue, einer Straße, in der pro Block zehn von diesen Kneipen von der 42nd bis in die Bronx existierten. Die letzten Säufer der Gegend schlurften inmitten der umherflanierenden Schwulen und der Jungverheirateten. Ein stämmiger irischer Teenager stand als Wächter vor der Tür.

»Suchen Sie Whitey?« fragte er und zeigte zum Ende der Bar, wo mein Komplize heftig winkte.

»Hier bin ich. Komm schon! Wo zum Teufel warst du?«

Die letzten paar Schritte schob ich den Koffer über den Fußboden. »Albano hat mich erwischt . . .«

Whitey wurde weiß im Gesicht. »Herrgott . . .«

»Nee, er wollte mir nur einen Job in seiner Bar im Paterre anbieten.«

Der Barkeeper hatte ein rötlich braunes Gesicht und die sehnigen Hände eines Würgers. Er kam mir vertraut vor.

»Ich kenne Sie«, sagte ich zu ihm.

»Sie waren vor zwei Monaten hier«, sagte er. »Sie wollten einen Daiquiri. Dann haben Sie sich mit meinen Gästen angelegt, so daß ich Sie bitten mußte zu gehen.«

»Ja, ich erinnere mich. Aber die Bar war doch auf der Second Avenue.«

»Ist sie auch immer noch. Und von dort kennen Sie mich.« Er wandte sich zu Whitey um. »Ich glaube, Mr. Whalen wartet auf Sie.«

Er rollte die Gummimatte hinter der Bar zusammen und zog eine Falltür auf, durch die man in den Keller gelangen konnte. Er trat mit einem durchdringenden Blick zurück, während ich den Koffer die schmalen Stufen hinunterbugsierte. Der Typ hatte mich zweimal erlebt, einmal als Säufer und dann als arbeitslosen Dieb, und er glaubte nun, er kenne mich in- und auswendig; und es gab nichts, was ich dagegen hätte tun können.

Der Keller war dunkel, und es stank nach schalem Bier. Ein Mann saß unter einer einzelnen nackten Birne an einem Tisch.

»Er ist die ganz große Nummer, also mach keine großen Sprüche«, flüsterte Whitey. »Er ist bei den Teamstern, und er kennt jeden Cop in Manhattan bis hin zum Bezirks-Commander.«

Der Mann telefonierte. Er hielt warnend eine Hand hoch und deutete uns an, wir sollten nicht näher kommen, solange er noch telefonierte. Wir hielten uns diskret außer Hörweite, bis er auflegte, sich eine Zigarre anzündete und uns heranwinkte.

»Was man nicht gehört hat, kann man auch nicht ausplaudern, nicht wahr, Whitey?«

»Man kann nicht vorsichtig genug sein, Mr. Whalen.«

»Was habt ihr denn heute für mich, Jungs?«

Whitey gab mir einen Stoß. »Mach den Koffer auf.«

Ich zog das Gepäckstück ins Licht und zog den Reißverschluß auf. Whalen stand auf und warf einen Blick hinein. Er war so groß, wie sein Name andeutete, und ein wenig thrombotisch um die Kiemen. »Alles volle Flaschen, Whitey?« Er ignorierte mich ganz gezielt; ich war nur der Träger.

»Bis zum Rand, Mr. Whalen.« Whitey stieß mich ungeduldig an. »Zähl sie schon, Jimmy.«

Es waren achtundzwanzig Flaschen Alkohol, zwei Ginger Ale, drei Club Soda und ein Tonic Water. Whitey hatte auch zwei leicht angeschmutzte Tischtücher mitsamt unseren Schürzen hineingestopft sowie eine Einkaufstüte voll Hotelbesteck.

»Damit kann ich nicht viel anfangen, wenn der Hotelname darauf steht«, sagte Mr. Whalen. Whitey griff nach der Tüte, erstarrte aber, als Whalen meinte: »Ach, laß es ruhig hier. Ich geb dir sechs Zehner für die Ladung.«

Whitey machte einen Diener und zog sich zurück und blickte zum Himmel. »Ich hatte eigentlich mit einem runden Hunderter gerechnet, Mr. Whalen. Es sind immerhin ein Dutzend bester Marken . . .«

Mr. Whalen pellte ein paar Scheine von einer dicken Rolle und reichte sie Whitey. »Na schön, dann teilen wir die Differenz, einverstanden?« Das Telefon klingelte, Whalen nahm den Hörer ab und legte ihn auf die Tischplatte. »Sehe ich dich bald wieder, Whitey?«

»Donnerstag abend, Mr. Whalen.«

»Gut. Sag Big John, er soll euch einen Drink auf meine Kosten geben.« Er flüsterte bereits ins Telefon, während wir uns durch den Keller zurück zur Treppe tasteten.

Whitey blieb stehen, um das Geld zu zählen. »Achtzig Dollar«, sagte er.

»Das ist aber kein Teilen der Differenz«, sagte ich.

»Dann hat er eben nicht an seinen Fingern abgezählt«, sagte er und stopfte mir drei zerknitterte Zehner und zwei Fünfer in die Hand.

»Und was ist mit dem Geld, das ich unseren Helfern im Hotel gegeben habe?«

Whitey begann die Treppe hinaufzusteigen. »Damit hast du dich eingekauft, Kleiner. Du hast doch wohl nicht erwartet, daß *ich* das tue, oder? Ich bin schließlich der Kopf hinter diesem Geschäft.«

Big John funkelte uns an, als wir die Treppe hinaufkamen.

»Wenn Ihr Kerle nur etwas weniger Lärm machen könntet . . .«

Ich folgte Whitey um die Bar. »Ich bekomme für die ganze Mühe nur fünfundzwanzig Dollar? Das ist ja der reinste Dummenlohn.«

»Und du bist doch ein Dummer, oder? Aber du hast etwas mehr gekriegt als die anderen Dummen. Und außerdem gehört auch noch ein freier Drink zu dem Geschäft.« Whitey trommelte mit den Knöcheln auf der Theke. »Heh . . . Big John.«

Der Barkeeper ließ sich Zeit, zu uns zu kommen. »Mr. Whalen möchte Sie zu einem Drink einladen, Gentlemen«, sagte er. »Keine Daiquiris oder Pink Squirrels oder etwas anderes in dieser Richtung, wenn Sie nichts dagegen haben . . .«

Whitey lachte lauter und länger, als angemessen war. »Nein, nein, nichts von alledem. Ich selbst bin auch in einer blumigen Stimmung. Ich möchte gerne einen Four Roses und Ginger Ale.«

Big John wandte mir seine schmutzigen Fenster zu.

»Ich bekomme das gleiche«, sagte ich und wartete, bis er endlich wieder am Ende der Bar war und mir von ihm keine Gefahr drohte. »Whitey, was dieser Whalen macht, ist der reinste Mord!«

»Das würde mich gar nicht überraschen«, sagte Whitey.

»Er bekommt zwischen dreißig und fünfzig Dollar pro Flasche, alles steuerfrei. Das sind etwa zwölfhundert Dollar für ihn . . .«

Aber Whitey hörte gar nicht zu. Statt dessen lehnte er sich über die Theke und sah zu, wie Big John unsere Drinks machte. »Heh, Jimmy«, sagte er und stieß mich in die Rippen. »Sieh dir mal Big John an. Er gießt auf.« Sein Gesicht verzerrte sich vor aufrichtiger Wut. »Dieser dreckige Bastard bescheißt uns!«

Angel's Tit

Ein Schluck Four Roses, und das Old Sod wurde zu einer Vision der Hölle. Über der Bar lief im Farbfernseher »Sanford and Son« ohne Ton. Die Musikbox spielte »Thanks for the Memory«. Die alten Säufer hatten ihr Kleingeld sortiert und vor sich geordnet aufgestapelt, um nachzuprüfen, ob es noch für einen weiteren Drink reichte. Whitey blies Zigarettenrauch in mein Ohr, während er über seine Zeit »bei der Firma« erzählte, von den Politikern und Bandenbossen, die er gekannt hatte, von seinen geldgierigen Töchtern, die ihm nur seine Ersparnisse abluchsen wollten, von seinen drogensüchtigen Enkelkindern, die keine Ahnung davon hatten, was es hieß, für seinen Lebensunterhalt zu arbeiten; dann drehte er die Platte um und erzählte von den jüdischen Bräuten in ihren Pelzmänteln, die an seiner Straßenecke zu warten pflegten, wenn er auf Streife ging, um ihn zu einer kurzen Spazierfahrt in ihren Lincolns und Caddies mitzunehmen und ihm auf der Fifty-fifth Street unter dem West Side Highway einen zu blasen. Einmal war es die Frau eines Filmproduzenten, ein anderes Mal die Freundin eines Buchmachers, er könnte auch Namen nennen, wenn es mich interessierte. Er könnte ein verdammtes Buch schreiben. Soviel Geschwätzigkeit nach einem Schluck Highball. Whitey rührte in dieser aufgegossenen Mischung, er spielte mit dem Glas, nippte daran und wartete darauf, daß ich ihm einen zweiten bestellte. Als ihm die Geschichten und die berühmten Leute und die nichtsnutzigen Nachkommen ausgingen und er wieder auf die jüdischen Bräute mit ihren Negerchauffeuren zurückkam, die niemals in den Rückspiegel sahen, wußte ich, daß ich mich verdrücken sollte.

Ich wartete, bis Whitey hinauswatschelte, um seine Prostata zu foltern, dann schlich ich mich davon. Erst auf der Straße fiel mir ein, daß der alte Raffsack mir noch immer zwanzig Dollar von den vierzig schuldete, die ich den männlichen Models abgeknöpft hatte. Ich sah hinein; Whitey war an die Bar zurückgekehrt und amüsierte sich mit Big John über irgendeinen Witz. Wahrscheinlich lachten sie über meine beiden Scheine. Nun, ich würde nicht dorthin zurückgehen, auch nicht für zweihundert Dollar. Freut euch über das Geld, ihr Scheißer. Ihr werdet eines Tages sowieso in der Armenabteilung irgendeines Krankenhauses enden. Und die Nonnen werden euch das Gesicht mit einem Kopfkissenbezug zudekken, der nach Waschpulver riecht, und sie werden eure Kleider gefaltet ans Fußende des Bettes legen. Und ihr werdet stinken wie leere Bierfässer . . .

»Eigentlich« – ich führte wieder Selbstgespräche –, kann ich, nachdem ich eine ganze Barbesatzung verpfiffen habe, auch gleich hingehen und Mister Big Brain auffliegen lassen, diesen fetten Betrüger Whalen inklusive, der in seinem Keller hockt und in der Rattenscheiße rührt . . .«

»Heh, Barkeeper!«

Ich drehte mich schnell um, daß mir schwindelig wurde. Sonya, die Cocktail-Schönheit aus dem Tenderloin, stand dort mit verschränkten Armen, während ein Checker-Taxi am Bordstein gehorsam wartete. Sonya in ihrer Straßenkleidung: beinlange schwarze Stiefel, schwarze Lederjeans und eine braune Wildlederjacke, die Haarflut unter eine irischen Mütze gestopft.

»Sie haben für fünfhundert Dollar totes Tierzeug am Leib«, stellte ich fest.

»Wenigstens stehe ich nicht vor einem Säuferparadies und führe Selbstgespräche.«

»Die Nacht ist jung.«

»Sie sind ein Klugscheißer, wissen Sie das?« Sie kam auf mich zu, musterte mich von meinen blauen Augen bis hinunter zum Schritt. Der Anflug eines harten Lächelns lag in ihren Augen. »Ich wußte, daß Sie mir über den Weg laufen würden. Ich wußte, ich brauchte nur auf die Straße zu gehen, und Sie würden irgendwann auftauchen.«

»Suchen Sie nach noch mehr toten Tieren?«

Sie legte eine Hand auf meinen Arm. Sie hatte lange Serviererinnenfingernägel, die einem Autobahnen in die Arschbacken schneiden, wenn sie nicht ungeduldig auf einer Bartheke trommeln. »Du stehst total unter Spannung, Baby. Du brauchst einen Drink.«

»Bezahlst du?«

Sie hielt für mich die Taxitür auf. »Die erste Runde.«

Wir gingen in einen lauten Laden am Upper Broadway, einer Stammkneipe für Leute aus dem Restaurantgewerbe, vor allem dienstfreie Serviererinnen, die sich ein paar Stunden Nichtstun vertreiben wollten, Typen mit berechnenden Gesichtern, die sich halblaut unterhielten, Neuankömmlinge blitzschnell abtaxierten und gelegentliche Trips auf die Toilette machten. Bis wir endlich die Bar erreichten, hatte ich mindestens hundertmal Hallo gesagt.

»Du kennst jeden«, sagte Sonya. »Wie kommt's, daß du mich nicht kennst?«

»Ich kenne dich«, sagte ich. »Ich kenne dich schon jahrelang.«

Sie wandte sich ab.

»Heh, Brian . . .«

Na prima, der Barkeeper kannte mich. Er war für mich nur ein Gesicht hinter der Theke; wenn ich ihn lange genug anstarre, erinnere ich mich vielleicht noch an seinen Namen. Aber er erkannte mich. Der Lohn des Ruhms. Nun mußte ich für die Drinks zahlen. Ich holte einen Zwanziger heraus.

»Hey, wie geht's denn so?« Ich wandte mich schnell zu Sonya um. »Was wünscht die Dame?«

»Bestell mir einen Angel's Tit.«

»Du meinst, du willst noch eine?« fragte ich.

Sie verzog wieder das Gesicht. »Das ist mein erster.«

»Du hast schon zwei engelhafte Titten, Baby«, meinte ich und wies auf die Wölbungen unter ihrer Seidenbluse. »Eins, zwei . . .«

Ihre Augen hatten plötzlich einen fragenden Ausdruck. Sie hatte längst beschlossen, mich zu sich nach Hause mitzunehmen, und sie überlegte, ob ich nicht etwas netter zu ihr sein könnte. Nun, ich würde es nicht sein.

»Warum bist du so unfreundlich?«

»Ich bin pleite, ich bin alt, ich habe keine Bleibe, und ich bin ein Denunziant . . .«

»Die gehen auf das Haus«, sagte der Barkeeper und stellte die Drinks hin, wobei er mir zuzwinkerte, daß man es bis New Jersey sehen konnte.

Ein Angel's Tit hieß eigentlich King Alphonse, bis jemand erkannte, daß ein so verrückter Drink einen ähnlich verrückten

Namen verdiente. Er besteht aus dicker Sahne, die auf dunklem Crème de Cacao schwimmt. Gekrönt wird das Ganze von einer Kirsche. Von einem Angel's Tit wird man nie betrunken, aber man spürt ihn bis in die Zahnwurzeln. Sonya nahm einen Schluck und holte eine weiße Pille aus ihrer Handtasche. »Willst du die Hälfte?« fragte sie und riß die Verpackung auf.

»Was ist das?«

»Percodan.«

»Ich habe keine Kopfschmerzen.«

»Das Zeug macht alles etwas erträglicher. Komm schon . . .«

Ich spülte die Pille mit einem Cognak hinunter. Sie beobachtete mich gespannt und wartete darauf, daß die Pille mich in einen heißblütigen Stier verwandelte. Sie nahm die Mütze ab und schüttelte die Haare, daß sie ihr gleichmäßig über den Rücken wallten. Sie befeuchtete ihre Lippen. Sie bestellte mir den nächsten Drink. Sie versuchte alles, außer mir die Beine um den Körper zu schlingen, und auch das ließ sich bestimmt irgendwie arrangieren. Eigentlich hätte sie es besser wissen müssen; nachdem sie sicherlich schon mit vielen Nieten zusammen gewesen war, hätte sie eine weitere auf den ersten Blick erkennen müssen. Ich mußte lachen. Seit anderthalb Tagen hatte ich nichts mehr gegessen. Ein paar Unzen Fusel schwappten in meinem leeren Magen herum wie Kerosin in einem Ölfaß. Ich war nicht in Form für ein Gerangel mit einem männermordendem Wesen, und zwar weder geistig noch körperlich. Das hätte sie wissen müssen. Ich mußte wirklich lachen.

»Was ist so lustig?« fragte sie und bekam wieder diesen besorgten Blick.

Ich strich über den Flaum auf ihren Wangen. »Glaubst du mir, wenn ich dir sage, daß ich wußte, ich würde irgendwann mit dir im Bett landen, als ich dich zum erstenmal sah?«

»Du meinst im Paterre des Hotels?«

»Ja.«

»Wie das?«

»Nur wegen des verletzten Blicks, als du mich entdecktest. Ich sah es dir an, als du oben ohne auf den Flur kamst, und du hast versucht, es hinter deinem Gerede zu verstecken. Man sah es dir auch an, als du zur Bar kamst, aber du hast so getan, als wolltest du mit dem Boß flirten. Und man merkt es jetzt. Eines weiß ich genau, wenn eine Frau mich so ansieht, wie du es tust, dann bin ich geliefert.«

»Warum erzählst du mir das alles?« fragte sie ärgerlich. »Warum behältst du es nicht für dich?«

»Ich glaube, weil ich aus irgendeinem Grund möchte, daß du es weißt. Vielleicht möchte ich, daß du jetzt einfach gehst. Uns eine Menge Ärger ersparst. Aber das wirst du nicht tun.«

Sie wurde trotzig. »Ich tue es nicht, was?«

»Nein, du nicht.«

Das Percodan entfaltete bei ihr seine Wirkung. Schweißtropfen glitzerten wie ein Silberflitter auf ihrer Stirn. Sie warf sich auf mich und umarmte mich. Sie war ein großes Mädchen, und große Mädchen sind für große Männer immer eine besondere Herausforderung.

»Du sollstest dir Mühe geben«, murmelte sie und drückte mich.

»Wie ein braver Junge, was?« erwiderte ich.

Ich versank zufrieden in den Wolken ihres Parfüms. Es gibt einen ganz speziellen Duft, den leidenschaftliche Frauen verströmen. Es war schon verdammt lange her, seit ich ihn das letzte Mal gerochen hatte.

Sonya wohnte in einem Ziegelbau unweit des Central Parks in einer Seitenstraße. Es war eine verrückte Gegend, wo Millionäre und Arme Tür an Tür lebten. Es war ein Gebäude, in dem sich eine alte Dame von Hundefutter ernähren konnte, während ihr Nachbar mit Kokain handelte und eine Viertelmillion Dollar in bar in einer Plastiktüte unter seinem Bett versteckte. In der Eingangshalle stützte eine mit Drogen vollgepumpte Puertorikanerin in hautengen Calvin-Klein-Jeans mit der Stirn die Wand. Sonya umrundete sie.

»Möglich, daß meine Schwester mit ihrem Freund oben ist«, sagte sie.

Im Korridor roch es nach Marihuana, und als sie ihre Wohnungstür öffnete, wußte ich, woher der Geruch kam. Eine enge Diele führte in ein Rattenloch von Wohnraum, wo ein

Junge und ein Mädchen wie ein im Tode vereintes Selbstmörderpaar auf einer Couch lagen. Ein rotes Licht pulsierte in der Ecke. Salsarrhythmen drangen durch die Rauchschwaden.

»Maxine, möchtest du dir nicht etwas überziehen?« fragte Sonya müde, als wäre es nicht das erste Mal, daß sie diese Bitte aussprach.

Ein hagerer Teenager rollte sich kichernd von der Couch. Sonya schob mich zurück in den Korridor.

»Heh, ich mag kleine Mädchen«, protestierte ich.

Sie stieß mich gegen die Wand. »Nicht gucken.«

»Okay, ich hab' was an!« rief Maxine.

»Hoffentlich bleibt das so«, murmelte Sonya und schob mich wieder in den Wohnraum. »Brian, das ist meine kleine Schwester Maxine.«

Die kleie Schwester Maxine war ein Satansbraten wie die meisten kleinen Schwestern. Sie hatte sich ein Herrenhemd übergezogen, aber vergessen, es zuzuknöpfen, daher konnte ich die kleinen braunen Wölbungen friedlich auf ihrer flachen Brust liegen sehen. Sie hatte auch eine Jeans angezogen, aber den Reißverschluß offen gelassen, so daß ich den roten Schlüpfer erkennen konnte, den sie fast bis zum Bauchnabel hochgezogen hatte. Ihre Frisur erinnerte an Frankensteins Braut, desgleichen die gierigen Augen.

»Heh, ein weißer Junge«, bemerkte sie.

»Benimm dich, Mama«, meinte ihr Freund. Als er aufstand, war er nicht viel größer als im Sitzen, ein muskulöser Pygmäenkiller mit nacktem Oberkörper, fettig glänzenden Haaren und einer Marine-Corps-Tätowierung auf einem Unterarm. Jesus, schon wieder ein ausgeflippter Veteran. Die ganze Zeit hatte ich keinen von diesen armen Teufeln gesehen, und jetzt verfolgten sie mich in Massen. »Ich bin Felix, Mann, und du mußt mich schon umbringen, um mich aufzuhalten.«

Es war ein typischer Knastspruch. Darauf gab es sicherlich eine passende Antwort, aber ich wußte keine, deshalb schüttelte ich den Kopf.

»Setz dich und mach's dir bequem, Bruder«, meinte Felix.

Ich sah fragend zu Sonya. Sie gab ihrer Schwester ein Zeichen. »Maxine, *ben aka . . .*«

Schmollend stand Maxine auf und folgte Sonya ins Zimmer

nebenan, wo sie in Spanisch aufgeregt miteinander flüsterten. Felix kicherte und drehte sich mit Tampaxpapier einen Joint, wobei er sich aus einem Berg Marihuana auf dem Couchtisch bediente.

»Sie will, daß ich verschwinde, Mann. Ist aber nicht . . . ich find's hier zu gemütlich. Ich hab' keine Lust, mich in der Stadt mit Taxis und Straßenniggern und sonst noch was alles herumzuschlagen.«

»Ich habe eine bessere Idee«, schlug ich vor. »Ich gehe.«

»Nein, Mann, dann sieht es so aus, als hätte ich dich vertrieben, und dann hab' ich beide Tussies am Hals. Bleib 'ne Weile hier. Ich hab' für kleine gemütliche Partys was übrig, kein Gedränge.« Er reichte mir den Joint. Es war genauso, als rauchte man eine Marihuanazigarre. Nach dem ersten Zug schloß ich die Augen, und mir wurde so schwindelig, daß ich in Panik geriet. Da lag ich nun, schon wieder halb im Nirwana. So bald käme ich von hier auch nicht mehr weg.

»Wir können auch bleiben«, erklärte ich Sonya, als sie wieder ins Zimmer kam.

»Meinem Freund gefällt es hier bei mir«, sagte Felix.

»Wir können ins Schlafzimmer gehen«, meinte Sonya.

Felix kicherte und gab mir den Joint. »Den wirst du brauchen, wenn du mit ihr verschwindest . . .«

Sonya bedachte Felix mit einigen spanischen Flüchen. Sein kleines Gesicht wurde noch kleiner. »Und du solltest lieber Englisch reden, damit dein Alter weiß, warum ich dir gleich in den Arsch trete.«

Ich hielt Ausschau nach einer Waffe. Die Tür war zu.

»Faß mich an, und ich zeige dir, wer hier wen in den Arsch tritt«, fauchte Sonya. Sie ergriff meinen Arm. »Komm . . .« Sie zerrte mich durch einen dunklen Flur in ein anderes Loch. Eine große Doppelmatratze beherrschte den teppichfreien Raum. Kleider quollen aus dem einzigen Schrank und der Schubladenkommode. Ein Verstärker und zwei große Lautsprecherboxen standen an einer Wand; ein riesiger Trinitron-Fernseher balancierte auf einem Hocker.

Sonya nahm mir den Joint weg. »Dieser Knastvogel hat Schiß vor mir, denn er weiß, daß er kein Auge zumachen darf, wenn ich in der Nähe bin. Ich schlitze ihm die Kehle auf. Ich würde ihm auch den Schwanz abschneiden, wenn er schläft.« Sie straffte sich. »Meine Schwester ist nur mit ihm zusammen, weil er dafür sorgt, daß sie vierundzwanzig Stunden am Tag high ist. Wenn dieser Arsch sich nicht vorsieht, dann benachrichtige ich seinen Bewährungshelfer und schicke ihn zurück in den Bau, wo er hingehört.«

Sie legte mir einen Arm um den Hals und blies mir eine Marihuanawolke mitten ins Gesicht. »Mach ein bißchen Musik«, sagte sie und knipste das Licht aus.

Fünf rote Lichter glühten in der Dunkelheit, der Verstärker und unsere Augen. Zwei Nachttiere, die sich argwöhnisch belauerten. Barbra Streisand drehte sich auf dem Plattenteller. Ich hörte das Rauschen, als Sonya ihre Haare löste. Ich bückte mich, um meine Hose auszuziehen, und spürte zwei Hände, die an meinen Manschetten zerrten. Ich richtete mich auf, um mein Hemd aufzuknöpfen, und fühlte, wie es über meinen Kopf glitt. Die Laken waren von ihrem Parfüm getränkt. Ein Streichholz zischte, und in der Ecke begann eine Duftkerze zu brennen. Eine Hand glitt an meinem Oberschenkel entlang. Der Augenblick des Maßnehmens.

»Geh nicht weg«, flüsterte sie.

»Wo soll ich hingehen? Du hast meine Klamotten.«

Sie schloß die Tür hinter sich. Das Klappern ihrer Absätze. Felix' leise, spöttische Stimme drang durch die Wände, als rede er direkt mit mir. Dünne Wände, die Membrane der Armut. Die Reichen brauchen nur den eigenen Köpfen zu lauschen; wir haben dafür den stereophonen Wahnsinn.

Die Tür schwang wieder auf, und sie stand als Silhouette lange genug in der Öffnung, so daß ich sie betrachten konnte. Sie brachte eine Flasche Wein und zwei Gläser und trug Stiefel und Strumpfhalter.

»Ich hasse Uniformen«, sagte ich.

Innerhalb einer Sekunde war sie nackt.

»Du siehst aus wie eine Frau auf einem Gemälde von Gauguin.«

»Wer ist das?«

»Ein französischer Künstler, der die Frauen auf Tahiti gemalt hat. Du siehst wie eine von ihnen aus. Groß, barfuß, glänzendes Haar . . .«

»Du bist klug«, stellte sie fest. »Viel zu klug, um mit jemand wie mir zusammenzusein.«

»Nicht klug genug, um bei jemand anderem zu sein«, sagte ich.

Sie kniete auf dem Bett und legte mir ihre nach Marihuana duftenden Finger auf die Lippen. »Gerede, Gerede . . . Meinst du, diese Mädchen von Tahiti sind niedlich?«

»Sie waren nicht niedlich«, sagte ich. »Große Mädchen mit großen Füßen und Mandelaugen und langem Haar und Titten, die aussahen, als gehörten sie auf schmalere Oberkörper . . .«

Sonya deckte mich mit Brüsten und Haaren und Wärme zu.

»Mach nicht soviel Lärm«, flüsterte sie. Ihr Atem wehte durch meine eustachischen Röhren. Meine Geschlechtsdrüsen schwollen an wie Geburtstagsballons.

»Von uns beiden bist du wohl eher der Schreihals«, flüsterte ich zurück und ließ sie erschauern.

Nach einer Minute oder einer Stunde hatte ich mich im Regenwald ihres Haares verirrt. Ich verblaßte langsam, sank tiefer und tiefer, bis die Dunkelheit mich vollkommen umschloß. Die Streisand hatte sich zu einem stetigen Rauschen verflüchtigt. Das Haus war still. Im Zimmer nebenan preßten Maxine und Felix die Ohren an die Wand und lauschten auf das Geräusch raschelnder Laken, einer quietschenden Matratze, eines eindeutigen Zeichens. Überall in der Stadt kauerten Menschen mit dem Ohr an der Wand, warteten . . .

Sonya biß in meinen Arm, um den Schrei in ihrer Kehle zu ersticken. Sie bäumte sich auf wie eine Frau in den Wehen. Ich strengte mich an, ihr dabei zu helfen. Drücken, drücken . . .

Und dann tauchte Doug Coughlin aus dem Dunkel auf wie Hamlets Geist.

Ich hörte auf, mich zu bewegen. Sonya schwang noch einige Male nach, bis sie begriff, daß die Fahrt zu Ende war.

»Was ist los, Baby?«

Ich rollte von ihr herunter. »Poststreik, heute wird nicht geliefert.«

Sie tauchte zwischen meine Beine wie eine Taube in den heimatlichen Schlag. Ich zog ihren Kopf hoch. »Die Bar ist geschlossen, Baby.«

»Stimmt etwas nicht?«

»Was stimmt denn?«

Sie versuchte, mich zu liebkosen, aber ich stieß sie weg. »Ich habe dich und deinen Barkeeperfreund heute bei euerm Boß angeschwärzt.«

Sonya seufzte und holte eine Schachtel Marlboros aus ihrer Handtasche. Die Zigaretten zeigten, daß sie wußte, daß der Spaß auf unbestimmte Zeit verschoben worden war.

»Ich habe ihm alles über eure Nebengeschäfte erzählt.«

Sie zündete zwei Zigaretten an und reichte mir eine. »Das ist Barkeeper-Geschwätz.«

»Ich habe ihm erzählt, daß ihr stehlt, ist das deutlich genug?«

»Wie konntest du das tun? Du warst nur fünfzehn Minuten lang in der Bar.«

»Ich könnte in einer Raumfähre darüber hinwegfliegen, und ich würde euch alle durchschauen. Glaubst du denn, daß das, was du und dein Typ da macht, noch nie von jemand anderem versucht wurde?«

»Zuerst einmal ist er nicht mein Typ.«

»Okay, okay. Also, Tatsache ist, daß ich mit einem Koffer voller Flaschen aus dem Laden herausmarschiert bin, die ich während des Banketts auf die Seite gebracht habe.«

»Wie hast du denn das geschafft?«

»Durch einen Coup von solch sinnverwirrender Komplexität, wie man ihn organisieren müßte, um ins Pentagon einzudringen und eine Büroklammer zu stehlen. Dann fing Albano mich im Foyer ab. Ich hatte Angst, er würde meine Beute finden und mich festnageln, daher lieferte ich dich und deinen Typ ans Messer.«

»Ich sagte doch, er ist nicht mein Typ . . .«

»Tut mir leid. Jedenfalls war es gemein von mir. Es war mit das Schlimmste, was ich je in meinem Leben getan habe.«

»Wenn das stimmt, dann mußt du ein Heiliger sein.«

»Ich habe jemanden verpfiffen. Ich hab' euch in Schwierigkeiten gebracht, um selbst meine Haut zu retten. Albano liebt dich fast bis zur Selbstaufgabe, deshalb wird dir wohl nicht viel passieren, obgleich du nach heute abend sicherlich etwas Zeit in einem der leeren Zimmer wirst verbringen müssen . . .«

»Wer hat dir von den leeren Zimmern erzählt?«

»Flanagans Gesetz: Jeder weiß alles die ganze Zeit.«

»Das einzige, was ich mit Dominick mache, ist folgendes: Wenn ich einen Bargeld-Tisch habe, dann kassiere ich jede Runde und nehme das Bier, den Kaffee und das Soda nicht auf die Rechnung, und den Betrag teilen wir uns. Wenn wir einen guten Abend haben, kommen wir so auf zehn, fünfzehn Dollar pro Kopf. Ich weiß nicht, was er mit den anderen Girls vereinbart hat. Er mag mich nicht. Er machte sich einmal an mich heran, und ich riet ihm, er solle lieber einen langen Spaziergang machen. Mit Barkeepern herumzuhängen bringt einen nicht weiter.«

»Ich bin Barkeeper.«

»Erinnere mich nicht dauernd daran.« Sie wandte sich um und legte einen Arm auf meine Brust. Dabei wanderte ihre Hand sanft an meinem Oberschenkel entlang.

»Vergiß es«, sagte ich.

Sie nahm die Hand weg. »Du warst doch vorhin okay. Du warst sogar super . . .«

»Aber dann fing mein Kopf an zu arbeiten. Weißt du, ich kannte mal einen Typen. Man kann ihn nicht gerade einen Freund nennen, denn ich sah ihn nur selten, und wenn, dann dauerte es nicht lange, bis er mich ankotzte. Aber ich kannte ihn sehr lange, und ich sollte auf Fire Island bei ihm arbeiten. Aber als ich dorthin kam, hatte er sich selbst und auch seine Frau umgebracht. Er hatte sie in der Dusche erschossen. Und sie war schwanger. Aber hinter der ganzen Geschichte steckt viel mehr als nur eine Horrorstory, sehr viel mehr. Dieser Typ bedeutete mir in verschiedener Hinsicht eine ganze Menge. Er hat mich praktisch in dieses Saloon-Leben hineingezogen, obgleich ich ihm das nicht vorwerfe. Ich hätte jederzeit wieder aussteigen können, deshalb ist es im Grunde allein meine Schuld. Aber die ganze Zeit, die ich ihn kannte, dachte ich, er wäre wirklich stark. Eine Art diabolischer überragender Geist, selbstsüchtig, vielleicht sogar ein Sadist. Aber immer ganz oben, und er hatte sein Leben voll im Griff. Und nun, zum ersten Mal, während ich hier liege, kommt mir in den Sinn, daß der Typ zu bemitleiden war. Er war einsam und hatte Angst. Er hatte mich und alle anderen, die er kannte, an der Nase herumgeführt. Er war nur ein alter Säufer mit einer Nummer, die für nichts anderes taugte, als ein paar Teenager zu beeindrucken und ein paar Scheine extra in seine Trinkgeldbecher zu schwindeln. Und er wußte es die ganze Zeit. Der Typ war eine tragische Erscheinung. Und ich bin das auch. Das war eines seiner Gesetze, daß nämlich jeder zu jeder Zeit alles weiß, nur drückte er es anders aus. ›Du kannst niemals jemanden an der Nase herumführen, es sei denn, er läßt es zu.‹ Das sagte er immer. So ähnlich jedenfalls . . . Ich hab' mich intensiv mit diesem Typ beschäftigt, bin so tief in ihn eingedrungen, daß ich noch nicht einmal mehr weiß, was nun stimmt und was nicht . . .«

Sonya nahm meinen Kopf in die Hände. Sie küßte mich auf die Stirn. »Beruhige dich, es wird alles gut.«

Ich riß mich los. »Dieser Typ, von dem ich rede, hätte an dieser Szene einen Riesenspaß gehabt. Da liege ich nun und schütte einer Tante mein Herz aus, die mich gerade auf der Straße aufgelesen hat. Und wenn ich dich nicht getroffen hätte, dann erlebte ich meinen Zusammenbruch jetzt in irgendeinem Saloon oder Park. Ich würde Fremden etwas vorheulen, denn ich kenne keine einzige Person auf dieser Welt, zu der ich hingehen könnte, außer ihm, und er ist tot. Und jetzt liege ich mit einer fremden Frau in einem fremden Bett und weine mir die Augen über einen Typ aus, den sie nie kennengelernt hat. Dabei wollte sie nur eine niedliche kleine Nummer in der Nacht. Das ist der Stoff, aus dem die große Literatur des zwanzigsten Jahrhunderts gemacht wird, aber ich kann es nicht aufschreiben. Ich kann es nur leben, und einen grandiosen Roman kann eigentlich jeder Scheißer leben . . .«

Sonya legte mir die Finger auf die Lippen. »Du kannst froh sein, daß du heute abend mich getroffen hast, weißt du das? Du brauchtest jemanden. Du brauchtest mich. Du hast wirklich Glück.«

Sie zog mich an sich und ließ meine Tränen auf ihre Brust tropfen. »Entspann dich, ganz ruhig. Ich massier' dich ein wenig.« Sie drehte mich auf den Bauch und fing mit dem Rücken und dem Nacken an. Sie hockte auf mir, ihre Brüste strichen über meine Schultern, ihre Schamhaare kitzelten mein Gesäß. Ich erschauerte. Sie stöhnte. Ich spürte, wie ihre Zunge meine Wirbelsäule entlangwanderte.

»Nicht jetzt, hab' ich doch gesagt«, murmelte ich.

Sie hob meinen Bauch etwas an und rutschte unter mich wie ein Monteur unter ein Auto. Frauen akzeptieren es nie, wenn ein Mann keine Lust auf Liebe hat; dieses Privileg reservieren sie für sich selbst.

»Jetzt«, flüsterte sie, umfaßte mein Gesäß und bewegte mich sanft auf und ab. Coughlin hätte an dieser Lady seine Freude gehabt. Sie hatte Technik.

Zombie

Ich erwachte beim Duft von frischem Kaffee und glimmendem Marihuana und erkannte, daß ich einen weiteren Kreis meines Lebens geschlossen hatte. Diese Mischung von Gerüchen, die Matratze auf dem nackten Fußboden, die Sonnenstrahlen auf der Wand des Flurs, dies alles war Teil von Morgenszenen von vor fünfzehn Jahren, wenn eine Party in einem Loft oder einem geräumigen unmöblierten Apartment oder in einem Haus auf dem Land gefeiert worden war und alle sich zu Paaren zusammengefunden hatten; man hörte das Stöhnen und Keuchen und Klatschen aus den anderen Räumen oder von dem Paar nur ein paar Meter entfernt in der Dunkelheit. Seltsame Dinge geschahen im Laufe der Nacht. Das Raubtier mit zwei Rücken hatte plötzlich drei oder fünf. Man entdeckte seine Freundin mit einem anderen Girl in der Badewanne. Man spürte, wie einem eine Hand das Gesicht streichelt und stellte fest, daß sie dem besten Freund gehörte. Die Leute erfuhren seltsame Dinge über sich selbst, aber das war in Ordnung, denn sie waren jung, und man hatte genug Zeit für drei Leben; und alle sahen am Morgen wieder prima aus.

»Daß man alt ist, weiß man in dem Augenblick, in dem man nicht mehr versucht, dem Tod ein Schnippchen zu schlagen, und dazu übergeht, sich mit ihm auseinanderzusetzen«, hatte Coughlin gesagt. Meine ersten beiden Leben waren beendet. Ich war definitiv in der Stimmung, mich auseinanderzusetzen.

Ich folgte den Sonnenstrahlen in den Wohnraum. Maxine lag unter einem Laken und erschauerte im Schlaf. Felix saß am

Fenster und paffte einen monströsen Joint. Er salutierte. »Du bist ein ganz schön lauter Motherfucker, weißt du das?«

Ich floh in die Küche. Sonya stand in einem geblümten Karatemantel am Herd, ihr Gesäß zeichnete sich deutlich unter der dünnen Seide ab. Ihr Haar war naß und verklebt. Sie hatte geduscht und Make-up aufgelegt, damit sie gut aussah, wenn ich aufwachte. Ich umarmte sie von hinten und küßte ein Muttermal in ihrem Nacken. Sie schob meine Hand zu ihrer Brust. »Fühl mal mein Herz«, flüsterte sie. Sie küßte nacheinander meine Fingerspitzen.

Zu diesem Zeitpunkt steige ich gewöhnlich aus. Gesicht und Ort können fremd sein, aber es ist immer dieselbe einmalige Nachtübung, die Nummer ohne Zukunft, die Affäre zum Vergessen. Ich lächle also und bringe eine fadenscheinige Entschuldigung, die die Wahrheit durchscheinen läßt. Wie: »Ich habe den Backofen nicht ausgeschaltet« oder »Ich fliege in einer Stunde nach Rumänien«. Lügen, die nur einen Zweck haben: auf nette Art anzuzeigen, daß man weg möchte und daß diese flüchtige Bekanntschaft, die in der vergangenen Nacht zufälligerweise die Empfängerin halbherziger Anstrengungen gewesen war, doch bitte die Tür freigeben möge.

Aber Sonya hatte es überhaupt nicht eilig. Sie hatte Lust gesucht und Liebe gefunden. Ihre Augen hatten schon diesen Möbel-Umstell-Ausdruck; in Gedanken stickte sie bereits Monogramme in Handtücher.

»Geh wieder ins Bett«, sagte sie. »Ich bringe dir den Kaffee.«

»Ich muß mir einen Job suchen«, erwiderte ich.

»Deshalb kannst du doch trotzdem vorher eine Tasse Kaffee trinken, oder? Warum gehst du nicht unter die Dusche?«

»Okay.«

Einen Augenblick später klopfte sie an die Badezimmertür. »Möchtest du Speck und Eier?«

»Okay.« Ich wurde richtig umgänglich.

In dem Raum entstand soviel Dampf, daß Farbflocken in die Wanne rieselten. Ich stand unter dem heißen Wasserstrahl und plante mein Leben. Die Kreise waren immer enger geworden, und ich stand genau im Mittelpunkt. Zwei Wege konnte ich einschlagen. Nummer eins: Ich suche mir einen Job, frage in jedem Saloon von der Sechsundachtzigsten bis zur Bowery.

Gehe einfach hinein in der Hoffnung, jemanden zu treffen, der mich kannte, der auf meiner Seite war. Ein paar Anrufe, vielleicht sogar ein Blick in die Stellenanzeigen, Barkeeper gesucht. Das war nur zur Übung. Niemand wie ich bekam jemals auf der Straße einen Job. Wenn ich denen meinen Lebenslauf erzählte, dann fragten sie sich, warum ein Bursche mit meiner Erfahrung nicht arbeitete; wenn ich sagte, ich finge gerade erst an, hatten sie keine Lust, einen alten Mann auf dem Posten eines jungen anzulernen. Barkeeper werden genauso wie Footballspieler irgendwann für das Spiel zu alt; entweder haben sie ihren eigenen Laden, oder sie arbeiten bei den schlecht bezahlten Gewerkschaftsjobs wie im Ripley-American, wo man die Stempeluhr drückt und die Krankentage zählt.

Nummer zwei: Ich krieche bei Sonya unter. Sie würde es mir einfach machen. Ich konnte innerhalb von zwei Tagen meine Siebensachen aus dem John Tyler herausholen. Nach ein paar Wochen wäre es so, als hätte ich niemals woanders gewohnt. Wir wären ein Paar. Gemeinsam würden wir die ausgefahrene Straße des Mittelalters hinunterfahren, zwei ertrinkende Menschen, die sich abwechselnd gegenseitig über Wasser halten.

Es gab noch eine dritte Möglichkeit. Ich mache einen Spaziergang durch die Bowery und suche mir ein weiches Plätzchen, wo ich mich hinlegen konnte. Die Bowery war voll von Burschen wie ich, die einfach keine Lust mehr hatten zu kämpfen, sondern sich ganz einfach durchhängen ließen. Der Sumpf war weich, man bestimmte selbst die Geschwindigkeit, mit der man darin versank. Sobald man auf dem Grund ankam, hatte man ohnehin nicht mehr genug Gehirn übrig, um so etwas wie Verzweiflung zu empfinden.

Auf dem Grund landen macht Spaß, wie wir in unseren Kreisen sagen. Draußen zu kämpfen ist tödlich. Doug Coughlin war es leid geworden, zu kämpfen und sich oben zu halten, aber er hatte sich für den kürzesten Weg entschieden.

Ein paar Schritte südlich der Bowery war die Brooklyn Bridge. Ich konnte bis zur Mitte gehen und dann den Flieger machen. Ich wollte schon immer viel Schaum schlagen, hier war meine große Chance.

Ich trocknete mich sorgfältig ab (ein Schnupfen würde mir jetzt nichts nützen) und zerfetzte mir das Gesicht mit Sonyas

Rasierapparat. Dann ging ich zurück und machte es mir in den Laken gemütlich. Ich war kaum eingedöst, als Sonya mit einer Tasse Kaffee und einem hoffnungsvollen Lächeln erschien.

»Dein Auge sieht besser aus«, stellte sie fest.

»Ich hab' gestern nacht ein Stück rohes Fleisch daraufgelegt.«

»Hoffentlich nicht zu groß.«

»Doch, groß und saftig und sehr roh.«

Sonya stellte die Tasse ab und wurde richtig innig. Sie legte ihre kräftigen braunen Arme auf meine Brust und sah mir in die Augen. »Es war schön.«

»Stimmt. Das sollten wir bald wiederholen.«

»Ich kann meine Schwester loswerden.«

»Dann tu's mit Gift. Ich kann nämlich kein Blut sehen.«

»Ich habe bis sechs frei.«

»Ich muß los und mir einen Job in einer Bar suchen.«

»Okay . . .« Sie stand auf.

»Aber ich komme zurück.«

»Gut. Essen wir.«

Sie hatte mir Speck und Eier gebraten, letztere von beiden Seiten, und dazu auch noch Kartoffelchips. Es war so gut wie in jedem anderen Imbiß, besser sogar, weil im Kaffee kein Zigarettenstummel schwamm. Wir saßen uns am Küchentisch gegenüber, so daß unsere Knie sich berührten. Sie aß mit der einen Hand und streichelte mit der anderen mein Handgelenk. Ich erzählte ihr die Standardstory meines Lebens, die mit dem großen Geschäft am Horizont endete, mit dem Hotel-Restaurant-Bar-Motel-Yachthafen-Kongreß-Zentrum irgendwo auf den Karibischen Inseln, dem Syndikat reicher Dilettanten, bei dem ich die Fäden zog. Ich sah, daß sie mir nicht glaubte, aber ich redete weiter. Es war eine so nette Geschichte, und nach all den Jahren genoß ich es, mich selbst einzulullen. Abgesehen davon muß man eine Frau unterhalten. Man kann sie nicht einfach flachlegen und ihr nachher mit der Wahrheit kommen.

Bald kam auch der Augenblick für Sonyas Lebensgeschichte. Ein Mann lügt, um bewundert zu werden, eine Frau, um Mitleid zu erwecken. Die Seifenoper von Sonyas Leben war so dick aufgetragen, daß ich ausstieg, als ihr Stiefvater sie an ihrem siebzehnten Geburtstag vergewaltigte.

Je länger sie redete, desto gewöhnlicher wurde sie. Die

tahitanische Prinzessin entschwand in der Morgendämmerung. Jedes Mädchen, das im Ghetto aufwuchs und nicht schielte oder verkrüppelt war, hatte sich so viele Schüsse verpaßt, daß es einen Elefanten hätte umhauen können. Es war die tödliche Wiederholung ihrer Tragödien, die einen ihnen gegenüber hart machten. Sonyas erster Mann war ein Junkie gewesen. Jemand hatte ihm Weihnachten Batterieflüssigkeit verkauft. Weihnachten? War das nur eine winzige Verzierung, oder bestand die Geschichte aus solidem Material?

»Ich habe für fünfzehntausend Dollar Klamotten in diesem Zimmer«, sagte sie. »Ich habe zwei Pelzmäntel. Was meinst du, warum ich hier wohne?«

Weil ihr zweiter Mann ein harter Bursche gewesen war. Ob ich schon mal von der Purple Gang gehört hätte? Erpresser, Drogenhändler und Mietkiller aus Spanish Harlem. Robert, so nannte sie ihn, war für jemanden, der vor einer Disco auf der Second Avenue einen Cop erschossen hatte, noch ein relativ netter Bursche. Sonya hatte sich für den Verteidiger in Schulden gestürzt, hundertdreißigtausend Dollar für die Vertretung, und nun riß Robert fünfundzwanzig Jahre bis Lebenslänglich in Attica ab, und sie mußte ihre Sechs-Zimmer-Wohnung am Central Park West aufgeben und zu ihrer Schwester ziehen.

Das erklärte die Pelzmäntel und das Leder und die Seide, die Schmuckschatulle voller Juwelen, Goldketten und Porsche-Uhr, alles Dinge, die ich nicht bemerkt hatte, bis sie sich dafür entschuldigte. Eine andere mögliche Erklärung war, daß es sich bei Sonya um eine Hundert-Dollar-Nutte mit viel Kleingeld und keinerlei Interessen handelte, die ihr ganzes Geld für Kleidung ausgab, oder daß Felix all das Zeug heranschaffte und sie es an ihre Kolleginnen in der Bar verkaufte, was wiederum eine Erklärung dafür sein konnte, daß sie alles in seiner Reichweite aufbewahrte. Oder daß Maxine in Wirklichkeit ihre Tochter war; Sonya konnte viel älter sein, als sie aussah.

Die Geschichten, die man von fremden Frauen zu hören bekommt, können einen schneller schwach machen als ein ganzes Zimmer voller Tsetsefliegen. In diesem Moment wurden in schummrigen Küchen überall im Land ähnliche Geschichten erzählt. Eine Parade von mörderischen Ehemännern, geilen männlichen Verwandten, zudringlichen Chefs, nachlässigen Müttern, undankbaren Kindern formierte sich in der kühlen Morgenluft. Es war nur Gerede, trivial, wahrscheinlich unwahr. Wenn alles sich zu einem Geräusch zusammenfügte, dann wäre es wahrscheinlich noch unauffälliger als das Hupen des Stadtautobusses. Aber, Jesus, es konnte einem das Herz brechen.

Und dann traf ich meine Entscheidung. Ganz ruhig, denn so macht man es, würde ich zur Brooklyn Bridge gehen. Wenn ich keinen Job fände, dann würde ich fliegen. Trotz allem würde ich lieber sterben, als in einem Saloon in Brooklyn arbeiten.

»Ich muß jetzt wirklich los«, erklärte ich Sonya.

Sie versperrte nicht die Tür.

»Vielleicht sehen wir uns später. Ich bin gegen elf Uhr wieder hier.« Sie schrieb ihre Telefonnummer auf. »Ruf mich an, wenn es später wird. Oder komm einfach her.«

»Ich rufe an.«

Und eine Tür fiel hinter mir zu. Zum letzten Mal. Und ich trat hinaus auf die Straße. Zum letzten Mal. Ich mußte mir meinen Weg die Treppe hinunter zwischen einem Haufen arbeitsloser Kolumbianer suchen, die Bier aus Pappbechern tranken und Goldkettchen und Brillantringe funkeln ließen. »In dieser Stadt werden Vermögen gemacht.« In mindestens einem Saloon würde das im Laufe des Tages jemand zu mir sagen. Die Litanei des ewigen Verlierers. Es wäre das letzte Mal, daß ich so etwas hören würde. Zum letzten Mal würde ich die Geschichte vom eingewanderten Drogenmanager von einem Typ hören, der sie von einem anderen Typ hatte, welcher sie wiederum in der New York Post gelesen hatte. Tagessaloons sind voll von melancholischen Amerikanern, die einfach alles analysieren und interpretieren können, sogar ihr eigenes Versagen. Gesichter, die sich zur Tür drehen, wenn man hereinkommt, Augen, die kurz im Erkennen aufblitzen; ein paar lahme Hallos, ehe die defekte Schallplatte beginnt. Heute wäre es das letzte Mal, daß ich mir derartiges würde anhören müssen.

Denn ich war bereits tot. Ich würde gehen wie ein Zombie, steif und unaufhaltsam zu meiner letzten Ruhestätte. Die Augen blind, die Nerven taub, ein Zombie. Das gefiel mir, es gefiel mir so gut, daß ich es für eine Schande hielt, wenn jetzt alles aufhörte, in einem Moment, als ich endlich eine Identität gefunden zu haben schien, die haargenau zu mir paßte.

Noch ein Zombie

Die Upper West Side von Manhattan war für mich fremdes Territorium. Es war zwanzig Jahre her, seit ich in einem schicksalhaften Schritt die Brooklyn Bridge überquert und in die ›City‹ eingedrungen war, wie die meisten Ausländer aus den provinziellen Bezirken Manhattan nannten, aber die meiste Zeit hatte ich auf der Upper East Side oder im Village verbracht. Die West Side war ein grauer, fremder Ort, wo reife jüdische Mädchen, die irgendwie künstlerisch tätig waren, in riesigen Apartments wohnten (»Ich bleibe nur so lange bei meinen Eltern, bis ich eine eigene Bleibe gefunden habe«) oder wo Benzinbombenwerfer in Arbeitsschuhen und Tarnhosen Kommunen unterstützten, die sich der Revolution und dem Konsum von Mallomars verschrieben hatten; oder wo eifrige, intellektuelle Ladies sich in der Gegend der Siebziger mitsamt ihren Büchern, Schallplattenpostern und Katzen in winzige Studios hineinzwängten. Für einige Jahre war die West Seventies die einzige Gegend, wo ich stets mit einer Katze auf meinem Gesicht aufwachte.

Außer dem Blarney Stones, wo die eingeborenen Iren geruhsam abgefüllt wurden, gab es auf der Upper West Side niemals richtige Saloons. Die Bevölkerung hätte sie nicht am Leben erhalten. Es gab die tratschenden Jungverheirateten, die Spießer, die bettelnden, runzligen, ältlichen Kinder, denen das Maul mit dem Schnuller gestopft worden war. (»Seth, ich warne dich. Mommy kauft dir kein Eis, wenn du herumtrödelst.«) Es waren diejenigen mit den Weinregalen in der Speisekammer (ein kühler dunkler Ort für den Beaujolais), bestückt mit einer Auswahl von Monsieur Henri; diejenigen, die den Chablis tranken, den uns die Franzosen als Wein getarnt andrehen, und sich im stillen fragten, warum deswegen ein solches Theater gemacht wurde. Sie würde man nie in einem Fuselparadies antreffen. Dann waren da die alten österreichischen Juden – die Männer in wollenen Anzügen, die Frauen im Persianer, und das bei jedem Wetter. Verschroben und schweigsam, jeder mit einer Geschichte, die einem das Herz brach, aber mit niemandem, der ihnen zuhörte. Trinken? Wer? Die? Vielleicht einen kleinen Schnaps an Feiertagen, ein Glas Slibowitz, ein kleiner Vishniak, ein Gespritzter mit Manischewitz, aber in einer Bar trinken? Wofür? Die Hispanos in der Nachbarschaft tranken auf der Straße, eine Flasche Sprit und einen Sechserpack, die auf der Motorhaube des 63er Impala geleert wurden. Und natürlich waren da die Junkies, die waren immer da. Sie hockten vor den Ham 'n' Eggs, schliefen im Eingang des Doughnut Shoppe, bevölkerten in unterschiedlichen Posen erstarrt die Straßen. Eine menschliche Slalomstrecke, die zu durcheilen den Fußgängern so gut wie nichts mehr ausmachte. Junkies rühren keinen Alkohol an, ehe sie nicht völlig entgiftet sind; dann trinken sie ein Viertel billigen Weins und erklären einem, wie normal und spießig sie sind.

In jenen Tagen gab es auf der Upper West Side keine Läden, in denen man sich aufhalten konnte. Delikatessen? Ja. Chinesische Restaurants? Zwei, manchmal drei pro Block. Jüdische Bäckereien, Pizzerias, koschere Metzger, Imbißhallen (nun Feinschmecker-Tempel genannt); es gab jede Menge zu essen, aber nichts, wo man trinken konnte.

Nun jedoch, einige Jahre nach der Immobilien-Revolution, war eine neue Welt entstanden. Die Jungverheirateten waren geschieden. Sie waren fett geworden, dann wieder dünn, hatten den Sex entdeckt und wieder verdrängt, waren analysiert und radikalisiert worden und waren in die Welt zurückgekehrt, um Erfüllung zu suchen. Der Tod hatte die Paare der Mitteleuropäer auseinandergerissen. Manchmal sieht man den zurückgebliebenen Partner, magerer als jeder andere lebende Organismus, wie er sich wie eine verkrüppelte Schildkröte fortbewegte, einen Krückstock in der von blauen Adern bedeckten Hand, einen gelangweilten Neger an der Seite, der aufpaßt, daß sie (meistens bleibt sie übrig) nicht zusammenfällt und im Wind verweht. Schon bald kommen die Kinder von Scarsdale und Huntington, um die Apartments loszuschlagen. All die modrigen alten Möbel, die vergilbten Porträts aus einer anderen Welt, die Orientteppiche, die Schondeckchen auf den Couches, die Bücher, die so alt sind, daß ihre Titel verblichen sind. Schaff alles in ein Lager, lüfte das Loch, verpaß allem einen frischen Anstrich und laß die Makler das Regiment übernehmen. Innerhalb einer Woche werden die Käufer dir die Tür einrennen: der Italiener, der sich vor Kidnappern verstekken will, der Engländer, der vor den Steuereintreibern geflohen ist; der deutsche Manager, der von Köln hierher versetzt wurde, um die Filiale der I.G. Farben aufzubauen; der in Oxford ausgebildete Saudi, der ein Standquartier in New York braucht; der Ölmann aus Houston, der seine Tochter hergeschickt hat, damit sie Ballett studiert und der ihr eine Bleibe in der Nähe des Lincoln Center schenken will. Nenn ihnen irgendeinen Preis, der dir gerade in den Sinn kommt, und sie schreiben dir auf der Stelle einen Scheck. All die Jahre, in denen Mama die Einkäufe selbst nach Hause geschleppt hat, um die fünfundvierzig Cent Liefergebühr zu sparen; und Papa schob seine Pension von den Aktien über Kommunalobligationen auf sein Sparkonto und wieder zurück und rechnete mit jedem Penny, der dabei heraussprang, und nun liegt Papa unter der Erde, Mama starrt die Wand im Altersheim an, und ein Typ erscheint und schreibt einen Scheck für mehr Geld, als Papa in seinem ganzen Leben verdient hat. Und die Enkel tauchen aus Boulder und Marin auf, denn alle stoßen sich an dem finsteren Loch gesund, das sie niemals hatten besuchen wollen.

Unterdessen wurden die Straßentrinker in den Norden nach Harlem und in die Bronx abgedrängt. Eine Hundertsechzehnte Straße ist von einem Fluß bis zum anderen ein Brachland von leeren Wohnungen und Häusern, wo die Säufer sich wie Pestkranke zusammengefunden haben. Obdachlosenheime und Wohlfahrtshotels wurden »renoviert«, was bedeutet, daß der gleiche Raum, für den man an Willy Wohlfahrt nichts hatte bezahlen müssen, nun siebenhundert Dollar im Monat kostet. Und die halbe Stadt ist die reinste Tundra, unpassierbar, nicht bewohnbar . . .

Wie die Kakerlaken finden die Junkies einen Weg. Man braucht nur eine Ladung Stoff auf einen der Saturnmonde zu schießen, und sie bauen eine Rakete, um das Zeug zurückzuholen. Sie sind immer da, Sommer und Winter, und schleichen und nicken und murmeln, betteln und stehlen und schlafen in Hauseingängen.

Dennoch ist die Upper West Side ein Paradies für Wirte. Dort gibt es die Singles, die Schwulen, die reichen Säcke, die Prominenten, all jene Leute, die mit irgendwelchen Mitbewohnern leben, die sie nicht ausstehen können. Sie brauchen etwas, wo sie hingehen können. Also was tut man? Man verdreifacht die Mieten und verjagt die Geschäftsleute, die sich hier seit Jahren hatten halten können. Weg mit dem Schneider, mit dem Gemischtwarenladen, wo man anschreiben lassen konnte, mit dem letzten Imbiß der Stadt, der noch kein griechisches Relief an der Wand und eine zehnseitige Speisekarte hat, auf der jedes Gericht genauso schmeckt wie alle anderen; weg mit dem Uhrmacher und dem Schlosser und dem Büromaschinenmechaniker. Weg mit den Spezialläden – Diabetikerkost, Kurzwaren, Eisenwaren, Änderungsschneidereien, Juweliere –, die der Gegend ihr Gesicht gegeben haben. Schon bald findet man eine Nachbarschaft vor, in der man zwar keine Zeitung bekommt und sich nirgendwo die Hose bügeln lassen kann, wo man aber den gleichen Spinatauflauf in fünfzehn verschiedenen Läden findet. Eine Wundermeile mit astronomischen Mieten, wo nur das dicke Geschäft, das schnelle reichliche Geld existieren kann. Mit anderen Worten, Saloons. Davon gab es nur drei Block, von der 76th bis zur 96th. Die Mieten waren kein Problem. Was sind schon zwölftausend im Monat für einen Barbesitzer? Das ist gerade die Hälfte des natürlichen Wochenendschwundes, das Geld, das zwischen Registrierkasse und dem Finanzamt verlorengeht. Man steigt ein – der Vermieter verlangt sechs Monatsmieten im voraus, um zu beweisen, wie gefragt seine Objekte sind –, und man steckt hundert Riesen in Einrichtung und Bepflanzung. Was sind schon hundert Riesen, wenn man drei Dollar fünfzig für einen Drink verlangt, der einen nur sechzig Cent kostet, das, was gestohlen wird und was man zum Schutz seines Ladens zahlen muß, inklusive? Wenn man ein guter Manager ist, dann holt man seine Aufwendungen innerhalb von drei Monaten wieder herein. Nach drei Monaten ist es so, als hätte man es niemals ausgegeben. So ist das eben in der freien Marktwirtschaft. Einer steigt auf, ein anderer geht unter.

Dann baut diese Saloons, Leute. Baut sie an jeder Straße, wo sie einander genau gegenüberstehen. Herrgott, baut sie übereinander. Stapelt sie wie Pfannkuchen; es kann nicht schiefgehen. Wenn der arme, alte Sack auf der Suche nach einer schnellen Nummer einen Drink in zwanzig verschiedenen Schuppen kippt, anstatt zwanzig Drinks in nur einem Bums, wird man immer noch reich. Und zwar jeder.

Ich begann an der Kreuzung 86th und Columbus und arbeitete mich in Richtung Innenstadt vor. Die meisten Bars waren Ableger von der East Side, Kopien von klassischen Stammlokalen auf der anderen Seite des Parks: Buttons Too, Shingles West, O'Brady's Across the Park. Sämtliche profitgierigen Unternehmer von der überlaufenen East Side hatten ihre Bahamakonten geplündert – bei diesen Banken bestand das Sparbuch in einem Jutesack mit dem Namen des Kontoinhabers darauf – und hatten nahezu identische Betriebe aufgezogen. Café Déjà Vu hätten sie sie nennen sollen. Die gleiche müde Innendekoration, die gleichen Gläser, sogar die gleichen »exklusiven« Verfeinerungen wie Zucchini im Bloody Mary oder Piña Coladas, die in Kürbissen serviert wurden; oder irgendeine berühmte saure Soße, die aus gleichen Teilen Mayonnaise, Cayennepfeffer und pürierten Kakerlaken zubereitet wird. Ich hatte für all diese Burschen gearbeitet. Alle hatten mich gefeuert. Zum Beispiel Al Ramsey, das ehemalige männliche Model, das etwas aus dem Leim gegangen war und King Tut's Too aufgemacht hatte; er hatte mich im Wandschrank erwischt, wo ich seiner alten Dame auf einem Berg Avacados sehr heftig den Hof machte. Fünf Jahre später ist er geschieden, leistet Unterhaltszahlungen und ist aufrichtig freundlich. Er war ganz wild darauf, mir einen Drink zu spendieren und alles zu erklären.

»Siehst du, was ich mittlerweile beschäftige?« fragte er und legte mir den Arm um die Schultern. »Magere kleine Jungs. Zweiundzwanzig Jahre alt, direkt aus dem Bus. Keine Ahnung, ist auch egal. Früher war der Barkeeper der Boß . . .«

»Stimmt«, pflichtete ich ihm bei. »Der Besitzer tat nichts anderes als reich werden . . .«

»Hör auf mit dem Scheiß . . .« Sein Griff wurde fester. »Du weißt genau, was ich meine. Der Barkeeper bestimmte die Show. Er hatte Prestige. Jeder wollte sich mit ihm gut stehen. Jede Puppe im Laden hoffte, irgendwann sagen zu können, sie hätte mit ihm gebumst.« Er bedachte mich mit einem rachsüchtigen Blick. »Das ist alles vorbei. Sieh dir nur diesen Jungen an, den ich bekommen habe. Er wollte einen Job als Kellner, aber da war ich komplett, deshalb stellte ich ihn hinter die Bar. Früher mußte ein Kellner Jahre warten, ehe er eine solche Gelegenheit bekam. Das ist heute unwichtig.«

»Dann gib mir zwei Tage, wenn alles so unwichtig ist.«

»Sieh dir nur diesen Jungen an«, fuhr er fort und ignorierte meinen Einwurf, »er macht Martinis, die wie Motorenöl schmecken, aber das ist völlig unwichtig, weil niemand mehr Martinis trinkt, zumindest meine Gäste nicht. Er macht gegenüber den Kunden den Klugscheißer. Große Klappe und nichts dahinter. Ich warte nur darauf, daß jemand ihn endlich mal auf die Bretter schickt, aber niemand legt sich mit dem Barkeeper an, jedenfalls nicht hier. Sieht so aus, als hätte dich jemand in der Mangel gehabt.«

Ich betastete mein angeschwollenes Auge. »Das habe ich mir eingefangen, als ich mein Vaterland verteidigte.«

»Der Junge ist Schauspieler, glaube ich, oder Bühnenschriftsteller, ich weiß es nicht«, redete Ramsey weiter. »Er glaubt, er ist mit allen Wassern gewaschen, dabei ist er sogar zu blöd, um zu stehlen. Ich hab' ihm eine supermoderne elektronische Kasse hingestellt, und der weiß noch immer nicht, wie man das Ding richtig bedient. Mein Buchhalter dreht fast durch, aber was kratzt mich dás. Das Geld ist im Kasten, die Kassenstreifen können wir immer noch nachliefern.«

»Ich bin kein Dieb«, erklärte ich. »Niemand hat mich je des Diebstahls beschuldigt.«

»Niemand hat dich je erwischt, aber ich möchte jetzt keine Trauerrede halten. Du bist ein Prinz, ein As, eine Legende. Früher hätte ich niemals auch nur im entferntesten daran gedacht, einen Laden aufzumachen, ohne jemanden wie dich anzuheuern, aber jetzt ist das völlig unwichtig.« Ramsey lachte breit. »Ich bin glücklich, sagen zu können, daß ich dich nicht mehr brauche. Trink noch einen Bloody Mary, ehe du gehst.«

Ein paar Blocks weiter südlich fand ich einen Laden, wo niemand mich kannte. Billy B's: Der namengebende Besitzer hatte vor drei Jahren zu Weihnachten sein Bett angezündet, während er darin lag, und einen Saloon auf der New York Avenue hinterlassen sowie drei Ex-Frauen, die sich darüber in die Haare gerieten.

Der Laden war wie ausgestorben, bis auf ein Mädchen in einem Wollrock mit einer goldenen Uhr um den Hals, das hinter der Bar stand und mit einem Minicomputer und einem Leuchtstift spielte. Sauber, kunstloses Make-up, lehrerinnenroter Lippenstift, hübsche Zähne.

»Wir haben samstags und sonntags zum Brunch sehr viel Betrieb«, erklärte sie, »und wir brauchen jemanden, der in einer Stunde hundert Drinks machen kann.«

»Sie brauchen einen Automaten.«

Sie lachte über den Vorschlag.

»Wenn Billy B noch leben würde, dann würde er für mich bürgen. Ich hab' auf der East Side etwa ein Jahr lang für ihn gearbeitet . . .«

Sie lächelte wieder. Das machte mir Mut. »Seine Frau Amy hat jetzt die Leitung über das Unternehmen. Kennen Sie sie?«

»Er hatte drei Frauen. Eine davon konnte mich nicht ausstehen . . .«

»Nun, ich kann mir nicht vorstellen, daß Amy überhaupt irgend jemanden nicht ausstehen kann. Mal sehen, ob Sie im Computer sind. Wie heißen Sie?«

Ich nenne ihr meinen Namen, und sie spielt auf dem Computer Klavier. »Buchstabiert sich das irisch?«

»F-I-N-E-B-E-R-G.«

Sie lächelt.

»Ich versuche, den Test zu bestehen«, sagte ich. Das Lächeln erreichte ihre Augen. Ich berührte sie tatsächlich. Es war mein verwittertes Aussehen, der Regen im Gesicht, das Leid der Welt in den Augen. Ausgezehrt und sexy, der Killer auf der Flucht.

Sie spielte wieder mit ihrem elektronischen Bleistift, und plötzlich hatte ihr Lächeln einen Ausdruck des Bedauerns. »Oh, schade.«

»Rieche ich aus dem Mund?«

»Sehen Sie selbst.«

Eine Reihe vertrauter Namen flackerte auf dem Schirm. Bobby Ferrara – er wurde wegen falscher Flugzeugtickets gesucht und mußte sich nach Kalifornien absetzen. George Fletcher, der große Säufer, der an einem Winterabend im Schnee eine U-Bahn-Treppe hinunterfiel und danach für sechs Monate kein Glied rühren konnte. Darüber stand in sauberen elektronischen Buchstaben der Name BRIAN FLANAGAN. Dahinter flackerte ein großes NEIN mit einem Sternchen.

»Es ist lange her«, entschuldigte ich mich. »Was habe ich getan?«

Es schien ihr aufrichtig leid zu tun. »Man kann sagen, daß wir ihm aufs Wort glauben. Ich meine, er ist kein Mensch, deshalb kann er sich nicht irren.«

»Ich hab' das anders gelernt«, meinte ich. »Schon mal was vom Großen Bruder gehört?«

Sie zwinkerte wie das Sternchen.

»Als ich so alt war wie Sie, da protestierten wir gegen Maschinen . . .«

»Sie haben auch jeden Monat Inventur gemacht«, sagte sie. »Können Sie sich noch daran erinnern, wie Sie morgens gegen fünf Uhr an den Regalen entlanggingen und Flaschen zählten? Wollen Sie mal sehen, wie wir das heute machen?« Sie drückte auf ein paar Tasten, und der Schirm war voll von Schnapsmarken, Inventarnummern, Bestandszahlen. Sie trat zurück, damit ich es besser sehen konnte. »Jeden Abend geben wir die geleerten Flaschen ein. Und am Ende des Monats tippen wir einen Befehl, und wir bekommen unsere Inventurliste. Genauso können wir auch unseren Nettogewinn und unsere monatlichen Bestellungen ausdrucken lassen.«

»In jenen langen Inventurnächten habe ich eine Menge wunderschöner Freundschaften geschlossen.«

Sie lächelte wieder, gelangweilt, aber dennoch höflich.

»Ich bin froh, daß ich tot sein werde, wenn Ihre Generation diese Welt beherrscht«, sagte ich.

»Ich bin Ihnen nicht böse, daß Sie sich ärgern«, entgegnete sie.

»Weil Sie und Ihre kleine Maschine voller Scheiße sind.«

Das Lächeln mußte aufgemalt sein. »Schön möglich. Aber

nach dieser letzte Bemerkung würde ich meinen, daß der Computer mit seinem Urteil über Sie recht hatte.«

Nächster Versuch.

White Zombie

Ich begann meine Bloody-Mary-Tour über Manhattan Island, und als ich endlich bis zum Lincoln Center gelangt war, wußte ich nicht, ob ich betrunken war oder einen Allergieanfall hatte. Alle neuen Läden waren zu einem universellen Saloon verschmolzen. Es war ein Etablissement mit verglastem Patio und von der Decke hängenden Schlingpflanzen, wo ein kleines Mädchen mit Pferdeschwanzfrisur die Tagesspezialitäten auf eine schwarze Wandtafel kritzelte, während ein spindeldürrer Bursche mit einem winzigen Hauch Make-up auf den Wangen in Jazzschuhen, die so klein sind, daß man sie in seinem Wagen an den Innenspiegel hängen kann, die Tagesspezialitäten für alte Damen, die ihre Brillen vergessen haben, laut rezitierte. Ich kam mir vor, als wäre ich nur einmal um den Block gegangen und im selben Laden gelandet. Auf der anderen Straßenseite lauerte der riesige Kulturpalast im Dunst. Beim Ballett war eine Matinee im Gange. Ein Lautenspieler aus der Renaissance in elisabethanischem Kostüm saß am Brunnen und griff in die Saiten. Leute stopften ihren Feldsalat in sich hinein, verschluckten sich an Speckwürfeln, kippten ihre Sangrias, kauten Orangenkerne und eilten über die Straße, vorbei an den umherwandernden Musikern mit ihren Schildern, die seit Weihnachten gegen die Oper streikten, vorbei an der weißhaarigen Landstreicherin, die vor der U-Bahn-Station in ihren Lumpen auf dem Erdboden saß und, längst über das Betteln hinaus, Fußgänger belästigte. »Das nennen die klassische Musik? Ich werde Ihnen mal klassische Musik vorführen«, und sie kreischte etwas, das klang wie »La Donna ë mobile«. Sie strömten ins Ballett, um ausgezehrte Ballerinen zu einer Suite von Tschaikowsky tanzen zu sehen, die er geschrieben hatte, als die Cholera in seinen Eingeweiden wütete; oder um sich ein

Streichquartett anzuhören, das Beethoven mit Syphilis im Gehirn komponiert hatte; oder eine Symphonie von Mozart, etwa zu der Zeit geschrieben, als er in Wien vor sich hin hungerte und eine Sonate nicht von einem Salamisandwich unterscheiden konnte.

»Was bedeutet das alles eigentlich?« fragte ich einen Barkeeper in einem der Salat-Wandtafel-Schlingpflanzen-Läden. Er war jung, unbeholfen, völlig neu in diesem Job, und er dachte nur an den Vorsprechtermin und an sein Theaterstück, das in der Schublade auf Entdeckung wartete. Er wollte antworten, aber diese Frage war selbst für Alfred North Whitehead schwer zu beantworten, wieviel schwerer erst für einen Barkeeper der Tagesschicht.

»Vita brevis, ars longa«, sagte ich. »Das Leben ist kurz, aber die Kunst ist lang. Es ist das vice versa, das einen umbringt. Man hat zuviel Zeit zur Verfügung.«

Der Junge geriet in Panik. Er sah ziemlich müde aus.

»Ich bin heute ein wenig morbide«, sagte ich. Und ging.

Nächster Versuch.

Ich ging in Richtung 57th Street. Vorbei an den Drogenhändlern am Columbus Circle, und nicht einer von ihnen machte sich an mich heran. »Joints, Valium, Placidyl«. Sie hielten mich für einen Cop oder einen Säufer im letzten Stadium. Ich sah mir den Veranstaltungsplan des Coliseum Convention Center an – JAHRESTREFFEN DER HERSTELLER ORTHOPÄDISCHER SCHUHE – und die Konferenzteilnehmer mit ihren Namensschildern. »Hallo, ich bin Guido von der Prothesenboutique in Asthabula, Ohio.« Wir sehen uns zum Cocktail im Ripley-American. Frag nur nach Whitey. Ich ging an der Carnegie Hall vorbei, geriet in einen Strom hungriger Mittagspäusler unterwegs zum Russian Tea Room. »Seht zu, daß ihr einen Tisch bekommt. Laßt euch nicht an die Bar verfrachten.« Erreichte die Fifth Avenue. Hier fing der Metro-Marktplatz an und erstreckte sich ohne Unterbrechung bis zur 23rd Street. Hier konnte ich niemals entlanggehen, ohne mich zu fragen, wovon all diese Leute lebten. Ich meine, wie kommt ein Typ zurecht, der im zweiten Stock eines Lofts frühe amerikanische Daguerreotypien verkauft? Oder ein Bursche, der sich auf türkische Keramik spezialisiert hat? Diese Straßen sind mit winzigen Läden gesäumt. Die Türen stehen offen, die Lichter brennen, die Telefone sind angeschlossen, sie haben Verkaufspersonal, aber sie sind immer leer. Man sieht sie in ihren Schaufenstern an ihren Auslagen herumfummeln, als glaubten sie, das Geschäft ihres Lebens machen zu können, wenn sie ihre Waren nur richtig zur Geltung brachten. Die Vermieter haben sie fest im Griff. Zwischen Steuern und Ladendieben arbeiten sie für Uncle Sam oder irgendein Loch in Klein-Italien. Wie halten sie sich im Geschäft? Warum bleiben sie im Business?

Ich ging auf der Third Avenue auf und ab und sah in alle Bars. Das gleiche auf der Second. Ebenso auf der First. Singlesville, das Mädchen-Ghetto, hier kannte mich jeder. Ich hatte in der Vergangenheit in jedem dieser Bumslokale gearbeitet und sie regelmäßig heimgesucht.

Die Mittagszeit war vorbei, und der Augenblick unausweichlicher Wahrheit war angebrochen. Die Leute, die woanders ihren Job hatten, waren fort, und zurück blieben die Typen in den Anzügen und mit den Ledermappen, die in ihren Kaffee starrten und darüber nachdachten, welche Kreditkarte sich noch verwenden ließ. Zwei Martinis für den Anfang, ein leckeres Importbier zum Omelette fin des herbes, vielleicht auch ein paar Tropfen B & B in den Kaffee; ganz gleich, wie abgebrannt man war, es war schon in Ordnung, wenn man am Tisch sitzen blieb. Erst wenn man aufstand und den langen Weg zur Bar einschlug, verriet man sein Spiel. Früher trieben sich auf der East Side eine Menge Typen herum, die unbegrenzt Zeit zu haben schienen, doch die waren auf wunderbare Weise verschwunden. Es gab die Typen, die immer noch Arbeit hatten, deren Abwesenheit aber noch nicht bemerkt wurde, und sie warteten auf das Montagsmorgen-Gespräch mit ihrem Boß. Zwei Wochen, und räum deinen Schreibtisch leer, Arschloch. Wir können dich nicht mehr mitschleppen. So war die Wirklichkeit, ganz gleich, wie es ausgesprochen wurde. So warteten sie bei einem weiteren Tuborg auf ihr Ende, lasen die Zeitung und flirteten lustlos mit den Serviererinnen. Dann gab es die Burschen, die ohne Arbeit waren, aber eine suchten. Ein Vorstellungsgespräch am

Vormittag, versuch es, das Ganze bis halb zwölf hinauszuzögern, so daß er dich zum Lunch einlädt. Statt dessen dauert das Gespräch ganze fünfzehn Minuten, und man ist um elf Uhr fünfundvierzig wieder draußen auf der Straße. Du mußt etwas essen. Zwanzig Jahre lang hast du zum Lunch immer etwas zu dir genommen, damit darfst du jetzt nicht aufhören. Ein Lunch ist ähnlich wichtig wie eine glatte Rasur und eine gebügelte Hose in den Tropen, welche die Kolonial-Engländer zum Prinzip erhoben haben. Man muß die Disziplin aufrechterhalten. Lunch, du Idiot, zwing dich dazu, dein Lunch einzunehmen.

Und dann ist es drei Uhr. Der nächste Zug kommt um fünf Uhr vierzig. Alles was du hast, sind zwei Lebensläufe, die Telefonrechnung, drei Büroklammern und eine Schachtel Hustenbonbons in deinem Lederer-Aktenkoffer, aber niemand hat Röntgenaugen, also warum machst du dir Sorgen? Schon nach der ersten Minute, die du im Laden bist, haben sie dich vergessen. Du hast der Serviererin einen dämlichen Witz erzählt und bist nicht unausstehlich geworden, als sie nicht darüber lachte. Du hast nicht laut mit deinem Begleiter gesprochen und eine Menge Fotokopien aus dem Koffer hervorgeholt, um dein Argument zu unterstreichen. Du hast keine zehn Prozent Trinkgeld zurückgelassen. (»Ich verdopple den Betrag nur, wenn die Bedienung wirklich gut ist.«) Das tun alle Handelsvertreter, mußt du wissen. Weißt du noch, wie du selbst mal eine solche Rolle gespielt hast? Komm mit an die Bar, hier bist du zu Hause. Sieh dir all die anderen Typen an, die dort sitzen. Bestell einen Drink, brich das Eis. Du bist nicht der einzige, der seinen Sommersitz zum Verkauf anbietet; der mit dem Verkauf seiner Firmenanteile zu lange gewartet hat und nun auf einen neuen Aufschwung hofft; der von seinem eigenen Assistenten, dem er vertraut hatte, ein Messer in den Rücken bekam; dessen Frau nicht weiß, wie schlimm die Dinge wirklich stehen. Vor zehn Jahren, als *du selbst* noch Leute hinausgeworfen hast, hatten sie nach ein oder zwei Monaten etwas anderes gefunden. So einfach wird es für dich nicht mehr sein. Nicht bei dieser Wirtschaft. Du bist jetzt bescheiden geworden, wie alle anderen auch. Die Leute mögen dich so viel lieber. Sogar deine Frau mag dich. Als hättest du etwas davon.

Nimm einen Drink. Dann kommst du mit einer Fahne nach Hause wie in alten Zeiten.

Ich betrat etwa vierzig Läden und benutzte in jedem den gleichen Anfangsatz: »Ich weiß, daß Sie niemanden von der Straße weg einstellen, aber . . .« Aber was? Sie stellen nicht von der Straße ein, du hast es selbst gesagt. Willst du etwa, daß sie in deinem Fall eine Ausnahme machen? Ich traf Typen, mit denen ich in einer Zeit zusammengearbeitet hatte, als wir alle glaubten, daß ein Bar-Job nur eine Zwischenstation auf dem Weg zur ersten Million war. Da waren Jungs, die ich genauso angelernt hatte, wie Doug Coughlin es mit mir gemacht hatte. Ich hatte sie gelehrt zu stehlen und ihnen sogar die Freundin ausgespannt, einigen jedenfalls.

Nun waren sie Manager oder sogar Teilhaber. Sie begrüßten mich freundlich und spendierten mir einen Drink. Die Entschuldigung des Tages stand an der Wandtafel. Die Geschäfte gingen schrecklich. Sie hatten ihr Personal auf nur einen Barkeeper auch an Freitagen und Samstagen verringert. Außerdem, bei dieser neuen Vorschrift, daß auch Trinkgelder versteuert werden müssen, waren Bar-Jobs nicht mehr das, was sie einmal waren. Na prima, dann konnte ich ja meine alternative Karriere beginnen – und endlich Gehirnchirurg werden.

Nach der 42nd wurden die Saloons kleiner und armseliger. Jeder hing von der Bevölkerung in der Nachbarschaft ab und von irgendeiner örtlichen Institution. In der Nähe der *Daily News* fand man den Composing Room, das Back Page – sogar ein kleines Bistro namens Etoian Shedlu. In den Dreißigern unweit des Bellevue Hospitals gab es ein kleines Lokal mit grünen Wänden und Operationstischen namens R.I.P. Es war eine Landschaft aus faulen Witzen, die auf einen Lacher warteten, der nie ertönte.

Hier, nahe der Ambulanzklinik waren die Heimat- und die Krankenhauslosen. Sie hatten die Armenabteilungen geleert und die Leute mit einer Pille und einem Gebet in die Wirklichkeit hinausgeschickt. Sechsundreißigtausend Menschen lebten hier auf der Straße. Zusammen mit den Säufern und Pennern ist das eine neue Klasse von Herumtreibern, die jungen Landstreicher, die Diebe und Dropouts und Drogensüchtigen, die irgendwann total abtauchen und von der Wohlfahrt und ihren schwächeren Weggefährten leben; junge Mädchen mit dreck- und blutverschmierten Gesichtern, die Augen stumpf, die Gesichter in einem pharmazeutischen Drogenrot, Lumpen am Leib, die bei jedem Schritt müde flattern. In den alten Tagen, als das Leben noch einfach war, war ein Penner ein zahnloser alter Clown, der die Hand ausstreckte und einen Standardsatz hatte: »Ich lüge dich wirklich nicht an, Buddy, aber ich brauche noch ganze sieben Cents für eine Flasche Wein . . .« In den alten Tagen wurde man nicht von mürrischen Kindern mit stechenden Augen und verfilzten Bärten angehalten und bedrängt. »Warum paßt du nicht auf, wo du hintrittst.« Bereit, sich zu schlagen und zu wehren – gegen die Cops, die zum Schlichten kamen, und die Sanitäter, die versuchten, allen zu helfen. In der alten Zeit wurden obdachlose Mädchen allenfalls zu kleinen Flittchen. Ein Mädchen kann wenigstens ein paar Dollar verdienen und etwas Spaß haben. In der alten Zeit konnte man ein ganzes Leben hinter sich bringen, ohne auch nur eine verrückte Person gesehen zu haben. Nun mußte man sich an ihnen vorbeidrükken und aus dem Weg springen, wenn sie im Zickzackkurs auf einen zukamen. Jesus, ich war froh, daß ich morgen nicht in dieser Welt aufwachen mußte. Ich würde bei den Fischen und den Ersatzreifen schlafen. Es mußten Unmengen unentdeckter Leichen, mit Ketten gefesselt, einzementiert, ein grotesker Chor, auf dem Flußgrund liegen. Ich würde ein stilles Plätzchen finden. Ein weiteres Stück Müll kam auf den großen Haufen.

Die Houston Street in der Dämmerung. Obdachlose Jungen in schmierigen Lumpen sprangen auf den Kreuzungen herum, putzten an der Ampel wartenden Wagen die Windschutzscheiben und forderten Geld. Ein Mann sprang aus einem Pappkarton und schrie. Zwei Schwarze begannen sich zu prügeln. Eine Gruppe New Wavers mit lila Haaren und Daddys Scheck in der Lederjeans stachelten sie weiter an. Ein Streifenwagen fuhr mit zuckenden Lichtern vorbei. Eine Dame in einem Mercedes überfuhr eine rote Ampel, um den Fensterputzern zu entgehen, und hätte beinahe mich erwischt. Die Lichter der Manhattan Bridge funkelten wie eine Tiara über all dem

Wahnsinn. Niemand war je von dieser Brücke gesprungen oder hatte ein Gedicht darüber geschrieben. Vielleicht herrschte dort zuviel Berufsverkehr. Ein Stück weiter flußabwärts, die große Brooklyn, Roeblings Prachtstück. Sie war die Garantie für eine Reise ohne Wiederkehr.

Um die Canal Street wurden die Penner weniger, und kecke Chinesenkinder mit Entenschwanzfrisuren und Windjacken blockierten die Straße wie die Rabauken meiner Jugend. Eine Million Orientalen trieben sich herum; alles außer dem Schild über dem Eisenwarenladen trug exotische Schriftzeichen.

Nach links auf den Broadway. Die Nacht war hereingebrochen. Ich fand mich in einer Gruppe von jungen Leuten wieder, Collegetypen, die aus Plastikbechern ihre Drinks schlürften. Tennisschuhe und der Geruch nach frischer Seife. »Entschuldigen Sie, Sir, wissen Sie vielleicht, wo das Old Seaman's Home ist?«

»Das was?« Meinten die mich?

»Dort ist es, Cathy, gleich da vorne.«

Ich erwischte Cathys Arm.

»Was ist im Old Seaman's Home los?«

»Sie veranstalten eine Lesung. Eine Wohltätigkeitsveranstaltung für ein neues Magazin für moderne Dichtung.«

»Moderne was?«

»Dichtung. Warum kommen Sie nicht mit? Drei Dollar Eintritt, Wein und Käse gratis.«

Ein Literatur-Magazin? Wein und Käse? Gab diese Stadt denn nie auf?

Zombie-Fete

Das Old Seaman's Home war ein tattriger zweistöckiger Steuerzahler in einem Block von Lagerhäusern mit Gußeisenverzierungen. Sein Name war schwach in einen verwitterten Giebel eingemeißelt, seine dicke Eichentür wies ein paar Kerben auf, hielt aber immer noch das Wetter und den Pöbel draußen. Dennoch waren in dem Haus schon seit längerer Zeit keine Seeleute mehr gewesen. Jemand hatte das Heim in einen Saloon umgewandelt.

Unterteilt war er in zwei Etagen, die durch eine offene Treppe miteinander verbunden waren. Das Parterre schien den alten Fahrensleuten als Lese- und Freizeitraum gedient zu haben. Die Wände waren mit Ölgemälden vom nautischen Leben bedeckt, ernste Kapitäne, bärtig und in blauem Tuch, majestätische Schoner, Szenen des Heldentums zur See. Da waren verblichene Fotografien unter Glas – Walfang-Mannschaften, athletische Typen mit Schnurrbärten, zahnlose Eingeborene, die bewundernd zu den heroischen Kapitänen aufschauten. Jemand hatte an einer Wand unter den Harpunen und dem ausgestopften Wal, den Netzen und den Enterhaken eine lange Mahagonibar aufgebaut. Massive Picknickbänke dienten als Tische, Bücherschränke mit Glastüren standen da, in denen sich Logbücher und Seemannstagebücher befanden. Die zweite Etage besaß einen Balkon, von dem aus man auf das Treiben unten hinabschauen konnte. Viele gewöhnliche Seeleute hatten in diesen kleinen Räumen ihren letzten Schnaufer getan; nun hatte man die Türen ausgehängt und die Kammern in Nischen verwandelt. Von der Mitte der Bar konnte man die Treppe hinaufschauen und durch das Oberlicht die Sterne der Sommersonnenwende betrachten; mit einem Sextanten konnte man seine Position bestimmen und brauchte kein Straßenschild. Das Holz war nachgedunkelt worden, damit es zur Farbe der Trägerbalken paßte. Das warme goldene Licht der Vergangenheit ergoß sich von den alten Leuchtern. Hier waren keine großräumigen Innendekorationskonzepte verwirklicht worden. Jemand war hereingekommen, hatte sich alles angeschaut und beschlossen, alles so zu belassen, wie es war. In der heutigen Zeit konnte man das schon fast als gediegenen Geschmack bezeichnen.

Ein fülliges Mädchen mit unreiner Haut kassierte an der Tür das Eintrittsgeld. Ein Blick auf mich ließ ihre Augen überfließen.

»Gehen Sie nur rein und fühlen Sie sich wohl, Mister. Sie können etwas spenden, wenn der Teller herumgeht.«

Ich war irrtümlich in eine andere Dimension geraten. Vom

Friedhof gestorbener Trends waren jene meistgehaßten Kreaturen wieder auferstanden – die Literaturstudenten.

Etwa hundert von der Sorte waren da, tranken billigen Rotwein und knabberten Kartoffelchips. Die Typen trugen Leinenhosen und Flanellhemden, bis auf jene, die in ihren Lehrbüchern für Englische Literatur ein Bild von Oscar Wilde gesehen hatten und es mit langen Gehröcken und blasierten Blicken versuchten. Die Mädchen waren so total unauffällig, wie es die literaturbeflissenen Ladies seit der Blaustrumpfperiode immer gewesen sind. Sie waren die Träumer der fünfziger und sechziger Jahre, die von Lee Harvey Oswald und dem Rock 'n' Roll massakriert worden waren. Ich hatte angenommen, sie hätten die Vierteljahresschriften längst vergessen.

Ein Videotrupp hatte in einer Ecke des Raumes eine kleine Bühne aufgebaut. Sie diskutierten mit einem kleinwüchsigen Burschen mit buschigen Haaren und schwarzem Bart, der sein Gesicht total verdeckte.

»Wo wird der Streifen gesendet, in irgendeiner öffentlichen Station in Weehawken?« schnaubte er. »Glaubt ihr, ihr habt einen Idioten vor euch? Ich mache bei diesem Geschäft keinen Penny. Wenn ihr das Spektakel aufnehmen wollt, dann tut es gefälligst von dem Platz aus, den ich euch zeige. Hängt die Lampen an die Treppe, wenn nämlich jemand durch Zufall in diese Show gerät, dann sieht er sofort die Bar und das Oberlicht. Also rauf mit dem Kram, oder ihr packt alles zusammen, und ich spare mir mein Schmiergeld. Ich brauche euch genausowenig wie einen elektrischen Ventilator im Arsch.«

Das mußte der Besitzer sein. Aus der Nähe betrachtet war er sogar noch kleiner. Sein Nacken verschwand unter einem dicken Muskelwulst, der aussah wie ein Buckel. Wahnsinnige grüne Augen zuckten wie Tiere in der Falle. Über seiner Schulter hing ein Ledersack, der zweifellos seine Drogen enthielt, und an seiner Hüfte bemerkte ich eine Ausbuchtung, bei der es sich nur um eine .38er handeln konnte. Seine Pupillen waren so schwarz und klein wie Steckknöpfe.

»Sind Sie der Besitzer?« erkundigte ich mich.

Er musterte mich von oben bis unten. »Haben Sie ein besseres Angebot?«

»Ein hübscher Laden.«

»Ein Restaurantkritiker, was? Drinks bis elf Uhr gratis, also vergeuden Sie keine Zeit, mir die Füße zu küssen. Nach elf Uhr schmeiße ich Sie sowieso hinaus . . .«

»Sie werden mit diesem Laden Erfolg haben«, fuhr ich fort.

Er ging in Boxerstellung und tätschelte seine Hüfte. »Ich werde Erfolg haben, häh? Danke, auf Sie habe ich gerade gewartet. Ich hab' mir schon Sorgen gemacht, wissen Sie, nachdem ich zweihundert Riesen in dieses Loch gepumpt habe und bisher niemand aus der Nachbarschaft bei mir aufgetaucht ist. Doch nun, nachdem Sie mir Bescheid gesagt haben, schlafe ich bestimmt viel ruhiger . . .«

»Wie lange gibt's den Laden schon?«

»Warum ich hier stehe und mit Ihnen rede, überlege ich mir später. Zwei Monate läuft der Laden schon, lange genug, um mit Dichterlesungen und anderen Attraktionen alles mögliche zu versuchen, auch wenn mir das alles keinen einzigen Cent bringt. Ich hab' nämlich einen reichlichen Drogenkonsum, und das wird auf die Dauer teuer.«

»Hätt' ich nicht gedacht.«

Er holte ruckartig die .38er heraus. »Besonders gerne verpasse ich Leuten ein zweites Arschloch.«

»Heh, Steve, du bist längst über deinem Limit.«

Ein Typ, so groß wie eine Staumauer tauchte hinter mir auf. Einer von den Burschen, die keinen Hals brauchen, weil der Brustkorb gleich unter dem Kinn anfängt, und deren Schultern sich neben ihren Köpfen auftürmen. Ein jüdischer Schläger im schwarzem Rollkragenpullover mit einem Kopf, auf dem schwarze jüdische Locken wucherten; Haare schienen an diesem Ort die besondere Mode zu sein. »Steve darf seine Pistole nur einmal pro Abend hervorholen«, erklärte der Schläger. »Er hat sie schon einmal einem Knaben im Rollstuhl gezeigt.«

»Wo steht denn, daß ich jeden Krüppel umsonst reinlassen soll?«

»Sind Sie der Rausschmeißer?« fragte ich.

»Ich bin der Dichter. Ich heiße David Kramer . . .«

»Mir kommen Sie eher wie ein Goliath vor«, entgegnete ich.

»Und was meine Größe angeht, da bin ich sehr empfindlich«, meinte er geduldig.

»Dann tragen Sie am besten dunkle Farben«, riet ich ihm.

Der Schläger hob eine Hand, um mir auf die Schulter zu klopfen. »Ich glaube, der Bursche ist ein Ästhet, Steve . . .«

»Er ist ein verdammter Penner, der einen Job sucht«, meinte Steve. »Ich wette um einen Hunderter, daß er mich nach einem Job fragt.«

»Sie haben die Wette gewonnen«, sagte ich, »und Sie können Ihren Gewinn gleich von meinem ersten Wochenlohn abziehen.«

David lachte. »Ich verbürge mich mit meinem guten Ruf dafür, daß er nicht schlampig arbeitet oder deiner nicht existenten besseren Hälfte nachstellt oder gar Streit anfängt, Steve.«

»Was bin ich denn, nutzloses Inventar in diesem Laden, oder was? Ich sag dir eines, ich will, daß dieser Geck schnellstens von hier verschwindet, und du wirfst ihn hinaus.«

»Heh, Moment, ich will keine wunderbare Freundschaft zerstören«, sagte ich. »Geben Sie mir meine drei Dollar zurück, und ich bin schon weg.«

»Ihre drei Dollar sollen mich wohl an den Bettelstab bringen, was?« Er bedachte mich mit einem angewiderten Blick. »Ihre drei Bucks reichen bis elf Uhr. Dann werfe ich Sie hinaus.« Seine Hüfte tätschelnd walzte er durch den Raum und brüllte eine Kellnerin an.

»Nett gemacht«, sagte David Kramer.

»Ich habe noch nie einen Barmenschen kennengelernt, der irgendwelches Geld zurückgibt. Ich bin Barkeeper, müssen Sie wissen. Und ich suche einen Job. Ihr Boß hat recht.«

»Ich weiß. Er hat immer recht. Aber gleichzeitig liegt er auch immer falsch.«

»In seinem Laden ist der Boß ein Gott. Er weiß alles. Stellen Sie ihn auf die Straße, und er kann nicht einmal ein Taxi anhalten.«

»Das ist es.« David Kramer klopfte mir auf den Rücken. »Das faßt alles kurz und bündig zusammen.«

»Arbeiten Sie hier?«

»Sieben Abende pro Woche.«

»Als dichtender Barkeeper?«

»Als gescheiterter dichtender Barkeeper. Ich bin ein ›Drittelamerikaner‹.«

»Wofür ist diese Wohltätigkeitsveranstaltung noch mal?«

»Für unser Magazin, *Brooklyn Bridge* . . .« Er reichte mir ein Heft mit einer wunderschönen Pastellmalerei von der Brooklyn Bridge auf dem Umschlag.

»Ein Literatur-Magazin?«

»Was sonst?«

»Ich dachte, es wäre eine Stadtversion der *New Yorker*. Restaurants und Boutiquen, Klatsch der Soho-Szene.«

»Die Idee ist zu erfolgversprechend. Dies ist nur eines der vielen die Selbstkosten deckenden künstlerischen Abenteuer. Nichts zu fressen, aber jede Menge Mädchen.«

»Haben Dichter noch immer Groupies?«

»Wir bekommen den Überschuß von den Eishockeyspielern rübergeschoben.«

Jemand rief ihn von der Treppe, wo ein paar junge Leute versuchten, einen schwankenden Betrunkenen zurückzuhalten. »Bleiben Sie«, meinte er. »Ihr Urteil interessiert mich.«

In der Bar waren Exemplare des Magazins verteilt worden. Über dem Spiegel war ein Banner über den ausgestopften Wal drapiert worden. Über allem lag die Spannung, wie man sie in einem Theater spüren kann, kurz bevor sich der Vorhang hebt. Literarische Werke – Bukowski, Creely, Walt Whitman – wurden ausgestellt.

Ich war in einen Stilbruch eingedrungen. Einmal geboren, stirbt ein Stil niemals aus. Nach den fünfzehn Minuten seiner Aktualität geistert er durch die Nacht der Kultur, wo er ähnliche Opfer antrifft wie sich selbst. Und wen erwählt er sich? Nun, der Vampir der Avantgarde hat es zu einer Wissenschaft erhoben. Gesucht wird nach dem Extremen. Leidenschaftliche Mädchen, die durch unerwiderte Kinderliebe zur Dichtung kamen, oder Unterernährte mit vorquellenden Augen und drahtigem Haar, das Funken versprüht, wenn man es berührt. Ihre Mütter haben ihnen schon sehr frühzeitig Trikots übergestreift, und seitdem sind sie »kreativ«. Die fetten Mädchen sind überwältigend hingebungsvoll; die mageren werden zwischen den Laken leicht zickig. All diese schwarzen Strumpfhosen, all diese graue Haut. Irgendein Nobelpreisträger wird herausfinden, daß dies alles eine Folge der Hirnchemie ist; das Protein, das graue Haut hervorruft, bewirkt bei den Frauen auch, daß sie schwarze Strumpfhosen tragen und zu Dichterlesungen marschieren.

Die Männer haben auch eine Tradition, gleichfalls hormonellen Ursprungs. Es gibt eine Untergruppe, die klein ist mit Stummelbeinchen und ordentlich arrangierten hellblonden Locken und randloser Brille. Sehr still auf unheilvolle Weise. Sie mischen sich nur schwer unters Volk. Die Stille-Wasser-Routine. Prägnante Pause, wenn sie reden – man kann zwischen den Erklärungen durchaus einschlafen. Dann sind da die wilden und haarigen Männer, die ›ästhetischen Revolutionäre‹, die bei kulturellen Veranstaltungen die Kleider ausziehen, die Gedichte für Anti-Atomkraft-Demonstrationen schreiben und Seminare stören, die von den Burschen mit den randlosen Brillen organisiert wurden. Sie ziehen sich aus und werfen Tüten voller Fäkalien unters Volk, während die Leute über Fragen nachdenken wie ›Hat die moderne Dichtung ihren Wert als Schock-Erlebnis verloren?‹ oder ›Kunst und Konfrontationspolitik: Sind sie miteinander vereinbar?‹

Ich sah mich um und entdeckte die Beatniks aus den legendären Fünfzigern. Durchweg nur zweite Wahl. All die anderen Beats, diejenigen, die gedruckt oder produziert worden waren oder in irgendwelchen Memoiren ausführlich behandelt wurden, waren auf College-Reise. Sie veranstalteten Vorlesungen über tote Dichter, die sie gekannt hatten, und gaben Schreib-Kurse und holten jeden Dollar aus dem Legenden-Business ihrer eigenen Vergangenheit. Diese Dollars waren schwer verdient, und sie hielten ihre Reihen dicht geschlossen. Geld gab es bei dieser Leistung nicht, deshalb bekamen hoffnungsvolle Talente und verkannte Genies auch eine Chance. Zum Beispiel der Typ, der den dritten Blumentopf im ersten Konzert von John Cage gespielt hatte. Dann der junge Poet, der mit Keruac und Ginsberg in San Francisco zusammentreffen sollte, der aber den falschen Bus erwischte und in Medord, Oregon, landete. Die Lady, die mit jedem abstrakten Expressionisten eine heiße Affäre hatte – sah man sich die Retrospektiven an, dann lernte man ihre verflossenen Liebhaber kennen. Die Klassenkameraden und Zimmergenossen und die Seelenbrüder der fast Großen, die die Prestigekrümel von ihren armseligen Tischen aufpickten. Sie bekamen die Gratis-Veranstaltungen. Sie standen in jeder Adressenkartei, denn sie wirkten in ihren schmuddeligen Foulards und Bauernblusen und mit ihrem geheimnisvollen Lächeln, bei dem die Bosheit in den Augenwinkeln funkelte, sehr dekorativ. Und noch eine andere Gruppe, deren Einkommensquelle mir ein Rätsel war und blieb. Die Kleinhändler der Kunst, die darauf warteten, daß ihre Mietverträge ausliefen, ehe sie für immer verschwanden.

»Und Sie kennen den traurigen Teil . . .«

Eine kleine Blondine in einem farbfleckigen Overall ergriff meinen Arm. »Wie bitte? Wie ist der traurige Teil?«

Für eine grauenvolle Sekunde glaubte ich, sie könne meine Gedanken lesen. Dann begriff ich, daß ich wieder in meine alte Tour verfallen war.

»Entschuldigung, ich hab' mit mir selbst geredet.«

»Oh, das war mir klar.« Sie hatte dieses hervorquellende glasige Starren, wie man es oft bei ausgestopften Fischen beobachten kann; oder bei jemand, der schon seit Tagen ununterbrochen auf den Beinen ist. »Aber Sie glauben doch, daß es einen traurigen Teil gibt, deshalb erzählen Sie ihn mir.«

Sie war zwanzig, höchstens. Mittelständischer Vorort war mein erster Eindruck: Connecticut wahrscheinlich, vielleicht auch New Jersey. Mit elf Jahren Gras, entjungfert mit dreizehn, LSD beim High-School-Fest, versäumte ihre Vorlesungen und Übungen am College, weil sie sich von einer Abtreibung erholen mußte. Jesus, ich war froh, daß ich niemals in einer Welt aufwachen würde, in der Mädchen wie dies sich bei irgendwelchen Ereignissen wie diesem versammelten, um die Liebe ihres Lebens zu finden.

»Der traurige Teil ist, daß Mädchen wie Sie bei solchen Katastrophen erscheinen und die Liebe suchen«, sagte ich.

Sie war zu stoned, um aus dem Konzept gebracht zu werden. Ich hatte es als Beschimpfung gemeint, doch sie verstand es als Ouvertüre. Offensichtlich konnte ich mich nicht mehr klar ausdrücken.

»Jeder sucht überall Liebe.« Sie schob ihren Arm unter meinen. »Außerdem ist das meine Stammbar. Alle Barkeeper sind meine Freunde. Ich hab' einiges von Davids Arbeiten gelesen. Er ist wirklich gut . . .«

»Haltet ENDLICH DIE SCHNAUZE!«

Das Mädchen wies auf einen Betrunkenen auf der Treppe, ein anderer Bart, diesmal von der roten keltischen Variante. »Dieser Brad Castleton ist ein echter Paniker.« Sie rückte näher, preßte ihre Brust gegen meinen Arm. »Er ist ein wahnsinnig guter Maler. Er macht sämtliche Illustrationen des Magazins.«

»Ihr sitzt in einer Bar, ihr mietet den Platz, also könnt ihr auch nach Herzenslust herumlabern«, sagte Castleton und umklammerte das Geländer mit beiden Händen. »Und wir müssen dabeistehen und uns euren leeren Quatsch anhören. Habe ich recht?«

»Du hast recht!« riefen ein paar Kids im Publikum.

»Quatsch nenne ich es, weil ich es mit der Bezeichnung *Scheiß* nicht aufwerten möchte. Stimmt's?«

»Ist dies das erste Gedicht des Abends?« rief ich.

Alle drehten sich um. Was sahen sie? Einen Grant Wood der Achtziger, amerikanisches Pathos. Das Bild eines Gossenpaares, alter Säufer und junge Drogentussi. Das Girl kuschelte sich richtig an mich und grinste, als sollten wir fotografiert werden.

»Ich werte es auf. Scheiß!« Castleton ballte eine Faust und schob sich vorwärts. Kramer packte ihn am Kragen. »Denn jetzt haben wir den Platz gemietet, seht ihr, und wir geben euch Ochsen Pisse und Fußpilz und . . .«

David griff ihm unter die Arme und setzte ihn behutsam auf die oberste Treppenstufe. »Brad wollte nur sagen, daß wir diesen Saal bis elf Uhr zur Verfügung haben, und eine Menge Leute wollen zu Wort kommen, deshalb sollten wir anfangen.«

Steve, der Besitzer, drängte sich zur Bar durch. »Schaltet die verdammte Beleuchtung aus und dreht die Musikbox ab«, rief er, »und dann laßt uns endlich dieses verdammte Huhn auf die andere Straßenseite bringen.«

»Ist das ein Gedicht?« erkundigte ich mich.

»Diese Bemerkung war schon beim ersten Mal unsinnig«, fauchte Steve.

»Er mußte es zweimal sagen, sonst wäre es kein Gedicht gewesen«, meinte Kramer.

Und die Beleuchtung erlosch.

Und die Videoscheinwerfer gingen an und nagelten die blinzelnden Poeten auf die Treppe. Bei soviel Watt sah jeder theatralisch aus. Ich löste mich aus der Umklammerung meiner neuen Freundin. »Wo gehst du hin?« quengelte sie.

»Ich bin noch nicht bereit für eine längere Beziehung«, sagte ich. »Warum gehst du nicht mit dir selbst eine Beziehung ein, wenn du weißt, was ich meine?«

Und auch diesmal kam die Beleidigung nicht an.

Sie war so fertig, daß ihr Gesicht kubische Formen annahm. »Ich heiße Dolly Mooney«, sagte sie.

»Das überrascht mich nicht.« Ich brachte zwei Hocker zwischen uns, und sie vergaß mich völlig.

David Kramer stand geduldig auf der Treppe, während sie ihm ein Mikrofon ansteckten. Er hatte sich ein buntes bedrucktes Hemd angezogen, auf dem es von Tulpen und Gardenien nur so wimmelte, und das aussah, als wäre es aus den Küchenvorhängen seiner Mutter geschneidert worden. »Ich komme mir vor wie bei der ›Tonight Show‹.«

»Ist das ein Gedicht?« brüllte ich in die Dunkelheit. »Vielleicht sagt mir jemand Bescheid, wenn es mit den Gedichten endlich losgeht.« In der Menge wurden einige wütende Zischer laut. Was für eine Art, die letzten Stunden auf Erden zu verbringen.

Ein schwarzer Boy löste sich aus der Menge. Es war einer dieser Harvard-/Harlem-Typen, die nicht wußten, ob sie Intellektuelle oder Rocker sind, ob sie wollten, daß die Weißen sie liebten oder fürchteten. Sein Gesichtsausdruck wechselte zwischen wütend und um Verzeihung flehend. Er war der einzige Farbige im Raum, und alle wußten es. In den alten Zeiten wäre bei einer solchen Veranstaltung sicherlich ein Dutzend gekommen; das wußten sie wahrscheinlich nicht.

»Sie fangen mit dem Nigger an«, sagte er und sprang ins Licht. »Strecken den Fuß aus, um das Wasser zu testen. Das ist in Ordnung, denn wenn ihr nicht lange und laut applaudiert, Motherfuckers, dann schneide ich euch . . .«

Verwirrtes Gemurmel und laute Zustimmung begleiteten die

Worte. Der Junge zog ein Blatt Papier aus seiner Windjacke. »Ich bringe jetzt etwas mit dem Titel ›Na du, Mama‹«, sagte der Junge. Weitere Zischer. »Das bestätigt sicherlich eure Stereotypen, oder nicht?«

Er wandte sich ab wie eine Mime, der sich auf eine Rolle vorbereitete, und fuhr dann mit einem lauten Ruf wieder herum.

Wer tat das Thorazin
in dein Instant Ovaltin?
Na du, Mama.
Wer zog das Nachthemd an,
ließ kleine Jungens ran?
Na du, Mama.

Die Zuhörer brauchten nicht lange, um mit einzustimmen. Der Junge zählte eine Reihe von Missetaten und drastischen Scherzen auf, die sich vorwiegend auf Narkotika und sexuelle Fehltritte bezogen. Sie alle schrieb er seiner »Mama« zu und endete:

Und bist du aus dem Gröbsten raus,
wer lebt von dir in Saus und Braus?
Deine kleine, alte, weißhaarige
MAMA!!!!

Sie applaudierten wie von Sinnen. Der Junge kam in Fahrt. Was machte er nun? Er räusperte sich und wartete ab, bis der Tumult sich gelegt hatte, dann las er etwas vor von sonnengetrocknetem Schlamm und Rinderblut und blitzenden Sensen, die vor dem rotglühenden Horizont wie gekrümmte Segel aussahen, und von dem Salz in den Wunden der Sklaven und *Wenn du mich jetzt fragst, was ich mir wünsche, was ich für mein Schweigen haben möchte* . . .

Und alle waren plötzlich sehr still und sehr beeindruckt. Und sie klatschten noch begeisterter als beim ersten Gedicht. Und wieder war eine neue Karriere in Gang gesetzt.

Dann brachte Kramer eine magere, sommersprossige Rothaarige in einem altmodischen Kleid und hohen Arbeitsstiefeln, die um einen Hocker bat und mit dem Mikrofon herumfummelte wie eine Rocksängerin. »Das scheint hier der reinste Familienabend zu sein«, sagte sie in ihrer quäkenden Mittel-West-Stimme. »Mein Gedicht hat den Titel ›Ich hab's für dich getan, Daddy‹.«

Sie räusperte sich und lächelte verlegen.

Es kam mir wie Stunden vor dort auf der Wiese
Nur ein paar Yards hinter dem Männerhaus
Die Stinkpflanzen streichelten mein Rektum . . .

Rektum? Das weckte jeden blitzartig auf. Es stellte sich heraus, daß das Gedicht davon handelte, wie sie den unbeholfenen Annäherungsversuchen eines Reserve-Running Backs der Football-Mannschaft nachgegeben hatte . . .

Ich explodiere dir ins Gesicht, grunzte er.
Der Strahl auf den Gläsern meiner Bausch und Lomb.
Weißt du noch, als du meine Hand nahmst,
Sie auf den Knopf legtest, Daddy, und die milchige Flüssigkeit
Spritzte auf die Windschutzscheibe . . .

Und so ging es viele tränenselige Strophen lang, voll Porno und Platitüden. Anfangs schienen es zwei Typen zu sein, einer mit einem großen Penis, einer mit einem kleinen, sie beschrieb jedoch nur in epischer Breite die De- und Retumeszenz des gleichen armen Teufels, der seine Erektion nicht lange genug halten konnte, um einige Strophen dieses Epos für sich zu verbuchen.

Anders als bei dir, Daddy
War Liebe bei ihm nicht mehr als ein müdes Aufbäumen . . .

Und so, während sie sich im kalten Schlamm wälzte und sich mit etwas Hartem und Rostigem abgibt, was an das Montiereisen im Kofferraum ihres Vaters erinnern soll, während die Lichter des Schlafsaals eine unheimliche Botschaft blinken, bleibt sie plötzlich still liegen. Denn wenn sie die Augen schließt, sieht sie das gefurchte, besorgte Gesicht ihres Vaters, der seinen Regenmantel über den Arm gelegt hat, während er durch den Korridor zum Büro des Dekans der Frauenabteilung geht. Welch ein Skandal! So läßt sie sich von diesem Affen die Kontaktlinsen vollschmieren, um ihrem Vater die Demütigung zu ersparen, und sechs Monate später, als er mit ihrer Freundin vor den Altar tritt, kann er ihr nicht in die Augen sehen, obgleich sie genau weiß, daß ihr Telefon schon bald klingeln wird, weil er glaubt, daß es ihr gefallen hat. Weil sie ihn nicht verpfiffen hat.

Ein netter Junge, sagte Daddy.
Bring mir auch so einen ins Haus.

Sie ließen ihr keine Zeit für eine dramatische Pause, sondern sprangen auf und stampften und pfiffen und brüllten. Dennoch rief niemand »Zugabe«. Das machte auch keinen Unterschied. Diese Tante hätte man erwürgen müssen, um sie vom Podium herunterzubekommen.

»Das nächste heißt ›Die Frauen kommen und gehen‹«, verkündete sie und stürzte sich in eine Litanei über verzerrte Münder und stumme Schreie von Frauen in den Jahrhunderten, über ihren Kampf bei der Niederkunft und den großen Abgrund; über harte zupackende Hände und stinkenden Whiskeyatem. Und die ganze Zeit kommen und gehen die Frauen. Sie kamen und gingen am Ende jeder Strophe, ohne sich bei T.S. Eliot zu bedanken, der der erste war, der sie auf ihre Irrfahrt geschickt hatte. Großer Schaden wurde im Laufe der Jahrhunderte inneren Organen zugefügt. Genicke, »wie Rücken im Sturm«, brachen unter der Belastung, Knochen wurden aus Gelenken herausgerissen, »zarte Tunnel in die Wärme der nachgiebigen Erde geschnitten . . .« Verwirrt blätterten die Leute in den Programmen. Hüsteln und Flüstern ertönte. Einige sehnsüchtige Blicke verloren sich in Richtung Ausgang.

Dolly Mooney schob sich neben mich, sah mir in die Augen und schenkte mir ein breites, offenes Bläserlächeln. Da, sagte ich, okay? Ich bin eine Schlange, eine Ratte, mein Verstand liegt in der Gosse. Im Lichte dessen, was geschah, sollte ich es niemals zugeben. Aber ich sah und erkannte es; und der alte schlafende Hund begann seine müden Knochen zu recken und zu strecken. Und ich mußte innerlich darüber kichern, denn während ich gerade im Begriff war, allem ein Ende zu setzen, schien es Frauen geradezu zu regnen. Ein Teil von mir war davon überhaupt nicht berührt. Doch ein anderer Teil schon, und zwar der Teil, bei dem man sich nie darauf verlassen konnte, daß er zur richtigen Zeit reagierte.

Es war ein Lächeln mit offenem Mund, die Zunge leicht herausgestreckt, die Augen voller Hoffnung, so wie man es bei einem hechelnden Hund beobachten kann. Grausam, grausam, aber jeder, der ein solches Lächeln mal geschenkt bekam oder es selbst weitergab, erkennt es auf Anhieb. Ich schenkte Mooney daraufhin einen zweiten Blick. Sie war ein strammes kleines Paketchen, zierlich, aber überaus wohlgeformt, mit einem apfelförmigen Hintern und einer handspannenbreiten Taille, die den Körper zu einem Stundenglas mit wagnerianischem Oberteil formte. Mit anderen Worten, ein kleines Mädchen mit Riesentitten, eine anatomische Variante, die des öfteren zu mir sehr nett gewesen war.

Es war absurd. Ich hatte genug intus, um jederzeit auf Grund zu laufen, ich hatte das Fahnenmaststadium längst hinter mir; ich brachte noch nicht einmal einen halbwegs gespannten Bogen zustande. Keine Angst vor der Ratte, die an meinem Schenkel abwärts schlich, sie würde sich zurückhalten und dann in ein so tiefes Koma versinken, daß ich vor ihrer Nase die Tür zuknallen muß, um ihre Aufmerksamkeit zu erlangen. Ich kannte meine Fähigkeiten. Ich hatte einen Kopf voller lüsterner Gedanken, aber die würden sich schon kurz vor dem Bauchnabel verabschieden.

»Du solltest deinen Gesichtsausdruck sehen«, meinte sie.

Wütende Köpfe drehten sich zu uns um. Mooney erntete zwei erboste Zischer. »Das«, sagte sie und schob mir ein Glasröhrchen mit Koks in die Hand, »das lindert die Schmerzen.«

Ich gab es zurück. »Behalte es, du wirst es in zwei Stunden dringend brauchen.«

»Du brauchst es jetzt«, sagte sie und zwang mir ihr Geschenk auf. »Du bist voll.«

Ich knallte ihr das Röhrchen ins heiße Händchen und bog ihre Finger darum. »Wenn du nicht so voll wärest, wüßtest du, wie voll du wirklich bist.«

Eine kleine, vogelähnliche Braut erschien. (Habe ich eigentlich vogelähnliche Bräute dem Reigen meiner avantgardistischen Zeitgenossen hinzugefügt?) »Würden Sie bitte den Dichtern den gebührenden Respekt zollen?« fragte sie. (Sie war eine von jenen modernen Tänzerinnen, die sich beim Herumrollen auf dem Parkett gerne Holzsplitter ins Fell rammen. Sie war wild auf einen Kampf, so daß sie ihren Respekt vor den Dichtern unter Beweis stellen konnte, indem sie sich für sie einsetzte und sie hochlobte.) Ich drängte Mooney hinüber in eine dunkle Nische, ein Stück von den Kulturgeiern entfernt. »In zwei Stunden bist du nüchtern genug, um zu erkennen, daß du geladen hast, verstanden? Dann wirst du alles weiße Pulver brauchen, an das du herankommen kannst, nur um halbwegs bei Verstand zu bleiben.«

»Keine Angst, von Dope breche ich niemals zusammen«, beruhigte sie mich. »Außerdem habe ich genug davon. Nimm soviel du willst.« Und sie schmuggelte mir das Röhrchen wieder in die Hand.

Was hatte es zu bedeuten, daß mir all diese Frauen Narkotika geradezu aufdrängten? Am vorhergehenden Abend war es Sonya mit ihren Percodans gewesen, und nun diese verirrte Seele. Verführung mittels Drogen war dort, wo ich herkam, ein männliches Vorrecht: Frauen, wie Fische an der Angel, mußten sich bis zum Ende wehren. Und warum versuchte ein kleines, zwanzigjähriges Mädel ausgerechnet mich anzumachen und abzuschleppen? Ich war nichts anderes als ein Vorstadtcasanova. Und warum war ich eigentlich hier? Ich war schon 1965 für Dichterlesungen viel zu hip gewesen.

Mooney stand so stark unter Spannung, daß sie von ihrer Idee geradezu besessen war.

»Im Interesse der Literatur«, meinte ich und verstaute das Röhrchen in meiner Tasche.

Sie kicherte.

Nach zwanzig Minuten auf der Toilette roch die Bar wie eine

belaubte Waldlichtung. Dankbar sog ich die schale, verqualmte Luft in mich auf. Der Laden war so still wie eine Kirche. David, der große Judenjunge, bewegte sich langsam auf das Podium zu.

»Gott, ich hasse das«, sagte er. »Es ist erstaunlich, wie viele verschiedene Möglichkeiten ein Mensch erfinden kann, sich selbst zu quälen.«

Er schaute in sein Notizbuch und fing an.

»Die Straße zum Untergang . . .« Er hüstelte verlegen und trat vom Podium zurück. »Hmmm, um mich vorzustellen . . .« Er hatte den typischen Brooklyner Judenakzent, ganz anders als das Brooklyn-Irisch, -Italienisch und -Schwarz; und ganz anders als der Judenakzent aus der Bronx, von Staten Island und Queens. Er drang in einem Singsang aus der Nase, wo die irische Variante vom Gaumen reflektiert wurde, und die Italiener knurrten aus einem Loch im Brustbein, und die Schwarzen ließen es in der Brust vor sich hinköcheln, und die Chinesen und die Pakistani . . .

»Ich traue der Dichtung nicht, die unter Drogeneinfluß geschrieben wurde«, sagte Kramer. »Manchmal denke ich, daß der Grund, warum in den vergangenen zwanzig Jahren so wenig bedeutende Dichtung geschrieben wurde, darin zu sehen ist, daß wir uns von der Idee einer Inspiration durch Giftgenuß verleiten lassen.« Er runzelte die Stirn und zupfte an seinem Bart. »Das ist ein ganz schöner prätentiöser Quatsch, nicht wahr? Vor allem deshalb, weil ich ein Gedicht vorlesen möchte, das ich nach einer Nacht voller Alkohol und diverser Stimulantien und Betäubungsgifte geschrieben habe . . .«

»Lies einfach vor!« rief ich. »Und spiel hier nicht den Schüchternen.« Die Leute drehten sich zu mir um. »Halt die Klappe, Arschloch.«

»Jemand soll diesen Idioten rausschmeißen.«

»Motherfucker.«

Aber Kramer rettete mich vor diesem literarischen Mob.

»Der Gentleman hat völlig recht. Und daher . . .« Er hob theatralisch eine Hand. »Warnungen und Exkursionen und . . .«

»Die Straße zum Untergang«, stieß er hervor.

Die Straße zum Untergang ist glatt
Grauer Nieselregen glättet den Asph . . .
Die Gänge krachen und knirschen, krachen und knirschen
Sie springen rein, springen raus
Und das ist keine Metapher . . .

Kramer blinzelte durch das Licht das schweigende Publikum an.

Bauern stehen am Rand
Der Straße zum Untergang.
Wasserpfützen und Reisigholz.
Sie trotten dahin mit Pfannen und Eimern.
Und wir im dahin rasenden Datsun,
Das schwächste Glied der Kette.
Leben ist eine Zufallsauswahl
Wie kommt es, daß die Bauern immer in der
entgegensetzten Richtung unterwegs sind?
Die Straße zum Untergang ist mit Ideen gepflastert,
Deren Zeit gekommen ist.
Zwei Punkte mit einer Linie zwischen ihnen
Verwehren dir das Wegerecht
Eine begonnene Reise ist gleichzeitig auch eine beendete
Reise
Läßt die Sonne im funkelnden Heu aufgehen.
Eine wandernde Treppe ist es,
die zu Eis wird
Und dann ein gleitender Teich
Und dann ein Fahrstuhlschacht.
Die Reise verwirrt dich
Wie Woughs Flossen,
Brechts Verwunderung
Und dann, wenn die Zeit sich staut,
Erklingt gepreßt ein Reim . . .

Kramer verstummte unvermittelt und trat ab. Das Publikum brauchte ein paar Sekunden, um zu begreifen, daß das Gedicht zu Ende war, doch dann brüllten und applaudierten alle.

»Mehr, mehr . . .«

»Zugabe.«

Kramer zuckte zusammen und wand sich, als landete jedes Klatschen in seinem Gesicht. Er versuchte sich durch die Menge zu drängen, doch bei seiner ängstlichen Vorsicht, die er mit allen großen Männern gemein hatte, kam er kaum voran und sah sich bald gegen die Service-Bar gedrängt, wo die Leute auf ihn einbrüllten und mehr forderten.

Ich schaffte es unter Einsatz meiner Ellbogen bis zur Service-Bar, wo Kramer mit einem Wasserglas Cognac in der Hand herumstand und Bewunderer abwimmelte.

»Jeder hat zwei gebracht, David.«

»Ich gehe dort nicht wieder rauf.«

»Das ist nicht fair.«

Er schwitzte so stark, daß er sich mehrmals die Hand abtrocknen mußte, die das Glas hielt.

»So etwas tue ich niemals wieder.«

»Heh, Kramer . . .«

Steve der Besitzer versuchte, mich aus dem Weg zu drängen. »Verschwinden Sie von hier!!!«

»Laß ihn in Ruhe.« Kramer stieß Steve den Besitzer zur Seite. Seine Augen waren gerötet. Schweiß – oder Tränen – liefen in glitzernden Rinnsalen in seinen Bart. »Was halten Sie davon?«

»Sehen Sie, ich bin nur hergekommen, um Ihnen . . .«

»Na los, sagen Sie mir offen Ihre Meinung. Ich kenne Sie nicht. Sie sind kein Bar-Groupie oder ein Freund, also niemand, der Angst haben könnte, meine Gefühle zu verletzen.«

»Was zum Teufel interessiert dich die Meinung dieses Idioten?« wollte Steve der Besitzer wissen.

»Ich habe keine Ahnung von Dichtung«, sagte ich. »Ich bin lediglich ein abgebrochener Karbeeper.«

»Karbeeper, das ist raffiniert«, sagte Kramer. »Die Umkehr. Das, was ich in diesem Gedicht gemacht habe. Nur habe ich es auf die Spitze getrieben, nicht wahr?«

»Sehen Sie, ich habe mal jahrelang versucht, Gedichte zu schreiben . . .«

»Ich wußte es.« Er umarmte mich. Seine Kleider rochen, als hätte er darin geschlafen . . . auf der Straße. »Sie müssen auch dort hinauf . . .«

»Kommt nicht in Frage.«

»Aber Sie sind gut, ich kann das beurteilen.«

»Ich bin nicht gut, und Sie können es nicht beurteilen und da . . .« Ich steckte ihm das Röhrchen in die Tasche. »Dies soll das Symbol meiner Bewunderung sein . . .«

»Was zum Schnupfen? Ich bin ganz wild auf dieses Zeug, müssen Sie wissen. Danke.«

Und er verschwand.

Oben auf dem Podium wankte der Betrunkene mit dem roten Bart ins Licht. Er hatte einen Skizzenblock unterm Arm.

»Brad Castleton«, stellte er sich vor. »Dies ist die Pausennummer. Sie haben mich zum Geldschnorrer ernannt, weil ich von Patriziern abstamme. Ich bin ein direkter Abkömmling der WASP-Plutokratie. Der Typ, der alles wegsoff bis auf seinen Akzent und seinen Snobismus. Ich werde jetzt ein Gedicht vorlesen, von dem ich hoffe, daß es Sie ansprechen wird, und ich werde dazu zeichnen. Ich tue also zwei Dinge gleichzeitig. Wenn Sie nun bereit sind . . .«

Kramer stieg aufs Podium und flüsterte ihm etwas ins Ohr. Mit der Präzision des Betrunkenen legte er den Skizzenblock ab. »Lügt euch für ein paar Minuten gegenseitig etwas vor, ich bin gleich wieder da«, sagte er.

Alle lachten; sie wußten, wohin er verschwand. Als er schnüffelnd und mit großen Augen wieder erschien, lachten sie erneut, denn nun wußten sie, wo er gewesen war.

»Der Titel des Gedichtes lautet ›Dem Geld zur Verteidigung‹«, sagte er, nahm den Skizzenblock wieder auf und begann zu zeichnen.

Geld ist nicht all das, was sie sagen
Über Sex wagen sie nicht so zu reden
Denn das würde offenbar werden lassen
Daß sie nonorgasmisch sind
Auch über Kunst reden sie nicht so,
Denn dann würde deutlich, daß sie nicht kosmisch sind,
Sie sagen das auch nicht über die Revolution
Denn das würde bedeuten, sie sind nicht apokalyptisch
Sie sagen niemals Nichts ist nicht alles
Denn dann würde die Welt wissen,

daß sie nicht nihilistisch sind . . .
Und das geht nicht.

Ein paar alte Säufer in der ersten Reihe lachten und applaudierten. Wenn von Geld die Rede war, dann konnten sie folgen; außerdem war es niemals von Nachteil, bei einem reichen Säufer Pluspunkte zu sammeln.

Castleton zeichnete fieberhaft, während er fortfuhr:

»Geld bekommt also ein schlechtes Image
Das arme, loyale, treue Geld
Kommt deine Mutter in einem zerknitterten Mantel,
Um dir die Wäsche zu waschen und eine Suppe zu kochen?
Das kannst du dir mit Geld alles leisten.
Spendieren die Freunde dir ein Essen oder leihen sie dir die Miete?
Das Geld liegt auf der Bank.
Wartet auf dich.
Geld, fleckig und zerknittert wie Bob Cratchit,
Faltig und rissig wie Onkel Tom.
Ein geduldiger Diener, der demütig darauf wartet,
Gerufen zu werden . . .

Nun fingen auch die Jüngeren an, dahinterzusteigen. Das war nur ein Spaß. Sie durften jetzt lachen. Doch genauso, wie sie vorhin alles zu ernst genommen hatten, wirkte ihre Belustigung nun etwas überdreht. Sie lachten zu laut und zu lange, um anzuzeigen, daß sie den Witz verstanden hatten. Sie stießen sich gegenseitig an, röhrten sich gegenseitig ins Gesicht.

»Seid für ein paar Zeilen noch mal still«, bat Castleton. »Ich bin fast fertig.«

Geld kann kein Glück kaufen.
Das hat es auch nie behauptet.
Anders als Sex, der das Blaue vom Himmel verspricht,
und die Revolution, die die Welt verändern will.

Geld stellt keine Forderungen
Laßt uns daher dem Geld eine Chance geben . . .

»Da . . .« Er trat zurück und gab vor, seine Zeichnung zu begutachten. »Es ist fertig.« Er zeigte es dem Publikum. Alle lachten. Es war eine naturgetreue Wiedergabe einer Ein-Dollar-Note, vergrößert, aber bis auf die kleinsten Details perfekt.

»Wir brauchen Geld für dieses Magazin«, sagte Castleton, »keinen Sex, davon haben wir im Überfluß.«

Ein Begeisterungsschrei.

»Keine Revolution, denn man stellt uns sowieso sofort an die Wand.«

Ein verblüfftes Schweigen.

»Daher werde ich dieses Meisterwerk dem Höchstbietenden anvertrauen . . .«

Kramer tauchte neben mir auf.

»Sie bewegen sich für einen so großen Mann aber sehr schnell«, stellte ich fest.

»Ich war in der High-School Footballverteidiger. Da . . .« Er versuchte, das Koksröhrchen wieder in meine Tasche zu bugsieren. Ich stieß es beiseite.

»Was soll ich tun, eine Anzeige in der Zeitung aufgeben?«

»Okay, okay.« Er nahm es wieder zurück. »Ich bin nur so versessen auf dieses Zeug . . .«

»Das haben Sie mir schon verraten.«

»Das Schlimmste daran ist, es macht einen langweilig, man wiederholt sich wieder und wieder . . .«

»Man dreht sich im Kreis . . .«

»Nicht ganz. Man spricht den gleichen Satz vorwärts und rückwärts, formuliert ihn immer wieder neu. Genauso wie meine Gedichte . . . Immer die gleichen beiden Ideen, immer wieder von vorn. Ich weiß, was nicht stimmt. Aber bei diesem Zeug reagiere ich völlig haltlos . . .«

»Das haben Sie mir schon gesagt. Jetzt sorgen Sie dafür, daß ich mich wiederhole.«

»Ich weiß, ich weiß. Das ist das schlimmste daran. Ich mache die ganze Welt so langweilig wie ich es bin.«

»Sie bewegen sich im Kreis.«

»Sehen Sie«, sagte er triumphierend. »Ich habe auch Sie dazu gebracht, sich zu wiederholen.« Er winkte mit dem Röhrchen. »Nehmen Sie eine Prise. Jetzt ist es sowieso egal.«

»Ich brauche es nicht.«

»Sie müssen sich selbst dazu bringen, es zu brauchen.«

»Hören Sie, ich bin im Begriff, von der Brooklyn Bridge zu springen. Ich bin hier nur kurz eingekehrt, um einen schnellen Drink zu nehmen und etwas Dichtung zu hören.«

»Heh, David«, rief ein Mädchen. »Die Gebote sind schon bei fünfzig Dollar angelangt.«

»Prima!« Er stieß mich in die Rippen. »Passen Sie auf.«

»Einen Dollar«, rief er.

Oben auf der Plattform strich sich Brad Castleton über den Bart. »Hmmm, ein geringeres Gebot. Darüber muß ich nachdenken.«

»Wenn dies das Bild von einem Dollar ist, von nichts mehr und nichts weniger, dann ist es nur einen Dollar wert«, rief David.

»Hmmm«, sagte Castleton. »Hier werden wichtige ästhetische Fragen aufgeworfen. Hat jemand ein Zündholz?«

Jemand reichte ihm ein Feuerzeug. Er schnippte es an, stellte die Flamme auf groß und führte sie an die Ecke seiner Zeichnung.

Ein spontaner Schrei: »Nein!!!« kam von einigen Leuten unter den Zuschauern.

»Eine weitere Augenblicksfrage«, sagte Castleton und ließ die verbrannte Zeichnung zu Boden sinken. »Verkauft an den Mann mit dem Bart und dem schlechten Gewissen. Verkauft, sage ich. Alle von Ihnen, die inflationäre Angebote abgegeben haben in der Hoffnung, einen echten Castleton zu besitzen, der nach meinem unmittelbar bevorstehenden Abschied von dieser Welt meherere tausend Dollar einbringen dürfte, können für das Magazin *Brooklyn Bridge* diesen Betrag spenden. Dort finden Sie jeden Monat mehrere echte Castletons. Wenn wir genug Geld zusammenbekommen, dann machen wir ein wöchentlich erscheinendes Magazin daraus, und es gibt noch mehr originale Castletons. Und falls wir vom Guggenheim oder von den Fulbrights etwas abbekommen, stellen wir auf tägliches Erscheinen um. Ein täglich erscheinendes Literaturmagazin, das morgens vor ihre Tür gelegt wird. Trinken Sie

Ihren Morgenkaffee mit den neuesten Literaten. Selbstmord, Nachgeburt, billiger Nervenkitzel, der Boden des Fasses. Lesen Sie darüber . . .«

»Nimm den Haken«, sagte Kramer und erstickte fast vor Lachen.

»Das wird nicht nötig sein«, sagte Castleton. Er versuchte sich mit einer Verbeugung. Ein Techniker packte ihn am Gürtel, und er ruderte mit den Armen, als sie ihn von der Bühne zerrten.

Das fette Mädchen, das mich umsonst eingelassen hatte, schob sich mit einem kleinen Flaschenkörbchen durch die Zuschauerschar und bekam viele Münzen und wenig Papier.

»Sie sind nicht besonders kooperativ«, sagte ich zu Kramer.

»Das ist es, sie sind es nie. Pseudos, der ganze verdammte Haufen. Wenn Sie wissen wollen, warum die Kunst tot ist, dann schauen Sie sich nur einmal um . . .« Er schüttelte die Faust. »Eine Band geiziger, egoistischer Mitläufer, die in ihrem ganzen Leben noch keinen einzigen ernsthaften Augenblick hatten. Wir wollten nur zeigen, was für Arschlöcher sie sind.«

»Sie können keinem Arschloch zeigen, was für ein Arschloch er ist. Da ist ja der Hauptgrund, warum er ein Arschloch ist.«

»Das stimmt.« Er packte meinen Arm. »Das sollten Sie aufschreiben.«

»Habe ich«, erwiderte ich, »und einen ganzen Haufen kleiner Aphorismen, die in einem Saloon nach ein paar Kurzen richtig tiefgründig erscheinen.«

»Da fällt mir wieder ein . . . wollen Sie noch einen richtigen Drink? Einen Cognac?«

Kaum war er unter der Bar durchgeschlüpft, da tauchte Steve fauchend aus der Dunkelheit auf.

»Ich habe dir doch gesagt, keine harten Sachen.«

»Das ist für die Familie.« Er goß ungefähr drei Unzen Hennessy in einen Schwenker und reichte ihn mir. Steve beobachtete uns mit Anzeichen eines akuten Todeskampfs.

»Seit wann ist der denn ein Verwandter?«

»Ach, stell dich nicht so an.« Kramer schenkte sich selbst ebenfalls einen großzügigen Cognac ein.

»Du hast den Burschen gerade erst kennengelernt. Wenn du

großzügig sein willst, gib ihm etwas, das dir gehört. Aber das ist mein Schnaps . . .«

»Wo du gerade dabei bist, David.« Das war Castleton, der von der Toilette kam und weiße Pulverspuren im Schnurrbart hatte, wo die Ladung leicht danebengegangen war. »Einen Flying Dutchman, bitte.«

David schob das Heineken über die Bar. So besoffen er auch war, Castleton fing die Flasche lässig auf.

»Einen Toast«, kreischte Kramer.

»Nun, dann gib mir auch so einen verdammten Drink«, sagte Steve. »Nein, nicht von dir, Kramer.« Mit jener seltsamen telepathischen Fähigkeit, die allen Räuberbaronen zu eigen ist, wandte er sich an mich. »Sie wollen hier doch einen Job?«

»Ja, ich suche einen Job«, gab ich zu.

»Ich brauche einen Mechaniker«, sagte Steve. »Die beiden Burschen hier kommen zu sehr aus dieser Umgebung.«

»Nun, heute ist Ihr Glückstag, denn soeben ist der beste Mechaniker unterhalb der Fourteenth Street durch die Schwingtüren Ihres Laden getreten.«

»Ach ja? Ich mag tropische Drinks, Mr. Mechaniker. Warum machen Sie mir nicht mal einen Zombie. Jetzt gleich.«

»Einen Zombie. Das ist ein Kinderspiel, Mr. Unternehmer. Das schwierigste an seiner Zusammensetzung ist, hinter die Bar zu kommen, ohne daß ich mir den Schädel einrenne.« Ich schlüpfte unter der Serviceklappe hindurch. »Laßt das Licht aus, ich arbeite gerne im Dunkeln.« Ich fand ein hohes Glas und warf zwei Eiswürfel hinein, während ich in einem fort redete. »Leute wie Sie sind niemals glücklich, Mr. Eigentümer . . .« Ein Schuß weißer Rum und ein weiterer Eiswürfel. »Sie sind der Herrscher dieses kleinen Eissalons, aber das reicht nicht aus . . . « Ein Schuß weißer Rum, über einen Mixlöffel auf den Eiswürfel gegossen, so daß er einen kurzen Moment lang auf dem dunklen, schwereren Rum aufschwimmt. Der nächste Eiswürfel. »Sie müssen auch draußen der absolute Monarch sein. Totale Unterwürfigkeit, unbedinger Gehorsam. Ein typischer Eigentümer . . .« Ein Schuß Apricot Brandy, genauso vorsichtig über den Rücken eines Mixlöffels gegossen, so daß er einige Sekunden lang auf den metallischen Schultern des weißen Rums ausruht. Wieder ein Eiswürfel und Ananassaft (den ich zu meiner Überraschung fand, denn die meisten Bars führen so etwas nicht in ihrem Bestand), den ich am Glas entlanglaufen ließ, dann über den Löffel und schließlich über den Eiswürfel, so daß die gelbe Farbe des Saftes für einen kurzen Moment auf dem Apricot aus dem Brandy zur Ruhe kommt. Dann ein Spritzer Orangensaft, der wie eine Flamme durch die einzelnen Schichten der Mischung schoß. »Sie sind ein ungehobelter, selbstsüchtiger Mann, aber Sie haben einen Laden aufgemacht, der größer wird, als Sie es je für möglich halten . . .« Nun ein Spritzer 151, der braune Tentakeln in die orangefabene Grundemulsion eindringen läßt. Ich war in meinem Element. Ich konnte mit dem Mixen von Cocktails bis in alle Ewigkeit weitermachen. »Da ist Ihr Zombie. Nehmen Sie ihn nicht auf, sonst verlaufen die Farben. Trinken Sie ihn nicht, sonst verfliegt die Illusion.«

Ich trat zurück, damit alle sich das Werk ungehindert anschauen konnten. Der Zombie schimmerte wie ein Regenbogen.

»Das ist wunderschön«, sagte Kramer. »Ich könnte niemals einen solchen Drink zusammenbekommen, selbst wenn man mir eine Pistole an die Schläfe hielte, Steve.«

»Einen Strohhalm«, sagte Steve, überhaupt nicht verärgert, daß man ihm Paroli geboten hatte. »Man soll ihn mit einem Röhrchen trinken, damit man jeden Geschmack mit einem Schluck aufnimmt.«

»Ein Experte im Konsumieren, aber nicht im Produzieren«, stellte ich fest. »Der ideale Unternehmer.« Ich schob einen Strohhalm in den Zombie und bemühte mich dabei, die Farbschichten nicht zu zerstören. »Ein Zombie muß nicht schichtweise aufeinanderschwimmen. Das habe ich nur aus Schau gemacht.«

Steve beugte sich vor, ließ das Glas auf dem Tresen stehen und nahm einen vorsichtigen Schluck. »Nun, für sechs fünfzig pro Glas haben Sie aber eine ganz hübsche Show abgezogen. Können Sie auch einen Pousse-Kaffee machen?«

»Ist ein Bär katholisch? Scheißt der Papst im Wald? Ich beherrsche jeden Drink in Mister Boston und noch eine ganze Reihe mehr. Ich bin schnell und sauber, und ich trete immer pünktlich an, und es ist mir eigentlich egal, ob ich einen Job bekomme oder nicht, denn ich wollte nachher sowieso von der Brooklyn Bridge herunterspringen, und das ist keine Metapher.«

»Komm schon, Steve«, drängte Kramer, »du hast doch gesagt, du brauchtest einen Mechaniker.«

»Jetzt setz dich nicht so heftig für ihn ein. Du mußt ein paar Schichten sausenlassen.«

»Gib ihm alle meine Schichten«, schlug Castleton vor. »Ich werde seinen Platz auf der Brücke übernehmen.«

»Dieser Bursche ist ein Künstler«, sagte Kramer. »Ein Genie.«

Steve sah uns mit dem Blick eines Mannes an, der nichts begriff, dem es aber auch egal war. »Der Bursche wird für mich bei dreißig Dollar pro Schicht arbeiten. Und jetz sag mir mal, wer das Genie ist.«

»Sie sind es«, sagte ich prompt.

»Und das sollten Sie lieber auch glauben. Einigen Sie sich mit diesen beiden Burschen über Ihre Arbeit; ich möchte sie am Samstag- und am Sonntagnachmittag hier sehen. Wenn ich an einem dieser Tage endlich die Brunch-Theke aufmache. Jede Woche mache ich Inventur. Wenn etwas fehlt, dann werfe ich Sie raus. Wenn ich Sie beim Stehlen erwische, dann brauche ich nur per Telefon ein paar liebe Freunde anzurufen, die Ihnen sämtliche Finger brechen, so daß sie sie vorerst nicht mehr nach irgend etwas ausstrecken können. Ja, richtig, so sieht es in diesem Laden aus. Und wie kommt Ihnen die Brooklyn Bridge jetzt vor?«

»So als wäre die Arbeit hier für mich nur ein langsamerer Tod«, sagte ich. »Ich nehme Ihr großzügiges Angebot an.«

Nun bedachte Steve mich mit dem Blick dessen, der alles verstand und dem es noch immer nichts ausmachte. »Ich bin wirklich geschockt. Nun, ich muß mich von den Genies losreißen, es ist schon zwanzig Minuten her, seit ich das letzte Mal irgendwelche Drogen genommen habe.«

»Willkommen in der Herde, du kleines schwarzes Schaf«, sagte Castleton.

Kramer drehte den Korken aus einer Champagnerflasche. »Kommt, wir feiern.«

»Was soll es denn da zu feiern geben?« fragte ich.

Aber ich nahm einen Schluck Prickelwasser.

Nach Geschäftsschluß

Um Punkt elf machte Steve eine Ansage.

»Die Bar ist geöffnet.«

Die Gratistrinker trampelten sich bei ihrem Sturm zu den Ausgängen gegenseitig nieder. Die alten Bohos standen an der Bar und beschäftigten sich mit ihren Plastikbechern Fior de California, lächelten versonnen und hofften, daß jemand zur Kenntnis nahm, wie dekorativ sie aussahen, und ihnen einen Drink spendierte. Keine Chance.

»Würde jeder, der kein Geld auf der Theke liegen hat, bitte zurücktreten und Platz für die zahlenden Gäste machen?« rief Steve. »Wir erwarten sie jeden Moment.«

Sie tröpfelten herein. Künstler aus der Nachbarschaft, zwei Ballerinas aus einem Tanzstudio am Ende des Blocks, eine Modedesignerin und ihr schwuler Troß aus dem Loft gegenüber, einige dienstfreie Barkeeper aus den Saloons in Soho. Gegen ein Uhr war die Bar voll besetzt, und eine Handvoll Gäste aßen an den Tischen ihre Cheeseburger.

Als die letzte Runde ausgerufen wurde, war die Barbesatzung nicht zahlreicher geworden. Aber auch nicht weniger. Kramer und Castleton mußten die Leute anflehen, doch endlich zu gehen. Und schließlich tauchte Steve aus dem Büro im Keller auf und fauchte: »Wir schenken keinen Alkohol mehr aus, also wenn Sie hier sitzen bleiben und die Wand anstarren wollen, dann soll mir das recht sein. Aber wir stellen die Stühle hoch, und die Chinesen kippen gleich das Ammoniak auf den Fußboden, und wenn ihr kein Zuhause habt, dann ist das euer Problem, denn die Bar ist verdammt noch mal geschlossen.«

So gingen sie hinaus, lächelnd, und sie ließen eine ganze Menge grünes Papier auf dem Tresen liegen, um zu zeigen, wie gut ihnen der Laden und das Personal gefiel.

»Na schön, schließt die verdammte Tür ab«,sagte Steve. Er holte ein Glasröhrchen hervor. »Wischt hier vorne mal über die Theke.« Kramer fuhrwerkte wie besessen mit dem Putzlappen herum, dann drehte Steve einen Aschenbecher um und häufte eine Ladung weißes Pulver auf die Theke. Ich saß am anderen Ende der Bar, während er, Kramer und Castleton sich über den

Aschenbecher beugten, als wäre es die Kristallkugel einer Wahrsagerin.

»Kann Brian nicht mitmachen?« fragte Kramer. »Er hat mich den ganzen Abend über Wasser gehalten.«

»Nun, für mich siehst du ganz schön abgesoffen aus«, entgegnete Steve, aber er zuckte die Achseln und schüttelte den Kopf, was soviel wie »ja« hieß.

Ich rutschte mit meinem Drink zu ihnen hinunter. Ich war völlig kaputt und in einer absurd guten Stimmung. »Soll ich euch mal was sagen?« fragte ich. »Dieser Laden ist ganz heiß.«

Steve blickte unwirsch auf.

»Heh, du Arsch, du hast den Job, du bekommst sogar deinen Anteil von diesem sehr teuren Zeug, also hör auf, mir in den Arsch kriechen zu wollen, das ist jetzt nicht mehr nötig.«

»Ich krieche dir nicht in den Arsch, Freundchen«, erwiderte ich. »Damit das schon mal klar ist . . .«

Kramer reichte mir einen zusammengerollten Dollarschein. Ich stieß ihn weg. »Ich bin noch nie in meinem Leben jemandem in den Arsch gekrochen. Wenn ich es je getan hätte, dann würde ich hier nicht besoffen herumsitzen und mich wie ein Schaf aufführen. Klar?«

»Ich gebe diesem Scheißtypen einen Job, und schon bringt er mich auf die Palme«, sagte Steve.

»Denn wenn ich in all den vergeudeten Jahren überhaupt etwas geschafft habe, dann, daß ich niemals jemandem in den Arsch gekrochen bin, auch wenn mir das manchmal vielleicht sogar genützt hätte. Jemandem in den Arsch zu kriechen ist einfach und schmerzlos, und niemand verachtet einen deswegen, denn jeder tut es, aber ich bin in meinem ganzen Leben niemals jemandem in den Arsch gekrochen. Ich hab' sie ausgenommen, sie betrogen, beschwindelt, sie ausgezogen, aber . . .«

Steve griff an seine Hüfte, überlegte es sich jedoch anders. »Es ist fünf Uhr morgens, und ich hocke in meinem eigenen Laden und muß mir eine Lektion über Arschkriechen anhören.« Er bohrte mir einen kurzen Stummelfinger fast ins Gesicht. »Eins will ich dir sagen. Wenn das das einzige ist, was für dich spricht, nämlich daß du dir niemals eine braune Nase geholt hast, was ich sowieso nicht glaube, dann bist du der hinterletzte Scheißer, also warum soll ich dir dann noch zuhören?«

»Es ist mir gleich, ob du mir zuhörst. Es ist mir auch egal, was du sonst tust. Ihr Unternehmer seid alle gleich. Ihr glaubt, wenn ihr ein paar Räume gemietet und ein paar Möbel hineingestellt und eine Schnapsbestellung aufgegeben habt, daß alle euch zu Füßen liegen müssen.«

»Wie oft hast du versucht, einen Saloon aufzumachen?«

»Niemals.«

»Schon wieder eine Lüge.«

Jetzt bohrte ich meinen Finger in sein Gesicht. Es war die Zeit der duellierenden Finger. »Ich hab' keinen Grund, dich anzulügen, Arschloch . . .«

Steve starrte Kramer ungläubig an. »Irre ich mich, oder bin ich hier doch nicht der Boß? Ist es in Amerika nicht so geregelt, daß der Boß sich von seinem Knecht nicht anpinkeln lassen muß? Machen Typen wie ich nicht genau deshalb solche Läden auf, sitzen nächtelang herum und rechnen und organisieren, damit sie sich einen solchen Scheiß nicht gefallen lassen müssen?«

»Siehst du«, sagte ich zu Kramer, »darauf läuft es am Ende immer hinaus. Friß mein Brot, sing mein Lied, küß mir die Füße. Dabei hat es damit angefangen, daß ich diesem Typen sagte, daß sein Laden noch ganz heiß wird. War das etwa eine Beleidigung?«

»Er hat recht, Steve«, sagte Kramer.

Steve griff sich wieder an die Hüfte und hatte das Schießeisen fast draußen, ehe er es wieder zurückschob. »Vielleicht werfe ich ihn und dich dazu raus, nur um zu beweisen, wie recht er hat.«

»Ich habe keinen eigenen Laden aufgemacht, weil ich nicht lügen und niemandem in den Arsch kriechen kann«, sagte ich. »Aber ich kenne dieses Geschäft wie meine Westentasche.«

Kramer hielt mir wieder den zusammengerollten Dollarschein vor die Nase. Ich schob ihn weg. »Was soll das mit diesem Zeug? Glaubt ihr, diese Scheiße ist Manna vom Himmel?«

»Nimm eine Prise, das beruhigt dich.«

»Wenn ihr mich fertigmachen wollt, dann gebt mir noch

einen Drink und hört endlich auf, mit den Dollarscheinen herumzufuchteln.« Ich wandte mich wieder an Steve. »Willst du wissen, wie gut ich das Geschäft kenne?«

»Nein.«

»Okay. Du hast vor zwei Monaten die Tore geöffnet, und der Schuppen ist jetzt noch toter als vorher, als er völlig leer stand. Du hattest damals wenigstens Ratten und Mäuse, aber die hast du ausgeräuchert, und jetzt kommt hier nichts Lebendiges rein außer Lieferanten mit ausgestreckten Händen, stimmt's?«

Steve nahm eine reichliche Prise, inhalierte und kam blinzelnd hoch, als hätte er einen ganzen Monat unter Wasser zugebracht.

»Und in der ganzen Zeit, die du dir in die Hose gepinkelt und gestöhnt hast«, fuhr ich fort, »hat dieser Laden sich vor deiner Nase entwickelt.«

»Das einzige, was sich vor meiner Nase entwickelt, ist . . .«

Kramer schob mir das Hennessy-Glas zwischen die Finger. »Du willst nicht zuhören. Du kannst es nicht. Dieses weiße Pulver macht dich so nervös, daß du in einem fort reden, reden, reden willst, Blah, blah, blah . . .«

»Ich glaube, das trifft eher auf dich zu, alter Freund«, bemerkte Castleton höflich.

»Dieser Laden wird ein Riesenerfolg, und das wird rein zufällig passieren, wie es immer bei Ärschen wie dir geschieht.«

Diesmal zog Steve das Schießeisen ein Stückchen weiter heraus. Kramer kam um die Bar herum, und er schob ihn zurück wie ein auf frischer Tat ertapptes Kind.

»Alles Positive, was du bisher getan hast, geschah auf Grund einer negativen Situation«, sagte ich. »Du hast dich für diesen Laden entschieden, weil du dir nicht die Miete für einen Schuppen auf der Upper Side leisten konntest, wo du viel lieber hingegangen wärst, stimmt's?«

Steves feindseliges Schweigen war Antwort genug.

»Du hast an der Inneneinrichtung nichts verändert, weil du dir keine neuen Glaswände und riesigen Blumenkübel leisten konntest, wie es dir viel besser gefallen hätte. Du hast die Picknickbänke in der Canal Street gekauft, weil die Plüschnischen und die gedämpfte Beleuchtung völlig ausgeschlossen waren. Du hast den Namen des Ladens nicht geändert, weil dir kein besserer eingefallen ist. Du hast diese beiden Dilettanten angeheuert, weil du Angst hattest, erfahrene Barkeeper hinter die Theke zu stellen . . .«

Castleton umklammerte die Bar, als wäre es die Reling der *Titanic.* »Wir sind keine Dilettanten.«

»Ihr seid das Duo Langsam und Lasch. Ihr seid die beiden Zwerge, die es bei Schneewittchen nicht ganz geschafft haben, aber beruhigt euch, denn ich habe auch ein Kompliment auf Lager. Eure Technik ist nebensächlich, weil die Gäste eure Ärsche lieben. Das habe ich heute abend deutlich sehen können, und ich kenne das Geschäft seit siebzehn Jahren, und ich weiß, was ich sehe. In einem Laden in der Stadt, wo ihr eine rote Weste tragen und die Cocktailzutaten genau abmessen müßtet, würdet ihr euch keine Sekunde halten können. Ihr könntet keinem Handelsvertreter einen Martini mixen oder aus einer dieser Registrierkassen klauen, aber warum auch. Das ist eine überholte Fähigkeit. Ihr könnt immer einen Burschen wie mich bekommen, den ihr hinter die Bar stellt und der die Arbeit macht. Nur, daß die Leute euch lieben, macht den Besitzer reich.«

»Niemand liebt mich«, klagte Steve.

»Sicher, sicher . . .« Ich stocherte dem kleinen Bastard in der Brust herum. »Sie lieben dich am meisten von allen, und das weißt du. Sie lieben es, einen Laden aufzusuchen, der von der Anführungszeichen Mafia Abführungszeichen betrieben wird, und das weißt du ebenfalls. Sie lieben es, beleidigt zu werden, auch das ist dir bekannt. Nennt mir einen erfolgreichen Saloon, der von einem netten Kerl geleitet wird. Das könnt ihr nicht. Es sind alles kleine Napoleons wie du, und das waren sie immer. Entweder Snobs oder Gauner. Toots Shor, Sherman Billingsley, Texas Guinan. Geht zurück so weit ihr wollt, bis hin zu Doll Tearshett.«

»Wer?«

»Die Gäste lieben es, beschimpft zu werden, und das wißt ihr alle. Es ist eine Wissenschaft, ein Snob und ein Streithammel zu sein, der weiß, wen er anmachen kann und wen nicht. Der die Beleidigung kennt, die nicht richtig weh tut. Ihr wißt, wovon ich rede.«

Steve stocherte nun ebenfalls. »Na schön, gut, wenn ich all das weiß, warum bin ich dann dämlich?«

»Weil du dieses nutzlose Stück Schrott mit dir herumträgst.« Ich griff nach der Pistole an Steves Hüfte.

Er sprang zurück und nestelte die Kanone aus dem Halfter. »Finger weg, Motherfucker.«

Castleton stöhnte und kippte unter die Bar. Kramer machte einen zaghaften Schritt, dann verharrte er. Nur ich, bis oben hin voller Schiß, hielt die Stellung.

»Was ist das, ein Zigarettenanzünder? Eine Schokoladenpistole? Kommt vorne ein kleines weißes Tuch herausgeschossen, auf dem BANG! steht?«

»Du wirst es sehen, wenn ich dir deine Kniescheiben wegschieße«, kreischte Steve.

»Provoziere ihn nicht«, erklang eine gedämpfte Stimme unter der Bar, wo Kramer in Deckung gegangen war.

»Mach schon, das ist doch nur die große Show für die Touristen. Genausogut kannst du auch eine Wasserpistole nehmen.«

Steve kam auf mich zu und ließ die Pistole um den Zeigefinger rotieren wie ein Westernheld. »Weißt du, warum ich das Ding bei mir habe?«

»Ja. Damit du es den Serviererinnen zeigen und ihnen erzählen kannst . . .« Ich machte Steve nach; in Imitationen bin ich immer besonders gut, wenn ich getankt habe – »Wenn jemand dir an die Wäsche will, dann sag mir Bescheid. Und jetzt zieh dich endlich aus, oder ich schieße dir den Arsch ab. Deshalb trägst du sie bei dir.«

Steve zielte auf mich. »Ich breche mir fast den Hals für mein Geld, und kein verdammter Gauner wird reinkommen und es mir abnehmen.«

»Sobald du draußen bist, würdest du vor Angst erstarren«, rief ich. »Es wäre ein Wettrennen zwischen deiner Kasse und einem Darm, wer als erstes leer wäre.«

Steve schrie auf. »Was hast du gesagt?« Er hob die Waffe. Ein Krachen ertönte, und Glassplitter regneten auf uns herab. Steve blickte mit entsetztem Gesichtsausdruck hoch. »Jesus, ich hab ein Loch ins Oberlicht geschossen.« Glassplitter glitzerten in seinen Haaren. Er setzte sich an die Bar und stützte den Kopf in die Hände. »Legt einen Zettel in die Kasse, damit ich morgen den Glaser anrufe«, sagte er, wobei die Pistole an seinem Zeigefinger baumelte. »Ich muß jetzt bis neun aufbleiben, damit ich ihn früh genug erwische. Dabei wollte ich ein Placidyl einwerfen und sehen, ob ich heute nacht noch etwas Schlaf bekomme.«

Kramer schob ihm den Aschenbecher hin. »Nimm statt dessen eine Prise davon.«

»Was bist du, der Präsident der bolivianischen Handelskammer?« brüllte ich ihn an. »Seit wann ist diese Scheiße die neue Wunderkur?«

»Nun, wenn er wachbleiben muß . . .«

Steve keuchte und faßte sich an den Hals. »Ich kann nicht mehr atmen.« Innerhalb einer Sekunde war er totenblaß.

Kramer rannte herbei und klopfte ihm auf den Rücken. »Er bekommt manchmal diese Asthmaanfälle«, erklärte Kramer. Er klopfte weiter auf den Rücken, bis Steves Gesicht wieder Farbe bekam.

»Ich werde wohl das Rauchen aufgeben müssen«, sagte Steve und vergrub seine Nase im Aschenbecher, wobei er grauen Speichel in dem Kokainhäufchen zurückließ.

»Daß ein so erschütternder Erfolg ausgerechnet einen derart destruktiven, degenerierten Penner wie dich heimsuchen wird, ist für mich der Beweis dafür, daß es in der Welt keine Gerechtigkeit gibt«, rief ich, wobei meine Stimme in dem leeren Raum leicht widerhallte. »Daß eine so armselige Erscheinung wie du zum erfolgreichsten Wirt dieser großen Stadt wird . . .«

»Kann mir mal jemand bei Brad helfen?« fragte Kramer.

Ich schenkte mir noch einen Hennessy ein, denn ich war von meinem Monolog etwas erschöpft.

Steve bohrte sich einen Bleistift ins Ohr und starrte die Kasse an, als sähe er sie zum ersten Mal. »Hat jemand sich um Werbung gekümmert? Natürlich nicht. Niemand tut hier irgend etwas außer mir.«

»Die Zerstörung des Ladens eingeschlossen«, sagte ich. »Du solltest die Kanone lieber verstecken. Vielleicht hat jemand die Polizei benachrichtigt.«

»Ich hab' in diesem Bezirk jeden Cop bis rauf zum Captain in der Tasche.« Steve starrte auf Castleton herab, der auf dem

Bauch auf der nassen Gummimatte lag und mit dem Mundwinkel schmutzige Bläschen erzeugte, als Kramer versuchte, ihn hochzuheben. »Ist er tot?«

»Er braucht nur ein bißchen Ruhe«, sagte Kramer stöhnend, als er Castleton an seinem Gürtel hochwuchtete. »In spätestens fünfzehn Minuten ist er wieder auf den Beinen und will einen Drink.«

»Du bist aber stark«, stellte ich fest und trank einen Schluck Cognac.

»Ich schaffte früher auf der Bank dreihundertfünfzig Pfund. Heute sind sogar High-School-Girls weiter.«

Kramer drapierte Castleton auf der Bar, bückte sich und warf ihn sich über die Schulter wie einen Kartoffelsack. »Paß auf, daß er sich nicht den Kopf stößt«, warnte ich, als er ihn herumschwang. Castletons Kopf krachte in das oberste Regal, und zwei Flaschen kippten auf den Fußboden. »Hoffentlich kriegt er nicht so leicht Beulen«, sagte ich. Allmählich wurde es im Old Seaman's Home so richtig gemütlich.

»Beeinträchtigt Kokain die Sehkraft?« fragte Steve und beugte sich über eine Inventurliste. »Ich kann nichts erkennen.«

»Es wurde als Betäubungsmittel für Augenoperationen erfunden«, erzählte Kramer. »So hat Freud es entdeckt.«

»Sieh mal an, unser Neunmalkluger«, brummte Steve. »Vielleicht liegt es daran, daß ich seit drei Tagen ununterbrochen auf den Beinen bin. Schon mal daran gedacht?«

»Du solltest etwas schlafen«, sagte Kramer. »Rauch einen Joint.«

»Wie in den sechziger Jahren glaubt ihr immer noch an die Allmacht der Drogen«, stellte ich fest.

»Ich war in den Sechzigern ein richtiger Spießer.«

»Nun, ich war mitten drin, und eines will ich euch sagen . . .«

Steve schlug mit der Faust auf die Bar und schluchzte. »Das Oberlicht war so alt wie dieses Gebäude, Flanagan.«

»Klingt logisch. Beides wurde schließlich zur gleichen Zeit gebaut.«

»Du begreifst nicht, was ich meine, Flanagan.«

»Du hast geschossen, nicht ich«, sagte ich.

Kramer schaffte es endlich, Castleton hinter der Bar hervorzuholen. Ich folgte Kramer zur Tür.

»Du mußt noch ein Anstellungsformular ausfüllen, Flanagan«, rief Steve uns nach.

»Ja, Sir.«

»Gib mir eine falsche Sozialversicherungsnummer, und ich schicke dir die Steuerfahndung auf den Hals.«

Ich hielt die Tür auf. Kramer schleppte Castleton mit Leichtigkeit auf die Straße. »Es ist noch dunkel, Brian«, sagte er triumphierend. »Ich hab tatsächlich die Sonne geschlagen.«

Castleton seufzte. Kramer klopfte ihm auf den Rücken, als wäre er ein Baby, das sein Bäuerchen machen mußte. »Es ist alles okay, Brad, wir bringen dich nach Hause.«

»Ich will nicht nach Hause«, murmelte Castleton und sabberte auf Kramers Schulter. »Ich will nach Ellis Island.«

Kramer holte tief Luft.

»Es ist so still«, sagte er. »Man kann den Morgen seufzen hören.«

»Will nich' nach Hause«, murmelte Castleton.

»Bist du Schriftsteller, Brian?« erkundigte sich Kramer.

»Man ist das, wofür man bezahlt wird«, sagte ich. »Ich bin Barkeeper.«

»Aber du hast immer so tolle Sätze und Aphorismen parat.«

»Die habe ich in Saloons aufgeschnappt, alle. Von Typen, die smarter und lustiger waren als ich.«

»Du solltest ein Gedicht darüber schreiben, wie das Leben als Barkeeper ist, und dort solltest du jeden Satz, jede Story, jede Bemerkung unterbringen, die du je gehört hast. Mach daraus eine Art Nonsens-Epos.«

»Und was dann?«

»Wir bringen es im Magazin.«

»Aha, und weiter?«

»Was soll denn noch sein?«

»Ich meine, was habe ich davon? Finde ich dadurch eine reiche Braut, die ich heiraten kann?«

»Ich weiß nicht, vielleicht. Irgendeine Kunstmäzenin, eine einsame Witwe liest es vielleicht und möchte dich kennenlernen. Wir können auch ein Foto veröffentlichen, oder Brad kann eine kleine Zeichnung anfertigen. Wo du doch aussiehst wie Byron persönlich.«

»Eine alte Tante, es muß wohl eine alte Tante sein, nicht wahr?«

»Nicht unbedingt. Es gibt auch ein paar richtig junge Bräute, die auf romantische Typen wie dich abfahren.«

»In dieser Generation ist man völlig verloren. Ich habe die brillantesten Geister meiner Generation untergehen sehen . . . so etwas würde ich zu ihr sagen, wenn wir uns bei einer Cocktailparty in ihrem Penthouse am UN Plaza kennenlernten.«

»Natürlich, vielleicht mußt du auch noch ein paar Gedichte zusätzlich schreiben, um zu beweisen, daß du echt bist.«

Weit hatten wir nicht zu gehen. Castleton wohnte in einem verrußten Gebäude mit gußeisernen Zäunen und Verzierungen, das dem Saloon fast gegenüber lag.

»Sehr günstig«, stellte ich fest.

Kramer zog die Tür auf. »So besoffen wie er immer ist, kann er nirgendwo anders arbeiten.«

In der Vorhalle standen Fahrräder, Kinderwagen, Mülltonnen und stapelweise Postwurfsendungen. Ein Lastenaufzug kam ächzend zu uns herunter.

Kramer schüttelte Castleton. »Hast du deinen Schlüssel, Brad?«

Castleton murmelte und sabberte. Kramer seufzte. »Ich habe es mir gedacht. Wir müssen ihn die Treppe hinaufbringen. Sie sind ziemlich hoch, deshalb mußt du mir behilflich sein.«

Ich stützte mich am Holzgeländer ab. Es war eine dieser ungemein steilen Treppen, wie man sie früher gebaut hatte, um die schwangeren Einwandererfrauen zu foltern, die in den Werkstätten arbeiteten, die sich früher in den Künstlerlofts befunden hatten. »Nun weiß ich auch, warum ich ein einsamer Säufer bin. Wenn man alleine trinkt, dann braucht man nur sich selbst nach Hause zu bringen.«

»Das wäre wieder ein Satz für dein Epos. Du solltest all das wirklich aufschreiben. Nimm mal einen Arm.«

Castleton kam allmählich zu sich, als wir ihn die Stufen hinaufquälten. »Heh, wollt ihr nicht noch auf einen Drink mit reinkommen?«

»Du gehst jetzt ins Bett, Brad«, sagte Kramer.

Die Tür befand sich am Ende des dritten Treppenabsatzes. Graue Farbe, die abblätterte, Holzsplitter rund um den Knauf, wo Generationen von Dieben sich Zugang verschafft hatten. Dahinter erstreckten sich rund siebenhundert Quadratmeter leerer Raum, der nach Nähmaschinen zu schreien schien. Eine Duschkabine, eine Toilette und ein Waschbecken standen in einer Ecke. Am anderen Ende lag eine schmuddelige Matratze, davor befand sich ein Schwarzweißfernseher auf einem Ständer, wie man ihn in billigen Motels finden kann. Stapelweise lagen Leinwände herum, dazu Staffeleien, die mit ihren hochragenden Beinen wie tote Hunde aussahen. Farben und Pinsel und Palettenmesser . . .

»Ich will noch nichts ins Bett«, wehrte sich Castleton.

Die Behausung sah aus, als hätte sie noch nie Bekanntschaft mit einem Besen oder frischer Farbe gemacht. Staubflocken tanzten über den Fußboden. Die Fenster waren so verschmiert, daß man nicht sagen konnte, ob draußen Tag oder Nacht war. Jede Menge Müll häufte sich an einer Wand, alte Lastwagenmotorhauben, verbogene Metallstücke, türlose Kühlschränke, Herde, Farbeimer. Kramer folgte meinen Blicken.

»Brad hat all das in letzter Zeit gesammelt. Er will daraus eine dieser monumentalen Skulpturen schaffen, wie man sie oft vor Bürogebäuden bewundern kann. Seine Familie ist ziemlich gut im Immobiliengeschäft. Sie bauen einen dieser Glas- und Stahl-Tempel an der Madison Avenue. Das Ding soll hier zusammengesetzt werden, dann soll es aus dem Fenster direkt auf einen Lastwagen abgelassen werden, und am nächsten Morgen soll es vor dem neuen Gebäude stehen. Dann soll jemand mit einer versteckten Kamera in einem Lieferwagen auf der gegenüberliegenden Straßenseite bereitstehen, und es soll gefilmt werden, was geschieht, wenn sie morgens die Skulptur vorfinden, wie sie reagieren, wie sie das Kunstwerk entfernen. Brads Bruder und Vater, eben das ganze Happening. Ziemlich verrückt, was?«

»Der Film spielt keinen Penny ein«, sagte ich.

»Brad macht sich nichts aus Geld.«

»Jeder macht sich etwas aus Geld.«

»Nein, Brad nicht, glaub mir. Er bekommt von seinem Großvater eien Art Rente gezahlt.«

Ich warf einen genaueren Blick auf diesen schlaffen, bärtigen sabbernden Säufer auf der Matratze. »Das Viertel ist voll von solchen schwarzen Schafen. Sie sind die einzigen, die sich die Mieten erlauben können.«

Kramer sah niedergeschlagen aus. »Jetzt schmeiß dich nicht an den Typen heran, nur weil er ein paar Dollars besitzt.«

»Wenn er Geld hat, warum lebt er so?«

»Weil er Künstler ist.«

»Künstler leben eigentlich in alten Bauernhäusern aus dem achtzehnten Jahrhundert oder in Villen an der Riviera mit Frauen und Dienern, die sich um alles kümmern, so daß sie Zeit haben, zu schaffen und schöpfen. Deshalb wird man doch Künstler, um wie ein King leben zu können.«

»Aber Brad ist ein echter Künstler.«

»Ach ja? War Picasso kein echter Künstler?«

»Das war eine andere Zeit«, sagte Kramer. Er klopfte seine Taschen ab und fand schließlich das Glasröhrchen. »Nimm etwas davon, Mann, bitte, oder ich bin völlig allein und habe niemanden, mit dem ich reden kann. Weißt du, wie das ist, wenn man nicht schlafen kann, aber niemand in der Nähe ist, mit dem man sich unterhalten könnte? Es ist wie eine unglückliche Ehe . . .«

Ich gab mich geschlagen und ließ mir von ihm etwas auf den Daumennagel schütten.

»Irgendwo muß er auch ein paar Sessel haben . . .« Kramer tauchte in das Gerümpel und kam mit zwei wackligen Deckstühlen zurück.

»Was zu trinken da?« fragte ich.

»Irgendwo muß etwas sein . . .« Kramer fand eine halbe Gallone Sherry und ein Päckchen Pall Mall. »Da . . .«

»Ich möchte den Typen nicht ausnehmen.«

»Willst du mal etwas sehen?« Er stand auf und legte eine Leinwand nach der anderen auf den Fußboden. »Hier drin ist das Licht sehr schlecht, aber du kannst dir eine Vorstellung machen.«

Es waren Porträts im Stil alter Meister, dunkle, gefirnißte

Hintergründe, die Motive standen reliefartig hervor. Alles außer den Gesichtern schien mir vertraut.

»Der Typ ist ein Genie«, sagte Kramer selig. »Er hat Kopien von allen berühmten Malern gemacht, Gainsborough und Goya und Rembrandt, und dann hat er die Gesichter der Mitglieder seiner Familie eingesetzt. Sieh dir das an . . .« Er holte eine Kopie vom Abendmahl hervor. Die Gesichter fehlten bis auf das am Kopf des Tisches, das Castleton gehörte. »Sieh doch, wie er sich auf Jesus' Platz gemalt hat«, sagte Kramer. »Er wird auch allen Jüngern sein Gesicht malen. Ein Gruppen-Selbstporträt. Ist dieser Typ nicht unglaublich? Weißt du, was er tut? Er hat drei, vielleicht vier Stunden Schlaf, malt den ganzen Nachmittag, dann kommt er zur Arbeit, besäuft sich, oder er hängt einfach herum und besäuft sich auch. Dieser Typ ist hundertprozentig echt. Er redet keinen Quatsch. Niemand hat all dies gesehen. Er verkauft keine Arbeit – du hast ja gesehen, was er mit der Dollar-Zeichnung gemacht hat –, und er gibt die Sachen noch nicht einmal in eine Galerie. Er braucht kein Geld, er braucht auch nicht entdeckt zu werden. Alles, was er wirklich nötig hat, ist, daß er malen kann . . .«

»Und trinken«, fügte ich hinzu.

»Sieh ihn dir an.« Kramers Gesicht war voller Zärtlichkeit, fast mütterlich. »Wir ziehen ihm lieber die Schuhe aus.« Er knotete Castletons Schuhe auf und zog sie ihm behutsam von den Füßen. »Wie die meisten schweren Trinker neigt er dazu, Flüssigkeit in seinem Körper abzulagern.«

»Ja, aber im Gegensatz zu den meisten schweren Trinkern wird er ein hübsches ruhiges Sanatorium haben, wo er sich trockenlegen lassen kann, wenn er beschließt, daß seine Tage als Bohemien vorüber sind. Dafür wird Daddy schon sorgen.«

»Erkennst du denn das Talent nicht, Brian? Ist er denn nicht wert, beschützt zu werden?«

»Wenn Rembrandt mit fünfzehn Jahren unter ein Pferdefuhrwerk geraten wäre, wer hätte ihn heute vermißt?«

Kramer senkte den Kopf wie ein angriffswütiger Elefant. Ich sprang zurück – hatte ich eine Bemerkung zuviel gemacht? Aber er kam nur mit noch mehr Dope herübergestolpert.

»Willst du mal die Stimme der Erfahrung hören?« fragte ich und versuchte, meine anschwellende Zunge beiseite zu schieben. »Du wirst diesen Typ nicht retten, und du wirst ihn auch nicht dazu bringen, mit dem Trinken aufzuhören, aber das ist okay, denn er wird dich ganz bestimmt überleben, weil du bei deinem Drogenkonsum tot umfallen wirst, wenn du ihn weiterhin die Treppe hinaufschleppst.«

Kramer fingerte an dem Röhrchen herum. »Ich hab' erst vor ein paar Jahren mit Koks angefangen. Davor habe ich nur gekifft. Ich brauchte zum Glück einen Joint, irgendein Fertiggericht aus der Dose und den Fernseher. Aber als ich mich von meiner Frau trennte . . .« Er schlug sich so heftig gegen die Stirn, daß ich schon glaubte, der Putz würde von der Decke fallen. »Jesus, ich muß heute zu meinen Kindern. Komm schon . . .«

»Kinder? Du hast Kinder?«

Er packte meinen Arm. »Ich muß bis elf in Brooklyn sein, oder meine Ex-Frau sperrt mich aus.« Er warf noch einen letzten Blick auf seinen weggetretenen Genie-Freund.

»Nimm ihm lieber die Zündhölzer aus der Tasche«, riet ich.

»Nein, er raucht gerne eine Zigarette, wenn er aufwacht.«

»Und verbrennt sich selbst, wenn er sie anzündet und einschläft. Laß ihn lieber erst unten im Laden Zündhölzer holen gehen.«

»Du hast recht.« Kramer starrte mich an, als hätte ich soeben das Penicillin entdeckt. »So muß er unterwegs völlig aufwachen. Okay, Brad, tut mir leid.« Er nahm das feuchte Streichholzbriefchen aus Castletons Tasche. »Er kommt schon wieder hoch. Zwei Stunden Schlaf. Dann hoch und ein Bier trinken.« Er klopfte mir auf den Rücken und lockerte dabei ein oder zwei Rippen. »Du bist smart, du bist fürsorglich.«

»Falsch.«

Pink Lady

Ich betrat diese Stufen wie ein alter Jude, der in Coney Island in die Brandung watet. Ich war eine vorsichtige Schnapsnase, und Stufen jeglicher Art sind die teuflischsten Fallen – beim Hinaufsteigen holt man sich einen Herzinfarkt, und beim Hinunterfallen bricht man sich das Genick.

Kramer nahm sie rückwärts im vollen Flug, während er Erkenntnisse über seine Drogengewohnheiten rezitierte. Dann hielt er inne und stand für einen Moment still, ein Fuß in der Luft, mit den Armen wie ein Clown auf dem Hochseil rudernd. Ich hüpfte auf Zehenspitzen hinter ihm her, streckte ihm meine Hand entgegen, aber er kippte nach hinten und brüllte »SCHEISSE . . .!« als er die Stufen hinunterpolterte; er machte dabei das gleiche Geräusch wie ein zusammengerollter Teppich auf dem Weg treppab, wenn ich früher meinem Vater half, gepfändete Möbel sicherzustellen – ab und zu erhielt er solche kleinen Aufträge. Diese Dinge sind es, an die man sich betrunken und um fünf Uhr morgens an einem Tag erinnert, an dem man seinen Freitod geplant hat. Man erinnert sich an die Gesichter der Leute, deren Möbel man mitnahm, wie sie auf dem Treppenabsatz standen, während man ihren Teppich die Stufen hinunterrollte. Kramer sah sogar aus wie eine dieser unförmigen Rollen.

Aber die Teppiche waren einfach liegengeblieben. Kramer stand auf und entschuldigte sich. »Entschuldige, es tut mir leid. Irgendwo Blut an mir?«

»Wenn man die Treppe hinunterfällt, gibt es nirgendwo Blut«, erklärte ich ihm. »Und man spürt auch nichts, bis zum nächsten Tag, und dann kommt man sich vor, als wäre man von zehn Cops und ihren Gummiknüppeln in die Mangel genommen worden.« Plötzlich war ich ein Experte im Die-Treppe-Hinunterfallen. Dafür mußte es ein bestimmtes Wort geben wie Defenestration für aus dem Fenster fallen. Deeskalation. Ich hatte einen Doktor in Deeskalation.

Kramer klopfte seine Taschen ab und suchte sein Glasröhrchen. »Ich lande mindestens einmal im Monat auf Brads Treppe. Stoße mir fast jeden Tag den Kopf am Medizinschrank.

Meinst du, damit qualifiziere ich mich für den Typ des selbstzerstörerischen romantischen Helden?«

»Die Schlange derer, die für diesen Job anstehen, reicht fast um den ganzen Block.«

Kramer wankte auf die Straße hinaus und sank auf die Knie.

»Hallelujah! Es ist noch dunkel!« Er berührte mit der Stirn das Pflaster. »Ich muß Allah danken, denn mein berühmter hebräerfeindlicher Gott hätte es längst zehn Uhr vormittags sein lassen, und ich muß um elf in Canarsie sein. Nun kann ich noch duschen, mir ein paar riesige Tylenols einschmeißen, einen Apfel essen und für eine Weile in die Horizontale gehen, ehe ich den Überlebenskampf in der U-Bahn aufnehme. Hallelu-jah . . .« Er kroch ein paar Schritte weiter, rollte sich auf den Rücken und stand auf, wobei er meine Knie umarmte.

»WHOOPEE!«

Er stemmte mich hoch wie ein Baby.

»Du bist stark«, sagte ich.

»Hab' beim Bankdrücken in der High School dreihundertfünfzig Pfund geschafft . . . SCHEISSE!« Er kippte nach hinten. Ich segelte über ihn hinweg und versuchte den Bürgersteig abzuwehren. Mein Kopf schlug mit einem dumpfen Laut auf, aber ich spürte nichts. »Ein weiterer Grund, warum man trinkt«, sagte ich. »Man spürt keinen Schmerz, wenn man auf den Kopf fällt.«

»Warte!« rief Kramer.

»Ich gehe jetzt nach Hause«, verkündete ich.

Er kroch hinter mir her wie ein verrückter Orang-Utan: »Ich will dir diese Prachtstücke zeigen.« Er hielt mir ein zerknautschtes Foto vor die Nase. Zwillingsmädchen, so jung, daß ich nicht einmal raten konnte, wie alt sie waren; völlig identisch, von ihren Samtanzügen und Mützen bis hin zu ihrem zahnlückigen Kleinmädchengrinsen.

»Zu jung für mich«, sagte ich. »Selbst beide zusammen wären zu jung.«

»Das ist Bonnie, das ist Beth«, sagte Kramer und deutete mit einer dicken Wurst von einem Finger auf das Bild. »Sag ja nicht, ich weiß. Bonnie und Beth. Kann man seine Zugehörigkeit zum jüdischen Mittelstand Brooklyn besser unter Beweis stellen?

Aber diese Mädchen sind nicht so. Nicht so wie ihre Mutter . . .«

»Warum versuchst du, mich für deine Töchter zu erwärmen? Das ist ja widerwärtig.«

Er griff nach meinem Arm. »Ich trage mein Leben mit mir in der Brieftasche herum. Ich bin der Typ, der sich im Flugzeug an dich heranmacht und dir die Familienfotos zeigt. Siehst du?« Er zeigte mir ein Hochzeitsfoto. Ein dunkles, schmollendes Girl, sogar im Brautkleid schon hippiehaft. Und im Schatten ein mondgesichtiger Schnösel mt erwartungsvollem Grinsen.

»Damals wog ich zweihundertachtzig Pfund. Ich konnte einen Volkswagen vorne hocheben, wenn einer drin saß. Ich kaufte das Haus, brachte das Geld nach Hause, schlief vor dem Fernseher ein. Du kennst das Programm. Ich arbeitete auf der Straße. Vertreter. Arbeitete auf eigene Rechung. Für eine Weile ging es ganz gut. Du heiratest das Girl, das deine Mutter für dich ausgesucht hat, und du bumst mit deiner Sekretärin. Sie bläst ihn dir im Fahrstuhl, drückt auf den HALT-Knopf, macht dir die Hose auf, und dabei kannst du hören, wie sie oben vor der Personal-Cafeteria stehen und gegen die Fahrstuhltür hämmern.

»Darüber solltest du ein Gedicht schreiben.«

»Sie hieß Mary Rooney. Sie dachte, ich wäre ein dicker, fetter jüdischer Ernährer, jemand, der seiner Frau einen Kaschmirmantel schenkt, anstatt ihr die Seele aus dem Leib zu prügeln . . . «

»Das ist aber seltsam. Ich hab' vor kurzem einen alten irischen Cop kennengelernt, der mir erzählte, daß jüdische Frauen ihm auf den Rücksitzen von chauffeurgelenkten Limousinen einen geblasen hätten. Wenn du nun eine von denen geheiratet und er Mary Rooney geheiratet hätte, dann wäre das Problem des oralen Sex doch gelöst gewesen, und du wärest immer noch bei Bonnie und Beth, nur hießen sie dann wahrscheinlich Agnes und Kathleen.«

»Unsere Scheidungsvereinbarungen«, sagte Kramer. Er schüttelte mich wie ein Strandlaken. »Kramer gegen Kramer, stimmt's? Alles in meinem Leben läuft am Ende auf ein abgedroschenes Klischee hinaus . . .«

»Sieh doch mal, die Sache mit dem oralen Sex war eigentlich

nicht die Schuld deiner Frau, weil Mitglieder der gleichen ethnischen Gruppe diese Praktik nicht miteinander ausüben«, sagte ich. »Bei meiner beträchlichen Erfahrung, und glaub' mir, ich prahle nicht, kenne ich nur sehr wenige meiner Leute, Irisch-Amerikaner . . .« Kramers Augen ließen mich meinen Vortrag abbrechen. Sie hatten diesen verlorenen Ausdruck, den ich so gut kannte. Kramer war zusammengebrochen. Der Abend lag in qualmenden Trümmern um ihn verstreut.

»Geh nach Hause, Kramer«, riet ich ihm.

»Warum endet es immer auf diese Weise? Alle reden, niemand hört zu.«

»Geh nach Hause«, wiederholte ich. »Setz dich in einen Sessel, und schau aus dem Fenster, oder leg dich auf ein ungemachtes Bett und wiederhole in Gedanken ›Auch das geht vorüber‹, bis du Hunger bekommst oder eindöst. Das wichtigste ist immer, zu wissen, wann der Abend zu Ende ist und man nach Hause gehen muß.«

»Aber ich will nicht, daß die Nacht vorüber ist.«

»Nein, du möchtest reden und schreiben und auf Kultur machen. Du brauchst eine bedeutende literarische Erfahrung, deshalb fühlst du dich besser, wenn du dich von deiner Frau und den verzogenen Mädchen trennst. Du willst, daß jeder Augenblick deines Lebens von Bedeutung ist.«

»Du weißt alles«, staunte Kramer.

»Außer, wo ich heute nacht schlafen soll.«

»Dann komm mit zu mir.«

»Bestimmt nicht. Du findest dann noch mehr von diesem Scheißzeug. Typen wie du haben immer einiges versteckt. Du hältst mich eine Woche lang vom Schlafen ab, weil ich deinen Memoiren lauschen muß.«

»Ich will nicht alleine sein.«

»Dann ruf Mary Rooney an.«

Kramer pflückte sich Speichelspuren aus dem Bart und zerrieb sie zwischen den Fingern. »Du hast eine tolle Einstellung. Du nimmst nichts ernst.«

»Das kann ich mir auch nicht leisten.«

»Ich würde gerne deine Lebensgeschichte erfahren«, sagte er.

»Dann nimm das nächste Mal eine Droge, die dich zuhören läßt, falls es so etwas überhaupt gibt.«

Kramer seufzte. »Ich gehe jetzt nach Hause.«

Ich zündete eine Zigarette an, was länger als sonst gedauert haben mußte, denn als ich wieder aufsah, war er verschwunden.

Und dann verlangsamte sich alles und wurde weich wie in einem Traum. Die Straße hätte der stillste, verlassenste Ort des Universums sein können. Es war der Moment zwischen Nacht und Morgen, wenn nahezu alles zum Stehen kommt. Entropy City. Die Privatfahrzeuge waren verschwunden, die öffentlichen Fahrzeuge waren noch nicht da. Die Nachtschicht war vorüber, die Tagschicht hatte noch nicht begonnen. Auf dieser Straße, die sich zum Fluß hinunterwand, einer Ader des Handels und der Aktivität, rührte sich nichts. Da waren keine Autos, keine Menschen, nur Schlaglöcher wie Mondkrater und ein schwacher fremdartiger Wind. Es waren nur noch ein paar Augenblicke der Unbeweglichkeit nötig, und die Welt kam total zum Stillstand.

Mitten in dieser Einsamkeit trieb eine Seifenblase vorbei. Ein geisterhaftes Kichern ertönte, wie man es zu hören bekommt, wenn man eine Zombie kitzelt.

»Hallo, schöner Mann.«

Es war Mooney, die fröhliche kleine Blondine. Sie saß auf der Laderampe eines leeren Lagerhauses.

»Das ist ein Traum«, sagte ich. Eine unsichtbare Macht zog mich zu ihr hin, so beständig, daß ich mich umwandte, um zu sehen, wer hinter mir war und mich vorwärtsschob.

»Ich hoffe, du bist genauso stonend wie ich«, sagte Mooney.

Ich mußte mich durch eine Seifenblasenwolke kämpfen, um zu ihr zu gelangen. Sie leuchtete wie rosafarbenes Neonlicht im ungewissen Morgendämmer.

»Kinderkram«, sagte sie und zeigte mir die Seifenblasenflasche und den kleinen Zauberstab. »Ich hab' das in einem Abfallhaufen auf der Greenwich Avenue gefunden. Ein Stapel zerbrochenes Spielzeug, als wäre irgend jemand durchgedreht. Das einzige, was noch heil war, war dieser alte Holzstuhl. All dieses Kinderzeug, es war unheimlich. Ich nahm alles mit nach Hause und breitete es aus und wollte irgend etwas damit tun, aber es war mir unheimlich.« Sie legte den Kopf auf meine Schulter und sah mich mit diesen verhangenen blauen Augen an. »Ich konnte nicht schlafen. Ich dachte an dich . . .«

»Dann hast du ein Quaalude genommen, und danach fing dein Kopf erst richtig an zu arbeiten.«

Sie lächelte schläfrig und nahm meinen Arm. »Komm, wir gehen zum Fluß und beobachten, wie das Licht sich verändert.«

Sie führte mich die Straße hinunter durch das zeitlose stahlblaue Dämmerlicht. Sie trug eine weiße Zimmermannshose, und ihr Hintern ragte unter ihrem strammen Turnertorso hervor.

»Sieh mal dieses Panorama«, sagte Mooney. »Wir hatten Glück, als sie diese alten Piers abrissen. Es war so, als hätten sie ein Fenster geöffnet. Das Licht kam wie eine Flut vom Ozean hereingeströmt.«

»Dann genieß es, solange du kannst«, sagte ich. »Sie haben einen Superhighway geplant, Häuser mit Einkaufszentren. Überführungen, Generatoren, Garagen so groß wie das Chrysler Building. In zwei Jahren brauchst du einen Scheinwerfer, um dich in dieser Gegend mittags zurechtzufinden . . .«

»Nein, nein, du alter Zyniker.« Mooney lächelte mich strahlend an. »Sobald sie das hier in seiner Schönheit sehen . . .«

»Die Reichen haben ihre eigene Vorstellung von Schönheit . . .«

»Oh, die Reichen sind gar nicht so besonders. Sieh mal . . .«

Sie rannte mit ausgebreiteten Armen über die Straße wie ein Vogel, der starten will, und sprang auf eine dahinmodernde Mauer über dem Fluß, der so grau war wie der Tod, bis auf ein paar goldene Lichtstrahlen, die sich ganz behutsam darübertasteten. »Sieh mal, wie die Sonne das Wasser bemalt. Wie ein Turner oder ein Monet oder ganz besonders die Maler des Hudson River, die es jeden Tag beobachten konnten. Ich möchte die ganze Nacht aufbleiben, nur um es mir ansehen zu können.«

»Eine neue Entschuldigung für Drogenmißbrauch«, sagte ich.

Mooney war in ihren eigenen Gedanken verloren. »Zu dieser Tageszeit vergeht die Zeit viel langsamer.«

Sie kam zu mir zurück und schüttelte sich wie ein ins Wasser gefallener Hund. Automatisch legte ich einen Arm um sie. Ihre Schultern waren muskulös. Meine Finger glitten zu ihrer Brust hinab. Das Sonnenlicht fiel in ihr Gesicht und ließ sie aussehen wie ein lüsternes kleines Mädchen. Sie lächelte.

»Ich mag dich. Komm, wir gehen uns hinlegen.«

Sie wohnte in der West Street genau gegenüber dem verrosteten Ungetüm des West Side Highway, der allmählich abgebrochen wurde, um dem neuen Superhighway Platz zu machen.

Ihr Loft war so groß ein Footballfeld. Der Parkettboden war sauber gefegt, die Wände waren strahlend weiß gestrichen. Kaltes, bläuliches Flußlicht drang durch die Fabrikfenster herein und wusch die Farben aus den Gemälden, die an den Wänden lehnten. Vorwiegend abstrakte Werke. Große Bilder in Weiß, Blau und Gelb. Sie sah, wie ich sie betrachtete, und wollte mich wegziehen. »Ich versuche, das Licht einzufangen. Die Ergebnisse sind furchtbar, sieh es dir nicht an. Bitte.«

In einer Ecke lag ein Haufen Gerümpel. Die Kindersachen, ein demolierter Kinderwagen, Laufstall, Spielsachen.

»Warum wühlt jeder in der Nachbarschaft im Abfall?«

»Das ist das Schöne daran, wenn man Künstler in einer Großstadt ist«, sagte sie. »Die Formen und Objekte, die man auf den Straßen finden kann. Wenn ich all dieses Zeug nicht liebte, dann könnte ich genausogut auf dem Lande leben und Bäume malen.«

Sie hielt eine Clownspuppe ohne Beine hoch. »Ich möchte aus den Babysachen eine Collage zusammenstellen.«

»Morbide«, lautete mein Kommentar.

»Das ist es, was an der städtischen Kunst nicht in Ordnung ist, sie arbeitet ausschließlich mit toten Dingen. Ich bemerke mit Sorge diese Tendenz auch bei mir selbst . . . Oh, Scheiße . . .« Sie schlug sich selbst ins Gesicht. »Hör auf damit, Dolly, der Gentleman ist nicht hergekommen, um sich eine Lektion anzuhören.« Sie nahm meine Hand. »Du hast soviel Geduld mit mir.«

»Habe ich das?«

»Ich mag dich«, sagte sie. Ihr Lächeln wurde offener. Die Florentiner Aristokratin, die Gräfin Fellatio, war im Begriff, eine Arie anzustimmen. »Möchtest du herumgeführt werden?«

»Das ist wohl so üblich«, sagte ich.

SEUFZ . . . wie es in den Comics heißt. Am Fenster stand ein Zeichentisch. Ein paar Gipswände, und da war ihr Apartment. Matratze mit einer blauen und weißen Tagesdecke, ein wackliges Nachttischchen mit Stanniolkugeln darauf. Eine Stereoanlage, kein Fernseher, Jeans und T-Shirts säuberlich gefaltet auf einem Polster. Taschenbücher waren an der Wand aufgereiht. Zeichenbretter für den Fall, daß die Muse der Kunst sich mitten in der Nacht meldete.

SEUFZ . . . ein weiteres Schlafzimmer für meine Sammlung. Wie verdienen Sie Ihren Lebensunterhalt wirklich, Mr. Flanagan? Ich glaube, ich bin eine Art Dieb. Ich war schon in mehr Schlafzimmern als der rosarote Panther. Ich nehme nie etwas mit, außer Erinnerungen. Wenn ich die Augen schließe und still sitze, dann kann ich mich wahrscheinlich an jedes einzelne erinnern.

Eine alte Kaptitänskiste in einer Ecke. An der Art, wie sie darin herumwühlte, konnte ich erkennen, daß sie Drogen suchte. Eines dieser kleinen Mädchen, die Sex noch nicht einmal in Erwägung ziehen, ehe sie sich betäubt haben. Eine neue Form der Jungfräulichkeit.

»Bier ist im Kühlschrank«, sagte sie über die Schulter.

Ich fand einen noch nicht angebrochenen Sechserpack Budweiser. Ein Typ mußte hier gewesen sein – Frauen kaufen niemals Budweiser für sich selbst – und gegangen sein, ohne das Bier getrunken zu haben. Das Bier war eiskalt, als wäre der Kühlschrank seit Wochen nicht mehr geöffnet worden. Die Aschenbecher auf der Spüle waren leer. Dieser Ort sah nicht aus wie die Grand Central Station zur Hauptverkehrszeit.

»Allzu oft machst du das wohl nicht, oder?« fragte ich, als ich wieder ins Schlafzimmer trat.

Sie hatte sich unter der blau-weißen Decke zusammengerollt, und nur ihre blonden Haare und ihr rosiges Gesicht sahen heraus.

»Du meinst, einen Mann ansprechen und hierher mitnehmen? Du bist der erste.«

Ich legte mich neben sie. »Der allererste?«

»Nein.« Sie kicherte. »Ich hab' mit einem Typen aus der Schule ein Jahr lang zusammengelebt. Er ist zu Beginn des Sommers ausgezogen.« Sie lächelte verträumt und verschränkte die Hände hinter dem Kopf. »Mach dir keine Sorgen, ich weiß, wie es geht.«

»Da bin ich aber froh, daß wenigstens einer von uns Bescheid weiß.« Ich stopfte meine Unterhose unter das Kopfkissen.

»Warum machst du das?« wollte sie wissen.

»Damit ich schnell verschwinden kann.«

»Ich dachte gar nicht, daß du überhaupt Unterwäsche trägst.«

Ich holte die Unterhose hervor. »Habe ich jetzt einen Traum zerstört?«

Sie stopfte die Unterhose wieder unter das Kopfkissen. »Ist schon okay, ich stell mich darauf ein.«

Zufallssex ist entweder wie ein Schrei oder wie ein Gähnen. Es ist etwas Besonderes daran, im Mogengrauen mit einem total Fremden zu bumsen: Entweder stürzt man sich gierig aufeinander, oder man ist halbherzig und lustlos bei der Sache, bis einer von beiden den Mut aufbringt, sich wie ein Feigling aus dem Staub zu machen. Hier war ich ein leicht angeknackstes Einhorn auf ihrem jungfräulichen Lager, und ich wußte noch immer nicht, wo das Ganze hinführen würde. Für sie sprach die Jugend. Ihr Atem war nach einer Nacht zügelloser Ausschweifung süß und frisch. Ihr Körper war glatt und fest; Gesundheit vibrierte unter meinen schartigen, nikotinbraunen Fingern. Das war Jugend. Sie nahm mich eifrig, begierig, zärtlich auf, die Augen geschlossen, den Hals gestreckt und den Kopf zurückgeworfen für den endlosen verzaubernden Kuß ewiger Liebe. Auch das war Jugend, dieser Wunsch, zu glauben, zu vertrauen. Und das brachte mich aus dem Konzept. Da war nichts von dem Zynismus Erwachsener, hier hieß es nicht, ich bin es leid, es alleine zu tun, deshalb mach es für mich, und ich mache es für dich. Da war keine Spur von den Begleitumständen eines akzeptablen Seitensprungs. Ich hatte nicht an ewige Liebe gedacht. Ich ging rasend schnell unter.

In Panik machte ich krampfhaft die Augen zu und suchte nach einer wiederbelebenden Phantasie. Ich fand sie in Sonya.

Es war eine Idee, mit der ich am Morgen gespielt hatte, ein Jahrtausend lag das schon zurück, während ich in der Küche saß und ihr bei der Zubereitung des Frühstücks zusah. Es war Sonya, die sich in ihrem Kimono über den Herd beugte mit ihren marmornen Beinen und den Schamhaaren, bereit zum Bespringen. Mooneys Finger huschten über meine Stirn, Mooneys Brüste streichelten mein Gesicht, ihre Küsse sanken wie Rosenblüten auf meine Wangen. Aber ich sah Sonya in dieser schmuddeligen Küche auf der West Side. Sonya, die den Phallus anders empfing als sonst, ein Bein anhob und selig mit diesem willkommenen Eindringling kämpfte. Es war Sonya . . . Sonya . . . Und dann, wie sie es in den Comics ausdrücken, AAARGH . . ., war es vorbei.

Ich lag da, mit Schweiß bedeckt. Irgendwann mußte ich die Augen öffnen. Ich wurde vom Glanz der Seligkeit geblendet. Sie leuchtete, sie erstrahlte. Ich hatte absolut nichts getan, um diese Verzauberung zu bewirken, aber ich glaube bei all den Perversen und Abseitigen um uns herum erschien ein altmodischer vorzeitiger Ejakulator wie ein Held. Ein Hoch auf den Überempfindlichen, den letzten lebenden Beweis der Ernsthaftigkeit in einer sich auflösenden Welt.

Ein Hoch auf die Romantik. »Die Romantik ist das Leichentuch, das die Bourgeoisie über die Leiche der Aristokratie deckte.« Dieser Ausspruch ging mir durch den Kopf. Er stammte aus den gesammelten Werken Doug Coughlins, die nun in einem Koffer in einem verwanzten Hotel vor sich hin moderten. Ich mußte schnellstens dorthin zurück, ehe das Zimmermädchen ihn auf den Müll warf oder ein süchtiger Dieb die Manuskripte verschenkte, um den Koffer zu verkaufen. Ich mußte Coughlins geistige Ergüsse bewahren.

»Brian?« Mooney kuschelte sich an meine Schulter, ihr Kopf feucht von Babyschweiß. »Du hast mir doch geglaubt, daß ich noch nicht viele Typen hier oben hatte?«

»Du soltest da umdenken, Baby, du bist für dieses Spiel wie geschaffen.«

»Ich möchte nicht in so etwas hineingeraten. Abgesehen von dem Jungen, der hier gewohnt hat, bist du der erste . . .«

Schlummertrunk

Ich versuchte zu schlafen, aber ich fand keine Ruhe. Mein Herz klopfte, meine Glieder zuckten. Meine Augen fühlten sich an, als würden sie auf Zahnstocher gespießt. Anstatt sich zu verflüchtigen, hatte sich das Kokain in mich hineingefressen und mich in einen Zustand ängstlicher Wachheit versetzt. Ich war wie ein altes Auto, desse Motor weitertuckert, lange nachdem der Zündschlüssel abgezogen worden und jeder ausgestiegen war.

Mooney schlief wie ein Baby und zeigte eine aus Unreife geborene Mißachtung für die Chemikalienmischung, die sie konsumiert hatte. Jede noch so geringe Regung von mir ließ sie seufzen und sich noch enger an mich kuscheln.

Ich machte einen kurzen, flachen Atemzug und wiederholte die Mantra aller Verkommenen und Degenerierten. »Auch das geht vorbei, auch das geht vorbei.« Irgendwann würde die Agonie zu einem dumpfen Schmerz abflachen, der wiederum in einer Art Dösen endete. Mein Mund würde sich anfühlen wie die Mojave-Wüste und riechen wie der Love Canal. Wenn Mooney erwachte, gäbe es den beiläufigen Austausch von Guten-Morgen-Küssen. Wir würden gegenseitig unsere Körperfunktionen belauschen, danach Frühstück in einem Proletenimbiß, während Taxifahrer und Klimaanlagentechniker uns anstarrten und ihre Witze rissen. Von ihr käme mehr Autobiographie und von mir mehr Lügen. Hatte ich all das nicht gerade mit Sonya durchgemacht?

Ich zog vorsichtig meinen Arm unter Mooneys Kopf hervor und fand unter dem Kissen meine Unterhose. Dann rollte ich von der Matratze herunter. Lange Jahre der Übung hatten mich zu dem Schluß kommen lassen, daß ein Wegrollen weniger Geräusch verursacht als ein Wegrutschen, obwohl dazu mehr Krafteinsatz im Oberkörper notwendig war.

Die große Kleiderjagd war erfolgreich bis auf den Verlust einer Socke. Mit den Schuhen in der Hand schlich ich auf Zehnspitzen davon. Während dieser Übung mimte Mooney die Schlafende. Plötzlich begann sie vernehmlich zu schnarchen, ein Zeichen, daß sie mich ohne ein Wort oder eine

Bitte von dannen ziehen ließ. Ich war ihr unendlich dankbar.

Die Sonne hatte mich im Wettlauf auf die Straße besiegt. Bei Tageslicht war ich in meiner Mr.-Hyde-Stimmung. Jogger stolperten über ihre Puma-Schuhe bei dem Versuch, mir auszuweichen. Ein Streifenwagen wendete lieber, als daß er sich um mich kümmerte. Ein Junkie, der in der Church Street an einem Briefkasten hing, wurde abrupt nüchtern und überquerte die Straße, um mir aus dem Weg zugehen.

»Okay«, sagte ich. »Ich bin ein Zombie. Schön, ich sehe vielleicht übel aus, aber wenigstens führe ich keine Selbstgespräche. Doch Moment mal, ich rede doch mit mir . . .«

Meine gemütliche Hütte im John Tyler erwartete mich schon. Ich würde rechtzeitig dort eintreffen, um Coughlins Tiraden vor dem Untergang zu retten.

Aber ich ertappte mich dabei, wie ich in Richtung West Side marschierte. Ich war unterwegs zu Sonya. Nachdem ich soeben eine Frau verlassen hatte, die mir gleichgültig war, eilte ich zur nächsten, die mir ebenfalls egal war. Wie ein Lachs kämpfte ich mich stromaufwärts in meinen sicheren Tod.

Sonya betätigte den Türsummer, ließ mich ins Gebäude ein, stand jedoch in ihrem Kimono vor ihrer Wohnung und versperrte mir den Weg.

»Du hast dich um zwölf Stunden verspätet.«

»Zwölf Stunden? So viel? Jesus, ich fühle mich, als wäre ich gerade erst runtergegangen, um mir an der Ecke eine Schachtel Zigaretten zu holen.« Ich lächelte und streichelte das wütende Pulsieren an ihrem Hals. Ich war schon auf dem Weg nach drinnen; dies war nur eine Art symbolischer Widerstand.

»Glaubst du, du könntest hier so einfach knacken?« fragte sie und wich nicht von der Stelle.

»Entweder im Flur oder in deiner Wohnung, Baby. Meine nächtliche Irrfahrt ist zu Ende.«

Sie trat gerade weit genug zurück, daß ich mich an ihr vorbeizwängen konnte. Na, war es nicht toll, wie ich mit Frauen umgehen konnte?

»Ist dies die Art von Beziehung, die ich deiner Meinung nach erwarte? Du läßt dich irgendwo flachlegen und betrachtest meine Adresse als dein Zuhause.«

»Das Zuhause ist dort, wo man den Kopf zur Ruhe bettet, nicht wahr? Ich bin jetzt hier, und es tut mir leid. Mea culpa, tausendmal Verzeihung, ich tue es nicht wieder, bis zum nächsten Mal.«

Ich eilte an ihr vorbei ins Schlafzimmer, ließ mich elegant auf die Matratze fallen und ertrank in dem weichen, süßlichen Geruch ungelüfteter Laken.

»Du wirst mir nicht das Bett vollstinken«, sagte Sonya und zog mir die Hose über die Schuhe.

»Dann schleif mich raus. Ich bin zu schwach, um mich zu wehren. Mit letzter Kraft habe ich mich zu dir geschleppt. Das muß etwas bedeuten. Ich bin den ganzen Tag herumgelaufen und habe einen Job gesucht. New York sieht man sich am besten durch ein Saloonfenster an . . . Autsch!«

Sonya hatte mir ein Stück Kruste vom Oberschenkel gekratzt. »Du warst bei einer anderen Frau.«

»Ja, aber ich habe die ganze Zeit nur an dich gedacht.«

Sie riß mir fast den Arm aus dem Gelenk. »Hau ab unter die Dusche. Du wirst nicht den Gestank irgendeiner Schlampe in mein Bett schleppen.«

»Jede, mit der ich schlafe, ist eine Schlampe, außer dir, Baby.«

Die Dusche spuckte. Dampf drang aus der Öffnung. Sie stieß mich unter den kochendheißen Strahl. »Geh schon rein, du Arsch. Glaubst du, du kannst mich warten lassen wie eine Idiotin . . .«

ARRGHH . . . wie es in den Comics heißt. Ich zog sie zu mir herein. Sie schimpfte und wehrte sich, aber ich bohrte mein Kinn in ihre Brust und hielt sie fest. »Ay, ay, ay . . .« Sie stieß kleine spanische Schmerzensschreie aus, aber ich war gnadenlos. Große perlende Tränen rannen aus ihren Augen. »Warum bleibe ich immer an Verlierern hängen?« jammerte sie.

»Ich verrate dir warum.« Ich stieß sie aus der Dusche und zog ihr den nassen Kimono über den Kopf, ihr Schluchzen mißachtend. »Weil es so einfacher ist. Wieviel einfacher ist es, auf ein glückliches Zuhause zu hoffen, als eins zu haben.« Der Kimono blieb unter ihrem Kinn hängen, und ich mußte sie wie ein Ringkämpfer auf den Boden legen, um das Ding über ihren

Kopf zu schieben. Ihre Gegenwehr ließ etwas nach. Sie half bei der Entkleidung mit. Ich machte sie scharf, aber ich wußte nicht warum. Und ich konnte nicht aufhören.

»Die größte Romanze ist immer die Liebe, die nie erfüllt werden kann. Der größte Liebhaber ist der Säufer, der Junkie, der Halunke, der Zuhälter, der Kerl, der auf dich kotzt, der dich schlägt, dir dein Geld wegnimmt und ihn bei zwei Versuchen nur einmal hochbekommt, wenn er eine gute Kondition hat. Das ist es, was du in Wahrheit haben willst, einen mittelmäßigen bis armseligen Liebhaber, einen kleinen Mühlstein, der alleine dir gehört.«

Sonya kam zwischen meinen Beinen hoch, ihre Augen sprühten Blitze. Weg war das Selbstmitleid, die Tränen, die Vorwürfe, sie war wie besessen. »Was tust du mit mir?« zischte sie.

»Weibliche Wollust ist wirklich eine erstaunliche Sache«, sagte ich in professoralem Ton, der selbst mich überzeugte. »Sie erwächst aus den tiefen Abgründen des Masochismus . . .«

»Halt mal für einen Moment die Klappe«, befahl Sonya.

»Kann ich nicht. Seit zwölf Stunden rede ich nonstop, und ich kann jetzt nicht aufhören.« Ich schob ihren Kopf weg und ging ins Schlafzimmer. »Ich könnte den Fusel oder das Dope verantwortlich machen, aber wie viele Leute reden unter solchen Bedingungen den größten Blödsinn? Vielleicht rede ich mich im Augenblick selbst um Kopf und Kragen, aber ich habe es bereits durch die Tür geschafft, und überdies weiß ich, daß ich dich im Griff habe, Baby. Ich brauche mich weiterhin nur etwas verrückt zu benehmen, dich warten zu lassen und dich ansonsten immer wieder mal flachzulegen, und schon habe ich für den Rest meines Lebens ausgesorgt. Ich könnte auch versuchen, mir selbst so lange etwas zu erzählen, bis er mir steht, weil ich nämlich einen athletischen Schwanz habe, lang und biegsam, geeignet, durch einen Umkleideraum zu paradieren, aber ansonsten zu nichts zu gebrauchen als Vierteldollars aus dem Gully zu fischen. Die Wahrheit ist, ich rede nur deshalb, weil ich am besten bin, wenn ich rede. Reden war Casanovas geheime Waffe. Talleyrand, Hitler, Churchill setzten diese Waffe ebenfalls ein. Große Liebhaber bumsen nicht, sie reden. Sie sind Verkäufer, keine Lieferanten. Und ich bin ein großer Liebhaber.«

Sonya hockte auf meiner Brust und ließ die nassen Haare in mein Gesicht hängen. »Beweise es.«

Ihr Körper fühlte sich an wie ein Taucheranzug.

»Entschuldige«, sagte ich, »meine erogenen Zonen haben jegliche Variabilität verloren.«

Nach nahezu einer Woche fruchtloser Frottage tauchte sie weg.

»Machst du Kaffee? Für mich bitte schwarz mit zwei Stücken Zucker.«

»Klappe«, rief sie.

Ich versuchte, ihren Kopf zwischen meinen Beinen hochzuziehen. »Sieh doch, ich bin total erschossen. Vom Hals abwärts bin ich so gut wie tot.«

»Ich habe die ganze Nacht auf dich gewartet, du Bastard.«

»Ich bin immer noch 'ne Niete.«

»Wegen dir habe ich meine Schwester rausgeschmissen.«

»Ich bin eine Niete und ein Familienkiller.«

»Sei still.« Sie ließ ihre Finger bis zu meinem Hals wandern und drückte zu.

»Du bist zu verbissen«, sagte ich.

Keine Antwort. Warum konnte sie nicht so sein wie Mooney, eine Kuschlerin, eine Schmusekatze, der romantische Typ? Mooney in ihrem sauberen, sonnigen Loft mit ihrer reinen weißen amerikanischen Haut. Mooney mit ihrem Pin-up-Busen, ihrem Negerhintern, Mooney, die mich vom Haken gelassen hatte . . .

MOONEY! Jesus, Mooney schaffte es! Ich schloß die Augen und verbiß mich in ihr Bild. Es war reinste poetische Gerechtigkeit. Sonya hatte mir bei Mooney geholfen, nun würde Mooney mir bei Sonya helfen. ARRGGH . . . wie es in den Comics heißt. Mooney, ich schulde dir etwas, tat ich einen stummen Schwur. Eines Tages komme ich zu dir zurück. Vielleicht bin ich eines Tages zur richtigen Zeit am richtigen Ort, und all diese mentalen Klimmzüge werden nicht mehr nötig sein. MOONEY . . .!

Acht-Uhr-Betrieb

Eine Woche, nachdem ich dort angefangen hatte, ging im Old Seaman's Home der Betrieb los.

Es begann mit dem Mittagessen. Nichts Besonderes, nur sieben oder acht Essen für ein paar Tage, doch allen fiel es auf, weil sie, seit der Betrieb geöffnet hatte, niemals ein Essen serviert hatten, außer den chinesischen Helfern.

Bis dahin war die Bar von zwölf bis sieben für Castletons Stammgäste reserviert gewesen, eine Handvoll Alkoholiker, die sich in der Dunkelheit rund um die Theke versteckten und deren Zigaretten wie Warnlichter glühten, damit sie nicht gegeneinanderstießen. Es waren Typen, die in der Nachbarschaft tätig waren, ein jüdischer Händler für Installationsbedarf, ein Chinese mit Ausbeutungsbetrieb, der seine Nachkommenschaft zum Arbeiten in Steves Küche schickte, ein knorriger alter irischer Taxifahrer, der um sechs die Garage verließ, seine Tageseinnahme bis elf im Sack und bis sieben schon wieder versoffen hatte. Da war ein Homo, der mit seiner Mutter im West Village lebte und am liebsten über alte Kinofilme redete; ein alter Schwarzer, der in Anzug und Krawatte auftauchte und Americanos trank – solche Typen. Sie liebten Brad als ihren wohltätigen Geist. Er huschte durch das dämmrige Licht, leerte Aschenbecher in ihre Drinks, vergaß ihre Namen, gab ihnen zuwenig oder zuviel Wechselgeld heraus und hielt Cocktail für Cocktail mit, bis er doppelt so angeschlagen war wie seine Gäste an der Bar. Eine Handvoll Gäste war etwas mehr, als er bedienen konnte, aber das machte ihnen nichts aus. Einem Alkoholiker macht es nichts aus, auf seinen Drink zu warten; er weiß, daß er auf seinem Platz sitzen wird, bis er ihn bekommt; und er weiß auch, daß er in einer Vierundzwanzig-Stunden-Periode eine bestimmte Menge tanken wird, selbst wenn er, um seinen Schnitt zu halten, alle halbe Stunde ein ganzes Quant kippen muß. Sie hatten den Laden für sich, und um sieben, wenn Kramer und ich reinkamen und die Nichtalkoholiker für ihre Biere und Kirs hereinschauten, verschwanden sie nach und nach. Ideale Gäste. Bei drei Dollar pro Dink brachten sie täglich etwa zweihundert Dollar in die Kasse, und dabei beklagten sie sich nicht, fielen nicht um und machten kein Besteck schmutzig. Wenn man dreihundert von der Sorte hat, kann man sich nach drei Jahren als Philanthrop zur Ruhe setzen. Doch Saloonbesitzer sind auf diese Klientel nicht scharf. Saloonbesitzer wollen mehr, als nur Geld aus ihren Läden herausholen.

Ich kam eines Abends herein und sah Castleton bei der Buchhaltung für sieben Essensquittungen. Sieben Quittungen entsprachen vierzehn und mehr Leuten. In dieser Sadt mit acht Millionen Einwohnern hatten also vierzehn Leute ausgerechnet dieses Lokal ausgewählt, um dort zu essen.

»Hier wird bald ein Kapitel der Geschichte des freien Unternehmertums geschrieben«, erklärte ich Kramer.

Steve hatte mitgehört und mißverstanden. »Langweilen wir Sie, Mr. Flanagan? Ich denke, Sie sind von meinem Whiskey noch nicht zu besoffen, um die Tür zu finden?«

»Jetzt soll ich gehen? Wo der Laden endlich anfängt, Umsatz zu machen?« Steves Hand wanderte wieder zu seiner Hüfte.
»Ich mache keine Witze«, sagte ich. »Du hast heute sieben Mittagessen verkauft. Das ist ein gutes Omen.«

»Ein Omen, wie? Was treibst du denn zu Hause? Opferst du an deinem freien Tag den Schicksalsgöttern frische Hühner? Willst du mir die Hand lesen? Nicht die, mit der ich onaniere, sondern die, mit der ich mir den Arsch abwische.«

»Wann hast du zum letzten Mal sieben Mittagessen verkauft?«

»Wann habe ich das letzte Mal in einem Laden gegessen, in dem es so still war, daß ich den Fliegen beim Bumsen zuhören konnte? Die Antwort darauf lautet gestern, und heute abend werde ich es wieder erleben.«

»Ich weiß auch nicht, warum ich meine Weisheiten an Primitivlinge wie dich vergeude. Ich habe auf ein Zeichen gewartet, und heute habe ich es bekommen. Ich meine, es ist nicht das Essen. Du servierst eine Zwiebelsuppe, die so schmeckt, als ob der Koch seine Socken darin wäscht. Und dein Hamburger ist ein Stück Steinkohle auf einer Scheibe Kommißbrot, an dem ein Krokodil sich die Zähne ausbeißt . . .«

»Ihnen scheinen die Hamburger aber zu schmecken, Mr. Krokodil.«

»Gutes Essen gehört nicht zu meinen Leidenschaften. Ich spreche von Leuten, die von der Straße hereinkommen, um dein Chili zu essen, das aussieht wie Katzenkotze, deinen Geflügelsalat aus dem Supermarkt, deine tiefgefrorene Scholle, also ich bitte dich, verarsch mich nicht.« Ich wedelte mit den Quittungen vor seiner Nase herum. »Sie kommen nicht wegen des Essens her. Sie sind eine Art Vorhut, diejenigen, die ein Gespür dafür haben, ob ein Laden einschlägt oder nicht . . .«

Steve riß mir die Quittungen aus der Hand und zählte sie zusammen. Dabei murmelte er »Eins im Sinn und zwei nach oben . . .« Dann warf er sie zu Castleton hinüber, der allmählich über der Theke zusammensank. »Sechsundneunzig Dollar und elf Cents. Ich bin ein ganz dicker Geschäftemacher, wie?« Und er marschierte durch den leeren Saloon in Richtung Herrentoilette.

»Welchen Beweis willst du noch«, brüllte ich hinter ihm her.

»Es ist wunderbar, zwei Leuten zuzuhören, die die Probleme des Bargeschäfts mit derartiger Hingabe diskutieren«, sagte Kramer.

»Willst du mir nicht mal zeigen, wie schlau du bist?« brüllte Steve zurück. »Dann verrat mir mal, was ich mit dreißig Pfund Hamburgerfleisch tun soll, das allmählich einen Stich ins Grüne bekommt.«

»Mach Chili daraus und drück die Daumen, daß niemand umkippt«, schlug Kramer vor.

Steve kam zurück. Ich hielt die Luft an. »Derartige Strapazen so früh am Abend können tödlich sein«, sagte ich und genehmigte mir selbst einen Drink.

»Was meinst du?« fragte Steve.

»Den Acht-Uhr-Betrieb.«

»Ich bekomme jeden Abend um Viertel nach acht das arme Tier, und dann nehme ich eine Prise . . .«

»Hör endlich auf. Ich denke an den Acht-Uhr-Betrieb, der es in deiner Kasse klingeln läßt, damit du dir anschließend Nachschub für deine Nase besorgen kannst. Wenn du eines abends hier reinkommst, und auf jedem Hocker sitzt etwas Junges, Knackiges, und die schlaffen Typen umschwirren sie wie die Schmeißfliegen, wenn der ganze Laden mit einer Patina aus zahlenden Gästen bedeckt ist, dann kannst du sagen, daß du es geschafft hast und ganz oben bist.«

»Patina aus zahlenden Gästen«, wiederholte Kramer. »Das klingt hübsch.«

»Dann sitzt du auf der guten alten Parabelkurve des Erfolges, wie ein besserer Mann, als wir alle zusammen es sind, es einmal formuliert hat. Von da an such dir einen guten Buchhalter, fang an, Steuervorauszahlungen zu leisten, und halte dich von den Mädels fern. Dann hast du in fünf Jahren vielleicht genug zusammengekratzt, um davon zu leben, nachdem dein Schuppen in Flammen aufgegangen ist.«

»Hört euch den Fachmann an«, johlte Steve. »Wenn du so gut Bescheid weißt, warum machst du dann nicht deinen eigenen Schuppen auf und wirst reich?«

»Weil ich zuviel weiß. Ich weiß so viel über Standorte, daß ich Jahre brauchen würde, um die richtige Gegend zu finden, und auch dann müßte ich die richtige Stelle im richtigen Block mit den richtigen Nachbarn finden. Ich weiß so viel über Innenarchitektur und Einrichtung, daß ich monatelang in einem total leeren Schuppen hocken und mir den Kopf darüber zerbrechen würde, wo ich die Pinkelbecken hinhängen soll. Ich weiß so viel über Bars, daß ich über der Frage wahnsinnig würde, ob ich Mahagoni oder Eiche nehmen soll, ob die Bar geschwungen oder gerade sein soll, ob die Hocker Armlehnen haben oder so hart und ungemütlich wie nur irgend möglich sein sollen, damit die Leute schnell austrinken und gehen und der nächsten Welle Durstiger Platz machen. Ich weiß so viel, daß ich im Grunde nur andere Leute reich machen kann. Ich bin es, der die Karrieren in Gang setzt, die Karrieren anderer, wohlgemerkt, so viel Wissen habe ich gespeichert.«

Steve sah sich wachsam in dem leeren Lokal um, dann kippte er eine Ladung Kokain auf die Bartheke.

»Und so kann man seine Lizenz loswerden«, bemerkte ich dazu.

Steve rührte mit seinem schmierigen kleinen Finger darin herum und schob den Aschenbecher zu mir herüber.

Ich schob ihn zurück. »Ich muß dein verlockendes Angebot leider ablehnen.«

Steve grub seinen kleinen Finger hinein und stopfte ihn sich dann bis zu den Augen in seine Nase, dann wischte er ihn an seiner Hose ab.

»Nicht schlecht«, sagte ich anerkennend. »Ich hab' mir früher immer einen Sektquirl durch den Arsch hochgeschoben und ihn abgeleckt.«

Mittlerweile hatte Kramer sich hechelnd wie ein Bernhardiner an den Aschenbecher herangemacht. Die Tür ging auf, und ein Typ in weißem Overall, barfuß und ohne Hemd, kam herein und sah sich um, als wäre er soeben einem Raumschiff entstiegen. Steve versteckte den Aschenbecher hinter seinem Rücken. Der Typ kam wie ein Kretin grinsend zur Bar. »Ich wußte gar nicht, daß es in dieser Gegend eine Bar gibt.« Er holte einen Hundert-Dollar-Schein heraus. »Macht mir mal 'nen Kamikaze.«

Jede Bar erlebt gelegentlich den mysteriösen Verschwender, einen Burschen, der spät abends hereinkommt, manchmal am Weihnachtsabend, manchmal in einem arktischen Blizzard, immer in einem Augenblick, wenn man schwören könnte, daß absolut niemand auf der Straße unterwegs ist, und verjubelt ein Vermögen, gibt reichlich Trinkgeld, kippt um, wird wiederbelebt und verschwindet genauso geheimnisvoll, wie er aufgetaucht ist, und wird nie wieder gesehen. Dieser Kerl mit einem unerschöpflichen Vorrat an Hundertern hätte ein Zimmermann, ein Drogenhändler oder ein Vertreter sein können . . . Das ist es, was mit der Welt nicht stimmt, man kann die reichen Nichtstuer nicht mehr von den armen Nichtstuern unterscheiden. Er war ein unauffälliger Bursche mit kalifornienblonden Haaren und tiefer Wüstenbräune, die auf Arizona oder Hawaii schließen ließ. Er lachte viel, versank dann in längerem Schweigen, wurde wieder beleidigend genug, daß ich mich unauffällig an die Gallionoflasche heranschob. Doch immer dann, wenn ich schon im Begriff war, ihn auf die Bretter zu schicken, holte er den nächsten Hunderter hervor und bestellte Champagner für alle. Um Mitternacht bevölkerten einige Leute aus der Nachbarschaft die Bar, und der Typ schickte jedem Champagner. Castleton, der nach Hause gegangen war, um seine Schicht zu verschlafen, kam nüchtern und nach Terpentin riechend herein. Der Typ fand, wie es bei Besoffenen oft geschieht, Gefallen an ihm, und Castleton, der diese alkoholselige Zuneigung sofort erkannte, reagierte entgegenkommend. Bald hockten die beiden am Ende der Bar, steckten die Köpfe zusammen und tranken Dom Perignon. Alle paar Minuten schlug der Verschwender auf den Tisch, rief »Das ist ja phantastisch« und bestellte eine weitere Flasche Dom Pete.

Um ein Uhr kam Steve aus seinem Büro herausgeschossen. Er sah aus wie Little Orphan Annie, mit einem Stück rohen Fleisches an der Stelle, wo seine Nase hätte sein müssen. Der Bursche stand auf und wackelte zur Bar, Castleton folgte ihm.

»Die geringste Sonneneinstrahlung hat die Produktion der täglich notwendigen Mindestmenge an Vitamin D zur Folge«, sagte Castleton. »Danach riskiert man erhebliche Schäden, die durch Ultraviolettstrahlung hervorgerufen werden.«

»Total irre«, sagte der mysteriöse Verschwender.

»Licht ist sowieso eine überaus gefährliche Erscheinung«, fuhr Castleton mit der typischen Pedanterie Betrunkener fort. »Licht kann einen in den Wahnsinn treiben. Es war das Licht, das van Gogh hatte verrückt werden lassen.«

»Van Gogh«, sagte der Typ. »Unglaublich . . .«

»Licht und die Unfähigkeit, es angemessen darzustellen, ist die Grundidee hinter dem abstrakten Expressionismus«, erklärte Castleton.

Der Burschte tastete sich an der Bar entlang bis zu Steve und streckte seine Hand aus. »Sie haben hier einen ganz tollen Laden. Vielen Dank für dieses einmalige Etablissement. Danke . . .«

Steves Hand rutschte zu seiner Hüfte hinab, aber der Kerl schnappte sie und drückte sie wie ein Rotarier. »Ich wußte gar nicht, daß hier eine Bar ist. Jetzt weiß ich endlich, wo ich hingehen kann. Vielen Dank . . .« Er knüllte einen Hunderter zusammen und warf ihn mir zu. »Danke, Mr. Barkeeper.« Er verabschiedete sich von Castleton mit einem Soul-Brother-Händedruck. »Heh, Mann, war wirklich super, mit dir zu reden, und wie. Mir sind einige Dinge klar geworden, du hast wirklich einen einmaligen Verstand . . .«

Und dann wackelte er hinaus.

»Wer zum Teufel war das, und laßt ihn nicht weg«, sagte Steve.

Ich rannte hinter dem Burschen her, aber er war weg. Keine

Limousine entfernte sich vom Bordstein. Keine Leibwächter versperrten den Weg, keine ungeduldigen Mädchen, nichts von den üblichen Begleitphänomenen eines Hundert-Dollar-Trinkgeldgebers. Als ich zurückkam, fing Steve mich schon an der Tür ab.

»Du hast dir viel Zeit gelassen. Was hast du getan, dem Typ eins über die Rübe gegeben?«

»Ich konnte ihn nicht finden. Er hat sich in Luft aufgelöst. Wenn ich nicht diesen Hunderter hätte . . .« Ich klopfte auf meine Tasche, um mich zu vergewissern, daß er immer noch da war – »würde ich sagen, der Typ war eine Erscheinung, ein Geist.«

»Er ist eine Erscheinung mit dem schönsten Zuhause, das man sich überhaupt vorstellen kann«, bemerkte Castleton.

Steve packte Castleton bei den Schultern, damit er nicht hin und her schwankte. »Du kennst diesen Typen?«

»Fünfzehnhundert Quadratmeter. Er hat dort ein Aquarium mit den seltsamsten Fischen stehen . . .«

Steve schüttelte Castleton so heftig, daß ihm eine Zigarettenschachtel aus der Tasche fiel. »Was soll das, führe ich Selbstgespräche? Ich hab dir eine Frage gestellt. Kennst du diesen Kerl?«

Castleton zeigte jetzt besoffene Würde. »Kann man so sagen . . .«

»Paß auf, ich meine es ernst. Kennst du ihn, oder kennst du ihn nicht?«

»Ich sagte doch, man kann es so nennen. Es ist André Rothschild.«

Steve versetzte Castleton einen Hieb mit der Handkante, damit er zu sich kam. »Ist es . . .«

Castleton war plötzlich sehr patrizierhaft, sehr nonchalant. »Ja, ich glaube, er ist es. Seine Familie kam her, als die Franzosen den ganzen Laden verstaatlicht hatten . . .«

Steve trat zurück, und als Castleton umzukippen drohte, stieß er ihn grob gegen die Bar.

»Laß ihn in Ruhe, Steve«, mischte Kramer sich ein.

Statt dessen stocherte Steve in Castletons Brust herum. »Heh, Brad, wenn er ein Rothschild ist, wie kommt es dann, daß er wie ein Surfer redet?«

»Du meinst Skiläufer.« Castletons Stimme zitterte, während Steve ihn schüttelte. »Seine Familie hat ein Anwesen in Sun Valley, und er hat sich die meiste Zeit dort aufgehalten.«

»Du meinst also, du kennst diesen Burschen und hast ihm nie von dem Laden erzählt?«

»Ich kenne ihn wirklich nicht gut . . .«

»Wie gut muß man einen Typen kennen, um ihm von einem Saloon in nächster Nähe zu erzählen, wo er hingehen und fünfhundert Dollar auf den Tisch legen und ein paar Leute und sich selbst glücklich machen kann, du selten dämliches Arschloch!«

Kramer faßte nach Steves Arm. »Steve, es wird allmählich peinlich.«

Steve riß sich los. »Verschwinde hinter der Bar, wo du hingehörst.«

»Du bist nicht ganz da, Steve. Du bist völlig fertig.«

»Fertig, Scheiße! Ich habe einen verdammten stinknormalen Nervenzusammenbruch.«

»Okay, aber mach nicht Brad für alles verantwortlich.«

»Du dummes, schlappes Arschloch . . .« Steve versuchte, Kramer beiseite zu schieben, konnte ihn jedoch keinen Millimeter bewegen. »Willst du mir sagen, was ich zu tun habe? Dies hier ist mein Laden, und hier mache ich, was ich will. Wenn ich Lust dazu habe, dann erschieße ich diesen verdammten Penner, den ich nur aus lauter Herzensgüte eingestellt habe.« Er packte Castleton am Hemd und schleuderte ihn zu Boden. »Ich trample ihn tot!«

Er hob den Fuß, aber Kramer war vorher bei ihm, hob ihn einfach hoch und setzte ihn behutsam auf die Treppe, die zum Balkon hinaufführte. »Sieh mal, Steve, du bist völlig daneben. Nimm dir doch nur mal ein paar Minuten . . .«

Castleton kroch herum und suchte seine Zigaretten. Ihm ging es gut, aber Steve war wahnsinnig. Er attackierte Kramer wie ein Liliputcatcher, trommelte mit den Fäusten hilflos auf seinem breiten Rücken herum und brüllte: »Verschwinde, du fetter Bastard, und nimm diesen Saufkopf gleich mit. Ich bin es satt, Amateure wie euch am Hals zu haben.«

Kramer wandte sich um, um ihm gut zuzureden. Steve schickte eine versteckte rechte Gerade auf die Reise und erwischte ihn an der Stirn. Es gab einen knackenden Laut wie von einem Ei, das auf Betonboden fällt. Kramer zwinkerte und machte ein Gesicht, als hätte jemand ihn mit einer Büroklammer beworfen.

Steve sank langsam in die Knie und starrte ungläubig seine Hand an. »Du hast mir die verdammte Hand gebrochen, Kramer.« Er griff mit seiner heilen Hand an die Hüfte, ließ die gebrochene einige Sekunden lang schlaff hin und her baumeln, bevor er sie schluchzend ergriff und mit der Stirn auf den Boden sank. »O Jesus, du hast mir meine verdammte Hand gebrochen.«

Kramers Gesicht verzog sich in einem Ausdruck der Besorgnis. »O nein . . . Laß mich mal sehen.«

Steve bedeutete ihm mit einer Geste, nicht näher zu kommen. »Bleib mir ja vom Leib, du fette Sau. Ruf mir ein Taxi und sieh zu, daß ich schnellstens in ein Krankenhaus komme.«

»Sicher, klar, Steve«, sagte Kramer. »Geht alle nach Hause«, bat er die wenigen noch anwesenden Gäste. »Wir machen heute früher zu.«

»Hab' ich dir befohlen, den Schuppen zu schließen?« schluchzte Steve. »Habe ich das? Du solltest mir nur ein Taxi rufen.«

»Es gibt keine Rechnungen, heute abend geht alles auf das Haus«, verkündete Castleton von seinem Posten unter einem Tisch aus.

»Nichts geht auf's Haus.« Steve schlug mit dem Kopf auf den Fußboden. »Was habt ihr mit mir vor? Ich sage euch, ihr sollt mir ein Taxi rufen, und ihr verschenkt mein Geschäft! O Jesus, o Jesus.«

Koks, Fusel, Schmerzen und die Niederlage hatten bei ihm ein Delirium ausgelöst. Er rollte sich auf den Rücken, wobei seine Augen sich nach innen drehten, um bessere Sicht auf seinen Wahnsinn zu haben. »Kramer, du fetter Sack. Juden dürfen keine verdammten Steinmauern sein, so daß man sich an ihnen die Hand bricht. Eigentlich sollen Juden doch kleine miese Zwerge sein, die keinen Mumm, aber dafür massenhaft Geld haben.«

»Tief in meinem Innern bin ich ein Zwerg«, rief Kramer vom Telefon herüber.

Aber Steve war nicht in der Stimmung für einen metaphysischen Diskurs. »Man schlägt einen Juden und bricht sich die Hand, wer hat so etwas schon mal erlebt? Einen Nigger, schön, aber einen verdammten Juden?« Er rollte sich herum und blickte mich flehend an. »Das ist mein Schicksal, seitdem ich dieses Dreckloch aufgemacht habe. Meine Alte schmiß mich raus, und ich fing an, mir dieses Scheißzeug in die Nase zu stopfen. Alles richtete sich gegen mich. Und um allem die Krone aufzusetzen, schlage ich den einzigen Juden in Amerika, der einen Kopf wie ein Fels hat.«

»Du hättest die Faust fester zusammenballen sollen«, meinte ich.

»Willst du mir etwa erklären, wie man sich prügelt? Warum verschwindest du nicht von hier und gehst mit den anderen Genies in die Bowery . . .?«

Kramer kam mit einem Handtuch voll zerstoßenen Eises zurück. Steves Knöchel hatten mittlerweile Größe und Farbe von überreifen Pflaumen angenommen.

»Die Hand mußt du mindestens sechs Wochen lang in Gips tragen«, schätzte ich.

»Heh, Brian, hör auf«, bat Kramer. Er legte das Eis so sanft er konnte auf die Blessur, aber Steve stieß ein wütendes Knurren aus, und Kramer ließ das Eis fallen. Seine Hand zitterte. »Es tut mir leid, Steve, wirklich und wahrhaftig.«

»Es tut mir leid«, staunte ich. »Der Typ bricht sich die Hand an deinem Schädel, und dir tut es leid.«

»Wie kommt es, daß du einen Schädel wie einen Felsen hast, Kramer, das ist alles, was ich wissen will«, schluchzte Steve. »Wie kommt es, daß ausgerechnet ich das verdammte Pech haben muß, einen Juden zu treffen, der einen Schädel so hart wie Stein hat?«

»Jeder in meiner Familie ist außergewöhnlich stark«, erklärte Kramer. »Mein Vater war Metzger. Er schleppte ganze Rinderhälften, drei-, vierhundert Pfund schwer . . .«

»Weißt du«, sagte ich zu Steve, »wenn du dich mit einem Burschen anlegst, der hundert Pfund schwerer ist als du, mußt du damit rechnen, daß irgend etwas Schlimmes passiert.«

»Laß mal, Brian, der arme Kerl hat Schmerzen«, meinte

Kramer. Er half Steve beim Aufstehen. Steve stützte sich auf, friedlich, resignierend. An der Tür wandte er sich zu mir um.

»Paß auf den Laden auf, ja, Brian?«

»Ich dachte, ich wäre gefeuert«, erwiderte ich.

»Steve hat es nicht so gemeint«, sagte Kramer.

»Ich dachte, ich sollte in die Bowery verschwinden, wo ich hingehöre.«

»Auch das war nicht sein Ernst, und das weißt du selbst.«

»Tu es mir zuliebe«, bat Steve mit gepreßter Stimme.

»Warum? Du weißt es gar nicht zu würdigen.«

»Wie kannst du nur so reden. Der arme Teufel leidet doch«, sagte Kramer vorwurfsvoll.

»Er hat doch selbst angefangen, oder nicht? Es ist nicht meine Schuld. Der Typ macht mich an, seit ich hier arbeite. Er hat mich sogar mit seiner Kanone bedroht, und nun soll ich ihm einen Gefallen tun . . .«

»Sei nicht so streng mit ihm . . .«

»Klar, und was passiert, wenn er plötzlich der berühmte Barchef ist und meint, wir wären schon viel zu lange da und er bräuchte ein paar neue Gesichter? Meinst du, der würde sich uns gegenüber fair verhalten?«

»Wer ist berühmt?« stöhnte Steve. »Mir gehört noch nicht mal die Tapete an der Wand, und außerdem hab ich mir die Hand gebrochen. Also red nicht so einen Quatsch, ja?«

»Verschwindet schon, das Taxi wartet sicher«, sagte ich. »Ich paß auf deinen Laden auf. Dafür hast du mich ja eingestellt.«

»Was ist mit ihm los?« fragte Steve Kramer, als sie hinausgingen.

»Nichts, es ist alles in Ordnung . . . wirklich, alles bestens.«

Ich zog Castleton unter seinem Tisch hervor und legte ihn in Steves Büro schlafen. Dann stand ich für die nächsten drei Stunden hinter der Bar. Das Geschäft lief langsam, aber stetig. Um drei erschienen einige Servierinnen aus den Restaurants im World Trade Center, um bei uns ihren Feierabend zu verbringen. Jung, aufgeschlossen, großzügig. Ich hielt den Laden so lange offen, bis ich mich überzeugt hatte, daß auf jede von ihnen irgendwo ein fester Freund wartete, dann sagte ich die letzte Runde an. Als sie alle gegangen waren, saß ich mit einem Drink und einer Zigarette alleine an der Bar, betrachtete die

Flaschen, die unterschiedlichen Formen und Farben, die in drei Reihen wie Zinnsoldaten im Regal hinter der Theke standen. Dann spülte ich die Gläser und spritzte die Bar ab und die Abtropfbleche. Ich machte den Kassenabschluß, legte den Papierstreifen und die Quittungen in eine Stahlkassette und verstaute diese im Schreibtisch in Steves Büro. Ich holte einige Zitronen, Limonen und Orangen aus der Küche und schnitt sie zu Vierteln und Scheiben. Das war eigentlich die Aufgabe der Tagesschicht, aber Castleton wäre wohl kaum hinreichend in Form, um etwas Schärferes als ein Palettenmesser in der Hand zu halten. Ich ging die Flaschen durch und trug die leeren auf der Inventarliste ein, dann ging ich in den Vorratsraum, den Steve nie abschloß, und holte Ersatz plus eine zusätzliche Flasche Martell als persönlichen Bonus. Mundraub war alles, was ich mir erlaubte. Gegen fünf Uhr tauchte der Tageshelfer auf, ein ausgezehrter Chinese namens Moe. Ich ließ ihn hinein, schloß die Tür hinter ihm ab, schenkte mir noch einen Drink ein und sah ihm dabei zu, wie er den Fußboden aufwischte. Als mir der Ammoniakgestank zuviel wurde, machte ich mich auf die Socken. Das einzige, was mich nach Geschäftsschluß aus einer Bar vertreiben kann, ist der Gestank von Ammoniak.

Drei Reihen

Es gibt Typen, die können für andere Leute Geld machen, aber nicht für die eigene Tasche. Sie blättern die Rennzeitung durch und suchen acht sichere Sieger aus, aber wenn sie selbst eine magere Zwei-Dollar-Wette plazieren, landen all ihre getippten Pferde unter ferner liefen. Sie empfehlen Ein-Mann-Betriebe, die sich zu umsatzstarken Gesellschaften mausern, aber wenn sie ihr eigenes Geld in eine todsichere Firma investieren, macht diese schon am nächsten Tag Pleite. Geborene Verlierer. Das Schicksal der Welt hängt von ihrer ewigen Armut und ihrem Pech ab.

Dann gibt es die anderen, die von anderen Leuten reich gemacht werden. Die nichts zu ihrem Reichtum dazutun.

Typen, die in den Bach fallen und mit gebügelten Hosen heraussteigen. Und dann sagen die Leute, die das miterleben: »Wo bleibt die Gerechtigkeit? Warum hat dieser Arsch immer das große Glück, während ich trotz aller Mühe nicht hochkomme?« Typen, die keinen Fehler auslassen, aber niemals erwischt werden.

Man entdeckt sie leicht. Man braucht sich nur den auszuguk-ken, der den Erfolg, den man sich selbst wünscht, am wenigsten verdient, und er hat ihn immer. Einer von diesen Typen war Steve. Deshalb war ich nicht allzu überrascht, als Steves Schiff schließlich in Fahrt kam. Und dann war es eine ausgewachsene Flottille.

Am nächsten Abend stieg ich mit einer Zeitung und Kopfschmerzen in die U-Bahn. Es kam mir so vor, als machte ich diese Fahrt schon seit Jahren. Als ich an meinem Ziel zur Straße hinaufstieg, erblickte ich etwas, das mich überlegen ließ, ob ich die richtige Haltestelle erwischt hatte. Vor dem Old Seaman's Home parkte eine lange Autoschlange. Eine Blondine im langen Rock stieg aus einer Limousine und stolperte über den Bordstein, während ihr Begleiter sich beeilte, in den Laden zu kommen. Als ich die Tür aufmachte, wurde ich durch einen Schwall Klugscheißergequatsche fast wieder auf die Straße zurückgeblasen. Der Laden war voll, drei Reihen vor der Bar, die Tische alle besetzt, Kramer, wie ein Polizeipferd schwitzend, hastete mit der Reservierungsliste durch das Gewühl und mimte den Maître de sowieso. Die Bar war das reinste Chaos. Castleton, nüchtern und gespenstisch bleich, war hinter einem Stapel schmutziger Gläser in Deckung gegangen, während ihm die Gäste Cocktailbestellungen zubrüllten. Seine Stammgäste waren von der Theke verdrängt worden. Eine der Servierinnen hockte hinter der Bar und blätterte hektisch in Mr. *Bostom.* Unter ihrem Max-Factor-Rouge war sie knallrot angelaufen. »Bin ich vielleicht froh, daß du da bist«, sagte sie. »Wie macht man einen perfekten Rob Roy?«

»Was ist passiert?«

»In der Nachbarschaft hat ein Ballettstudio seine Pforten geöffnet.« Sie war mehr für moderene Tänze und sprach das Wort Ballett aus, als wäre es eine ansteckende Krankheit. »Deshalb sind alle Mamis und Papis und geilen alten Säcke hingegangen, um sich die verwöhnten Blagen in ihren Tutus anzuschauen.«

Ich verzog mich hinter die Bar und versuchte, mich an Castleton, der starr vor Angst war, vorbeizudrängen. Er sah aus, als würde er jeden Augenblick damit anfangen, sich die Haare auszureißen und mit Flaschen um sich zu werfen.

»Wo ist der Boß?« erkundigte ich mich.

»Unten«, antwortete die Serviererin. »Sie haben ihm für seine Hand Percodan gegeben, aber er hat zuviel davon genommen, und jetzt steht er unter Schock.«

Ich holte Kramer hinter die Bar und schickte die Serviererin mit der Reservierungsliste ins Getümmel. »Zeig ihnen ihre Plätze, und nimm sofort ihre Bestellungen auf«, wies ich sie an.

»Aber wir sind längst voll«, erwiderte sie mit Panik in der Stimme. »Hier sind Leute, die schon über eine halbe Stunde auf ihre Drinks warten.«

»Wenn sie sich beschweren, dann mach ihnen klar, daß wir kein McDonald's sind.« Ich schob sie zurück in die Menge. »Und du«, sagte ich zu Kramer, »mach endlich Cocktails.«

»Das kann ich nicht.« Kramer war ein Nervenbündel. »Versteh doch, ich bin gar kein richtiger Barkeeper.«

»Dann bist du es jetzt. Schütte einfach Flüssigkeit von einem Behälter in den anderen und kassiere Geld dafür.« Ich stieß Castleton an. »Brad . . .«

Er klammerte sich an die Bar, daß seine Knöchel weiß wurden. Ein Fall von vorzeitigem *rigor mortis*.

»Geh nach Hause, Brad.« Ich versuchte, ihn wegzuschicken, aber er versteifte sich wie ein störrisches Kind und schüttelte den Kopf.

Steves Büro befand sich unten im Keller, ein abgeteilter Bereich mit einem Schreibtisch, einem Telefon und einem altmodischen Stahlsafe, wie man ihn heute gar nicht mehr produziert. Das hieß, falls er je die Kombination vergaß, würden wir einen Sprengmeister brauchen, um ihn zu öffnen.

Das Büro war verwaist. Ich fand Steve in der Kühlkammer, wo wir das Bier und die Lebensmittel aufbewahrten. Ich glaube, er fühlte sich bei den leicht verderblichen Dingen wohler.

Er saß auf einer Tomatenkiste, seinen .38er im Schoß. Er sah aus wie ein Typ, der für Wochen in einem Grubenschacht eingeschlossen war. Sein Arm lag in einer Schlinge, und in seinem Nacken klebte ein Mullverband, der braun war von getrocknetem Blut. Er bemerkte mich und schüttelte warnend den Kopf.

»Versuch ja nicht, mich aufzumuntern.«

»He, es ist mir doch egal, ob du jetzt freiwillig ins Koma gehst, aber in genau diesem Moment bist du im Begriff, zu einem der bedeutendsten Restaurantbesitzer der Stadt zu werden.«

Er starrte mich benommen und verständnislos an.

»Du bist reich«, eröffnete ich ihm. »Dein Laden ist ein Erfolg. Du hast endlich den großen Acht-Uhr-Betrieb. Die Insassen da oben prügeln sich um dein halb verschimmeltes Chili.«

Steve verstand noch immer nicht. »Also, wozu brauchst du mich?«

»Ich brauche dich nicht, Mann. Du brauchst dich selbst. Du mußt uns eine Bank einrichten, damit wir all den Leuten herausgeben können, die bei uns Geld ausgeben wollen. Du brauchst dich selbst, damit wir die Bar auffüllen können, um all den netten Leuten Whisky verkaufen zu können . . .« Ich schüttelte ihn, während ich redete. Schüttelte ihn so heftig, daß die .38er von seinem Schoß rutschte und ich danach schnappen mußte, ehe sie auf dem Fußboden aufschlug.

Ich warf ihm die Pistole wieder in den Schoß und ging hinaus. Es dauerte nicht mal einen Herzschlag lang, bis er sich aufraffte und hinter mir herschlurfte: der Instikt für Profit hatte sich blitzschnell durch den drogengschwängerten Nebelschleier um sein Bewußtsein gefressen.

Als wir nach oben kamen, blinzelte Steve und zuckte zurück wie eine Eule bei Sonnenaufgang. In den wenigen Minuten, die ich weggewesen war, hatte sich der Laden bis weit über die zulässige Gästezahl gefüllt.

»Ich hol' mal ein paar Notstühle«, sagte Steve und flüchtete sich nach unten zu seinen Narkotika.

Hinter der Bar drückte Kramer aufgeregt auf den Rufknopf der Sprechanlage, die den Gastraum mit Steves Büro verband. »Wo zum Teufel warst du?« wollte er wissen. »Komm endlich her und hilf mir.«

Ich kippte erst mal einen Kurzen – Bar Bourbon, das erste, was mir in die Finger kam. Leute fuchtelten vor meiner Nase mit den Händen herum wie Schulkinder, die dringend auf die Toilette müssen. Gutgekleidete Geier aus der Nachbarschaft. Wo kamen die her? Wie hatten sie zu diesem Laden gefunden?

»Heh, Barkeeper, wen muß ich bumsen, um einen Drink zu bekommen?«

»Zuerst einmal laß dir einen besseren Gag einfallen.«

Ich schenkte Kramer einen Kurzen ein und genehmigte mir einen zweiten.

»Ihr habt etwas zu trinken, warum nicht auch wir?«

»Der Spruch ist neu«, sagte ich. »Damit gewinnt ihr das Privileg, ordentlich geneppt zu werden.«

Gelächter. Ich spürte, wie der ganze Raum auf mich aufmerksam wurde. Ich hatte ein Publikum. Daher stellte ich drei Gläser hin und warf Eiswürfel hinein. Ich mixte Drinks beidhändig, in jeder Hand eine Flasche. Ich mischte die Cocktails, indem ich den Shaker hochwarf, ihn auffing, den Deckel abnahm und die Gläser genau bis zum Rand füllte. Ganz locker das Ganze. Die Leute gehörten ganz mir.

Kramer war ein gelehriger Schüler. Nach einer kurzen Weile hatte er auch den Bogen heraus. Natürlich war seine Hand-Zunge-Koordination nicht so perfekt wie bei mir. Die Drinks kamen langsamer, die Sprüche waren noch schleppender, aber es war immerhin ein Anfang.

Castleton klammerte sich verzweifelt an die Bar. Seine Stammgäste waren verschwunden und würden nie mehr zurückkommen. Das Old Seaman's Home war kein Verlierer-Himmel mehr, es war eine Geldmaschine, ein großes, blitzendes wirtschaftliches Unternehmen. Das Etablissement war durch die Anwesenheit von einigen hundert Fremden total verwandelt worden. Er würde nie mehr so sein wie früher.

Es war ein Wunder, nicht mehr und nicht weniger. Heute noch ein ödes Loch, und morgen schon der heißeste Laden in einer Stadt, die spezialisiert ist auf heiße Läden. Heute hast du noch ein paar obdachlose Alkoholiker und gelegentlich einen großen Verschwender, und morgen schon drängen sich die Gäste in drei dichten Reihen vor deiner Bar. Heute geben sich die Schnapsgroßhändler, die Steuereintreiber und die Bauinspektoren die Tür in die Hand, um dich stillzulegen. Dann, plötzlich, hast du alles bezahlt. Schulden, von denen du geglaubt hast, du würdest sie niemals los, sind plötzlich verschwunden. Eine Schuld ist nicht so wie ein Hauswirt oder eine Ex-Frau oder ein Drogenhändler: wenn sie bezahlt ist, dann ist sie auch verschwunden. Du bist frei. Von diesem Augenblick an bist du auf der Siegerstraße. Zum ersten Mal in deinem Leben machst du Gewinn. Und er wird jeden Tag größer. Nun hast du die Mäuse und weißt gar nicht, was du damit anfangen sollst. Du kannst das Geld nicht einfach herumliegen lassen, du mußt es ausgeben, es beschützen, es investieren, es vor dem Staat verstecken. Du mußt dich mit Buchhaltern, Rechtsanwälten, Innenarchitekten, Bootshändlern, Chefkellnern, Masseuren, Schmarotzern, Freunden aus deiner alten Wohngegend, all diesen neuen Leuten abgeben, die darauf gewartet zu haben scheinen, daß du endlich den Sprung nach oben schaffst, diesen Sprung zum Reichtum. Ständig klingelt das Telefon. Du brauchst einen Terminkalender, vielleicht sogar eine Sekretärin. Dein Leben ist voll von Menschen, die nächtelang wachbleiben, um einen Weg zu finden, an dein Geld zu kommen.

Ist es das wert? Diese Frage können eigentlich nur die ganz Reichen stellen, daher liegt die Antwort wohl auf der Hand.

An jenem ersten Abend, nach Geschäftsschluß, spendierte Steve für uns vier eine Flasche Dom Pete. Seine Augen wurden feucht, als er die Stahlkassette umarmte, in der sich die Quittungen befanden; sechzehnhundertundsiebenunddreißig Dollar über die Bar eingenommen, dreitausendsiebenhundert an den Tischen in bar und auf Kreditkarten. Ein guter Dienstagabend für jeden Saloon auf der Welt. So gut würde es nicht immer sein, aber gelegentlich würde es sogar noch besser. Während ich die Papierrolle in der Registrierkasse wechselte, konnte ich den Aufwärtstrend unserer Erfolgskurve geradezu plastisch vor mir sehen. Wir würden alle Rekorde brechen.

»Ein toller Abend«, sagte Steve.

»Mit den alten Kassen hat es mehr Spaß gemacht«, stellte ich fest. »Jedesmal, wenn man etwas einnahm, hörte man es klingeln. Es hatte das gewisse Etwas . . .«

»Das stimmt«, pflichtete Kramer mir bei. Er sah aus wie ein müder, zufriedener Athlet nach einem erkämpften Sieg.

»Bei diesen elektronischen Kisten hört man nur einen Piepton, und in einem Fenster erscheinen ein paar Neonziffern.«

»Damit spart man Hunderte von Buchhalterstunden im Jahr«, verteidigte sich Steve.

»Ich gebe mein Geld lieber den Buchhaltern«, sagte ich, und Kramer, mein nimmermüdes bewunderndes Publikum, lachte wieder.

»Hoffentlich wirst du dich später an all das erinnern, Brian.«

Steve verteilte den Champagner. »Ich glaube, es war nur ein Zufall«, sagte er skeptisch. »Das Ballett-Studio hatte heute seinen ersten Vorstellungsabend, außerdem wurde auf dem Broadway irgendeine Galerie eröffnet. Fletcher, der Typ, der diese Skulpturen aus Pappmaché macht . . .«

»Eine Eröffnung zieht die nächste nach sich«, sagte ich.

»Nun, es war auf jeden Fall ein ganz großer Abend . . .«

»Ein großer Abend«, echote Castleton und sprach seit Stunden das erste Wort.

Steve hob das Glas. »Und ich möchte einen Toast ausbringen.«

Kramer hob ebenfalls sein Glas, aber Castleton zitterte so stark, daß er entweder schnell austrinken mußte oder sich den Champagner aufs Hemd schütten würde, und ich hatte keine Lust strammzustehen, während dieser Affe eine Rede hielt, daher kippte ich den Champagner wie billigen Fusel, was übrigens die einzige Art ist, damit umzugehen, und füllte ein zweites Glas.

»Ich will auf euch trinken, Freunde«, sagte Steve. »Ihr habt den Laden wochenlang hochgehalten, während ich wie ein verdammter Schlafwandler umhergerannt bin, mir dieses Scheißzeug in die Nase gestopft und mit der Kanone herumgefuchtelt habe, als wäre ich John Wayne, aber das ist jetzt vorbei. Ich bin euch einstweilen wirklich dankbar, und ich hoffe, ich finde eine Möglichkeit, diese Dankbarkeit auch zu beweisen.«

»Beteilige uns an deinem Laden«, schlug ich vor.

Steve ließ sich nicht aus dem Konzept bringen. »Wartet ab, bis ich aus den roten Zahlen bin«, meinte er mit einem freundlichen Lächeln. »Dann reden wir auch über Gewinnbeteiligung.« Er leerte sein Glas und klemmte sich in einer wirklich deutlichen Geste der Großzügigkeit die Geldkassette unter den Arm und ließ uns die Flasche.

Kramer und ich vertilgten den Champagner und steckten dann unsere Nase in ein frisches Briefchen Stanniolpapier. Castleton holte seine verlorene Zeit auf und war innerhalb von einer Stunde total dicht. Kurz nach fünf Uhr waren wir draußen auf der Straße und schleppten ihn zu zweit mit. Kramer rezitierte ein Gedicht, das er über den Tod seiner Großmutter geschrieben hatte, etwas über »wettergegerbte Hunde, die nicht mehr gefüttert werden müssen . . .«, bis er abrupt schwieg und Castleton vorsichtig an die Wand lehnte. Er sah mich voller Zuneigung an.

»Heute nacht bin ich zum Barkeeper geworden«, sagte er.

»Aus deinem Mund klingt es, als wäre es deine Bar Mitzvah gewesen.«

»Auf eine gewisse Art und Weise ist es das auch. Du mußt wissen, mein Großvater arbeitete mit den Händen. Desgleichen mein Vater.«

»Das taten sie, damit du es nicht mußtest«, meinte ich. »Damit du hinter einem Schreibtisch sitzen und für hundert Riesen im Jahr Bleistifte spitzen konntest, und nun feierst du deine Rückkehr in die Arbeiterklasse.«

Castleton drohte abzurutschen, daher legte Kramer ihn sich wieder auf die Schulter und ging mit mir zur U-Bahn. Unterwegs blieb er einige Male stehen, um seine Ladung etwas zu verschieben und irgendwelche euphorische Dichtung in den leeren Straßen zu deklamieren.

»Es war so intensiv, Brian, dieser Eindruck, meine ich«, bemerkte er. »Hast du all diese Gesichter gesehen? Diese wahnsinnigen, erregten Fratzen? Ich glaube, ich werde mich mein Leben lang an die Gesichter von heute abend erinnern.«

»Keine Sorge, nach einer Weile sind sie nur noch rosafarbene Fleischklumpen . . .«

»Aber ich will nicht, daß es soweit kommt.«

»Die Stimmen verschmelzen alle zu einem halblauten Gemurmel, und die einzigen, die sich davon abheben, sind die Stimmen derjenigen, die Ärger machen. Und auch die verschwimmen nach einiger Zeit, und du achtest nachher nur noch auf die, zu denen Messer oder Pistolen gehören.«

»An diesem Abend ist etwas sehr Befriedigendes, Brian. Fühlst du dich nicht ein wenig befriedigt?«

»Nein.«

»Wundervoll!« Kramer stürzte sich geradezu auf mich. »Das ist poetische Antinomie. Zwei unterschiedliche Sichtweisen der gleichen Sache, beide berechtigt, widersprüchlich, in sich logisch. Dies bringen wir auf gegenüberliegenden Seiten. Wir lassen Brad dazu eine Illustration zeichnen.«

»Aber nur, wenn ich eine reiche Braut kriege«, sagte ich.

»Schön! Ich besorg dir eine, das verspreche ich dir. Du wirst sehen. Es passiert.«

Kramer stand oben auf der Treppe zur U-Bahn und strahlte auf mich herab. »Bis morgen.«

»Bis morgen.«

In der U-Bahn holte ich die hundert Dollar, die ich geklaut hatte, heraus und steckte sie in die Socken, falls ich überfallen wurde. Kramer und ich hatten hundertzwanzig Dollar Trinkgeld geteilt, wobei das meiste von mir gekommen war. Aber das war verständlich. Er wußte nicht, wie er mit den Leuten umspringen mußte, wie er den gleichen Leuten das Geld aus der Tasche locken und es anderen glattweg abnehmen sollte; wie er den Verschwendern den einen oder anderen kostenlosen Drink spendierte und den Geizhälsen zu knapp einschenkte. Das war das erste, was die meisten lernten. Aber bei seiner Abneigung gegen Geld würde Kramer wohl nie an das Geld anderer herankommen. Wenn er also tricksen und betteln konnte, dann würde er ganz bestimmt auch niemals stehlen, was übrigens fast das wichtigste war, was ein Barkeeper lernen mußte.

Ich beherrschte beides und es machte mir nichts aus, ihn an meinem Erfolg teilhaben zu lassen. Ich hatte wirklich vorgehabt, auch den Hunderter mit Kramer zu teilen, wirklich halbe halbe zu machen. Es war okay, den Boß zu beklauen, und, wenn man es genau betrachtete, konnte man auch den Gast beklauen; aber man haute niemals seinen Partner übers Ohr. Nicht, daß ich das nicht früher auch schon mal gemacht hätte – ich war schließlich seit siebzehn Jahren im Geschäft –, nur hatte ich es diesmal nicht tun wollen. Aber ich hatte es getan. Und nun wußte ich, daß ich an jedem Abend, an dem ich mit diesem gutmütigen Gorilla zusammenarbeitete, an dem ich mit ihm trank und mit ihm über Literatur redete und ihm meine Lebensgeschichte erzählte und seiner zuhörte, ich also so etwas wie sein Busenfreund wurde, ihn bestehlen würde. Daher stieg ich schon an der 42nd Street aus und nahm die Bahn zur West Side und bewegte mich in Richtung Sonyas Adresse anstatt zum John Tyler. Wenn ich schon ein Dieb war, dann konnte ich auch alles mitgehen lassen, was ich an Land ziehen konnte.

Neuer Wein

Es gab eine Erklärung dafür, die gibt es immer. Rund um das Old Seaman's Home war die Nachbarschaft seit Monaten gewachsen und hatte so tiefe Wurzeln geschlagen, daß nur die Immobilienhändler ihren Puls unter dem Asphalt hatten spüren können. Das war verständlich. Seit Jahren waren die Künstler ständig weiter nach Süden gezogen, angefangen in Greenwich Village, weiter nach Soho, noch weiter südlich nach Tribeca, und schließlich in diese Gegend, südwestlich von Chinatown und fast im Schatten der Brooklyn Bridge; ein rundum abgesperrtes Atoll von nur ein paar Blocks, für das die Vermieter keine Verwendung hatten, außer es in Ruhe zu lassen, so daß sich über einen Zeitraum von einigen Jahren eine teure Ersatz-Nachbarschaft entwickelte, wo die Reichen – auf der Suche nach dem Echten, Wahren – riesige Summen für das Privilig zahlen würden, sich mit den gleichen Leuten zu umgeben, mit denen sie überall sonstwo in der Welt zusammentrafen. Falls die Wanderung nach Süden anhielt, würden bald die Künstler die Brooklyn Bridge überqueren, und ihnen würden dann die Reichen, die Parvenüs und am Ende die aus dieser Klasse Ausgestoßenen folgen. Die Flatbush Avenue würden sie hinunterziehen, und innerhalb von fünfzehn Jahren würde eine vegetarische Video-Kommune ihre Kochtöpfe in dem winzigen Schlafzimmer aufstellen, wo ich jede Nacht meiner Jugend unter dem Kruzifix vom Ruhm geträumt und mich selbst befleckt hatte.

Scharfe Augen, die tagsüber offen waren, was man von meinen nicht behaupten konnte, hätten alles sehen können: die zerbeulten Lieferwagen, die muskulösen Kids mit ihren strähnigen Haaren und den farbenverschmierten Jeans, die vollgepackt mit Holzlatten in den Gebäuden ein und aus gingen, die umherhüpfenden Ballerinen, die Verfechter des modernen Ausdruckstanzes, die Musiker und all ihre Frankenstein-Elektronik, die mageren, leichenblassen Theaterfreaks, die mit großer Hingabe über nichts diskutierten, die Videoartisten, die ihre Kameras auf alles richteten, was sich nicht bewegte. Scharfe Augen auf der Suche nach Profis bemerkten es und begannen, sich auf Gebäude zu heften. Und so wurde im Augenblick ihrer Geburt zugleich auch die Zerstörung der Nachbarschaft in Gang gesetzt. Mittlerweile gibt es genug Leute mit flüssigem Bargeld, die wissen, daß, wenn man einen armen Irren mit einem Farbpinsel für dreihundert Dollar Miete zwei Jahre lang in einer Fabrikhalle wohnen läßt, man diesen bei Ablauf des Mietvertrages hinauswerfen und für dieselben Räumlichkeiten dreihunderttausend plus Nebenkosten bekommen kann.

Doch für einige Zeit war in der Gegend etwas los. Und es machte Spaß. Wenn man sich inmitten eines Wunders aufhält, dann kommt man sich selbst auch ein bißchen wunderbar vor. Man betrachtet die Leute mit freundlicheren Augen. Sie sind so eifrig, so bewunderungsfreudig. Wenn es zu Ende ginge, dann auf schlimme Art, Coughlins Gesetz war da so vorhersehbar wie die Schwerkraft, aber für eine kurze Weile fand ein exaltiertes Intermezzo statt. Es wurde so gut, daß man sich sogar willentlich in einen Zustand der Amnesie versetzen und dabei vergessen konnte, daß irgendwann mit allem Schluß sein würde.

Ich machte sechs Schichten, und zwar Mittwoch- bis Freitagabend, eine Doppelschicht am Samstag, Brunch und Nachtschicht, und den Brunch am Sonntag.

Schlaflose Wochenenden. Ich ertappte mich dabei, wie ich aus lauter Verlegenheit Black Beauties schluckte. Die Wahrheit ist, daß ich keine Amphetamine brauchte, um durchzuhalten; die allgemeine Aufregung reichte völlig aus. Ich brauchte keinen Alkohol, was auch ganz gut war, weil ich mit dem Trinken viel zu beschäftigt war. Man trinkt, wenn man lange in einem Job ist. Auf dem Höhepunkt, wenn alles Gestalt annimmt, wenn es ein paar neue Gesichter gibt, denen man sein Spiel vorführen kann, brauchte man nichts anderes als den Lärm, das Werkzeug und die Tricks dieses Gewerbes, damit die Dinge interessant bleiben.

Ich mußte um acht antreten, aber ich begann mit meiner Arbeit bereits gegen sieben. Der Grund dafür war, daß ich gerne früh zu Abend aß, damit ich nicht auf leeren Magen trinken mußte, um mich dann um fünf Uhr morgens vollzustopfen. Es war nur eine Entschuldigung. Die Wahrheit war, ich wollte früh ins Getümmel. Die Zeit zwischen sechs und acht, wenn der Arbeitstag vorbei und der Abend noch eine völlig leere Leinwand ist, war für mich die aufregendste. Nachtarbeiter haben niemals diese Zeit der unbegrenzten Möglichkeiten, was vielleicht der Grund dafür ist, daß sie oft zynisch sind. Sie verschwinden tief in der Nacht oder früh am Morgen, wenn es nichts anderes gibt, als der restlichen Welt im Bett Gesellschaft zu leisten oder sich zu vielen freudlosen Zerstreuungen mit anderen Nachtarbeitern zusammenzufinden.

Es war genauso, als verliebte man sich. Plötzlich, nach Jahren der Vernachlässigung, fängt man an, auf sich zu achten. Man geht den Tag ruhig an, liest die Zeitung, unternimmt einen Spaziergang, versucht, nicht zu trinken oder keinen Joint zu rauchen, damit man nicht so triefäugig aussieht; man duscht und rasiert sich auf die letzte Minute, so daß man frisch ist; man gibt die Jeans in die Wäscherei, damit sie besser paßt; man läßt sich die Haare schneiden; man sucht ein Hemd aus, das die Farbe der Augen und der Wangen richtig unterstreicht. Man fängt wieder an, Magazine zu lesen, denn man hat es mit einer ziemlich aufgeweckten Truppe zu tun, und man muß seine kulturelle Position etwas aktualisieren. Man sucht auch wieder die alten Bücher heraus, frischt Kafka auf, blättert noch mal im *Großen Gatsby* und in *Gravity's Rainbow.* Man fängt sogar an, Notizen für ein Drehbuch festzuhalten, das man schon immer schreiben wollte, und zwar für einen Film über eine irische Familie in Brooklyn.

All die alten Saloon-Rituale machen wieder Spaß. Die Privilegien, die man anstelle des Geldes bekommt, bedeuten mehr, als Geld es je könnte. Es ist einfach toll, hinter die Bar zu gehen und sich ein Bier zu zapfen, alle starren einen an und fragen sich, wer das wohl sein mag. Es ist wundervoll, während des Dinner-Betriebs in die Küche zu gehen und sich vom Koch den Teller vollpacken zu lassen, während die Sevieririnnen ungeduldig auf ihre Bestellungen warten. Allein die Tatsache, daß man an der Bar essen darf und nicht an einem der Tische Platz nehmen muß, daß man auf die Beilagen verzichten kann, die zu jedem Gericht gehören, zeigen jedem, daß man eine ganz besondere Persönlichkeit ist, die sich in dem Lokal alle Freiheiten herausnehmen darf. Saloon-Status: man hat keinen Penny mehr in der Tasche, er schützt auch nicht vor Krankheiten oder verschafft einem etwa ein ruhiges Gewissen. Nach ein paar Monaten blättert der Lack ab. Nach einem Jahr empfindet man es als erniedrigend. Aber so lange es andauert, ist es herrlich. Die pathetischen Freuden der Arbeiterklasse. Da war ich nun, achtunddreißig Jahre alt, ein Fast-Alkoholiker, mein Leben ein totales Chaos, und ich wurde von diesen dämlichen Hunden am Leben erhalten – nein, hochgezogen. Ich schämte mich, wenn ich darüber nachdachte. Lieber ein Guerilla als ein glücklicher Pferdeknecht. Ich biß die Zähne zusammen, unterdrückte die Euphorie und suchte mir meinen Weg zurück zum Nihilismus. Ich haßte mich dafür, so leicht aufs Kreuz gelegt werden zu können. Mich konnte man um den kleinen Finger wickeln: ein paar kostenlose Mahlzeiten, ein paar bewundernde Blicke, ein, zwei Lacher, und schon lag ich willig auf dem Rücken.

Ich konnte nicht dagegen an. Ein Saloon am Abend hat etwas ganz Unerkärliches. Wie das Licht durch die Fenster fällt und von den Flaschen reflektiert wird. Man wirft ein paar Eiswürfel in ein Glas, hält es hoch, und siehe, man hat ein Prisma. Martinis haben den Glanz von Quecksilber. Manhattans sind im Zwielicht so kastanienfarben wie das Haar deiner großen Jugendliebe. Wenn die Sonne hinter New Jersey versinkt, sind die Cocktails kälter, die erreichen dein Gehirn viel schneller.

Die Mädchen sind hübscher. Sie sind von einer Aura der Erwartung umgeben, als könnten sie an diesem Abend die große Liebe ihres Lebens kennenlernen. Ihre Lippen sind halb geöffnet, sie beugen sich vor, um etwas aufmerksamer zuzuhören, sie lachen lauter und länger. Die Typen zeigen ihr bestes Benehmen; »bitte«, »danke sehr«, »entschuldigen Sie«, wohin man hört. Während der Cocktailstunde gibt es nur selten Streit, und man braucht so gut wie gar nicht gewaltsam einzugreifen. Das kommt später in der Dunkelheit der tiefen Nacht, wenn alles hinter einem Vorhang aus Stacheldraht verschwindet, wenn die Mädchen sich entblättern, die Typen zu brüten anfangen – und alle Hoffnungen zunichte sind.

Doch in den ersten glorreichen Tagen des Old Seaman's Home gab es zu keiner Stunde einen irgendwie gearteten Mißklang. In New York ist kein Saloon sicher vor einer Invasion ernster Gewalt, denn kein Saloon ist mehr als fünf Blocks von einer Gegend entfernt, wo Menschen mit Drogen um den Verstand gebracht werden oder verhungern. Wir hatten die gleiche Entfernung von allen Arten von Schlachtfeldern, Chinatown und die Lower East Side im Osten, Little Italy im Norden, Brooklyn gleich über die Brücke, die Bowery um uns herum; von dem Gerichtsgebäude ganz zu schweigen, dem Heim der bösartigen Polizeioffiziere mit großem Durst und mächtigen Kanonen, die sehr schnell zu beleidigen sind. Den ganzen August hindurch bis zum Labor Day (die Ferienwochenenden bescheren immer die Verrückten, die Amok laufen) behielt ich die Tür im Auge, erwartete ich doch eine grenzenlose Vielfalt von Irren, die mit einem Problem bei mir hereinplatzen könnten. Nichts. Dieser Ort mußte früher unter einem guten Stern gestanden haben.

Vielleicht lag es an der Klientel. In jenen Tagen war das Volk jung. An den meisten Abenden lag das Durchschnittsalter bei Mitte Zwanzig. Wir verkauften vorwiegend Wein und Bier, was Steve nur recht war, denn damit konnte man die größten Gewinne erzielen. Man bezahlt zweiundzwanzig Dollar für ein Sechzehn-Gallonen-Faß Bier, und man bekommt für jeweils fünf Fässer eines gratis; ein Liter-Krug kostet schließlich ein Dollar fünfzig. Einen billigen europäischen Wein bekommt man schon für zwanzig Dollar die Kiste, und man verkauft ihn für zwei Dollar pro Glas. Man macht mit billigem Wein mehr Gewinn als mit Champagner, und man braucht sich keine Sorgen zu machen, ob er schlecht wird, denn er ist schon schlecht, und niemand weiß es. Der einzige harte Stoff, den wir ausschenkten, wanderte in die Prom Cocktails, die Brandy Alexanders und die Tom Collinses, die die Mädchen tranken, um den Geschmack zu überdecken. All die Spitzenmarken, die Scotches und die Wodkas, die echten französischen Cognacs standen im Regal und warteten auf die nächste, etwas kundigere Gästewelle.

Die Kids waren zu grün, um Trinkgelder zu geben, was mir auch recht war, denn ich brauchte ihnen keine Drinks zu verkaufen und konnte mir meinen Anteil gleich aus der Registrierkasse holen. Ich fing damit an, jeweils für zehn eingenommene Dollars einen in meine eigene Tasche abzuzweigen. Das verfolgte ich genau, indem ich für jeden Dollar einen Früchtepicker zerbrach, bei fünf Pickern ersetzte ich diese durch einen Penny, und wenn ich bei fünf Pennies angelangt war, was fünfundzwanzig Dollar bedeutete, ersetzte ich sie durch einen Vierteldollar. Am Ende der Schicht wußte ich so immer ganz genau, wieviel ungezähltes Geld sich im Kasten befand. Man mußte immer genau mitzählen. Es ist nicht schlimm, wenn man ein paar Dollar zuwenig hat – man kann sich immer darauf herausreden, daß man gelegentlich zuviel Wechselgeld herausgegeben hat – aber wenn ein Überschuß im Kasten ist, dann weiß der Boß, daß man sein Geld in der Registrierkasse hinterlegt hat, und dann wird er ungemütlich.

Ich kam auf fünfzig pro Abend. Es war harmlose Dieberei. Ich hinterließ damit noch nicht einmal einen Kratzer auf Steves Rolls-Royce. Schlachte niemals die Gans, die goldene Eier legt, sagte Coughlin immer. Kitzle sie nur ein bißchen unter den Federn.

Und es machte Spaß bis Thanksgiving. Die Gästetruppe war so feucht hinter den Ohren, sie hatten die ältesten Witze noch nicht gehört, die dämlichsten Sprüche, und kannten die alten Tricks des Bargewerbes noch nicht. Die meisten kamen direkt aus dem Collegeschlafsaal, waren allein in der großen Stadt und bereit, ihren Kampf von zwei oder drei Jahren aufzuneh men (natürlich von Mom und Dad finanziert), bis sie zu wichtigen Künstlern auf ihrem Gebiet avancierten, was, wie alle fest glaubten, nur eine Frage der Zeit war. Die Statistiken berührten sie nicht: über zwanzigtausend beschäftigungslose Schauspieler in New York, die riesige Zahl visueller Künstler, die niemals angestellt werden und für immer unentdeckt bleiben; die unproduzierten Bühnenstücke, die unverlangt eingesandten Manuskripte, die liegenblieben und niemals gelesen wurden. Ihnen konnte so etwas nicht zustoßen. Denn sie hatten Talent.

Ich war dagewesen und hätte ihnen etwas anderes erzählen können. In drei Jahren würden einige von ihnen in Restaurants arbeiten, während andere ihr Leben insgesamt aufgaben, und andere versanken in Drogen und Verkommenheit. Von der gesamten Bevölkerung dieses Saloons würden höchstens zwei irgendwann Erfolg haben. Alle anderen müßten das Unakzeptierbare akzeptieren. Oder sterben.

Ich hätte es ihnen erklären können, aber nachdem ich jeden Abend hinter der Bar verbracht hatte, hatten sie mich fast überzeugt. Sie waren voller Selbstvertrauen und Energie. Arroganz ist etwas Auffälliges bei den Jungen und Unbekannten und unerträglich bei den Reichen und Berühmten, die angeblich bescheiden sein sollen. Diese Kids waren voll von Lebens- und Todes-Urteilen über die Kunst. Wer war besser, Cézanne oder Picasso? Mußte ein Schriftsteller den Schauplatz seiner Romanhandlungen kennenlernen, wie zum Beispiel Hemingway oder Fitzgerald, um die richtige Perspektive zu bekommen? Würde das Theater jemals soziale Veränderungen bewirken können wie in den dreißiger Jahren? War der moderne Ausdruckstanz eine etwas gewichtigere Form des Balletts? Die gleichen Diskussionen hörte ich schon seit zwanzig Jahren in den Saloons. Die gleichen Ikonen wurden beschworen, die gleichen Fronten gezogen. Auch sie rauchten viel zuviel. In meiner Jugend waren Zigaretten eine Geste der Auflehnung gegen die Eltern; nun waren sie eine Attacke auf die gesundheitsverrückte Bourgeoisie. Sie hatten etwas Geld zum Ausgeben, aber sie brauchten es auch, denn alles war jetzt teurer. Sie hatten ein paar neue Mitglieder ins Pantheon aufgenommen, die Rock-Bands der Sechziger, ein paar fragwürdige Filmregisseure, aber die alten Götter waren stärker als je zuvor.

Wir zogen für sie eine Show ab, und sie fraßen uns aus der Hand. Sie liebten Steve für seine beleidigende Art, was nach ihrer Meinung Ausdruck war für ein im Grunde goldenes Herz. Kramer hatte eine Literatur-Clique. Er arbeitete an der nächsten Ausgabe der *Brooklyn Bridge*, und manchmal lagen auf der Bartheke mehr Manuskriptblätter als Dollarscheine. Castleton wurde zum Maskottchen aller Maler. Sie wechselten sich gegenseitig dabei ab, ihn in sein Bett zu bringen. Dabei sahen sie seine Arbeiten und entschieden, daß er ein großer Künstler sei, der von der grausamen gleichgütligen Welt in den Ruin getrieben wurde, usw. Der Mann, der seine Arbeiten nicht verkaufen wollte, wolle sie noch nicht einmal zeigen, weil der Kunstbetrieb zu einem hektischen Wochenmarktbetrieb heruntergekommen war. Der Mythos vom »verkannten Genie«. Sie liebten ihn wegen seines furchtbaren Bardienstes, für seine Unverständlichkeit, manchmal sogar für seine Zügellosigkeit. Sie liebten ihn wegen seiner Ausbrüche und hätten furchtbar gelitten, wenn er sich plötzlich zusammengerissen hätte und wirklich berühmt geworden wäre.

Was mich betrifft, so war von Kramer die Geschichte verbreitet worden (er glaubte übrigens fest daran), daß ich vor Jahren ein recht guter Schriftsteller gewesen sei, ebenso auch ein vielversprechender Schauspieler, doch nun sei ich völlig desillusioniert. Der alte Aus-freiem-Willen-taubstumm-Trick von Doug Coughlin. Ich war alt genug, um ihn durchzuziehen, und außerdem war Coughlin tot, jemand mußte die Tradition weiterführen. Der liebenswerte Nihilist, ich hätte ihn im Schlaf bringen können. Ich hatte Hunderte von schrägen Antworten parat.

»Warum schreiben Sie nicht mehr?«

»Ich weiß nicht, wie man mit Computern umgeht.«

»Haben Sie jemals daran gedacht, wieder mit der Schauspielerei anzufangen?«

»Ich wäre lieber ein männliches Model. Dann brauchte ich mir keinen Text zu merken.«

»Nun, was erwarten Sie vom Leben?«

»Ich möchte eine reiche Frau heiraten. Ich möchte ein roher

Diamant für jemanden sein, der viel glatte besitzt. Ich möchte für jemanden der liebe große Schoßhund sein, und ich verspreche, ich bin stubenrein.«

Sie lachten und versuchten zu verstehen.

»Sie meinen, Sie wollen ganz einfach nicht mehr über Geld nachdenken müssen.«

»Ich möchte am liebsten über gar nichts mehr nachdenken.«

Billige Reize, aber harmlos. Der Laden brauchte etwas Sex-Appeal, jemanden für die Mädchen, damit sie etwas zu klatschen hatten. Steve roch aus dem Mund, Kramer war auf seine Art eine groteske Erscheinung. Castleton hatte die Schlaffheit eines Alkoholikers kurz vor dem Ende. Daher wurde ich ausgewählt. Die Mädchen, die von Sex nach dem College träumten, kamen an mein Ende der Bar. Sie beugten sich mit ihren verführerischen Lächeln vor und animierten mich dazu, direkte Antworten zu geben. Der Handel war: Ich zeige dem ganzen Laden, daß dieses Mädchen das einzige im ganzen Schuppen ist, das ich an mich heranlasse, und ich bekomme eine heiße Nacht. Es war ein guter Handel. Wie viele achtunddreißigjährige Verlierer bekommen schon die Chance geboten, sich durch den 83er-Jahrgang der Theaterabteilungen in Radcliffe durchzuschlafen? Noch vor einem Monat hätte ich in die andere Richtung geschaut; der Gedanke an Fleisch, sei es nun eine Frau oder ein Hamburger, Fleisch in jeder Form, verursachte mir Übelkeit. Aber jetzt . . . Es war schon angenehm, hinter einer Bar zu stehen und in erwartungsvolle Augen zu blicken und zu wissen, daß man nicht reich, berühmt, charmant sein und besonders gut aussehen mußte. Man war der Barkeeper, und das war genug. Man konnte diese Frau ohne Ehering haben, wenn man wollte, und es würde niemandem weh tun. Es wäre eine gegenseitige befriedigende Erfahrung. Das gab mir den Glauben wieder. Es bedeutete, daß es noch bestimmte Arten von Leben gab, deren Ziel es war, an den menschlichen Wesen Gutes zu tun. Nur der Gedanke daran reichte aus, mir Kraft zu geben; die Ausführung sparte ich mir.

Außerdem war das Zusammenleben mit Sonya ein Full-time-Job. Jeden Morgen, wenn ich nach Hause kam, wartete sie auf mich. Das Frühstück war nur ein Vorwand. Während sie mich umarmte, schnüffelte sie nach Parfümduft, ein alter Ehefrauentrick, der auf der Aussagekraft fremder Gerüche beruhte. Wenn ich nach Geschäftsschluß mit Kramer noch ein paar Dinks nahm und über Literatur diskutierte, blieb sie wach und verlangte ihren Anteil an aktiver Liebe. Bei solchen Gelegenheiten war das Liebesspiel eher ein Test. Dabei sah ihr Geschäft wie folgt aus: Du kannst ihn auch in andere Frauen stecken, aber du solltest lieber zusehen, daß für mich genug übrigbleibt. Ein fairer Handel und auch leicht zu vollziehen, so lange ich keine Abstecher in fremde Gefilde unternahm.

Das tat ich nicht. Sonya und ich hatten unser Zusammenleben perfekt arrangiert. Wir trafen uns nie. Morgens, wenn ich noch schlief, ging sie zur Arbeit ins Tenderloin. Ich erwachte zufrieden in einem leeren Apartment. Niemand wußte, wo ich war, daher brauchte ich nicht ans Telefon zu gehen. Es war Herbst in New York, das ideale Wetter für Spaziergänge. Bis zum frühen Nachmittag schlenderte ich herum, ein sorgloser Müßiggänger. Ein Museum, ein früher Film, den ich mir zusammen mit ein paar anderen Nichtstuern in einem fast leeren Kino ansah. Vielleicht ein Spaziergang über die Fifth Avenue, wo ich ausgiebig die hübschen Verkäuferinnen betrachtete und mich über die Nervosität amüsierte, die meine Neugier auslöste. Trotz allem sah ich von weitem immer noch aus wie der Traum eines berufstätigen Mädchens – jünger als die meisten anderen, besser als nur gutaussehend und mit genug Geld, um am hellichten Tag über die Fifth Avenue zu schlendern. Eine Menge Herzen waren gebrochen und Bankkonten leergeräumt worden, von Typen, die diese Nummer spielten. Aber nicht von mir, ich war nur ein konsequenter Mundräuber.

Dennoch sah ich gut aus. Der Monat der Abstinenz, was in meinem Fall hieß, kein Alkohol und keine Drogen vor Mitternacht, hatte die Falten geglättet und die hohlen Wangen etwas voller werden lassen. Die acht Stunden, die ich jeden Abend auf den Beinen war, ließen meine Taille wieder etwas prägnanter werden. Ich hatte auch wieder einen wohlgeformten Hintern in der Hose. Die Figur, die ich in den Jahren auf dem Schulsportplatz ausgebildet hatte, befreite sich von den Mottenkugeln. Ein bißchen Training in einem Sportstudio, und ich wäre wieder Adonis persönlich. Ich spielte sogar mit der Idee, das Rauchen aufzugeben.

Am Sonntagabend kam ich nach der Tagesschicht schon früh nach Hause und schlief durch, bis Sonya am nächsten Morgen zur Arbeit ging. Am Montagabend führte ich Sonya aus. Sie machte sich schick, Pumps, schwarzes Kleid, Ringe und Goldketten, und wir gingen in einen Laden in der Innenstadt, von dem sie im *New Yorker* gelesen hatte. Tischreservierung, ein Drink an der Bar, die ganze ermüdende Routine. Sonya hatte darin eine typische Serviererinnenhaltung. »Die ganze Woche über bediene ich andere Leute. Dann möchte ich an meinem freien Abend selbst einmal bedient werden.« Für mich waren diese Drei-Sterne-Schuppen der reinste Schwindel. Sie schummelten an allen Ecken und Enden, verarbeiteten Konservengemüse, kauften tiefgefrorenen Fisch und bekamen ihre »patisserie« von irgendeinem Griechen geliefert. Unter ihrer Würde konnte man die Verachtung spüren. Sie verlangten phantastische Preise für normales Dampfküchenessen. Man bezahlte als Gast ihre Miete, ihre Buchmacher, ihre Ex-Frauen, aber man bezahlte auf keinen Fall die Speisen, denn das war das einzige, was sie zum Großhandelspreis bekamen. Dennoch, wie es sich für einen braven Ehemann gehört, machte ich bei dem Spiel mit. Ich hielt die Tür auf, gab dem Portier ein Trinkgeld, zündete Sonyas Zigaretten mit ihrem goldenen Feuerzeug an, ging die Weinkarte durch, als wüßte ich tatsächlich, wonach ich Ausschau hielt. Der Weißwein wurde in einem zerbeulten Kühler mit einem triefnassen Handtuch umwickelt gebracht, der Rotwein in einem kleinen Korb, in dem normalerweise die Käsestangen serviert wurden. Es gab ein Riesenprogramm an Tischzubereitungen, Kaisersalate, Flambés, Sherry, Erdbeeren Romanoff, Fettucine Alfredo. Die Suppen waren zu salzig, der Fisch zu ölig, die Desserts zu stark gezuckert; alles schmeckte nach einer ganz bestimmten Zutat, die eigentlich nur sehr sparsam zur Anwendung kommen durfte. Wo immer wir auch hingingen, ich traf jemanden aus meinem früheren Leben. Ein Garderobengirl, das mal mit jemandem verheiratet gewesen war und nun Kinder und eine rührselige Rechtfertigungsgeschichte hatte; der Typ, der ein halbes Dutzend Bars versoffen hatte und nun mit Fettucine herumspielte und mir mit einem Florentiner Akzent kam. (»Herrgott, Brian, laß mich nicht auffliegen. Die glauben doch alle, ich sei echt.«) Wenn es vorbei war und wir auf der Straße auf das Taxi warteten, kicherte Sonya wie ein beschwipster Teenager bei ihrem ersten Rendezvous. »Und was möchtest du jetzt unternehmen?«

Ich gab eine angemessen öbszöne Antwort und wurde mit einem weiteren Kichern belohnt. Am Ende landeten wir auf dem Rücksitz eines Taxis, wo wir uns hektisch abgrabbelten wie Teenager, die es nicht erwarten können, sich gegenseitig an die Wäsche zu gehen. So scharf war ich schon lange nicht mehr gewesen, aber da war immer noch eine gewisse Wirkung im Knistern eines Seidenunterrocks, in dem feuchten Hautstreifen zwischen Strumpf und Schlüpfer, an dem Schwanken des Taxis, den Scheinwerfern, dem gleichgültigen Gesicht des Fahrers im Innenspiegel, der Atmosphäre eines Vorspiels in der Öffentlichkeit, wodurch alles so viel interessanter wurde. Es war Sonyas Fetisch, aber ich konnte ihr darin nicht entgegenkommen.

Natürlich endete es mies. Um drei Uhr morgens wollte sie im Bett sitzen und mit mir reden, wenn ich gerade im Fernsehen einen guten Spielfilm gefunden hatte. Diese Gespräche waren das einzige im Verlauf von Sonyas freiem Abend, womit ich nicht zurechtkam. Denn wenn Sonya sagte, sie wollte sich unterhalten, wollte sie eigentlich kämpfen.

»Magst du es, mit mir gesehen zu werden?« fragte sie eines Morgens, als ich versuchte, mir einen James-Cagney-Film anzuschauen, den ich wirklich noch nicht kannte.

»Klar mag ich das.«

»Antworte nicht so schnell«, meinte sie und zündete sich eine Zigarette an. »Denk darüber nach.«

Ich zählte im stillen bis zehn. »Okay, ich hab' drüber nachgedacht, und die Antwort lautet ja, ich mag es.«

»Zum Beispiel, wenn wir losziehen und du einen alten Freund triffst. Du scheinst immer eine Sekunde zu zögern, ehe du mich vorstellst, als schämtest du dich, mit mir gesehen zu werden.«

»Ich schäme mich überhaupt nicht. Ich versuche nur, mich an deinen Namen zu erinnern.«

»Im Ernst . . .« Sie brachte sich jetzt selbst auf hundertachtzig. Vielleicht war es der Wein oder Grand Marnier in dem Soufflé; oder die beiden schnellen Cordon bleus zu sechs Dollar das Stück. Vielleicht hatte sie auch einen niedrigen Blutzuckerspiegel. Vielleicht war die Nacht erst gelungen, wenn ich sie verprügelte, aber das roch mir zu sehr nach normaler Ehe. »Trage ich zuviel Make-up?« fragte sie. »Ist mein Rock zu kurz, oder sind meine Absätze zu hoch? Rede ich zu laut? Was ist es denn?«

Ich holte meine Unterhose unter dem Kopfkissen hervor. »Das habe ich nicht nötig.«

»Was hast du nicht nötig?« Und dann kam sie hoch und stürzte sich auf mich und sprang vor mir herum und ruderte mit den Armen, während ich versuchte, in meine Unterhose zu kommen. »Wofür brauchst du mich überhaupt?«

»Ich weiß nicht, was ich brauche, aber ich weiß, was ich nicht brauche. Zum Beispiel brauche ich keine Meckereien um drei Uhr morgens, wenn ich mir gerne einen Spielfilm ansehen möchte.«

»Du brauchst nicht, du brauchst nicht. Ist dies die Art von Beziehung, die wir in Zukunft haben werden, bei der du überhaupt nichts über meine Gefühle weißt?«

»Ja.«

»In der du immer dann rausgehst, wenn ich etwas sage, was dir nicht paßt?«

»Richtig.«

Sie kreischte. »Dann verschwinde!«

Sie stand als Silhouette vor dem Bildschirm und versperrte mir den Blick auf James Cagney als tollkühnen Rennfahrer. Sie hatte in den zwei Monaten, die ich sie jetzt kannte, um die Hüften Fett angesetzt. Jemand hatte mir mal gesagt, daß Frauen immer dann zunehmen, wenn sie glücklich sind. Männer versuchen stets das weibliche Verhalten in logische Komponenten zu zergliedern, so daß sie es analysieren und vorraussagen können und stets die Oberhand behalten. Hoffnungslos. Nur ich hatte den Schlüssel, die einfache Regel, die alle Beziehungen zwischen den Geschlechtern regierte: Ziehe niemals mit mehr Habseligkeiten ein, als du auf einmal mitnehmen kannst, wenn du wieder ausziehst. Mit Coughlins

Koffer hatte ich eine Ausnahme gemacht und ihn in den Flur gestellt, so daß ich wenigstens nicht mehr die Wohnung betreten mußte.

»Wenn du jetzt gehst, Baby, dann glaub' ja nicht, daß du nachher wieder angekrochen kommen kannst«, sagte Sonya.

»Tue ich nicht.«

»Dies ist schließlich keine Drehtür-Beziehung.«

»Drehtür? Hast du etwa an einer Gruppentherapie teilgenommen, als ich gerade mal nicht aufgepaßt habe?«

Innerhalb von fünf Minuten war ich draußen und sog glücklich die schwüle Stadtluft ein. Gott war mir wohlwollend gesonnen: Er schickte ein Taxi in dem Augenblick den Block hinunter, als ich Coughlins Koffer auf die Straße schleifte.

Im John Tyler war immer ein Zimmer frei. Ich kam rechtzeitig dort an, um wenigstens noch das Ende des Cagney-Films mitzubekommen. Als ich am nächsten Abend zur Arbeit ging, fand ich drei Botschaften von Sonya vor. Ich rannte zum Telefon und fragte mich, während ich die Nummer wählte, warum ich so schnell eine Dame erreichen wollte, die mir im Grunde gleichgültig war. Sie hob nach dem ersten Klingeln ab.

»Ich habe den ganzen Tag geweint«, begann Sonya.

»Dann müßtest du jetzt aussehen wie ein Waschbär.«

»Kommst du heute abend?«

»Ich dachte, du hättest etwas gegen eine Drehtür-Beziehung.«

»Das ist es ja gar nicht.«

»Es ist schlimmer. Es ist eine Null-Beziehung. Du verdienst einen Besseren, jemanden, der mit dir über deine Gefühle redet.« Warum war ich so feige? Eine Frau wurde man los, indem man sagte: »Du bist eine potthäßliche Schlampe, und außerdem bumse ich schon seit Monaten mit deiner Schwester. Hoffentlich kommst du unter einen Lastwagen, damit ich dich wenigstens nie wiedersehen muß.« Alles Zartfühlendere konnte man als Versuch zu einer Versöhnung betrachten.

»Komm einfach her, dann unterhalten wir uns darüber.«

»Aber ich will nicht reden.«

»Dann komm so, ich warte auf dich.«

An diesem Abend blieb ich noch einige Stunden nach Geschäftsschluß im Laden und ließ mich mit Kramer und seinen Dichterfreunden vollaufen. Ich ging mit ihnen in einen Schuppen auf der Lower East Side, wo unsere Drinks von schwarzen Transvestiten serviert wurden. Ich begleitete ihn in seine Wohnung und döste ein wenig, während er sich mit der nächsten Ausgabe von *Brooklyn Bridge* beschäftigte. Es war einige Stunden später, als ich in den grellen Sonnenschein hinausstolperte und kaum die Kraft aufbrachte, den Arm zu heben und ein Taxi anzuhalten. Ich fuhr zum John Tyler, und während der Taxifahrer mit laufender Zähluhr wartete, packte ich meine Kleidung zusammen, schnappte mir Coughlins Koffer und zog aus.

Es war fast Mittag, als ich endlich am Ziel war. Außer Selbstmord hatte ich alles versucht, von ihr wegzubleiben. Dabei hatte ich es noch nicht einmal eine ganze Nacht lang geschafft. Scharfe, thrombotische Schmerzen schnitten mir durch die Brust, die linke Seite meines Gesichts war taub, und ich hatte das Gefühl, als hätte ich eine Handvoll Nägel verschluckt.

Sonya strahlte und verzieh mir alles. Sie zog mir die Hose aus, packte mich ins Bett und brachte mir eine Tasse puertoricanischen Kräutertee, der ein Symptom weckte, das mir bis dahin erspart geblieben war – rasende Kopfschmerzen. Diesmal verstaute sie Coughlins Koffer im Schrank, hängte meine Kleider auf und weichte meine Socken in Woolite ein.

»Ich wußte, daß du kommst«, sagte sie.

»Das finde ich lustig, ich nämlich nicht.«

Es gibt nichts Geeigneteres als eine Versöhnung, um falsche Hoffnungen zu wecken. Wir lagen schweigend nebeneinander, jeder eine andere Zukunft vor Augen. Für Sonya ging eine Folge von Montagabenden allmählich in einen rosigen Zustand bescheidenen Wohlstands über, vielleicht ein Motel auf dem Land oder ein kleiner Saloon mit Mom und Pop hinter der Theke. Auf mich wartete in ein paar Monaten eine hysterische Szene, nämlich dann, wenn ich gehen würde, diesmal endgültig. Ich sah sie, wie sie mir zur Tür folgte, wie ihre roten Fingernägel mir die Wangen aufkratzten, wie sie mir in die Eier trat und mir die Haare ausriß. Hinaus auf die Straße, während die Nachbarn lachten und sie, völlig von Sinnen, spanische und englische Flüche kreischte. Dieses Szenario verdrängte ich zugunsten eines anderen, bei dem ich mich tagsüber, während sie arbeitete, aus dem Staub machte. New York ist eine große Stadt. Wenn ich meine Jobs wechselte, dann würde sie mich nie wiederfinden. Anderenfalls wäre ich für immer hinter der Bar gefangen. Aber ich wollte nicht die Jobs wechseln. Ich hatte meinen Spaß, verdiente Geld, war eine Kultfigur geworden. Ich war wieder ein Star. Daher lief es jetzt auf eine Art Wettstreit hinaus: wer oder was wurde für mich zuerst unerträglich, Sonya oder mein Job. Aber das war kein echter Wettstreit – Sonya war schon jetzt unerträglich.

Warum war ich dann hier? Warum zwängte ich mich immer wieder in die gleiche Kiste?

»Was hast du gesagt, Baby?« fragte Sonya schläfrig.

»Nichts. Ich hab' nur Selbstgespräche geführt.«

Pink Squirrel

Der Labor Day kam und ging. Die Stadt füllte sich wie eine Brechtüte, und wir bekamen das, was überfloß. Ich sah dreiteilige Anzüge an der Bar und hörte Aktienkurse im Bargemurmel. Die Leute gingen dazu über, telefonisch Tische reservieren zu lassen. Ich riet Steve, nicht darauf zu reagieren. Wer zuerst kommt, mahlt zuerst, und die Bar wäre den ganzen Abend dicht belegt. Außerdem bekommt der Laden dann ein demokratisches Image; die Politik, keine Reservierungen anzunehmen, scheint darauf hinzuweisen, daß praktisch jeder reinkommt, obgleich dies in Wirklichkeit eine bessere Möglichkeit ist, unerwünschte Gäste auszufiltern. Steve hörte noch am gleichen Abend mit den Reservierungen auf.

Ich nahm zunehmend Martini-Bestellungen entgegen, ein todsicheres Zeichen, daß der Gästestamm sich veränderte. Krokodile und Polospieler auf Hemden, ältere Typen mit jüngeren Mädchen und umgekehrt. Es war nur ein zaghaftes Tröpfeln, aber man konnte den Strom schon herausrauschen hören. Ich riet Steve, eine Weinkarte auszulegen.

»Besorg ein paar Phantasiejahrgänge. Ein paar Moutons, ein

paar Mosel – niemand hat Ahnung von deutschen Weinen –, dann ein oder zwei Kisten von dem echten Zeug, einen Château Margaux, einen Montrachet, nur für den Fall, daß sich ein eingefleischter Weinsnob hierher verirrt. Die zahlen jeden Preis, wenn der Name nur stimmt.«

Steve rief am nächsten Tag den Weinhändler an. Als ich am Abend hereinkam, hatte er mit Gipswänden ein paar weitere Bereiche abgeteilt und neben dem Kühlraum eine Art Keller gebaut, in dem der Wein knapp unter Zimmertemperatur gelagert wurde. »Achte nur darauf, daß die Etiketten sich nicht auflösen«, sagte ich. »Das ist es nämlich, was du wirklich verkaufst.«

Als die Herbstsaison allmählich anlief, gab es in der Nachbarschaft pro Woche zwei oder drei Vernissagen. Immer mehr Leute aus der Stadt kamen zum Essen zu uns.

»Nimm lieber die Burgers und die Omeletts von der Speisekarte«, sagte ich zu Steve. »Du schreckst damit die Feinschmecker ab. Biete einen frischen Fisch des Tages an und ein Geflügelgericht. Ente am besten, à l'orange, oder gutbürgerlich mit Beilagen. Diese Gerichte aber nur vor drei Uhr und nach elf Uhr.«

Steve nickte. Am nächsten Abend gab es neue Speisekarten ohne den Kneipenfraß. Steve hörte zu und gehorchte, und warum auch nicht? Der Laden war ein Hit. Er befand sich noch immer in jenem frühen Stadium des Erfolgs, in dem er sich hinreichend klar darüber war, daß er selbst für sein Glück nicht verantwortlich war. Er wanderte wie benommen umher und drängte sich durch die Gästescharen wie jemand, der an der Bar einen freien Platz suchte. Manchmal stand er an der Tür, während die Gäste hereinströmten, und starrte jeden von ihnen an, als suchte er eine Antwort auf die Frage, die ihn nächtelang wachgehalten hatte. Warum kommen die hierher? Und natürlich die daraus folgende zweite Frage: Wird dieser Zustrom irgendwann aufhören?

Wahrscheinlich zum ersten Mal in seinem Leben verdiente er richtiges Geld. Jede Woche stellten wir einen neuen Rekord auf. Zehntausend, fünfzehntausend, zwanzigtausendfünfhundert, die Beträge steigerten sich proportional. Zwei Wochen vor Halloween kam Steve an einem Sonntagmorgen, als ich gerade damit beschäftigt war, die Bar mit Club-Soda zu säubern, aus seinem Büro. Es war ein wahnwitziger Samstagabend gewesen, der erste, an dem mehr Fremde dagewesen waren als Stammgäste. Wir hatten seit vier Monaten geöffnet, und die gute alte Zeit war so gut wie vorüber. Aber Steve hatte keine Ahnung. Er hatte den größten Teil des Abends in Gesellschaft eines Drogenhändlers verbracht, der nun im neugebauten Weinkeller seinen Rausch ausschlief. Er hatte sich in einen Zustand totaler Aphasie hochgekokst und hatte mit offenem Mund an der Bar gestanden und darauf gewartet, daß Worte herauskamen. Durch eine Überdosis hatte er genau den entgegengesetzten Effekt hervorgerufen. So als litte man nach der Einnahme von zuviel Ex-lax unter Verstopfung; sein Metabolismus hatte sich bis auf Kriechtempo verlangsamt. Sein Gehirn war über die Berge verschwunden und würde nie mehr zurückkehren.

»Weißt du«, sagte er und verstummte, als die Verbindungen in seinem Schädel getrennt wurden. »Weißt du . . .« Er hielt erneut inne.

»Hoffentlich ist es ein ordentliches Ergebnis«, sagte ich.

»Weißt du, wieviel wir diese Woche eingenommen haben?«

»Wieviel du eingenommen hast«, korrigierte ich ihn.

»Dreißigtausend und ein paar Kaputte . . .«

»Das ist ja wunderbar, Steve«, bemerkte Kramer vom anderen Ende der Bar, wo er gerade das Trinkgeld zählte.

Ich schob die fünf Zwanziger, die ich geklaut hatte, tiefer in meine Gesäßtasche und ärgerte mich, daß ich nicht doppelt soviel abgezweigt hatte. In diesem Moment veränderte sich Steves Stimmung, als hätte er plötzlich meinen Diebstahl durch diese unwillkürliche Bewegung erraten.

»Raymond sagt, du machst die besten Margaritas, die er je getrunken hat.« Raymond war der fette haarlose kolumbianische Pusher, der im Weinkeller schlief. »Benny, der Buchhalter, sagt, du machst die besten Martinis von New York.« Steve zuckte und blinzelte und leckte sich die Lippen und lieferte alle Anzeichen dafür, daß er jeden Moment einen epileptischen Anfall erleiden könnte. »Wie kommt das bei dir? Ich war dreizehn Jahre lang Barkeeper, und niemand hat mir wegen meiner Drinks Komplimente gemacht.«

»Das ist doch jetzt nur noch eine akademische Frage, nicht wahr, Boß?«

»Nein, nein, du verstehst nicht . . .« Steve stand da und öffnete und schloß den Mund wie eine Handpuppe ohne Bauchredner. Die kleinen Zäune, die die Emotionen voneinander trennen, waren niedergewalzt worden, und alles – Schock, Angst, Neid und Euphorie – hatte sich zu einem einzigen See verbunden. »Schnaps ist Schnaps, oder?«

»Stimmt, Boß.«

»Ein Drink schmeckt wie der andere, richtig?«

»Richtig, Boß.«

Kramer, der Ärger witterte, tauchte neben mir auf und flüsterte: »Provozier ihn nicht.«

»Wenn ich einen Martini mache und du einen machst, dann würde Benny keinen Unterschied herausschmecken, das weißt du doch.«

»Absolut.«

Steve schlug mit seiner gesunden Hand auf die Theke. »Wie kommt er dann dazu zu sagen, du machst die besten Martinis von New York? Er hat meinen vor dreizehn Jahren im Laden meines Bruders getrunken, und er hat mir nie auch nur ein verdammtes Kompliment gemacht. Nicht eins. Ich mußte ihn anflehen, mir die Bücher zu führen, als ich den Laden hier aufmachte, und ich mußte ihn einen Monat im voraus bezahlen, obwohl er wußte, daß ich jede Menge Schulden hatte.«

»Nun, das hat sich doch geändert, oder? Von jetzt an wird Benny der sein, der bettelt, nicht wahr?«

Steve holte tief Luft, wollte mit etwas herausplatzen, doch dann meinte er nachdenklich: »Und wie er das verdammt noch mal tun wird.«

»Und weißt du noch was?« sagte ich. »Ich könnte einen Martini aus Rizinusöl und Feuerzeugbenzin mixen, und er würde immer noch sagen, es sei der beste, den er je gekostet hatte.«

Steve zwinkerte argwöhnisch. »Aber was denkt er dabei?«

»Er wird auch denken, daß es der beste Martini ist, den er je vorgesetzt bekam. Je mehr Geld du machst, desto größer wirst du in seinen Augen. Schließlich ist er Buchhalter. Sein einziges

Ziel im Leben ist, Geld zu verdienen. Wenn du also mehr verdienst als er, dann mußt du auch besser sein als er.«

Steve ließ dieses Argument für ein oder zwei Sekunden durch seine verstopften Gehirngänge schleichen. Er hob eine Hand und öffnete den Mund, aber nichts kam heraus.

»Benny wird so viel von dir halten, daß er seinen Preis verdreifacht«, sagte ich. »Und er wird noch mehr von dir halten, wenn du ihn bezahlst, ohne mit der Wimper zu zucken.«

Kramer berührte meinen Arm. »Komm schon, laß ihn in Ruhe.«

Ich stieß ihn weg.

»Heh, Mann, so verkehren wir miteinander. Dies ist unser Tanz. So haben wir es seit dem ersten Abend gemacht, als ich von der Straße hereinkam. Das ist völlig natürlich, klar?« Dann wandte ich mich wieder an Steve. »Du meinst, Geld ist nur dazu da, um Stoff und Autos zu kaufen. Und das ist auch so, denke ich, wenn man damit anfängt, es heranzuschaffen. Aber später, wenn die Beträge größer werden, wirst du feststellen, was man mit Geld wirklich machen kann . . .«

»Hah!« Steve brachte ein verzerrtes, spöttisches Lachen hervor. »Hah, hah . . .«

»Geld kann den Charakter verändern und die Geschichte neu schreiben. Du wirst sehen. Plötzlich hast du Freunde, von denen du nie etwas geahnt hast. Leute, die dich bisher immer geschnitten haben, werden an dir Qualitäten entdecken, die du selbst bei dir nie gesehen hast. Leute, die dir früher nicht mal die Uhrzeit gesagt haben, werden so tief in deinem Arsch stecken, daß nur noch ihre Schuhe herausschauen.«

»Hah, hah . . .« Dieses häßliche Bellen von einem Gelächter war offenbar der einzige Laut, den Steve im Augenblick hervorbrachte. »Hah . . .«

»Du solltest eine Party veranstalten, um deinen Erfolg zu feiern«, schlug ich vor.

»Brian . . .«, warnte Kramer.

Aber ich war in Fahrt, so verrückt in meiner Wortgewandtheit wie Steve in seiner Wortlosigkeit. »Nächste Woche ist Halloween, das wäre der perfekte Zeitpunkt. Schließ den Schuppen für den Abend und erhebe die Party zu einem alljährlich sich wiederholenden Ereignis. Einlaß nur auf persönliche Einladung. Eine Kostümparty. Gib ihr irgendein Motto. Jeder, der kommt, muß sich als sein Lieblingscocktail verkleiden.«

»Ha!« sagte Steve. »Das mache ich.«

Wir hängten ein großes Schild ins Fenster. AN HALLOWEEN GESCHLOSSEN. GESCHLOSSENE GESELLSCHAFT. Steve lieh sich schwarze Vorhänge von einer Theatergruppe ein Stück die Straße hinunter und zahlte dafür mit ein paar Einladungen. Er wollte sie vor die Fenster hängen, damit der Mob nicht mitbekam, was drinnen vorging. Er bestellte einen Riesenlaib Wisconsin-Käse vom Lebensmittelgroßhändler, und als der Typ erschien, um zu kassieren, erklärte ihm Steve: »Das ist dieses Jahr Ihr Weihnachtsgeschenk an mich. Den Korb bekommen Sie natürlich zurück.« Er wollte einen Kessel Chili bereitstellen, hatte aber keine Lust, den Köchen Überstunden zu bezahlen, daher kaufte er einen Fünfzig-Pfund-Klops Hackfleisch, stopfte die Masse in eine silberne Punschschüssel, garnierte das Ganze mit Kapern und Cocktailzwiebeln, stellte Gewürze daneben und nannte es Steak tatare. Ich sorgte für einen Sangria-Punsch, billigen Rotwein, Wodka, Bar-Zucker, Triple sec, Brandy und angestoßenes Obst, das Steve vom Großhändler für zwei Einladungen geliefert bekam. Wir kippten alles in eine Plastikmülltonne und rührten mit einem Besenstiel um. Als das erledigt war, hatten wir noch zwei Gallonen sowie eine ganze Kiste Fallobst übrig, daher mixten wir noch eine zweite Ladung.

Um fünf Uhr an Halloween warf Steve die langsamen Esser vom Mittagsbetrieb hinaus, und wir begannen mit den Vorbereitungen. Die Party sollte um neun Uhr anfangen. Das Buffet stand mitten im Raum. Kostüme für die Angestellten waren nicht vorgeschrieben, aber die Belegschaft hatte sich von der ausgelassenen Stimmung anstecken lassen und sich verkleidet – außer mir und Moe, dem Chinesen, der in seiner weißen Kluft ohnehin schon aussah wie ein Kobold.

Steve kam mit seiner wie üblich zugekoksten Nase aus dem Keller und sah sich mißmutig in dem leeren Raum um. »Alles bereit und niemand da.« Er hatte dieses Projekt sehr ernst genommen und sich in einem Kuriositätenladen ein grünes

Insektenkostüm gekauft, komplett mit Antennen, Flügeln und allem, was dazu gehörte.

»Sag nichts«, bat ich. »Du bist ein Grashüpfer.«

»Und was zum Teufel bist du, ein Bier ohne Schaum?«

Ich griff nach dem Kehrbesen und steckte ihn mir in die Gesäßtasche. »Irischer Whiskey.«

Kramer trug einen Hut in der Form eines Kronenkorkens und dazu ein braunes T-Shirt mit der Aufschrift GUINNESS STOUT auf dem Rücken.

»Wo sind denn alle?« fragte er mit einem besorgten Blick zu Steve, der eine Schwellung unter seinen Flügeln zu glätten versuchte.

Ich dachte an Gene Winslow und seine Unglücksparty, an all die Saloonbesitzer, die ich gekannt hatte und die an Thanksgiving und zu Silvester ihre Betriebe geöffnet hatten. Essen gratis und ein Überraschungsgeschenk, das ging niemals schief. »Sie werden schon kommen.«

Castleton schaute herein. Er war bereits betrunken. Er hatte sich in ein Stück Leinwand gehüllt, die mit rotbrauner Farbe beschmiert war. »Na, ratet ihr es nicht?« fragte er. »Ich bin ein Rusty Nail.«

Kramer stöhnte gequält.

Steve sah ihn mißtrauisch an. »Wessen Idee war das eigentlich?«

»Deine«, sagte ich.

Ein sehr kleines und ein sehr großes Girl tauchten auf, um an den Tischen zu bedienen und sie sauber zu halten. Zuerst tat Steve so, als hätte er vergessen, daß er sie engagiert hatte, aber die Kleine, eine kichernde Blondine mit einer Punkerfrisur und einem fetten Gesicht auf einem schlanken Balletteusenkörper zog einen Flunsch, klimperte mit den Wimpern und sagte in breitestem Südstaatenakzent: »Ooooch, Mr. Salluuuniiaa, wir ham uns extra Kostüüme gehoolt.«

»Bettel diesen Arsch nicht an«, sagte die Große. Sie trug eine schwarze Gymnastikhose, ein hautenges Oberteil und eine Pelzmütze. Sie war so mager, daß die Venen an ihrem Hals hervorstanden und ich jede Rippe zählen konnte. »Er hat es sich anders überlegt, weil seine Party ein Reinfall ist.«

»Paß mal auf, Baby . . .« Steve versuchte einen lässigen

Schritt zu machen, konnte sich aber in seinem Grashüpferkostüm nicht allzu gut bewegen. Außerdem überragte ihn das Mädchen.

»Fick dich selbst, Baby«, sagte sie in scharfem Brooklyn-Slang. »Ich hab' diesen lächerlichen Fetzen angezogen für einen Drei-Dollar-pro-Stunde-Job, und jetzt willst du einen Rückzieher machen?«

»Als was sind Sie denn hier?« fragte ich die Große, Magere, aber die Kurze, die eine Toga mit Schlitz bis zum Bauchnabel und ein Pappmodell des Kollosseums auf dem Kopf trug, drängte sich sofort dazwischen und schenkte mir diesen ganz besonderen Blick. »Ich bin eine Sambucca Romana«, sagte sie mit ihrem unnachahmlich südlichen Akzent.

»Und Sie sind wohl ein Sektquirl«, meinte ich zu der Mageren.

»Und Sie ein verstopftes Pinkelbecken.«

Kramer lachte. »Heh, Brian, erkennst du denn keine Schwarzrussin? Die schwarze Kluft, die Astrachan . . .«

Das magere Girl klopfte auf seinen Arm. »Erklären Sie es nicht, bitte . . .«

»So ist's richtig«, pflichtete ich ihr bei. »Wenn wir es nicht selbst erkennen, Pech für uns. Sie haben recht.«

Sie funkelte mich böse an. »Ich brauch Ihr Klugscheißer-Lob nicht.«

»Das ist meine Art, mich zu entschuldigen.«

»Wenn ein Klugscheißer sich entschuldigt, dann sieht er noch klugscheißerischer aus.«

»Im Augenblick sind Sie hier der einzige Klugscheißer, Baby«, meinte Steve. Aber er achtete auf sichere Distanz. »Warum machen Sie nicht einfach einen Spaziergang an der frischen Luft?«

»Warum rücken Sie nicht einfach die vierundzwanzig Dollar raus, die wir verdienen sollten, und ich gehe?«

»Hat die Party schon angefangen?« Ein Girl in rotem Kleid mit roten Streifen im Gesicht und einer Tiara aus Selleriestauden stand verängstigt in der Tür.

»Und sie ist ein Bloody Mary«, rieten Kramer und ich gleichzeitig. Und alle lachten. Sogar Steve. Sogar das magere Girl.

»Die Party hat gerade angefangen, kommen Sie rein.«

Nun tauchten auch andere Leute in ihren seltsamen Kostümen auf. Die kleine Ballerina, eifrig darauf bedacht, einen guten Eindruck zu machen, lud sich ein Tablett mit Crackers voll. Die große Magere lehnte an der Bar und sprach mit Kramer.

»Ihr beide seht aus wie Bluto und Olive Oyl«, stellte ich fest.

Kramer lachte, aber das Girl ignorierte mich. »Sie sehen aber nicht wie ein Barkeeper aus«, sagte sie zu ihm.

»Ich bin neu hier, Brian ist der Profi.«

»So sieht er auch aus«, sagte sie.

Es war ein Tiefschlag, aber Kramer empfand es nicht so. »Ja, Brian bringt mir alles bei . . .«

»Ich erkläre dem Kleinen ab und zu alles, was ich weiß«, warf ich ein.

»Das sind sicherlich sehr kurze Vorträge.«

»Ach, hören Sie doch, wir wollen uns vertragen«, sagte Kramer. Er beugte sich vor. »Wollen Sie was zum Schnupfen?«

»Ich nehme kein Koks.«

»Das wird aber eine sehr enge Freundschaft«, stellte ich fest. »Kramer kommt nicht ohne aus.«

»Stimmt das?«

Kramer zuckte die Achseln. »Das macht mich doch nicht zum schlechten Menschen, oder?«

»Noch nicht.«

»Oh, paß nur auf«, warnte ich ihn. »Sie ist eine von der gewissen Sorte.«

Ich konnte sie noch immer nicht dazu bringen, sich umzudrehen. »Von welcher Sorte?«

»Ich meine eine von denen, die einen Typen ändern wollen, kaum daß sie ihn kennengelernt haben.«

»Und Sie sind einer von den Kerlen, die jeden auf ihr Niveau herunterziehen wollen.«

»Heh . . .« Kramer lachte. Für ihn war das alles ein großer Witz. »Ich glaube, gleich fließt Blut, Kinder.«

»Sie ist ja nur wütend, weil ich Sie einen Sektquirl genannt habe«, wiegelte ich ab. »Ich rege mich ja auch nicht darüber auf, daß sie mich ein verstopftes Pinkelbecken nannte.«

Endlich gönnte sie mir einen Blick. Sie hatte traurige braune

Augen, die auch traurig blieben, ganz gleich wie wütend ihre Worte klangen. »Das kommt nur daher, weil das für Sie ein Kompliment ist.«

»Jetzt kratzen Sie aber auf dem Grund des Pinkelbeckens.« Aber ich war verletzt. Ich kam mir vor wie ein Junge, der um einen Tanz bittet und abblitzt. »Kenne ich Sie?«

»Nein.«

»Weil nur jemand, den ich schon länger kenne, Gründe haben könnte, mich nicht zu mögen. Vielleicht bin ich irgendwann mal mit Ihnen nach Hause gegangen und kann mich jetzt nicht daran erinnern.«

»Wenn Sie mich je nach Hause mitgenommen hätten, dann litte ich jetzt unter Amnesie.«

»Haß auf den ersten Blick«, meinte Kramer und versuchte erneut, mit einem Lachen darüber hinwegzugehen.

»Ihre Mutter muß sich irgendwann furchtbar vor einem irischen Barkeeper gefürchtet haben«, äußerte ich die Vermutung.

»Nein, ich selbst. Vor einer endlosen Schlange von Barkeepern, die meinen, sie könnten mir mit Spüchen, die sie vom Kaugummieinwickelpapier ablesen, an die Wäsche gehen.«

»Einer von ihnen muß es geschafft haben«, sagte ich.

»Das stimmt, und er hat es für alle Nachfolgenden ganz hübsch verdorben.«

»Das Girl ist ja gemeingefährlich«, flüsterte Kramer, als sie sich entfernte.

»Ich bin einer von den Barkeepern, die sie gerade beschrieben hat, weißt du. Und ich werde an ihren Schlüpfer herankommen. All dieser Quatsch, den sie redet, ist wie das Pfeifen in der Dunkelheit, um die eigene Angst zu vertreiben.«

Ich verbrachte den Rest des Abends mit dem Versuch, einen Blick von ihr zu erhaschen. Gegen Mitternacht geriet die Party etwas aus den Fugen, wie es bei Kostümfesten immer geschieht. Gerüchte kamen auf, daß einige berühmte Filmstars sich inkognito unter das Volk gemischt hätten, so daß jeder, der eine Maske trug, sofort angegriffen wurde. Unseren ersten Streit hatten wir, als ein als Manhattan verkleideter Typ in einem Overall sich plötzlich mit einem Typ im Kostüm eines französischen Höflings und mit Bowlerhut auf dem Fußboden wälzte. Er hatte darauf bestanden, ein Bourbon on the rocks zu sein, und er meinte, die anderen anwesenden Analphabeten hätten den visuellen Gag nicht begriffen, und warum sollte er unter der Ignoranz anderer Leute leiden. Ich hechtete mit einem Satz über die Bar und trennte die beiden Kampfhähne, wobei ich hoffte, daß ihr auffiele, wie cool und souverän ich das machte und wie gut ich mich unter Kontrolle hatte. Ich war dieser verliebte Junge, der sich auf dem Schulhof in den Vordergrund drängte, um anzugeben. Und wie immer schien das Mädchen, für das man sich abrackerte, es nicht zu bemerken, und wenn doch, dann zeigte sie es jedenfalls nicht; die Jahre des Aufspielens mit unterschiedlichem Erfolg hatten in dieser Frage noch keine eindeutige Klarheit geschaffen.

Ich arbeitete völlig mechanisch und behielt die Astrachanmütze in der Menge im Auge. Mir wurde fast schwindelig von dem Hinter-ihr-Herschauen. Selbst aus dieser Entfernung, durch den Qualm und den Lärm, konnte ich sie mir genau vorstellen. Sie hätte durchaus magersüchtig sein können, wäre da nicht die Symmetrie ihres Körpers gewesen, der Schwung ihrer Hüften, die Art und Weise, wie ihre langen geraden Beine in ihrem Gesäß ausliefen. Das Trikot war hauteng, aber es gab auch nirgendwo einen Quadratzentimeter schlaffer Haut, und nichts zitterte oder bebte, wenn sie ging. Ihr Haar hatte sie unter die Mütze gestopft, aber kleine bräunlich blonde Locken ringelten sich in ihrem Nackenflaum. Ich wollte diese Stelle küssen, wollte die Mulde an ihren Schultern streicheln. Ihre Jochbögen traten scharfkonturiert hervor, aber ihre Lippen waren weich und voll. Ich kannte ihren Namen nicht, und es ist immer schwierig, die Nationalität eines mageren weißen Mädchens zu erraten. Ich wußte nichts von ihr, außer, daß sie eine Tänzerin war, die auf Anhieb eine starke Abneigung gegen mich entwickelt hatte.

Die Party geriet völlig außer Kontrolle, als die Videotrupps auftauchten. Gäste begannen, sich für die Kameras zu produzieren. Steve drehte die Musikbox so laut auf wie irgend möglich. Unter den heißen Scheinwerfern kreischte das Volk und wirbelte herum. Girls kamen an die Bar und lechzten nach Wasser. Die Stromleitungen waren überlastet, und die Klimaanlage gab ihren Geist auf. Alles wurde zu einer Qual, das

Tanzen, Trinken, gegen den Lärm anreden, der Gang zur Toilette. Aber niemand verabschiedete sich. Sogar nachdem die Sangria zur Neige gegangen war und das Essen so lange betastet und hin und her geschoben worden war, bis man es nicht mehr genießen konnte, blieben sie da.

Es war ein junges Volk, und es übeschätzte seine Leistungsfähigkeit. Um zwei Uhr nachts mußten wir einer ganzen Reihe total Betrunkener bei dem Weg in die Nacht behilflich sein. Castleton hielt schwankend seine Stellung an der Bar und zeichnete Karikaturen auf Cocktailservietten. Irgend etwas in rosafarbenen Schuhen mit einem aufgemalten Schnurrbart im Gesicht und einer Art Pomp-pom auf dem Kopf hüpfte vor mir auf und nieder, während ich versuchte, das magere Mädchen nicht aus den Augen zu lassen.

»Brian, Brian . . . *Briannn* . . .« Sie riß sich den Pom-pom herunter. »Ist mein Kostüm soo gut? Ich bin's, Dolly Mooney. Kennst du mich nicht mehr?«

Ich konnte mich vage erinnern. »Das Mädchen mit dem sauberen Loft?«

»Ist das alles?«

»Gibt es denn mehr?«

»Ich glaube nicht.« Sie setzte sich ihren Pom-pom wieder auf. »Wie gefällt dir mein Kostüm?«

»Prima, aber ich kenne keinen Drink mit einem Häschen darin.«

»Es ist ein Eichhörnchen, und der Drink ist ein Pink Squirrel. Das ist nämlich mein Lieblingscocktail, wenn ich nicht Typen wie dich zu beeindrucken versuche, indem ich Cognac trinke.«

»Ich wäre viel mehr beeindruckt, wenn du deinen Cocktail trinken würdest.« Ich mixte ihr einen Pink Squirrel, weißen Créme de Cacao, Créme de Noia, Sahne und Grenadinensaft, das Ganze geschüttelt und in ein Cocktailglas geseit. Gerade als ich ihr das Glas reichte, erschien das magere Girl.

»Ich brauche einen Golden Dream. David meint, er wüßte nicht, wie der gemacht wird.«

David . . . Dann waren sie also schon bei David. »Dieser Cocktail wurde von der amerikanischen Diabetiker-Vereinigung verboten«, sagte ich.

Mooney kicherte. Das magere Girl stützte nur die Ellbogen auf die Theke und starrte mich an.

Ein Golden Dream, Galliano, Cointreau, Orangensaft und Sahne, geschüttelt und über Eis in ein Tom-Collins-Glas gegossen. »Das ist der reinste Medien-Cocktail«, sagte ich, während ich ihn zubereitete. »Zusammengemixt von irgendeiner Schreiberin für die Galliano-Kasse, eine dieser feisten jüdischen Jungfern wahrscheinlich, die niemals etwas Stärkeres gekostet hat als Rumkirscheis.« Ich wartete auf auf die Reaktion der Mageren. Sie starrte mich nur an. »Nehmen Sie dagegen den Pink Squirrel. Sicherlich meinen Sie, er hätte den gleichen Ursprung als Ersatzgetränk, aber nein. Der Pink Squirrel ist einer in einer langen Reihe von komplizierten Cocktails, die während der dreißiger Jahre in den Art-deco-Bars der großen Transatlantik-Liner erfunden wurden.« (Sie mochte Poeten, also bekam sie von mir eine Portion Dichtung.) »Erfunden von jenen Barkeepern mit den glänzenden Gigolohaaren und den gepuderten Wangen und den sauberen, feisten Fingern, die die Reichen und Ausschweifenden in den Erster-Klasse-Saloons bedienten. Er ist der Cocktail, den Fred und Ginger zwischen ihren Tanzschritten hätten schlürfen können. Das hätte ich wirklich gerne einmal selbst gesehen. Ein paar Schlucke von einem glitzernden, von hinten beleuchteten Cocktail in einem hohen Glas, und dann, ohne aus dem Takt zu kommen, zurück auf den Tanzboden.« Ich beendete den Drink und meinen Text gleichzeitig. »Sie nicht auch?« fragte ich die Magere.

Sie nahm das Glas. »Was hätte ich nicht?« Sie lächelte Mooney an. »Eine Freundin von Ihnen?« Sie wandte sich um, hielt das Glas über ihren Kopf und stürzte sich wieder ins Gewühl.

Mooney kicherte. »Wow, jetzt hast du Schwierigkeiten.«

»Mit wem?«

»Mit deiner Freundin. Was hast du ihr denn getan?«

»Ich hatte noch nicht die Gelegenheit, ihr etwas zu tun. Ich hab' sie erst heute abend kennengelernt.«

»Aber du wirst schon noch dazu kommen.«

»Das walte Gott.«

»Eines Nachts wirst du sie nach Hause begleiten und

anschließend hinausschleichen und dich nie mehr bei ihr melden.«

»Das klingt wie ein gutes Programm.«

»Genau so, wie du es mit mir gemacht hast«, sagte Mooney.

Ich nahm das Glas mit dem Pink Squirrel. »Wahrscheinlich sollte ich das lieber wegschütten, ehe du es mir ins Gesicht wirfst.«

Sie nahm mir das Glas aus der Hand. Sie war nicht richtig wütend. Nicht einmal verletzt. »Du wärest sicher einer dieser Art-deco-Barkeeper gewesen, wenn du damals schon gelebt hättest. Nur hättest du nicht eine einzige Kreuzfahrt überdauert. Irgendeine reiche Scheidungswitwe hätte dich hinter der Bar hervorgeholt, damit du nur noch exklusive für sie Cocktails in ihrem Haus in Newport mixt.«

»Du sagst so nette Dinge.«

»Aber das Ganze hätte nicht lange gedauert.«

»Das tut es nie. Das soll es wohl auch nicht.«

Irgend etwas in Mooneys Blick ließ mich an die großen Brüste denken, die mir so erschienen waren, als gehörten sie zu einem anderen Körper.

»Ich bin eine reiche Lady. Ich nehme dich mit in meine Villa in der West Street. Wir können so tun, als hätten wir eine Kreuzfahrt-Romanze.«

»Noch ein paar Pink Squirrels, und du bist seekrank, auch ohne Schiff.«

»Gut.« Sie kippte den Drink und schob das Glas über den Tresen. »Ist das eine Verabredung?«

»Wenn ich kein besseres Angebot bekomme.«

Von der einen verstoßen, von der anderen umworben, der sattsam bekannte Ringelreihen. Wie kommt es, daß die, die man will, einem immer einen Korb geben? Weil man niemals die fragt, die man nicht will. Deshalb bekommt man niemals die Dinge, die man will, weil dies die einzigen Dinge sind, die man verfolgt, alles andere fliegt aus dem Fenster. Deshalb muß man das Schicksal durcheinanderbringen. Man muß das Triviale umwerben und dann im Dunkeln sitzenbleiben und hoffen, daß das Notwendige erscheinen wird wie eine schöne

Frau, die ins falsche Zimmer gerät und beschließt, zu bleiben. Und die ganze lange Nacht hört man den Typ, mit dem sie eigentlich die Nacht verbringen wollte, draußen auf dem Korridor ihren Namen rufen . . .

Dies waren die Gedanken, die mir durch den Kopf gingen, während ich mitten in einem hitzigen Ringkampf mit Mooney steckte, der gegen fünf Uhr morgens auf ihrer sauberen, frisch riechenden Matratze in ihrem sauberen, wohlerleuchteten Loft stattfand. Sie war bis zur letzten Minute geblieben, hatte am Ende der Bar gesessen wie so viele andere vor ihr, hatte mich wie ein Habicht bewacht, vor allem dann, wenn das magere Mädchen in der Nähe war. Sie war da, als Steve auf die Theke sprang und den rund hundert Unentwegten, die geblieben waren, zurief: »Okay, Arschlöcher, die Party ist vorüber. Verschwindet schnellstens, ich kann euch verdammt noch mal nicht mehr sehen!« Und sie lachten und rannten hinaus und erfüllten die Straße mit ihrem ausgelassenen Gelächter. Dann brüllte Steve, rotglühend vom Triumph eines Mannes, der endlich seine Identität gefunden hatte, mich an: »Wir kommen ins *People*-Magazin. Der Kerl hat mich den ganzen Abend lang verfolgt. Es war der Typ mit dem Kilt, der als Scotch sour kam. Er war vom *People*-Magazin. Ich sagte ihm, er solle sich umschauen. Es gefiel ihm. Es gefiel ihm auch, als ich den Burschen von der *Daily News* hinauswarf. Scheiß auf die *Daily News.* Mein Vater kaufte sie an jedem Tag seines Lebens und die *Sunday News,* und dann taucht dieser Arsch ohne ein Kostüm auf und versucht, mich weichzuklopfen, damit ich ihn reinlasse, nur weil er von der *Daily News* ist. Nun, scheiß auf die *Daily News,* sagte ich zu ihm. Ich will nicht, daß einer Ihrer Leser in meinem Schuppen auftaucht. Die Brücken- und Tunnel-Truppe, wer braucht die schon? Dem Kerl von *People* gefiel es. Er bringt einen Artikel über den Laden und über mich. Eine neue Gattung Saloonbesitzer. Hat einen ganzen Film verknipst, nur von mir . . .«

Mooney saß da und trank ihre Pink Squirrels, bis ich sie warnte, sie bekäme einen Zuckerschock, wenn sie noch einen zu sich nähme, woraufhin sie auf Perrier umstieg. Sie war ernsthaft und total normal, eine grundlegende Veränderung gegenüber dem lustigen Drogengirl unseres ersten Zusammentreffens.

Steve stand mitten in dem leeren Raum und schrie: »Sie lieben es, wenn ich sie abblitzen lasse! Es ist ihnen gleich, was ich sage!«

Und sie saß da, geduldig, während ich den Haushalt aufräumte, dem mageren Mädchen dabei zusah, wie sie Cognacs kippte, diesen beeindruckenden Drink. Sie stand am anderen Ende der Bar, und die Südstaatentante balancierte auf der Kante eines Hockers und unterhielt sich mit Kramer über ihre »Kunst«. »Meine Kunst besteht darin, nicht . . . Aber ich interessiere mich noch mehr für . . .« Ich sah Kramer wie verzaubert dasitzen. Er war ganz geil auf alles, was mit KUNST zu tun hatte. Das Südstaatengirl redete lauter und lauter und beobachtete mich, ob ich reagierte, denn sie benutzte Kramer, um mit mir zu flirten, während die Magere an der Bar hockte und Cognacs mit jenem professionellen Schwung des Handgelenks kippte und dabei eine Szene beobachtete, die sie schon oft vorher gesehen hatte.

Um den Kreis des Betrugs zu schließen, küßte ich Mooney sanft auf die Stirn, als ich die Bar vor ihr abwischte. Mooney errötete, ergriff meine feuchte Hand und drückte sie gegen ihre Wange. Im Spiegel sah ich das magere Mädchen säuerlich grinsen. Deshalb küßte ich Mooney erneut und beugte mich vor, um ihr etwas ins Ohr zu flüstern, nämlich, daß ich gleich mit ihr nach Hause gehen würde. Und Mooney drückte zärtlich meinen Arm. Und ich schämte mich nicht, diese kleine Unschuld in meinem Spiel zu benutzen. Unerwiderte Liebe macht aus uns allen Ungeheuer.

Später, als wir nach Hause marschierten, benahm sich Mooney wie ein Kind, das genau weiß, es muß lieb und artig sein, um sein Geburtstagsgeschenk zu bekommen. Als ich mich langsam auf sie herabließ, sah sie mir tief in die Augen, und dort fand sie genug, um mich glücklich zu machen. Mein Geist wanderte einige Blocks weiter weg von dem ekstatischen Wesen unter mir, an den Ort, wo die Magere wohnte. Ich überlegte, wie sie wohl ohne Kleider aussähe, in was für einem Zimmer sie nackt umherlief, und in was für einem Bett sie schlief, wer dort auf sie wartete. Mooney wand sich und bäumte sich auf und hatte genug Energie für uns beide. Wenn sie meine Abwesenheit spürte, dann zeigte sie es nicht. Mit ihren Turnerbeinen, die mich zusammenpreßten, mit diesem Milchmädchenbusen, der unter meiner Brust plattgedrückt wurde, mit Fingern, die sie in meine Haare wühlte, machte sie mir klar, daß sie mich genau an diesem Ort haben wollte; dies war kein einmaliges Abenteuer, bei dem die Partner sich auf eine kurze Begegnung geeinigt haben, und anschließend nichts wie weg.

»Wie lange ist es her?« fragte Mooney.

»Was?«

»Es war Sommer, als wir uns kennenlernten. Jetzt haben wir Halloween.«

»Das ist eine lange Zeit. Warst du weg?«

»Nein. Ich wollte nur nicht reinkommen. Ich hatte Angst, du würdest mich nicht erkennen oder wenigstens so tun. Die Party hat es für mich einfacher gemacht. Ich konnte es immer noch auf das Kostüm schieben, wenn du mich nicht bemerkt hättest. Du hast noch nicht einmal herübergeschaut, du warst viel zu sehr damit beschäftigt, dir wegen deiner Freundin den Kopf zu zerbrechen.«

»Ich sagte dir doch schon, ich hab' sie erst in dieser Nacht kennengelernt.«

»Ganz bestimmt.«

»Okay, wie lautet dann deine Version? Glaubst du, ich hab' was mit ihr?«

»Sei nicht so gemein«, sagte Mooney mit einem entsetzten Gesichtsausdruck.

»Dann verrate mir, was du denkst.«

»Du und sie, ihr scheint gut zusammenzupassen. Sie ist so dünn, in gewisser Weise so spirituell . . .«

»Spirituell?«

»Sie sieht aus wie jemand aus einem alten Film. Genau wie du.«

»Wie ich? Was für alte Filme hast du gesehen?«

»Oh, ist auch egal. Ihr beide seht aus wie ein Ehepaar. Vielleicht ist es der gleiche Ausdruck in den Gesichtern, weißt du, als hättet ihr bei sehr vielen Dingen die gleichen Empfindungen.«

»Du scheinst viel darüber nachgedacht zu haben . . .«

»Ich hatte ein paar Stunden Zeit, dich bei der Arbeit zu beobachten. Du scheinst viel mehr zu ihr zu gehören als zu mir.«

»Warum bin ich dann hier?«

»Um sie eifersüchtig zu machen, nehme ich an. Ich meine, du weißt, wo ich wohne. Du hattest zwei Monate Zeit, um mal vorbeizukommen. Ich mußte wie ein Groupie um dich herumspringen, um mich bei dir bemerkbar zu machen. Und dann hast du ein kurzes Streitgespräch mit dem Mädchen, und plötzlich spielst du bei mir den Verliebten.«

Ich zog die Unterhose unter dem Kopfkissen hervor. »Wenn du das alles beobachtet hast, warum hast du zugelassen, daß ich mit hierher komme?«

»Ich glaube, es war mir egal.«

Ich rollte mich von der Matratze. »Aber jetzt nicht mehr.«

»Nicht wirklich«, sagte sie traurig. »Ich glaube, ich wünsche, es wäre nicht so, aber es macht mir eigentlich nichts aus. Gehst du jetzt?«

»Ich muß.«

»O Scheiße.« Sie preßte sich das Kopfkissen aufs Gesicht und begann zu weinen. »Scheiße, Scheiße, Scheiße . . .«

Ich widerstand der Versuchung, noch eine Weile zu bleiben und sie zu trösten. Was hatte es für einen Sinn, das Ergebnis wäre das gleiche. »Du hast mich nicht verfolgt oder zu etwas gedrängt, wenn es das ist, was du denkst«, sagte ich. »Ich lebe mit einer sehr besitzergreifenden Frau zusammen und . . .«

Sie setzte sich auf. »Ich hatte also recht.«

»Nein, nicht mit diesem Mädchen.«

»Mit einer anderen Frau?« Mooney sah mich erstaunt an.

»Ja. Nur wohnt die oben in der Stadt und würde mich erdolchen, wenn sie wüßte, was ich heute nacht getan habe.«

»Ich verstehe das alles nicht«, gestand Mooney. Sie rieb sich die tränennassen Wangen. »Alle benehmen sich so verrückt. Ich glaube, ich habe in dieser Welt nichts zu suchen.«

»Und ob du hier was zu suchen hast«, meinte ich, um sie in gewisser Weise zu trösten. »Du malst, du nimmst Drogen, du bumst durch die Gegend . . .«

»Ich bumse nicht durch die Gegend.« Mooney begann wieder zu weinen.

Ich zog eilig meine Schuhe an. »Heh, Baby, das sollte keine Beleidigung sein, aber was du gerade getan hast, gehört eigentlich in die Abteilung Herumbumsen.«

»Aber ich hab' das doch nur mit dir gemacht. Seit ich dich das letzte Mal gesehen habe, war ich mit niemand anderem zusammen. Oh, ich weiß, du glaubst, ich lüge . . .«

»Ich hoffe es um deinetwillen, denn was den Grund betrifft, aus dem ich mitgekommen bin, hattest du durchaus recht.«

»Demnach gehst du also mit dem Mädchen.«

»Bei diesem Thema drehen wir uns im Kreis. Tatsache ist, daß du als altes Mädchen sterben wirst, wenn du weiterhin darauf wartest, daß ich zu dir komme. Ich weiß, das klingt gemein. Aber sehr viel netter kann ich zu dir in dieser Angelegenheit nicht sein, Baby.«

Sie lächelte plötzlich, als hätte sie soeben einen Entschluß gefaßt.

»Das ging aber schnell. Erwartest du noch jemand anderen?«

»Schon möglich«, sagte sie mit einem geheimnisvollen Lächeln. »Vielleicht mag ich es einfach, wenn du mich Baby nennst.«

»Die meisten Frauen sehen darin eine Beleidigung.«

»Nicht aus deinem Mund. Bei einem altmodischen Typ wie dir klingt es völlig natürlich.«

An der Tür schlang sie die Arme um meinen Hüften und hob mir ihr Gesicht für einen Abschiedskuß entgegen. Nach dem Sex wirken die Brüste einer Frau immer irgendwie verkümmert, so als brauchten sie eine zarte Berührung. Da schwangen sie vor mir hin und her – Brüste reagieren immer auf eine nur für sie spürbare Brise –, und so strich ich freundschaftlich mit der Hand darüber. Nach dem Sex ist der innige Kuß ein Mittel, mit dem eine Frau die guten Absichten ihres Partners testen will. Daher erwiderte ich den Kuß, nur für den Fall, daß ich mal wieder in die Gegend kam.

Rückendeckung

Es mußte ein ziemlich ereignisloser Abend gewesen sein, denn die Halloween-Party bekam eine umfangreiche Presse. Bilder in der *Post*, ein Absatz in der »Wohin-am-Abend«-Kolumne der *Times*. Der *New Yorker* behandelte das Ereignis in seiner Rubrik »Stadtgespräch« und beschrieb das farbenfrohe exotische Völkchen unterhalb der Fourteenth Street und seine ungewöhnlichen Riten. Die *Voice* beschäftigte sich mit Steve und verglich ihn mit »den großen, jähzornigen Saloonbossen der Vergangenheit«. Ein geschäftstüchtiger Videofreak verkaufte seine Aufnahmen an eine lokale Fernsehstation für deren Halloween-Sendung. Leute, die es sich angesehen hatten, meinten, man hätte durchaus erkennen können, daß alle einen ungeheuren Spaß gehabt hätten. Der Bursche von der Schwulen-Postille *Gay Nights* schrieb, »Das Old Seaman's Home ist ein Ort, wo alle Bedürfnisse befriedigt werden können . . . und werden.« Steves Glückssträhne hielt noch immer an; eine bessere Publicity hätte er sich gar nicht wünschen können.

Von da an entwickelte es sich lawinenartig. Einer dieser unerträglichen Typen mit den strähnigen Haaren, die ausschließlich in farbenverschmierten Overalls herumliefen, ständig Bier tranken und immer nur einen Vierteldollar Trinkgeld gaben, sonderte unter Strom am liebsten irgendwelche kindischen Statements ab, wie zum Beispiel »Chagall ist lediglich ein leidlicher Witzzeichner« oder »Picassos Meisterwerk war sein Leben und nicht seine Kunst«, verkaufte seine gesamte Ein-Mann-Show an eine japanische Elektronikfirma, wo sie die Wände ihrer neuen Hauptverwaltung schmücken sollte. Die Medien lieben nichts inniger als den Über-Nacht-Millionär. Der Typ wurde von vorne bis hinten durchgehechelt. Er ließ sich einen Tisch reservieren und gab sämtliche Interviews von diesem Platz aus; ein allgemeiner Auftrieb an internationalen Journalisten fand statt, Bilder und Artikel über unseren Laden in fast jeder Zeitung der Welt folgten.

Old Seaman's Home entwickelte sich schnell mit dem Ruf seiner Stammgäste. Es behielt seine Originalität und lockte so alle Mitläufer an. Und die Stammgäste waren loyal. Wie der

Performance-Künstler in seinem Interview im *Dance*-Magazin, wo er sagte, es sei der »einzige Ort in der Stadt, in dem ich mich standesgemäß vollaufen lassen kann«. Und daß Steve Salunia der einzige Barbesitzer sei, der seine Stammgäste »beschütze«. »Steve hat mit den Geldsäcken nichts im Sinn. Er ist einer der ganz wenigen, für den Freundschaft wichtiger ist als ein schneller Dollar.« Wie es zum Beispiel der schwarze Trompeter des Afro-Galactic-Octet ausdrückte, als er den *Rolling Stone* erklärte, »Steve ist ein Typ, der dich in der Warteschlange auf einen freien Tisch ganz nach vorn holt. Das ist den Leuten gegenüber, die ebenfalls warten, vielleicht nicht ganz fair, aber es tut zur Abwechslung einfach gut, auch mal bevorzugt behandelt zu werden.« Oder der Immobilienmakler, der im *New York Times Magazine* meinte, »Die Gegend um die Brooklyn Bridge ist wirklich zu einem milieureichen Viertel geworden, seit das Old Seaman's Home seine Pforten öffnete. Es entwickelt sich nach und nach zu einer Art Operationsbasis für alle Künstler dieser Gegend.«

Steve war ein Kunstfreund, aber er war gerissen genug zu erkennen, daß die Künstler die Aufmerksamkeit bekamen. Zwanzigjährige Farbenkleckser wurden von zwanzigjährigen Schreiberlingen interviewt, und Tausende von Zwanzigjährigen lasen die Artikel. Daher gab ihnen Steve Namensschilder an der Bar und bekam dafür ihre Gemälde, und er hielt ihnen bestimmte Tische frei. Er machte sie zu Prominenten. Denn was ist ein Prominenter denn anderes als jemand, dessen Name in der Zeitung steht und der in einem Restaurant den besten Tisch bekommt? Steve lieferte den Beweis. Er wurde selbst prominent allein durch die Leute, die er zu Prominenten gemacht hatte; indem er anläßlich von Vernissagen wilde Partys veranstaltete; indem er sich an diese Leute hielt und Fremde mit dickeren Bankkonten abwies, die mit der Prominenz auf Tuchfühlung gehen wollten. Es war ein gigantischer Reigen, ein raffiniertes politisches Spiel, das von einem Haufen dummer Jungen und einem Drogenopfer der siebziger Jahre dirigiert wurde.

Ich stand hinter der Bar und schaute zu, wie es ablief. Ich beobachtete, wie Steve seine Rolle entwickelte. An Freitagen und Samstagen schob er an der Tür Wache, begrüßte seine

Lieblinge mit lautem Hallo und stellte anderen lästige Fragen, ehe er sie mürrisch hereinließ. »Gehen Sie an die Bar. Die Tische sind alle reserviert« – die meisten wies er mit kühlen Blicken und einem Kopfschütteln ab. »Tut mir leid, alles reserviert! Und wenn die armen Schweine, verzweifelt darum kämpfend, ebenfalls dazuzugehören, ihn um die Erlaubnis anflehten, wenigstens an der Bar stehen zu dürfen, lautete seine Antwort: »Tut mir leid, an der Bar ist kein Platz. Wir wollen nicht, daß unsere Stammgäste sich beengt fühlen.« Die meisten Verlierer gingen fort, geschlagen, oder hingen draußen herum wie Kinder, die sich die Nasen an den Scheiben eines Süßwarenladens plattdrücken. Einige von ihnen wollten sich einfach nicht geschlagen geben, und in solchen Fällen wurde Steve bösartig. »Wissen Sie, warum Sie nicht rein dürfen? Weil Sie häßlich sind, deshalb.« Oder: »Paß mal auf, Motherfucker, ich brauche keinen Grund. Das ist mein Laden, und dein Gesicht gefällt mir nicht, deshalb bleibst du draußen.« Wenn sie dann noch immer nicht gehen wollten, schlug Steve sich auf die Hüfte. »Was ich da habe, ist kein Taschenkamm, Arschloch, also verschwinde lieber, solange du noch gehen kannst.« Wenn man weiter bohrte, wurde Steve handgreiflich. Und in diesem Moment fingen die Probleme an. Steve war klein und stämmig, und man konnte sehen, daß er früher ein ganz zäher Bursche gewesen war, doch nun existierte seine ganze Kraft nur noch in seiner Erinnerung; das Kokain hatte seinen Körper so weit geschwächt, daß er kaum noch eine Faust ballen konnte. Seine Schläge waren so zaghaft, daß einige Typen, die ihn kurz vorher am liebsten umgebracht hätten, manchmal in einem Anflug von Mitleid zurückwichen, als wären sie von dem verrückten alten Mann tatsächlich attackiert worden. Dennoch bekam Steve seine Abreibung. Von meinem Standort aus konnte ich die Tür beobachten. Wenn er zurückgeflogen kam, wußte ich, daß jemand die Herausforderung angenommen hatte. In diesem Fall schloß ich die Kasse, damit niemand sich über die Theke beugte und nach dem Geld griff, während ich nicht da war. Dann schlüpfte ich unter der Service-Ausgabe durch und schlenderte zum Ausgang, um zu sehen, was los war. Gewöhnlich war es ein wütender, aber im Grunde umgänglicher Kerl, der etwas dagegen hatte, vor den Augen seines Mädchens herumgestoßen zu werden, und dem man mit einigen logischen Argumenten, bei denen er nicht sein Gesicht verlor, den Zutritt verweigern konnte.

Erst als ich einmal einen Wortwechsel hörte und Steve plötzlich verschwunden war, wußte ich, daß wir Ärger bekamen. Es bedeutete, daß er nicht abgewehrt und zurückgestoßen worden war, sondern daß jemand ihn aus seinem Laden heraus und auf die Straße gezerrt hatte. Kurz darauf eilten auch die ersten Gäste zur Tür, und mir wurde klar, daß Steve eine Abreibung bekam. Die meisten Saloonprügeleien dauern höchstens fünfzehn Sekunden, doch ist man est einmal draußen auf der Straße, kann sich der Streit zu einem ausgedehnten Krieg aufschaukeln. Leute, die einem wirklich weh tun wollen, tun das nur auf der Straße.

Ohne darüber nachzudenken, wie sehr ich diesen kleinen Bastard verabscheute, brüllte ich dann: »Weg von der Bar!« Die eine Hand an der Innenseite der Theke, die andere an der Außenseite, und schon schwang ich mich hinüber, wobei ich meine Beine so hoch wie möglich in die Luft reckte, um auch über die Hocker hinwegzukommen. Es war die reinste Shownummer. Sie verschaffte mir keine zusätzliche Zeit, und manchmal landete ich auf einem nassen Fleck auf dem Fußboden und konnte danach eine Woche nicht mehr sitzen. Aber die Gäste liebten das, und die Gäste haben immer recht.

Kramer hatte diesen Sprung über die Bar einmal versucht und dabei den Bierhahn von der Zapfsäule abgetreten, woraufhin das Zeug durch die Gegend spritzte, und er hielt die folgenden anderthalb Minuten den Daumen in Loch, während ich einen Typen abfertigte, der sich als Chirurg im Bellevue entpuppte. Er hatte nur das Telefon benutzen wollen, weil sein Pieper sich gemeldet hatte. Steve einigte sich mit diesem Burschen außergerichtlich. Danach entschied Kramer sich immer für den langen Weg, was für Aktionen innerhalb des Ladens okay war, aber nicht auf der Straße, wo ich ihn dringend brauchte. Ich ging hinaus und sah zwei oder drei Typen auf Steve eintreten und -schlagen, während er fluchte und zurückgeschleudert wurde. Ist es mehr als einer, kann man die Sache nicht mehr mit Worten beenden. Man muß sich für eine Seite entscheiden und aktiv in den Kampf eingreifen.

Mindestens einmal pro Woche ertappte ich mich dabei, Leute zu verprügeln, die ich überhaupt nicht kannte. Kerle, die zehn oder fünfzehn Jahre jünger waren als ich und als Schläger eine Menge Erfahrung hatten. Wenn Steve immer noch auf den Beinen war, hatte ich im Kampf eine kleine Chance. Man packt einen bei den Haaren und an seinem Hemdrücken und reißt ihn einfach um. Dann schiebt man sich zwischen Steve und den anderen Kerl, redet die ganze Zeit auf ihn ein und hofft, daß er noch weniger Lust auf eine Schlägerei hat als man selbst. Mittlerweile käme auch Kramer nach draußen. Der Anblick dieses riesigen, bärtigen Monsters, das pfeifend durch die Nase atmete und bedrohlich umherstampfte, machte aus uns allen überzeugte Pazifisten. Ein paar halbherzige Drohungen, und wir kehrten alle in den Saloon zurück, um unseren Frieden zu begießen.

Haarig wurde es immer, wenn Steve auf dem Boden lag. Er war immer viel zu stonend, um sich in irgendeiner Form zu schützen; wenn ich daher nach draußen kam, hatte er sich bereits einige Tritte eingefangen, und ihm drohten ernsthafte Verletzungen durch eine Bande jugendlicher Schläger, die keine Ahnung hatten, daß sie einen Typen mit Styroporknochen in der Mangel hatten. Ich mußte mich dann mitten ins Getümmel stürzen, meistens auf den Typ, der den meisten Schaden anrichtete. Ich hatte das Überraschungsmoment auf meiner Seite, wodurch ich einen Schuß frei hatte, und ich mußte beten, daß dieser Arsch einer von denen war, die einen richtigen Boxhieb nicht wegstecken konnten.

Den Kopf an den Haaren zurückreißen – die meisten Typen haben Zwanzig-Dollar-Frisuren, daher hat man immer die Hände voll – und auf die weiche Stelle zwischen Kinn und Adamsapfel hämmern. Keinen Schlag mit der Handkante, sondern einen richtigen kraftvollen Hieb, der ihn auf die Bretter schickt, so daß man ihm dann wenigstens noch ins Gesicht treten kann. Wenn der Kerl kurze Haare hat, dann muß man ihm die Finger in die Ohren schieben und in Richtung Ohrläppchen nach unten drücken; fast jeder reagiert auf diese Mißhandlung des Ohrs. Dann, während der Betreffende sich am Boden windet und nichts mehr tun kann, stürzt man sich auf seine Kumpanen. Den Kopf nach unten, die Arme hoch, die Ellbogen dicht an die Brust. In neun von zehn Fällen schlagen sie wild um sich; nur wenige Leute wissen, wo sie einen zusammengekauerten Gegner treffen müssen. Ein paar versuchen es mit einem Tritt, den man mit den Händen abblockt. Dabei versucht man, den Fuß zu erwischen und ihn umzudrehen. Wenn es richtig schwere Brocken sind, dann fangen sie mit einem Schwitzkasten an. Sie kommen mit ausgebreiteten Armen auf einen zu, und man sollte ihnen sofort in den Schritt tauchen, die Eier packen und zudrücken und versuchen, sie quer über die Straße zu werfen. Das Geheimnis hinter allem ist, daß man es mit größtmöglicher Kraft tun muß, sonst ist alles sinnlos. Es ist genau wie die alte Maxime: Trage niemals eine Pistole bei dir, es sei denn, du bist bereit, sie auch zu benutzen. Nun, dann pack auch keinen Typ an die Eier, wenn du nicht auch bereit bist, sie ihm auszureißen, denn sonst glaubt er womöglich noch, man wollte mit ihm auf diese Weise Freundschaft schließen.

Ich mußte immer gewinnen, und selbst wenn das der Fall war, konnte ich mir zu viele Möglichkeiten vorstellen, als Verlierer zu enden. Es gab Typen, die mit Messern oder Kanonen zurückkamen; diejenigen, die draußen nach Geschäftsschluß mit Holzlatten auf einen warteten, und man mußte um sein Leben rennen, und alle Taxis waren besetzt, und die U-Bahn fuhr auch nicht mehr, so daß man plötzlich eingekreist war. Es gab andere, die tauchten mit sämtlichen halbwegs einsatzfähigen männlichen Wesen zwischen neun und neunzig Jahren aus ihrer Nachbarschaft auf. Und immer, mindestens einmal im Leben eines jeden Barkeepers, war da die Drecksau, die wirklich gegen jede Vorschrift verstieß: er betatschte sämtliche Frauen, bedrohte die zahlungskräftigsten Gäste, bezahlte seine Rechnung nicht, kotzte über die Bar hinweg in die Stahlspüle, fing dann an zu schreien »Ich bin Polizist«, wenn man ihn hinausschleifte, wo er nur darauf wartete, daß man Luft holte, um ihm zum vierten Mal in die Rippen zu treten, ehe er mit der einen Hand die Blechmarke aus der Tasche fischte, mit der anderen ein zerbeultes Sprechfunkgerät bediente. Gleichzeitig zog er das Hosenbein hoch, so daß man das Halfter am Fußknöchel mitsamt seinem Feierabend-Revolver sehen konnte. Und dazu alarmierte er mit seinem »10-13«-Ruf seine Kollegen, und nach einer Sekunde wimmelte es auf der Straße von so vielen Polizisten, daß es so aussah, als stattete Fidel Castro dieser Gegend einen Besuch ab; und wenn man konzentriert genug hinsah, dann konnte man ein paar Männer von den Royal Canadian Mounties sehen, denn jeder Cop der westlichen Hemisphere wittert einen Zahltag gegen den Wind, und es würde eine ganze Menge kosten, um zu verhindern, daß der Laden geschlossen wurde und alle in den Bau wanderten. Natürlich wurde das Bestechungsgeld vom eigenen Lohn gezahlt, auch wenn man selbstlos Leben, Besitz, Tugend und den American way of life verteidigt hatte.

Aber schlimmer war es, wenn man nicht gewinnen konnte. Gelegentlich traf man mit Vertretern jenes furchtbaren Ablegers der Menschheit zusammen, der für physische Schmerzen absolut unempfindlich ist. Jeder, der mit der Gewalt lebt, Polizisten, Soldaten, Barkeeper oder Preisboxer, kann davon erzählen. Sie sind Mutanten und können nicht nach Rasse, Größe oder Klasse identifiziert werden. Aus Fleisch und Blut wie wir anderen, haben sie ansonsten keine äußerlichen Merkmale. Niemand kann sie erkennen, ehe es zu spät ist: ehe man ihnen eine Flasche über den Schädel geschlagen, sie mit einem Sonntagsschwinger erwischt hat, mit dem man schon Typen, die hundert Pfund schwerer waren, auf die Bretter geschickt hat, ehe man sie mit Baseballschlägern, Kanthölzern, Stuhlbeinen ohne irgendeine sichtbare Wirkung angegriffen hat und dann voller Entsetzen mitansehen mußte, wie sie unerschütterlich hinter einem herkamen. Für einen Barkeeper ist die Niederlage in einem solchen Kampf eine mittlere Katastrophe. Klar, es untergräbt das Ansehen bei den Gästen, man wird zum Objekt des Mitleids, man ist plötzlich der versoffene alte Junggeselle und nicht mehr die unbeugsame Vaterfigur, aber das ist nur die geringste, intellektuelle Seite des Problems, verglichen mit der furchtbaren Tracht Prügel, die man bezieht. Wie ein Soldat auf seinem Posten, muß ein Barkeeper an seinem Arbeitsplatz ausharren. Er kann nicht weglaufen, wer sollte sonst die Drinks servieren? Und wenn er abhaut, dann kann er, wenn alles vorbei ist, anschließend nicht zurückschleichen. Er ist seinen Job los. Deshalb bleibt er und steckt ein und wartet endlose Sekunden darauf, daß endlich jemand kommt und ihn vor diesem Mutanten beschützt.

Glücklicherweise hatte ich eine dieser pituitären Aberrationen an meiner Seite – Kramer. Er war groß, das war der erste Eindruck, den man von ihm hatte, aber während der ersten paar Wochen unserer Freitagsschlachten, wie sie allgemein genannt wurden, sah ich, wie er Treffer an Stellen einsteckte, wo niemand »groß« ist. Eines Abends verpaßte ein Junge ihm einen Sonntagsschwinger und wich dann mit erhobenen Händen zurück. »Okay, Mann, du bist wirklich zu riesig für mich, ich gebe mich geschlagen.« Die typische Brooklyn-Taktik. Ich sah es kommen und brüllte eine Warnung, aber es war zu spät. Der Junge griff an und verpaßte Kramer einen schnellen Tritt in die Eier. Aber es war nicht zu spät, denn Kramer grunzte nur, packte den Jungen unter den Armen und schleuderte ihn auf die Kühlerhaube eines Wagens, von wo er wimmernd herunterrutschte. Es war wunderbar, erfahrene Typen dabei zu beobachten, wie sie um Kramer herumtänzelten und ganze Schlagkombinationen abfeuerten. Man fragt sich manchmal, wie widerstandsfähig ein Gesicht sein kann. Es besteht doch nur aus Haut und Knochen und überaus empfindlichen Organen. Sie versuchten es mit Haken und Jabs und von unten und von oben – Kramer zwinkerte nicht einmal. Er hatte von Kampftechniken nicht die geringste Ahnung, das brauchte er auch nicht. Er verfuhr mit jedem wie mit einem Medizinball, er hob ihn hoch und warf ihn so weit er konnte.

Kramer holte sich noch nicht einmal eine blutige Nase. Ich übrigens auch nicht, denn ich schützte mein Gesicht, und nachdem ich Kramer in Aktion erlebt hatte, rollte ich mich einfach in eine fetale Haltung zusammen und wartete auf sein Erscheinen. Steve hingegen war der reinste Bluter. Man brauchte ihn nur mal scharf anszusehen, und schon schoß es aus jeder Öffnung heraus wie bei einer Brause. Wenn wir nach einem Streit wieder ins heimatliche Lager zurückkehrten, war sein Bart blutverklebt, und er sah aus wie ein Metzger. Seine Freunde feierten ihn und ließen ihn hochleben, während er die bluttriefende Story erzählte. Steve Salunia, Kämpfer und Restaurateur. Es wurde zu einem wichtigen Teil seines Images.

Eine Bar, in der Schlägereien gewissermaßen an der Tagesordnung sind, wenn auch in größeren Abständen, lockt ihr ganz eigenes Publikum an. Die Nachricht, daß dort gelegentlich Blut fließt, verbreitet sich in Windeseile, und ehe man sich's versieht, herrscht in dem Laden ein Betrieb wie in Dodge City. Man hat Psychopathen, die weder wegen der Kunst noch wegen der Frauen kommen; sie haben den Tip nicht aus dem *Gourmet*-Magazin, und sie sind auch nicht gekommen, um sich Werke des aufregenden, neuen Videokünstlers anzusehen. Sie sind gekommen, um einen zu testen, genau wie die Schießer des wilden Westens. Sie warten nicht bis zu den Feiertagen oder auf den Vollmond, sie sind die ganze Zeit da. Es ist keine bewußte Handlung für sie; sie beraten sich nicht in geheimen Zusammenkünften und fragen: »Welche Bar sollen wir uns heute abend vornehmen?« Es ist eher ewas Unterschwelliges, eine Schwingung, die sich unter den Straßen von Manhattan fortpflanzt bis hinein in die Vororte Huntington, Long Island, Englewood, New Jersey, Ortschaften mit Einkaufszentren, in denen diese seltsamen Geschöpfe offenbar die besten Lebensbedingungen finden. (Vielleicht liegt es auch am Wasser, das dort aus der Leitung fließt.) Es zieht sie an wie der Ruf von Urwaldtrommeln. Sie tragen immer die gleiche Uniform, Bomberjacken über Kapuzensweatshirts, rote Gesichter, glatt bis auf einen kleinen Schnurrbart, den sie sorgfältig pflegen; fette, knöchellose Fäuste, mit denen sie sich auf die Theke stützen. Früher tranken diese Typen ausschließlich Bier und klare Schnäpse, aber seit auch in der Provinz Drogen zum Alltag gehören, haben sie eine Vorliebe für Drinks mit Phantasienamen, zum Beispiel Godfathers – Scotch und Amaretto, Velvet Hammers – Créme de Cacao, Cointreau und Sahne. White Russians – Wodka, Kahlua und Sahne; sie werden im gleichen Moment besoffen und bekommen einen Blutzuckerschock. Außerdem haben sie noch ein paar »Downers« oder »Gorilla-Biskuits« geschluckt. Sie werden so genannt, weil sie extrem gewalttätig machen, vor allem dann, wenn man sie mit Alkohol und Zucker mischt.

Diese Kerle waren im Grunde durchaus faire Schläger, sie nahmen erst einmal Maß und schlugen nur zu, wenn man stark und bösartig genug war, um mit gleichen Chancen zu kämpfen. Es waren Typen, die einen Streit vom Zaun brachen, etwas Blut fließen ließen und anschließend jedem einen Drink spendierten. Wenn man sie flach legte, dann kamen sie voller Reue am nächsten Tag wieder und baten um eine zweite Chance. Und man ließ sie herein, weil sie die besten Freunde und Gäste waren, bis die Bar Moos angesetzt hatte. Doch nun leben sie in einer anderen Welt, die an ihrem glücklichen Schlägerleben Anstoß zu nehmen scheint, einer Welt, die alles darauf legt, sie als zurückgeblieben abzustempeln – den erfolgreichen Proletarier gibt es nicht, es sei denn, er kann umgeschult werden. Heute sieht alles ganz anders aus. Man nehme das Bündel konzentrierten Haß auf Kommunisten, Schwule, Nutten, Liberale, Nigger, Hippies und die Steuerbehörden, füge zehn Unzen Fusel sowie eine Dosis diverser tödlicher Pharmazeutika hinzu, und schon hat man jenseits der drei Fuß Mahagonitheke einen Panzer stehen, der nur darauf wartet, daß man sich aus seiner Deckung herauswagt. Es sind Typen, die ihr Bier austrinken und die Flasche in die Jackentasche stecken, weil jemand etwas gesagt hat, was ihnen nicht gefiel. Und man bekommt in ihrer Gegenwart dieses seltsam leere Gefühl in der Magengegend, weil man weiß, daß diese Kerle einen mit Adleraugen beobachten und auf die geringste Provokation warten. Vielleicht ein Girl, das sich nicht ansprechen läßt; oder einer von diesen Kerlen legt kein Geld auf den Tresen, und man fragt ihn so lange danach, bis sich die Affäre zu einem internationalen Zwischenfall hochgeschaukelt hat.

An den Wochenenden fuhren sie ihre Autos zu Bruch und mißbrauchten Frauen in Monsterdiscos in ihrem eigenen Jagdrevier. Sie kamen an den Wochentagen, wenn Steve nicht die Tür bewachte. Solche Kerle arbeiten in der Stadt. Sie fahren Lastwagen, arbeiten auf dem Bau, verlegen Teppichböden, installieren Telefone und Kabelfernseher. Man sieht sie morgens, wie sie mit blutunterlaufenen Augen und mißgelaunt ihr Sodawasser schlürfen und miteinander murmelnde Gespräche führen. Das heißt, wenn man sie überhaupt je zu Gesicht bekommt.

In den alten Zeiten war es eine Frage der persönlichen Ehre, zur Arbeit zu erscheinen, ganz gleich wie man den vorhergehenden Abend verbracht hatte. Das war vor dem Zeitalter des Krankschreibens und des gewerkschaftlichen Einflusses. Nun haben diese Typen keine Ehre mehr im Leib, und das ist ihnen auch klar, und sie machen sich gar nicht mehr die Mühe, sich aus dem Bett zu quälen. Und die Lastwagen rollen nicht mehr, die Teppichböden werden nicht mehr verlegt usw. In den alten Zeiten gab es einen Satz, der in neun von zehn Fällen bei diesen Typen Erfolg hatte. Man beugte sich vor und sagte: »Heh, Freunde, ich versuche hier meinen Lebensunterhalt zu verdienen. Komme ich etwa an euren Arbeitsplatz und trete euch in die Eier?« Die alte Arbeiterklassenzugehörigkeit, und es funktionierte – in den alten Zeiten. Doch nun sind Blaumann und Stundenlohn Anzeichen für geistige Zurückgebliebenheit, was diese Kerle angeht. Sie wollen nicht darin erinnert werden, daß sie für ihren Lebensunterhalt arbeiten müssen, während Ballspieler und Rockstars, die im Haus nebenan aufwuchsen, Millionen mit etwas scheffeln, von dem diese Kerle glauben, daß sie es besser können. Viel besser. Es gibt fünf Millionen Arbeitssklaven im Stadtgebiet, die lange genug an ihren Hirnen herumgedreht haben, um sich selbst davon zu überzeugen, daß sie talentierter, sportlicher, musikalischer, klüger oder sonst irgend etwas sind als ihre reichen und berühmten Zeitgenossen. Fünf Millionen potentielle Sturmtruppen, nur beschränken sie ihre militärischen Einsätze auf Bierhallen.

Um Thanksgiving herum hatten wir eine Art Routine entwickelt. Die Freitagabendschlacht fand mit stoischer Regelmäßigkeit statt. Und ein- oder zweimal im Monat wurden wir von einem Stadtsamurai heimgesucht. Eine kleinere Prügelei ab und zu kann für das Geschäft wahre Wunder wirken, solange von den zahlenden Gästen niemand verletzt wird. Es war ein sehr billiges Unterhaltungsprogramm. Kein Risiko, keine Mindesteinnahme, und jeden Abend eine andere Tanztruppe. Schon bald wirkten die Stammgäste aktiv mit, indem sie Steve zu Hilfe eilten, sobald er die Stimme erhob. Sie waren längst draußen, ehe wir über die Bar gehechtet waren, was mir nur recht sein konnte. Für sie war es ein lustiger Zeitvertreib. In ihrer Überzahl waren sie weitgehend in Sicherheit, niemand konnte ernsthaft verletzt werden. Bislang hatten wir alle immer Glück gehabt, aber das konnte nicht ewig andauern.

»Irgendwo ist ein Typ zu uns unterwegs«, erklärte ich Kramer eines Abends. »Schritt für Schritt kommt er näher. Vielleicht hockt er gerade brütend in irgendeinem Saloon, oder er hat Probleme mit seinem Job. Vielleicht ist er gerade aus der Säuferabteilung irgendeines Krankenhauses entlassen worden. Von der Sorte habe ich schon einige kennengelernt. Oder seine Alte hat ihn verlassen. Oder er hat irgendwelche Verbindungen. Du kennst ja die Typen, die einem sagen: ›Wenn ich telefoniere, dann ist dieser Laden schon morgen eine Garage‹. Es gibt Burschen, die das fertigbringen. Vielleicht ist er aber auch nur einer von diesen Citykillern, die gewöhnlich in billigen Absteigen wohnen und sich für Clint Eastwood halten. Ob er nun ein Säufer oder ein Psychopath oder nur ein besonders harter Bursche mit durchgebrannter Sicherung ist, auf jeden Fall kommt er immer näher.«

»À la Rendezvous in Samarra, was?« erwiderte Kramer.

»Wenn er erscheint, dann hat Steve keine Ahnung, wie er ihn behandeln muß. Und viel Zeit für irgendwelche Wortgefechte bleibt ihm nicht.«

Ich wußte damals nicht, daß besagter Einzelkämpfer längst eingetroffen war. Es gab da einen glutäugigen spanischen Jungen, der in einer der Fabriken in der Nachbarschaft arbeitete. Es war einer von Castletons Stammgästen. Er kam immer nach Feierabend gegen sechs auf ein paar Biere herein, nahm dann die U-Bahn in die Stadt, um sich dort mit seinen Freunden richtig zu besaufen; eine gute Art, den Feierabend zu verbringen. Ich lernte ihn kennen, als seine Aufenthalte bei uns sich bis in meine Schicht erstreckten. Ich kam immer um acht, und er war noch da; zwei Drinks – Canadian Club mit Gingerale –, zwei Dollar Trinkgeld, und er verschwand. Ich versuchte gar nicht erst, den Typ irgendwie zum Bleiben zu animieren, er war zwischen den Abendgästen völlig fehl am Platze. Ich gab ihm nie einen aus, unterhielt mich nicht, lächelte nur und sagte hallo und kassierte. Aber das reichte für einen illegalen Einwanderer, der für drei Dollar Stundenlohn in irgendeiner Tretmühle malochte. Er beschloß, daß er mich mochte. Er beschloß zudem, daß ihm der Laden gefiel, und je länger er blieb, desto besser gefiel er ihm, denn gegen zehn, nach dem Abendessenbetrieb, kamen die alleinstehenden Mädels rein.

Nun ja, man kennt diese hageren, knochigen Stengeltänzer zur Genüge, die aussehen wie Jockeys auf dem Tablettentrip. Sieben Cocktails intus, und sie fühlen sich wie Don Juan persönlich. Und genau vor meiner Nase, die so sehr darauf getrimmt war, schon den geringsten Unrat zu wittern, entwickelte der Knabe sich zu einem wesentlichen Problem.

Er machte sich zuerst an die Damen heran. So wie er sich in gebrochenem Englisch mit ihnen unterhielt, konnte er einem fast leid tun. Die Mädchen hatten sich doch nicht in Schale geworfen, um sich von einem Hilfsarbeiter aus Mittelamerika fragen zu lassen, ob sie auch in der Nachbarschaft arbeiteten. Oder ob er ihnen eine Zigarette anbieten dürfe. Aber das ist typisch Amerika. Da war dieser Junge, der sich vor drei Monaten ins Land geschlichen hatte, und schon steckte er mitten in einer sozialen Szene, die so kompliziert strukturiert war, daß noch nicht einmal Leute, die ihr angehörten, sie vollständig begriffen. Darum fallen in Amerika so viele Leute auf die Nase. Dieser Junge handelte sich zu viele böse Blicke, zu viele Körbe ein. Er begann, sich verletzt zu fühlen. Daher verlegte er sich auf die Serviererinnen, vielleicht weil in dem feudalen Alptraum, aus dem er stammte, unbemannte Frauen, die in Cafés arbeiteten, nicht höher als eine Stufe über Huren rangierten. Versuchen Sie mal, einem Jungen den Begriff Demokratie zu erklären, dem immer in die Ohren geblasen wurde, daß Amerika das Land ist, wo man eine Menge Geld scheffeln und alles tun kann, was man möchte. Versuchen Sie es auch mal den Leuten zu erklären, die hier geboren wurden und genauso denken. Versuchen Sie mal zu erklären, daß ein Mädchen, das in einem ledernen Minirock und einem Sweatshirt herumläuft, welches so kunstvoll zerrissen ist, daß man fast die gesamte linke Brust sehen kann, nur da ist, um Drinks zu servieren. Denn sie war es, auf die der arme Teufel es abgesehen hatte. Sie war eine dieser Ex-Profis, deren Lebenslauf die Stationen Schauspielerin/Sängerin/Tänzerin nannte. Er bezog an der Service-Bar Posten, wo sie immer ihre Bestellungen abholte, und versuchte, Konversation zu machen. Sie ignorierte ihn. Er griff nach ihrem Arm. Sie riß sich wütend los. Eines Abends war er verrückt genug, wirklich zuzugreifen. Sie ließ das Tablett mit Drinks fallen und kam kreischend zu mir. »Schaff mir diesen Scheißer vom Hals!«

Ehe ich reagieren konnte, war sie schon zu Steve gerannt. Er kam zurück, klopfte sich drohend auf die Hüfte, während die Serviererin ihm die Ohren vollschrie: »Ich nehme keine Bestellung mehr auf, bevor der Kerl weg ist, und das ist mein Ernst.«

Der spanische Junge erhob sich und schenkte Steve sein strahlendstes Lächeln. Das war der *patron*, vermutete er. Der *patron* war ein guter Mann. Der *patron* würde ihn schon in Schutz nehmen.

Steve stieß ihn mit der Schulter von der Theke weg. Es war noch früh am Abend, aber in seinen Augen waren schon eine ganze Reihe Äderchen geplatzt. »Wirfst du diesen verdammten Zitronenpflücker raus, oder muß ich das selbst erledigen?«

Betrunken griff der spanische Junge nach Steves Hand. »Steve, mein Freund, Steve . . .«

Steve stieß ihn auf den Hocker zurück. »Woher kennt er meinen Namen? In was wollt ihr Ärsche den Schuppen verwandeln, in eine *bodega*? Macht ihr hinter meinem Rücken irgendwelche Nebengeschäfte?«

»Ich schaffe ihn raus«, sagte ich. »Ich kümmere mich darum.« Ich tauchte unter der Bar hindurch und rempelte dabei die Serviererin an. »Wenn ich mir auch nur den kleinsten Kratzer einhandle, dann bekommst du von mir keinen einzigen Drink mehr auf dein Tablett.«

Mittlerweile hatte Steve Publikum bekommen. Er fuchtelte dem Jungen mit dem Finger vor der Nase herum und brach für die Gleichberechtigung der Frau eine Lanze. »Du belästigst in diesem Land keine Frau, du Arschloch, hast du verstanden?«

Der Junge stand auf, seine Unterlippe zitterte. »Ich hab' niemanden nicht belästigt.« Steve warf seinem Publikum einen triumphierenden Blick zu und fuhr fort: »Um genau zu sein, das hier ist wohl nicht der richtige Ort für dich, also sieh zu, daß du verschwindest.«

Ich drängte mich zwischen Steve und den Jungen. »Ich mach' das schon, okay, Boß?«

Steve trat mit spöttischem Gesichtsausdruck zurück. »Klar, ich will dir nicht deine Trinkgelder verärgern. Soll er doch jede

Frau in dem Laden vergewaltigen, zwei Dollar sind zwei Dollar, nicht wahr?«

Ich wandte mich zu dem Jungen um und hob meine Hände, um ihm anzudeuten, daß ich ihn nicht angreifen wollte. »Mein Freund, du mußt jetzt gehen.«

Der Junge sah mich an und erwartete Gerechtigkeit. Ich war der Typ, der immer lächelte, ihm die knappen Drinks servierte und ihn beim Kassieren übers Ohr haute. Ich würde für ihn ein Wort einlegen. »Ich hab' niemand nich' belästigt. Ich wollte nur mit dem Mädel reden . . .«

»Klar . . .« Ich trat näher an ihn heran und flüsterte: »Aber sie ist die Freundin vom Boß, verstehst du? *Entiende*?«

Ein Ausdruck des Verstehens stahl sich in die Augen des Jungen.

»Und der Boß ist eifersüchtig, *entiende*? Daher solltest du jetzt besser gehen. Komm morgen wieder, und alles ist vergessen. Okay?«

Jetzt wurde der Junge von einer Woge der Dankbarkeit überschwemmt. »Sicher, sicher, okay. Klar doch . . .« Er ergriff meine Hand. »Ich heiße Jorge . . .«

»Ich heiße Brian.« Ich versuchte, dem Jungen nicht die Hand zu schütteln, aber er bestand darauf.

»Was soll das?« meldete Steve sich vom anderen Ende der Bar. »Du sollst ihn rausschmeißen und nicht mit ihm Brüderschaft trinken.« Er kam wieder zurück. »Ihr seid wohl dicke Freunde, was?«

Der Junge schnappte seine Hand. »Tut mir leid, Boß, daß ich gesprochen hab' mit Ihrer Freundin. Ich wußte nicht . . .«

»Meine Freundin? Was zum Teufel hast du diesem Burschen erzählt? Was'n los, haste Schiß? Willste dir die Finger an dem Schmierlappen nich fettig machen?« Er packte den Jungen am Kragen. »Paß auf, du Wichser, sie ist nicht meine Freundin. Sie arbeitet für mich, und ich mag es nicht, wenn besoffene Zitronenpflücker mein Personal betatschen. Also verschwinde.« Er riß den Jungen vom Hocker herunter. »Du bist häßlich und besoffen, und du hast hier nichts zu suchen.«

»Arschloch, Motherfucker . . .« Der Junge stieß Steve zurück. »Erst trinke ich aus.«

Ich wischte das Wechselgeld des Jungen vom Tresen und

wollte es ihm unauffällig in die Hand drücken, aber Steve kam mir in die Quere.

»Verzieh dich hinter die Bar. Wenn ich dich brauche, winke ich mit 'nem Fünf-Dollar-Schein.« Dann, ohne ein weiteres Wort, wirbelte er mit einem Grunzlaut herum und holte mit seiner gerade verheilten Hand aus und schlug zu. Der Junge duckte sich und pendelte den Hieb aus, der harmlos von seiner Stirn abglitt. Er brüllte etwas und kam mit kampfbereit erhobenen Fäusten auf Steve zu, doch er wurde von einem Haufen Typen regelrecht zugedeckt, ehe er loslegen konnte. Sie beförderten ihn blitzschnell zur Tür und ließen ihn auf dem Weg hinaus mit dem Kopf gegen den Türpfosten knallen. Dabei konnte ich gerade noch das verzerrte Gesicht und den Ausdruck der Erniedrigung in den Augen sehen, die sich in mein Bewußtsein einbrannten.

Eine Minute später kamen Steve und seine Jungs lachend zurück und rieben sich die Hände, als hätten sie gerade eine ganze Kompanie Mariner abgewehrt. Steve rief mir schon von der Tür aus etwas zu.

»Was ist los, zahle ich dir nicht genug? Klaust du zuwenig? Läßt du zu, daß dieser Arsch sich an das Personal heranmacht, nur weil er dir immer zwei Dollar in die Hand drückt?«

»Er hat sich an niemand herangemacht«, brüllte ich zurück.

»Laß doch, Steve«, mischte Kramer sich ein. »Das ist nicht fair.«

»Scheiß auf fair. Fair kannste dir in den Arsch schieben.« Mittlerweile hatte er die Bar erreicht, seine Freunde hinter ihm grinsten schadenfroh.

»Na schön, fang nicht an zu heulen. Gib uns allen einen Drink. Kannst auch der Bar einen geben. Ach, der ganze Laden soll einen haben. Sag den Leuten, der Drink käme von dem Arsch, dem der Bums gehört.«

Ich ging zum anderen Ende der Bar und informierte die Gäste: »Der Arsch, dem der Bums gehört, gibt einen aus.«

Steve beobachtete mich, und seine Augen verengten sich zu Schlitzen. Seine Freunde, die Videokünstler, die neuen Realisten, die Eisenbildhauer beobachteten mich mit angespanntem Lächeln, als wüßten sie etwas, was ich nicht wußte. Dann kam die kalte, längst vertraute Erleuchtung. Er wird mich rausschmeißen, dachte ich. Er hat mich vor seinen Freunden zur Sau gemacht, hat ihnen erklärt, er wolle mich feuern. Er würde nur auf die passende Gelegenheit warten. Es wäre nur eine Frage der Zeit.

»Er will mich loswerden«, sagte ich später am Abend zu Kramer.

»Du spinnst. Er liebt dich. Er hat mir selbst gesagt, du seist der beste Bar-Automat, den er je erlebt hat.«

»Deshalb schmeißt er mich raus. Und dich auch.«

»Warum?«

»Weil im Old Seaman's Home kein Platz für mehr als einen Helden ist. Steve wird allmählich eine Persönlichkeit. Das gefällt ihm. Er genießt es, wenn diese fast berühmten Leute ihm allesamt in den Arsch kriechen. Er duldet keinen Konkurrenten. Er redet sich selbst ein, daß an diesem Platz praktisch jeder stehen und Cocktails mixen kann. Und weißt du was, er hat recht. Er verliert keinen Penny, wenn er mich gehen läßt.«

»Ich verstehe ihn nicht«, gab Kramer sich geschlagen.

»Er hat sich eine kleine Clique aufgebaut. Sie hocken in seinem Büro, schnupfen sein Koks und lauschen seinen Kriegserzählungen.«

»Das habe ich auch schon gesehen, aber . . .«

»Sie haben gehört, wie er mich runtergemacht hat. Du auch. Er ist neidisch auf unsere Freunde. Auf mich mit den schnellen Händen und dem noch schnelleren Mundwerk. Auf dich mit deiner Literatenclique. Oder hast du schon mal gesehen, daß er sich mit deinen Dichterfreunden unterhalten hat?«

»Nein, aber . . .«

»Frag ihn doch mal, ob er jetzt für einen wohltätigen Zweck eine Dichterlesung veranstalten würde. Frag ihn das jetzt, wo dieser Laden gerade seine dicke Glückssträhne hat.«

»Steve hat niemals behauptet, etwas für Dichtung übrig zu haben.«

»Warte ab, bis er einen Zwischenfall inszeniert. Du wirst sehen, eines Tages gelingt es ihm, mich dazu zu bringen, daß ich kündige, aber das schafft er nicht, denn dafür verdiene ich in dem Laden zuviel. Doch dann wird er mich eines Tages wegen Diebstahl oder Aufsässigkeit feuern oder weil ihm mein

Verhalten gegenüber den Gästen nicht paßt. Typen wie er kehren irgendwann mal den Unternehmer heraus. Sie meinen, jeder müßte ihnen die Füße küssen, weil sie endlich Gewinn machen. Warte ab. Erst legt er sich mit mir an, anschließend bist du an der Reihe. Den alten Säufer Castleton wird er sich bis zuletzt aufsparen. Ohne uns, die ihn ab und zu in die Senkrechte bringen, kann Castleton sich sowieso nicht lange halten.«

»Steve hat an sich einen recht guten Instinkt«, wandte Kramer ein.

»Ja, einen Killerinstinkt.«

»Brian, du kannst dich auch irren.«

»Nee. Ich hab' solche Typen schon früher erlebt.«

»Aber doch nicht alle.«

»Und wie.«

Die idyllischen Monate waren nun vorüber, und die Bar-Paranoia brach aus. Was tut ein Barkeeper, wenn er weiß, daß seine Tage gezählt sind? Er stiehlt – räumt ab ist wohl der bessere Ausdruck. Hängen können sie einen nur einmal, deshalb landet man gleich den ganz großen Coup. Ich fing an, pro Abend, zwei- bis dreihundert Dollar auf die Seite zu schaffen, je nachdem, wieviel wir einnahmen. Ich entwickelte einen Strafen-Katalog gegen Steve. Fünfzig Dollar, wenn ich mich mit jemandem anlegen mußte, fünfundzwanzig für jede dämliche Bemerkung, die er mir gegenüber machte. Ich wußte, daß er mich überwachte. Mittlerweile hatte er wahrscheinlich einen Spion an der Bar postiert. Das machte mich nervös, aber ich fuhr fort, mir meinen Anteil abzuziehen. Coughlins Gesetz: Trinken kannst du es nicht, deshalb stehle es, und gib es weg. Ich hörte auf zu trinken, hörte auf, es wegzugeben. Es wanderte alles in den Sparstrumpf. In die private Altersversorgung geschickter Barkeeper. Ich war jeden Abend stocknüchtern. Meine Nummer wurde immer ausgefeilter. Der Job machte überhaupt keinen Spaß mehr, aber ich wurde immer besser.

Dann, eines Abends fand ich etwas, was mir Sorgen bereitete. Ich war gerade unterwegs zur U-Bahn, als ich den spanischen Jungen in einem Hauseingang gegenüber der Treppe zur U-Bahn entdeckte. Ich überquerte die Straße, um etwaige Mißverständnisse auszuräumen, doch ich blieb beim Anblick eines fetten und stiernackigen Burschen stehen, der ständig so wütend blinzelte, wie man es bei professionellen Gorillas oft sehen kann; einer von den Burschen, die sich ständig in einem Zustand wütender Anspannung halten müssen, damit sie stets bereit sind, falls jemand es auf sie abgesehen hat. Der spanische Boy verließ den Hauseingang und eilte die Straße hinunter. Stiernacken ließ sich Zeit und verharrte kurz, um mich anzufunkeln, als hätte ich soeben seine Schwester vergewaltigt.

Danach sah ich den Jungen noch einige Male an der gleichen Stelle. Einmal ging er auf der Straße an mir vorbei. Dann sah ich Stiernacken, wie er mich beobachtete. War es möglich, daß der Junge mich verfolgte, sich über meine Gewohnheiten informierte, als wäre er ein Mietkiller und ich das Opfer? Eine Vendetta kochte leise vor sich hin, und ich sollte der Hauptgang sein. Das machte mir Sorgen.

Einer Katastrophe kann man nicht aus dem Weg gehen. Man kann sie einschätzen, sich darauf vorbereiten, und sie wartet bis auf den winzigen Moment, in dem man glaubt, daß die Gefahr endlich vorüber ist. Diese Katastrophe hielt sich bis zur Urlaubszeit zurück. Der Junge war verschwunden. Anfangs glaubte ich, er hätte sich mit Heroin angefreundet oder er wäre doch nicht der Typ, der seinen Groll so lange kultivieren kann. Ich hörte auf, mich auf dem Weg zur U-Bahn dauernd umzusehen; ich spürte nicht mehr diese schlagartige innere Anspannung, diesen Adrenalinstoß, wenn plötzlich die Tür der Bar aufging. Ich hatte mindestens hundertmal einen solchen falschen Alarm erlebt; dieser war es sicherlich auch. Nach einiger Zeit vergaß ich den Jungen.

An das magere Mädchen dachte ich allerdings immer noch. Es verging kaum ein Tag, an dem ihr Bild nicht plötzlich vor meinem geistigen Auge auftauchte, wie sie sich mit Ellbogen auf den Tresen stützte, ein Glas Martell vor sich. Es machte mich völlig fertig. Ich wurde in den Knien weich wie eine wochenalte Brezel. Meine Kehle schmerzte, als hätte ich stundenlang geweint. Mein schäbiges Hundeleben raste an meinem inneren Auge vorbei und wurde von einer hoffnungslosen Phantasievorstellung abgelöst: Ritter Flanagan erscheint, um die schöne Frau heimzuführen. Mit einem Oscar in der Hand. Oder als heimlicher Revolutionär, der die Engländer aus Ulster vertrieben hat und nun die Zeitungsschlagzeilen beherrscht. Weißt du, dieser Barkeeper-Job war nur Tarnung. Endlich kann die Wahrheit ans Tageslicht. Denn ich bekomme jetzt den Albert-Schweitzer-Preis als besten unter allen guten Menschen verliehen. Und in diesem Augenblick laufen ihr die Glückstränen aus den wunderschönen Augen.

Eines Abends, um Weihnachten herum, kam ich herein, und sie war da. Sie stand an der Servicebar und hielt ein Tablett in der Hand. Mitsamt meinen Phantasien und den weichen Knien war ich ein wandelndes Liebeslied. Es war so schlimm, daß ich mich an eine Wand lehnen und mir eine Zigarette anzünden mußte, ehe ich mich an sie herantraute. Ich suchte krampfhaft nach einer spritzigen Eröffnung, aber ich fand nichts.

Sie starrte ungläubig auf Castleton, der mit dem Tempo eines Schlafwandlers eine Bestellung ausführte.

»Du bist ja noch besser als die Anonymen Alkoholiker«, sagte sie. »Wenn du hinter der Bar stehst, muß auch der größte Säufer trocken werden.«

Castleton schenkte ihr seinen beleidigten Seitenblick. »Schon möglich, daß ich die Drinks langsam mache, dafür mache ich sie aber gut.«

»Ich habe ein Budweiser bestellt. Meinst du, du bekommst es besser hin als die Brauerei?«

»Sie dürfen mit Castleton nicht so streng sein«, flüsterte ich ihr ins Ohr. »Er ist nur studienhalber hier.« Ich schlüpfte zwischen ihren Beinen und unter der Servicetheke hindurch. »Sie brauchen einen richtigen Malocher? Was kann ich für Sie tun?«

Sie schob mir einen Bestellabschnitt über die Theke. »Können Sie lesen?«

»Bourbon Manhattan, Rum Collins und einen Rye mit Ginger-ale. Das sieht so aus, als fände hier eine Elternpflegschaftsversammlung statt.«

»Nur ein paar minderjährige Ballerinen, die die Coktails ihrer Eltern bestellen.«

»Demnach haben Sie für Ballerinen nicht viel übrig.«

»Für Barkeeper auch nicht.«

Ich mixte die Drinks besonders spektakulär. Sie war gegen ihren Willen beeindruckt. Das mußte sie auch sein, denn ich war Spitzenklasse.

»Ich dachte, Sie hassen diesen Laden und alle, die dazu gehören«, sagte ich.

»Ich hasse es außerdem, noch länger auf der Straße zu schlafen.«

»Sind Sie Tänzerin?«

»Na und?«

»Was tanzen Sie?«

»Ich bin arbeitslos. Hören Sie, muß ich Ihnen erst meinen Lebenslauf vorlegen, um von Ihnen eine Bestellung ausgeführt zu bekommen?«

»Aus welchem Teil Brooklyns kommen Sie?«

Sie reichte um mich herum und griff nach den Drinks, zwei in einer Hand, in der anderen nur einer. Sie kannte sich im Umgang mit Trinkgläsern offenbar gut aus.

»Bensonhurst. Um Zeit zu sparen, ich heiße Rosemary und ich werde weder heute noch sonst irgendwann mit Ihnen frühstücken. Und ich komme auch nicht auf einen Joint oder etwas anderes mit nach hinten. Und ich habe noch nicht einmal Lust auf Konversation . . .«

»Rosemary und weiter?«

»Ihr irischen Typen müßt immer gleich wissen, welcher Nationalität jemand angehört, den ihr kennenlernt, wie?«

»Ich verschaffe mir nur einen allgemeinen Eindruck.

»Rosemary Cantelmi. Okay, wissen Sie jetzt Bescheid?«

»Rosemary Cantelmi, die gealterte Ballerina aus Bensonhurst, die schon sehr viel Zeit in Restaurants verbracht hat.«

»Und sich morgens gegen vier noch nicht einsam genug fühlt, um mit dem Barkeeper herumzumachen.«

Ich warf ein paar frische Eiswürfel in die Drinks. »Okay, Rosemary, Sie dürfen jetzt gehen.«

Ich wußte nicht, ob ich ihr eine herunterhauen oder in Tränen ausbrechen sollte. Statt dessen stürzte ich dank einiger kurzer Klarer recht unsanft ab und war schließlich so groggy, daß ich Zuflucht zu Kramers Hallo-Wach-Pulver nehmen mußte. Glücklicherweise waren an diesem Abend jede Menge fremder Gäste da, so daß ich arbeiten konnte, ohne Konversation machen zu müssen. Ich hatte auch genug Zeit zum Nachdenken. Ich kam zu dem Schluß, daß Steve dieses Mädchen angeheuert hatte, um mich zu quälen. Er wußte, alle wußten von meiner dämlichen Verliebtheit. Alle wissen immer alles. War das eins von Coughlins Gesetzen, oder stammte das von mir?

»Er kriegt mich nicht klein«, murmelte ich. »Noch nicht. Ich muß noch einiges an die Seite schaffen, ehe ich diese Höhle verlasse, vielen Dank . . . Keine Chance.«

So stand ich dann an der Kasse, drückte den Verzehr, starrte mich selbst im Spiegel an und redete in einem fort. Die Realität war ein wabernder Nebel. Meine Augen starrten nach innen. Doch dann bekam das Bild allmählich scharfe Konturen. Durch den Spiegel erkannte ich den spanischen Jungen. Die Kälte der Ernüchterung hüllte mich ein.

Er stand dicht hinter zwei anderen Gästen und starrte auf meinen Hinterkopf. Unsere Augen trafen sich, kurz nur, und ich wußte sofort, daß ich in Schwierigkeiten war.

Er stand irgendwie unter Strom. Sein Kopf war seltsam zur Seite geneigt, als hätte er ihn morgens nicht richtig aufgeschraubt. In seinem Gesicht lag dieses selbstzufriedene, erwartungsvolle Lächeln von jemandem, der genau weiß, daß er eine Riesenüberraschung für die ganze Welt in petto hat.

Ich blickte hinunter zu Kramer am anderen Ende der Bar und sah den stiernackigen Partner des Jungen. Auch er starrte mich an, während Kramer für ihn eine Flasche Bier auf die Theke stellte. Die Flasche war nicht zum Trinken. Es war genauso, als würde man einem Axtmörder ein Schlachtbeil in die Hand drücken.

»David.«

Kramer kam zu mir hinter die Kasse.

»Dieser spanische Knabe ist da.«

»Ich schaffe ihn raus . . .«

Ich hielt ihn am Arm zurück. »Bleib, er hat auch einen Schläger mitgebracht. Es ist die Mißgeburt, der du gerade ein Heineken gegeben hast.«

»Was machen wir nun?«

»Ruf Steve. Soll er es ausbaden.«

»Du weißt genau, was er machen wird.«

Gäste riefen nach ihren Drinks.

»Soll er doch. Er hat schließlich diese Situation heraufbeschworen.«

Gäste trommelten auf die Theke. Im Spiegel sah ich den Jungen. Er beobachtete mich und wartete.

Kramer befand sich in einem inneren Zwiespalt. »Ich kann ihn nicht so einfach in sein Unglück rennen lassen.«

»Ich schon. Ich werde nämlich nicht fürs Prügeln bezahlt.« Ohne den Kopf zu drehen – ich wollte dem Jungen nicht direkt in die Augen schauen – ging ich zur Haussprechanlage. Ich hatte den Hörer abgenommen, als ich Steve sah, wie er sich zusammen mit ein paar Freunden durch das Gewühl drängte. Er packte den spanischen Jungen bei den Jackenrevers. Er hatte genug Filme gesehen, um zu wissen, daß man sie immer bei den Revers packte; er wußte nicht, daß man im richtigen Leben an der Gurgel und bei den Haaren packte oder ihnen von hinten mit dem Knüppel eins überbriet.

Der Junge hatte darauf gewartet. Er ging in Position, sackte leicht in die Knie und erwischte Steve mit einer Linken in der Nierengegend. Steve sog zischend die Luft ein und sackte nach vorne. Der Junge stieß seine Deckung weg und ging mit beiden Fäusten an die Arbeit, indem er ihn zum Punchingball machte.

Sein Freund war ebenfalls bereit. Er packte die Bierflasche und schob sich an der Bar entlang. Ich erwischte eine Wodkaflasche aus dem Regal, doch ehe ich an ihn herankommen konnte, hatte ein wohlmeinender Bürger, ein Typ im Cordsakko mit Lederflicken, der mit einer hübschen, gutgebauten Rothaarigen in Lederzeug ein Bier getrunken hatte, sich vor Stiernacken aufgebaut und versuchte, ihn zurückzuhalten. »Heh, Buddy«, fing er an, und er kam nicht weiter, denn Stiernacken knallte ihm ansatzlos den Flaschenboden ins Gesicht. Der Typ bekam einen Treffer auf den weichen Teil der Wange dicht unter dem Jochbogen und kippte nach hinten, Blut sickerte zwischen seinen Fingern hervor. Das Mädchen, zwischen Treue und Angst hin und her gerissen, wich einen Schritt zurück, schlug sich die Hände vor die Augen und stieß in kurzen Intervallen schrille Schreie aus.

»Ruf die Polizei«, brüllte ich. Ich erwischte Stiernacken mit der Wodkaflasche am Hinterkopf. Sie zerschellte in meiner

Hand, konnte ihn aber nicht bremsen. Er watete in die Menge, wobei er wild um sich schlug.

Gäste suchten ihr Heil in der Flucht. Jemand rannte hinaus und rief: »Polizei!« Kramer kam vom anderen Barende herangewalzt.

»Schnapp dir einen Hocker«, brüllte ich.

Er schnappte sich den Hocker an einem Bein. Indem er ihn wie eine Fliegenklatsche schwang, verpaßte er Stiernacken drei Hämmer in den Rücken, hart genug, um Splitter durch die Luft wirbeln zu lassen, aber nicht ausreichend, um den lebenden Panzer abzulenken.

Stiernacken wandte sich um, leicht geduckt, und hielt die abgebrochene Bierflasche schräg nach oben gerichtet. Ich holte die Ginflasche aus dem Regal, wollte sie werfen, doch sie rutschte mir harmlos durch die verschwitzten Finger. Stiernakken attackierte Kramer mit einem Flaschenhieb, verfehlte ihn jedoch. Er schlug erneut zu, diesmal erwischte Kramer aber sein Handgelenk und stoppte es mitten in der Bewegung. Sie starrten sich gegenseitig für eine lange Sekunde an, jeder seinen nächsten Schritt planend. Ich schnappte mir die Scotchflasche und hechtete über die Bar in Richtung Stiernakken, aber ich war zu kurz gesprungen, fiel nach vorne und landete mit den Ellbogen in Glasscherben. Ich schlug die Hände über den Kopf und versuchte, weiterzurollen, aber jemand versetzte mir seitlich einen Tritt. Den Schmerz spürte ich nicht, nur den Schlag. Er schickte mich zurück gegen die Bar. Der spanische Junge war jetzt an mir dran und übte an mir Elfmeterschießen. Ich versuchte, die Scotchflasche einzusetzen, aber er trat sie mir aus der Hand. Ich bekam einen Treffer am Hals, einen hoch an der Schulter. Ich kreuzte die Arme vor meinem Gesicht und bekam zwei Tritte gegen die Unterarme. Der Junge kreischte spanische Flüche und trat immer weiter. Niemand war da, der ihn hätte davon abhalten können, niemand, der dieses Gemetzel beenden konnte. Der Junge würde mich tottreten. Ich rollte mich herum und versuchte, davonzukriechen, bekam dabei einen Tritt in die Rippen und einen zweiten gegen den Oberschenkel. Als ich endlich hochkam, tauchte auch der Junge vor mir auf, diesmal bearbeitete er mich mit seinen Fäusten. Eine Faust landete auf meinem Nasenbein und ließ mich alles doppelt sehen. Ich streckte die Arme aus und versuchte, den Angriff zu stoppen, bekam einen Haken in den Magen, der mich in die Knie gehen ließ. Wann hörte es endlich auf? Wann?

Später, so erzählte man, hätte ich aus vollen Lungen »Stop!« gebrüllt. Ich erinnere mich nicht mehr daran. Ich erinnere mich auch nicht, daß ich meinen Kopf in die Magengrube des Jungen rammte, meine Arme um seine Hüften schlang und ihn hochhob. Ich erinnere mich nur noch an das Gefühl der Leichtigkeit, an mehr nicht. Der Junge war ein Federgewicht; kaum hatte ich ihn von den Füßen, da war es für ihn vorbei. Ich schleppte ihn, während er wild um sich schlug und trat, durch den Raum und warf ihn in den gläsernen Ausstellungskasten, in dem nautische Erinnerungsstücke zu sehen waren. Ich erinnere mich auch nicht daran, daß ich dem Jungen meine Daumen in die Augen bohrte. Man erzählt, als man mich von ihm wegzerrte, hätte ich ihm meine Finger in die Nasenlöcher gerammt. Auch daran erinnere ich mich nicht.

Dreimal war die Polizei angerufen worden. Die Cops erschienen fünfzehn Minuten, nachdem der Kampf beendet war. Kramer hielt zu dem Zeitpunkt Stiernacken bereits eine halbe Stunde mit dem Gesicht auf die Bartheke. Einige von Steves Freunden, die sich schamhaft zurückgezogen hatten, als alles anfing, hatten den spanischen Jungen irgendwie zu Boden gestreckt und ihn dort unter einem Tisch begraben, so daß er sich nicht rühren konnte.

Steve hatte so viele Treffer abbekommen, daß er für mindestens fünfzehn Minuten gar nicht aufstehen konnte, und als er endlich hochkam, humpelte er umher wie der Glöckner von Notre Dame. Ich lief schnell auf die Toilette im Keller, um mich kurz zu begutachten. Von den Glasscherben hatte ich Schnitte an Händen und Armen, einen Bluterguß an der Stirn, eine aufgerissene Lippe und ein Gefühl der Steifheit in Beinen und Rippen, das, wie ich wußte, sich bis zum Morgen in ein dichtes Muster von blauen und grünen Prellungen verwandelt haben würde. Ich würde wahrscheinlich für den nächsten

Monat humpeln müssen. Man erholt sich langsamer, wenn man älter ist. Wo hatte ich das schon mal gehört?

Rosemary, das hagere Mädchen, kam mich holen, als die Cops erschienen. Ich hatte die Hose heruntergezogen und untersuchte meine Beine. Sie stand in der Tür und war weiß wie ein Laken.

»Alles okay?«

»Nein.«

»Himmel, an Ihrer Stelle würde ich jetzt am ganzen Leib zittern. Ich zittere ja schon, wenn ich mit jemand nur eine hitzige Diskussion habe.«

»Im Augenblick bin ich einfach zu wütend. Wenn die Wut verraucht ist, dann werde ich wohl auch zittern.«

Sie ergriff meinen Arm, und ihre Berührung war so sanft, wie ich es mir ausgemalt hatte, und half mir die Treppe hinauf. »Sie sollten ein Krankenhaus aufsuchen und sich die Glassplitter aus der Hand holen lassen.«

»Soviel war da gar nicht, und ich hab' das meiste schon draußen.«

»Trotzdem müssen Sie schon wegen der Versicherung ins Krankenhaus.«

»Das will ich nicht. Ich müßte zu Hause bleiben, um etwas zu bekommen. Und was kriege ich? Zweihundert die Woche? Die verdiene ich hier an einem einzigen Abend.«

Die Bar sah aus wie ein Schlachtfeld, Blut und Glasscherben, wohin man sah. Ein paar Cops strichen herum und hielten Ausschau nach etwas, das sie mitgehen lassen könnten. Sie betrachteten mich voller Interesse.

Sie hatten dem spanischen Jungen Handschellen angelegt und ihn in der Nähe der Tür an einen Tisch gesetzt und niemanden zur Bewachung bei ihm gelassen. Beide Augen waren von meinen Daumen schwarz und zugeschwollen; eingetrocknetes Blut verklebte die Nasenlöcher, die ich aufzureißen versucht hatte. Der Junge starrte mich durch Augenschlitze an. Er schien nicht mehr wütend zu sein.

Kramer beugte sich über die Bar und hatte den Kopf in die Hände gelegt. Als er sich umwandte, war sein Gesicht traurig, aber völlig ohne Kampfspuren.

»Wo ist der andere Kerl?« fragte ich.

»Er hat einen Cop angegriffen, deshalb haben sie ihn mit hinausgenommen.«

»Für eine kurze Therapie. So etwas machen sie am liebsten in der heimeligen Abgeschiedenheit ihres Streifenwagens.«

Steve hing über einem Tisch und hielt sich die Rippen. Er wartete darauf, daß die Luft, die man ihm herausgeprügelt hatte, wieder in seine Lungen zurückkehrte. In seinem Bart gewahrte ich graue Haare, die ich vorher noch nie bemerkt hatte. War das in der vergangenen halben Stunde passiert? Ein weißhaariger Sergeant mit rosigen Wangen, ein echter Dreißigender, redete sanft und beschwörend. »So ist es am besten, glauben Sie mir«, sagte er, während Steve mich zu sich winkte.

»Diese Schweine haben meinen Laden ruiniert und mich und meine Gäste tätlich angegriffen«, sagte Steve stur, als wiederholte er etwas zum zehnten Mal. »Ich will, daß sie in den Knast wandern.«

»Sie wollen sie anzeigen?« fragte der Sergeant.

»Und wie ich das will. Sehen Sie sich doch an, was die hier angerichtet haben.« Er zeigte auf mich. »Sehen Sie, was sie mit meinem Personal gemacht haben.«

»Dann sperren wir sie ein. Sehen Sie zu, daß auch Ihre beiden Barkeeper eine Anzeige machen, um Sie zu unterstützen. Dann bekommen sie einen Pflichtverteidiger, und das erste, was sie tun, das allererste, Steve, sie drehen den Spieß um und zeigen Sie an.«

»Was zum Teufel haben wir gemacht?«

»Erst einmal habt ihr sie ganz schön verprügelt, Steve, tut mir leid. Der kleine Scheißer auf dem Stuhl . . .«

Steve zeigte auf mich. »Das war der da.«

Der Sergeant zwinkerte mir zu, als Ersatz für einen anerkennenden Schlag auf den Rücken. »Er ist sehr viel größer als der Junge, Steve. Außerdem hat er die ganze Sache um einiges besser überstanden. Und dann ist da Ihr anderer Barkeeper, der so aussieht wie Killer Kowalski. Dem sind noch nicht mal die Haare durcheinandergeraten, und der Kerl, den er in der Mangel hatte, liegt jetzt auf einer Tragbahre.«

»Klar, aber doch nur deshalb, weil ihr ihm jetzt im Streifenwagen die Seele aus dem Leib prügelt«, hielt ich ihm entgegen.

Der Sergeant war überhaupt nicht beileidigt. »Klar, aber Ihnen hängt man das ans Bein. Tatsächlich kommen Sie am besten weg, wenn der Kerl sich wehrt, der mit der Flasche erwischt wurde. Er ist ein Gast, ein unschuldig in die Sache Verwickelter, usw. . . .«

Der Gast wartete auf den Krankenwagen und preßte sich ein blutgetränktes Handtuch ins Gesicht. Seine Freundin stand einige Schritte entfernt, starrte ihn an und zerknüllte ein Taschentuch in ihren Händen. Der Sergeant erhob sich langsam und schickte mir einen bedeutsamen Blick herüber und befeuchtete sich die Lippen.

»Wollen Sie ein Soda oder etwas anderes, Sergeant?« fragte ich.

»Ein kleines Ginger-ale wäre wirklich nett, mein Freund. Nicht zuviel Eis bitte.«

Ich ging hinter die Bar und mixte ein Ginger-ale. Ich legte noch einen Schuß Whiskey oben drauf; wenn er um ein Ginger-ale bat, dann mußte er Rye-Trinker sein. Unterdessen war er zu dem verletzten Gast hinübergewatschelt, hatte einen Arm um ihn gelegt und war zu einem ungestörten Gespräch mit ihm einige Schritte beiseite gegangen.

»Lassen Sie das«, meinte die Freundin mit einem leicht hysterischen Unterton in der Stimme. »Wie lange dauert es eigentlich, bis endlich ein Krankenwagen kommt? Wir hätten längst mit dem Taxi ins Krankenhaus fahren können.«

Der Gast versucht sie zu beruhigen. Der arme Kerl hatte sich das Gesicht verschandeln lassen, weil er den guten Samariter hatte spielen wollen, und jetzt mußte er sich auch noch wegen seiner Freundin entschuldigen.

»Ist ja auch egal«, sagte sie, lauter und hysterischer.

Der Sergeant kam langsam zurück und nahm das getaufte Ginger-ale. »Danke, Sir.« Und dann nahm er einen vorsichtigen Schluck, ehe er sich wieder Steve zuwandte. »Trotzdem, auch wenn er eine Anzeige erstattet, können die beiden Kerle sich immer noch an Sie und den Laden heranmachen. Eine Zivilklage ist überdies auch noch drin. Sie können behaupten, Sie hätten sie schon früher einmal hinausgeworfen, und als sie wiederkamen, um einen Drink zu nehmen, da haben Sie sie angegriffen. Sie können sogar noch weitergehen und einen

Zeugen beibringen, der aussagt, gesehen zu haben, wie Sie schon früher einmal mit den beiden einen Streit angefangen haben.« Er schenkte Steve einen verschlagenen Blick. »Für ein paar Dollar findet man immer Leute, die bereit sind, alle möglichen Lügen zu erzählen. Ein gerissener Anwalt kann daraus einen ganz schön unangenehmen Prozeß für Sie machen.«

Steve war ratlos. »Und was mache ich nun?«

Der Sergeant nahm einen weiteren Schluck. »Lassen Sie sie laufen, Steve. Ich wette jeden Dollar, den Sie in diesen Laden gesteckt haben, daß es sich bei ihnen um illegale Einwanderer handelt.« Dann wurde er richtig ernst. »Wir stehen doch auf Ihrer Scite. Sie haben einen hübschen Saloon. Er hat sehr schnell sehr viel Erfolg gehabt. Sie wollen doch nicht, daß diese Tiere noch länger hier herumhängen und das Niveau Ihres Unternehmens senken. Ich meine, ich schließe sie ein, wenn Sie das wünschen. Da dürfen Sie mich nicht falsch verstehen . . .«

Das Glas des Sergeants war fast leer.

»Darf ich nachschenken, Sarge?« erkundigte ich mich.

»Wenn Sie so nett wären . . .«

Steve fuhr mit den Füßen durch die Glassplitter. »Ich soll sie also einfach laufen lassen. Sie zerstören mein Geschäft, terrorisieren meine Gäste, und sie können frei . . .«

»Die Gefängnisse platzen aus allen Nähten, Steve«, sagte der Sergeant in jenem intimen Tonfall, der so unangenehm war, daß man sehr schnell aufgab, damit das Gerede endlich aufhörte. »Sie lassen Doppelmörder gegen eine Kaution von tausend Dollar laufen. Diese Kerle bekommen vielleicht sogar noch eine Medaille dafür, daß sie niemanden getötet haben.« Er nahm den frischen Drink aus meiner Hand. »Sie wollen sicher nicht im polizeilichen Berichtsbuch landen, Steve. Kann ich ganz ehrlich zu Ihnen sein?«

»Klar, klar . . .«

»Jeder Vorfall, der in einem unter einer Lizenz arbeitenden Betrieb stattfindet, auch eine einfache Ordnungswidrigkeit, wird der State Liquor Authority gemeldet. Zuerst sehen die erst einmal zu, daß Ihr Betrieb stillgelegt wird. Sie schicken Leute her, Geheimagenten, die zugreifen sollen, wenn hier Rauschgift verkauft wird. Sie schicken Lockvogel-Cops her, um andere Cops beim Fraternisieren zu erwischen. Mit anderen Worten, sie versuchen, Ihnen eine Falle zu stellen, und wenn es ihnen beim ersten Mal nicht gelingt, dann wird ihnen klar, daß sie Überstunden und Abhöranlagen bezahlt haben, und daß das alles zusammen so teuer war, daß sie sich irgend etwas ausdenken müssen und vielleicht sogar eine Falle aufstellen. Dann sehen sie zu, daß in diesem Laden irgend etwas Schlimmes passiert, und wenn sie soweit sind, dann können Sie Ihrem Geschäft adieu sagen. Mindestens dreißig Tage lang werden Sie stillgelegt . . .«

Steve verstand genau. Er mußte sich geschlagen geben, sonst hörte der Cop überhaupt nicht mehr auf zu reden. Er hob eine Hand, um den Wortschwall zu stoppen. »Okay, okay. Lassen Sie sie laufen.«

Aber der Sergant wollte noch weiterreden. »Sie tun genau das Richtige, Steve. Glauben Sie mir, wenn diese Stadt so geleitet würde, wie es nötig und richtig wäre, dann würde ich diese Tiere in den Bau werfen. Tätlicher Angriff mit einer tödlichen Waffe. Wenn sie wieder herauskommen, dann sind Sie längst mehrfacher Millionär und haben sich zur Ruhe gesetzt . . .«

»Okay, okay«, sagte Steve niedergeschlagen.

»Statt dessen bekommen sie von uns einen Tritt in den Arsch und sehen zu, daß Sie von ihnen nicht mehr belästigt werden.« Er nickte einem massigen Streifenpolizisten an der Tür zu. Der Polizist kam herüber und hob den spanischen Jungen wie eine junge Katze hinten am Kragen an und ging mit ihm hinaus.

Der Sergeant leerte sein Glas »Soda«, wobei die Augen hinter seiner Brille strahlten. »Nichts für ungut, Steve, aber solange Typen wie Ihre die Bar führen, so lange haben Sie keine Probleme.«

»Ja, das hoffe ich«, meinte Steve mit säuerlicher Miene.

Der Sergeant zwinkerte mir wieder zu; er glaubte, er hätte mir einen Gefallen getan. Als er sich zum Gehen wandte, konnte man erkennen, daß er den ganzen Vorfall längst vergessen hatte. Sobald er erst einmal im Wagen saß, konnte man darauf wetten, dasß er nicht einmal mehr wußte, wo er gewesen war.

Die Tür war kaum hinter ihm zugefallen, als Steve sich eines der wenigen noch heilen Gläser auf der Theke schnappte und es hinter dem Polizisten herschleuderte. »Arschlöcher!« Er schleuderte einen Aschenbecher gegen die Wand. »Motherfukker! Sie beschützen einen nicht, sie verschaffen dem Gesetz keine Geltung, was zum Teufel machen sie eigentlich?«

Rosemary hatte sich in eine Ecke zurückgezogen und beobachtete Steve ängstlich. Ich wußte, daß es ein Fehler war, aber ich versuchte, die Atmosphäre etwas aufzumuntern. »Sie nehmen nach Dienstschluß eben nur ungern Verhaftungen vor.«

»Und du dumme Sau!« Er warf einen Tisch um und stürzte beinahe darüber. »Du hast ihnen meinen Schnaps spendiert.«

»Das ist bei einem solchen Cop doch so üblich. Das weißt du genauso gut wie ich . . .«

»Sag mir nicht, was ich weiß, Arschloch!«

Die Tür ging auf, und ein paar Stammgäste lugten herein. »Habt ihr noch geöffnet?«

»Und wie wir das haben«, rief Steve. »Solange wir Whiskey einschenken und Wechselgeld herausgeben können. Seht selbst nach, ob ihr einen Tisch findet, an dem kein Blut klebt.« Dann wandte er sich an mich. Er hatte wieder ein Publikum, er konnte tatsächlich wieder vom Leder ziehen. »Hol dir einen Scheuerlappen und mach den Laden sauber.«

»Ich bin hier nicht die Putzfrau.«

»Ich weiß, was du bist. Wenn du mit dem Saubermachen fertig bist, darfst du wieder hinter die Bar und dich um die Drinks kümmern.« Er schlidderte durch die Glasscherben und fuchtelte mir mit einem blutenden Finger genau vor dem Gesicht herum. »Aber im Augenblick HOL EINEN VERDAMMTEN SCHEUERLAPPEN, ODER VERSTEHST DU MICH NICHT?«

»Ich werde nicht dafür bezahlt, hier sauber zu machen.«

»Du arbeitest für mich, und du tust, was man dir sagt. Wenn ich sage Saubermachen, dann machst du sauber. Wenn ich sage, kriech mir in den Arsch, dann kriechst du mir in den Arsch. Und wenn ich es will, sogar in einem Schaufenster bei Macy's. Und jetzt sage ich dir HOL EINEN VERDAMMTEN SCHEUERLAPPEN!«

»Ich hole ihn schon«, sagte Kramer und trottete mit gesenktem Kopf an mir vorbei.

»Habe ich von dir gesprochen?« schrie Steve. »HABE ICH DICH GEMEINT?«

Kramer hob die Arme, als suchte er Zustimmung bei Gott. »Macht es einen Unterschied, wer die Bar aufwischt?«

»Ja, für mich macht es einen Unterschied, und ich bin der Boß. Und ich sage, daß Flanagan einen verdammten Scheuerlappen holen soll, denn er ist im Grunde für diese Schweinerei verantwortlich.«

»Das ist nicht fair, Steve . . .«

»Kommst du schon wieder mit fair? Sag du mir nicht, was in meinem Laden fair zu sein hat. Wenn ihr nicht in der Lage seid, mit einem einzigen schmierigen winzigen Zwerg fertig zu werden, ohne der Welt einen Dritten Weltkrieg zu bescheren . . .«

»Du hast angefangen«, sagte ich. »Seit Monaten schon schubst du die Leute herum. So etwas wie heute mußte irgendwann mal passieren . . .«

»Heh, paß gut auf, Arschloch, ich selbst war dreizehn Jahre lang Barkeeper . . .«

»Du hast als Kellner gearbeitet«, sagte ich. »Ich hab' mich nämlich über dich erkundigt. Du warst im Restaurant deines Bruders in der Wall Street tätig, und zwar von elf bis drei, also mittags. Ein paar Martinis für die Broker, und dann konntest du den restlichen Tag Zeitung lesen. Du mußtest niemals vorher mit Leuten zurechtkommen, wie sie heute in deinem Laden sitzen . . .«

»Also bezahle ich dir dreißig Dollar pro Schicht, und du tust es für mich, Mr. Experte.«

»Du bezahlst mich nicht dafür, anderen Leuten weh zu tun.«

»Dann hau ab«, sagte Steve. Er sah sich triumphierend um. »Geh und arbeite in einer Buchhandlung, wenn du keine Gewalt ertragen kannst.«

»Es geht doch gar nicht ums Abhauen, Steve«, sagte Kramer.

»Das tut es auch nicht.« Er wies mit dramatischer Geste auf mich. »Frag ihn. Sieh dir an, wie still er geworden ist. Er will seinen Job nicht an den Nagel hängen. Zum ersten Mal seit Jahren ist er ein Star. Und er stiehlt sich dumm und dämlich.

Ich schätze fünfzig pro Abend plus Trinkgeld plus Gehalt. Fünfzig Dollar, nicht wahr, Flanagan? Dafür kann man sich doch schon mal in den Arsch treten lassen. Stimmt's, Flanagan? Und wie das stimmt. Steuerfrei, was? Flanagan will gar nicht aufhören. Und was das Verletzen von Leuten angeht, selbst wenn der verdammte Ayatollah eine Autobombe in diesem Laden verstecken würde, käme er nicht auf die Idee, zu verschwinden. Weißt du noch, was du über Benny, den Buchhalter, gesagt hast? Nun, das gleiche gilt auch für dich. Es war so einfach, mich runterzumachen, als der Laden noch ein Mausoleum war, aber nun mußt du deinen Job retten. ALSO HOL DEN VERDAMMTEN SCHEUERLAPPEN, FLANAGAN.«

»Ich hole ihn«, sagte Rosemary halblaut und versuchte, sich vorbeizudrängen.

»JESUS CHRISTUS? Was rede ich denn, Suaheli? Sieh dir deine Freunde an, Flanagan. Sieh mal, wie du geliebt wirst. Ich würde mir sogar die Nächte um die Ohren hauen, nur um herauszukriegen, was deinen Reiz ausmacht. Für mich bist du ein Niemand, wie ich sie im Dutzend billiger haben kann. Vor ein paar Jahren hätte ich jeden Abend auf die East Side gehen und aus den Bars rund zwanzig Jungen herausholen können, die genauso aussahen und klangen und dachten wie du. All diesen Leuten hast du Sand in die Augen gestreut, aber nicht mir. Also HOL DEN SCHEUERLAPPEN.«

Ich schickte mich an, in den Keller zu gehen, aber Rosemary hielt mich am Arm fest. »Bleib stehen«, sagte sie.

»Liebst du deinen Job, Baby?« fragte Steve.

»Wie soll ich das wissen?« schrie sie zurück. »Ich habe heute erst angefangen und habe noch keinen Penny verdient, nur weil du einem mageren Jungen zeigen wolltest, wo es langgeht, und der hat dich auf den Hintern gesetzt.«

»Ich habe eine Idee«, sagte Kramer. Er nahm meinen Arm und Rosemarys Hand. »Wir holen alle den Scheuerlappen.«

»Nein, nein . . .« Rosemary blieb stehen und starrte mich sorgenvoll an. »Du solltest nicht arbeiten, solange du so zugerichtet bist.«

Ich war ein bißchen groggy, aber ich schüttelte den Kopf. »Machst du Witze? Ich werde Sympathietrinkgelder kriegen.

Ich verkaufe die Rechte dieser Kriegsgeschichte noch vor Mitternacht an mindestens hundert Zeitungen.«

»Er ist im Schock«, sagte sie zu Kramer. »Sieh ihn dir an.«

»Vielleicht solltest du lieber gehen«, sagte Kramer.

»Ja, geh nach Hause, Flanagan«, sagte Steve, der eine noch schärfere Form der Demütigung gefunden hatte. »Ich möchte niemanden hinter der Bar stehen haben, dessen Gesicht an ein Nadelkissen erinnert.«

»Ich übernehme Ihren Platz«, sagte Rosemary. »Keine Sorgen, ich war schon früher mal als Barkeeper tätig.«

»Prima, nehmen Sie seinen Platz ein«, sagte Steve mit falscher Freundlichkeit. »Wenn Sie Ihre Sache gut machen, dann bekommen Sie zwei Schichten.«

»Natürlich, wenn David nicht mit mir zusammenarbeiten möchte . . .« sagte Rosemary.

Kramer errötete unter seinem Bart. In Rosemarys Stimme hatte ein gespannter Ausdruck gelegen; wir hatten es alle gehört. Für mich gab es nichts anderes zu tun, als mich ehrenvoll zurückzuziehen.

»Geh nach Hause, Flanagan«, stichelte Steve. »Schon morgen hast du wieder einen Job. Wie es aber mit nächster Woche ist, weiß ich noch nicht . . .«

Er war lediglich ein Hintergrundgeräusch, wie eine Hupe auf der Straße oder wie jemand, der im Apartment nebenan laut spricht. Was immer er vorhatte, niemals würde er die kleine Dreiecksbeziehung zerbrechen, die er gerade erst geschaffen hatte.

Ich ging also nach Hause. Als ich fünf Stunden zu früh die Wohnung betrat, war Sonya schick angezogen und im Begriff, sich auf den Weg zu machen. Ich konnte ihr Parfüm quer durch das Zimmer riechen. Nun, es war auch ein ziemlich kleines Zimmer.

»Herrgott, was ist mit dir passiert?« fragte sie und starrte mich entsetzt an.

»Ich hab' wieder mal Prügel bezogen.«

Saloonville

Es ist schon hart genug, eine Frau zu verführen, die einem gleichgültig ist, aber wenn man eine Frau anmachen will, die man liebt – unmöglich. Ich meine, wo fängt man an? Das ganze Leben hat man die Weiber ausgetrickst, und plötzlich will man nichts als ehrlich sein. Man möchte sagen: »Ich bin nett zu dir, also sei du auch nett zu mir, okay? Keine kindischen Spielereien. Ich werde ehrlich sein, also sei auch du ehrlich. Ich nehme dich so, wie du bist, und du nimmst mich so, wie ich bin, okay?«

Das möchte man zu ihr sagen, aber man tut es nicht, weil man eines weiß: Wenn sie einen so liebte, wie man ist, dann brauchte man es ihr nicht zu sagen. Außerdem ist man sich nicht so sicher, ob man selbst eine Frau lieben könnte, die einen so liebt, wie man ist.

Man muß sich in etwas verwandeln, was ihr angenehmer erscheint, aber man weiß gleichzeitig, daß das unmöglich ist, denn niemand kann sich selbst verwandeln.

Man muß sie davon überzeugen, daß man sich geändert hat, indem man mit List und Täuschung zu Werke geht. Wodurch man an genau den Punkt zurückkehrt, an dem man angefangen hat. Nur ist die Lüge jetzt viel größer, denn man muß so lange damit leben, wie man mit der Frau zusammen ist, die man liebt. Und das ganze wird zu einem hoffnungslosen Teufelskreis.

Ich fing an, meinen Feierabend mit Kramer und Rosemary zu verbringen. Wir frühstückten regelmäßig in einem rund um die Uhr geöffneten griechischen Restaurant im Schatten des World Trade Centers. Dort gab es einen Kellner mit den schwärzesten Fingernägeln, dem schmuddeligsten weißen Hemd und dem verfilztesten Bart. Wir nannten ihn Spiro. Er heiße Alex, erinnerte er uns geduldig. Und so nannten wir ihn Spiro, denn das war das Spiel, das wir spielten.

Es war wie aus einem Roman von Scott Fitzgerald. Wir bewarfen den Knaben mit 10-Dollar-Scheinen. Wenn die Rechnung sich auf neun Dollar belief, gaben wir ihm dreißig. Manchmal, nach besonders guten Freitagabenden, spielten wir unser »Trinkgeld-Duell«, indem wir einen Schein auf den anderen legten, bis einer von uns kalte Füße bekam, das war meistens ich. Einmal sackte Spiro hundert Dollar für eine Rechnung über elf fünfzig ein.

Natürlich wurde er darüber allmählich verrückt. Wenn wir nicht so verliebt gewesen wären, hätten wir sofort erkennen müssen, welche Gefahr wir für einen Burschen darstellten, der für jeden Penny, den er verdiente, eine Menge Schweiß vergießen mußte, und nun den Lohn einer ganzen Nachtschicht dafür bekam, daß er drei fettige Teller mit Rühreiern von einem Platz zum anderen trug. Er wußte gar nicht, was er zuerst tun sollte, den Tisch abwischen, die fleckigen Gläser polieren, uns frischen Kaffee aus einer Kanne bringen, die er für diese Gelegenheit vorbereitet hatte. Bald fing er an, zu niedrige Rechnungen auszustellen, indem er ein Frühstück vergaß, dann zwei, dann stellte er uns nur noch den Kaffee in Rechnung. Danach erschien ihm die Rechnung als tödliche Beleidigung, und er teilte uns murmelnd mit, was wir zu bezahlen hätten. Er korrigierte uns auch nicht mehr, wenn wir ihn Spiro nannten; wahrscheinlich hatte er seinen Namen geändert. Wir waren nichts anderes als Fremdkörper in seinem Universum, das absolut Schlimmste, das ihm hatte zustoßen können. Er ging dazu über, seine Stammgäste – Lastwagenfahrer und Müllmänner und Taxifahrer, die großzügige Trinkgelder gaben und sogar die Teller nach dem Essen zusammenstellten – zu ignorieren und sogar nachlässig zu behandeln. Was waren ihre zwei Dollar schon gegen unsere fünfundsiebzig? Was war es schon? Ohne entsprechenden Maßstab betrachtet, kann Geld seine Bedeutung verlieren. Ein Zwei-Dollar-Trinkgeld kann eine fürstliche Summe, eine angemessene Aufmerksamkeit und ein Schlag ins Gesicht sein. Der arme Teufel hechelte um uns herum, leerte Aschenbecher, füllte unsere Kaffeetassen nach. Er wußte nicht, was er als nächstes tun sollte. Es war furchtbar. Eines Nachts kamen wir herein, und er war verschwunden. Wir fragten nach Alex (diesmal nannten wir seinen richtigen Namen), und der Mann an der Theke schüttelte den Kopf. »Alex ist weg.«

Wir kamen nicht auf die Idee, unsere lächerlichen Spiele mit Spiros Verschwinden in Verbindung zu bringen. Wir drei waren verliebt, und diese Verliebtheit machte uns blind für das Leid, das wir anderen zufügten.

Liebe, der einzig wahre Grund für unser Dasein. Wir nannten es Liebe, wir hielten es für Liebe, es fühlte sich so an, wie Liebe sich anfühlen sollte. Aber machte es uns sensibel, mitfühlend, öffnete es uns füreinander? Betrachteten wir die Welt mit neuem Großmut und größerem Verständnis? Nein, die Liebe machte uns wachsam, argwöhnisch, verschwiegen. Das Lachen war verlogen, und wenn es andere Menschen einbezog, wurde es besonders grausam.

Die Liebe weckte in uns andere Empfindungen, die so schändlich waren, daß wir uns bemühten, sie voreinander zu verbergen. Bei Rosemary war es Zweifel. Sie hatte alles riskiert. Sie hatte ihre Präferenz deutlich gemacht. Sie mochte Kramer. Sie war für Kramer verfügbar. Es war ein offenes Geheimnis. Und doch unternahm er nichts. In unseren gemeinsamen Nächten gingen wir getrennte Wege. An den dienstfreien Abenden trafen wir uns nie. Rosemary beobachtete Kramer ängstlich. Sie war verwirrt. Er erschien so entgegenkommend, als empfände er genauso wie sie, aber im entscheidenden Augenblick ging er alleine davon. So begrub sie ihre Zweifel unter einer falschen Fröhlichkeit, tat so, als gefiele ihr unser kleines Dreieck genauso wie den anderen, während sie sich wünschte, daß ich verschwinden solle, damit sie ungestört mit Kramer reden könne.

Kramer hatte Angst. Er hatte die Botschaft verstanden, reagierte aber wie gelähmt. Daher tat er so, als wäre er ahnungslos und wir alle die besten Freunde. Diese selige kleine Ménage peinigte ihn mit ihrer Falschheit. Wenn überhaupt irgend etwas, so wünschte er sich, Rosemary möge sich zurückziehen, damit er sie nicht immer sehen mußte.

Ich war rachsüchtig. Ich hatte eine ganze Menge schlimme Dinge getan, aber dies, wie ich mir schuldbewußt klarmachte, war sicherlich die schlimmste Sache. Ich war der Verlierer, der lästige Verfolger, Zeuge eines Dramas, das von zwei Leuten aufgeführt wurde und in dem ich keine eigene Rolle hatte. Ich wußte, daß alles ein großer Schwindel war. Ich wußte, warum Kramer so zurückhaltend war. Es lag in meiner Macht, die Situation zu lösen. Aber ich sagte nichts. Statt dessen wartete ich darauf, daß entweder Rosemary ihren Zweifeln nachgab oder daß Kramer der andauernden Qual seiner eigenen Zweifel entfloh. Und würde ich sie dann bekommen? Wahrscheinlich nicht, aber das war auch nicht so wichtig. Ich war verliebt, was bedeutete, daß, wenn ich nicht glücklich sein würde, es auch niemand anderer sein dürfte.

Und unterdessen war ich lustig, brillant, ich war unterhaltsam und erfindungsreich. Ich glaubte an die Allmacht des Wortes und meinte, ich könnte sie von ihm wegreden und ihn dabei die ganze Zeit mit meinen Worten einlullen und im unklaren lassen. Wie pathetisch. Ich wechselte die Themen, hielt die lockere Konversation in Gang, füllte die Sprechpausen. Es gab keinen langweiligen Moment. Die Jahre fielen von mir ab, und ich war wieder ein ungeschliffener Junge und fragte mich, warum ich es nicht schaffte. Lag es vielleicht an seiner reinen Haut, oder konnte er seine Haare zu einer eindrucksvollen Tolle frisieren, während meine herunterhingen wie Sauerkraut? Nein, es mußten zeitgemäße Vergleiche angestellt werden. Es war offensichtlich, daß Kramer, der Poet, der Intellektuelle, der Redakteur, ihr weitaus attraktiver erschien als Flanagan, der Penner. Deshalb mußte ich beweisen, daß ich klüger und belesener war als mein Freund, der mir vertraute und glaubte, daß meine leidenschaftlichen Einsichten nur zu seinem Nutzen ausgesprochen wurden. Für meinen Freund, gegen den ich intrigierte, den ich auf substilste Art und Weise abqualifizieren und der Lächerlichkeit preisgeben wollte. Für meinen Freund, den ich im Laufe der Zeit richtig liebgewonnen hatte, den aufs Kreuz zu legen mir aber nicht das geringste ausmachte.

Eines Abends fing ich mit dem Thema Saloonville an. »Es ist die kleine Stadt, die man betritt, wenn man in einem stark frequentierten Saloon zu arbeiten beginnt«, erklärte ich.

»Saloonville«, wiederholte Kramer nachdenklich.

Ungeduld verfinsterte Rosemarys Gesicht. Sie erwartete einen weiteren Monolog, eine weitere enthusiastische Reaktion Kramers, während sie schweigend dasaß. Das Ganze entwikkelte sich zu einer Dreierbeziehung, wo jeder meinte, daß er der störende Faktor sei.

»Ich habe lange darüber nachgedacht«, sagte ich.

Kramer warf mir einen vielsagenden Blick zu. »Genug, um etwas zu Papier zu bringen?«

»Zuviel. Was hat Thomas Hardy mal gesagt? ›Es schreibt nur der, der höchstens die Hälfte von dem weiß, worüber er schreibt‹. Ich weiß alles darüber.«

»Dann schreib über etwas, wovon dur nur wenig weißt«, schlug Rosemary vor.

»Man muß die andere Hälfte dazu erfinden, und das kann ich nicht.«

Sie schenkte mir ihr früheres trauriges Lächeln.

»Du hast jede Menge Entschuldigungen, um dich an irgendwelchen Dingen vorbeizudrücken, nicht wahr?«

»So viele, wie es Dinge gibt, die zu tun man vermeidet.«

»Aber du weißt über Thomas Hardy Bescheid«, sagte Kramer. »Eigentlich soll ich doch der Dichter sein. Und ich sollte all diese Dinge parat haben . . .«

»Dieses Wissen entspringt einer gewissen Ziellosigkeit, einer Ungeordnetheit«, schränkte ich ein. »Es ist eine Folge des Barkeeperdaseins. Oft genug kam ich nachts nach Hause und war zu erschöpft, um zu schlafen, also habe ich angefangen zu lesen.«

»Warum spielst du dich eigentlich immer selbst herunter?« fragte Kramer.

Der arme Sack. Er war so eifrig bemüht, alles zu verstehen. Und dann kam ich und versuchte nur, ihm ein Mädchen auszuspannen. Ich wußte es, sie wußte es, und er wollte nur wissen, warum ich immer so hart mit mir selbst ins Gericht ging.

»Weil ich mein Leben in Saloons verbracht habe. Trotz allem, was dort vorgeht, hat die Sache begonnen, mich gegen meinen Willen zu faszinieren. Es ist genauso, als wäre man Experte in der Geschichte Albaniens. Ich kenne alle Mythen, die berühmten Bars und Barkeeper, über die die Leute noch Jahre nach ihrem Abgang reden. Ich kenne die Geschichten, die Überfälle, die Morde, die epischen Saalschlachten, den Adel, der aus den Besitzern der legendären Saloons gebildet wurde, die Leute, die auch in anderen Bereichen erfolgreich waren, die Barkeeper, die für ihre Trinkgewohnheiten, ihre Kampftechniken, ihre Betrugssysteme berühmt waren . . .«

»So wie du«, warf Rosemary ein.
»Ja, so wie ich. Aber wen interessiert's.«
»Niemanden.«
»Nicht, bis du darüber schreibst«, sagte Kramer. »Du mußt sie dafür interessieren.«
Der Knabe war so ernsthaft, so eifrig und besorgt. Am liebsten wäre ich aufgesprungen und hätte ihn angebrüllt: Arschloch. Du hast dich bis unter die Halskrause vollgekokst und versuchst, die Tradition der abendländischen Literatur aufrechtzuerhalten, während ich stocknüchtern bin und dir deine Alte abspenstig machen will.
»Niemand über fünfundzwanzig, der in einem Saloon arbeitet, ist interessant.«
»Teufel. Das ist aber verdammt kategorisch formuliert . . .«
»Es sind Gescheiterte, jeder von ihnen. Sie haben doch niemals ernsthaft vorgehabt, in irgendeinem Bums Gläser durch die Gegend zu schleppen. Es sind Versager, und am Ende erzählen alle Versager die gleiche Geschichte. Ich hab' sie an der Bar millionenmal gehört, und auch du wirst sie hören, wenn du lange genug in diesem Geschäft bleibst. Sie haben eine Million fadenscheiniger Entschuldigungen . . .«
Kramer schlug mit der Faust auf den Tisch. »Nun, ich will sie alle hören. Ich möchte jeden in der Bar interviewen und dies im Magazin veröffentlichen. Ich werde es ›Saloonville‹ nennen. Ich möchte die Story eines jeden hören. So möchte ich den Rest meines Lebens verbringen.« Er vergaß sich und ergriff Rosemarys Hand. »Bist du eine Versagerin?«
»Natürlich.«
»Warum? Nur weil du nicht bekommen hast, was du dir gewünscht hast?«
»Nein. Weil ich mir gewünscht habe, was ich nicht kriegen konnte. Weil ich in einem Gewerbe angefangen habe, in dem die Leute mit sechzehn am Ende sind. Und ich war dreiundzwanzig. Weil ich eine Primaballerina werden wollte, und es noch nicht einmal zum Chorusgirl gebracht habe.«
»Du bist auch nicht der Chorusgirl-Typ«, meinte ich.
»Siehst du«, sagte sie, »jeder ist ein Fachmann für Chorusgirls.«

»Das ist ein Kompliment.«

»Und was für eins. Der Typ erzählt mir, ich wäre nicht der richtige Typ für einen Job, den zu bekommen ich mich mindestens tausendmal bemüht habe. Schon wieder so ein Experte.« Sie stieß mich wütend an. »Wer braucht eigentlich deine dämlichen Komplimente?«

»Na schön«, sagte ich. »Du bist also zu mager. Und du bist keine Wasserstoffblondine. Und deine Titten sind nicht groß genug. Und dann würdest du wahrscheinlich auch nicht mit dem jeweiligen Boß des Nachtclubs ins Bett gehen. Oder dich mit irgendeinem schwulen Choreographen anfreunden. So besser?«

Ihre Augen waren voller Haß. Haß! Ich konnte es nicht glauben.

»Nein, es ist nicht besser. Weil es nicht stimmt. Sieh mal, wenn du nämlich damit anfängst und wie der Teufel tanzt . . . Wenn du wirklich gut bist, dann brauchst du all das nicht zu tun. Zum Beispiel so.«

Sie stand auf, um es vorzumachen. Sie trat die Stühle beiseite und schob den Tisch zurück. Alle im Lokal wandten ihre Köpfe, aber sie konzentrierte sich nur auf Kramer, als wäre er der Produzent.

»Sie nennen einem eine Schrittkombination, die noch nicht mal die Pavlova schaffen würde. Aber es ist okay, wenn man es vortanzt. *Tombé, pas de bourré, glissade . . .*«

Sie eilte geschmeidig von Schritt zu Schritt. Kramer sah ihr wie gebannt zu. »*Fouetté*, Balance, Drehung, Balance, Schritt, Schritt, *grand jeté, reboursé . . .*« Sie sagte die Schritte in einem furchtbaren Brooklyner Akzent an und geriet außer Atem, als die Schrittfolge sich beschleunigte. »*Tombé, pas de bourré* in die vier, Doppeldrehung, *passé soutenu, pas de bassé*, Schritt, Schritt, *grand jeté*, Schritt, Schritt.«

Sie drehte sich so schnell, daß die Luft um sie herum zu rauschen begann. Ohne Luft zu holen, straffte sie sich, strich sich das Haar aus den Augen, schwang das rechte Bein so hoch, daß sie damit ihr Ohr berührte. »Dann die Jazzkombination, fünf, sechs, sieben, acht . . .« Sie begann mit heiserer Stimme zu singen. »One tedious sensation every clumsy move she makes/One stupid combination every step she takes . . .«

Und landete in einem Spagat, den Kopf hochgereckt wie eine Akrobatin.

Kramer stand auf und applaudierte begeistert. »Wundervoll, herrlich . . .«

Ein Taxifahrer an der Theke drehte seine Tasche mit dem Wechselgeld um und warf ihr zwei Vierteldollar zu, wobei er etwas auf Griechisch rief.

»Das ist das erste Geld nach langer Zeit, das ich mal wieder mit Tanzen verdient habe«, sagte Rosemary. Sie strich sich erneut das Haar aus den Augen – sie hatte diese Angewohnheit, ob es ihr nun in die Augen hing oder nicht – und zeigte anklagend mit dem Finger auf mich. »Aber ich bin nicht der Typ, laut unserem Mister Stegreif-Experten.«

»Das habe ich nicht gesagt.«

»Aber er würde mich als Serviererin anheuern, oder etwa nicht? Ich hab' jeden Job bekommen, den ich haben wollte. Kein ›rufen Sie uns nicht an, wir melden uns schon‹, keine Besetzungscouch. Ich brauchte nur persönlich zu erscheinen. Ich glaube, ich bin eine Naturbegabung.« Sie setzte sich und suchte in ihrer Handtasche nach einer Zigarette.

»Aber du bist wunderbar«, sagte Kramer. »Wirklich ganz toll. Sie bekommt den Job, nicht wahr, Brian?«

»Aber klar.«

Rosemary streckte die Hand aus, um Kramers Hand zu streicheln, aber sie überlegte es sich anders und schob nur den Aschenbecher ein Stück weiter. »Dann mal los, stell eine Show zusammen, ehe ich zu alt für so etwas bin.«

»Aber du bist jung. Wir sind alle jung. Alle sind jung.«

»Alle sind jung«, rief auch der Mann an der Theke. Der Taxifahrer warf noch mehr Münzen herüber.

»Oder tot«, meinte ich.

Rosemary blies mir ihren Zigarettenrauch ins Gesicht. »Warum gehst du nicht nach Hause?«

Ich nahm meinen Mantel von der Stuhllehne. Kramer rief mir etwas nach, aber ich ging einfach weiter.

Um fünf Uhr morgens konnte man in den Straßen der Stadt nur Leute antreffen, die Selbstgespräche führten. »Nicht der Typ, nicht der Typ . . .« mußte ich mindestens einige tausendmal gemurmelt haben, ehe ich die 86. Street erreichte. Mit gesenktem Kopf rannte ich durch das Häusermeer. Ein- oder zweimal tauchten irgendwelche Argumente in meinen Gedanken auf, aber ich schob sie beiseite und konzentrierte mich weiterhin auf meine Unterhaltung mit der abwesenden Rosemary. »Wenn eine Frau nichts von einem hält, dann kann man nichts machen, ich weiß das nur zu gut. Und du hältst nichts von mir, weil ich ein Versager bin, aber was soll's. Du hast es versucht und bist abgestürzt. Ich bin abgestürzt. Also was macht es schon.«

Und plötzlich hatte ich eine Offenbarung. Die Erleuchtung überkam mich. Sie stürzte wie eine Taube mit defektem Radar vor meine Füße, wo sie zitternd liegenblieb. Ich wußte jetzt, was Doug Coughlin umgebracht hatte.

»Es war Liebe!« rief ich in die eisige Luft. Selbstgespräche, immer wieder diese Selbstgespräche. Coughlin, der Ladykiller, das Monstrum an Eigensucht, war durch die Liebe umgekommen.

»DIE LIEBE IST SCHULD!«

Der Typ hatte dreißig Jahre lang die Frauen mißbraucht, ohne es heimgezahlt zu bekommen. Er hatte sie belogen und ihnen alles mögliche weisgemacht, nur um ihnen an die Wäsche gehen zu können, und dann nichts wie weg. Er hatte weder sie noch sich selbst jemals ernst genommen, hatte sich nie darum geschert, ob sie blieben oder gingen, ob sie liebten oder haßten, sogar ob sie lebten oder starben. Und dann, als es so schien, als käme er in die Wechseljahre, als ginge er jeden Moment über den Jordan, erschien ihm die LIEBE, um es ihm heimzuzahlen. Cupido tauchte mit einem Sack voller Pfeile auf, um ihn zu quälen.

Diese junge Blondine mit der Todessehnsucht tauchte auf, und als es vorüber war, hatten über tausend gehörnte Ehemänner ihre verdiente Rache. Sie sagte, sie LIEBTE ihn, aber er wußte es besser. Vielleicht war es Geld, nicht, daß er welches gehabt hätte. Oder vielleicht auch eine neurotische Bindung an einen älteren Mann. Ja, das war es. Der Onkel, der sie im Keller heimlich betatscht hatte. Coughlin kannte diese reizenden Blondinen gut genug, um zu wissen, daß im Keller immer irgendein Onkel lauerte. Dann war es also die LIEBE, häh, Doug? Sie sagte, sie sei treu, sagte, es ist dein Baby, aber wer traute schon einem Mädchen, das einen Mann heiratete, der wie der Onkel aussah, der sie als Kind betatscht hatte, einen Mann, der dreißig Jahre älter war als sie? Der weltgewandte, mit allen Wassern gewaschene Doug Coughlin sicher nicht, das ist schon mal sicher. Jede Schandtat, die er sich erlaubt hatte, tauchte wieder auf, um ihn zu verfolgen. Und es half auch nicht, daß sie sich bei der Liebe unerfahren anstellte, obgleich er wußte, daß einige Frauen mit diesem Manko auf die Welt kommen. Um seine Zweifel schließlich zum Schweigen zu bringen, blies er ihr das Gehirn aus dem Schädel.

Und nun widerfuhr mir das gleiche. Alle Frauen, die ich je gekannt hatte, marschierten als Geisterarmee vor meinem geistigen Auge auf. Ich war im Vergleich zu Doug ein eher armseliger Sünder, daher würde meine Bestrafung nicht ganz so endgültig ausfallen. Nur ein Leben mit dem bohrenden Bewußtsein, diesem qualvollen Bedauern, daß ich nicht schon in den Jahren, ehe ich sie kennenlernte, versucht hatte, etwas Besseres zu werden, denn nun würde mir auch ein Nobelpreis nur wenig helfen.

Weihnachtspunsch

In einem Geheimtip-Saloon zu arbeiten ist genauso, als würde man ertrinken: Das ganze Leben läuft vor einem noch einmal ab. Jeder, den man irgendwann einmal aus seinem Bewußtsein streichen wollte, taucht wieder auf, um sich zu versöhnen, die Fehde neu aufzulegen – oder um zu prahlen. Man zählte sie: Die Jahre, die man im Gewerbe tätig war, die Feinde, die man sich dabei gemacht hat, die Frauen, die man vor den Kopf gestoßen hat, die Rivalen, die gewonnen oder verloren haben, Freunde, die sich zurückgezogen haben, Leute, für die, mit denen oder gegen die man gearbeitet hat, sie alle erscheinen unweigerlich zu irgendeinem Zeitpunkt. An bestimmten Abenden, gewöhnlich bei Vollmond, blickt man auf und sieht plötzlich, daß jede Frau an der Bar jemand ist, mit dem man eine einzige Nacht verbracht hat, ohne sich anschließend noch einmal gemeldet zu haben. Bei anderen Gelegenheiten kommt man sich vor wie bei einem Heimattreffen: Jeder Arsch, mit dem man mal hinter der Bar gestanden hat, hängt plötzlich im Laden herum, um Drinks zu schnorren und Geld zu leihen. Sie reden von einer uralten »Freundschaft«, um sich leichter an die Frauen heranmachen zu können oder um einen Job zu betteln; oder um einfach ihrem ansonsten schäbigen Auftritt ein wenig Glanz zu geben. »Heh, Brian und ich haben eine Menge erlebt, nicht wahr, Brian?« Zurück zur alten Talmi-Nostalgie, bei der man die trübe Vergangenheit in rosigen Farben sieht. Und wo ist XYZ abgeblieben . . .?

Oder man trifft die Erfolgreichen, die ihre eigenen Lokale eröffnet oder es als Schauspieler geschafft haben; oder die nun Kaufleute oder Börsenmakler sind und ihre Barkeeper-Qualitäten – die schnelle Zunge – für andere Zwecke einsetzen. Und sie kommen auf die überhebliche Tour. »Immer noch hinter dem Zapfhahn, Flanagan? Du mußt ja schon Schwielen an den Fingern haben.« Und man reagiert ganz locker und bemüht sich, die Bitterkeit nicht durchschimmern zu lassen. »Aber nicht davon. Die Schwielen habe ich vom Geldzählen.« Ha, ha und bring dem Girl am Ende der Bar doch auf meine Rechnung einen Cocktail; und den beiden Burschen da drüben, die Hilfskellner im alten Bucket of Blood waren. Erinnerst du dich noch an sie? Genehmige dir ruhig auch einen Drink, wenn der Boß das gestattet. Und für deinen Partner auch, er sieht so aus, als könnte er einen gebrauchen.

Oder man erlebt die Typen, für die man mal gearbeitet hat, die Chefs, die einen gefeuert haben; oder die man für einen besseren Job verlassen hat; oder die mit ihrem Laden pleite gegangen sind. Jeder Barbesitzer der Stadt tauchte irgendwann auf, wurde von der Bar weggedrängt und beobachtete die Leute, die nach freien Tischen Ausschau hielten, sah sich die Speisekarte an und verfolgte, wie die Barkeeper die Einnahmen in die Kasse tasteten. Man kann geradezu sehen, wie die Frage in ihrem Gehirn entsteht. WARUM??? Was hat dieser Laden Besonderes? Wo ist die Attraktion? Aber sie fragen niemals, diese Kerle, für die man gearbeitet hat. Sie greifen nur in ihre Taschen und holen die Scheine heraus, immer schön einen nach dem anderen, denn sie haben Hemmungen, ihr Geld in einem fremden Saloon auszugeben. Sie machen höfliche Konversation. Wie geht es dir? Du siehst gut aus. Immer noch von der schnellen Truppe. Und auch die große Klappe hast du noch. Hah, hah . . .

Eines Abends gewahrte ich einen Homo mittleren Alters, der mich vorwurfsvoll betrachtete. Ich brauchte zehn Minuten, um zu begreifen, daß es Gene Winslow war. Mitten im Winter trug er seine Kluft aus weißer Baumwollhose, Rugbyhemd und Bootsschuhen. Seine Finger zitterten, als er nach dem ersten Beefeater griff, den ich ihm zuschob. Er war mit einem der Kellner aus dem Beachhead gekommen. Sie trugen Partnerlook. Die Sommerjungs, wie hübsch. Der Junge kippte Stolichnaya Martinis, jeweils zwei, wenn Gene einen Drink nahm. Ich glaube, er wußte, daß er den härtesten Teil der Nacht noch vor sich hatte. Gene sah mich erwartungsvoll an, aber ich blickte ihm direkt in die Augen, ohne ein Zeichen des Wiedererkennens, und wischte die Theke ab, wo ihm Zigarettenasche heruntergefallen war. »Noch einen Beefeater, Sir? Und noch einen Drink für Ihren Freund?« Als ich mich eine Minute später umwandte, war er gegangen, und ein Fünfzig-Dollar-Schein lag auf seinem Platz. Wie hübsch, auch mal zu den Beschenkten zu gehören.

An einem anderen Abend war Bonnie da. Ihre Bräune kam aus der Flasche, die Fingernägel waren länger, und anstelle der Türkise sah ich nun Gold und Brillanten. Sie wollte es wirklich wissen. Reiche Lady, heiße Lady, einsame Lady – sie hätte es sich genausogut auf ihre Jacke sticken können.

Sie war mit zwei anderen Frauen zusammen. Sie gaben sich alle Mühe, sich so ähnlich wie möglich zu sehen und genauso zu reden. Ich konnte nicht erkennen, warum, denn ihr Stil war fürchterlich.

Bonnie flüsterte aufgeregt mit ihren Freundinnen, als ich mich näherte.

»Brian, der Barkeeper«, sagte sie.

»Bonnie, die Spendierhose.«

»Demnach verdienst du deinen Lebensunterhalt wieder auf ehrliche Art.«

»In einem Apartment herumzusitzen war mir zu anstrengend.«

Sie verzog das Gesicht. »Ja, ich erinnere mich.«

Doch Stunden später war sie noch immer da, an der Bar, allein.

Am darauffolgenden Wochenende erschien Albano. Der Speisen- und Getränkemanager mit dem guten Herzen. Der Kriegsveteran, der für Kriegsdienstgegner blutete. Der Typ, den ich bestohlen und belogen hatte; aber es war nichts Persönliches dabei; die Erinnerung daran belastete mich kaum.

Albano hatte sich richtig schick gemacht, Kaschmirmantel, dreiteiliger Anzug, doch sogar mit der Weste hing ihm das Hemd aus der Hose. Er war mit einer Frau da, die ihm viel zu ähnlich sah, um nicht seine Ehefrau zu sein. Sie war rundlich und dunkel und wirkte ängstlich, hatte eine Menge Rouge im Gesicht und trug billigen Modeschmuck. Hinzu kam ein dicker Pelzmantel, den sie bis zum Hals zugeknöpft hatte, weil ihr Ausschnitt zu tief war und sie sich der Größe ihrer Brüste schämte. Andererseits war sie insgeheim aber auch wieder stolz darauf, und sie kochte in dem Mantel leise vor sich hin, weil er nicht zuließ, daß sie ihn auszog . . . Und sie hatten sich den ganzen Weg über die Brooklyn Bridge gestritten, weil er in irgendeine dämliche Bar wollte, um einem Barkeeper kurz hallo zu sagen, den er kaum kannte, und sie dadurch zu spät ins Theater, zur Hochzeit, zur Bar Mitzvah, zum jährlichen Abendessen der Speisen- und Getränke-Manager-Vereinigung oder wohin immer kamen. Ich brauchte nur einen kurzen Blick, um mir ihre gemeinsame Lebensgeschichte zusammenreimen zu können. Nachrichten werden über die Mahagonitheke sehr schnell ausgetauscht.

»Hallo, Brian, erinnern Sie sich noch?«

Ich schenkte ihm nicht die gewöhnlichen dreißig Sekunden Ratlosigkeit samt gespielter Überraschung. »Kann ich nicht behaupten, halt, Sekunde, klar, Sie sind . . .« Und dann der falsche Name. Aber mit Albano spielte ich diese Nummer nicht. Statt dessen begrüßte ich ihn formvollendet, schüttelte seiner Frau feierlich die Hand und ließ ihn sein Geld wegstecken.

»Porto Flips für zwei, oder ist Mrs. Albano in der Familie für die harten Getränke zuständig?«

»Brandy Alexander«, sagte sie mit einem schüchternen Lächeln. Die Aussicht auf freie Drinks hatte sie total für mich eingenommen; sie öffnete sogar den obersten Knopf ihres Mantels.

Ich traktierte ihn mit sechs Porto Flips und feuchtete seine Frau derart an, daß sie ihren Mantel auszog und nur noch einen weiteren Drink gebraucht hätte, um das Kleid auch noch abzulegen. Dann brachte ich sie zu ihrem Wagen, während er mir klarzumachen versuchte, was für ein netter Kerl ich sei und wie ich ihm tatsächlich die Augen geöffnet und ihm den Rat gegeben hatte, auf jeden aufzupassen, nicht nur auf die Leute in seiner engsten Umgebung. Und als ich hinter die Bar zurückkehrte, mußte ich mich trotzdem nicht schütteln.

Heiligabend machte Steve den Laden zu und veranstaltete wieder ein rauschendes Fest. Diesmal ohne Motto und Gratisdrinks; wenn sie nicht willens waren, ihr Geld ins Old Seaman's Home zu tragen, dann sollten sie ruhig wegbleiben.

Eine solche Einstellung lockt immer die Massen an. Um zehn Uhr gab es nur noch Stehplätze. Steve sortierte an der Tür die Einlaßbegehrenden. Seine Freunde begrüßte er mit einem kurzen »du kommst aber spät«. Alle anderen mußten sich einem Verhör unterziehen. »Wer sind Sie? Wessen Bekannter? Kenn' ich nicht. Das ist eine private Gesellschaft.« Oder: »Bei wem arbeiten Sie? Wie hieß die Galerie?« Und dann zu einer Serviererin in der Nähe: »Frage mal den XYZ, ob er jemanden aus der Voorspan-Galerie kennt.«

Draußen war ein grauer Heiligabend. Grauweiße Stadtschneeflocken tanzten im eisigen Wind. Und unsere Vergnügungssüchtigen standen immer noch vor der Tür. Die Mädchen froren in ihren kurzen Kleidern, während ihre männlichen Begleiter sie beruhigten, sie würden diesen oder jenen kennen, und sie kämen bestimmt rein, sie brauchten nur den betreffenden Namen zu nennen. Einige von den Mädchen zeigten sogar etwas mehr blaugefrorenes Bein in der Hoffnung, den Prozeß der Überprüfung etwas beschleunigen zu können.

Um Mitternacht verriegelte Steve die Tür und ließ rund dreißig Leute draußen stehen, denen sich noch weitere hinzugesellen sollten. Es war Weihnachten, klar, und wie ließ sich dieses Fest besser begehen als durch eine gekonnte Geizhals-Nummer.

Er ließ mich Eggnogs mixen. »Mutter Flanagans Herzkranzgefäß-Bomber«, nannte ich sie, aber niemand ließ sich davon abschrecken. Ein Ei, Sahne, Zucker, Rum, Triple sec, Cognac und Muskatnuß. Das Ganze mit Eis geschüttelt und in ein großes Bierglas geseit, und man hatte etwas, das einem das Gefühl vermittelte, als wäre einem der Christbaum auf den Kopf gefallen. Bei fünf Dollar pro Glas entwickelte sich ein blühender Industriezweig. Sie grölten die ersten Lieder an meinem Barende, als Steve herüberkam. »Mach mal Kassensturz.«

Ich ließ an beiden Kassen die Gesamtsummen ausdrucken. Es war ein paar Minuten nach Mitternacht, und wir hatten schon sechzehnhundert über die Bar gemacht, die Tische nicht mitgezählt. Für einen Heiligen Abend, an dem die meisten Saloons geschlossen haben oder nur eine Handvoll Obdachlose beherbergen, war das schon ein mittleres Wunder.

Ich schrieb die Zahl auf einen Zettel und reichte ihn Steve hinüber. Er sprang auf die Theke und griff an seine Hüfte. Für eine heiße Sekunde dachte ich, er wolle in die Menge schießen, weil sie nicht genug ausgegeben hatten. Doch er holte ein drahtloses Mikrofon hervor, das ihm einer seiner New-Wave-Freunde verehrt hatte.

»Seht euch mal diese armen heimatlosen Seelen an. Wißt ihr denn nicht, welcher Tag heute ist? Es ist zwölf Uhr, haben eure Eltern denn eine Ahnung, wo ihr seid?« Er deckte das Mikrofon mit der Hand zu und beugte sich zu mir herab. »Hier kommt euer Weihnachtsgschenk, Jungs«, zischte er. »Die Bar ist offen«, rief er ins Mikrofon. »Für euer Geld werdet ihr nichts mehr bekommen. Laßt es stecken und spendet es dem Waisenhaus.«

Laute Rufe schwirrten durch den Raum. »Frohe Weihnachten, du alter Saftsack . . .« Die Menge stürmte die Bar.

»Laßt die Barkeeper schwitzen«, rief Steve. »Sie brauchen wieder mal ein bißchen Training.« Und dann zu Kramer und mir: »Eigentlich solltet ihr mir die Hälfte von eurem Trinkgeld abgeben für das, was ich euch wieder mal habe zukommen lassen.« Und dann wieder an die johlende Meute gewandt: »Los, laßt sie rotieren!«

Und wir malochten. Während der nächsten Stunden tauchten wir kaum einmal aus dem Eiswürfelbereiter auf. Einmal, als ich hochschaute, sah ich Rosemary, angezogen, als wolle sie die Mitternachtsmesse besuchen, schwarzes Kleid, goldene Ohrringe, Glacéhandschuhe, mit Kramer Champagner trinkend. Dann tauchte sie an meinem Barende auf. »Frohe Weihnachten, Brian.« Sie umarmte mich und gab mir einen schwesterlichen Kuß auf die Wange, dann trennte sie sich schnell von mir, als hätte sie Angst, daß ich ihr die Kleider vom Leibe reißen würde. »Du erinnerst dich noch an Lana?« Es war ihre Mitbewohnerin, das Mädchen mit dem Südstaatenakzent. Rosemary schob sie mir entgegen wie eine Jungfrau, die geopfert werden sollte. Sie schien nichts dagegen zu haben, wie ein Weihnachtspudding angepriesen zu werden. Mädchen wie sie hatten während der Feiertage immer viel Zeit, weil ihre festen Freunde dann zu Hause bei Frau und Kind waren.

Lana trug eine Kluft, die die Frage verkörperte: »Gehen wir zu mir oder zu dir?« Enge schwarze Jeans, eine Seidenbluse, die sich nicht entscheiden konnte, ob sie nun an ihrer Brust kleben oder locker herabfallen sollte, und die alles entblößte. Absätze, die so hoch waren, daß sie, wenn sie sich bückte, mit dem Hintern an die Decke stoßen mußte. Miß Sex 1984 ohne Schuldgefühle. Sie machte eindeutig auf mißbrauchte Minderjährige. Genau wie Coughlins Frau, nur war sie zehn Jahre älter, nämlich die zehn Jahre, die dem Ganzen das Gefährliche nahmen und den Spaß zurückließen. Ein weiterer Fall von Onkel im Keller oder Nachbar in der Garage, von erfahrenem Satyr, der sie den satanischen Gebrauch des Fleisches gelehrt hatte, während wir anderen von einer jugendlichen Sinnverwirrung zur anderen taumelten, bis wir uns schließlich fragten, ob das nun wirklich alles war.

Lana sah begierig den Männern nach, als sie sich entfernten. Sie betrachtete ihre Daumen, um festzustellen, wie stark sie gebaut waren, obgleich es ihr eigentlich egal war.

Das geschändete Kind. Sie ist gefährlich. Sie ist unwiderstehlich. Es klang wie die Werbung für einen Pornofilm. Sie war das Heißeste, was man mir je in den Schoß gelegt hatte. Man mußte Rosemary dafür bewundern. Nur eine Frau konnte so clever sein. Sie fing mich wie einen Bären mit meiner eigenen Männlichkeit. Je heftiger ich mich wehrte, desto enger zog sich die Schlinge zusammen. Dieses Mädel, diese lüsterne Südstaatenpflanze, war ihr Köder für mich. Sobald ich mich geschlagen gab, konnte ich keine ewige Liebe mehr schwören. Ich wäre demaskiert, nicht nur vor ihr, sondern auch vor mir selbst. Und ich würde mich geschlagen geben. Der Weihnachtsmorgen würde uns beide in leidenschaftlicher Umarmung finden; nichts, außer vielleicht einer Atombombe, würde uns davon abhalten können. Sobald ich zum Heer der Gefallenen gehörte, würde ich nicht mehr über meine romantischen Absichten reden können. Ich würde Rosemary verlassen, damit Kramer sie endlich bekam.

Oh, das war eine Falle des Jahrhunderts, in ihrer Raffiniertheit geradezu mythisch. Selbst wenn ich dieser Falle auswich, würde Rosemary mir weitere Hindernisse in den Weg legen. Eins nach dem anderen. Ich wäre für immer in diesem teuflischen Kreislauf gefangen. Sie würde niemals kapitulieren. Da war es schon besser, sich auf die Kleine zu stürzen und allen – auch mir selbst – zu beweisen, daß ich ein Hurenbock war.

Daher beugte ich mich über den Tresen und knabberte an Lanas Wange wie ein Fisch, der den Köder kostet.

»Warum feierst du denn nicht zu Hause mit Mami und Daddy?«

»Ich will ihnen nicht das Fest verderben.« Sie kam mir entgegen und gewährte mir einen etwas gründlicheren Blick auf ihre Handelsware. Ihre Brüste waren wie Attentäter, die hinter dem Vorhang lauerten.

»Kann ich einen Tequila Sunrise bekommen?« fragte Lana.

»Du kannst alles haben, was du willst.«

Und dann entdeckte ich Mooney. Sie saß an Kramers Ende, schaute durch die Qualmwolken herüber, hatte die Ellbogen auf die Theke gestützt und die Hände um ihr kleines weißes Gesicht gelegt. Ich winkte. Sie kam zu mir herüber.

»Frohe Weihnachten.« Ich beugte mich für einen schnellen Kuß über die Theke und schob gleichzeitig Lana ihren Tequila Sunrise hin und mußte über meine Gewandtheit staunen. »Warum bist du nicht bei deinen Eltern?« Lana wandte sich ab und hielt ihren Drink gegen das Licht.

Mooney klopfte ihr auf die Schulter. »Sie müssen uns für einen Moment alleine lassen.«

Lana zuckte die Achseln. Mooney trug einen ausgebeulten

farbenverschmierten Sweater über ihrer Zimmermannshose. Sie spielte die abgelegte Freundin, und abgelegte Freundinnen stellen niemals eine ernst zu nehmende Konkurrenz dar.

»Sicher, aber nur kurz«, sagte Lana. Und sie verschwand in der Menge, um sich mit einem der Typen zu unterhalten, die sich schon länger in ihrer Nähe herumdrückten.

»Du solltest meine Mädels nicht so herumscheuchen, Kleines«, sagte ich.

»Oh, sie bleibt in der Nähe. Ich wollte dir nur etwas unter vier Augen mitteilen. Etwas Wichtiges. Kommst du kurz mit mir nach draußen?«

»Ich kann meinen Posten nicht verlassen.«

»Okay, okay. Du machst es mir wirklich schwer, aber ich glaube, damit habe ich auch gerechnet. Und ich denke, das gefällt mir.«

Es war wohl der Zeitpunkt für offene Geständnisse. Das kannte ich bereits. Nur gnadenlose Grausamkeit konnte dieses Interview abrupt beenden.

»Komm schon, spuck's aus. Du hast dich wahnsinnig in mich verliebt und kannst keine Sekunde mehr leben, wenn du es mir nicht sofort mitteilst.«

»Sagen das all die kleinen bemitleidenswerten Mädchen zu dir? Diese verzweifelten, jungen Dinger . . .«

»Einige . . . Aber du hast diesen ›Ich-bin-schwanger‹-Ausdruck im Gesicht.«

Sie seufzte. »Es ist mehr als nur ein Ausdruck.«

Ich sagte ja schon, diese Szene ist mir nicht neu. »Nun, das ist wohl der Moment für eine Flasche Champagner.«

»Keinen Alkohol und keine Drogen während der Schwangerschaft«, sagte sie.

»Für solche Vorsichtsmaßnahmen ist es wohl ein wenig zu spät, meine Liebe. Der Fötus schwimmt bereits in ziemlich exotischen Substanzen.«

»Sag das nicht. Ich habe dabei ein ungutes Gefühl.«

»Kein Problem. Töte es einfach.«

Sie machte ein ängstliches Gesicht. »Sag auch das nicht. Du brauchst nicht nett zu sein, aber gemein auch nicht.«

»Heh, ich bin vielleicht ein nachlässiger Katholik, aber trotzdem immer noch im Schoß der Kirche. Was bedeutet heutzutage schon eine Abtreibung? Ich habe bisher immer Glück gehabt, daher weiß ich nicht, wie . . .«

»Ich werde das Baby bekommen. Ich will es. Ich wollte es dir nur mitteilen . . .«

»Sag's nicht.« Ich tauchte unter der Bar hindurch und steuerte sie am Ellbogen in eine Ecke. »Sag's nicht, sag das niemals. Wenn ich der beste Kandidat bin, den du kriegen kannst, dann ist dein Sexualleben noch armseliger als meines.«

»Es ist dein Kind«, flüsterte sie wütend. »Du bist der einzige, mit dem ich geschlafen habe. Ich wollte die ganze Zeit, daß du derjenige welcher bist.«

»Das sind Gründe für eine Abtreibung gleich hier und jetzt – eine schwachsinnige Mutter mit schlechtem Geschmack.«

Sie versuchte zu lächeln. Sie sah aus wie eines dieser harmlosen Schulmädchen, die ich als Junge immer gehänselt hatte. Sie versuchten immer, besonders tapfer zu sein und eine schlaue Antwort parat zu haben, während die Tränen schon an den Wimpern glitzerten.

»Wenn es wirklich mein Baby ist, dann wirst du es am Ende doch nicht wollen«, sagte ich. »Mit meinem Erbgut wäre jeder ein geborener Verlierer.«

»O nein, es wird wunderschön sein, du wirst sehen. Und mach dir keine Sorgen, ich werde dich nicht zu irgend etwas erpressen. Ich werde dich auch nicht mehr belästigen. Ich wollte dir nur Bescheid sagen, mehr nicht. Ich schwöre, mehr bestimmt nicht.«

Ich umklammerte ihren Arm. »Wenn es mein Baby ist, dann habe ich gewisse väterliche Rechte. Und ich will nicht, daß es zur Welt kommt, hast du verstanden?«

»Ich habe schon zwei getötet. Der Arzt meinte, ich würde nie wieder schwanger. Außerdem will ich dieses Kind haben. Ich habe es so geplant.«

Sie lächelte, und ihre Augen weiteten sich, als erwartete sie, daß ich etwas erwiderte. Es ist seltsam, man kann so clever sein, wie man will, irgendwas entgeht einem immer. Ich hatte die Hingabe in diesen Augen gesehen, auch die Ehrlichkeit, aber ich hatte nicht den Wahnsinn bemerkt – nicht bis zu diesem Moment.

»Geh nur zu deinen Gästen.« Sie stellte sich auf die

Zehenspitzen und strich mit trockenen Lippen über mein Gesicht.

»Wie weit bist du?«

»Fast zwei Monate.«

»Halloween. Mein Kind wurde an Halloween gezeugt.«

»Trink nur den Champagner«, sagte sie. »Trink ein Glas auf dein Baby. Und jetzt gehst du wieder zu deinen Gästen.«

Sie drängte sich, ohne sich noch einmal umzudrehen, durch die Menge. Und ich kehrte hinter die Bar zurück, um von einem Durcheinander von Weihnachtsliedern begrüßt zu werden.

»Heh, Santa, hast du gerade deinen Bonus geschnupft?«

»Sieh doch mal, ob er Schnee an der Nase hat.«

Und Kramer kam besorgt herüber. »Was war los?«

Ich ging mit einem Achselzucken darüber hinweg. Statt dessen nahm ich Weißwein und Ginger-ale, Wodka und Bitter und Zucker und mixte mir ein Glas Champagner.

Die Party ging früh zu Ende. Noch nicht einmal die Erzdegenerierten wollten am Heiligen Abend auf die letzte Runde warten. Wir machten den Laden zu und standen draußen im Schnee, Kramer und Rosemary, Lana und ich, jeder damit beschäftigt, mit seinem Gegenüber ein Wunschpaar zu bilden. Ein im Grunde lächerliches Ritual des Werbens, ein letzter Rest Anstand im Sumpf der Subkultur. Wir scharwenzelten umeinander, berührten uns betont unabsichtlich, beobachteten uns gegenseitig mit aufmerksamen Blicken. Ein Anthropologenteam hätte sicherlich Wochen gebraucht, unseren Paarungstanz aufzuzeichnen und zu analysieren. Und bei all dieser ernsthaften Arbeit bemühten wir uns, weiterhin bei unserem lockeren Geschwätz zu bleiben. Die Farce wäre endlos weitergegangen, wenn Castleton nicht erschienen wäre, um uns vor Frostbeulen zu bewahren. Er war niedergeschlagen und nüchtern und kam soeben von der alljährlichen Weihnachtsfeier seiner Familie. Er trug einen Zeichenblock unter dem Arm und wollte nichts anderes als einen handfesten Drink.

Ein fünftes Rad am Wagen! Das löste alle Probleme.

»Kommt mit zu uns, es gibt Pfannkuchen«, schlug Rosemary

vor. Und schon zogen wir los, eine chaotische Truppe. Rosemary versicherte Castleton, daß sie genug Alkohol zu Hause hätte, um seinen Kummer zu ertränken, während er behauptete, daß ihr Vorrat nicht ausreichen würde, um seine Depression zu vertreiben. Dann drängte er uns, die Bar wieder zu öffnen. Und wir lachten und stapften durch den tiefen Schnee und sangen dazu »Jingle Bells«.

Rosemary und Lana bewohnten einen sauberen, kahlen Raum im dritten Stock eines Fabrikgebäudes in der Laight Street. Ein Fenster ging auf den Hudson hinaus, von einem anderen aus konnte man das Market Diner sehen, das in seiner Weihnachtsbeleuchtung von weitem aussah wie eine Obsttorte, in deren Licht die Taxi- und Truckfahrer ihr Weihnachtsfest feierten. Der Fußboden des Raumes war blitzsauber, und an einer Wand befand sich ein großer Ballettspiegel, vor dem eine Ballettstange im Fußboden verankert war. Sie hatten die Küche gebraucht erstanden – einen sechsflammigen Restaurantherd, der alle paar Minuten knarrte und klapperte, als könnte er die Kälte nicht ertragen. Die Schlafzimmer waren abgeteilte Nischen an gegenüberliegenden Enden des Lofts, so weit wie möglich voneinander entfernt, damit von den Urlauten so wenig wie möglich zu hören war.

»In dieser Halle könntet ihr beide getrennte Orgien veranstalten«, sagte ich.

»Haben wir schon gemacht«, meinte Lana.

»Hast du schon gemacht«, korrigierte Rosemary. »Du hast in einem Raum zwei verschiedene Orgien veranstaltet.«

»Und frohe Weihnachten auch für dich«, murmelte Lana unwirsch. Sie ging durch die Halle zu ihrem Schlafzimmer und kam mit Marijuana zurück. Unterdessen hatte Rosemary jede Flasche, die sie im Haus hatte, vor Castleton aufgebaut, der in einem fort sagte: »Nicht genug, nicht genug.«

Lana ging in die Küche. »Was ist plötzlich mit euch los?« fragte sie Rosemary flüsternd.

Rosemary erwiderte etwas, und Lana entfernte sich, wobei ihre Stiefel auf dem Holzboden widerhallten.

»Hol doch mal jemand die Würstchen aus dem Tiefkühlfach«, rief Rosemary.

Ich war offensichtlich derjenige, mit dem etwas los war. Ich ging hinein und warf die Würstchen in die Spüle.

»Ich hab' ein Weihnachtsgeschenk für euch.«

»Warum, gehst du schon?«

Ich griff nach ihrem Arm und zeigte auf Kramer, der am Tisch saß und strahlte wie ein Norman-Rockwell-Weihnachtsmann, als er ein in Stanniolpapier eingewickeltes Päckchen auspackte.

»Du solltest ihn lieber von dem Zeug wegbringen, sonst guckst du heute nacht in die Röhre«, riet ich ihr. »Diese Scheiße tötet jede Libido.«

Rosemary stoppte Kramer, als er gerade einen Löffel mit weißem Pulver zur Nase führen wollte. »Laß das, David, wir essen in einer Minute.«

Kramer kippte den Löffelinhalt wieder in das Stanniolpapier, faltete es sorgfältig zusammen, verstaute es in seiner Tasche und blickte mit einem dämlichen Grinsen hoch. »Ich will mir nicht den Appetit verderben.«

»Siehst du«, flüsterte ich, »so übel bin ich doch gar nicht.«

Sie sah mich genauso an, wie ich so viele andere Störenfriede anschaute – Besoffene, Frauen, Chefs, die »Störerklasse«, wie Coughlin sie nannte. »Du bist wirklich kein übler Bursche. Ich möchte dich lediglich nicht jedes Mal abwehren müssen, wenn ich dich sehe.«

Kramer aß Pfannkuchen auf Pfannkuchen. Und Rosemary schaute zu. Und Castleton und ich tranken jeden Tropfen, der im Haus war. Und Lana rauchte einen Joint nach dem anderen, beobachtete mich dabei wachsam und hoffte, daß sie sich an ihrem freien Abend keinen Versager aufgegabelt hatte.

Und sie unterhielten sich über Dichtung und Tanz. Und irgendwann griff er nach seinem Stanniolpäckchen, eine reine Reflexhandlung, aber Rosemary fing seine Hand auf. Lachend erhob er sich und nahm sie in die Arme. Sie schlang ihm die Arme um den Hals und strampelte mit den Beinen wie ein ausgelassenes kleines Mädchen.

Er wandte sich um und trug sie, als hätte sie überhaupt kein Gewicht. »Du bist leicht wie eine Feder.«

Sie senkte den Kopf und breitete die Arme aus. »Du bist stark wie eine Bulle.«

»Der sterbende Schwan«, kommentierte ich.

Niemand hörte mir zu.

Sie wirbelten herum. Der Wind pfiff. Ich wurde geschüttelt wie ein Baum im Sturm.

Dann setzte er sie behutsam ab. Sie legte die Arme um seinen Hals, schlang die Beine um seine Taille. Sie küßten sich.

»Bravo!« rief Castleton.

Ich hätte ihn am liebsten umgebracht.

Und Lana ließ ihre Hand an meinem Bein nach oben wandern. Ich stieß sie nicht weg.

»Wofür soll das gut sein?«

»Um nachzusehen, wie groß du bist.«

»Groß genug, um drin zu bleiben, auch wenn er schlapp macht«, sagte ich.

»Mein Gott, bist du romantisch . . .«

»Ich zeig dir nur mein anderes Gesicht.«

Sie trat zurück und kämmte sich mit den langen Fingernägeln durch ihre kurzen Haare. Wie auf ein Stichwort drückten sich plötzlich ihre Brustwarzen in den Seidenstoff der Bluse. Sie hob die Arme und zog einen Flunsch. »Trag mich.«

»Entschuldige, ich hab meinen Tanzgürtel nicht mitgebracht.«

Sie sprang mich an und schlang die Arme um meinen Hals, die Beine um die Taille. »Los, trag mich, Sklave.«

Mit rudernden Armen wanderte ich durch die Halle. Sie hing an mir wie eine Krabbe.

Kramer hatte sich hingekniet und deklamierte für Rosemary Gedichte. Sie barg seinen großen Kopf an ihrem Bauch und erstickte seine Stimme.

In einer Ecke hockte Castleton und zeichnete wie wild.

»*La Bohème*«, sagte ich, als wir an dem Ballettspiegel vorbeikamen. »Einer von uns wird an TB sterben, ehe der Tag zu Ende geht.«

Lana preßte ihre Brüste an mich, ließ ihre Zunge über mein Ohr wandern. »Komm schon, los . . .«

Ich verharrte an der Tür zu Lanas Schlafzimmer. Ich war gar

nicht so betrunken, aber es kam mir vor, als betrachtete ich das glückliche Paar durch das verkehrte Ende eines Fernglases.

»Lauter«, rief ich.

Kramer legte den Kopf in den Nacken und kippte wie ein Wahnsinniger lachend nach hinten auf den Rücken. »Ich bin kein Goliath«, brüllte er . . .

> WARTET!
> Ich bin Klein-David
> Und mein Herz ist voller Mut . . .

»Und deine Dichtung ist zweitklassig«, brüllte ich zurück.

Kramer lachte laut.

Und Lana zupfte an meinen Ohren. »Komm, laß uns bumsen.«

Ich stolperte in ihr Schlafzimmer und fiel auf ihr ungemachtes Bett.

Was soll ich sagen? Es gefiel mir. Ich war schon immer gerne mit Mädchen wie Lana zusammen. Und so wird es wohl auch immer sein. Ich glaube, es wird immer ein Mädchen wie Lana auftauchen und die Dinge geraderücken.

Sie war wie eine Gymnastiktrainerin und bellte dauernd Befehle. Dorthin, hierhin, tu dies, tu das. Stop. Weiter. Mehr. Nicht so fest. Es kommt auf die Frau an. Wenn man alles dem Mann überläßt, dann ist es ungefähr so bedeutsam wie ein eiskaltes Bier an einem heißen Tag, was auch nicht übel ist, nicht daß Sie falsch verstehen, aber es läßt sich nun mal nicht vergleichen.

Nach einer Weile paßte ich nicht mehr auf. Ich befand mich auf einer göttlichen Suche, aber ich wußte nicht, nach was ich Ausschau hielt. Dann schliefen wir wie erschöpfte Pilger am Wegesrand ein und erwachten, um die Reise fortzusetzen. Lana war der einzige Mensch auf der Welt, ihre Bedürfnisse das einzige, was sonst noch existierte. Dann schliefen wir wieder ein, und als ich diesmal erwachte, schlief sie auf der Seite und atmete durch den Mund. Die Erinnerung kam zurück. Als ob nichts geschehen wäre. Das einzige, was von der Tat übrig blieb, waren die Konsequenzen.

Ich schrieb ihren Namen auf das beschlagene Fenster. Winterliches Licht schien durch die Buchstaben. Draußen tanzte der Schnee im heulenden Wind. Es war totenstill. Ich fragte mich, wie es wohl für Kramer gewesen war.

»Wie fühlst du dich?«

Lana war wach und streckte sich.

»Ich fühle mich, als hätte mir jemand eine Ladung Scheuersand in den Hals gekippt.«

»Pfui . . . Komm her.«

Widerstrebend folgte ich der Aufforderung. Sie drehte mich mit der erstaunlichen Kraft einer leidenschaftlichen Frau um.

»O Jesus, du hast mich genau in die Pfütze geworfen.«

»Werd nicht frech.« Sie hielt mir den Mund zu. »Hat es dir gefallen? Nur nicken.«

»Es gefällt immer.«

»Du bist gut.«

»Ich brauche bei dir nicht gut zu sein, Baby. Es reicht schon, wenn ich nur da bin.«

»Bin ich denn gut? Sag die Wahrheit . . .«

»Wenn du gut wärest, dann würdest du dich jetzt im Augenblick in eine Flasche Martell verwandeln.«

»Oh, vielen Dank.« Sie drehte ihr Gesicht zur Wand, wartete auf das Kitzeln, die Klapse, eine gekicherte Entschuldigung. Statt dessen zog ich meine Hosen an und ging.

Rosemary stand am Fenster, barfuß auf dem kalten Fußboden. Sie hatte den Gürtel des blauen Bademantels lose gebunden, so daß man erkennen konnte, daß sie darunter nackt war. Sie sah mich kurz an, ausdruckslos, dann wandte sie sich wieder dem Fenster zu. In einer dunklen Ecke, wo das Licht über seine Füße huschte, saß Castleton und zeichnete sie. Inmitten der abgebrochenen Skizzen lag eine einsame Flasche.

»Wie spät ist es?«

Castleton holte eine goldene Taschenuhr hervor und ließ den Deckel aufschnappen, wie es Generationen von Castletons vor ihm schon getan hatten. »Gleich Mittag.«

»Wo ist Kramer?«

»Er ist zu seinen Kindern«, sagte Rosemary. Sie zog den Mantel enger um sich. »Er bringt sie zum Brunch ins Home.«

»Mit der U-Bahn von Canarsie hierher? Das schafft er nie.«

Lana kam heraus, rieb sich die Augen und hielt Ausschau nach etwas Alkoholischem. »Eine typische Künstlerbehausung«, sagte ich zu Rosemary. »Man kommt sich auf Anhieb wie ein Dichter vor.«

»Leg einfach los . . .«

»Sagt mal, Jungs«, sagte ich und imitierte W.C. Fields.

> Noch einen Whisky
> müßt ihr mir geben.
> Dann zeichne ich das wahnsinnigste Gesicht in meinem Leben.
> Nur ein Stück Kreide, das ist mir genug,
> Dann seht ihr Madeleine, Zug um Zug . . .

»Er ist da«, sagte Rosemary. Sie begann sich zu drehen, der Morgenmantel wehte um ihre Beine. »Er ist da, er ist da . . .«

Wir eilten zum Fenster.

Auf der Straße wühlte sich Kramer durch den Schnee, auf jeder Schulter ein kleines Mädchen. Sie waren sich von den blauen Mützen bis hinunter zu den Daunenjacken und den roten Stiefeln völlig gleich.

»Oh . . . wie hübsch . . .« Rosemary wischte das Kondenswasser vom Fenster und winkte.

»Du bist für ihn doch nur ein Schatten«, sagte ich.

»Ich gehe lieber runter und lasse sie herein. Zieht euch an und räumt etwas auf. Scheiße, ich wünschte, ich hätte ein kleines Geschenk für sie. Haben wir nicht wenigstens eine Karte oder so etwas? Was sind wir doch für Tiere, haben nicht einmal zu Weihnachten eine Glückwunschkarte im Haus.«

»Vergeude nicht deine Zeit, sie werden dich hassen, egal, was du tust«, sagte Lana. »Du nimmst ihrer Mami den Daddy weg. Und du bist mager, das ist noch schlimmer. Mami ist wahrscheinlich fett und schwammig, und sie sind schlanke kleine Rangen, die Daddys Herz völlig gefangen haben. So läuft das nämlich. Das ist noch widerlicher als ein Schulfest unten in Dixie.«

»Zieh dich endlich an, Lana«, rief Rosemary aus ihrem Schlafzimmer.

Unten war Kramer vor dem Haus in eine Schneewehe gestürzt. Er lachte ausgelassen, als seine kleinen Töchter auf ihm herumkrabbelten und ihm Schnee ins Gesicht schaufelten.

»Ich werde in Kürze ein Kind haben«, sagte ich. Meine Stimme kam mir lauter vor. Oder wurde alles durch den Schnee gedämpft? Das Kratzen von Castletons Zeichenstift auf dem Papier war ohrenbetäubend. »Mit dem Mädchen, mit dem ich heute nacht gesprochen hab'.«

»Welches Mädchen?« fragte Castleton.

»Mooney, du kennst sie. Die kleine Blonde.«

»Klar, Dolly Mooney.«

»Ich wollte für die Abtreibung zahlen, aber sie will das Geld nicht.«

»Sie braucht dein Geld nicht, sie hat selbst genug«, meinte Castleton.

»Was meinst du damit?«

»Ihrer Familie gehört Mooney Oil, Mooney Construction, Mooney Industries. Sie sind die größten Grundbesitzer auf der South Fork.«

Ich ging langsam auf ihn zu, um ihn zu überraschen, um ein paar Volltreffer anzubringen, ehe Lana und Rosemary mich von ihm wegzerrten. Vielleicht hatte ich Glück und brachte ihn um. »Was ist der South Fork, Brad?«

»Das sind die Hamptons und Montauk. Erste Sahne.« Er blinzelte mich an. »Was ist mit dir?«

Ich war zu wütend, um richtig zu zielen. Ich verfehlte sein Nasenbein total und erwischte ihn an der Stirn. Der Stuhl kippte unter ihm weg. Er keuchte entsetzt. »Was ist los?«

Ich schaffte wenigstens ein paar Tritte. »Warum hast du mir nicht von Anfang an gesagt, daß die Kleine reich ist? Warum hast du mich nicht gewarnt?«

Er ging in einer Ecke in Deckung und hielt sich schützend den Zeichenblock über den Kopf. »Ich hatte nicht angenommen, daß das wichtig ist . . .«

»Die Reichen sind auf dieser Welt die einzigen, die meinen, daß Geld nicht wichtig ist.« Ich versuchte, ihn aus der Ecke herauszuzerren, aber dann hing mir Lana auf dem Rücken, und

Rosemary hatte mich im Schwitzkasten. Ich haßte sie, ich haßte sie alle. Ich breitete meine Arme aus, ließ sie nach hinten federn, und ich war wieder frei.

»Ich hatte recht mit euch, und wie ich recht hatte«, brüllte ich.

Ich rannte die Treppen hinunter, sprang auf den letzten Absatz. Der Wind fauchte wie eine wütende Katze und zerschnitt mir das Gesicht. Ich kam an Kramer vorbei, der seine Töchter dazu bringen wollte, zu Rosemary am Fenster hinaufzuwinken. Er rief meinen Namen, aber ich blieb nicht stehen. Es war kalt, und ich durfte keine Sekunde verschwenden.

Ich muß mindestens zehnmal ausgerutscht und hingefallen sein, ehe ich endlich in der West Street anlangte. Das letzte Mal krachte ich mit dem Kopf aufs Eis. Ich lag da, bis ich Stimmen hörte und spürte, wie Schritte auf mich zu stapften. Wahrscheinlich Polizisten, und ausgerechnet dann, wenn man sie gar nicht brauchen kann. Daher stand ich auf und ging wieder auf Tauchstation. Ich stieß einen Schrei aus und setzte meinen Weg zu Mooney fort.

In der Halle von Mooneys Haus stützte ich mich auf den Klingelknopf und brüllte meinen Namen dreimal in die Sprechanlage, dann nahm ich auf dem Weg nach oben drei Stufen auf einmal.

Mooney stand an der Tür, rieb sich die Augen, war blaß und aufgedunsen, wie es sich für eine Schwangere gehört.

»Du hast mir nie erzählt, daß du reich bist«, sagte ich.

»Das bin ich auch nicht. Mein Vater ist es.«

»Einzelheiten, los . . .«

Sie nahm meine Hand. »Komm rein. Hier ist es mir zu kalt.«

Letzte Runde

Jeder hat noch eine letzte Bestellung. Eine einzige letzte Chance, ehe es ganz aus ist. Daher erzählte ich Mooney alles. An diesem Weihnachtsmorgen, unter ihrer Bettdecke fröstelnd, erklärte ich ihr, daß ich sie wegen ihres Geldes heiraten würde.

Und sie lächelte nur und meinte: »Da bin ich aber froh, daß das Geld am Ende doch noch etwas Gutes für mich bewirkt.«

Ich meinte, sie täte das nur, um zu ihren Eltern zurückzukehren. Ich hätte schon vor ihr perverse reiche Mädchen gekannt.

Und sie lächelte und sagte: »Meine Mutter wird dich lieben.«

Ich warnte sie wegen des Babys. Bei all dem Alkohol und den Drogen, die wir geschluckt hatten, war es so gut wie sicher, daß unser Produkt einen Schaden hatte. Es wäre eine lebende Erinnerung an unsere Exzesse.

Und sie lächelte und sagte: »Ich bin gesund wie ein Pferd. Und du bist es auch, sonst wärest du schon vor Jahren gestorben.«

Dann erzählte sie mir die Geschichte. Und an dem langen Nachmittag mußte sie es mir immer wieder erzählen, und ich fragte sie immer wieder aus und hoffte, sie in die Enge zu treiben, so daß sie zugab, daß alles doch nur eine Lüge war.

»An jenem ersten Abend hatte ich schon seit Tagen nicht mehr geschlafen«, sagte sie. »Ich war so high, daß ich schon Halluzinationen hatte. Ich war völlig außer mir. Alleine hier drin, ich versuchte zu malen, und auf der Straße stundenlang kein einziger Mensch. Nicht mal ein Fremder, den man hätte beobachten können. Niemand. Ich legte mich hin, und mein Herz schlug so heftig, daß ich glaubte, es würde mir aus der Brust springen. Ich fragte mich die ganze Zeit ›Was tust du da, was tust du?‹ Dann mußte ich nach draußen, sonst wäre ich noch verrückt geworden. Immer wenn ich diese Bilder betrachtete, hörte ich ein Geräusch, als würde Farbe in Eimern schwappen. Weißt du, es hat keinen Sinn zu malen, wenn man nicht richtig zeichnen kann. So wie Brad. Ich meine richtig zeichnen.

Ich lief herum und fand schließlich diese Kindersachen und die brachte ich dann hierher, um sie zu malen. Ich baute alles mitten im Raum auf. Dann wurde mir plötzlich klar, daß ich eigentlich selbst ein Baby haben wollte. Also zog ich durch die Bars. Ich landete mit einigen Bekannten im Old Seaman's Home, und da warst du.«

»Dir ist doch wohl klar, daß nur die Drogen dich dazu gebracht haben, das zu tun, was du getan hast.«

Sie kuschelte sich zufrieden an meine Brust. »Nein, es war die Art und Weise, wie du die Flaschen angefaßt hast, das habe ich dir doch schon erklärt. Wie du hinter der Bar umhergegangen bist und dich mit den Gästen unterhalten hast. Dieses zynische Lächeln, die Art, wie du die Leute angeschaut hast, deine Bemerkungen.«

»Aber als wir uns zum ersten Mal sahen, hab ich gar nicht hinter der Bar gestanden. Erinnerst du dich?«

»Oh, dann muß es jemand anderer gewesen sein.« Sie lächelte geheimnisvoll.

Ich wurde mißtrauisch. »Es sei denn, du hast mich schon vorher irgendwo gesehen.«

»Und habe dann die Jahre danach damit verbracht, dich zu suchen. Mmmmmm, das ist möglich. Du wirst es jedenfalls nie erfahren.«

»Niemals?«

»Niemals. Das ist die offizielle Version.«

Dann ging für mich alles rasend schnell wie in einem Traum. Am nächsten Morgen wartete Mooney in einem Taxi, während ich meine Bücher und Kleider und Coughlins Koffer aus Sonyas Haus hinausschmuggelte. Ich schrieb Sonya eine Nachricht, die ich aber zerriß. Sie war nicht der literarische Typ. Außerdem war die Nachricht lausig. Wir fuhren mit der Eisenbahn nach East Hampton. Dort wurden wir von einem Chauffeur in einem Chrysler-Kombiwagen erwartet. Er schüttelte mir die Hand und hatte die Ehre, mir das erste servile Lächeln zu schenken, das ich je in meinem Leben empfangen hatte.

Wir fuhren durch die verrammelte Sommerfrische, dann eine matschige Seitenstraße, eine Rechtskurve und BUMMMSS!, landeten wir bei den Millionären. Rechts und links von uns eindrucksvolle Villen, schmiedeeiserne Tore, lange Auffahrten. Häuser, wie man sie nur in Kinofilmen zu sehen bekommt oder in Werbefotos für besoners edle Spirituosen, jedenfalls nicht von der Art, in der zu wohnen sich fast jeder vorstellen kann. Die Villen wurden zu Landsitzen, als wir die Straße weiter hinunterfuhren. Wir passierten einen Golfplatz, wo ein rotgesichtiger Bursche mit einer Wollmütze auf einem freigeräumten, gefrorenen Grün mit den Schlägern übte.

»Dein Vater«, stellte ich fest.

»Woher weißt du das?«

»Es paßt. Weiß er von dem Baby?«

»Natürlich. Jeder weiß es. Es ist schon in Ordnung, glaub mir. Sie werden dich alle genauso lieben wie ich dich liebe.«

Der Wagen rollte über eine mit Kies bestreute Auffahrt. Zu beiden Seiten hatte man hohe Schneewälle aufgetürmt. Eine oder zwei Wochen lang schaukelten wir dahin, bis endlich der Familiensitz aus dem Nebel auftauchte.

Das Gebäude war so groß wie ein Hotel – oder ein Erholungsheim. Die Tennisplätze waren mit Planen abgedeckt. Auch der Swimmingpool hatte eine Schutzplane. Es gab einen Reitweg aus gefrorenem Schlamm, doch ich wußte, daß er schon im Frühling makellos aussehen würde.

Ein messingner Türklopfer in Gestalt eines bärtigen Mannes. Mooneys kleiner Bruder ließ uns eintreten. Er war etwa sechzehn und trug ein Sweatshirt mit abgeschnittenen Ärmeln und eine Laufhose. Er hatte einen dicken Hals und mächtige Arme. Ein Footballspieler mit hellblauen Augen, so glasig wie bei einem ausgestopften Vogel. Das berühmt-berüchtigte unberechenbare reiche Jüngelchen. Er und Mooney juchzten und sprangen wie bei einem seltsamen Eingeborenenritual umeinander. Aber als er zu mir kam, drückte er mir die Hand mit gebremster Kraft und sagte in einem fort: »Herzlichen Glückwunsch, Mann, herzlichen Glückwunsch . . .«

Mehr Mooneys warteten im hinteren Teil des Hauses in einem großen Raum mit Panoramafenster, durch das man auf das Meer hinausschauen konnte. »Das Familienzimmer«, flüsterte Mooney, als ihre Mutter unter einem Weihnachtsbaum hervorkam, um uns zu begrüßen. Sie sah aus wie eine total überalterte Angehörige der Junior-Liga, braungebrannt, künstlich erblondet, tennis-drahtig und ständig gegen Kopfschmerzen hinter ihrer lederartigen Stirn kämpfend.

Mooneys beide älteren Schwestern hatten Pferdegebisse,

dicke Hintern und jenes gewisse pferdehafte Aussehen, das immer der Altjungfernschaft vorausgeht. Mooneys Daddy war nicht anwesend. Niemand erwähnte ihn, und man hätte ihn für amtlich tot halten können, wenn ich ihn nicht in dem frierenden Golfspieler auf dem Golfkurs erkannt hätte.

Mooneys Mom nahm meine Hand und führte mich aus dem Raum. »Und was halten Sie von Ihrer neuen Familie?«

»Toll gepflegt, wie mein Vater sagen würde.« Es war ziemlich rüde, und ich fragte mich, warum ich so geantwortet hatte, aber sie lachte nur. »Mein Dad hätte es genauso ausgedrückt.«

Es wurde beschlossen, daß ich einige Tage bleiben würde, während die Hochzeitsvorbereitungen abgeschlossen wurden. Zeit war jetzt das Wesentliche, wenn die ganze Feier mit anschließender Hochzeitsnacht nicht zu einer Farce werden sollte. Sie legten mich auf ein zellenartiges Zimmer im Gästehaus. Alles hatte diese makellose Bedienstetengepflegtheit an sich. Plastikblumen auf der Fensterbank. Eine Wolke Luftaufbesserer, um den Lehrerinnengeruch der Haushälterin zu überdecken. Sie war eine gebückt gehende blau-graue Dame in gestärkter Tracht, die mit abgewendeten Augen hinaushuschte und in der Tapete verschwand.

Nach dem Lunch bat ich um ein Telefon. Mom nahm mich wieder bei der Hand und führte mich in die Bibliothek. Ich starrte bewundernd die Bücher an. Sie entschuldigte sich. Der Innenarchitekt hätte sie pfundweise angeliefert, als sie eingezogen waren. Ich heiratete demnach in eine Familie ein, die es für unter ihrer Würde hielt zu lesen.

»Das ist schon okay«, sagte ich. »Ich brauche Bücher sowieso nur dazu, um über Nacht die Bügelfalte in meiner Hose aufzufrischen.« Sie lachte so heftig, daß ich schon annahm, hinter mir wäre jemand ins Zimmer geschlichen und hätte seine Hose heruntergelassen.

Ich rief Steve in der Bar an. »Du bist gefeuert«, sagte ich. »Ich komme heute abend nicht zur Arbeit.«

»Danke für die Auskunft«, sagte er. »Ich werde daran denken, wenn jemand nach Referenzen für dich fragen sollte.«

»Das Beste habe ich mir bis zuletzt aufbewahrt, Arschloch. Ich brauche keine Referenzen mehr, weder von dir noch von jemand anderem. Ich bin aus dem Geschäft. Ich werde nie mehr hinter einer Bar stehen. Niemals mehr.«

»Was hast du zu Weihnachten bekommen, einen Gehirnschaden?«

»Ich bin draußen, Mann. Der Krieg ist vorbei. Hab' eine reichte Tante angebohrt. Sie hält mir gerade den Hochzeitscolt aus purem Gold an die Schläfe. Ich mache Schluß. Ich seh' dich sicherlich irgendwann in irgendeiner Gosse . . .«

Ein rotgesichtiger Typ stand in der Tür, und das war nicht der Weihnachtsmann.

»Hallo, Dad«, sagte ich.

»Ich wollte nur schnell hallo sagen«, meinte er. »Ich wollte nicht lauschen . . .«

Ich tat so, als wäre nichts geschehen. »Ich habe nur gerade meinen Job gekündigt«, erklärte ich.

»Das habe ich gehört«, erwiderte er. Er tat auch so, als wäre nichts passiert. Was sollte er auch sonst tun?

Wir schüttelten uns die Hand und machten uns miteinander bekannt. Er war ziemlich groß und hatte das typisch rötliche Trinkergesicht, das stellenweise schon weiße Flecken zeigte. Er sah aus wie einer meiner Onkel, Onkel Pat nämlich, dem eine Bar in Brooklyn gehörte, wo er seit Jahren denselben fünfzig Typen die Drinks servierte, ohne ihnen jemals einen auszugeben, zu Weihnachten nicht, und nicht einmal, als die Dodgers 1955 die große Serie gewannen.

»Wir müssen uns unterhalten«, sagte er.

»Ich würde mich freuen, Sir.«

Doch in diesem Moment kam Mrs. Mooney mit einem Auftrag für ihn. Und während der nächsten paar Tage tauchte sie immer dann auf, wenn Daddy und ich uns unterhalten wollten. Nicht, daß es etwas ausmachte. Ich behielt nur mein ständiges Grinsen bei und nickte wie ein philippinischer Hausboy.

Sie schickten mich zu ihrem Hausarzt in der Park Avenue. Er hielt mir einen Vortrag über Rauchen und Trinken, konnte aber sehr leicht auf sein Lieblingsthema gebracht werden, das Mooney-Vermögen. Wenn die Reichen wüßten, wieviel Freude nur das Schätzen ihres Reichtums allen möglichen Fremden bereitet, würden sie wahrscheinlich in Erwägung ziehen, pleite zu gehen. Von dem Doc erfuhr ich über meine zukünftige Frau mehr, als sie mir je erzählt hatte. Eine schwierige Kindheit, dann Psychotherapie, die feinen Schulen, aus denen sie hinausflog, der Typ, der sie heiraten wollte, dessen Familie North Fork besaß und das Einkaufszentrum auf der anderen Straßenseite.

Wir besuchten die kleine Holzkirche, wo wir getraut werden sollten. Dort war ein junger Priester mit Hakennase und Pfefferminzatem. Er lächelte wissend und versprach uns eine »erleuchtete« Zeremonie. Und dann, da wir schon mal bei ihm waren, könnte ich doch gleich die Beichte ablegen, denn wenn ihn nicht alles täuschte, dann hatte ich dies doch nicht mehr gemacht, seit meine Mutter mich an den Ohren gepackt und in die Kirche geschleift hatte.

Ich ging als erster, nachdem ich ein paar Witze gemacht hatte, von wegen, die anderen könnten nach Hause gehen und nächste Woche wiederkommen, denn so lange würde ich wohl im Beichtstuhl bleiben müssen. Und dann hinein in die modrige Kiste, um meine Seele zu entblößen. Zuerst dachte ich, sie hätten mir eine taube Nuß hingesetzt. Der Knabe auf der anderen Seite klang alt und müde und nicht aufgeweckt und fröhlich mit einem Kommunionswitz auf den Lippen. Er holte ächzend Luft, ehe ich anfing. Als ich sagte, ich glaubte, die Ehe würde sowieso nur wenige Jahre dauern, entgegnete er: »In den Augen der Kirche wird sie ewig dauern.«

Ich sagte ihm, ich hätte seit zwanzig Jahren nicht mehr gebeichtet. Vielleicht wäre ich bis jetzt einfach nicht dazu bereit gewesen, sagte er. Aber wenn ich den Segen darin erkannte, würde ich in Zukunft vielleicht häufiger kommen.

Ich erzählte ihm, ich hätte jeden Kontakt mit meiner Familie verloren und meine Mutter seit Jahren nicht mehr angerufen.

Alle werden bei dieser schönen Gelegenheit wiedervereint werden, antwortete er.

Ich gestand ihm, daß ich starker Trinker sei und Drogen nehme.

Soweit ich es verstanden habe, waren Sie Barkeeper, sagte er. Das scheint dann in der Natur dieses Jobs zu liegen.

Ich erzählte, ich hätte einige Male ernsthaft an Selbstmord gedacht.

Diese Art von Depression scheint eine Folge des ständigen Trinkens zu sein, sagte er. Es hat mit Gehirnproteinen zu tun, glaube ich.

Ich hätte Frauen mißbraucht und ausgebeutet, sagte ich. Ich hätte auch dem Sex ohne Liebe gefrönt.

Die freizügige Gesellschaft ist dafür eher verantwortlich zu machen als das einzelne Individuum.

Ich hätte Ehebruch begangen.

Das kann nur jemand, der verheiratet ist, sagte er.

Ich hätte meine Arbeitgeber bestohlen.

Alle Barkeeper stehlen, nicht wahr? Zumindest habe ich so etwas gehört. Ich habe sogar gehört, daß einige Barbesitzer bei der Bezahlung ihrer Angestellten die Diebstähle mit berechnen. Das entschuldigt natürlich nicht die Tat an sich.

Ich liebte Mooney nicht.

Romantische Liebe und Heirat sind erst seit hundert Jahren miteinander in Beziehung stehende Erscheinungen, sagte er. Wahrscheinlich hat eure Ehe ein weitaus solideres Fundament.

Ich liebte eine andere Frau. Ich würde Mooney nur wegen des Geldes ihres Vaters heiraten.

Das ist doch ein durchaus traditioneller Grund, oder etwa nicht?

Ich hätte kein Kind in diese Welt setzen wollen, sagte ich. Selbst wenn es gesund geboren und seine Kindheit überleben würde, müßte es untergehen. Es würde niemals glücklich werden, niemand sei das. Die Welt sei nicht dazu geschaffen, die Menschen glücklich werden zu lassen.

Nun, sagte er, niemand hat uns das Glück versprochen, und es wird auch nicht von uns verlangt. Es ist wie mit dem Perpetuum mobile, nämlich eine Idee, die wir erfunden haben, die wir aber niemals verwirklichen werden.

Tränen, rund und glasklar, rannen mir über die Wangen. Ich fing sie mit dem Finger auf, wo sie dann zitternd liegenblieben wie Seifenblasen.

Ich komme mit der Angst nicht zurecht, sagte ich. Jeden Moment meines Lebens machte ich mir wegen Tausenden von Dingen Sorgen. Wenn nun irgendein verrückter Amokläufer meine Frau und mein Kind umbrächte? Wenn das Kind mit einem Geburtsschaden zur Welt käme? Oder unheilbar krank würde? Wenn das Haus abbrennen würde?

Das Schicksal Ihrer Frau und Ihres Kindes liegt nicht in Ihrer Hand.

Aber ich bin es nicht wert, Vater zu werden.

Sie laden sich zuviel Schuld auf. Das haben Sie schon immer . . .

Ich habe was?

Er redete hastig weiter, als wolle er einen Versprecher kaschieren. Sie haben bisher niemandem als sich selbst geschadet. Sie sind nur ein harmloser Sünder.

Er gab mir eine leichtere Buße auf, als ich nach meiner Erinnerung je bekommen hatte. Als ich wieder auftauchte und im Kirchenlicht blinzelte, fühlte ich mich wie befreit. Ich suchte den Priester, um ihm die Hand zu schütteln und mich bei ihm zu bedanken. Ich wollte mich weiter mit ihm unterhalten.

Er stand draußen am Kombiwagen und unterhielt sich mit Mooney und ihrer Mom. Wie war er so schnell aus dem Beichtstuhl und vor die Kirche gekommen? Er begrüßte mich mit einem Schlag auf den Rücken und dem alten Witz, daß ich um dreißig Pfund erleichtert aussähe. Ein echter Werbetyp für Jesus Christus, aber er kam mir wie eine völlig andere Person vor. Vielleicht lag es an dem Ritual, das stärker und beeindrukkender war als die Priester, die es ausübten. Vielleicht war auch ein Wunder geschehen und Jesus Christus selbst hatte in dem Kasten gesessen, um mir mein Leiden zu erleichtern.

Ruhetag

Getraut wurden wir am Sonntag nach Neujahr. Während der Vorbereitungszeit bekam ich Mooney so gut wie gar nicht zu Gesicht. Sie war das schwarze Schaf, das wieder in den heimatlichen Stall zurückgefunden hatte, und sie genoß jede Minute. Heimgekehrt mit einem Ehemann, auch wenn er ein Penner war, und mit einem Baby, auch wenn es unehelich entstanden war. Das Geld der Mooneys würde alle Ungereimtheiten glätten.

Nachts kam sie in mein kleines Zimmer, und wir praktizierten die ruhige Verheiratetenliebe. Ich fühlte mich nicht dazu animiert, Höchstleistungen zu bringen, ich verspürte aber auch kein verzweifeltes Desinteresse, die Panik, sich einem vertrauten Bettpartner zu entziehen. Es war angenehm und bemerkenswert streßfrei. Anschließend las ich bis in die frühen Morgenstunden, während Mooney mit offenem Mund den Erschöpfungsschlaf einer Schwangeren schlief. Mit Sonnenaufgang war auch sie wieder auf den Beinen. Grau-grün und mit Kopfschmerzen, aber fröhlich und energiegeladen huschte sie auf Zehenspitzen ins Badezimmer, um sich ein wenig zu übergeben, dann rannte sie zurück auf ihr Zimmer im Haupthaus, so daß sie am Busen ihrer Familie weiterhin die Unberührte spielen konnte.

Natürlich war sie verrückt. Ihre gewollte Schwangerschaft, die Besessenheit in bezug auf mich und diese wirklich unglückliche Ehe, in die sie alle hineingetrieben hatte, würde einer strengen Analyse sicher nicht standhalten. Natürlich war auch ich verrückt. Und natürlich wäre das Kind jenseits von Gut und Böse. Natürlich konnten auch immer wieder Wunder geschehen.

Ich verbrachte die Tage in der Bibliothek und blätterte in den Zentnern ungelesener Bücher herum. Klassiker in Ledereinbänden, obskure Bücher von unbedeutenden Autoren, die in mittlerweile verblassendem Druck ihre Herzen ausschütteten. Ich schleifte Coughlins Koffer in dieses Pantheon der Vergessenheit. Ich würde die Seiten in teuerstes Leder binden lassen. Hier würden seine Werke ihre letzte Ruhestätte finden.

Von Zeit zu Zeit kam jemand herein, um bei mir Muße zu nehmen oder um mich irgendein Schriftstück unterschreiben zu lassen. Es schien, als wolle der alte Herr uns einen Teil seines Einkommens als Hochzeitsgeschenk überschreiben, ich wußte allerdings nicht wieviel. Sie steckten mich in einen grauen Morgenmantel, in Anzüge, Smoking und alles, was dazu gehört. Der Schneider kam zu einer letzten Anprobe. Ich sah, wie alle zurücktraten, um mich zu bewundern. Ich sah gut aus. Die Familie war beeindruckt. Meine zukünftige Frau strahlte.

Das Zusammenstellen der Gästeliste des Bräutigams hatte mir einige Schwierigkeiten gemacht. So viele Leute ich auch kannte, ich wußte niemanden, den ich hätte einladen wollen. Damals waren alle Saloonfreundschaften so tief, so ewig und dauerhaft erschienen, all diese Geständnisse, dieser Seelenstriptease, und nun saß ich da und mir fiel kein einziger Name ein.

Am Ende entschied ich mich für Kramer, Rosemary und Castleton. Das erschien mir nicht genug, also lud ich auch Steve noch ein. Selbst wenn ich meine Mutter, Bruder mit Familie, Schwester und Begleitung hinzuzählte, sah es noch ziemlich mager aus, also rief ich im Ripley-American an und lud auch Albano noch ein, der fast in Tränen ausbrach, so geehrt fühlte er sich.

Dann erhob sich die Frage nach dem Trauzeugen. Mein Bruder, den ich seit zwei Jahren nicht mehr gesehen hatte? Mooneys Bruder, den ich nicht kannte? Am Ende war es Kramer. Er war Jude, doch das machte niemandem etwas aus. »Mir ist das nur recht«, sagte der Priester, »ich werde dem Juden beibringen, wie man niederkniet.«

In der Nacht vor der Hochzeit schneite es. Ein Blizzard, für Long Island fast eine Sensation, sagten die Leute. Ein Omen, meinten sie. Aber für was?

Es war geplant, auf einem abgeernteten Kartoffelfeld unweit des Haupthauses beheizte Zelte aufzustellen. Doch nun war der Schnee meterhoch.

Das war der Augenblick, in dem das Geld der Mooneys in Aktion trat. Um neun Uhr waren fünf Schneepflüge des Countys an der Arbeit. Die Zufahrt wurde freigeräumt, das Feld ebenfalls. Anschließend hätte man nicht geglaubt, daß es geschneit hatte, wären da nicht die Eiskristalle an den Baumästen gewesen, die im Licht funkelten.

Arbeiter stellten die Zelte auf. Die Bewirtungsbetriebe erschienen mit ihren Lastwagen voller Tische, Stühle, Tischdecken, Bestecke, Herde. Vom Fenster meines Zimmers aus beobachtete ich die hektische Betriebsamkeit, während Rosemary Kramer in seinen grauen Morgenmantel zwängte und

Steve Kokainhäufchen vorbereitete, und Lana, die als Castletons Begleitung mitgekommen war, sich einen Joint drehte, und Castleton, der seit zwei Tagen nichts mehr getrunken hatte, mit einem kranken Lächeln dasaß.

Und ich beobachtete, wie die Kellner in ihren weißen Jacketts die Schüsseln füllten, die Getränke bereitstellten und sich unterhielten. Ich hatte Hunderte solcher Jobs gehabt, aber ich würde nie mehr diese Arbeit tun.

Der alte Mooney hatte einen Wagen losgeschickt, um meine Familie abzuholen. Sie bekamen einen Schock, als sie das Haus zum erstenmal sahen. Ich rannte in meinem Morgenmantel die Treppe hinunter, um sie zu begrüßen. Mein Bruder Paul, seine Frau und die drei Kinder. Meine Schwester Agnes und ihren Freund aus der Telefongesellschaft. Meine Mutter, so zerbrechlich wie eine Schneeflocke, wich zurück, als ich auf sie zulief.

Die Kirche war voll besetzt wie ein Saloon am Samstagabend. Sie hatten die Heizung auf volle Leistung gestellt, und es war wie der reinste Backofen. Kramers Rücken war triefnaß; Schweiß rann ihm über das Gesicht. Der Priester hatte mit ihm seine Witzchen gemacht. »Angst, häh? Keine Panik, mein Boß ist auch Jude.«

»Das mit dem Niederknien geht schon in Ordnung«, hatte Kramer gesagt, »aber muß ich auch diese Oblate essen?«

»Legen Sie einfach den Finger auf die Lippen, wenn ich vorbeikomme, und denken Sie an Mazzes und Fisch.«

Die Messe war kürzer, als ich es aus meiner Jugend in Erinnerung hatte, als sie so ewig lang erschien wie das Fegefeuer. Lana und Rosemary gehörten zu den Brautjungfern. Sie trugen die entsprechende Kleidung, Pfirsichfarbene Spitze mit langen Schleiern. Lange starrte ich Rosemary an. Die Leidenschaft für sie war so schnell verflogen, wie sie gekommen war. Ich konnte mich nicht einmal mehr daran erinnern, was ich für sie empfunden hatte.

Kramer bekam einen Krampf im Bein, kaum daß er sich niedergekniet hatte, und verbrachte die restliche Zeremonie damit, Grimassen zu schneiden und ständig sein Gewicht zu verlagern.

Albano stand auf einer Bank und winkte uns, als wir den Mittelgang hinunterschritten.

Steve, gekämmt und in einem dunkelblauen Anzug, zwinkerte mir zu.

Der Priester zog eine Franziskanerrobe über und las etwas aus dem Khalil Gibran vor.

Kramer war so nervös, daß er vergaß, den Finger auf die Lippen zu legen und schluckte die Hostie.

Mooney blickte zum Kruzifix auf und grub ihre Fingernägel in meine Handfläche. Als wir uns küßten, rammte sie ihren geschlossenen Mund gegen meinen. Durch all die Seide und Spitze fühlte sie sich an wie ein Mädchen, das ich am Abend vor meinem Senioren-Fest an der High-School geküßt und betatscht hatte. Sie rannte anschließend schreiend zu ihrem großen Bruder, der für einen Buchmacher arbeitete, und ich mußte mich für ein paar Wochen verstecken, bis mein großer Bruder die Wogen geglättet hatte. Das alles ging mir durch den Kopf, als ich meine junge Frau vor dem Altar küßte.

Es ging los, sobald wir wieder zurück waren. Sie hatten malocht wie die Wilden, damit alles bereit war. Es gab ein Hauptzelt und ein paar kleinere, wo die Köche und die Geschirrspüler arbeiteten. Kellner gingen mit Drinks und Knaapees herum. Eine Meyer-Davis-Band begann in einer Ecke zu spielen. An der Seite gab es eine Stehbar, geführt von einem hageren Burschen mit ganz schön schnellen Fingern – ich konnte mir einen prüfenden Blick nicht verkneifen.

Mooney und ich begannen mit dem Hochzeitstanz, während der Bandleader dazu einen Text über Brian und Dolly sang.

Wir eröffneten den Sturm auf das Büfett. Crêpes mit Meeresfrüchten, Truthahn, Bœuf bourguignon, ausgegeben von grinsenden Westindern in Kochmützen. Bratkartoffeln, Ratatouille, heiße Fleischpastetchen, kalifornischer Cabernet, sogar funkelnder Burgunder, der große Hochzeitswein unserer Zeit. Ich mußte mit der linken Hand essen, denn Mooney umklammerte meine rechte unter dem Tisch. Die Band spielte die ganze Zeit. Eine endlose Prozession von braungebrannten, lächelnden Frauen defilierte vorbei, küßte Mooney und wünschte uns viel Glück. Ich sah Steve im Gespräch mit Mooneys Onkeln. Er blickte herüber und prostete mir zu.

Castleton und Lana wirbelten über die Tanzfläche. Kramer

kritzelte etwas auf eine Serviette, während Rosemary hinter ihm stand, eine Hand auf seiner Schulter.

Ehe sie den Kuchen hereinschoben, schnappte Kramer sich von dem Bandleader das Mikrofon.

Er zerrte an seinem Frack wie ein Komiker vor einem Monolog. »Der Trauzeuge will einen Toast ausbringen, auch wenn er nur ein Jude ist.«

Alle lachten.

»Aber der Trauzeuge verläßt sich bei diesem Toast auf einen besseren, nämlich Robert Graves: Wenn eine schöne Frau einen unmöglichen Mann heiratet, dann nicht, weil sie es als einfaches Opfer betrachtet, und in den meisten Fällen auch nicht aus missionarischem Bestreben.«

Alle lachten höflich.

»Um Byron zu paraphrasieren: Liebe kann die morgendliche Übelkeit nicht überdauern . . .«

»Hört, hört«, rief Albano und erhob sich schwankend.

»Diejenigen unter Ihnen, die Vermeer kennen, werden wissen, wie geheiligt diese Gelegenheit ist . . .«

Ich geriet in Panik. »Er spricht vom Gemälde der schwangeren Braut.«

Mooney drückte meine Hand. »Es ist schon in Ordnung, alle wissen Bescheid. Es ist alles bestens.«

»Sing ›Melancholy Baby‹ und verschwinde«, brüllte Steve.

Die Band spielte »You Gotta Have Heart«, und alle standen auf, um zu tanzen.

Und wir schnitten die Torte an.

Und Mooney warf ihr Bukett einer ihrer Schwestern zu, doch Lana tauchte wie aus dem Nichts auf und fing es auf und wickelte dann eines ihrer Strumpfbänder um den Hals eines Onkels von Mooney.

Und ich landete plötzlich an der Bar, wo Albano, dem das geplättete Hemd aus der Hose hing, mich mit einem feuchten Kuß auf die Wange begrüßte.

»Nimm einen Drink mit mir.«

»Nein, nimm du einen mit mir. Porto Flip?«

»Nee . . .« Er winkte schwankend ab. »Den gibt es hier nicht.«

»Was meinst du? Heh, Barkeeper!«

Der magere Bursche mit den schnellen Fingern wurde langsamer.

»Hast du Portwein oder Sherry im Regal?«

»Sherry.«

»Eier?«

»Keine Eier.«

»Okay, okay, du hast Sahne oder Dosenmilch für den Kaffee, stimmt's.? Das muß reichen.« Ich tätschelte Albano die Wange. »Ich mache dir jetzt einen Cocktail. Der ist aber mehr Alexander als Flip . . .«

»Mir ist es gleich, Hauptsache, du machst ihn«, sagte Albano und umarmte mich. »Du bist der Beste.«

»Laß mich mal dahinter«, rief ich. Der Magere machte Platz und verzog spöttisch das Gesicht. Ich lächelte mit der Gewißheit des alten Kämpen, der noch einmal in sein Element zurückkehrt. Ich würde dieses Grinsen aus dem Gesicht wischen, das war so sicher wie das Amen in der Kirche.

Ich bereitete Albano eine Mischung aus Sherry, Sahne, Muskatnuß und einem Schuß Rum. Es war in Wirklichkeit ein Eggnog, kein Porto Flip, aber er kippte ihn und wollte einen zweiten. Jemand fragte nach einem Brandy Alexander. Es gab keinen Créme de cacao, aber wir hatten Schokoladeneis, deshalb warf ich das in ein Glas mit einem Schuß Brandy, schüttelte, bis es beschlagen war, und hatte eine andere Variation. Mittlerweile hatte es sich herumgesprochen, daß der Bräutigam die Bar übernommen hatte, und alle wollten einen Cocktail. Mein Schwiegervater wünschte sich einen extratrokkenen Martini, und ich brachte die alte Shownummer, bei der ich Vermouth in ein Glas schüttete und dieses ausleerte, ehe ich den Gin hinzugab und es kreisen ließ, bis der Inhalt eiskalt war. Er kostete und betrachtete mich voller Respekt.

»Der absolut beste Martini, den ich je getrunken hatte.«

Der magere Junge, der schon lange nicht mehr grinste, brachte mir Eier und Limonen und weiteren Alkohol, um den Nachschub zu sichern. Die Leute brüllte mir ihre Bestellungen zu. Ich arbeitete mich richtig in Stimmung, jonglierte mit Gläsern, fing Oliven und Erdnüsse mit dem Mund auf, machte meine Bemerkungen, eben die ganze Show. Die Jungs von der

Band brachten ihre Instrumente rüber. Jemand holte mir zwei frische Eimer mit Eis.

»Bittet ihn um einen Zombie«, rief Steve.

So machte ich einen Zombie, und jede neue Lage Alkohol wurde von einem Trommelwirbel begleitet. Und als er fertig war, applaudierten alle, als ich den Drink meiner Schwiegermutter kredenzte.

Und mein Schwiegervater kam nach seinem dritten Martini hinter die Bar. »Ich wollte schon immer mal sehen, wie die Welt von hier aus erscheint.« Er legte mir einen Arm um die Schultern und flüsterte mir ins Ohr: »Laß dich von meinem dämlichen Geschenk nicht aus der Fassung bringen. Wir müssen miteinander reden. Ich möchte, daß du bei mir arbeitest . . .« Und sie fotografierten uns hinter der Bar.

Gegen Mitternacht erhielt ich von meiner Schwiegermutter das Zeichen. Sie flüsterte etwas in der Richtung, daß es jetzt wohl angemessen wäre, wenn ich meiner jungen Frau Gesellschaft leisten würde.

»Die Bar ist geschlossen«, sagte ich und folgte ihr hinaus.

»Sie haben nicht die letzte Runde angesagt«, rief mir jemand nach.

Ich folgte ihr in das dunkle Haus und die Treppe hinauf. Für eine Sekunde erwartete ich in meinem Delirium, daß sie mich packen und in eines der Gästeschlafzimmer zerren würde. »Es ist alles ein Traum«, sagte ich. Aber nicht so ein Traum.

Meine neue Schwiegermutter führte mich die gewundene Treppe hinauf und durch einen Korridor. Licht drang unter der Tür eines Zimmers am Ende hervor. Dort schlief meine Braut. In einem riesigen Bett, eine Prinzessin im weißen Gewand inmitten eines Berges Geschenkpapier. Das Zimmer war vollgestopft mit Hochzeitsgeschenken; die Glückwunschkarten steckten in einer Lederhülle, die an einem Bettpfosten hing. Mooney war über einer abgegriffenen Ausgabe von *Dr. Spock* eingedöst – ein Geschenk von einer Nachbarin, die damit vier Kinder großgezogen hatte. Ihre Mutter und ich traten auf Zehenspitzen ans Fußende des Bettes und betrachteten sie.

»Sie ist immer so mit einem Buch in der Hand eingeschlafen«, meinte Mom mit einem unterdrückten Schluchzen. »Und ich mußte dann immer das Licht ausknipsen.«

Ich kam mir vor wie ein Eindringling.

»Danke«, sagte Mom. Sie küßte mich auf die Wange.

»Für was?« fragte ich.

Aber sie war schon gegangen. Oder wenn sie noch nicht gegangen war, dann hatte ich ihre Antwort vergessen.

Wie ich schon sagte, niemand kommt leiser in ein Bett hinein und wieder heraus als ich. Aber ich hatte mich kaum in den weißen Laken ausgestreckt, als Mooney erwachte und sich mit ausgebreiteten Armen in der Dunkelheit zu mir umwandte.

»Das ist wie ein Traum«, sagte ich.

Sie legte meine Hand auf ihren Bauch. »Da, halte dein Baby warm. Leg deine starke, große Hand auf dein winziges Baby.«

So lag ich da mit meiner Hand auf ihrem Bauch, bis sie eingeschlafen war. Und dann wartete ich in der Wärme, bis die Nacht sich allmählich aufhellte. Ich schlüpfte aus dem Bett und suchte meine Hosen und die Schuhe. Ich schlich durch das schlafende Haus und zog mich unterwegs an. Hinaus in den herunterschwebenden Schnee. Über den Hof zum Gästehaus. Hinauf in mein zellenähnliches Zimmer, wo ich mich an den Tisch setzte und einige Zeit nachdachte, ehe ich damit begann, all dies niederzuschreiben . . .

Oh, ich glaube, ich wiederhole mich.

ENDE

Band 13 171

Heywould Gould

Doppelschlag

Deutsche Erstveröffentlichung

Sally Fish hat in New York einen schwungvollen Kokainhandel aufgezogen. Mit den beiden Polizisten Benson und Crown verbindet ihn eine für beide Seiten ersprießliche Zusammenarbeit. Für den reibungslosen Ablauf des organisierten Verbrechens sorgt Uncle Frankie, Oberhaupt einer der New Yorker Mafia-Familien.
Die Idylle aus Filz, Verbrechen und Big Business wird empfindlich gestört, als Sally Fish einen Berufskiller auf den Polizisten Crown ansetzt. Der problemlose ›Hit‹ entwickelt sich zu einem Fiasko, und Detektive Benson sinnt auf Rache: Niemand legt ungestraft seinen Kumpel um.
Inspector John Duffy vom Morddezernat dagegen ist lediglich hinter dem Killer her. Ihm geht es um die Frage, wie Dr. Karen Wintermann, die junge Psychiaterin, in den Mordfall verwickelt ist. Ist sie wirklich nur das unschuldige Opfer, das zufällig zwischen alle Fronten geraten ist?

BASTEI LÜBBE

Sie erhalten diesen Band im Buchhandel, bei Ihrem Zeitschriftenhändler sowie im Bahnhofsbuchhandel.